ブックガイドにのった
文学 1000

決定版
名作案内

日外アソシエーツ

●編集スタッフ● 松本 裕加／新西 陽菜／山岡 加奈
装 丁：赤田 麻衣子

刊行にあたって

　日本文学・海外文学の定番名作とは—？
　古今東西、"名作"と呼ばれる文学作品は数え切れず、ブックガイド、あらすじ本、読書案内、解題書誌など"本を紹介する本"は多数出版されている。年代や選者によりその基準、選定は様々であり、いわゆる普遍的名作から近年の話題作まで取り上げられている。本当に読んでおくべき本は何なのか、参照すべき「ブックガイド」選びからつまずきかねない。
　本書は、1970年代以降に刊行された各種ブックガイド類の掲載作品を集計し、採り上げられた件数を"名作"の指標とした読書案内である。掲載数が多かった作品1,000作（日本539作、海外461作）を選定、古典から現代作家の作品までバラエティ豊かな文学作品が並んだ。
　本文は作品名の五十音順に排列し、作品・作者の基礎情報と近刊図書情報を記載した。また、「作品別ブックガイド一覧」からは作品が紹介されているブックガイドやあらすじ本を探せる（ブックガイド件数カウント付き）。国別・作者別に引ける「作者名索引」や小説・随筆・詩歌・戯曲といった分野ごとに一覧できる「分野別索引」も巻末に付し、様々な観点で名作を検索できる。
　時代問わず多くの選者に選ばれた作品という根拠のもと、新たな視点でラインナップした名作案内である。簡易的な文学ガイドとして、読書機会を手助けするツールとして、大いに活用いただければ幸いである。

2024年12月

日外アソシエーツ

目　次

凡　例 …………………………………………… (6)
採録一覧 ………………………………………… (8)
作品名目次 ……………………………………… (17)

本　文 …………………………………………… 1

作品別ブックガイド一覧 ……………………… 193

作者名索引 ……………………………………… 315
　日　本 ………………………………………… 317
　海　外 ………………………………………… 327

分野別索引 ……………………………………… 339
　見出し一覧 …………………………………… 340

凡　　例

1．本書の内容

　　本書は、ブックガイド・解題書誌等に掲載された日本および海外の文学作品を集計し、掲載数が多い1,000作を選定、作品・作者情報や近刊図書情報を付した名作文学ガイドである。

2．収録の対象

（1）1970～2024年に刊行されたブックガイド・解題書誌・あらすじ本等を対象とし、掲載されている文学作品を集計、掲載数が多い1,000作（日本539作・海外461作）を選定した。

（2）収録したブックガイド類は269冊である（別掲「採録一覧」参照）。ムック類や児童書を主対象とするブックガイドは採録対象外とした。

（3）作家数は日本293人、海外335人である。作者不詳の古典作品も対象とした。

（4）近刊図書数はのべ1,172点である。複数巻ものは適宜、図書情報を1点にまとめた。

3．記載事項・排列

（1）作品名見出し

・一般によく知られている題名を採用し、適宜別題からの参照を立てた。

・作品名よみ、原題、分野（文学形式）、初版年・発表年（初付与）、成立年代等、別題（別付与）を記載した。

・「青空文庫」サイトで公開されている作品には、青空文庫 を付与した。
　（2024年12月時点　https://www.aozora.gr.jp/）

・作品名読みの五十音順に排列した。濁音・半濁音は清音とし、ヂ→ジ、ヅ→ズとした。促音・拗音は直音とみなし、長音符（音引き）は無視した。

（2）作者名

・作品名見出し下に作者や編者・撰者名を記載し、作者名よみ、原綴、生没年、活躍年代、肩書き等を付した。

・作者不詳や諸説ある場合は、作者情報を記載しなかった。
（3）図書情報
　　・作品が収録されている図書のうち、比較的入手しやすいと思われる最近のものを記載した。

　　　　書名／副書名／巻次／各巻書名／各巻副書名／各巻巻次／叢書名／叢書番号／副叢書名／副叢書番号／版表示／著者表示／出版地＊／出版者／出版年月／ページ数または冊数／大きさ／注記／定価（刊行時）／ISBN（Ⓘで表示）／NDC（Ⓝで表示）／目次／内容
　　　　　＊出版地が東京の場合は省略した。

4．作品別ブックガイド一覧
・作品別に、掲載されているブックガイド類を刊行年の新しい順に一覧した。
・作品名の右上に掲載件数を付した。作品の掲載ページを示した。
・作品名の排列は本文にならった。適宜別題からの参照を立てた。

5．作者名索引
・「日本」「海外」の大見出しを立てた。「海外」の下は国名を見出しとし、その五十音順に排列した。
・各見出しの下、作者名を名前の五十音順に排列し、その下に作品名と掲載ページを示した。適宜別名からの参照を立てた。

6．分野別索引
・分野名の見出しを立て、作品名（作者名）と掲載ページを示した。
・分野名は大まかに、小説・物語類／ノンフィクション類／詩歌／戯曲・古典芸能／その他 の順でグループ分けし、排列した（分野別索引「見出し一覧」参照）。

7．書誌事項の出所
　　各図書の書誌事項等は主に次の資料に拠っている。
　　　　データベース「BookPlus」，JAPAN/MARC，TRC MARC

採 録 一 覧

【あ】

「愛ありて―名作のなかの女たち」(角川文庫) 瀬戸内晴美, 前田愛著 角川書店 1988.1
「愛と死の日本文学―心ときめく, 読書への誘い」小林一仁著 東洋館出版社 2011.10
「あなたのなつかしい一冊」池澤夏樹編, 寄藤文平絵 毎日新聞出版 2022.8
「あの本にもう一度―ベストセラーとその著者たち」吉原敦子著 文藝春秋 1996.7
「アメリカを変えた本」ロバート・B. ダウンズ著, 斎藤光, 本間長世ほか訳 研究社出版 1972
「アメリカ文学 名作と主人公」(明快案内シリーズ) 北山克彦編 自由国民社 2009.9
「あらすじダイジェスト 世界の名作100を読む」(幻冬舎文庫) 永塚けさ江編著 幻冬舎 2005.3 〈「文学・名著300選の解説」(1981年 一ツ橋書店刊)の再編集・改題の文庫化〉
「あらすじダイジェスト 日本の古典30を読む」西沢正史著 幻冬舎 2004.5
「あらすじダイジェスト 日本の名作70を読む」(幻冬舎文庫) 明治書院企画編集部編著 幻冬舎 2005.3 〈「あらすじダイジェスト 教養が試される名作70」(2003年刊)の文庫化〉
「「あらすじ」だけで人生の意味が全部わかる世界の古典13」(講談社プラスアルファ新書) 近藤康太郎著 講談社 2012.11
「あらすじで味わう外国文学」井上光晴監修 廣済堂出版 2004.5 〈「世界名作文学館」(1991)の改題改訂〉
「あらすじで味わう昭和のベストセラー」井家上隆幸監修 廣済堂出版 2004.6
「あらすじで味わう日本文学」大河内昭爾監修 廣済堂出版 2004.4 〈「日本名作文学館」(1992)の改題改訂〉
「あらすじで味わう名作文学―古今東西の名著三〇選」小川和佑監修 廣済堂出版 2004.3
「あらすじで読むキリスト教文学―芥川龍之介から遠藤周作まで」柴崎聰監修・著, 安藤公美ほか著 日本キリスト教団出版局 2024.3
「あらすじで読む 世界の名著 No.1～No.3」小川義男編著 樂書舘, 中経出版 (発売) 2004.3～2005.2
「あらすじで読む世界文学105」今井夏彦ほか著 玉川大学出版部 2004.9
「あらすじで読む 日本の古典―古典文学の名作が2時間でわかる!」(楽書ブックス) 小林保治編著 楽書舘, 中経出版 (発売) 2004.3
「あらすじで読む 日本の古典」(新人物文庫) 小林保治編著 新人物往来社 2011.5
「あらすじで読む 日本の名著〔No.1〕～No.3」(楽書ブックス) 小川義男編著 楽書舘, 中経出版 (発売) 2003.7～2003.12
「あらすじで読む 日本の名著」(新人物文庫) 小川義男編著 新人物往来社 2012.6
「あらすじでわかる中国古典「超」入門」(講談社プラスアルファ新書) 川合章子著 講談社 2006.3
「生きがいの再発見 名著22選」小川和佑著 経林書房 1985.2
「イギリス文学 名作と主人公」(明快案内シリーズ) 加藤光也解説, 立野正裕編 自由国

民社　2009.11
「一行でわかる名著」(朝日新書)　齋藤孝著　朝日新聞出版　2020.2
「一度は読もうよ！日本の名著―日本文学名作案内」宮腰賢監修，村上春樹執筆代表　友人社　2003.12
「いつかあなたに出会ってほしい本―面白すぎて積読できない160冊」(14歳の世渡り術)　田村文著　河出書房新社　2024.4
「いつか君に出会ってほしい本―何度でも読み返したい158冊」(14歳の世渡り術)　田村文著　河出書房新社　2023.3
「一冊で愛の話題作100冊を読む」(一冊で100シリーズ10)　酒井茂之編著　友人社　1991.3
「一冊で世界の名著100冊を読む―世界文学案内」(一冊で100シリーズ2)　川崎浹監修　友人社　1988.7
「一冊で日本の古典100冊を読む」(一冊で100シリーズ3)　小林保治編著　友人社　1989.2
「一冊で日本の名著100冊を読む」(一冊で100シリーズ1)　酒井茂之編，小林保治監修　友人社　1988.5
「一冊で日本の名著100冊を読む 続」(一冊で100シリーズ20)　酒井茂之編著　友人社　1992.3
「一冊で100名作の「さわり」を読む」(一冊で100シリーズ19)　友人社　1992.2
「一冊に名著一〇〇冊がギュッと詰まった凄い本」大岡玲著　日刊現代，講談社(発売)　2022.10
「1分de教養が身につく「日本の名作」あらすじ200本」(宝島SUGOI文庫)「日本の名作」委員会著　宝島社　2023.4　〈「知らないと恥ずかしい「日本の名作」あらすじ200本」(宝島社文庫2008年刊)の改題、加筆・改訂〉
「今だから知っておきたい戦争の本70」北影雄幸著　光人社　1999.5
「映画になった名著」木本至著　マガジンハウス　1991.9
「英仏文学戦記―もっと愉しむための名作案内」斎藤兆史，野崎歓著　東京大学出版会　2010.7
「英米文学の名作を知る本」渡邊恵子編　研究社出版　1997.2
「エクス・リブリス」ミチコ・カクタニ著，橘明美訳　集英社　2023.10
「絵で読むあらすじ世界の名著―1話5分で名作が読める！」藤井組著，舌霧スズメ絵　中経出版　2007.4
「絵で読むあらすじ日本の名著―1話5分で名作が読める！」藤井組著，舌霧スズメ絵　中経出版　2007.4
「お厚いのがお好き？」(扶桑社文庫)　富増章成哲学監修，小山薫堂企画　扶桑社　2010.3
「大人のための世界の名著50」(角川ソフィア文庫)　木原武一著　KADOKAWA　2014.2　〈「大人のための世界の名著必読書50」(海竜社2005年刊)の改題〉
「大人のための日本の名著50」(角川ソフィア文庫)　木原武一著　KADOKAWA　2014.2　〈「大人のための日本の名著必読書50」(海竜社2007年刊)の改題〉
「大人のための文学「再」入門」都甲幸治著　立東舎，リットーミュージック(発売)　2023.10
「大人もときめく国語教科書の名作ガイド」(TOYOKAN BOOKS)　山本茂喜著，野宮レナイラスト　東洋館出版社　2023.12

「面白いほどよくわかる あらすじで読む世界の名作―1 ストーリー10分でわかる名作のエッセンス」(学校で教えない教科書) 小島千晶監修 日本文芸社 2008.10
「面白いほどよくわかる 時代小説名作100」(学校で教えない教科書) 細谷正充監修 日本文芸社 2010.6
「面白いほどよくわかる 世界の文学―名作のあらすじから時代背景までひとめでわかる!」(学校で教えない教科書) 世界文学研究会編著 日本文芸社 2004.3

【か】

「書き出し「世界文学全集」」柴田元幸編・訳 河出書房新社 2013.8
「感動!日本の名著 近現代編―たった10分で味わえる」(WAC BUNKO) 毎日新聞社編 ワック 2004.12
「来たよ!なつかしい一冊」池澤夏樹編, 寄藤文平絵 毎日新聞出版 2024.9
「教科書で出会った名作小説一〇〇」(新潮文庫) 石原千秋編著 新潮社 2023.4
「教養のためのブックガイド」小林康夫, 山本泰編 東京大学出版会 2005.3
「近代日本の百冊を選ぶ」伊東光晴, 大岡信, 丸谷才一, 森毅, 山崎正和選 講談社 1994.4
「クライマックス名作案内1 人間の強さと弱さ」齋藤孝著 亜紀書房 2011.11
「クライマックス名作案内2 男と女」齋藤孝著 亜紀書房 2011.12
「グレート・ノベルズ―世界を変えた小説」DK社編著, 阿部公彦, 猪熊恵子日本語版監修, 藤村奈緒美訳 エクスナレッジ 2024.1
「けんごの小説紹介―読書の沼に引きずり込む88冊」けんご著 KADOKAWA 2024.5
「現代を読む―100冊のノンフィクション」(岩波新書) 佐高信著 岩波書店 1992.10
「現代世界の十大小説」(NHK出版新書) 池澤夏樹著 NHK出版 2014.12
「現代文学鑑賞辞典」栗坪良樹編 東京堂出版 2002.3
「現代文学名作探訪事典」涌田佑著 有峰書店新社 1984.7
「『こころ』は本当に名作か―正直者の名作案内」(新潮新書) 小谷野敦著 新潮社 2009.4
「古典の事典 精髄を読む―日本版」古典の事典編纂委員会編纂 河出書房新社 1986.6
「古典文学鑑賞辞典」西沢正史編 東京堂出版 1999.9
「古典・名著の読み方」広川洋一編著 日本実業出版社 1991.11
「この1冊で早わかり!日本の古典50冊」(知的生きかた文庫) 阿刀田高監修 三笠書房 2015.4 〈「この一冊で読める!「日本の古典50冊」」(2002年刊)の改題、再編集〉
「この一冊でわかる日本の名作」(知の強化書) 本と読書の会編 青春出版社 2010.1
「これだけは知っておきたい日本の名作―この一冊が時代を変えた」山口謠司著 さくら舎 2023.10
「50歳からの読書案内」中央公論新社編 中央公論新社 2024.1

【さ】

「齋藤孝の冒頭文de文学案内―1分で蓄える知識&読みどころ」齋藤孝著 柏書房 2021.12
「齋藤孝の名著50」齋藤孝編著 ワック 2022.10
「3行でわかる名作&ヒット本250」(宝島SUGOI文庫) G.B.編 宝島社 2012.4

「Jブンガク―英語で出会い、日本語を味わう名作50」ロバート・キャンベル編　東京大学出版会　2010.3
「知っておきたいアメリカ文学」丹治めぐみ，佐々木真理，中谷崇著　明治書院　2010.9
「知っておきたいイギリス文学」青木和夫，丹治竜郎，安藤和弘著　明治書院　2010.9
「知っておきたいドイツ文学」前野光弘，青木誠之，鈴木克己著　明治書院　2011.8
「知っておきたいフランス文学」小野潮著　明治書院　2010.9
「知っておきたいロシア文学」宇佐見森吉，宇佐見多佳子著　明治書院　2012.1
「社会部記者の本棚―心にしみる世界のノンフィクションを読む」横田喬著　同時代社　2024.10
「少女は本を読んで大人になる」クラブヒルサイド，スティルウォーター編　現代企画室　2015.3
「昭和の作家力―千夜千冊エディション」(角川ソフィア文庫)　松岡正剛著　KADOKAWA　2023.4
「女性のための名作・人生案内」和田芳恵著　沖積舎　2005.11
「知らないと恥ずかしい「日本の名作」あらすじ200本」(宝島社文庫)「日本の名作」委員会著　宝島社　2008.12〈「1話1分日本の名作「あらすじ」235本」加筆・改訂・改題書〉
「人生を狂わす名著50」三宅香帆著　ライツ社　2017.10
「新潮文庫20世紀の100冊」(新潮新書)　関川夏央著　新潮社　2009.4
「図解 世界の名著がわかる本」久恒啓一，図考スタジオ著　三笠書房　2007.6
「図説 教養として知っておきたい日本の名作50選」(青春新書INTELLIGENCE)　本と読書の会編　青春出版社　2016.10〈「5分でわかる日本の名作」(2004年刊)と「5分でわかる日本の名作傑作選」(2004年刊)の改題、修正の上再編集〉
「図説 5分でわかる世界の名作」本と読書の会編　青春出版社　2004.4
「図説 5分でわかる日本の名作」本と読書の会編　青春出版社　2004.1
「図説 5分でわかる日本の名作傑作選」本と読書の会編　青春出版社　2004.6
「図説 地図とあらすじで読む歴史の名著」寺沢精哲監修　青春出版社　2004.5
「西洋をきずいた書物」J. カーター，P.H. ムーア編，西洋書誌研究会訳　雄松堂書店　1977.11
「世界を変えた10冊の本」(文春文庫)　池上彰著　文藝春秋　2014.2
「世界を変えた100冊の本」マーティン・セイモア＝スミス著，BEC, 別宮貞徳訳　共同通信社　2003.12
「世界を変えた100の小説 上・下」コリン・ソルター著，角敦子訳　原書房　2024.8
「世界を変えた本」マイケル・コリンズほか著，樺山紘一監修，藤村奈緒美訳　エクスナレッジ　2018.6
「世界を変えた本―16冊の名著」新版　ロバート・B. ダウンズ著，木寺清一訳　荒地出版社　1975
「世界史読書案内」(岩波ジュニア新書)　津野田興一著　岩波書店　2010.5
「世界に愛され、評価される!「日本の名著」」(知的生きかた文庫)「ニッポン再発見」倶楽部著　三笠書房　2016.9
「世界のSF文学・総解説―超想像の世界に飛翔するSF名作辞典」増補版　自由国民社　1992.11
「世界の海洋文学・総解説」改訂版　小島敦夫編著　自由国民社　1998.7
「世界の奇書・総解説」改訂版　自由国民社　1998.4

「世界の幻想文学・総解説」改訂版　自由国民社　1998.5
「世界の古典名著・総解説」改訂新版（Multi book）　自由国民社　2001.8
「世界の小説大百科―死ぬまでに読むべき1001冊の本」ピーター・ボクスオール編，別宮貞徳日本語版監修　柊風舎　2013.10
「世界の書物」（朝日文庫）　紀田順一郎著　朝日新聞社　1989.3
「世界の推理小説・総解説―翻訳ミステリーと国内推理小説名作典」増補版　自由国民社　1992.11
「世界の長編文学―あらすじと読みどころで味わう」土田知則編　新曜社　2005.8
「世界の名作おさらい」（おとなの楽習 14）　冨士本昌恵著，現代用語の基礎知識編集部編　自由国民社　2010.3
「世界の名作を読む―海外文学講義」（角川ソフィア文庫）　工藤庸子, 池内紀, 柴田元幸, 沼野充義著　KADOKAWA　2016.8〈放送大学教育振興会 2007年刊と改訂版 2011年刊を再構成し、加筆修正〉
「世界の名作50選―教養として知っておきたい」（PHP文庫）　金森誠也監修　PHP研究所　2008.12
「世界の名作文学案内―これだけは読んでおきたい」三木卓監修　集英社　2003.5
「世界の名作文学が2時間で分かる本」藤城真澄編　ぶんか社　2004.3
「世界の名著」新装版　毎日新聞社編　毎日新聞社　1976
「世界の「名著」50―「あらすじ」と「読みどころ」」轡田隆史著　三笠書房　2008.2
「世界の名著早わかり事典」（生活シリーズ 44）　主婦と生活社　1984.10
「世界の冒険小説・総解説―緊迫した危機と自力脱出のスリル再現集」鎌田三平責任編集　増補版　自由国民社　1992.11
「世界の旅行記 101」樺山紘一編　新書館　1999.10
「世界文学あらすじ大事典 1～4」横山茂雄, 石堂藍監修　国書刊行会　2005.7～2007.5
「世界文学のすじ書き―読みたかった作品が10分で読める」饗庭孝男, 井桁貞義, 亀井俊介, 神品芳夫, 小林章夫監修　宝島社　2003.12
「世界文学の名作を「最短」で読む―日本語と英語で味わう50作」（筑摩選書）　栩木伸明編訳　筑摩書房　2021.10
「世界文学の名作と主人公・総解説」改訂新版（Multi book）　自由国民社　2001.6
「世界文学必勝法」清水義範著　筑摩書房　2008.7
「世界名著案内 1～8」図書文化研究会編　竹内書店　1972～1973
「世界・名著のあらすじ―精選38冊」一校舎国語研究会編　永岡書店　2005.1
「世界物語大事典」ローラ・ミラー総合編集, 巽孝之日本語版監修, 越前敏弥訳　三省堂　2019.10
「千年紀のベスト100作品を選ぶ」（光文社知恵の森文庫）　丸谷才一, 三浦雅士, 鹿島茂選　光文社　2007.10
「千年の百冊―あらすじと現代語訳でよむ日本の古典100冊スーパーガイド」鈴木健一編　小学館　2013.4

【た】

「大学新入生に薦める101冊の本 新版」広島大学101冊の本委員会編　岩波書店　2009.3
「大正の名著―浪漫の光芒と彷徨」（明快案内シリーズ）　渡邊澄子編　自由国民社　2009.9

〈『明治・大正・昭和の名著・総解説』(自由国民社 1977 年刊) をもとに新版編集したもの〉
「たった 5 行で読んだ気になる日本の名作」亀岡修, 片桐卓也著　毎日ワンズ　2016.4
「たのしく読めるアメリカ文学─作品ガイド 150」(シリーズ・文学ガイド 2)　高田賢一, 野田研一, 笹田直人編著　ミネルヴァ書房　1994.2
「たのしく読めるイギリス文学─作品ガイド 150」(シリーズ・文学ガイド 1)　中村邦生, 木下卓, 大神田丈二編著　ミネルヴァ書房　1994.2
「知の巨人が選んだ世界の名著 200」(宝島社新書)　佐藤優監修　宝島社　2023.2　〈「一生モノの教養が身につく世界の古典必読の名作・傑作 200 冊」(2020 年刊) の改題、改訂〉
「中国古典の名著 50 冊が 1 冊でざっと学べる」寺師貴憲著　KADOKAWA　2023.11
「中国の古典名著・総解説」改訂新版 (Multi book)　自由国民社　2001.6
「中古典のすすめ」斎藤美奈子著　紀伊國屋書店　2020.9
「定年後に読む不滅の名著 200 選」(文春新書)　文藝春秋編　文藝春秋　2024.3
「東西ミステリーベスト 100」(文春文庫)　文藝春秋編　文藝春秋　2013.11
「東洋の奇書 55 冊」前嶋信次ほか執筆, 自由国民社　1980.7　〈『名著・総解説ダイヤル』別冊〉
「ドイツ文学 名作と主人公」(明快案内シリーズ)　保坂一夫編　自由国民社　2009.10
「読書入門―人間の器を大きくする名著」(新潮文庫)齋藤孝著　新潮社　2007.6　〈「絶対感動本 50」(マガジンハウス 2003 年刊) の改題〉

【な】

「なおかつお厚いのがお好き？」(扶桑社文庫)　富増章成哲学監修,小山薫堂企画　扶桑社　2010.5
「2 時間でわかる世界の名著─せめてストーリーくらいは知らないと恥ずかしい名作 50」(KAWADE 夢文庫)　夢プロジェクト著　河出書房新社　2004.4
「2 時間でわかる日本の名著─せめてストーリーくらいは知っておきたい名作 50」(KAWADE 夢文庫)　夢プロジェクト編　河出書房新社　2005.4
「二十世紀を騒がせた本」増補 (平凡社ライブラリー)　紀田順一郎著　平凡社　1999.6
「20 世紀を震撼させた 100 冊」鷲田清一, 野家啓一編　出窓社　1998.9
「21 世紀の必読書 100 選─『あうろーら』特別号」河上倫逸編　21 世紀の関西を考える会, 星雲社 (発売)　2000.12
「2 ページでわかる日本の古典傑作選」小川義男監修　世界文化社　2007.4
「日本近代文学名著事典」日本近代文学館編　日本近代文学館, ほるぷ出版　1982.5
「日本古典への誘い 100 選 1 ～ 2」諏訪春雄, 山折哲雄, 芳賀徹, 小松和彦監修　東京書籍　2006.9 ～ 2007.3
「日本人とは何か「和の心」が見つかる名著」谷沢永一, 渡部昇一著　PHP 研究所　2008.4
「日本人なら知っておきたい あらすじで読む日本の名著」小川義男編著　KADOKAWA　2014.2
「「日本人の名著」を読む」岬龍一郎著　致知出版社　2004.12
「日本・世界名作「愛の会話」100 章」岩井護著　講談社　1985.7
「日本の艶本・珍書 総解説─性愛と艶笑を謳う粋の世界　エロティシズム和風文学館」改訂版　自由國民社　1998.6
「日本の奇書 77 冊」佐藤要人ほか執筆　自由国民社　1980.7　〈『名著・総解説ダイヤル』

(13)

別冊〉
「日本の古典―名著への招待」北原保雄編　大修館書店　1986.11
「日本の古典名著・総解説」改訂新版（Multi book）　自由国民社　2001.6
「日本の小説101」安藤宏編　新書館　2003.6
「日本の書物」紀田順一郎著, 宮田雅之画　勉誠出版　2006.10
「日本の名作あらすじ300」（光文社知恵の森文庫）　造事務所編　光文社　2020.6
「日本の名作おさらい」（おとなの楽習16）　現代用語の基礎知識編, 中嶋毅史, 勝木美千子著　自由国民社　2010.7
「日本の名作文学案内―これだけは読んでおきたい」三木卓監修　集英社　2001.10
「日本の名著」新装版　毎日新聞社編　毎日新聞社　1976
「日本の名著―近代の思想」改版（中公新書）　桑原武夫編　中央公論新社　2012.10
「日本の名著3分間読書100―『古事記』から『司馬遼太郎』まで」嶋岡晨監修　海竜社　2003.2
「日本の山の名著・総解説」近藤信行責任編集　自由国民社　1985.2
「日本文学　これを読まないと文学は語れない!!―64冊のあらすじダイジェスト」高取英監修　イマジン, 星雲社（発売）　2006.2
「日本文学の古典50選」（角川ソフィア文庫）　久保田淳著　KADOKAWA　2020.11
「日本文学名作案内」立石伯監修　友人社　2008.3
「日本文学名作事典―文学のとびらをひらく」（サンレキシカ8）　森野宗明ほか編著　三省堂　1984.5
「日本文化論の名著入門」（角川選書）　大久保喬樹著　角川学芸出版, 角川グループパブリッシング（発売）　2008.2
「日本文芸鑑賞事典―近代名作1017選への招待　第1巻～第20巻」石本隆一ほか編纂, 井上靖ほか監修　ぎょうせい　1987.1～1988.6
「日本・名著のあらすじ―精選40冊」（コスモ文庫）　一校舎国語研究会編　永岡書店　2004.8
「日本歴史「古典籍」総覧」（別冊歴史読本）　新人物往来社　1990.4
「入門　名作の世界」毎日新聞社編　毎日新聞社　1971

【は】

「はじめて読む！海外文学ブックガイド―人気翻訳家が勧める、世界が広がる48冊」（14歳の世渡り術）　越前敏弥ほか著　河出書房新社　2022.7
「林修の「今読みたい」日本文学講座」（宝島SUGOI文庫）　林修著　宝島社　2015.7〈2013年刊の改訂〉
「早わかり　日本古典文学あらすじ事典」（大学書院早わかりシリーズ）　金沢春彦著　大学書院, 星雲社（発売）　2000.5
「ビタミンBOOKS―さみしさに効く読書案内」（新潮文庫）重松清著　新潮社　2022.10〈「読むよむ書く　迷い多き君のためのブックガイド」（幻戯書房2019年刊）の改題、再編集し新原稿を加える〉
「必読書150」柄谷行人ほか著　太田出版　2002.4
「ひと目でわかる日本の名作」（ぶんか社文庫）　日本の名作を読む会編著　ぶんか社　2006.8

「百年の誤読」岡野宏文, 豊崎由美著　ぴあ　2004.11
「百年の誤読 海外文学篇」岡野宏文, 豊崎由美著　アスペクト　2008.3
「「100分de名著」名作セレクション」NHK「100分de名著」制作班編　文藝春秋　2016.11
「フランス文学 名作と主人公」(明快案内シリーズ)　加藤民男編　自由国民社　2009.9
「文庫で読む100年の文学」(中公文庫)　沼野充義, 松永美穂, 阿部公彦, 読売新聞文化部編　中央公論新社　2023.5
「平和を考えるための100冊+α」日本平和学会編　法律文化社　2014.1
「ベストガイド日本の名著 明治〜平成―開国明治から平成世紀末まで日本人はいかに思想し表現したか」(総解説シリーズ)　小田切秀雄編　自由国民社　1996.4
「ベストセラー世界の文学・20世紀―あらすじとエッセイで味わう1」芳川泰久編, 芳川泰久ほか執筆　早美出版社　2006.4
「方法文学 世界名作選 2―千夜千冊エディション」(角川ソフィア文庫)　松岡正剛著　KADOKAWA　2020.10
「「本の定番」ブックガイド―アナタが読むべき名著が一目でわかる」鷲田小彌太著　東洋経済新報社　2004.6
「翻訳者による海外文学ブックガイド BOOKMARK」金原瑞人, 三辺律子編　CCCメディアハウス　2019.10
「ポケット世界名作事典」新装版　渡辺一民監修　平凡社　1997.4
「ポケット日本名作事典」新装　小田切進, 尾崎秀樹監修　平凡社　2000.3

【ま】

「マンガとあらすじでやさしく読める 日本の古典傑作30選―日本神話から江戸文学まで」土屋博映監修　東京書店　2012.7
「みちのきち私の一冊」國學院大學みちのきちプロジェクト編　弘文堂　2018.4
「みんなのなつかしい一冊」池澤夏樹編, 寄藤文平絵　毎日新聞出版　2023.8
「名作あらすじ事典 西洋文学編」青木和夫編　明治書院　2006.7
「名作英米小説の読み方・楽しみ方」平出昌嗣著　学術出版会, 日本図書センター (発売)　2014.2
「名作に学ぶ人生を切り拓く教訓50―現役東大生が読み解く先人たちの歩み方」西岡壱誠著　アルク　2024.8
「名作の書き出し―漱石から春樹まで」(光文社新書)　石原千秋著　光文社　2009.9
「名作の書き出しを諳んじる」谷沢永一著　幻冬舎　2008.2
「名作の読解法―世界名作中編小説二〇選」塚崎幹夫著　原書房　2003.3
「名作名言―一行で読む日本の名作小説」中山七里監修, 造事務所編著　宝島社　2017.3
「名作はこのように始まる 1」(ミネルヴァ評論叢書〈文学の在り処〉別巻1)　千葉一幹, 芳川泰久編著　ミネルヴァ書房　2008.3
「名作はこのように始まる 2」(ミネルヴァ評論叢書〈文学の在り処〉別巻2)　中村邦生, 千石英世編著　ミネルヴァ書房　2008.3
「明治・大正・昭和のベストセラー」(NHKシリーズ)　太田治子著　日本放送出版協会　2007.7
「明治・大正・昭和の名著 総解説」自由国民社　1981.10

「明治の名著 1 論壇の誕生と隆盛」(明快案内シリーズ) 小田切秀雄, 渡邊澄子編　自由国民社　2009.9
「明治の名著 2 文芸の胎動と萌芽」(明快案内シリーズ)　渡邊澄子編, 浦西和彦ほか執筆　自由国民社　2009.10
「名著入門―日本近代文学50選」(朝日新書)　平田オリザ著　朝日新聞出版　2022.12
「名著のツボ―賢人たちが推す！最強ブックガイド」石井千湖著　文藝春秋　2021.8
「名著の履歴書―80人編集者の回想」(エディター叢書)　小宮山量平, 西谷能雄, 布川角左衛門他執筆　日本エディタースクール出版部 1971
「名場面で味わう日本文学60選」平野啓一郎, 阿部公彦, ロバート キャンベル, 鴻巣友季子, 田中慎弥, 中島京子, 飯田橋文学会著　徳間書店 2021.3
「物語の函 世界名作選 1―千夜千冊エディション」(角川ソフィア文庫)　松岡正剛著　KADOKAWA　2020.8

【や】

「やさしい古典案内」(角川選書)　佐々木和歌子著　角川学芸出版, 角川グループパブリッシング (発売)　2012.10
「山の名著 明治・大正・昭和戦前編」(明快案内シリーズ)　近藤信行編　自由国民社 2009.11
「ヨーロッパを語る13の書物」戸田吉信編　勁草書房　1989.4
「要約 世界文学全集　1～2」(新潮文庫)　木原武一著　新潮社　2004.1
「読んでおきたい世界の名著」(PHP文庫) 三浦朱門編　PHP研究所　2007.8 〈「世界の名著がすじがきでわかる」(あ・うん 2004年刊) の改訂〉

【ら】

「歴史を変えた100冊の本」スコット・クリスチャンソン, コリン・ソルター著, 藤村奈緒美訳　エクスナレッジ　2019.4
「歴史家の一冊」(朝日選書)　山内昌之著　朝日新聞社　1998.4
「歴史小説・時代小説 総解説」尾崎秀樹監修　自由國民社　1986.3
「歴史的書物の名場面―現代語訳・解説付で読む日本史教科書掲載の113の名著」阿部泉監修　清水書院　2023.9
「ロシア文学 名作と主人公」(明快案内シリーズ)　水野忠夫編　自由国民社　2009.12

【わ】

「私を変えたこの一冊―作家24人の名作鑑賞」(集英社文庫)　集英社文庫編集部編　集英社　2007.6
「私の世界文学案内―物語の隠れた小径へ」(ちくま学芸文庫)　渡辺京二著　筑摩書房 2012.2 〈『娘への読書案内』(1989年 朝日新聞社刊) の改題〉
「わたしのなつかしい一冊」池澤夏樹編, 寄藤文平絵　毎日新聞出版　2021.8

作品名目次

【あ】

あゝ野麦峠(山本茂実) ……………………… 1
ああ無情 ⇒レ・ミゼラブルを見よ
アイヴァンホー(スコット) ………………… 1
愛人 ラマン(デュラス) …………………… 1
愛と認識との出発(倉田百三) ……………… 1
アイバンホー ⇒アイヴァンホーを見よ
あ・うん(向田邦子) ………………………… 1
アエネーイス(ウェルギリウス) …………… 1
青い山脈(石坂洋次郎) ……………………… 2
青い鳥(メーテルリンク) …………………… 2
青い花(ノヴァーリス) ……………………… 2
青い麦(コレット) …………………………… 2
蒼ざめた馬を見よ(五木寛之) ……………… 2
青べか物語(山本周五郎) …………………… 3
赤い高粱(莫言) ……………………………… 3
紅い花(ガルシン) …………………………… 3
赤い蠟燭と人魚(小川未明) ………………… 3
赤毛のアン(モンゴメリ) …………………… 3
アカシヤの大連(清岡卓行) ………………… 3
赤頭巾ちゃん気をつけて(庄司薫) ………… 4
赤と黒(スタンダール) ……………………… 4
赤ひげ診療譚(山本周五郎) ………………… 4
秋夜長物語 …………………………………… 4
阿Q正伝(魯迅) ……………………………… 4
悪童日記(クリストフ) ……………………… 4
悪徳の栄え(サド) …………………………… 5
悪の華(ボードレール) ……………………… 5
悪魔の詩(ラシュディ) ……………………… 5
安愚楽鍋(仮名垣魯文) ……………………… 5
悪霊(ドストエフスキー) …………………… 5
アクロイド殺し(クリスティ) ……………… 6
赤穂浪士(大佛次郎) ………………………… 6
アーサー王の死(マロリー) ………………… 6
アシスタント(マラマッド) ………………… 7
足摺岬(田宮虎彦) …………………………… 7
あしながおじさん(ウェブスター) ………… 7
あすなろ物語(井上靖) ……………………… 7
アタラ(シャトーブリアン) ………………… 7

アッシャー家の崩壊(ポー) ………………… 7
アドルフ(コンスタン) ……………………… 7
あにいもうと(室生犀星) …………………… 8
アブサロム、アブサロム!(フォークナー) … 8
阿部一族(森鷗外) …………………………… 8
阿呆物語(グリンメルスハウゼン) ………… 8
アメリカの悲劇(ドライサー) ……………… 8
アメリカの息子(ライト) …………………… 9
アメリカひじき(野坂昭如) ………………… 9
あめりか物語(永井荷風) …………………… 9
あらくれ(徳田秋声) ………………………… 9
あらし ⇒テンペストを見よ
嵐が丘 ⇒ブロンテ
アラバマ物語(リー) ………………………… 10
アラビアン・ナイト ………………………… 10
有明集(蒲原有明) …………………………… 10
アリス物語 ⇒不思議の国のアリス(ふし
　ぎのくにのありす)を見よ
或阿呆の一生(芥川龍之介) ………………… 10
或る女(有島武郎) …………………………… 10
或る「小倉日記」伝(松本清張) …………… 10
アルジャーノンに花束を(キイス) ………… 11
ある婦人の肖像(ジェイムズ) ……………… 11
アルプスの少女ハイジ(シュピリ) ………… 11
アレキサンドリア・カルテット(ダレル) … 11
荒地(エリオット) …………………………… 12
哀れなハインリヒ(ハルトマン・フォン・ア
　ウエ) ……………………………………… 12
アンクル・トムの小屋(ストウ) …………… 12
暗室(吉行淳之介) …………………………… 12
杏っ子(室生犀星) …………………………… 12
アンドロイドは電気羊の夢を見るか?
　(ディック) ……………………………… 13
アンドロマック(ラシーヌ) ………………… 13
アンナ・カレーニナ(トルストイ) ………… 13
アンネの日記(フランク) …………………… 13
暗夜行路(志賀直哉) ………………………… 14

【い】

いいなづけ(マンゾーニ) …………………… 14
如何なる星の下に(高見順) ………………… 14

(17)

作品名目次

怒りの葡萄(スタインベック) …… 15
十六夜日記(阿仏尼) …… 15
伊豆の踊子(川端康成) …… 15
和泉式部日記(和泉式部) …… 15
伊勢物語 …… 16
イソップ寓話集(イソップ) …… 16
伊曽保物語 …… 16
偉大なるギャツビー　⇒グレート・ギャツビーを見よ
ヰタ・セクスアリス(森鷗外) …… 16
一握の砂(石川啄木) …… 16
1Q84(村上春樹) …… 16
一年有半(中江兆民) …… 17
一千一秒物語(稲垣足穂) …… 17
従妹ベット(バルザック) …… 17
田舎教師(田山花袋) …… 17
犬を連れた奥さん(チェーホフ) …… 17
犬筑波集　⇒新撰犬筑波集(しんせんいぬつくばしゅう)を見よ
いのちの初夜(北条民雄) …… 17
異邦人(カミュ) …… 18
今鏡(藤原為経〔作か〕) …… 18
厭がらせの年齢(丹羽文雄) …… 18
イリアス(ホメロス) …… 18
色ざんげ(宇野千代) …… 18
イワン・イリイチの死(トルストイ) …… 19
イワン・デニーソヴィチの一日(ソルジェニーツィン) …… 19
陰翳礼讃(谷崎潤一郎) …… 19
陰獣(江戸川乱歩) …… 19
インドへの道(フォースター) …… 19
インメン湖　⇒みずうみを見よ

【う】

ヴァージニア・ウルフなんかこわくない(オールビー) …… 19
ヴァセック(ベックフォード) …… 20
ヴァレンシュタイン(シラー) …… 20
ウィリアム・テル　⇒ヴィルヘルム・テルを見よ
ヴィルヘルム・テル(シラー) …… 20
ヴィルヘルム・マイスターの修業時代(ゲーテ) …… 20
ヴェニスに死す(マン) …… 21
ヴェニスの商人(シェイクスピア) …… 21
ウェルギリウスの死(ブロッホ) …… 21
ウォールデン 森の生活(ソロー) …… 21
浮雲(林芙美子) …… 22

浮雲(二葉亭四迷) …… 22
浮世道中膝栗毛　⇒東海道中膝栗毛(とうかいどうちゅうひざくりげ)を見よ
浮世床(式亭三馬) …… 22
浮世風呂(式亭三馬) …… 22
雨月物語(上田秋成) …… 22
宇治拾遺物語 …… 22
失われた足跡(カルペンティエール) …… 22
失われた時を求めて(プルースト) …… 23
歌行灯(泉鏡花) …… 23
うたかたの日々　⇒日々の泡(ひびのあわ)を見よ
歌の本(ハイネ) …… 23
歌のわかれ(中野重治) …… 23
宇宙戦争(ウェルズ) …… 24
うつほ物語 …… 24
腕くらべ(永井荷風) …… 24
生れ出づる悩み(有島武郎) …… 25
海と毒薬(遠藤周作) …… 25
海に生くる人々(葉山嘉樹) …… 25

【え】

永遠なる序章(椎名麟三) …… 25
栄花物語 …… 25
エイジ・オブ・イノセンス(ウォートン) …… 25
エヴゲーニイ・オネーギン(プーシキン) …… 26
エセー(モンテーニュ) …… 26
エッダ …… 26
江戸生艶気樺焼(山東京伝) …… 26
江分利満氏の優雅な生活(山口瞳) …… 26
エマ(オースティン) …… 26
エミール(ルソー) …… 27
エーミールと探偵たち(ケストナー) …… 27
エリア随筆(ラム) …… 27
R・U・R(エルウーエル)　⇒ロボットを見よ
エレホン(バトラー) …… 27
婉という女(大原富枝) …… 27
園遊会(マンスフィールド) …… 28
遠来の客たち(曽野綾子) …… 28

【お】

オイディプス王(ソフォクレス) …… 28
黄金虫(ポー) …… 28
黄金の壺(ホフマン) …… 28
黄金のノート(レッシング) …… 29
黄金のろば(アプレイウス) …… 29

(18)

作品名目次

王子と乞食(トウェイン) ………… 29
嘔吐(サルトル) ………………… 29
王道(マルロー) ………………… 29
大いなる遺産(ディケンズ) ……… 30
大いなる眠り(チャンドラー) …… 30
大鏡 …………………………… 30
大阪の宿(水上瀧太郎) ………… 30
おくのほそ道(松尾芭蕉) ……… 30
小倉百人一首(藤原定家〔撰〕) … 30
押絵と旅する男(江戸川乱歩) …… 31
伯父ワーニヤ ⇒ワーニヤ伯父さんを見よ
オズの魔法使い(ボーム) ……… 31
オセロー(シェイクスピア) …… 31
恐るべき子供たち(コクトー) …… 31
落窪物語 ……………………… 31
オデュッセイア(ホメロス) …… 32
御伽草子 ……………………… 32
お伽草紙(太宰治) ……………… 32
伽婢子(浅井了意) ……………… 32
オトラント城(ウォルポール) …… 32
鬼平犯科帳(池波正太郎) ……… 32
オネーギン ⇒エヴゲーニイ・オネーギンを見よ
おはん(宇野千代) ……………… 33
オブローモフ(ゴンチャローフ) … 33
お目出たき人(武者小路実篤) …… 33
思ひ出(北原白秋) ……………… 33
思出の記(徳冨蘆花) …………… 33
おもろさうし …………………… 33
おらが春(小林一茶) …………… 33
オーランドー(ウルフ) ………… 34
折たく柴の記(新井白石) ……… 34
オリバー・ツイスト(ディケンズ) … 34
オリンポスの果実(田中英光) …… 34
オン・ザ・ロード(ケルアック) … 34
恩讐の彼方に(菊池寛) ………… 35
婦系図(泉鏡花) ………………… 35
女殺油地獄(近松門左衛門) …… 35
女坂(円地文子) ………………… 35
女の一生(モーパッサン) ……… 35
女の一生(山本有三) …………… 35
女の平和(アリストファネス) …… 36
御宿かわせみ(平岩弓枝) ……… 36

【か】

怪人二十面相(江戸川乱歩) …… 36
海神丸(野上弥生子) …………… 36
凱旋門(レマルク) ……………… 36
回想のブライズヘッド ⇒ブライズヘッドふたたびを見よ
怪談(小泉八雲) ………………… 36
怪談牡丹灯籠(三遊亭圓朝) …… 37
海潮音(上田敏) ………………… 37
海底二万里(ヴェルヌ) ………… 37
外套(ゴーゴリ) ………………… 37
海道記 …………………………… 37
海南小記(柳田國男) …………… 37
懐風藻 …………………………… 38
海辺の光景(安岡章太郎) ……… 38
カインの末裔(有島武郎) ……… 38
顧みれば(ベラミー) …………… 38
輝ける闇(開高健) ……………… 38
鍵(谷崎潤一郎) ………………… 38
限りなく透明に近いブルー(村上龍) … 38
影をなくした男(シャミッソー) … 39
花月草紙(松平定信) …………… 39
蜻蛉日記(藤原道綱母) ………… 39
火山の下(ラウリー) …………… 39
賢い血(オコナー) ……………… 39
火車(宮部みゆき) ……………… 39
華氏451度(ブラッドベリ) …… 40
風立ちぬ(堀辰雄) ……………… 40
風と共に去りぬ(ミッチェル) …… 40
風の又三郎(宮沢賢治) ………… 41
火宅の人(檀一雄) ……………… 41
カッコーの巣の上で(キージー) … 41
月山(森敦) ……………………… 41
河童(芥川龍之介) ……………… 41
悲しき玩具(石川啄木) ………… 42
悲しき熱帯(レヴィ=ストロース) … 42
悲しみよこんにちは(サガン) …… 42
仮名手本忠臣蔵(竹田出雲(2世)ほか) … 42
蟹工船(小林多喜二) …………… 43
鐘(マードック) ………………… 43
黴(徳田秋声) …………………… 43
ガープの世界(アーヴィング) …… 43
蒲田行進曲(つかこうへい) …… 43
神々は渇く(フランス) ………… 43
仮面の告白(三島由紀夫) ……… 43
かもめ(チェーホフ) …………… 44
かもめのジョナサン(バック) …… 44
ガラスの靴(安岡章太郎) ……… 44
ガラスの動物園(ウィリアムズ) … 44

(19)

カラーパープル（ウォーカー） …………… 44
カラマーゾフの兄弟（ドストエフスキー） …… 45
ガリア戦記（カエサル） …………………… 45
ガリバー旅行記（スウィフト） …………… 45
ガルガンチュアとパンタグリュエルの物語（ラブレー） ………………………… 45
カルメン（メリメ） ………………………… 46
華麗なるギャツビー ⇒グレート・ギャツビーを見よ
枯木灘（中上健次） ………………………… 46
彼らの目は神を見ていた（ハーストン） … 46
カレワラ（リョンロート） ………………… 46
雁（森鷗外） ………………………………… 47
閑吟集 ………………………………………… 47
巌窟王 ⇒モンテ・クリスト伯を見よ
菅家文草（菅原道真） ……………………… 47
感情教育（フローベール） ………………… 47
勧進帳（並木五瓶（3世）） ………………… 47
カンタベリー物語（チョーサー） ………… 48
カンディード（ヴォルテール） …………… 48
雁の寺（水上勉） …………………………… 48
ガン病棟（ソルジェニーツィン） ………… 48

【き】

機械（横光利一） …………………………… 48
飢餓海峡（水上勉） ………………………… 48
奇巌城（ルブラン） ………………………… 48
帰郷（大佛次郎） …………………………… 49
義経記 ………………………………………… 49
危険な関係（ラクロ） ……………………… 49
儀式（シルコウ） …………………………… 49
北回帰線（ミラー） ………………………… 49
キッチン（吉本ばなな） …………………… 50
紀ノ川（有吉佐和子） ……………………… 50
城の崎にて（志賀直哉） …………………… 50
君の名は（菊田一夫） ……………………… 50
キム ⇒少年キム（しょうねんきむ）を見よ
キャッチ＝22（ヘラー） …………………… 50
キャッチャー・イン・ザ・ライ ⇒ライ麦畑でつかまえてを見よ
キャラメル工場から（佐多稲子） ………… 50
吸血鬼ドラキュラ（ストーカー） ………… 51
牛肉と馬鈴薯（国木田独歩） ……………… 51
旧約聖書 ⇒聖書（せいしょ）を見よ
キューポラのある街（早船ちよ） ………… 51
狂雲集（一休宗純） ………………………… 51
饗宴（プラトン） …………………………… 51
狂人日記（魯迅） …………………………… 52

享楽主義者マリウス（ペイター） ………… 52
虚栄の市（サッカレイ） …………………… 52
巨匠とマルガリータ（ブルガーコフ） …… 52
去来抄（向井去来） ………………………… 53
きらきらひかる（江國香織） ……………… 53
吉里吉里人（井上ひさし） ………………… 53
桐の花（北原白秋） ………………………… 53
ギルガメシュ叙事詩 ……………………… 53
金槐和歌集（源実朝） ……………………… 54
金閣寺（三島由紀夫） ……………………… 54
銀河鉄道の夜（宮沢賢治） ………………… 54
金々先生栄花夢（恋川春町） ……………… 54
銀の匙（中勘助） …………………………… 54
金瓶梅（笑笑生） …………………………… 54

【く】

空海の風景（司馬遼太郎） ………………… 55
寓話（ラ・フォンテーヌ） ………………… 55
苦役列車（西村賢太） ……………………… 55
クォ・ヴァディス（シェンキェヴィチ） … 55
クオレ（デ・アミーチス） ………………… 56
苦海浄土（石牟礼道子） …………………… 56
草の葉（ホイットマン） …………………… 56
草の花（福永武彦） ………………………… 56
草枕（夏目漱石） …………………………… 56
愚神礼讃 ⇒痴愚神礼讃（ちぐしんらいさん）を見よ
グスコーブドリの伝記（宮沢賢治） ……… 56
崩れゆく絆（アチェベ） …………………… 57
グッバイ、コロンバス ⇒さようならコロンバスを見よ
国盗り物語（司馬遼太郎） ………………… 57
クマのプーさん（ミルン） ………………… 57
天衣紛上野初花（河竹黙阿弥） …………… 57
蜘蛛の糸（芥川龍之介） …………………… 57
雲の墓標（阿川弘之） ……………………… 57
暗い絵（野間宏） …………………………… 58
蔵の中（宇野浩二） ………………………… 58
鞍馬天狗（大佛次郎） ……………………… 58
グラン・モーヌ（アラン＝フルニエ） …… 59
クリスマス・キャロル（ディケンズ） …… 59
グリム童話集（グリム兄弟） ……………… 59
狂えるオルランド（アリオスト） ………… 59
クレーヴの奥方（ラ・ファイエット夫人） … 60
グレート・ギャツビー（フィッツジェラルド） ……………………………………… 60
黒い雨（井伏鱒二） ………………………… 60
クロイツェル・ソナタ（トルストイ） …… 60

黒髪(近松秋江)……………………… 60
黒猫(ポー)…………………………… 60
黒の試走車(梶山季之)……………… 61
群盗(シラー)………………………… 61

【け】

結婚式のメンバー(マッカラーズ)… 61
月長石(コリンズ)…………………… 61
ゲド戦記(ル=グウィン)…………… 61
蹴りたい背中(綿矢りさ)…………… 62
幻化(梅崎春生)……………………… 62
検察官(ゴーゴリ)…………………… 62
原子爆弾 ⇒夏の花(なつのはな)を見よ
源氏物語(紫式部)…………………… 63
賢者ナータン(レッシング)………… 63
賢者の贈り物(オー・ヘンリー)…… 63
原色の街(吉行淳之介)……………… 63
現代の英雄(レールモントフ)……… 63
権力と栄光(グリーン)……………… 63
建礼門院右京大夫集(建礼門院右京大夫)… 64

【こ】

恋する女たち(ロレンス)…………… 64
コインロッカー・ベイビーズ(村上龍)… 64
恍惚の人(有吉佐和子)……………… 64
好色一代男(井原西鶴)……………… 64
好色一代女(井原西鶴)……………… 65
好色五人女(井原西鶴)……………… 65
幸福な王子(ワイルド)……………… 65
高慢と偏見(オースティン)………… 65
荒野の呼び声 ⇒野生の呼び声(やせいのよびごえ)を見よ
高野聖(泉鏡花)……………………… 65
荒涼館(ディケンズ)………………… 65
紅楼夢(曹雪芹)……………………… 66
子を貸し屋(宇野浩二)……………… 66
子をつれて(葛西善蔵)……………… 66
黄金虫 ⇒黄金虫(おうごんちゅう)を見よ
木枯し紋次郎(笹沢左保)…………… 66
故旧忘れ得べき(高見順)…………… 67
古今和歌集…………………………… 67
国性爺合戦(近松門左衛門)………… 67
告白(ルソー)………………………… 67
極楽とんぼ(里見弴)………………… 67
こころ(夏目漱石)…………………… 67
心変わり(ビュトール)……………… 67
古今著聞集(橘成季〔編〕)………… 68

古事記………………………………… 68
古事談(源顕兼〔編〕)……………… 68
孤愁の岸(杉本苑子)………………… 68
五重塔(幸田露伴)…………………… 68
個人的な体験(大江健三郎)………… 68
小僧の神様(志賀直哉)……………… 68
古都(川端康成)……………………… 69
ゴドーを待ちながら(ベケット)…… 69
古本説話集…………………………… 69
ゴリオ爺さん(バルザック)………… 69
古老の舟乗り ⇒老水夫行(ろうすいふこう)を見よ
こわれがめ(クライスト)…………… 69
金色夜叉(尾崎紅葉)………………… 69
今昔物語集…………………………… 70
昆虫記 ⇒ファーブル昆虫記を見よ
コン・ティキ号探検記(ヘイエルダール)… 70
婚約者 ⇒いいなづけを見よ

【さ】

最後の一葉(オー・ヘンリー)……… 70
最後の一句(森鷗外)………………… 70
西遊記(呉承恩)……………………… 70
サイラス・マーナ(エリオット)…… 70
坂の上の雲(司馬遼太郎)…………… 71
作者を探す六人の登場人物(ピランデルロ)… 71
桜島(梅崎春生)……………………… 71
桜の園(チェーホフ)………………… 71
桜の森の満開の下(坂口安吾)……… 71
狭衣物語……………………………… 72
細雪(谷崎潤一郎)…………………… 72
貞文日記 ⇒平中物語(へいちゅうものがたり)を見よ
里見八犬伝 ⇒南総里見八犬伝(なんそうさとみはっけんでん)を見よ
讃岐典侍日記(藤原長子)…………… 72
さぶ(山本周五郎)…………………… 72
サミュエル・ジョンソン伝(ボズウェル)… 72
寒い国から帰ってきたスパイ(ル・カレ)… 72
さようならコロンバス(ロス)……… 73
更級日記(菅原孝標女)……………… 73
猿の惑星(ブール)…………………… 73
されどわれらが日々―(柴田翔)…… 73
サロメ(ワイルド)…………………… 73
山家集(西行)………………………… 74
サンクチュアリ(フォークナー)…… 74
山月記(中島敦)……………………… 74
三教指帰(空海)……………………… 74

三国志演義（羅貫中）……………………74
三十三年の夢（宮崎滔天）………………75
三銃士（デュマ・ペール）………………75
山椒魚（井伏鱒二）………………………75
さんせう太夫 ………………………………76
山椒大夫（森鷗外）………………………76
三四郎（夏目漱石）………………………76
三太郎の日記（阿部次郎）………………76
三人姉妹（チェーホフ）…………………76
三匹の蟹（大庭みな子）…………………76
三文オペラ（ブレヒト）…………………76

【し】

飼育（大江健三郎）………………………77
ジェイン・エア（ブロンテ）……………77
塩狩峠（三浦綾子）………………………77
潮騒（三島由紀夫）………………………77
詩経（孔子）………………………………77
ジキル博士とハイド氏（スティーヴンソン）……78
地獄の季節（ランボー）…………………78
地獄変（芥川龍之介）……………………78
自殺志願　⇒ベル・ジャーを見よ
死者の書（折口信夫（釈迢空））…………78
私小説論（小林秀雄）……………………78
侍女の物語（アトウッド）………………78
静かなるドン（ショーロホフ）…………79
シスター・キャリー（ドライサー）……79
刺青（谷崎潤一郎）………………………79
死せる魂（ゴーゴリ）……………………79
死線を越えて（賀川豊彦）………………79
自然と人生（徳冨蘆花）…………………79
時代屋の女房（村松友視）………………80
悉皆屋康吉（舟橋聖一）…………………80
十訓抄 ………………………………………80
嫉妬（ロブ＝グリエ）……………………80
失楽園（ミルトン）………………………80
失楽園（渡辺淳一）………………………80
死の勝利（ダヌンツィオ）………………81
死の棘（島尾敏雄）………………………81
忍ぶ川（三浦哲郎）………………………81
渋江抽斎（森鷗外）………………………81
脂肪の塊（モーパッサン）………………81
市民の反抗（ソロー）……………………81
シャイニング（キング）…………………82
邪宗門（北原白秋）………………………82
沙石集（無住）……………………………82
ジャッカルの日（フォーサイス）………82

赤光（斎藤茂吉）…………………………82
斜陽（太宰治）……………………………83
車輪の下（ヘッセ）………………………83
シャーロック・ホームズの冒険（ドイル）……83
ジャン・クリストフ（ロラン）…………83
ジャングル（シンクレア）………………83
ジャングル・ブック（キップリング）…84
上海（横光利一）…………………………84
十五少年漂流記（ヴェルヌ）……………84
十二支考（南方熊楠）……………………84
縮図（徳田秋声）…………………………84
修禅寺物語（岡本綺堂）…………………84
出家とその弟子（倉田百三）……………85
ジュリアス・シーザー（シェイクスピア）……85
ジュリエット物語あるいは悪徳の栄え
　⇒悪徳の栄え（あくとくのさかえ）を見よ
春琴抄（谷崎潤一郎）……………………85
春色梅児誉美（為永春水）………………85
ジョイ・ラック・クラブ（タン）………85
承久記 ………………………………………85
小公子（バーネット）……………………86
情事の終り（グリーン）…………………86
成尋阿闍梨母集（成尋阿闍梨母）………86
小説神髄（坪内逍遙）……………………86
小説の方法（伊藤整）……………………86
少年キム（キップリング）………………86
将門記 ………………………………………87
女王陛下のユリシーズ号（マクリーン）……87
女工哀史（細井和喜蔵）…………………87
抒情小曲集（室生犀星）…………………87
抒情民謡集（ワーズワースとコールリッジ（共著））……87
ジョンソン伝　⇒サミュエル・ジョンソン伝を見よ
ジョン万次郎漂流記（井伏鱒二）………87
シラノ・ド・ベルジュラック（ロスタン）……88
死霊（埴谷雄高）…………………………88
城（カフカ）………………………………88
白い巨塔（山崎豊子）……………………88
次郎物語（下村湖人）……………………89
しろばんば（井上靖）……………………89
神曲（ダンテ・アリギエーリ）…………89
真空地帯（野間宏）………………………89
新古今和歌集 ………………………………89
真実一路（山本有三）……………………89
紳士トリストラム・シャンディの生涯と意見　⇒トリストラム・シャンディを見よ
神州纐纈城（国枝史郎）…………………90

心中天網島（近松門左衛門）・・・・・・・・・・・ 90
新宿鮫（大沢在昌）・・・・・・・・・・・・・・・・・・・・ 90
真珠夫人（菊池寛）・・・・・・・・・・・・・・・・・・・・ 90
神聖喜劇（大西巨人）・・・・・・・・・・・・・・・・・・ 90
人生劇場（尾崎士郎）・・・・・・・・・・・・・・・・・・ 90
人生論ノート（三木清）・・・・・・・・・・・・・・・・ 91
新撰犬筑波集（山崎宗鑑〔編〕）・・・・・・・・ 91
新選組始末記（子母沢寛）・・・・・・・・・・・・・・ 91
新撰菟玖波集（一条冬良〔ほか編〕）・・・・ 91
新体詩抄（外山正一〔ほか編〕）・・・・・・・・ 91
審判（カフカ）・・・・・・・・・・・・・・・・・・・・・・・・ 91
新約聖書　⇒聖書（せいしょ）を見よ
親和力（ゲーテ）・・・・・・・・・・・・・・・・・・・・・・ 92

【す】

水滸伝（施耐庵）・・・・・・・・・・・・・・・・・・・・・・ 92
水晶（シュティフター）・・・・・・・・・・・・・・・・ 92
随想録　⇒エセーを見よ
姿三四郎（富田常雄）・・・・・・・・・・・・・・・・・・ 92
菅原伝授手習鑑（竹田出雲（2世）ほか）・・・ 93
スケッチ・ブック（アーヴィング）・・・・・・ 93
スタンド・バイ・ミー（キング）・・・・・・・・ 93
砂の上の植物群（吉行淳之介）・・・・・・・・・・ 93
砂の器（松本清張）・・・・・・・・・・・・・・・・・・・・ 93
砂の女（安部公房）・・・・・・・・・・・・・・・・・・・・ 93
すばらしい新世界（ハックスリー）・・・・・・ 94
スペードの女王（プーシキン）・・・・・・・・・・ 94
すみだ川（永井荷風）・・・・・・・・・・・・・・・・・・ 94
隅田川（観世元雅）・・・・・・・・・・・・・・・・・・・・ 94
スローターハウス5（ヴォネガット）・・・・・・ 94

【せ】

生活の探求（島木健作）・・・・・・・・・・・・・・・・ 95
青春の蹉跌（石川達三）・・・・・・・・・・・・・・・・ 95
青春の門（五木寛之）・・・・・・・・・・・・・・・・・・ 95
聖書・・・・・・・・・・・・・・・・・・・・・・・・・・・・・・・・・・ 95
醒睡笑（安楽庵策伝）・・・・・・・・・・・・・・・・・・ 95
青銅の基督（長与善郎）・・・・・・・・・・・・・・・・ 95
性に眼覚める頃（室生犀星）・・・・・・・・・・・・ 96
西部戦線異状なし（レマルク）・・・・・・・・・・ 96
清兵衛と瓢簞（志賀直哉）・・・・・・・・・・・・・・ 96
聖ヨハネ病院にて（上林暁）・・・・・・・・・・・・ 96
世界の終りとハードボイルド・ワンダーランド（村上春樹）・・・・・・・・・・・・・・・・・・・・ 96
世界の記述　⇒東方見聞録（とうほうけんぶんろく）を見よ
世界の中心で、愛をさけぶ（片山恭一）・・・・・ 97

世間胸算用（井原西鶴）・・・・・・・・・・・・・・・・ 97
銭形平次捕物控（野村胡堂）・・・・・・・・・・・・ 97
ゼーノの苦悶（ズヴェーヴォ）・・・・・・・・・・ 97
狭き門（ジッド）・・・・・・・・・・・・・・・・・・・・・・ 97
蟬しぐれ（藤沢周平）・・・・・・・・・・・・・・・・・・ 98
セメント樽の中の手紙（葉山嘉樹）・・・・・・ 98
セールスマンの死（ミラー）・・・・・・・・・・・・ 98
戦艦武蔵（吉村昭）・・・・・・・・・・・・・・・・・・・・ 98
戦艦大和ノ最期（吉田満）・・・・・・・・・・・・・・ 98
1984年（オーウェル）・・・・・・・・・・・・・・・・・・ 99
撰集抄・・・・・・・・・・・・・・・・・・・・・・・・・・・・・・・・ 99
戦争と平和（トルストイ）・・・・・・・・・・・・・・ 99
感傷旅行（センチメンタル・ジャーニイ）（田辺聖子）・・・・・・・・・・・・・・・・・・・・・・・・・・ 99
剪灯新話（瞿佑）・・・・・・・・・・・・・・・・・・・・・・ 99
千羽鶴（川端康成）・・・・・・・・・・・・・・・・・・・・ 99
千夜一夜物語　⇒アラビアン・ナイトを見よ
善良な兵士シュヴェイク　⇒兵士シュヴェイクの冒険（へいししゅうゔぇいくのぼうけん）を見よ

【そ】

蒼氓（石川達三）・・・・・・・・・・・・・・・・・・・・・・ 100
曽我物語・・・・・・・・・・・・・・・・・・・・・・・・・・・・・・ 100
ソクラテスの弁明（プラトン）・・・・・・・・・・ 100
そして誰もいなくなった（クリスティ）・・・・ 100
曽根崎心中（近松門左衛門）・・・・・・・・・・・・ 100
其面影（二葉亭四迷）・・・・・・・・・・・・・・・・・・ 100
ソフィーの選択（スタイロン）・・・・・・・・・・ 101
ソラリス（レム）・・・・・・・・・・・・・・・・・・・・・・ 101
それから（夏目漱石）・・・・・・・・・・・・・・・・・・ 101
存在の耐えられない軽さ（クンデラ）・・・・・・ 101

【た】

大尉の娘（プーシキン）・・・・・・・・・・・・・・・・ 101
対位法　⇒恋愛対位法（れんあいたいいほう）を見よ
太閤記（小瀬甫庵）・・・・・・・・・・・・・・・・・・・・ 102
第三の男（グリーン）・・・・・・・・・・・・・・・・・・ 102
大聖堂（カーヴァー）・・・・・・・・・・・・・・・・・・ 102
大地（バック）・・・・・・・・・・・・・・・・・・・・・・・・ 102
太平記・・・・・・・・・・・・・・・・・・・・・・・・・・・・・・・・ 102
大菩薩峠（中里介山）・・・・・・・・・・・・・・・・・・ 102
タイム・マシン（ウェルズ）・・・・・・・・・・・・ 103
太陽の季節（石原慎太郎）・・・・・・・・・・・・・・ 103
太陽のない街（徳永直）・・・・・・・・・・・・・・・・ 103
高瀬舟（森鷗外）・・・・・・・・・・・・・・・・・・・・・・ 103

誰がために鐘は鳴る(ヘミングウェイ)……103
宝島(スティーヴンソン)……………103
滝口入道(高山樗牛)………………104
たけくらべ(樋口一葉)……………104
竹沢先生と云ふ人(長與善郎)……104
竹取物語……………………………104
多情多恨(尾崎紅葉)………………104
忠直卿行状記(菊池寛)……………104
谷間の百合(バルザック)…………104
ダーバヴィル家のテス(ハーディ)……105
タバコ・ロード(コールドウェル)……105
旅路の果て(バース)………………105
旅の日のモーツァルト(メーリケ)……105
玉勝間(本居宣長)…………………105
堕落論(坂口安吾)…………………105
タルチュフ(モリエール)…………106
ダロウェイ夫人(ウルフ)…………106
戯れに恋はすまじ(ミュッセ)……106
断腸亭日乗(永井荷風)……………106
耽溺(岩野泡鳴)……………………106

【ち】

智恵子抄(高村光太郎)……………106
知恵の七柱(ロレンス)……………107
地下室の手記(ドストエフスキー)……107
地球の中心への旅 ⇒地底旅行(ちていりょこう)を見よ
地球幼年期の終わり ⇒幼年期の終り(ようねんきのおわり)を見よ
竹斎(富山道冶)……………………107
痴愚神礼讃(エラスムス)…………107
恥辱(クッツェー)…………………107
痴人の愛(谷崎潤一郎)……………108
父帰る(菊池寛)……………………108
父と子(ツルゲーネフ)……………108
地底旅行(ヴェルヌ)………………108
地の群れ(井上光晴)………………108
チベット旅行記(河口慧海)………109
チボー家の人々(マルタン・デュ・ガール)……109
チャイルド・ハロルドの遍歴(バイロン)……109
チャタレイ夫人の恋人(ロレンス)……109
注文の多い料理店(宮沢賢治)……110
長距離走者の孤独(シリトー)……110
椿説弓張月(曲亭馬琴)……………110
沈黙(遠藤周作)……………………110

【つ】

ツァラトゥストラかく語りき(ニーチェ)…110
津軽(太宰治)………………………111
月と六ペンス(モーム)……………111
月に吠える(萩原朔太郎)…………111
菟玖波集(二条良基〔ほか撰〕)……111
土(長塚節)…………………………111
堤中納言物語………………………111
椿姫(デュマ・フィス)……………112
罪と罰(ドストエフスキー)………112
鶴八鶴次郎(川口松太郎)…………112
徒然草(兼好法師)…………………112

【て】

デイヴィッド・コパフィールド(ディケンズ)……112
デイジー・ミラー(ジェイムズ)……113
停電の夜に(ラヒリ)………………113
ティファニーで朝食を(カポーティ)……113
深い河(ディープ・リバー)(遠藤周作)……114
ティボー家の人々 ⇒チボー家の人々を見よ
デカメロン(ボッカチオ)…………114
手鎖心中(井上ひさし)……………114
テス ⇒ダーバヴィル家のテスを見よ
デミアン(ヘッセ)…………………114
テレーズ・デスケルー(モーリヤック)……115
店員 ⇒アシスタントを見よ
田園の憂鬱(佐藤春夫)……………115
伝奇集(ボルヘス)…………………115
天使か故郷を見よ(ウルフ)………115
転身物語 ⇒変身物語(へんしんものがたり)を見よ
点と線(松本清張)…………………115
天の夕顔(中河与一)………………116
天平の甍(井上靖)…………………116
テンペスト(シェイクスピア)……116
天路歴程(バニヤン)………………116

【と】

東海道中膝栗毛(十返舎一九)……116
東海道四谷怪談(鶴屋南北(4世))……117
東関紀行……………………………117
唐詩選(李攀竜)……………………117
党生活者(小林多喜二)……………117
当世書生気質(坪内逍遙)…………117
灯台へ(ウルフ)……………………117

道程(高村光太郎)	118
動物農場(オーウェル)	118
東方見聞録(マルコ・ポーロ)	118
遠い声 遠い部屋(カポーティ)	118
遠野物語(柳田國男)	118
徳川家康(山岡荘八)	118
特性のない男(ムージル)	118
ドクトル・ジバゴ(パステルナーク)	119
どくとるマンボウ航海記(北杜夫)	119
ドグラ・マグラ(夢野久作)	119
時計じかけのオレンジ(バージェス)	119
何処へ(正宗白鳥)	119
土佐日記(紀貫之)	119
年老いた船乗りの詩 ⇒老水夫行(ろうすいふこう)を見よ	
杜子春(芥川龍之介)	120
トニオ・クレーゲル(マン)	120
飛ぶ教室(ケストナー)	120
トム・ジョウンズ(フィールディング)	120
トム・ソーヤーの冒険(トウェイン)	121
ドラキュラ ⇒吸血鬼ドラキュラ(きゅうけつきどらきゅら)を見よ	
ドリアン・グレイの肖像(ワイルド)	121
とりかへばや物語	121
トリスタンとイゾルデ(ゴットフリート・フォン・シュトラースブルク)	121
トリストラム・シャンディ(スターン)	121
ドリトル先生シリーズ(ロフティング)	122
ドルジェル伯の舞踏会(ラディゲ)	122
トロッコ(芥川龍之介)	122
泥の河(宮本輝)	122
泥棒日記(ジュネ)	122
とはずがたり(後深草院二条)	122
ドン・キホーテ(セルバンテス)	122
敦煌(井上靖)	123
どん底(ゴーリキー)	123

【 な 】

内部生命論(北村透谷)	123
ナイン・テイラーズ(セイヤーズ)	123
菜穂子(堀辰雄)	123
長いお別れ(チャンドラー)	124
流れる(幸田文)	124
渚にて(シュート)	124
梨の花(中野重治)	124
ナジャ(ブルトン)	124
夏の終り(瀬戸内寂聴)	124
夏の花(原民喜)	125
夏の夜の夢 ⇒真夏の夜の夢(まなつのよのゆめ)を見よ	
楢山節考(深沢七郎)	125
鳴門秘帖(吉川英治)	125
ナルニア国物語(ルイス)	125
南国太平記(直木三十五)	126
南総里見八犬伝(曲亭馬琴)	126
何でも見てやろう(小田実)	126
なんとなく、クリスタル(田中康夫)	127

【 に 】

肉体の悪魔(ラディゲ)	127
肉体の門(田村泰次郎)	127
にごりえ(樋口一葉)	127
二十四の瞳(壺井栄)	127
贋金つくり(ジッド)	128
偐紫田舎源氏(柳亭種彦)	128
二銭銅貨(江戸川乱歩)	128
日輪(横光利一)	128
日本永代蔵(井原西鶴)	128
二都物語(ディケンズ)	128
ニーベルンゲンの歌	129
日本アルプス(小島烏水)	129
日本国現報善悪霊異記 ⇒日本霊異記(にほんりょういき)を見よ	
日本三文オペラ(開高健)	129
日本書紀	129
日本沈没(小松左京)	129
日本之下層社会(横山源之助)	130
日本の橋(保田與重郎)	130
日本文化私観(坂口安吾)	130
日本霊異記(景戒)	130
ニューロマンサー(ギブスン)	130
ニルスのふしぎな旅(ラーゲルレーヴ)	131
楡家の人びと(北杜夫)	131
楡の木陰の欲望(オニール)	131
人形の家(イプセン)	131
人間ぎらい(モリエール)	131
人間失格(太宰治)	131
人間の壁(石川達三)	132
人間の絆(モーム)	132
人間の條件(五味川純平)	132
人間の条件(マルロー)	132
人間の土地(サン=テグジュペリ)	133
にんじん(ルナール)	133

【ね】

ネイティヴ・サン　⇒アメリカの息子を見よ
寝覚　⇒夜半の寝覚（よわのねざめ）を見よ
ねじの回転（ジェイムズ） ……………… 133
眠狂四郎無頼控（柴田錬三郎） ………… 133
眠れる美女（川端康成） ………………… 133

【の】

野菊の墓（伊藤左千夫） ………………… 134
ノストローモ（コンラッド） …………… 134
野火（大岡昇平） ………………………… 134
伸子（宮本百合子） ……………………… 134
乗合馬車（中里恒子） …………………… 134
ノルウェイの森（村上春樹） …………… 134
ノンちゃん雲に乗る（石井桃子） ……… 135

【は】

俳諧七部集（佐久間柳居〔編〕） ………… 135
ハイジ　⇒アルプスの少女ハイジを見よ
背徳のメス（黒岩重吾） ………………… 135
灰とダイヤモンド（アンジェイェフスキ）… 135
誹風柳多留（呉陵軒可有〔ほか編〕） …… 136
蠅の王（ゴールディング） ……………… 136
破戒（島崎藤村） ………………………… 136
白鯨（メルヴィル） ……………………… 136
白痴（坂口安吾） ………………………… 136
白痴（ドストエフスキー） ……………… 137
白羊宮（薄田泣菫） ……………………… 137
歯車（芥川龍之介） ……………………… 137
箱男（安部公房） ………………………… 137
橋のない川（住井すゑ） ………………… 137
芭蕉七部集　⇒俳諧七部集（はいかいしちぶしゅう）を見よ
走れウサギ（アップダイク） …………… 138
走れメロス（太宰治） …………………… 138
バスカヴィル家の犬（ドイル） ………… 138
裸の王様（開高健） ……………………… 138
裸のランチ（バロウズ） ………………… 138
八月の光（フォークナー） ……………… 139
八十日間世界一周（ヴェルヌ） ………… 139
ハーツォグ（ベロー） …………………… 139
ハツカネズミと人間（スタインベック）… 139
ハックルベリー・フィンの冒険（トウェイン） ……………………………………… 139
八犬伝　⇒南総里見八犬伝（なんそうさとみはっけんでん）を見よ

初恋（ツルゲーネフ） …………………… 140
鼻（芥川龍之介） ………………………… 140
鼻（ゴーゴリ） …………………………… 140
華岡青洲の妻（有吉佐和子） …………… 140
花の生涯（舟橋聖一） …………………… 140
パニック（開高健） ……………………… 141
浜松中納言物語 …………………………… 141
パミラ（リチャードソン） ……………… 141
ハムレット（シェイクスピア） ………… 141
薔薇の名前（エーコ） …………………… 141
巴里に死す（芹沢光治良） ……………… 141
ハリー・ポッターシリーズ（ローリング）… 142
春（島崎藤村） …………………………… 142
春雨物語（上田秋成） …………………… 142
パルタイ（倉橋由美子） ………………… 142
春と修羅（宮沢賢治） …………………… 142
春のめざめ（ヴェデキント） …………… 142
パルムの僧院（スタンダール） ………… 143
ハワーズ・エンド（フォースター） …… 143
晩夏（シュティフター） ………………… 143
挽歌（原田康子） ………………………… 144
晩菊（林芙美子） ………………………… 144
半七捕物帳（岡本綺堂） ………………… 144
播州平野（宮本百合子） ………………… 144
パンセ（パスカル） ……………………… 144
晩年（太宰治） …………………………… 144

【ひ】

緋色の研究（ドイル） …………………… 145
ひかりごけ（武田泰淳） ………………… 145
彼岸過迄（夏目漱石） …………………… 145
碾臼（ドラブル） ………………………… 145
ピグマリオン（ショー） ………………… 145
ピーター・パン（バリー） ……………… 145
羊をめぐる冒険（村上春樹） …………… 146
秀吉と利休（野上弥生子） ……………… 146
一房の葡萄（有島武郎） ………………… 146
悲の器（高橋和巳） ……………………… 146
ピノキオの冒険（コッローディ） ……… 146
火の鳥（伊藤整） ………………………… 146
日の名残り（イシグロ） ………………… 147
火の柱（木下尚江） ……………………… 147
響きと怒り（フォークナー） …………… 147
日々の泡（ヴィアン） …………………… 147
緋文字（ホーソーン） …………………… 147
百人一首　⇒小倉百人一首（おぐらひゃくにんいっしゅ）を見よ

百年の孤独（ガルシア＝マルケス）……148
ヒュペーリオン（ヘルダーリン）……148
病牀六尺（正岡子規）……148
氷点（三浦綾子）……148
氷壁（井上靖）……148
ビラヴド（モリスン）……149
ビルマの竪琴（竹山道雄）……149
広場の孤独（堀田善衞）……149
日はまた昇る（ヘミングウェイ）……149

【ふ】

ファウスト（ゲーテ）……149
ファーブル昆虫記（ファーブル）……150
Ｖ．（ピンチョン）……150
フィガロの結婚（ボーマルシェ）……150
風車小屋だより（ドーデ）……150
風流仏（幸田露伴）……150
フェードル（ラシーヌ）……150
フォーサイト家物語（ゴールズワージー）……151
フォースタス博士（マーロウ）……151
富嶽百景（太宰治）……151
武器よさらば（ヘミングウェイ）……151
福翁自伝（福澤諭吉）……151
梟の城（司馬遼太郎）……152
不思議の国のアリス（キャロル）……152
富士に立つ影（白井喬二）……152
附子……152
蕪村句集（与謝蕪村）……152
復活（トルストイ）……152
ブッデンブローク家の人々（マン）……153
蒲団（田山花袋）……153
ブライズヘッドふたたび（ウォー）……153
ブラウン神父シリーズ（チェスタトン）……154
フラニーとゾーイー（サリンジャー）……154
プラハへの旅路のモーツァルト　⇒旅の日のモーツァルト（たびのひのもーつぁると）を見よ
フランケンシュタイン（シェリー）……154
ふらんす物語（永井荷風）……154
ブリキの太鼓（グラス）……154
俘虜記（大岡昇平）……155
プールサイド小景（庄野潤三）……155
糞尿譚（火野葦平）……155

【へ】

平家物語……155
兵士シュヴェイクの冒険（ハシェク）……156
平治物語……156
平中物語……156
ベーオウルフ……156
ペスト（カミュ）……156
ペーター・シュレミールの不思議な物語　⇒影をなくした男（かげをなくしたおとこ）を見よ
別離（若山牧水）……156
ペテルブルグ（ベールイ）……157
ベニスに死す　⇒ヴェニスに死すを見よ
ベニスの商人　⇒ヴェニスの商人を見よ
ベル・ジャー（プラス）……157
変身（カフカ）……157
変身物語（オウィディウス）……157
変身物語〔アプレイウス著〕　⇒黄金のろば（おうごんのろば）を見よ
ヘンリー・ライクロフトの私記（ギッシング）……157

【ほ】

ボヴァリー夫人（フローベール）……158
奉教人の死（芥川龍之介）……158
保元物語……158
方丈記（鴨長明）……158
豊饒の海（三島由紀夫）……158
北条政子（永井路子）……158
抱擁家族（小島信夫）……159
放浪記（林芙美子）……159
放浪者メルモス（マチューリン）……159
北越雪譜（鈴木牧之）……159
濹東綺譚（永井荷風）……159
星の王子さま（サン＝テグジュペリ）……160
火垂るの墓（野坂昭如）……160
発心集（鴨長明〔編〕）……160
坊っちゃん（夏目漱石）……160
鉄道員（ぽっぽや）（浅田次郎）……160
歩道橋の魔術師（呉明益）……160
不如帰（徳冨蘆花）……161
本陣殺人事件（横溝正史）……161
本町通り（ルイス）……161
本朝文粋（藤原明衡〔撰〕）……161

【ま】

マイ・アントニーア　⇒私のアントニーア（わたしのあんとにーあ）を見よ
舞姫（森鷗外）……161
マークスの山（髙村薫）……162
マクベス（シェイクスピア）……162

(27)

枕草子(清少納言) ……………………… 162
将門記　⇒将門記(しょうもんき)を見よ
麻雀放浪記(阿佐田哲也) ……………… 162
増鏡 …………………………………… 163
貧しき人びと(ドストエフスキー) …… 163
マダム・ボワリー　⇒ボヴァリー夫人を見よ
真知子(野上弥生子) …………………… 163
窓ぎわのトットちゃん(黒柳徹子) …… 163
真夏の夜の夢(シェイクスピア) ……… 164
魔の山(マン) …………………………… 164
マノン・レスコー(アベ・プレヴォー) … 164
マハーバーラタ(ヴィヤーサ) ………… 164
瞼の母(長谷川伸) ……………………… 164
真夜中の子供たち(ラシュディ) ……… 164
マルコ・ポーロの見えない都市　⇒見えない都市(みえないとし)を見よ
マルコ・ポーロ旅行記　⇒東方見聞録(とうほうけんぶんろく)を見よ
マルタの鷹(ハメット) ………………… 165
マルテの手記(リルケ) ………………… 165
マルドロールの歌(ロートレアモン) … 165
万延元年のフットボール(大江健三郎) … 165
万葉集 ………………………………… 166

【み】

木乃伊の口紅(田村俊子) ……………… 166
見えない都市(カルヴィーノ) ………… 166
見えない人間(エリスン) ……………… 166
岬(中上健次) …………………………… 166
みずうみ(シュトルム) ………………… 167
水鏡(中山忠親) ………………………… 167
魅せられた旅人(レスコーフ) ………… 167
みだれ髪(与謝野晶子) ………………… 167
道草(夏目漱石) ………………………… 167
緑のハインリヒ(ケラー) ……………… 167
ミドルマーチ(エリオット) …………… 168
南回帰線(ミラー) ……………………… 168
宮本武蔵(吉川英治) …………………… 168
未来のイヴ(ヴィリエ・ド・リラダン) … 168

【む】

無関心な人びと(モラヴィア) ………… 168
麦と兵隊(火野葦平) …………………… 169
無垢の時代　⇒エイジ・オブ・イノセンスを見よ
無限抱擁(瀧井孝作) …………………… 169
武蔵野(国木田独歩) …………………… 169

武蔵野夫人(大岡昇平) ………………… 169
虫のいろいろ(尾崎一雄) ……………… 169
無邪気な時代　⇒エイジ・オブ・イノセンスを見よ
息子と恋人(ロレンス) ………………… 170
無名抄(鴨長明) ………………………… 170
無名草子 ……………………………… 170
紫式部日記(紫式部) …………………… 170
村の家(中野重治) ……………………… 170

【め】

明暗(夏目漱石) ………………………… 170
明月記(藤原定家) ……………………… 171
冥途(内田百閒) ………………………… 171
冥途の飛脚(近松門左衛門) …………… 171
迷路(野上弥生子) ……………………… 171
メイン・ストリート　⇒本町通り(ほんちょうどおり)を見よ
夫婦善哉(織田作之助) ………………… 171
メタモルポセス　⇒変身物語(へんしんものがたり)を見よ
眩暈(カネッティ) ……………………… 172
芽むしり仔撃ち(大江健三郎) ………… 172

【も】

もう一つの国(ボールドウィン) ……… 172
燃えよ剣(司馬遼太郎) ………………… 172
木曜の男(チェスタトン) ……………… 172
モーヌの大将　⇒グラン・モーヌを見よ
物くさ太郎 …………………………… 173
もの真似鳥を殺すには　⇒アラバマ物語を見よ
モヒカン族の最後(クーパー) ………… 173
樅ノ木は残った(山本周五郎) ………… 173
モモ(エンデ) …………………………… 173
森と湖のまつり(武田泰淳) …………… 173
森の生活 ウォールデン　⇒ウォールデン 森の生活を見よ
森は生きている(マルシャーク) ……… 174
モルグ街の殺人(ポー) ………………… 174
門(夏目漱石) …………………………… 174
モンテ・クリスト伯(デュマ・ペール) … 174

【や】

夜間飛行(サン=テグジュペリ) ……… 174
山羊の歌(中原中也) …………………… 175
柳生武芸帳(五味康祐) ………………… 175
焼跡のイエス(石川淳) ………………… 175

野獣死すべし(大藪春彦)··············175
野生の呼び声(ロンドン)··············175
谷中村滅亡史(荒畑寒村)··············176
柳多留　⇒誹風柳多留(はいふうやなぎだる)を見よ
屋根裏の散歩者(江戸川乱歩)··········176
藪柑子集(寺田寅彦)··················176
藪の中(芥川龍之介)··················176
大和物語··························176
山にのぼりて告げよ(ボールドウィン)····177
山猫(トマージ・ディ・ランペドゥーサ)··177
山の音(川端康成)····················177
闇の奥(コンラッド)··················177
病める薔薇　⇒田園の憂鬱(でんえんのゆううつ)を見よ

【ゆ】

友情(武者小路実篤)··················177
夕鶴(木下順二)······················177
幽霊たち(オースター)················178
U.S.A.(ドス・パソス)················178
雪国(川端康成)······················178
ユートピア(モア)····················178
ユートピアだより(モリス)············178
指輪物語(トールキン)················178
ユリシーズ(ジョイス)················179

【よ】

夜明け前(島崎藤村)··················179
杳子(古井由吉)······················179
幼年期の終り(クラーク)··············179
遙拝隊長(井伏鱒二)··················179
欲望という名の電車(ウィリアムズ)····179
義経記　⇒義経記(ぎけいき)を見よ
義経千本桜(竹田出雲(2世)ほか)········180
吉野葛(谷崎潤一郎)··················180
四谷怪談　⇒東海道四谷怪談(とうかいどうよつやかいだん)を見よ
夜の果てへの旅(セリーヌ)············180
夜と霧(フランクル)··················180
夜の宿　⇒どん底を見よ
余は如何にして基督信徒となりし乎(内村鑑三)··························181
夜半の寝覚··························181

【ら】

ライ麦畑でつかまえて(サリンジャー)··181
落日燃ゆ(城山三郎)··················181

駱駝祥子(老舎)······················181
裸者と死者(メイラー)················181
羅生門(芥川龍之介)··················182
ラーマーヤナ(ヴァールミーキ)········182
愛人(ラマン)　⇒愛人 ラマン(あいじんらまん)を見よ
ラモーの甥(ディドロ)················182

【り】

リア王(シェイクスピア)··············182
リツ子・その愛(檀一雄)··············182
リツ子・その死(檀一雄)··············183
リヤ王　⇒リア王を見よ
理由(宮部みゆき)····················183
霊異記　⇒日本霊異記(にほんりょういき)を見よ
聊斎志異(蒲松齢)····················183
梁塵秘抄(後白河法皇)················183
竜馬がゆく(司馬遼太郎)··············183
旅愁(横光利一)······················183
リリス(マクドナルド)················184
李陵(中島敦)························184

【る】

ル・シッド(コルネイユ)··············184
ルバイヤート(ウマル・ハイヤーム)····184

【れ】

冷血(カポーティ)····················184
レイテ戦記(大岡昇平)················184
レ・ミゼラブル(ユゴー)··············185
檸檬(梶井基次郎)····················185
恋愛三昧(シュニッツラー)············185
恋愛対位法(ハックスリー)············185

【ろ】

老妓抄(岡本かの子)··················186
老人と海(ヘミングウェイ)············186
老水夫行(コールリッジ)··············186
朗読者(シュリンク)··················186
路上　⇒オン・ザ・ロードを見よ
ロード・ジム(コンラッド)············186
ロビンソン・クルーソー(デフォー)····187
路傍の石(山本有三)··················187
ロボット(チャペック)················187
ロミオとジュリエット(シェイクスピア)····187
ローランの歌························187

(29)

ロリータ（ナボコフ）……………………187

【 わ 】

Yの悲劇（クイーン）……………………188
ワインズバーグ・オハイオ（アンダーソン）‥188
和解（志賀直哉）…………………………188
若い芸術家の肖像（ジョイス）……………188
若い詩人の肖像（伊藤整）………………188
若い人（石坂洋次郎）……………………188
若きウェルテルの悩み（ゲーテ）…………189
若き日の芸術家の肖像　⇒若い芸術家の
　肖像（わかいげいじゅつかのしょうぞう）を
　見よ
若草物語（オルコット）……………………189
若菜集（島崎藤村）………………………189
吾輩は猫である（夏目漱石）……………189
別れたる妻に送る手紙（近松秋江）………189
和漢朗詠集（藤原公任〔撰〕）……………190
忘れえぬ人々（国木田独歩）……………190
私小説論　⇒私小説論（ししょうせつろん）
　を見よ
わたしを離さないで（イシグロ）……………190
私のアントニーア（キャザー）………………190
ワーニャ伯父さん（チェーホフ）……………190
悪い仲間（安岡章太郎）…………………190
われら（ザミャーチン）……………………191
われらの時代（大江健三郎）………………191

【あ】

「あゝ野麦峠」　ああのむぎとうげ　［記録文学］　㊌1968

山本茂実　やまもと・しげみ　1917-1998　昭和・平成期の小説家。すぐれた記録文学を残す

◇山本茂実全集　第1巻　あゝ野麦峠　山本茂実著　角川書店　1998.6　434p　20cm　①4-04-574301-4　Ⓝ366.38

「ああ無情」　⇒レ・ミゼラブルを見よ

「アイヴァンホー」　Ivanhoe　［長編小説］　㊌1819

スコット，ウォルター　Scott, Sir Walter　1771-1832　スコットランド生まれの詩人、小説家

◇アイヴァンホー　上（岩波文庫）スコット作、菊池武一訳　岩波書店　2002.12　405p　15cm　760円　①4-00-322191-5　Ⓝ933

内容　武勇並びなき騎士アイヴァンホーとロウィーナ姫とのロマンスを中心に、獅子王リチャードが変装した黒衣の騎士や義賊ロビンフッドが縦横に活躍する痛快無比の歴史小説。たくみなプロット、美しい自然描写、広範囲な取材により全ヨーロッパ文学に大きな影響を与えたウォルター・スコットの代表作である。

◇アイヴァンホー　下（岩波文庫）スコット作、菊池武一訳　岩波書店　2002.12　490p　15cm　800円　①4-00-322192-3　Ⓝ933

内容　黒衣の騎士たちの奮戦で囚われの人々は救出された。だが、傷ついたアイヴァンホーを献身的に介抱してくれたユダヤ人の美少女レベッカだけは、敵に拉致され、魔女として処刑されようとしている。アイヴァンホーは彼女を救い出すために決闘に臨む。…1819年刊行当時、記録的な売れゆきで人気を博したイギリスロマン主義の傑作。

「愛人 ラマン」　あいじん らまん　L'Amant　［小説］　㊌1984

デュラス，マルグリット　Duras, Marguerite　1914-1996　フランスの小説家

◇世界文学全集　1-4　太平洋の防波堤　愛人　悲しみよこんにちは　池澤夏樹個人編集　河出書房新社　2008.3　600, 22p　20cm〈著作目録あり　年譜あり〉2800円　①978-4-309-70944-4　Ⓝ908.3

目次　愛人ラマン（マルグリット・デュラス）ほか

内容　「太平洋の防波堤/愛人ラマン」―18歳でわたしは年老いた…仏領インドシナのけだるい風土で暮らす、貧しいフランス人入植者の家族を主人公に描かれる2つの物語。美しい娘と彼女に焦がれる裕福な男。『太平洋の防波堤』で執拗に描かれた恋愛未満の性の駆け引きが、『愛人ラマン』では「流れゆくエクリチュール」とともに性愛の高みへと変奏されていく。デュラスの2つの代表作。

「愛と認識との出発」　あいとにんしきとのしゅっぱつ　［評論］　㊌1921　青空文庫

倉田百三　くらた・ひゃくぞう　1891-1943　大正・昭和期の劇作家、評論家

◇愛と認識との出発（岩波文庫）倉田百三著　岩波書店　2008.10　369p　15cm　760円　①978-4-00-310673-0　Ⓝ914.6

内容　善とは何か、真理とは何か、友情とは何か、恋愛とは何か、信仰とは何か―。自分自身が考え抜いたプロセスをそのままに記した著者20代の論考17篇を収録。刊行されるや、大正-昭和の旧制高校生の間で「伝説的」愛読書となった。『出家とその弟子』とともに倉田百三の代表的著作。

「アイバンホー」　⇒アイヴァンホーを見よ

「あ・うん」　［長編小説］　㊌1981

向田邦子　むこうだ・くにこ　1929-1981　昭和期の脚本家、小説家

◇向田邦子全集　第2巻 小説2（あ・うん）新版　向田邦子著　文藝春秋　2009.5　207p　20cm　1800円　①978-4-16-641690-5　Ⓝ918.68

「アエネーイス」　Aeneis　［叙事詩］　紀元前29-19執筆

ウェルギリウス　Vergilius Maro, Publius

あおい

紀元前70–前19　ローマの叙事詩人
◇アエネーイス　ウェルギリウス著, 杉本正俊訳　新評論　2013.12　469p　22cm〈文献あり　索引あり〉5500円　Ⓘ978-4-7948-0955-1　Ⓝ992.1

[内容]ローマ建国を語るラテン文学最高の叙事詩『アエネーイス』。2000年の時を経て今新たな命を宿す。従来のウェルギリウス像・ローマ叙事詩観を一新する、散文形式による新訳の挑戦。ポンペーイ壁画以来の関連名画多数収録。

「青い山脈」　あおいさんみゃく　[長編小説]
Ⓗ1947

石坂洋次郎　いしざか・ようじろう　1900-1986　昭和期の小説家
◇青い山脈(P+D BOOKS)　石坂洋次郎著　小学館　2018.7　334p　18cm〈新潮文庫1952年刊の再刊〉600円　Ⓘ978-4-09-352343-1　Ⓝ913.6

[内容]東北地方の私立女子高校を舞台に、戦前の暗くじめじめした封建性を打破し、民主的な社会の実現を目指す人々の姿を爽やかに描く。戦後まもない1947年に新聞小説として連載されベストセラーとなった青春小説。

「青い鳥」　あおいとり　L'Oiseau bleu　[童話劇]　Ⓗ1908

メーテルリンク, モーリス　Maeterlinck, Maurice　1862-1949　ベルギーの劇作家、詩人、思想家
◇青い鳥(講談社文庫)　モーリス・メーテルリンク作, 江國香織訳　講談社　2016.12　310p　15cm　780円　Ⓘ978-4-06-293540-1　Ⓝ952.7

[内容]"ひたすら幸せになりたがる病気"にかかった醜い妖精の娘を救うため、"青い鳥"探しの旅に出たチルチルとミチル兄妹。夜の城で、幸福の館で、未来の王国で、いくつもの不思議な出会いを経て、二人が見つけ出した世界の本当の姿とは。クリスマス・イヴの夜の奇蹟を、美しい新訳と絵で蘇らせた愛蔵版。

「青い花」　あおいはな　Heinrich von Ofterdingen　[長編小説]　Ⓗ1802(未完)

ノヴァーリス　Novalis　1772-1801　ドイツ初期ロマン派の代表的詩人、小説家
◇ノヴァーリス作品集　2(ちくま文庫)　ノヴァーリス著, 今泉文子訳　筑摩書房　2006.5　447p　15cm　1300円　Ⓘ4-480-42123-8　Ⓝ948.68

[内容]夭折の詩人・哲学者ノヴァーリス。その多岐にわたる作品を新しい角度から編む文庫初のコレクション。第2巻は、代表作『青い花』を収録。めくるめくファンタジーと絢爛たるアレゴリーが渦巻く、百科全書的知の饗宴としての長編小説の姿が、永年の読解をふまえた新訳と細心の注解により初めて明かされる。29年たらずの短く濃密な生涯を誌した略伝を付す。

「青い麦」　あおいむぎ　Le blé en herbe　[中編小説]　Ⓗ1923

コレット, シドニー・ガブリエル　Colette, Sidonie-Gabrielle　1873-1954　フランスの小説家
◇青い麦(光文社古典新訳文庫)　コレット著, 河野万里子訳　光文社　2010.11　244p　16cm〈年譜あり〉619円　Ⓘ978-4-334-75219-4　Ⓝ953.7

[内容]コレットは14歳年上から16歳年下までの相手と、生涯に三度結婚した。ミュージック・ホールの踊り子時代には同性愛も経験した。恋愛の機微を知り尽くした作家コレットが、残酷なまでに切ない恋心を鮮烈に描く。

「蒼ざめた馬を見よ」　あおざめたうまをみよ　[短編小説]　Ⓗ1966発表

五木寛之　いつき・ひろゆき　1932–　小説家、随筆家。日本芸術院会員
◇五木寛之セレクション　1　国際ミステリー集　五木寛之著　東京書籍　2022.9　366p　20cm　1800円　Ⓘ978-4-487-81448-0　Ⓝ913.6

[内容]時代を超えて読み継がれてゆく五木寛之の作品をテーマ別にまとめた作品集。1は、「蒼ざめた馬を見よ」「夜の斧」など、「国際ミステリー」全3編を収録。佐藤優との対談も収録。

「**青べか物語**」　あおべかものがたり　［長編小説］　㊄1961　青空文庫

山本周五郎　やまもと・しゅうごろう　1903-1967　昭和期の小説家

◇青べか物語（新潮文庫）第2版　山本周五郎著　新潮社　2019.1　388p　16cm　590円　①978-4-10-113484-0　Ⓝ913.6

内容　根戸川の下流にある浦粕という漁師町を訪れた私は、沖の百万坪と呼ばれる風景が気に入り、このうらぶれた町に住み着く。言葉巧みにボロ舟「青べか」を買わされ、やがて"蒸気河岸の先生"と呼ばれ、親しまれる。貧しく素朴だが、常識外れの狡猾さと愉快さを併せ持つ人々。その豊かな日々を、巧妙な筆致で描く自伝的小説の傑作。

「**赤い高粱**」　あかいこうりゃん　原題;紅高粱家族　［長編小説］　㊄1987

莫言　ばく・げん　1955-　中国の作家。2012年ノーベル文学賞受賞

◇赤い高粱（岩波現代文庫　文芸）莫言著, 井口晃訳　岩波書店　2003.12　328p　15cm　1000円　①4-00-602079-1　Ⓝ923.7

◇赤い高粱　続（岩波現代文庫―文芸）莫言著, 井口晃訳　岩波書店　2013.3　427p　15cm〈「現代中国文学選集 12 莫言」（徳間書店 1990年刊）の改題　著作目録あり〉1280円　①978-4-00-602217-4　Ⓝ923.7

内容　ノーベル賞作家莫言の代表作で、五つの連作中篇からなる長篇小説『赤い高粱』の後半三篇を収録。日中戦争下の中国山東省高密県東北郷。日本軍を奇襲した祖父らだったが、その報復により村は壊滅する―。共産党軍、国民党軍、傀儡軍、秘密結社がからむ生と死、性と愛、血と土、暴力と欲望の凄烈な物語。

「**紅い花**」　あかいはな　Krasnïy tsvetok　［短編小説］　㊄1883発表　㊢赤い花

ガルシン, フセヴォロド　Garshin, Vsevolod Mikhailovich　1855-1888　ロシアの小説家

◇紅い花―他四篇（岩波文庫）改版　ガルシン作, 神西清訳　岩波書店　2006.11　144, 6p　15cm〈年譜あり〉460円　①4-00-326211-5　Ⓝ983

内容　極度に研ぎ澄まされた鋭敏な感受性と正義感の持主であったロシアの作家ガルシンには、汚濁に満ちた浮き世の生はとうてい堪え得るものではなかった。紅いケシの花を社会悪の権化と思いつめ、苦闘の果てに滅び去る一青年を描いた（「紅い花」）。

「**赤い蠟燭と人魚**」　あかいろうそくとにんぎょ　［童話］　㊄1921発表　青空文庫

小川未明　おがわ・みめい　1882-1961　明治～昭和期の小説家、児童文学作家

◇コーヒーと短編　庄野雄治編　mille books, サンクチュアリ・パブリッシング（発売）2021.10　317p　19cm　1300円　①978-4-910215-06-8　Ⓝ913.68

目次　赤い蠟燭と人魚（小川未明）ほか

「**赤毛のアン**」　あかげのあん　Anne of Green Gables　［長編小説, 児童文学］　㊄1908

モンゴメリ, ルーシー・モード　Montgomery, Lucy Maude　1874-1942　カナダの児童文学作家

◇赤毛のアン　ルーシイ・モード・モンゴメリ著, 曽野綾子訳　興陽館　2022.11　347p　19cm〈河出書房新社 1992年刊の新装・改訂　年譜あり〉1800円　①978-4-87723-299-3　Ⓝ933.7

内容　マシューとマリラのもとに、間違えて連れてこられたやせっぽちの女の子アン。自然の中で、アンは少女から大人の女性へと成長してゆく。人生の厳しさと素晴らしさが織りこまれた永遠の名作を曽野綾子が全文訳。

「**アカシヤの大連**」　あかしやのだいれん　［短編小説］　㊄1970

清岡卓行　きよおか・たかゆき　1922-2006　大正～平成期の詩人、小説家、評論家。1970年「アカシヤの大連」で芥川賞受賞

◇清岡卓行 大連小説全集　上　日本文芸社　1992.12　683p　20cm　4800円　①4-537-05018-7　Ⓝ913.6

目次　アカシヤの大連 ほか

あかす

「赤頭巾ちゃん気をつけて」 あかずきんちゃんきをつけて　［小説］　㊵1969発表

庄司薫　しょうじ・かおる　1937-　小説家。1969年「赤頭巾ちゃん気をつけて」で芥川賞受賞

◇赤頭巾ちゃん気をつけて（新潮文庫）庄司薫著　新潮社　2012.3　198p　16cm　460円　Ⓘ978-4-10-138531-0　Ⓝ913.6

内容　学生運動の煽りを受け、東大入試が中止になるという災難に見舞われた日比谷高校三年の薫くん。そのうえ愛犬が死に、幼馴染の由美と絶交し、踏んだり蹴ったりの一日がスタートするが—。真の知性とは何か。戦後民主主義はどこまで到達できるのか。青年の眼で、現代日本に通底する価値観の揺らぎを直視し、今なお斬新な文体による青春小説の最高傑作。「あわや半世紀のあとがき」収録。

「赤と黒」 あかとくろ　Le Rouge et le Noir　［長編小説］　㊵1830

スタンダール　Stendhal　1783-1842　フランスの小説家

◇赤と黒　上巻（新潮文庫）改版　スタンダール著，小林正訳　新潮社　2012.7　426p　16cm　630円　Ⓘ978-4-10-200803-4　Ⓝ953.6

内容　製材小屋のせがれとして生れ、父や兄から絶えず虐待され、暗い日々を送るジュリヤン・ソレル。彼は華奢な体つきとデリケートな美貌の持主だが、不屈の強靱な意志を内に秘め、町を支配するブルジョアに対する激しい憎悪の念に燃えていた。僧侶になって出世しようという野心を抱いていたジュリヤンは、たまたま町長レーナル家の家庭教師になり、純真な夫人を誘惑してしまう…。

◇赤と黒　下巻（新潮文庫）改版　スタンダール著，小林正訳　新潮社　2012.7　620p　16cm　〈年譜あり〉790円　Ⓘ978-4-10-200804-1　Ⓝ953.6

内容　召使の密告で職を追われたジュリヤンは、ラ・モール侯爵の秘書となり令嬢マチルドと強引に結婚し社交界に出入りする。長年の願望であった権力の獲得と高職に一歩近づいたと思われたとたん、レーナル夫人の手紙が舞いこむ…。実在の事件をモデルに、著者自身の思い出、憧憬など数多くの体験と思想を盛りこみ、恋愛心理の鋭い分析を基調とした19世紀フランス文学を代表する名作。

「赤ひげ診療譚」 あかひげしんりょうたん　［連作短編集］　㊵1959　青空文庫

山本周五郎　やまもと・しゅうごろう　1903-1967　昭和期の小説家

◇赤ひげ診療譚（新潮文庫）第2版　山本周五郎著　新潮社　2019.2　414p　16cm　630円　Ⓘ978-4-10-113485-7　Ⓝ913.6

内容　幕府の御番医という栄達の道を歩むべく長崎遊学から戻った保本登は、小石川養生所の"赤ひげ"とよばれる医長・新出去定の元、医員の見習勤務を命ぜられる。不本意な登は赤ひげに反抗するが…。医療小説の最高峰。

「秋夜長物語」 あきのよのながものがたり　［稚児物語］　室町時代初期

◇お伽草子（ちくま文庫）福永武彦ほか訳　筑摩書房　1991.9　333p　15cm　680円　Ⓘ4-480-02561-8　Ⓝ913.49

目次　秋夜長物語　ほか

「阿Q正伝」 あきゅーせいでん　［中編小説］　㊵1923　青空文庫

魯迅　ろ・じん　1881-1936　中国の文学者、思想家

◇阿Q正伝（角川文庫）改版　魯迅著，増田渉訳　KADOKAWA　2018.6　234p　15cm　〈初版：角川書店1961年刊　年譜あり〉640円　Ⓘ978-4-04-106853-3　Ⓝ923.7

内容　日雇いで暮らす阿Qは、周囲にバカにされても、一種の精神的勝利法で問題から目を逸らし…。当時の中国社会を痛烈に風刺し、社会変革を目指した魯迅の代表作。ほか、「狂人日記」「藤野先生」「故郷」など全9編を収録する。

「悪童日記」 あくどうにっき　Le grand cahier　［中編小説］　㊵1986

クリストフ, アゴタ　Kristof, Agota　1935-2011　ハンガリー出身、スイスの小説家

◇悪童日記（ハヤカワepi文庫）アゴタ・クリストフ著，堀茂樹訳　早川書房　2001.5　301p　16cm　620円　Ⓘ4-15-120002-9

[N]953.7

[内容] 戦争が激しさを増し、双子の「ぼくら」は、小さな町に住むおばあちゃんのもとへ疎開した。その日から、ぼくらの過酷な日々が始まった。人間の醜さや哀しさ、世の不条理―非情な現実を目にするたびに、ぼくらはそれを克明に日記にしるす。戦争が暗い影を落とすなか、ぼくらはしたたかに生き抜いていく。人間の真実をえぐる圧倒的筆力で読書界に感動の嵐を巻き起こした、ハンガリー生まれの女性亡命作家の衝撃の処女作。

「悪徳の栄え」 あくとくのさかえ Histoire de Juliette ou les Prospérités du Vice

［長編小説］ [初]1797 [別]ジュリエット物語あるいは悪徳の栄え ほか

サド, マルキ・ド Sade, Donatien Alphonse François, Marquis de 1740-1814 フランスの小説家

◇ジュリエット物語又は悪徳の栄え マルキ・ド・サド著, 佐藤晴夫訳 未知谷 1992.3 1041p 22cm 9888円 [I]4-915841-02-2 [N]953

[内容] 自分自身に対する意識に目覚め、他人を憎悪する不安から逃れるために……エゴイズムの思想をその極北にまで推し進め甘美な背徳の世界を展開して現代の我々をすら不安に陥れる怪物サドの代表作。姉妹の物語の後篇=悪徳篇の完全翻訳。

「悪の華」 あくのはな Les fleurs du mal

［韻文詩集］ [初]1857

ボードレール, シャルル Baudelaire, Charles Pierre 1821-1867 フランスの詩人、評論家

◇悪の華（新潮文庫） 56刷改版 ボードレール著, 堀口大學訳 新潮社 2002.2 484p 16cm 629円 [I]4-10-217403-6 [N]951.6

[内容] 頽廃の美と反逆の情熱を謳って、象徴派詩人のバイブルとなったこの詩集は、息づまるばかりに妖しい美の人工楽園を展開している。

「悪魔の詩」 あくまのし/あくまのうた The Satanic Verses

［長編小説］ [初]1988

ラシュディ, サルマン Rushdie, (Ahmed) Salman 1947- インド生まれ、イギリス国籍の小説家

◇悪魔の詩 上 サルマン・ラシュディ著, 五十嵐一訳 プロモーションズ・ジャンニ, 新泉社〔発売〕 1990.2 301p 20cm 2060円 [N]933

◇悪魔の詩 下 サルマン・ラシュディ著, 五十嵐一訳 プロモーションズ・ジャンニ, 新泉社〔発売〕 1990.9 337p 20cm 2060円 [N]933

「安愚楽鍋」 あぐらなべ

［戯作（滑稽本）］ 1871-72刊

仮名垣魯文 かながき・ろぶん 1829-1894 江戸時代末期・明治初期の戯作者、新聞記者

◇仮名垣魯文（明治の文学 第1巻） 仮名垣魯文著, 坪内祐三, ねじめ正一編 筑摩書房 2002.6 402p 20cm 2600円 [I]4-480-10141-1 [N]913.6

[目次] 万国航海西洋道中膝栗毛, 牛店雑談安愚楽鍋, 河童相伝胡瓜遣

「悪霊」 あくりょう Besy

［長編小説］ [初]1871-72発表

ドストエフスキー, フョードル・ミハイロヴィチ Dostoevskii, Fëdor Mikhailovich 1821-1881 ロシアの作家

◇悪霊 1（光文社古典新訳文庫） ドストエフスキー, 亀山郁夫著 光文社 2010.9 546p 16cm 895円 [I]978-4-334-75211-8 [N]983

[内容] 最近わたしたちの町で、奇怪きわまりない事件が続発した。町の名士ヴェルホヴェンスキー氏とワルワーラ夫人の奇妙な「友情」がすべての発端だった…。やがて、夫人の息子ニコライ・スタヴローギンが戻ってきて、呼び寄せられるように暗い波乱の気配が立ちこめはじめる。

◇悪霊 2（光文社古典新訳文庫） ドストエフスキー著, 亀山郁夫訳 光文社 2011.4 747p 16cm 1143円 [I]978-4-334-75227-9 [N]983

[内容] 町でささやかれる怪しげな噂は、大きな出来事の前ぶれだった。1人が狂い、2人が燃えあがり、5人が密議をめぐらし、そしてみんな取り憑かれていく。暗い夜が育む悪意の芽。ついに明らかになった、ピョー

トルの真の狙いとは。アカデミー版「スタヴローギンの告白」初訳を含む。

◇悪霊 3(光文社古典新訳文庫) ドストエフスキー著、亀山郁夫訳 光文社 2011.12 626p 16cm 1105円 Ⓘ978-4-334-75242-2 Ⓝ983

[内容] 街はいよいよ狂乱に向かって突っ走りはじめた。まずは県知事夫人ユーリヤの肝いりによる「慈善パーティ」で、何かが起こる気配。その背後では着々と陰謀が進行し、「五人組」の活動も風雲急を告げる。ワルワーラ夫人とヴェルホヴェンスキー氏、スタヴローギンとリーザの「愛」の行方は? 愛と悪、崩壊と再生のクライマックス。

◇悪霊 別巻 「スタヴローギンの告白」異稿(光文社古典新訳文庫) ドストエフスキー著、亀山郁夫訳 光文社 2012.2 363p 16cm〈文献あり 年譜あり〉895円 Ⓘ978-4-334-75245-3 Ⓝ983

[内容]「スタヴローギンの告白」として知られる『悪霊』第2巻「チーホンのもとで」には、3つの異稿が残されている。本書ではそのすべてを訳出した。さらに近年のドストエフスキー研究のいちじるしい進化=深化をふまえ、精密で画期的な解説を加えた。テクストのちがいが示すものは何か。

「アクロイド殺し」 あくろいどごろし The Murder of Roger Ackroyd ［長編小説］
㊤1926 ㊫アクロイド殺害事件

クリスティ, アガサ Christie, Agatha
1891-1976 イギリスの推理小説家

◇アクロイド殺し(ハヤカワ文庫―クリスティー文庫 3) アガサ・クリスティー著、羽田詩津子訳 早川書房 2003.12 445p 16cm 680円 Ⓘ4-15-130003-1 Ⓝ933.7

[内容] 深夜の電話に駆けつけたシェパード医師が見たのは、村の名士アクロイド氏の変わり果てた姿。容疑者である氏の甥が行方をくらませ、事件は早くも迷宮入りの様相を呈し始めた。だが、村に越してきた変人が名探偵ポアロと判明し、局面は新たな展開を…驚愕の真相でミステリ界に大きな波紋を投じた名作が新訳で登場。

「赤穂浪士」 あこうろうし ［長編小説］
㊤1927-28発表

大佛次郎 おさらぎ・じろう 1897-1973

大正・昭和期の小説家

◇赤穂浪士 上巻(新潮文庫) 13刷改版 大佛次郎著 新潮社 2007.12 696p 16cm 857円 Ⓘ978-4-10-108304-9 Ⓝ913.6

[内容] 画期的な解釈と設定で、忠臣蔵小説の最高峰と讃えられ続けた名作が、今甦る。上巻では、元禄太平に勃発した浅野内匠頭の刃傷事件から、仇討ちに怯える上杉・吉良側の困惑、茶屋遊びに耽る大石内蔵助の心の内が、登場人物の内面に分け入った迫力ある筆致で描かれる。虚construed無なる浪人堀田隼人、怪盗蜘蛛の陣十郎、謎の女お仙ら、魅力的な人物が物語を彩り、鮮やかな歴史絵巻が華開く。

◇赤穂浪士 下巻(新潮文庫) 12刷改版 大佛次郎著 新潮社 2007.12 707p 16cm 857円 Ⓘ978-4-10-108305-6 Ⓝ913.6

[内容] 二度目の夏が過ぎた。主君の復讐に燃える赤穂浪士。未だ動きを見せない大石内蔵助の真意を図りかね、若き急進派は苛立ちを募らせる。対する上杉・吉良側も周到な権謀術数を巡らし、小競り合いが頻発する。そして、大願に向け、遂に内蔵助が動き始めた。呉服屋に、医者に姿を変え、江戸の町に潜んでいた浪士たちが、次々と結集する―。壮大なスケールで武士道を捉えた歴史絵巻。

「アーサー王の死」 Le Morte d'Arthur
［物語］ ㊤1485 ㊫アーサーの死, アーサー王物語

マロリー, トマス Malory, Sir Thomas
1410頃-1471 イギリスの散文家、騎士。アーサー王伝説の集大成「アーサー王の死」を著した

◇アーサー王物語 1〜5 トマス・マロリー著、井村君江訳 筑摩書房 2004.11〜2007.3 5冊 22cm〈挿絵:オーブリー・ビアズリー〉Ⓝ933.4

[内容] 魔剣エクスカリバー、円卓の騎士、魔術師マーリン、騎士ラーンスロットの冒険、トリストラムとイソルテの悲恋、聖杯探求…。あらゆる英雄譚、恋愛譚、奇蹟譚の伝承が詰まったファンタジーの宝庫―「アーサー王伝説」。本シリーズは、1485年刊行の原典・キャクストン版を、全訳し紹介する、本邦初の完訳版。

「アシスタント」 Assistant ［長編小説］
㊅1957 ㊕店員

マラマッド, バーナード Malamud, Bernard 1914-1986 アメリカの小説家。ユダヤ系

◇店員 バーナード・マラマッド著, 加島祥造訳 文遊社 2013.2 426p 19cm〈「アシスタント」(新潮社1972年刊)の改題〉 2800円 ⓘ978-4-89257-077-3 Ⓝ933.7

[内容] ニューヨークの小さな食料品店を営む、ユダヤ系移民の店主とその美しい娘、店員となった孤児のイタリア系青年の物語。

「足摺岬」 あしずりみさき ［短編小説］
㊅1949発表

田宮虎彦 たみや・とらひこ 1911-1988 昭和期の小説家

◇足摺岬―田宮虎彦作品集（講談社文芸文庫） 田宮虎彦著 講談社 1999.9 286p 16cm〈肖像あり 年譜あり 著作目録あり〉 1100円 ⓘ4-06-197679-6 ⓃN913.6

[内容] 死を決意した学生の「私」が四国で巡り合った老巡礼との邂逅、その無償の好意で救われる表題作「足摺岬」他。人間の孤独な心に寄りそった、優しい視線の作品世界。

「あしながおじさん」 Daddy-Long-Legs ［小説, 児童文学］㊅1912 ㊕足ながおじさん

ウェブスター, ジーン Webster, Alice Jean 1876-1916 アメリカの作家

◇あしながおじさん（新潮文庫） ジーン・ウェブスター著, 岩本正恵訳 新潮社 2017.6 261p 16cm 520円 ⓘ978-4-10-208203-4 ⓃN933.7

[内容] 名を名乗らない裕福な紳士が、孤児のジュディに奨学金を出して大学に通わせてくれることに。条件は、毎月、手紙を書いて送ること。ジュディは謎の紳士を「あしながおじさん」と呼び、ユーモアあふれる手紙を書き続け…。

「あすなろ物語」 あすなろものがたり ［長編小説］ ㊅1953

井上靖 いのうえ・やすし 1907-1991 昭和・平成期の小説家

◇あすなろ物語（新潮文庫）86刷改版 井上靖著 新潮社 2002.2 256p 16cm 438円 ⓘ4-10-106305-2 ⓃN913.6

[内容] 天城山麓の小さな村で、血のつながりのない祖母と二人、土蔵で暮らした少年・鮎太。北国の高校で青春時代を過ごした彼が、長い大学生活を経て新聞記者となり、やがて終戦を迎えるまでの道程を、六人の女性との交流を軸に描く。明日は檜になろうと願いながら、永遠になりえない「あすなろ」の木の説話に託し、何者かになろうと夢を見、もがく人間の運命を活写した作者の自伝的小説。

「アタラ」 Atala ［中編小説］㊅1801

シャトーブリアン, フランソワ＝ルネ・ド Chateaubriand, François-René, Vicomte de 1768-1848 フランスの小説家、政治家

◇アタラ・ルネ（新潮文庫） シャトーブリヤン著, 田辺貞之助訳 新潮社 1952 181p 図版 16cm ⓃN953

「アッシャー家の崩壊」 あっしゃーけのほうかい The Fall of the House of Usher ［短編小説］ ㊅1839 ㊕アッシャー館の崩壊, アッシャー邸の崩壊 (青空文庫)

ポー, エドガー・アラン Poe, Edgar Allan 1809-1849 アメリカの詩人、評論家、小説家

◇アッシャー家の崩壊/黄金虫（光文社古典新訳文庫）ポー著, 小川高義訳 光文社 2016.5 303p 16cm〈年譜あり〉880円 ⓘ978-4-334-75331-3 ⓃN933.6

[内容] 陰鬱な屋敷に旧友を訪ねた私。神経を病んで衰弱した友と過ごすうち、恐るべき事件は起こる…。ゴシックホラーの名作「アッシャー家の崩壊」、名探偵デュパンの類稀な洞察力が発揮される「盗まれた手紙」、暗号解読と宝探しが痛快な「黄金虫」など、ポーの代表的な短篇7篇と詩2篇を収録。

「アドルフ」 Adolphe ［中編小説］
㊅1816

コンスタン, バンジャマン Constant de Rebecque, Henri Benjamin 1767-1830

フランスの小説家、政治家、思想家

◇アドルフ（光文社古典新訳文庫）コンスタン著, 中村佳子訳　光文社　2014.3　211p　16cm〈年譜あり〉880円　①978-4-334-75287-3　Ⓝ953.6

内容 将来を嘱望された青年アドルフは、P伯爵の愛人エレノールに執拗に言い寄り、ついに彼女の心を勝ち取る。だが、密かな逢瀬を愉しむうちに、裕福な生活や子供たちを捨ててまでも一緒に暮らしたいと願うエレノールがだんだんと重荷となり、アドルフは自由を得ようと画策するが…。

「あにいもうと」　［短編小説］㋑1935

室生犀星　むろう・さいせい　1889-1962　大正・昭和期の詩人、小説家

◇幼年時代・性に眼覚める頃（P+D BOOKS）室生犀星著　小学館　2022.6　262p　19cm〈底本：旺文社文庫　1977年刊〉700円　①978-4-09-352442-1　Ⓝ913.6

内容 詩人・室生犀星の"初の小説"を含む自伝的作品集。自伝的色彩の濃い著者初の小説「幼年時代」をはじめとする"幼年時代三部作"「性に眼覚める頃」「或る少女の死まで」に加え、繰り返し映画やテレビドラマになった「あにいもうと」の4篇ほかを収録。

「アブサロム、アブサロム！」
　Absalom, Absalom!　［長編小説］
　㋑1936

フォークナー, ウィリアム　Faulkner, William Cuthbert　1897-1962　アメリカの小説家。1949年ノーベル文学賞受賞

◇アブサロム、アブサロム！　上（岩波文庫）フォークナー作, 藤平育子訳　岩波書店　2011.10　357p　15cm　940円　①978-4-00-323236-1　Ⓝ933.7

内容 九月の午後、藤の咲き匂う古家で、老女が語り出す半世紀前の一族の悲劇。一八三三年ミシシッピに忽然と現れ、無一物から農場主にのし上がったサトペンとその一族はなぜ非業の死に滅びたのか？　南部の男たちの血と南部の女たちの涙が綴る一大叙事詩。

◇アブサロム、アブサロム！　下（岩波文庫）フォークナー作, 藤平育子訳　岩波書店　2012.1　408p　15cm　1020円　①978-4-00-323237-8　Ⓝ933.7

内容 憑かれたようにサトペンの生涯を語る人びと—少年時代の屈辱、最初の結婚の秘密、息子たちの反抗、近親相姦の怖れ、南部の呪い—。「白い」血脈の永続を望み、そのために破滅した男の生涯を、圧倒的な語りの技法でたたみ掛けるフォークナーの代表作。

「阿部一族」　あべいちぞく　［短編小説］
　㋑1913　青空文庫

森鷗外　もり・おうがい　1862-1922　明治・大正期の陸軍軍医、小説家、評論家

◇高瀬舟・最後の一句ほか（ちくま文庫—教科書で読む名作）森鷗外著　筑摩書房　2017.5　270p　15cm〈年譜あり〉680円　①978-4-480-43419-7　Ⓝ913.6

目次 阿部一族　ほか

内容 高校国語教科書に掲載されたことのある小説を中心とした森鷗外の作品集。「高瀬舟」「最後の一句」ほか全9編と、解説として森鷗外についての名評論も収録。教科書に準じた注と図版つき。

「阿呆物語」　あほうものがたり　Der Abentheurliche Simplicissimus Teutsch　［長編小説］㋑1668　㋭ジンプリチシムス, ジンプリチシムスの冒険

グリンメルスハウゼン　Grimmelshausen, Hans Jakob Christoffel von　1621/2-1676　ドイツの小説家

◇阿呆物語　上・中・下（岩波文庫）グリンメルスハウゼン著, 望月市恵訳　岩波書店　1953～54　3冊　15cm　①978-4-00-324032-8　Ⓝ943

内容 17世紀のドイツは、新しい世界創造への苦悶の時代、二元的な生活感情に悩む時代であった。グリンメルスハウゼンはその知的苦悩と矛盾をこの作品に純粋かつ強烈に描いた。主人公ジムプリチウス生成の歴史は個人のものではなく人間一般にまで象徴化されている。ゲーテの「ヴィルヘルム・マイステル」の先駆ともみなされる作品。

「アメリカの悲劇」　An American Tragedy　［長編小説］㋑1925

ドライサー, セオドア　Dreiser, Theodore

1871-1945　アメリカの小説家

◇アメリカの悲劇　上　セオドア・ドライサー著, 村山淳彦訳　花伝社, 共栄書房（発売）　2024.9　564p　22cm　3000円　①978-4-7634-2136-4　Ⓝ933.7

内容　第一次大戦後のアメリカ。幸福な都会生活を追い求める青年クライドは、貧しい伝道師の家庭から抜け出し、裕福な伯父の会社に就職する。そこで女工と恋に落ちるも、社交界の令嬢からも目をかけられ…。成功と破滅の物語を新訳。

◇アメリカの悲劇　下　セオドア・ドライサー著, 村山淳彦訳　花伝社, 共栄書房（発売）　2024.11　564p　22cm　3000円　①978-4-7634-2144-9　Ⓝ933.7

内容　上流階級のソンドラとの恋とその名声に目がくらみ、意図せずとはいえクラウドは女工ロバータを見殺しにし…。平凡な若者が落ち込んだ苦境を通じて、近代アメリカ社会の闇を克明に描き出した、成功と破滅の物語を新訳。

「アメリカの息子」　Native Son　［長編小説］　㊧1940　㊕ネイティヴ・サン

ライト, リチャード　Wright, Richard　1908-1960　アメリカの小説家。黒人文学の先駆者

◇ネイティヴ・サン―アメリカの息子（新潮文庫）リチャード・ライト著, 上岡伸雄訳　新潮社　2023.1　786p　16cm　1100円　①978-4-10-240261-0　Ⓝ933.7

内容　1930年代、大恐慌下のシカゴ。アフリカ系の貧しい青年ビッガー・トマスは、白人女性を誤って殺害してしまう。発覚を恐れて首を斬り、遺体を暖房炉に押し込んだその時、彼の運命が激しく変転する逃走劇が始まった―。

「アメリカひじき」　［短編小説］　㊧1968

野坂昭如　のさか・あきゆき　1930-2015　昭和・平成期の小説家, 政治家, タレント。1967年「アメリカひじき」で直木賞

◇アメリカひじき　火垂るの墓（新潮文庫）65刷改版　野坂昭如著　新潮社　2003.7　272p　16cm　438円　④-10-111203-7　Ⓝ913.6

目次　アメリカひじき　ほか

内容　『火垂るの墓』、そして『アメリカひじき』の直木賞受賞の二作をはじめ、著者の作家的原点を示す6編。

「あめりか物語」　［短編集］　㊧1908

永井荷風　ながい・かふう　1879-1959　明治～昭和期の小説家, 随筆家

◇あめりか物語（岩波文庫）改版　永井荷風作　岩波書店　2002.11　378p　15cm　660円　①4-00-310426-9　Ⓝ913.6

内容　明治四一年、自然主義の文壇を一撃、魅了した短篇集。シアトル着からNY出帆まで、文明の落差を突く洋行者の眼光と邦人の運命が点滅する「酔美人」「夜半の酒場」「支那街の記」―近代人の感性に胚胎した都市の散文が花開く。『ふらんす物語』姉妹篇。

「あらくれ」　［長編小説］　㊧1915
青空文庫

徳田秋声　とくだ・しゅうせい　1871-1943　明治～昭和期の小説家

◇あらくれ・新世帯（岩波文庫）徳田秋声作　岩波書店　2021.11　375p　15cm〈底本：改版 1972年刊と「新世帯・足袋の底」(1955年刊) 年譜あり〉850円　①978-4-00-310227-5　Ⓝ913.6

内容　生の営みの哀しさ、愛欲の切なさを、流麗にして風韻溢れる日本語により小説とした徳田秋声。物怖じせずに時代に抗して、一途に生きる女性の半生を描いた「あらくれ」と、男女の微妙な葛藤を見つめた「新世帯」を収録する。

「あらし」　⇒テンペストを見よ

「嵐が丘」　あらしがおか　Wuthering Heights　［長編小説］　㊧1847

ブロンテ, エミリー　Brontë, Emily Jane　1818-1848　イギリスの小説家。ブロンテ三姉妹の2番目

◇嵐が丘　上（光文社古典新訳文庫）E.ブロンテ著, 小野寺健訳　光文社　2010.1　346p　16cm　667円　①978-4-334-75199-9　Ⓝ933.7

内容　ヨークシャの荒野に立つ屋敷 "嵐が丘"。その主人が連れ帰ったヒースクリフは、屋敷の娘キャサリンに恋をする。しかしキャ

サリンは隣家の息子と結婚、ヒースクリフは失意のなか失踪する。数年後、彼は莫大な財産を手に戻ってきた。自分を虐げた者への復讐の念に燃えて…。

◇嵐が丘　下（光文社古典新訳文庫）E.ブロンテ著, 小野寺健訳　光文社　2010.3　444p　16cm〈年譜あり〉762円　Ⓘ978-4-334-75200-2　Ⓝ933.6

内容　ヒースクリフはリントン家の娘イザベラを誘惑し結婚する。一方、キャサリンは錯乱の末、娘を出産して息絶える。キャサリンの兄ヒンドリーもヒースクリフに全財産を奪われてしまう。ついに嵐が丘を我が物としたヒースクリフだが、その復讐の手は次の世代へとのばされていく。

「アラバマ物語」　To Kill a Mockingbird
［長編小説］　㊋1960発表　㊋もの真似鳥を殺すには

リー, ハーパー　Lee, (Nelle) Harper　1926-2016　アメリカの小説家。1961年、自伝的小説「アラバマ物語」でピューリッツァー賞受賞

◇ものまね鳥を殺すのは―アラバマ物語〈新訳版〉ハーパー・リー著, 上岡伸雄訳　早川書房　2023.6　479p　20cm　3600円　Ⓘ978-4-15-210250-8　Ⓝ933.7

内容　1930年代、アメリカ南部。白人女性への暴行の嫌疑がかけられた黒人男性の弁護にあたる父アティカスの姿を、娘のスカウトの無垢な瞳を通じて克明に描く。アメリカ文学の名作「アラバマ物語」の新訳。

「アラビアン・ナイト」　Alf Laylah wa Laylah　［説話集］　㊋千一夜物語, 千夜一夜物語　青空文庫

◇千一夜物語―ガラン版　1～6　ガラン著, 西尾哲夫訳　岩波書店　2019.7～2020.5　6冊　20cm　各3500円　Ⓝ929.763

内容　アントワーヌ・ガラン翻訳による「千一夜 アラブの物語」全12巻を日本語訳。

「有明集」　ありあけしゅう　［詩集］
㊋1908　青空文庫

蒲原有明　かんばら・ありあけ　1876-1952　明治～昭和期の詩人

◇日本現代詩大系　第3巻　浪漫期　下　日夏耿之介編　河出書房新社　1974　541p　図　20cm〈河出書房昭和25-26年刊の復刊〉2300円　Ⓝ911.56

目次　有明集（蒲原有明）ほか

「アリス物語」　⇒不思議の国のアリス（ふしぎのくにのありす）を見よ

「或阿呆の一生」　あるあほうのいっしょう
［短編小説］　㊋1927　青空文庫

芥川龍之介　あくたがわ・りゅうのすけ　1892-1927　大正期の小説家。短編の名作を数多く発表

◇或阿呆の一生・侏儒の言葉（角川文庫）改版　芥川龍之介著　KADOKAWA　2018.11　388p　15cm　680円　Ⓘ978-4-04-107587-6　Ⓝ918.68

内容　自らの一生を「月」「械」「剝製の白鳥」「敗北」など、五十一項目でモザイク的に表した「或阿呆の一生」ほかを厳選収録。

「或る女」　あるおんな　［長編小説］
㊋1919　青空文庫

有島武郎　ありしま・たけお　1878-1923　大正期の小説家、評論家

◇或る女（新潮文庫）有島武郎著　新潮社　1995.5　610p　15cm　680円　Ⓘ4-10-104205-5　Ⓝ913.6

内容　美貌で才気溢れる早月（さつき）葉子は、従軍記者として名をはせた詩人・木部と恋愛結婚するが、2カ月で離婚。その後、婚約者・木村の待つアメリカへと渡る船中で、事務長・倉地のたくましい魅力の虜となり、そのまま帰国してしまう。個性を抑圧する社会道徳に反抗し、不羈（ふき）奔放に生き通そうとして、むなしく敗れた一人の女性の激情と運命を描きつくした、リアリズム文学の最高傑作のひとつ。

「或る「小倉日記」伝」　あるこくらにっきでん　［短編小説］　㊋1953

松本清張　まつもと・せいちょう　1909-1992　昭和・平成期の小説家

◇西郷札（光文社文庫―松本清張短編全集 1）松本清張著　光文社　2008.9　317p　16cm　619円　Ⓘ978-4-334-74476-2　Ⓝ913.6

|目次| 或る「小倉日記」伝 ほか
|内容| 明治初年の投機騒動に材を取り、人の心に巣くう情念の炎を描いた処女作「西郷札」のほか、坂口安吾をして、推理小説作家としての著者の未来を予言させた芥川賞受賞作『或る『小倉日記』伝』など、最初期の名作八編で編まれた「短編全集」第一巻。

「アルジャーノンに花束を」 あるじゃーのんにはなたばを Flowers for Algernon
[中編小説] ㊤1959

キイス, ダニエル Keyes, Daniel 1927-2014 アメリカの作家

◇アルジャーノンに花束を(ハヤカワ文庫NV) 新版 ダニエル・キイス著, 小尾芙佐訳 早川書房 2015.3 462p 16cm 860円 ①978-4-15-041333-0 Ⓝ933.7
|内容| 32歳になっても幼児なみの知能しかないチャーリイ・ゴードン。そんな彼に夢のような話が舞いこんだ。大学の先生が頭をよくしてくれるというのだ。これにとびついた彼は、白ネズミのアルジャーノンを競争相手に検査を受ける。やがて手術によりチャーリイの知能は向上していく…天才に変貌した青年が愛や憎しみ、喜びや孤独を通して知る人の心の真実とは? 全世界が涙した不朽の名作。著者追悼の訳者あとがきを付した新版。

「ある婦人の肖像」 あるふじんのしょうぞう
Theportrait of a lady [長編小説] ㊤1881 ㊥ある女性の肖像

ジェイムズ, ヘンリー James, Henry, Jr. 1843-1916 アメリカの小説家、批評家

◇ある婦人の肖像 上・中・下(岩波文庫) ヘンリー・ジェイムズ作, 行方昭夫訳 岩波書店 1996.12 3冊 15cm 各670円 Ⓝ933.6
|内容| 伯母の勧めで、ロンドン郊外の由緒ある豪邸を訪れたアメリカ娘イザベルは、そこにヨーロッパの円熟した文化を見出し、広大な世界が開けてゆくような陶酔感を味わった。やがてフィレンツェに在住のアメリカ人オズモンドと結婚、次々におそう試練に耐えて成長してゆくイザベルを見事な語り口で描くジェイムズの代表作(1881)。

「アルプスの少女ハイジ」 Heidi kann brauchen, was es gelernt hat [小説, 児童文学] ㊤1880-81 ㊥アルプスの少女, ハイジ

シュピリ, ヨハンナ Spyri, Johanna 1827-1901 スイスの作家

◇アルプスの少女ハイジ(光文社古典新訳文庫) ヨハンナ・シュピリ著, 遠山明子訳 光文社 2021.6 651p 16cm 〈年譜あり〉 1400円 ①978-4-334-75445-7 Ⓝ943.6
|内容| 両親を亡くしたハイジは、アルプスの山小屋で暮らす祖父のもとに預けられる。月の光が差す干し草の寝床、山羊たちとの触れ合いなど、山の生活を満喫するハイジだったが、ある日、足の不自由な令嬢の遊び相手を務めるため、下山して都会の裕福な家に住み込むことに…。挿絵多数、完訳版。

「アレキサンドリア・カルテット」
The Alexandria Quartet [長編小説] ㊤1957-60 ㊥アレクサンドリア四重奏

ダレル, ロレンス Durrell, Lawrence George 1912-1990 イギリスの小説家、詩人

◇アレクサンドリア四重奏 1(ジュスティーヌ) ロレンス・ダレル著, 高松雄一訳 河出書房新社 2007.3 339p 20cm 2400円 ①978-4-309-62301-6 Ⓝ933.7
|内容| 熱いライラックの空、砂漠からの乾いた風、埃にしいたげられた無数の街路…。ぼくは記憶の鉄鎖をひとつひとつたぐって、あの都会に戻っていく。愛するアレクサンドリア─。美しい詩的香気に彩られた愛の4部作の第1部。

◇アレクサンドリア四重奏 2(バルタザール) ロレンス・ダレル著, 高松雄一訳 河出書房新社 2007.5 317p 20cm 2400円 ①978-4-309-62302-3 Ⓝ933.7
|内容| ジュスティーヌがほんとうに愛していたのは、ぼくではなかった。愛の真相はいったいどこにあるのか。このアレクサンドリアの街に、ほんとうは何が起こったのか─。恐るべき愛の企み! 謎が謎をよぶ愛の4部作の第2部。

◇アレクサンドリア四重奏 3(マウントオリーヴ) ロレンス・ダレル著, 高松雄一訳 河出書房新社 2007.6 431p 20cm 2600円 ①978-4-309-62303-0 Ⓝ933.7

[内容] 将来を嘱望される外交官マウントオリーヴ。美しい人妻レイラとのほろ苦い恋を序章に、物語は恐るべき陰謀の渦のなか思いもかけぬ方向へと突き進んでいく——。ポリティカル・サスペンスにロマネスクの風味を加えた4部作第3部。

◇アレクサンドリア四重奏 4(クレア) ロレンス・ダレル著, 高松雄一訳 河出書房新社 2007.7 401p 20cm 2400円 ①978-4-309-62304-7 ⑩933.7

[内容] いまにして思えば、憎んでいたのかもしれない。永久にあの都会から立ち去り、その殻を脱ぎ捨てるためにも、ぼくはいま、再会しなければならなかった。アレクサンドリア、追憶の首都に——。愛の4部作最終巻。

「**荒地**」 あれち The Waste Land [長編詩] ㊄1922

エリオット, T.S. Eliot, Thomas Stearns 1888-1965 イギリスの詩人、批評家、劇作家。1948年ノーベル文学賞受賞

◇荒地 T.S.エリオット著, 西脇順三郎訳 土曜社 2021.10 93p 20cm〈創元社1952年刊の再編集 文献あり〉2000円 ①978-4-907511-91-3 ⑩931.7

[内容] 第一次大戦後の荒廃するヨーロッパ、そしてスペイン風邪の流行というパンデミックの時代を背景として1922年に発表された、モダニズム文学を代表する長編詩。同時代の詩人・西脇順三郎による翻訳を収録。

「**哀れなハインリヒ**」 あわれなはいんりひ Der arme Heinrich [叙事詩] 1190年代

ハルトマン・フォン・アウエ Hartmann von Aue 1165頃–1215頃 ドイツの詩人

◇ハルトマン作品集 平尾浩三ほか訳 郁文堂 1982.5 454p 22cm 5000円 ①4-261-07153-3 ⑩941

[目次] 哀れなハインリヒ(相良守峯訳)ほか

「**アンクル・トムの小屋**」 あんくる・とむのこや Uncle Tom's Cabin [長編小説] ㊄1852 [別]アンクル・トムズ・キャビン, トムじいの小屋

ストウ, ハリエット・ビーチャー Stowe, Harriet Elizabeth Beecher 1811-1896 アメリカの小説家

◇アンクル・トムの小屋 上(光文社古典新訳文庫) ハリエット・ビーチャー・ストウ著, 土屋京子訳 光文社 2023.2 518p 16cm 1240円 ①978-4-334-75475-4 ⑩933.6

[内容] 正直で有能、分別と信仰心を持つ奴隷頭のトムは、ケンタッキーのシェルビー農園で何不自由なく暮らしていたが、主人の借金返済のために、奴隷商人に売却されることに。トムが家族との別離を甘受する一方、幼子を売られることになった女奴隷イライザは、自由の地カナダへの逃亡を図る。

◇アンクル・トムの小屋 下(光文社古典新訳文庫) ハリエット・ビーチャー・ストウ著, 土屋京子訳 光文社 2023.2 591p 16cm〈年譜あり〉1460円 ①978-4-334-75476-1 ⑩933.6

[内容] ルイジアナ州の気の良い大農園主に買われ、その家の天使のような娘エヴァとも友情を結んだトム。だが運命の非情な手はトムから大切なものを次々と奪っていく…。読者の心情を揺さぶる小説の形で、奴隷制度の非人道性を告発し、米国社会を変革した、アメリカ文学の記念碑的作品。

「**暗室**」 あんしつ [中編小説] ㊄1970

吉行淳之介 よしゆき・じゅんのすけ 1924-1994 昭和・平成期の小説家

◇吉行淳之介全集 第7巻 吉行淳之介著 新潮社 1998.4 482p 20cm 5500円 ①4-10-646007-6 ⑩918.68

[目次] 星と月は天の穴, 暗室, 夕暮まで, 吉行淳之介を読む(丸谷才一著)

「**杏っ子**」 あんずっこ [長編小説] ㊄1957

室生犀星 むろう・さいせい 1889-1962 大正・昭和期の詩人、小説家

◇杏っ子(新潮文庫) 改版 室生犀星著 新潮社 2001.6 636p 16cm 781円 ①4-

10-110306-2　Ⓝ913.6

|内容| 生い立ちに数奇な運命をもちながら、文壇に老大家としての地位を築いた作家平山平四郎の生涯と、野性をひそめたその娘杏っ子の生々流転の姿を鮮やかに描く。さまざまな浮き沈みを経た犀星の筆は、父と娘の微妙な情愛と絆を捉え、不幸な結婚にあえぐ杏っ子のなかに女の愛と執念を追究する。人生の底のよどみを苛酷なまでに抉り出し、生涯の情熱を傾けて描ききった自伝的長編小説。

「アンドロイドは電気羊の夢を見るか？」　あんどろいどはでんきひつじのゆめをみるか？　Do androids dream of electric sheep?　[長編小説]　㊅1968

ディック, フィリップ・K.　Dick, Philip K.　1928-1982　アメリカのSF作家

◇アンドロイドは電気羊の夢を見るか？（ハヤカワ文庫SF）フィリップ・K.ディック著, 浅倉久志訳　早川書房　1977.3　294p　16cm　330円　Ⓝ933

|内容| 第三次大戦後、放射能灰に汚された地球では生きた動物を持っているかどうかが地位の象徴になっていた。人工の電気羊しかもっていないリックは、そこで火星から逃亡した〈奴隷〉アンドロイド八人の首にかかった賞金を狙って、決死の狩りをはじめた！

「アンドロマック」　Andromaque　[詩劇]　1667初演

ラシーヌ, ジャン　Racine, Jean-Baptist　1639-1699　フランスの劇作家

◇フェードル　アンドロマック（岩波文庫）ラシーヌ作, 渡辺守章訳　岩波書店　1993.2　396p　15cm　460円　Ⓘ4-00-325114-8　Ⓝ952

|内容| トロイア戦争の後日譚で、片思いの連鎖が情念の地獄を生む「アンドロマック」。恋の情念を抗いがたい宿命の力として描くラシーヌの悲劇が、名訳を得ここに甦る。

「アンナ・カレーニナ」　Anna Karenina　[長編小説]　㊅1877

トルストイ, レフ・ニコラエヴィチ　Tolstoi, Lev Nikolaevich　1828-1910　ロシアの小説家、思想家

◇アンナ・カレーニナ　上巻（新潮文庫）改版　トルストイ著, 木村浩訳　新潮社　2012.10　580p　16cm　750円　Ⓘ978-4-10-206001-8　Ⓝ983

|内容| モスクワ駅へ母を迎えに行った青年士官ヴロンスキーは、母と同じ車室に乗り合わせていたアンナ・カレーニナの美貌に心を奪われる。アンナも又、俗物官僚の典型である夫カレーニンとの愛のない日々の倦怠から、ヴロンスキーの若々しい情熱に強く惹かれ、二人は激しい恋におちてゆく。文豪トルストイが、そのモラル、宗教、哲学のすべてを注ぎ込んで完成した不朽の名作の第一部。

◇アンナ・カレーニナ　中巻（新潮文庫）改版　トルストイ著, 木村浩訳　新潮社　2012.10　759p　16cm　940円　Ⓘ978-4-10-206002-5　Ⓝ983

|内容| 愛情も人間性も理解せず、世間体を重んじる冷徹な夫カレーニンの黙認的態度に苦しむアンナは、虚偽と欺瞞にこりかたまった社交界を捨て、ひとり息子セリョージャへの愛にさいなまれながらも、ヴロンスキーとの破滅的な恋に身を投じる。一方、ヴロンスキーがアンナを愛していることを知った失意のキチィは、理想主義的地主貴族リョーヴィンの妻となり、祝福された生活をおくる。

◇アンナ・カレーニナ　下巻（新潮文庫）改版　トルストイ著, 木村浩訳　新潮社　2012.10　684p　16cm〈年譜あり〉840円　Ⓘ978-4-10-206003-2　Ⓝ983

|内容| 社交界も、家庭も、愛しい息子も、みずからの心の平安さえもなげうって、ヴロンスキーのもとへ走ったアンナ。しかし、嫉妬と罪の意識とに耐えられず、狩り高いアンナはついに過激な行動に打って出るが…。ひとりの女性の誠実、率直な愛が破局に向ってゆく過程をたどり、新しい宗教意識による新社会建設の理想を展開して、『戦争と平和』と両翼をなす、文豪トルストイ不滅の名作。

「アンネの日記」　Het Achterhuis　[日記]　㊅1947

フランク, アンネ　Frank, Anne　1929-1945　ユダヤ系ドイツ人の少女。ナチス・ドイツに捕われて15歳で強制収容

所にて病死

◇アンネの日記（文春文庫）増補新訂版　アンネ・フランク著, 深町眞理子訳　文藝春秋　2003.4　597p　16cm〈肖像あり 文献あり〉838円　Ⓘ4-16-765133-5　Ⓝ949.35

[内容] 自分用に書いた日記と、公表を期して清書した日記―「アンネの日記」が2種類存在したことはあまりにも有名だ。その2つを編集した"完全版"に、さらに新たに発見された日記を加えた"増補新訂版"が誕生した。ナチ占領下の異常な環境の中で13歳から15歳という思春期を過ごした少女の夢と悩みが、より瑞々しくよみがえる。

「暗夜行路」　あんやこうろ　［長編小説］　[初]1922

志賀直哉　しが・なおや　1883-1971　大正・昭和期の小説家

◇暗夜行路　前篇（岩波文庫）改版　志賀直哉作　岩波書店　2004.5　296p　15cm〈年譜あり〉500円　Ⓘ4-00-310464-1　Ⓝ913.6

[内容] 祖父と母との不義の子として生まれた宿命に苦悩する主人公時任謙作は、単身、尾道に向い、千光寺の中腹の家を借り、一人住いを始める。しかし、瀬戸内海の穏やかな風光も、彼の心に平安をもたらさない。長年月を費してなった志賀直哉唯一の長篇。

◇暗夜行路　後篇（岩波文庫）改版　志賀直哉作　岩波書店　2004.5　343p　15cm　560円　Ⓘ4-00-310465-X　Ⓝ913.6

[内容] 京都での結婚、妻の過失、子どもの死などを経て、舞台は日本海を見おろす大山に―作者が人生と仕事の上で求めてきたものすべてが投入され、描き尽くされた、近代日本文学に圧倒的な影響を及ぼした代表作。

【い】

「いいなづけ」　I Promessi sposi　［長編小説］　[初]1827　[別]婚約者

マンゾーニ, アレッサンドロ　Manzoni, Alessandro Francesco Tommasso Antonio　1785-1873　イタリアの詩人、小説家、劇作家

◇いいなづけ―17世紀ミラーノの物語　上（河出文庫）A.マンゾーニ著, 平川祐弘訳　河出書房新社　2006.5　470p　15cm　1000円　Ⓘ4-309-46267-7　Ⓝ973

[内容] コーモ湖畔に住む若者レンツォは、いいなづけルチーアと結婚式を挙げようとするが、村の司祭が突然、式の立ち会いを拒む。臆病な司祭は、美しいルチーアに横恋慕した領主に、式を挙げれば命はないとおどされたのだ。二人は密かに村を脱出。恋人たちの苦難に満ちた逃避行の行く末は―ダンテ『神曲』と並ぶイタリア文学の最高峰。読売文学賞・日本翻訳出版文化賞受賞作。

◇いいなづけ―17世紀ミラーノの物語　中（河出文庫）A.マンゾーニ著, 平川祐弘訳　河出書房新社　2006.6　457p　15cm　1000円　Ⓘ4-309-46270-7　Ⓝ973

[内容] いいなづけのルチーアと別れ、一人ミラーノに着いたレンツォは、パン暴動に巻き込まれて、警察に追われる身となってしまう。一方、やっとのことで修道院に身を寄せたルチーアにも、さらに過酷な試練が待ち受ける―卓抜な描写力と絶妙な語り口で、時代の風俗、社会、人間を生き生きとよみがえらせ、小説を読む醍醐味を満喫させてくれる大河ロマン。

◇いいなづけ―17世紀ミラーノの物語　下（河出文庫）A.マンゾーニ著, 平川祐弘訳　河出書房新社　2006.7　457p　15cm　1000円　Ⓘ4-309-46271-5　Ⓝ973

[内容] 飢饉やドイツ人傭兵隊の侵入で、荒廃をきわめるミラーノ領内。通りには悲惨が絶えず往来し、苦痛が棲みついて離れようとしない。非力な老人や女性や子供たちは、衰弱し、疲れ果て、見捨てられ…そして恐ろしいペストの蔓延。恐怖と迷信と狂気。物語は、あらゆる邪悪のはびこる市中の混乱をまざまざと描きながら、一気に感動的なラストへと突き進む。イタリアを代表する歴史小説の大傑作、完結編。

「如何なる星の下に」　いかなるほしのもとに　［長編小説］　[初]1940　[青空文庫]

高見順　たかみ・じゅん　1907-1965　昭和期の小説家、詩人

◇如何なる星の下に（講談社文芸文庫）高見順著　講談社　2011.10　281p　16cm〈著作目録あり 年譜あり〉1400円　Ⓘ978-4-06-290136-9　Ⓝ913.6

[内容] 昭和十三年、自ら浅草に移り住み執筆をはじめた高見順。彼はぐうたらな空気と

生存本能が交錯する刺激的な町をこよなく愛した。主人公である作家・倉橋の別れた妻への未練を通奏低音にして、少女に対する淡い「慕情」が謳い上げられるのだった。暗い時代へ突入する昭和初期、浅草に集う人々の一瞬の輝きを切り取り、伊藤整に「天才的」と賞賛された高見順の代表作にして傑作。

「怒りの葡萄」 いかりのぶどう The Grapes of Wrath ［長編小説］ [初]1939 [別]怒りのぶどう

スタインベック, ジョン Steinbeck, John Ernst 1902-1968 アメリカの小説家。1939年「怒りの葡萄」でピューリッツァー賞受賞。1962年ノーベル文学賞受賞

◇怒りの葡萄 上巻（新潮文庫）スタインベック著, 伏見威蕃訳 新潮社 2015.10 497p 16cm 750円 [I]978-4-10-210109-4 [N]933.7

[内容] 米国オクラホマ州を激しい砂嵐が襲い、先祖が血と汗で開拓した農地は耕作不可能となった。大銀行に土地を奪われた農民たちは、トラックに家財を積み、故郷を捨てて、"乳と蜜が流れる"新天地カリフォルニアを目指したが…。ジョード一家に焦点をあて、1930年代のアメリカ大恐慌期に、苦境を切り抜けようとする情愛深い家族の姿を描いた、ノーベル文学賞作家による不朽の名作。

◇怒りの葡萄 下巻（新潮文庫）スタインベック著, 伏見威蕃訳 新潮社 2015.10 474p 16cm 710円 [I]978-4-10-210110-0 [N]933.7

[内容] ロッキー山脈を越え、アリゾナ沙漠を渡り、夜は野営地のテントで過ごしながらカリフォルニアを目指すジョード一家。途中、警察から嫌がらせを受けるも、ひたすら西へ西への旅が続く。希望に満ちて"約束の地"に到着したが、そこは同様な渡り人であふれていた。彼らを待っていたのは、不当に安い賃銀での過酷な労働だけだった…。旧約聖書の「出エジプト記」を思わせる一大叙事詩。

「十六夜日記」 いざよいにっき ［日記, 紀行］ 鎌倉時代中期 [別]路次記, 阿仏房紀行, いさよひの記

阿仏尼 あぶつに ? –1283 鎌倉時代後期の女性。歌人

◇新訳 十六夜日記 阿仏尼著, 島内景二著 花鳥社 2023.6 299p 19cm 2200円 [I]978-4-909832-76-4 [N]915.44

[内容] 阿仏尼が55歳の頃に著した「十六夜日記」。亡夫、藤原為家の遺産を我が子に相続する訴訟のため、都から東海道を通って鎌倉に下向した旅を描いた日記の新訳を、本文とともに収録する。

「伊豆の踊子」 いずのおどりこ ［短編小説］ [初]1927

川端康成 かわばた・やすなり 1899-1972 大正・昭和期の小説家。1968年、日本人初のノーベル文学賞受賞

◇伊豆の踊子（新潮文庫）新版 川端康成著 新潮社 2022.7 218p 16cm〈年譜あり〉430円 [I]978-4-10-100245-3 [N]913.6

[内容] 一人で伊豆を旅していた旧制高校生の「私」は、旅芸人の一行を見かけ、美しい踊子から目が離せなくなる。偶然にも芸人たちから話しかけられ、「私」と踊子との忘れられない旅が始まり…。表題作など全4編を収録。

「和泉式部日記」 いずみしきぶにっき ［日記］ 平安時代中期

和泉式部 いずみしきぶ 平安時代中期の女性。歌人

◇紫式部日記 和泉式部日記―与謝野晶子訳（角川ソフィア文庫）KADOKAWA 2023.6 302p 15cm〈底本：新訳紫式部日記 新訳和泉式部日記（金尾文淵堂 1916年刊）年譜あり〉920円 [I]978-4-04-400769-0 [N]915.35

[目次] 新訳和泉式部日記 ほか

[内容] 紫式部と和泉式部による古典日記文学の双璧を、歌人・与謝野晶子が大胆に語り直す名訳。繊細かつ絢爛華美な文章で、平安の女心が鮮やかに蘇る。

「**伊勢物語**」　いせものがたり　［歌物語］
　平安時代前期　㊓在五が物語, 在五中将日記, 在中将
　◇伊勢物語（河出文庫―古典新訳コレクション 02）川上弘美訳　河出書房新社　2023.10　251p　15cm〈底本：日本文学全集 03（2016年刊）文献あり〉800円　Ⓘ978-4-309-41999-2　Ⓝ913.32
　内容「男がいた。元服したばかりの男だった」。流麗な和歌とともに語られる, 恋と友情, そして別離―。平安初期の仮名文学を代表する傑作として名高い歌物語集が, 作家・川上弘美による新訳で瑞々しくよみがえる。在原業平とされる貴公子を中心にした百二十五段の恋物語。

「**イソップ寓話集**」　いそっぷぐうわしゅう
　Aesopica　［寓話集］　紀元前3世紀頃
　㊓イソップ物語, イソップ童話
　イソップ　Aisōpos　紀元前620頃–前560頃　ギリシアの寓話作家
　◇新編イソップ寓話　イソップ著, 川名澄訳　名古屋　風媒社　2014.4　179p　21cm〈文献あり〉1400円　Ⓘ978-4-8331-2083-8　Ⓝ991.3
　内容 イソップに学ぶ人の世のうらおもて。時をこえて読みつがれる寓話の宝庫から, よりぬきの101話を新訳。名匠ラッカムによる1912年版の挿絵を全点収録。

「**伊曽保物語**」　いそほものがたり　［仮名草子］　江戸時代初期
　◇伊曾保物語―万治絵入本（岩波文庫）武藤禎夫校注　岩波書店　2000.12　345p　15cm　760円　Ⓘ4-00-302761-2　Ⓝ991.3
　内容「イソップ寓話集」は, 江戸初期以来, 各種の木版本『伊曾保物語』の出版により広く日本にも普及した。「イソップ寓話集」を, 江戸時代の人々と同様にやさしい文語文で読み, 浮世絵師描くところの挿絵とともに味わう一冊。付録の『絵入教訓近道』など豊富な資料を集め, 日本における多様なイソップ受容をたどることができる。

「**偉大なギャツビー**」　⇒グレート・ギャツビーを見よ

「**ヰタ・セクスアリス**」　［短編小説］
　㊉1909発表　青空文庫
　森鷗外　もり・おうがい　1862-1922　明治・大正期の陸軍軍医, 小説家, 評論家
　◇鷗外近代小説集　第1巻　舞姫　ヰタ・セクスアリスほか　森鷗外著　岩波書店　2013.3　390p　20cm〈布装〉3800円　Ⓘ978-4-00-092731-4　Ⓝ913.6
　内容『水沫集』より, ドイツ留学体験を下敷きとした初期作品, 「うたかたの記」「舞姫」「文づかひ」のいわゆる"ドイツ土産三部作"。他, 自身の家庭問題を描いたかといわれる「半日」, 掲載誌が発禁処分を受けた「ヰタ・セクスアリス」等の単行本未収録作品。全九篇を収録。

「**一握の砂**」　いちあくのすな　［歌集］
　㊉1910　青空文庫
　石川啄木　いしかわ・たくぼく　1886-1912　明治期の歌人, 詩人
　◇一握の砂　石川啄木著, 近藤典彦編　紫波町（岩手県）桜出版　2017.10　337p　15cm　1000円　Ⓘ978-4-903156-23-1　Ⓝ911.168
　内容「一握の砂」の「一頁二首, 見開き四首」という啄木の編集を再現し, その意図をわかりやすく解説。啄木研究100年の成果を踏まえた解題, 索引と歌番号も付す。

「**1Q84**」　いちきゅうはちよん　［長編小説］
　㊉2009-10
　村上春樹　むらかみ・はるき　1949–　小説家, 翻訳家
　◇1Q84（イチキュウハチヨン）BOOK1～3（各前後編）（新潮文庫）村上春樹著　新潮社　2012.4～6　6冊　16cm　Ⓝ913.6
　内容 1Q84年―私はこの新しい世界をそのように呼ぶことにしよう。青豆はそう決めた。Qはquestion markのQだ。疑問を背負ったもの。彼女は歩きながら一人で肯いた。好もうが好むまいが, 私は今この「1Q84年」に身を置いている。私の知っていた1984年はもうどこにも存在しない。…ヤナーチェックの『シンフォニエッタ』に導かれて, 主人

いのち

公・青豆と天吾の不思議な物語がはじまる。

「一年有半」 いちねんゆうはん ［評論随想集］ ㊤1901

中江兆民 なかえ・ちょうみん 1847-1901
明治期の自由民権思想家、評論家

◇一年有半（光文社古典新訳文庫）中江兆民著, 鶴ケ谷真一訳 光文社 2016.4 352p 16cm〈文献あり 年譜あり〉1040円
①978-4-334-75330-6 ⑩310.4
内容 「余命一年半」を宣告された中江兆民による、痛快かつ痛切なエッセイ集。政治・経済・社会への歯に衣着せぬ批判から、人形浄瑠璃への熱愛までを語り尽くした明治の大ベストセラーが、豊富で詳細な注を具えて蘇る！ 理念と情の人・兆民の透徹したまなざしが光る「生前の遺稿」。

「一千一秒物語」 いっせんいちびょうものがたり ［散文集］ ㊤1923

稲垣足穂 いながき・たるほ 1900-1977
大正・昭和期の小説家、詩人

◇天体嗜好症——一千一秒物語（河出文庫—21世紀タルホスコープ）稲垣足穂著 河出書房新社 2017.4 473p 15cm 1200円
①978-4-309-41529-1 ⑩913.6
内容 タルホみずから「私が折にふれてつづってきたのは、すべてこの作品の解説にほかならない」と語った名作「一千一秒物語」、「天体嗜好症」にまとめられたファンタジーの数々、宇宙論・空間論…。タルホ・コスモロジーを精選。

「従妹ベット」 いとこべっと La Cousine Bette ［長編小説］ ㊤1847

バルザック, オノレ・ド Balzac, Honoré de 1799-1850 フランスの小説家

◇従妹ベット—好色一代記 上・下（バルザック「人間喜劇」セレクション 第11巻～第12巻）バルザック著, 山田登世子訳, 鹿島茂, 山田登世子, 大矢タカヤス責任編集 藤原書店 2001.7 2冊 20cm 各3200円
⑩953.6
内容 美しい妻に愛されながらも、義理の従妹ベットと素人娼婦ヴァレリーに操られ、快楽を追い求め徹底的に堕ちていく放蕩貴族ユロの物語。「滑稽なまでの激しい情念が崇高なものに転じるさまが描かれている。」(松浦寿輝氏評)

「田舎教師」 いなかきょうし ［長編小説］ ㊤1909 青空文庫

田山花袋 たやま・かたい 1871-1930 明治～昭和期の小説家

◇田舎教師（岩波文庫）改版 田山花袋作 岩波書店 2018.3 332p 15cm 740円
①978-4-00-360032-0 ⑩913.6
内容 文学を志しながらも、家庭貧しく代用教員として人生を歩み始めた青年・清三が、田舎教師として埋没しゆく煩悶を日記に記す。世間が日露戦争の勝利に沸くなか病没した実在の青年の日記を元に描く、自然主義文学の代表作。

「犬を連れた奥さん」 いぬをつれたおくさん Dama s sobachkoy ［短編小説］ ㊤1899発表 青空文庫（神西清訳）

チェーホフ, アントン・パーヴロヴィチ Chekhov, Anton Pavlovich 1860-1904 ロシアの小説家、劇作家

◇大きなかぶ—チェーホフショートセレクション（世界ショートセレクション 5）チェーホフ作, 小宮山俊平訳, ヨシタケシンスケ絵 理論社 2017.2 214p 19cm 1300円 ①978-4-652-20178-7 ⑩983
目次 犬を連れた奥さん ほか
内容 ユーモア小説の名手から有名な劇作家へ—。ロシアの文壇の寵児だったチェーホフ。「犬を連れた奥さん」「大きなかぶ」「悲しくて、やりきれない」など、全10編の短編を収録する。

「犬筑波集」 ⇒新撰犬筑波集（しんせんいぬつくばしゅう）を見よ

「いのちの初夜」 いのちのしょや ［短編小説］ ㊤1936 ㊖最初の一夜 青空文庫

北条民雄 ほうじょう・たみお 1914-1937 昭和期の小説家。ハンセン病を発病。1936年「いのちの初夜」で文學界賞を受賞

◇北條民雄集（岩波文庫）北條民雄著, 田中裕編 岩波書店 2022.2 373p 15cm〈底

本:「定本 北条民雄全集 上巻・下巻」(東京創元社 1980年刊) 年譜あり〉850円 Ⓘ978-4-00-312271-6 Ⓝ918.68

[目次] 小説(いのちの初夜, 間木老人 ほか) ほか

[内容] 19歳でハンセン病の宣告を受け、23歳で夭折した北條民雄。隔離された療養所で差別・偏見に抗しつつ記した言葉は、絶望の底から復活する生命への切望を証しする文学となった。小説、随筆など彼の文業を精選して収録する。

「異邦人」 いほうじん L'Étranger [中編小説] [初]1942

カミュ, アルベール Camus, Albert 1913-1960 フランスの小説家、評論家。1957年ノーベル文学賞受賞

◇異邦人(新潮文庫) 改版 カミュ著, 窪田啓作訳 新潮社 2014.6 179p 16cm〈年譜あり〉460円 Ⓘ978-4-10-211401-8 Ⓝ953.7

「今鏡」 いまかがみ [歴史物語] 1170成立

藤原為経〔作か〕 ふじわら・ためつね 1115頃-? 平安時代後期の歌人。法名は寂超。「今鏡」の著者とする説が有力

◇今鏡全注釈 河北騰著 笠間書院 2013.10 720p 22cm〈索引あり〉13000円 Ⓘ978-4-305-70704-8 Ⓝ913.394

[内容] 法皇親政を理想視し、尚古主義の一般的価値意識、また芸文尊重、そして又、貴族たちへの和歌の啓発啓蒙的意識を心に秘めつつ、和歌や芸文の美というものを、時代の流れに添って、濃やかに述べ現わした、傑れた歴史物語―。後一条帝から安徳帝の前まで、十三代、一四五年間を採り上げた紀伝体の歴史物語の全注釈。

「厭がらせの年齢」 いやがらせのねんれい [短編小説] [初]1947発表

丹羽文雄 にわ・ふみお 1904-2005 昭和・平成期の小説家。日本芸術院会員、文化功労者

◇戦後占領期短篇小説コレクション 2(1947年) 紅野謙介, 川崎賢子, 寺田博責任編集 藤原書店 2007.6 287p 20cm〈年表あり〉2500円 Ⓘ978-4-89434-573-7 Ⓝ913.68

[目次] 厭がらせの年齢(丹羽文雄) ほか

「イリアス」 Ilias [叙事詩] 紀元前8世紀頃

ホメロス Homēros 紀元前8世紀頃 古代ギリシアの詩人

◇イリアス 上(ワイド版 岩波文庫) ホメロス著, 松平千秋訳 岩波書店 2004.12 454p 19cm 1400円 Ⓘ4-00-007249-8 Ⓝ991.1

[内容] トロイア戦争の末期、物語はギリシア軍第一の勇将アキレウスと王アガメムノンの、火を吐くような舌戦に始まる。激情家で心優しいアキレウス、その親友パトロクロス、トロイア軍の大将ヘクトルら、勇士たちの騎士道的な戦いと死を描く大英雄叙事詩。

◇イリアス 下(ワイド版 岩波文庫) ホメロス著, 松平千秋訳 岩波書店 2004.12 488, 23p 19cm 1600円 Ⓘ4-00-007250-1 Ⓝ991.1

[内容] 第十三歌から第二十四歌まで。勇将アキレウスを欠き苦戦するギリシア軍、アキレウスの武具を借りて一時はトロイア軍を敗走させたパトロクロスも敵将ヘクトルに討たれる。死を覚悟して復讐戦に立ち上がるアキレウス。伝ヘロドトス作「ホメロス伝」を併載。

「色ざんげ」 いろざんげ [長編小説] [初]1933-35発表

宇野千代 うの・ちよ 1897-1996 明治〜平成期の小説家、和服デザイナー

◇色ざんげ(岩波文庫) 宇野千代作 岩波書店 2019.2 287p 15cm〈底本:宇野千代全集 第3巻(中央公論社 1977年刊)〉700円 Ⓘ978-4-00-312221-1 Ⓝ913.6

[内容] 欧州から帰朝した洋画家・湯浅譲二は、毎日手紙を寄越す不思議な女に翻弄される。だが女は失踪。譲二は女の友人・つゆ子と捜索の旅に出る…。宇野千代が画家・東郷青児から聞いた話をもとに書きあげた現代恋愛小説の白眉。

「イワン・イリイチの死」　Smert' Ivana Il'icha　［中編小説］㋕1886発表
トルストイ, レフ・ニコラエヴィチ　Tolstoi, Lev Nikolaevich　1828-1910　ロシアの小説家、思想家
◇イワン・イリイチの死　クロイツェル・ソナタ（光文社古典新訳文庫）トルストイ著、望月哲男訳　光文社　2006.10　364p　16cm〈年譜あり〉629円　①4-334-75109-1　Ⓝ983
内容　19世紀ロシアの一裁判官が、「死」と向かい合う過程で味わう心理的葛藤を鋭く描いた「イワン・イリイチの死」ほか、トルストイの後期中編2作品。

「イワン・デニーソヴィチの一日」　Odin den' Ivana Denisovicha　［長編小説］㋕1962
ソルジェニーツィン, アレクサンドル・イサーエヴィチ　Solzhenitsyn, Aleksandr Isaevich　1918-2008　ソ連の小説家。1970年ノーベル文学賞受賞
◇イワン・デニーソヴィチの一日（新潮文庫）57刷改版　ソルジェニーツィン著、木村浩訳　新潮社　2005.11　278p　16cm　438円　①4-10-213201-5　Ⓝ983
内容　1962年の暮、全世界は驚きと感動で、この小説に目をみはった。当時作者は中学校の田舎教師であったが、その文学的完成度はもちろん、ソ連社会の現実をも深く認識させるものであったからである。スターリン暗黒時代の悲惨きわまる強制収容所の一日を初めてリアルに、しかも時には温もりをこめて描き、酷寒（マローズ）に閉ざされていたソヴェト文学界にロシア文学の伝統をよみがえらせた芸術作品。

「陰翳礼讃」　いんえいらいさん　［随想的評論］㋕1933-34発表　青空文庫
谷崎潤一郎　たにざき・じゅんいちろう　1886-1965　明治～昭和期の小説家
◇陰翳礼讃・文章読本（新潮文庫）谷崎潤一郎著　新潮社　2016.8　345p　16cm〈年譜あり〉550円　①978-4-10-100516-4　Ⓝ914.6
内容　庇下に広がる闇に独自の美を育んだ日本文化の豊穣「陰翳礼讃」。文豪の美意識と創作術の核心を余さず綴る、名随筆を集成。

「陰獣」　いんじゅう　［中編小説］㋕1928　青空文庫
江戸川乱歩　えどがわ・らんぽ　1894-1965　大正・昭和期の推理作家
◇鏡地獄（角川文庫）江戸川乱歩著　KADOKAWA　2019.3　411p　15cm〈角川ホラー文庫1997年刊の再刊〉760円　①978-4-04-107932-4　Ⓝ913.6
目次　陰獣　ほか
内容　鏡やレンズに異常な嗜好を持った男がたどる運命は…。表題作のほか、「パノラマ島奇談」「陰獣」など、乱歩の怪奇・幻想小説の傑作8編を収録する。

「インドへの道」　A Passage to India　［長編小説］㋕1924
フォースター, エドワード・モーガン　Forster, Edward Morgan　1879-1970　イギリスの小説家、批評家
◇インドへの道（河出文庫）E・M・フォースター著、小野寺健訳　河出書房新社　2022.10　555p　15cm〈「E.M.フォースター著作集4」（みすず書房1995年刊）の改題〉1500円　①978-4-309-46767-2　Ⓝ933.7
内容　大英帝国統治下。インド人青年医師と「本物のインド」を知りたいイギリス人令嬢が、古代の闇の神秘が宿る洞窟を訪れ…。当地に渦巻く文化的葛藤、支配と被支配、人種と宗教といった社会的分断を、壮大なスケールで描いた名作。

「インメン湖」　⇒みずうみを見よ

【う】

「ヴァージニア・ウルフなんかこわくない」　Who's Afraid of Virginia Woolf?　［戯曲］1962初演
オールビー, エドワード　Albee, Edward Franklin　1928-2016　アメリカの劇作家
◇エドワード・オールビー　1　動物園物語　ヴァージニア・ウルフなんかこわくない（ハ

うあせ

ヤカワ演劇文庫）エドワード・オールビー著, 鳴海四郎訳　早川書房　2006.11　305p　16cm　840円　①4-15-140003-6　Ⓝ932.7

内容　パーティ帰りの真夜中、新任の夫婦を自宅に招いた中年の助教授夫妻。やがて激しい罵り合いが…幻想にすぎる人間の姿、赤裸々な夫婦関係を描く「ヴァージニア・ウルフなんかこわくない」。現代演劇の第一人者の傑作二篇。

「ヴァセック」　Vathek　［長編小説］
初1786　別ヴァテック

ベックフォード, ウィリアム・トマス
Beckford, William Thomas　1759-1844
イギリスの小説家

◇ゴシック文学神髄（ちくま文庫）東雅夫編　筑摩書房　2020.10　525p　15cm〈英語抄訳付〉1300円　①978-4-480-43697-9　Ⓝ933.68

目次　ヴァテック（ウィリアム・ベックフォード著, 矢野目源一訳）ほか

内容　ホラー、ミステリー、SFなど、あらゆるエンターテインメント文芸の源流であるゴシック文学。その幕開けを告げた「オトラント城綺譚」と「ヴァテック」「死妖姫」を収録。ポオ＆ドレ＆日夏耿之介による詩画集「大鴉」も併録。

「ヴァレンシュタイン」　Wallenstein
［戯曲］1798-99初演

シラー, フリードリッヒ・フォン
Schiller, Johann Christoph Friedrich von　1759-1805　ドイツの劇作家, 詩人

◇ヴァレンシュタイン（岩波文庫）シラー作, 濱川祥枝訳　岩波書店　2003.5　533p　15cm　800円　①4-00-324109-6　Ⓝ942.6

内容　名実ともにドイツを代表する偉大な劇作家、シラー。三十年戦争を背景に、運命劇としてのギリシャ悲劇と性格劇としてのシェイクスピア劇の手法を融合発展せんとくわだてた、シラー渾身の、雄大なスケールをほこる傑作歴史悲劇。新訳。

「ウィリアム・テル」　⇒ヴィルヘルム・テルを見よ

「ヴィルヘルム・テル」　Wilhelm Tell
［戯曲］1804初演　別ウィリアム・テル

シラー, フリードリッヒ・フォン
Schiller, Johann Christoph Friedrich von　1759-1805　ドイツの劇作家, 詩人

◇ヴィルヘルム・テル―シラー戯曲傑作選（ルリユール叢書）フリードリヒ・シラー著, 本田博之訳　幻戯書房　2021.11　347p　19cm〈年譜あり〉3500円　①978-4-86488-234-7　Ⓝ942.6

内容　14世紀初頭、代官の圧政に苦しむスイス三州の民衆は、独立を求めて同盟し蜂起する一盟友の文豪ゲーテとの交遊を通じて構想された、"弓の名手"の英雄ヴィルヘルム・テル伝説、スイスの史実を材に、民衆の精神的自由を力強く活写した、劇作家シラーの不朽の歴史劇。

「ヴィルヘルム・マイスターの修業時代」　Wilhelm Meisters Lehrjahre
［長編小説］初1796

ゲーテ, ヨハン・ヴォルフガング・フォン
Goethe, Johann Wolfgang von　1749-1832　ドイツ最大の詩人。ドイツ古典主義文学を確立

◇ヴィルヘルム・マイスターの修業時代　上（岩波文庫）ゲーテ作, 山崎章甫訳　岩波書店　2000.1　327p　15cm　600円　①4-00-324052-9　Ⓝ943.6

内容　舞台は十八世紀封建制下のドイツ。一女性との恋に破れ、演劇界に身を投じた主人公ヴィルヘルムは、そこで様々な人生の明暗を体験、運命の浮沈を味わう。ヘルマン・ヘッセやトーマス・マンらが範としたドイツ教養小説の代表作。新訳。

◇ヴィルヘルム・マイスターの修業時代　中（岩波文庫）ゲーテ作, 山崎章甫訳　岩波書店　2000.2　380p　15cm　660円　①4-00-324053-7　Ⓝ943.6

内容　「憧れを知る者のみが、わが悲しみを知る」ミニヨン竪琴弾きの哀切を帯びた歌の調べ。『ハムレット』上演を機に、ヴィルヘルムは演劇の世界について様々に思いを巡らせる。本巻には作全体に豊かな厚みを

与え、一収束点をも成す「美わしき魂の告白」を収録。

◇ヴィルヘルム・マイスターの修業時代 下（岩波文庫）ゲーテ作、山崎章甫訳 岩波書店 2000.3 338p 15cm 660円 ①4-00-324054-5 Ⓝ943.6

内容 秘密結社〈塔〉の主宰者、神父（アベ）から修業証書を授けられ、ヴィルヘルムの修業時代も終わりを迎える。登場人物たちの意外な関係が次々に明らかとなり、物語は結末に向かって収束を遂げてゆく。ミニヨンと堅琴弾きの哀しい運命等、理性を超えたものの余韻を残しつつ…。

「**ヴェニスに死す**」 Der Tod in Venedig ［中編小説］ 初1912 別ベニスに死す 青空文庫

マン, トーマス Mann, Thomas 1875-1955 ドイツの小説家、評論家。1929年ノーベル文学賞受賞

◇ベニスに死す（集英社文庫）トーマス・マン著、圓子修平訳 集英社 2011.8 143p 16cm 381円 ①978-4-08-760628-7 Ⓝ943.7

内容 高名な初老の作家アッシェンバハは、ある日旅の誘惑に駆られ、ヴェネツィアへと旅立つ。そこで彼が出会ったのは、神のごとき美少年タジオだった。その完璧な美しさに魅了された作家は、疫病が広がり始めた水の都の中、夜となく昼となく少年のあとをつけるようになる…。官能の焔に灼かれて朽ちていく作家の悲劇を、美しい筆致で描いた文豪マンの代表的傑作。巨匠ヴィスコンティの名作映画原作。

「**ヴェニスの商人**」 The Merchant of Venice ［戯曲］ 1596-97頃執筆 別ヴェニスの商人

シェイクスピア, ウィリアム Shakespeare, William 1564-1616 イギリスの劇作家、詩人

◇ヴェニスの商人（光文社古典新訳文庫）シェイクスピア著、安西徹雄訳 光文社 2007.6 241p 16cm〈年譜あり〉495円 ①978-4-334-75130-2 Ⓝ932.5

内容 裕福な貴婦人ポーシャへの恋に悩む友人のため、貿易商アントニオはユダヤ人高利貸しのシャイロックから借金をしてしま

う。担保は自身の肉1ポンド。商船が難破し全財産を失ったアントニオに、シャイロックはあくまでも証文どおりでの返済を迫るのだが…。

「**ウェルギリウスの死**」 Der Tod des Vergil ［長編小説］ 初1945

ブロッホ, ヘルマン Broch, Hermann 1886-1951 オーストリアの作家。アメリカに亡命

◇ウェルギリウスの死―ドイツ文学 上 ヘルマン・ブロッホ, 川村二郎訳 我孫子 あいんしゅりっと 2024.5 411p 18cm 2500円 ①978-4-911290-00-2 Ⓝ943.7

内容 詩人ウェルギリウスは熱病に侵され、死の思いに耽り詩人としての自分に思い及び、やがて未完の大作「アエネーイス」についての決断をすることに…。古代ローマの大詩人ウェルギリウスの死の直前の18時間を描いた大作。

◇ウェルギリウスの死―ドイツ文学 下 ヘルマン・ブロッホ, 川村二郎訳 我孫子 あいんしゅりっと 2024.5 507p 18cm 2700円 ①978-4-911290-01-9 Ⓝ943.7

内容 詩人ウェルギリウスの決断を知った皇帝アウグストゥス。ふたりは芸術、詩、生と死について激しく語り合い…。ユダヤ系の著者がナチスに拘禁された際の個人的な死の覚悟から、抒情的作品にまで発展させた大作。

「**ウォールデン 森の生活**」 うぉーるでん もりのせいかつ Walden ; or, Life in the Woods ［生活記録、随筆］ 初1854 別森の生活 ウォールデン 青空文庫（森の生活―ウォールデン―）

ソロー, ヘンリー・デイヴィッド Thoreau, Henry David 1817-1862 アメリカの随筆家、詩人、思想家

◇ウォールデン 森の生活（角川文庫）ヘンリー・D.ソロー著、田内志文訳 KADOKAWA 2024.6 493p 15cm 1360円 ①978-4-04-114254-7 Ⓝ934.6

内容 物と金にまみれた人間社会を拒み、湖のほとりで約2年間の自給自足生活を送ったソロー。自然や動物に目を凝らし、人間とはいかなる生物か、いかに生きるべきかを

思索し続けた。原文の響きと読みやすさを意識した新訳。

「浮雲」 うきぐも ［長編小説］ [初]1951
[青空文庫]

林芙美子 はやし・ふみこ 1903-1951 昭和期の小説家

◇浮雲（角川文庫）改版 林芙美子著 KADOKAWA 2017.10 414p 15cm 640円 Ⓘ978-4-04-106153-4 Ⓝ913.6

[内容] 戦時下、仏印へタイピストとして渡ったゆき子は、そこで出会った、妻のある富岡と熱烈な恋に落ちる。戦争が終わり帰国したゆき子は、富岡の心がすでに離れていることを知り…。激動の日本で漂うように恋をした男と女の物語。

「浮雲」 うきぐも ［長編小説］ [初]1887
[青空文庫]

二葉亭四迷 ふたばてい・しめい 1864-1909 明治期の小説家、翻訳家

◇浮雲―もてない男訳 小谷野敦著, 二葉亭四迷原著 河出書房新社 2010.2 221p 20cm 1500円 Ⓘ978-4-309-01963-5 Ⓝ913.6

[内容] 日本近代文学の祖にして非モテ文学の金字塔、二葉亭四迷『浮雲』の現代語訳版、ここに誕生。

「浮世道中膝栗毛」 ⇒東海道中膝栗毛（とうかいどうちゅうひざくりげ）を見よ

「浮世床」 うきよどこ ［戯作（滑稽本）］ 1813-14刊

式亭三馬 しきてい・さんば 1776-1822 江戸時代後期の黄表紙・合巻・滑稽本作者

◇浮世床 四十八癖（新潮日本古典集成）新装版 式亭三馬著, 本田康雄校注 新潮社 2020.7 435p 20cm〈年譜あり〉2800円 Ⓘ978-4-10-620880-5 Ⓝ913.55

[内容] 庶民の社交場・髪結床での様態を活写する「浮世床」。人々の様々な性癖を軽妙に描く「四十八癖」。江戸の人情風俗をうがつ式亭三馬の滑稽本二作。

「浮世風呂」 うきよぶろ ［戯作（滑稽本）］ 1809-13刊 [別]諢話浮世風呂

式亭三馬 しきてい・さんば 1776-1822 江戸時代後期の黄表紙・合巻・滑稽本作者

◇小説乃湯―お風呂小説アンソロジー（角川文庫）有栖川有栖編 角川書店, 角川グループパブリッシング（発売）2013.3 361p 15cm 590円 Ⓘ978-4-04-100686-3 Ⓝ913.68

[目次] 浮世風呂（式亭三馬）ほか

「雨月物語」 うげつものがたり ［読本］ [初]1776 [青空文庫]（鵜月洋訳）

上田秋成 うえだ・あきなり 1734-1809 江戸時代中期・後期の歌人、国学者、読本作者

◇雨月物語（河出文庫 古典新訳コレクション）円城塔訳 河出書房新社 2024.11 224p 15cm 800円 Ⓘ978-4-309-42151-3 Ⓝ913.56

[内容] 雨ははれ、月がおぼろにてらす夜―中国の小説や日本の古典を自在に翻案し、技巧の粋をつくした上田秋成による怪異奇談集の傑作を、円城塔による精緻で流麗な現代語訳でおくる。崇徳院の霊に西行法師が出遭う「白峯」、義兄弟を信じて待つ「菊花の約」、七年を経て妻の元に帰る「浅茅が宿」他、全九編。

「宇治拾遺物語」 うじしゅういものがたり ［説話集］ 鎌倉時代前期

◇宇治拾遺物語（河出文庫―古典新訳コレクション 23）町田康訳 河出書房新社 2024.4 279p 15cm〈底本：日本文学全集 08（2015年刊）〉800円 Ⓘ978-4-309-42099-8 Ⓝ913.47

[内容] 作家・町田康の軽妙な新訳で甦る「宇治拾遺物語」。「こぶとりじいさん」こと「奇怪な鬼に瘤を除去される」のほか、「鼻がムチャクチャ長いお坊さん」など、心の動きと響きを見事に捉えたおかしくも切ない名訳33篇を収録。

「失われた足跡」 うしなわれたあしあと Lospasosperdidos ［長編小説］ [初]1953

カルペンティエール, アレホ Carpentier,

Alejo 1904-1980 キューバの作家
◇失われた足跡（岩波文庫）カルペンティエル作, 牛島信明訳 岩波書店 2014.5 467p 15cm〈集英社文庫 1994年刊の修訂〉1020円 ⓘ978-4-00-327981-6 Ⓝ963
内容 大都会で虚しい日々を過ごしている音楽家が、幻の原始楽器を探しに南米の大河を遡行する。むせ返るほど濃密な南米の"驚異的な現実"を遡る空間の旅は、現代から旧石器時代へと時間を遡る旅でもあった─。現代ラテンアメリカ文学最高傑作の一つ。

「失われた時を求めて」 うしなわれたときをもとめて A la recherche du temps perdu ［長編小説］ ⓟ1913-27
別 失はれし時を索めて
プルースト, マルセル Proust, Marcel 1871-1922 フランスの小説家
◇失われた時を求めて 1〜14（岩波文庫）プルースト作, 吉川一義訳 岩波書店 2010.11〜2019.11 14冊 15cm Ⓝ953.7
内容 ひとかけらのマドレーヌを口にしたとたん全身につたわる歓びの戦慄─記憶の水中花が開き浮かびあがる、サンザシの香り、鐘の音、コンブレーでの幼い日々。重層する世界の奥へいざなう、精確清新な訳文。

「歌行灯」 うたあんどん ［短編小説］
ⓟ1910発表 青空文庫
泉鏡花 いずみ・きょうか 1873-1939 明治〜昭和期の小説家
◇歌行燈（岩波文庫）改版 泉鏡花作 岩波書店 2017.6 154p 15cm 480円 ⓘ978-4-00-360028-3 Ⓝ913.6
内容 旅芸人の若者が酒をあおりつつ語るのは、芸で父を殺した因縁話。同刻、近くの旅宿では、二人の老客が薄幸な芸妓の身の上話に耳を傾け…。二つの場の語りが織りなす幽艶な世界。久保田万太郎と秋山稔の解説も収録。

「うたかたの日々」 ⇒日々の泡（ひびのあわ）を見よ

「歌の本」 うたのほん Buch der Lieder ［詩集］ ⓟ1827
ハイネ, ハインリッヒ Heine, Heinrich 1797-1856 ドイツの詩人
◇歌の本 上（岩波文庫）改訳 ハイネ著, 井上正蔵訳 岩波書店 1973 258p 図 15cm 210円 Ⓝ941
内容 1823年、ハイネはベルリン大学の学生生活を打ち切って両親の住むリューネブルクに帰郷。山の詩集「ハルツの旅から」、海の詩集「北海」を発表する。上巻に収録された「擲弾兵」「恨みはしない」「とても可愛い」、本巻の「どうしてこんなに（ローライ）」「どうしようと」「花さながらの」ほか数多くの詩篇がシューマンらの作曲で親しまれている。
◇歌の本 下（岩波文庫）改訳 ハイネ著, 井上正蔵訳 岩波書店 1973 321p 図 15cm 210円 Ⓝ941
内容 1823年、ハイネはベルリン大学の学生生活を打ち切って両親の住むリューネブルクに帰郷。山の詩集「ハルツの旅から」、海の詩集「北海」を発表する。上巻に収録された「擲弾兵」「恨みはしない」「とても可愛い」、本巻の「どうしてこんなに（ローライ）」「どうしようと」「花さながらの」ほか数多くの詩篇がシューマンらの作曲で親しまれている。

「歌のわかれ」 うたのわかれ ［中編小説］
ⓟ1940
中野重治 なかの・しげはる 1902-1979 昭和期の詩人, 小説家
◇歌のわかれ・五勺の酒（中公文庫）中野重治著 中央公論新社 2021.12 356p 16cm 1000円 ⓘ978-4-12-207157-5 Ⓝ913.6
内容 金沢を舞台に旧制四高生・片口安吉の青春の光と影を描く「歌のわかれ」、敗戦直後、天皇感情を問うた「五勺の酒」など、中野重治の代表的な短篇7篇を収める。詩篇「歌」、自作をめぐる随筆を併録。

「**宇宙戦争**」　うちゅうせんそう　The War of the Worlds　［長編小説］　㊀1898

ウェルズ, H.G.　Wells, Herbert George
1866-1946　イギリスの小説家、評論家

◇宇宙戦争（偕成社文庫）H.G.ウェルズ作、雨沢泰訳　偕成社　2005.8　350p　19cm　700円　Ⓘ4-03-652540-9　Ⓝ933.7

[内容] のどかなイギリスの一地方にある夜、巨大な隕石かと思われる落下物が!!ロンドンを焼き尽くすおそろしい火星人の来訪であることをまだその夜は誰も知らなかった。

「**うつほ物語**」　うつほものがたり　［長編物語］　平安時代中期（10世紀末）　㊅宇津保物語

◇うつほ物語―新版：現代語訳付き　1（角川ソフィア文庫）室城秀之訳注　KADOKAWA　2022.12　518p　15cm　1400円　Ⓘ978-4-04-400024-0　Ⓝ913.34

[内容] 平安時代中期に成立し、『源氏物語』にも影響を与えたといわれる日本文学史上最古の長編物語。琴の伝授にかかわる奇端や異国の不思議な体験などの浪漫的要素に、源氏・藤原氏両家の皇位継承をめぐる対立を絡めながら物語は進む。第一冊には、「俊蔭」「藤原の君」「忠こそ」「春日詣」をおさめた。もともと独立した物語が結びつき、ひとつの長編物語としての歩みを始める。原文・現代語訳・注釈・校訂・各巻の梗概・系図を付した完全版。

◇うつほ物語―新版：現代語訳付き　2（角川ソフィア文庫）室城秀之訳注　KADOKAWA　2023.3　473p　15cm　1440円　Ⓘ978-4-04-400025-7　Ⓝ913.34

[内容] 第二冊目となる本書には「嵯峨の院」「祭の使」「吹上・上」「吹上・下」を収載した。あて宮への求婚者となった仲忠に、源涼という強力なライバルが現れる。嵯峨の院同席のもと、紅葉の賀で相まみえることになった二人の運命は？ 琴をめぐる奇譚、あて宮への求婚譚の行方は―。

◇うつほ物語―新版：現代語訳付き　3（角川ソフィア文庫）室城秀之訳注　KADOKAWA　2023.6　566p　15cm　1800円　Ⓘ978-4-04-400026-4　Ⓝ913.34

[内容] 多くの者に求婚されていたあて宮だったが、春宮への入内が決まる。失恋した者たちの嘆きは大きく、亡くなる者、妻子を捨てて隠棲したり、出家したりする者も出たほどだった。その中、源涼はあて宮の妹のさま宮と、藤原仲忠は朱雀帝の女一の宮と結婚することで決着を迎えたのだった。一方清原俊蔭の娘が朱雀帝の御前で秘琴を披露し、帝の「后」として尚侍に任じられる。

◇うつほ物語―新版：現代語訳付き　4（角川ソフィア文庫）室城秀之訳注　KADOKAWA　2023.9　549p　15cm　1920円　Ⓘ978-4-04-400027-1　Ⓝ913.34

[内容] 仲忠は、かつて祖父の俊蔭が住み、先祖の霊が守っていた京極殿の蔵を開け、伝来の書籍や俊蔭の日記、詩集などを手に入れる。また、仲忠と朱雀帝の女一の宮の間にいぬ宮が誕生。俊蔭の琴を継ぐ女君である。仲忠は朱雀帝の要請をうけ俊蔭の日記や詩集を進講。その際、帝は春宮に譲位の意向を告げる。譲位に向けての動きが見える第四冊。

◇うつほ物語―新版：現代語訳付き　5（角川ソフィア文庫）室城秀之訳注　KADOKAWA　2023.12　747p　15cm　2300円　Ⓘ978-4-04-400028-8　Ⓝ913.34

[内容] 朱雀帝の譲位を控えるなか、太政大臣、左大臣、右大臣、大納言に藤原氏の勢力が昇進し権力が優勢に。一方で、梨壺、藤壺が出産、嵯峨の院の小宮も懐妊とあって、次の春宮は誰になるのかと世の中は騒然とする。新帝は誰を春宮に指名するのか。王朝貴族の暮らしと皇位継承の姿を綴り、紫式部にも影響を与えた日本最古の長編物語。

◇うつほ物語―新版：現代語訳付き　6（角川ソフィア文庫）室城秀之訳注　KADOKAWA　2024.3　434p　15cm〈文献あり〉1800円　Ⓘ978-4-04-400029-5　Ⓝ913.34

[目次] 巻19「楼の上・上」, 巻20「楼の上・下」

[内容] いぬ宮が六歳になった年、ついに仲忠はいぬ宮に秘琴を伝授することを計画。一年にわたって伝授が行われる。琴を習得し終えたいぬ宮が京極殿で披露した琴の音は奇瑞を起こす―。俊蔭の遺言も果たされ、長きにわたる俊蔭一族の秘琴伝授の物語はクライマックスを迎えた。

「**腕くらべ**」　うでくらべ　［長編小説］　㊀1918

永井荷風　ながい・かふう　1879-1959　明

治〜昭和期の小説家、随筆家

◇腕くらべ（岩波文庫） 永井荷風作 岩波書店 1987.2 244p 15cm 350円 ⓝ913.6

[内容] 勝利者への嫌悪と江戸への愛惜をこめて、新橋の待合に相寄る男女の風俗を描いた荷風中期の代表作。底本私家版。

「生れ出づる悩み」 うまれいづるなやみ
[短編小説] ㊂1918 別生まれいずる悩み ほか (青空文庫)

有島武郎 ありしま・たけお 1878-1923 大正期の小説家、評論家

◇生れ出づる悩み（集英社文庫） 有島武郎著 集英社 2009.6 158p 16cm〈文献あり 年譜あり〉 314円 ①978-4-08-752054-5 ⓝ913.6

[内容] 自分の才能を信じて夢を追うのか、それとも今このままの現実を生きていくのか─。画家になりたいという一途な想いを抱きながらも、家族の生活を支えるために、漁師という過酷な労働に従事しなければならない青年・木本。圧倒的な北海道の自然のなかで、「いかに生きるか」という青年の深い苦悩を描き切った傑作小説。著者の作品と人生を読み解く文庫オリジナルのブックガイドも収録。

「海と毒薬」 うみとどくやく [長編小説]
㊂1958

遠藤周作 えんどう・しゅうさく 1923-1996 昭和・平成期の小説家

◇海と毒薬（講談社文庫）新装版 遠藤周作著 講談社 2011.4 229p 15cm〈年譜あり〉 448円 ①978-4-06-276925-9 ⓝ913.6

[内容] 生きたままの人間を解剖する─戦争末期、九州大学附属病院で実際に起こった米軍捕虜に対する残虐行為に参加したのは、医学部助手の小心な青年だった。彼に人間としての良心はなかったのか？ 神を持たない日本人にとっての"罪の意識""倫理"とはなにかを根源的に問いかける不朽の長編。

「海に生くる人々」 うみにいくるひとびと
[長編小説] ㊂1926 (青空文庫)

葉山嘉樹 はやま・よしき 1894-1945 大正・昭和期の小説家。初期プロレタリア文学の代表的作家

◇海に生くる人々（岩波文庫）改版 葉山嘉樹著 岩波書店 1971 292p 15cm〈第12刷（第1刷：昭和25年）〉150円 ⓝ913.6

【え】

「永遠なる序章」 えいえんなるじょしょう
[長編小説] ㊂1948

椎名麟三 しいな・りんぞう 1911-1973 昭和期の小説家、劇作家

◇椎名麟三集（現代日本文学 23） 椎名麟三著 筑摩書房 1977.1 427p 23cm〈肖像あり〉 ⓝ913.6

[目次] 永遠なる序章 ほか

「栄花物語」 えいがものがたり [歴史物語]
平安時代後期 別栄華物語、世継物語

◇大鏡 栄花物語（日本の古典をよむ 11） 小学館 2008.11 317p 20cm 1800円 ①978-4-09-362181-6 ⓝ913.393

[目次] 栄花物語（天皇家と藤原氏、中関白家の没落、道長、栄華の時代）山中裕、秋山虔、池田尚隆、福長進/校訂・訳 ほか

[内容] 娘を次々に帝の后とし、「この世をば我が世とぞ思ふ」と歌った藤原道長。摂関政治の頂点に立った男の栄華を語る二つの歴史物語。原文の魅力をそのままにあらすじと現代語訳付き原文ですらすらよめる新編集。歴史小説をよむように古典文学をよむ。

「エイジ・オブ・イノセンス」 The Age of Innocence [長編小説] ㊂1920
別汚れなき時代, 無垢の時代, 無邪気な時代

ウォートン, イーディス Wharton, Edith Newbold 1862-1937 アメリカの作家。1921年「エイジ・オブ・イノセンス」でピューリッツァー賞受賞

◇無垢の時代（岩波文庫） イーディス・ウォートン作, 河島弘美訳 岩波書店 2023.6 585, 2p 15cm〈年譜あり〉 1370円 ①978-4-00-323451-8 ⓝ933.7

[内容] 1870年代初頭の冬の宵。メイとの婚約発表を控えた青年ニューランドは歌劇場で幼馴染のエレンと再会し…。2人の女性の間

で揺れ惑う姿を通して、時代の変化にさらされる"オールド・ニューヨーク"の社会を鮮やかに描く。

「エヴゲーニイ・オネーギン」 Evgeniy Onegin ［韻文小説］ ㊄1833 ㊄オネーギン

プーシキン, アレクサンドル・セルゲーヴィチ　Pushkin, Aleksandr Sergeevich　1799-1837　ロシアの詩人

◇オネーギン（岩波文庫）改版　プーシキン作, 池田健太郎訳　岩波書店　2006.9　232p　15cm　560円　①4-00-326041-4　Ⓝ981

|内容| 可憐な少女タチヤーナの切々たる恋情を無残にも踏みにじったオネーギン。彼は後にタチヤーナへの愛に目覚めるが、時すでに遅く、ついに彼の愛が受け入れられることはなかった…。バイロン的な主人公オネーギンは、ロシア文学に特徴的な〈余計者〉の原型となった。ロシア文学史上に燦然と輝く韻文小説の金字塔。

「エセー」 Les Essais ［随筆］ ㊄1580 ㊄随想録

モンテーニュ, ミシェル・ド　Montaigne, Michel Eyquem, Seigneur de　1533-1592　フランスのモラリスト、政治家

◇モンテーニュ エセー抄　新装版　ミシェル・ド・モンテーニュ著, 宮下志朗編訳　みすず書房　2017.9　257p　20cm　3000円　①978-4-622-08655-0　Ⓝ954.5

|内容| モンテーニュは、自分をはじめて見つめた人、人間が生きるための心志を鼓舞してくれる人である。「年齢について」「後悔について」「経験について」など、"エッセイ"というジャンルの水源たる古典の精髄を、読みやすく面白い画期的な新訳で。

「エッダ」 Edda ［古歌謡集（詩集）, 神話］ 9-13世紀（古エッダ）

◇エッダ―古代北欧歌謡集　V.G.ネッケル等編, 谷口幸男訳　新潮社　1973　310, 14p　図　20cm〈参考文献：p.305-310〉1300円　Ⓝ949.5

|内容| 神々と巨人族の壮絶な戦い、豪族たちの荒々しい対立、王侯と美姫の華やかで悲劇的な恋、牧童や漁夫の生活。古代北欧文学最大の古典"エッダ"のわが国唯一の完訳。

「江戸生艶気樺焼」 えどうまれうわきのかばやき ［戯作（黄表紙）］ ㊄1785 ㊄大江戸生艶気樺焼

山東京伝　さんとう・きょうでん　1761-1816　江戸時代中期・後期の戯作者、浮世絵師。号号・北尾政演

◇新編日本古典文学全集　79　黄表紙・川柳・狂歌　棚橋正博, 鈴木勝忠, 宇田敏彦注解　小学館　1999.8　622p　23cm〈年表あり〉4657円　①4-09-658079-1　Ⓝ918

|目次| 江戸生艶気樺焼（山東京伝作, 北尾政演画）ほか

「江分利満氏の優雅な生活」 えぶりまんしのゆうがなせいかつ ［長編小説］ ㊄1963

山口瞳　やまぐち・ひとみ　1926-1995　昭和・平成期の小説家。「江分利満氏の優雅な生活」で直木賞受賞

◇江分利満氏の優雅な生活（ちくま文庫）　山口瞳著　筑摩書房　2009.11　252p　15cm　800円　①978-4-480-42656-7　Ⓝ913.6

|内容| 描かれているのは、昭和の年号とともに生きてきたサラリーマンのごく普通の日常に過ぎない。しかし、エッセイとも日記とも思えるスタイルと軽妙洒脱な文章を通して、それが大変な出来事の積み重ねであることが分かってくる。卓抜な人物描写と世態風俗の鋭い観察によって、昭和一桁世代の哀歓と悲喜劇を鮮やかに描き、高度経済成長期前後の一時代をくっきりと刻む。

「エマ」 Emma ［長編小説］ ㊄1815

オースティン, ジェイン　Austen, Jane　1775-1817　イギリスの作家

◇エマ　ジェーン・オースティン作, パーカー敬子訳　近代文藝社　2012.10　475p　20cm　2500円　①978-4-7733-7815-3　Ⓝ933.6

|内容| 間違いだらけの主人公エマの恋物語。真の恋人は、一体誰なのか？ 恋愛悲喜劇を中心に、人間はどうあるべきかを探り出す。"小説を書くなら村の三、四家族を扱うのが理想的"と考えたオースティンの思い通りに、のどかな日常の中での人間模様を描いた傑作。

「エミール」 Émile ou de l'Éducation
　［教育小説, 教育論］　㊂1762　㊋エミールまたは教育について

ルソー, ジャン＝ジャック　Rousseau, Jean-Jacques　1712-1778　フランスの思想家、文学者

◇エミール　上（ワイド版　岩波文庫）ルソー著, 今野一雄訳　岩波書店　1994.3　405p　19cm　1300円　ⓟ4-00-007129-7　Ⓝ371

　内容　「万物をつくる者の手をはなれるときすべてはよいものであるが、人間の手に移るとすべてが悪くなる」という冒頭の言葉が示すように、ルソーの自然礼讃、人為排斥の哲学を教育論として展開した書。理想的な家庭教師がエミールという平凡な人間を誕生から結婚まで、自然という偉大な師に従って導いてゆく過程を小説形式で述べる。

◇エミール　中（ワイド版　岩波文庫）ルソー著, 今野一雄訳　岩波書店　1994.3　341p　19cm　1100円　ⓟ4-00-007130-0　Ⓝ371

　内容　人間は立派な者として生まれるが社会が彼を墜落させる、という前提に立って理想的な自然教育を論じたこの書物にルソーは自らの哲学・宗教・教育・道徳・社会観の一切を盛りこんだ。本巻には、有名な「サヴォワ助任司祭の信仰告白」を含む第四篇を収める。

◇エミール　下（ワイド版　岩波文庫）ルソー著, 今野一雄訳　岩波書店　1994.3　324p　19cm　1100円　ⓟ4-00-007131-9　Ⓝ371

　内容　自然と社会との対立や、自然の優位について、ルソーがその処女論文「学問芸術論」以来一貫して主張してきた考えを教育論において全面的に展開した本書は、児童教育に対する一般の関心を呼びさました。エミールとともに、将来結婚相手となる少女ソフィーの教育をも論じている。巻末に、スケッチ風の自画像「マルゼルブへの手紙」を収録。

「エーミールと探偵たち」　えーみーるとたんていたち　Emil und die Detektive　［児童文学］　㊂1928

ケストナー, エーリヒ　Kästner, Erich　1899-1974　ドイツの作家

◇エーミールと探偵たち（岩波少年文庫）エーリヒ・ケストナー作, 池田香代子訳　岩波書店　2000.6　230p　18cm　640円　ⓟ4-00-114018-7　Ⓝ943

　内容　おばあちゃんをたずねる列車の中で、大切なお金を盗まれてしまったエーミール。ベルリンの街を舞台に、少年たちが知恵をしぼって協力し、犯人をつかまえる大騒動がくりひろげられます。

「エリア随筆」　えりあずいひつ　The last essays of Elia　［随筆］　㊂1823, 33　㊋エリヤ随筆

ラム, チャールズ　Lamb, Charles　1775-1834　イギリスの随筆家、詩人。エリアの筆名で随筆を書いた

◇エリア随筆抄（岩波文庫）チャールズ・ラム著, 南條竹則編訳　岩波書店　2022.10　341p　15cm〈底本：完訳エリア随筆 1〜4（国書刊行会 2014〜2017年刊）〉920円　ⓟ978-4-00-322234-8　Ⓝ934.6

　内容　中年を過ぎたラムは、エリアという仮面をまとい、虚実まじえた複雑な綾を織りなすエッセイを綴った。「夢の子供達」「恩給取り」「古陶器」など18篇を厳選した本書からは、姉や兄、友人知己への微妙な思い等、ささやかながらも比類なきラムの人生の姿が浮かび上がってくる。詳しい訳註付き。

「R・U・R（エルウーエル）」　⇒ロボットを見よ

「エレホン」　Erewhon　［長編小説］　㊂1872

バトラー, サミュエル　Butler, Samuel　1835-1902　イギリスの小説家、画家、音楽家

◇エレホン　サミュエル・バトラー著, 武藤浩史訳　新潮社　2020.7　318p　20cm　2200円　ⓟ978-4-10-507151-6　Ⓝ933.6

　内容　NOWHERE＜どこでもない場所＝ユートピア＞を逆さに綴ったEREWHON「エレホン」とは一。そこは理想郷だったのか。150年前、自由主義経済の黎明期にイギリスで刊行されたディストピア小説の源流を新訳。

「婉という女」　えんというおんな　［長編小説］　㊂1960

大原富枝　おおはら・とみえ　1912-2000

えんゆ

昭和・平成期の小説家。日本芸術院会員。「婉という女」で野間文芸賞、毎日出版文化賞受賞
◇婉という女　正妻（講談社文芸文庫）大原富枝著　講談社　2005.4　383p　16cm　〈年譜あり 著作目録あり〉1600円　①4-06-198401-2　Ⓝ913.6
内容　土佐藩執政、父・野中兼山（良継）の失脚後、四歳にして一族とともに幽囚の身となった婉。男子の係累が死に絶えた四十年後、赦免が訪れ、自由となったものの、そこで見たのは、再び政争の中で滅びてゆく愛する男の姿であった…。無慙な政治の中を哀しくも勁く生きた女を描き、野間文芸賞、毎日出版文化賞を受賞した名作「婉という女」に、関連作「正妻」「日陰の姉妹」の二篇を付し、完本とする。

「園遊会」　えんゆうかい　The Garden Party and Other Stories　［短編小説］
初1922

マンスフィールド, キャサリン
Mansfield, Katherine　1888-1923
ニュージーランド生まれ、イギリスの小説家
◇マンスフィールド短編集（新潮文庫）56刷改版　マンスフィールド著, 安藤一郎訳　新潮社　2008.6　388p　16cm　552円
①978-4-10-204801-6　Ⓝ933.7
目次　園遊会　ほか
内容　楽しく華やかな園遊会の日にローラの心を占めていたのは、貧しい家族を残して事故死した近所の男のことだった。感じやすい少女の人生への最初の目覚めを描く代表作「園遊会」を含む15編を収める。一種の印象主義ともいうべき、精緻で微妙な文体で、詩情豊かに人間心理を追求する。純粋な自我を貫いた一生を通して、いつも生の下に死の影を見ていた著者の哀愁にみちた短編集である。

「遠来の客たち」　えんらいのきゃくたち
［短編小説］　初1955

曽野綾子　その・あやこ　1931-　小説家。日本芸術院会員。文化功労者
◇雪あかり―曽野綾子初期作品集（講談社文芸文庫）曽野綾子著　講談社　2005.5　311p　16cm　〈年譜あり 著作目録あり〉1300円　①4-06-198406-3　Ⓝ913.6
目次　遠来の客たち　ほか
内容　進駐軍の接収ホテルで働く19歳の波子の眼をとおし敗戦直後の日本人従業員と米国軍人等との平穏な日常が淡々と描かれ、吉行淳之介の「驟雨」と芥川賞を競い清澄で新鮮な作風と高く評価された出世作「遠来の客たち」ほか、才気溢れ、知的で軽妙な文体の初期の作品7編を精選。

【 お 】

「オイディプス王」　Oedipus Tyrannus
［戯曲］　紀元前5世紀頃

ソフォクレス　Sophoklēs　紀元前496頃-前406　ギリシア三大悲劇詩人の一人
◇オイディプス王（光文社古典新訳文庫）ソポクレス著, 河合祥一郎訳　光文社　2017.9　166p　16cm 〈年譜あり〉740円
①978-4-334-75360-3　Ⓝ991.2
内容　危機に瀕する都市国家テーバイを救うためオイディプス王は神託を請う。結果は、「先王ライオス殺害の犯人を罰せよ」だった。真相が明らかになるにつれ、みずからの出生の秘密を知ることになる彼を待ち受けていた運命とは？ 後世の文学、思想に大きな影響を与えたギリシャ悲劇の最高傑作。

「黄金虫」　おうごんちゅう　The Gold Bug
［短編小説］　初1843発表　別こがね虫
青空文庫

ポー, エドガー・アラン　Poe, Edgar Allan　1809-1849　アメリカの詩人、評論家、小説家
◇アッシャー家の崩壊／黄金虫（光文社古典新訳文庫）ポー著, 小川高義訳　光文社　2016.5　303p　16cm 〈年譜あり〉880円
①978-4-334-75331-3　Ⓝ933.6
内容　暗号解読と宝探しが痛快な「黄金虫」など、ポーの代表的短篇7篇と詩2篇を収録。

「黄金の壺」　おうごんのつぼ　Der goldene Topf aus der neuen Zeit　［中編小説］
初1814

ホフマン, エルンスト・テオドール・ア

マデウス　Hoffmann, Ernst Theodor Amadeus　1776-1822　ドイツの小説家、作曲家、音楽評論家、画家、法律家

◇黄金の壺　マドモワゼル・ド・スキュデリ（光文社古典新訳文庫）ホフマン著, 大島かおり訳　光文社　2009.3　414p　16cm〈年譜あり〉781円　[I]978-4-334-75177-7　[N]943.6

[内容] 美しい金緑色の蛇に恋した大学生アンゼルムスは非現実の世界に足を踏み入れていくが…(『黄金の壺』)。

「黄金のノート」　おうごんののーと　The Golden Notebook　［長編小説］　[初]1962

レッシング, ドリス　Lessing, Doris May　1919-2013　イギリスの小説家。2007年ノーベル文学賞受賞

◇黄金のノート―Free women　ドリス・レッシング著, 市川博彬訳　英雄社, 土曜美術社（発売）1983.10　664p　20cm　4800円　[N]933

「黄金のろば」　おうごんのろば　Metamorphoses　［長編小説］　2世紀　[別]変身物語

アプレイウス, ルキウス　Apuleius, Lucius　123頃-？　ローマの著述家

◇黄金の驢馬（岩波文庫）アープレーイユス作, 呉茂一, 国原吉之助訳　岩波書店　2013.7　519p　15cm　1080円　[I]978-4-00-357001-2　[N]992.3

[内容] 唯一完全な形で伝わるローマ時代のラテン語小説。梟に化けるつもりが驢馬になってしまい、おかげで浮世の辛酸をしこたま嘗める主人公。作者の皮肉な視点や批評意識も感じられ、社会の裏面が容赦なく描き出されており、2世紀の作品ながら読んでいて飽きさせない。挿話「クピードーとプシューケーの物語」はとりわけ名高い。

「王子と乞食」　おうじとこじき　The Prince and The Pauper　［児童文学］　[初]1882　[別]王子とこじき

トウェイン, マーク　Twain, Mark　1835-1910　アメリカの小説家

◇王子と乞食　マーク・トウェイン著, 大久保博訳　角川書店　2003.5　526p　20cm　2600円　[I]4-04-791446-0　[N]933.6

[内容] 素直でやんちゃな乞食のトムと、利発で思いやりあふれるエドワード王子。二人が出会い、たわむれに入れ替わると瓜二つ。本物の王子は乞食として追い払われ、乞食は王子として宮殿で生活する羽目に。運命のいたずらが、少年たちに、大人たちにもたらしたものは―。子供の姿を通して幸福の根源を描きつづけた、マーク・トウェインの代表的傑作。

「嘔吐」　おうと　La nausee　［長編小説］　[初]1938

サルトル, ジャン＝ポール　Sartre, Jean-Paul　1905-1980　フランスの哲学者、文学者。1964年ノーベル文学賞を受けるが拒否

◇嘔吐―新訳　ジャン‐ポール・サルトル著, 鈴木道彦訳　京都　人文書院　2010.7　338p　19cm　1900円　[I]978-4-409-13031-5　[N]953.7

[内容] 港町ブーヴィル。ロカンタンを突然襲う吐き気の意味とは…。一冊の日記に綴られた孤独な男のモノローグ。60年ぶり待望の新訳。存在の真実を探る冒険譚。

「王道」　おうどう　La Voie royale　［長編小説］　[初]1930

マルロー, アンドレ　Malraux, André　1901-1976　フランスの小説家、政治家。1933年「人間の条件」でゴルクール賞受賞

◇王道（講談社文芸文庫）アンドレ・マルロー著, 渡辺淳訳　講談社　2000.4　275p　16cm　1200円　[I]4-06-198209-5　[N]953.7

[内容] かつてインドシナの地にアンコールワットやアンコールトムを造営し繁栄を誇ったクメールの王国―“王道”とはそこに存在した道路である。巨万の富を求めて密林の奥深く古寺院を探して分け入るクロードとペルケン。悪疫、瘴気、そして原住民の襲撃。マルロー自身の若き日のインドシナ体験を基に、人間存在と行為の矛盾を追求した不朽の冒険小説。

おおい

「大いなる遺産」　おおいなるいさん　Great Expectations　[長編小説]　㊋1860-61

ディケンズ, チャールズ　Dickens, Charles John Huffam　1812-1870　イギリスの小説家

◇大いなる遺産　上巻（新潮文庫）チャールズ・ディケンズ著, 加賀山卓朗訳　新潮社　2020.5　418p　16cm　710円　①978-4-10-203015-8　Ⓝ933.6

[内容] 少年ピップは、クリスマス・イヴの晩、脱獄囚の男と出会う。ある日、弁護士からさる人物の莫大な遺産を相続することを示唆され、ピップはロンドンへ旅立つ…。ディケンズの作風や技巧の集大成ともいえる代表的長編の新訳。

◇大いなる遺産　下巻（新潮文庫）チャールズ・ディケンズ著, 加賀山卓朗訳　新潮社　2020.5　426p　16cm　710円　①978-4-10-203016-5　Ⓝ933.6

[内容] ロンドンに到着し、贅沢な生活を送るピップ。老婦人ハヴィシャム、その養女エステラ、元脱獄囚マグウィッチなど、ピップは周囲の人々の思惑に翻弄され…。

「大いなる眠り」　おおいなるねむり　The Big Sleep　[長編小説]　㊋1939

チャンドラー, レイモンド　Chandler, Raymond (Thornton)　1888-1959　アメリカの推理小説作家

◇大いなる眠り（ハヤカワ・ミステリ文庫）レイモンド・チャンドラー著, 村上春樹訳　早川書房　2014.7　386p　16cm　960円　①978-4-15-070464-3　Ⓝ933.7

[内容] 私立探偵フィリップ・マーロウ。三十三歳。独身。命令への不服従にはいささか実績のある男だ。ある日、彼は資産家の将軍に呼び出された。将軍は娘が賭場で作った借金をネタに強請られているという。解決を約束したマーロウは、犯人らしき男が経営する古書店を調べ始めた。表看板とは別にいかがわしい商売が営まれているようだ。やがて男の住処を突き止めるが、周辺を探るうちに三発の銃声が…。シリーズ第一作の新訳版。

「大鏡」　おおかがみ　[歴史物語]　平安時代後期　㊋世継物語

◇大鏡（新潮日本古典集成）新装版　石川徹校注　新潮社　2017.1　413p　20cm〈文献あり〉2500円　①978-4-10-620831-7　Ⓝ913.393

[内容] 文徳から後一条まで十四代の天皇や貴族たちの事跡を語り、栄華の絶頂を極めた藤原道長を讚美する。人物の魅力的なエピソードを通じて語る歴史物語の傑作。

「大阪の宿」　おおさかのやど　[長編小説]　㊋1926　青空文庫

水上瀧太郎　みなかみ・たきたろう　1887-1940　明治～昭和期の小説家、評論家、劇作家

◇大阪の宿（講談社文芸文庫）水上瀧太郎著　講談社　2003.8　296p　16cm〈年譜あり　著作目録あり〉1200円　①4-06-198342-3　Ⓝ913.6

[内容] 保険会社に勤務する著者は実業家として活躍する一方三田派の中心メンバーとして文筆活動を続けた。大阪勤務時代に材を取った本書は、江戸っ子会社員を主人公に下宿先の旅館酔月の女将、下働きの女たち、新聞記者、芸者お葉…等々の人間模様を織り込み潔癖性で正義感の強い東京山の手育ちの主人公が見聞する大阪の世相、風俗、気質等を巧みに描いた傑作長篇小説。

「おくのほそ道」　おくのほそみち　[俳諧紀行]　㊋1702

松尾芭蕉　まつお・ばしょう　1644-1694　江戸時代前期の俳人。蕉風俳諧の祖

◇松尾芭蕉/おくのほそ道（河出文庫―古典新訳コレクション 28）松尾芭蕉著, 松浦寿輝選・訳　河出書房新社　2024.9　284p　15cm〈底本：日本文学全集 12（2016年刊）年譜あり〉800円　①978-4-309-42133-9　Ⓝ915.5

[内容] 東北・北陸の各地を旅した松尾芭蕉が綴った夢幻的紀行「おくのほそ道」の新訳をはじめ、数多の名句から百句と連句を精選して収録。その文学的・詩的魅力を深く読み解く。

「小倉百人一首」　おぐらひゃくにんいっしゅ　[和歌集]　鎌倉時代初期　㊋百人一首

藤原定家〔撰〕　ふじわら・さだいえ　1162-1241　平安時代後期・鎌倉時代前期の

歌人・公卿
◇百人一首（河出文庫―古典新訳コレクション 17）小池昌代訳　河出書房新社　2023.12　250p　15cm〈底本：日本文学全集 02（2015年刊）文献あり〉800円　Ⓘ978-4-309-42023-3　Ⓝ911.147

内容 天智天皇から順徳院まで歌人百人の秀歌を一首ずつ選び編まれ、カルタでもおなじみの歌集「百人一首」。恋、別れ、花鳥風月、人生の無常…。31文字に込められた多彩な心と詩情を、小池昌代が詩訳し、解き明かす。解題も収録。

「押絵と旅する男」 おしえとたびするおとこ
［短編小説］　初1929　青空文庫

江戸川乱歩　えどがわ・らんぽ　1894-1965　大正・昭和期の推理作家
◇人間椅子（角川文庫―100分間で楽しむ名作小説）江戸川乱歩著　KADOKAWA　2024.3　123p　15cm〈底本：角川ホラー文庫 2008年刊〉600円　Ⓘ978-4-04-114812-9　Ⓝ913.6

内容 職人の男が丹精込めて作った大型の肘掛け椅子。床すれすれまで革が張られ、背面も肘掛けも重厚に作られたその内部に、職人はちょっとした細工を施し、自らが身を隠せるようにしてしまった。椅子に潜んで機を狙い盗みを働こうとした男はやがて、椅子となった自分に革一枚隔てて身を任せた女性に対し、名状しがたい熱情を抱くようになる―。

「伯父ワーニャ」　⇒ワーニャ伯父さんを見よ

「オズの魔法使い」 おずのまほうつかい
The Wizard of Oz　［児童文学］　初1900

ボーム，ライマン・フランク　Baum, Lyman Frank　1856-1919　アメリカの作家
◇オズの魔法使い（光文社古典新訳文庫）ライマン・フランク・ボーム著、麻生九美訳　光文社　2022.11　348p　16cm〈著作目録あり 年譜あり〉960円　Ⓘ978-4-334-75471-6　Ⓝ933.7

内容 竜巻に飛ばされたドロシーと犬のトトが下り立ったのは、美しい魔法の国だった。だが故郷カンザスに帰るには、エメラルドの都に住む偉大なる魔法使いオズの力を借りる必要があるという。道すがら、脳みそのないかかし、心のないブリキの木こり、臆病なライオンを旅のお供にするが…。

「オセロー」 Othello, the Moor of Venice　［戯曲］　1604初演　別オセロ

シェイクスピア，ウィリアム　Shakespeare, William　1564-1616　イギリスの劇作家、詩人。「オセロー」はシェイクスピアの四大悲劇の一つ
◇新訳 オセロー（角川文庫―Shakespeare Collection）シェイクスピア著、河合祥一郎訳　KADOKAWA　2018.7　219p　15cm　640円　Ⓘ978-4-04-106900-4　Ⓝ932.5

内容 ヴェニスの黒人将軍オセローは美しい妻デズデモーナと共にキプロス島に赴任。だが昇進を見送った旗手イアーゴーの恨みを買い、彼の策略で妻の姦通を信じ、殺してしまい…。四代悲劇の傑作の、原文のリズムを生かした新訳。

「恐るべき子供たち」 おそるべきこどもたち　Les enfants terribles　［中編小説］　初1929

コクトー，ジャン　Cocteau, Jean　1889-1963　フランスの小説家、詩人
◇恐るべき子供たち（角川文庫）改版　ジャン・コクトー著、東郷青児訳　KADOKAWA　2020.7　190p　15cm〈初版のタイトル等：怖るべき子供たち（角川書店 1953年刊）年譜あり〉600円　Ⓘ978-4-04-109246-0　Ⓝ953.7

内容 20世紀初頭のパリ。エリザベートとポールの姉弟は、社会から隔絶されたような部屋でふたり一緒に暮らしていた。そこへポールの級友ジェラールが入り…。少年少女の無垢で危険な愛を描いた小説。画家・東郷青児による翻訳。

「落窪物語」 おちくぼものがたり　［物語］　平安時代中期　青空文庫
◇落窪物語（新潮日本古典集成）新装版　稲賀敬二校注　新潮社　2017.6　349p　20cm　2400円　Ⓘ978-4-10-620813-3　Ⓝ913.35

内容 継母にいじめられ、「落窪の君」と呼

ばれていた女君の不遇な日々。彼女の運命は貴公子の出現により一変。そして始まる復讐…。王朝世界を舞台とする波瀾万丈のシンデレラストーリー。

「オデュッセイア」 Homerus Odyssea ［叙事詩］紀元前8世紀頃

ホメロス Homēros 紀元前8世紀頃 古代ギリシアの詩人

◇オデュッセイア（西洋古典叢書） ホメロス著, 中務哲郎訳, 内山勝利ほか編集委員 京都 京都大学学術出版会 2022.7 762, 19p 20cm〈文献あり 索引あり〉4900円 Ⓘ978-4-8140-0422-5 Ⓝ991.1

[内容] ホメロスの二大叙事詩の1つ「オデュッセイア」全24歌の新訳。トロイア戦争の10年と、その攻略後さらに10年に及んだ、狡知と忍耐に長けたギリシアの英雄による漂流・帰国譚。

「御伽草子」 おとぎぞうし ［物語（御伽草子）］ 室町時代～江戸時代初期

◇御伽草子集（新潮日本古典集成） 新装版 松本隆信校注 新潮社 2020.3 410p 20cm 2700円 Ⓘ978-4-10-620865-2 Ⓝ913.49

[目次] 浄瑠璃十二段草紙, 天稚彦草子, 俵藤太物語, 岩屋, 明石物語, 諏訪の本地―甲賀三郎物語, 小男の草子, 小敦盛絵巻, 弥兵衛鼠絵巻

「お伽草紙」 おとぎぞうし ［短編集］ [初]1945 [青空文庫]

太宰治 だざい・おさむ 1909-1948 昭和期の小説家

◇お伽草紙 新釈諸国噺（岩波文庫） 太宰治作 岩波書店 2004.9 385p 15cm 700円 Ⓘ4-00-310906-6 Ⓝ913.6

[内容] 「瘤取り」「浦島さん」「カチカチ山」「舌切雀」。誰もが知っている昔話も太宰治の手にかかったら…。親しみやすい語り口に諷刺とおどけをしのばせ、天性の喜劇作家がおなじみの説話の世界を自由奔放に換骨奪胎。作者が「世界で一ばん偉い作家」と惚れこむ西鶴の作品を踏まえた「新釈諸国噺」を併収。

「伽婢子」 おとぎぼうこ ［仮名草子］ [初]1666 [別]御伽婢子

浅井了意 あさい・りょうい ？ –1691 江戸時代前期の仮名草子作者、僧

◇浅井了意全集 仮名草子編5 やうきひ物語・伽婢子・狗張子 浅井了意著, 浅井了意全集刊行会編 岩田書院 2015.9 439p 23cm 18800円 Ⓘ978-4-87294-917-9 Ⓝ913.51

[目次] やうきひ物語, 伽婢子, 狗張子

[内容] 中世の「長恨歌」の絵入り注釈書『やうきひ物語』。中国や日本の伝奇小説『伽婢子』『狗張子』を収める。

「オトラント城」 おとらんとじょう The Castle of Otranto ［短編小説］ [初]1764 [別]オトラント城奇譚

ウォルポール, ホレス Walpole, Horace 1717-1797 イギリスの小説家、政治家

◇ゴシック文学神髄（ちくま文庫） 東雅夫編 筑摩書房 2020.10 525p 15cm〈英語抄訳付〉1300円 Ⓘ978-4-480-43697-9 Ⓝ933.68

[目次] オトラント城綺譚（ホレス・ウォルポール著, 平井呈一訳）

[内容] ホラー、ミステリー、SFなど、あらゆるエンターテインメント文芸の源流であるゴシック文学。その幕開けを告げた「オトラント城綺譚」と「ヴァテック」「死妖姫」を収録。ポオ＆ドレ＆日夏耿之介による詩画集「大鴉」も併録。

「鬼平犯科帳」 おにへいはんかちょう ［小説］ [初]1967-89（シリーズ）

池波正太郎 いけなみ・しょうたろう 1923-1990 昭和・平成期の小説家

◇鬼平犯科帳 1～24（文春文庫） 決定版 池波正太郎著 文藝春秋 2017.1～12 24冊 16cm Ⓝ913.6

[内容] 斬り捨て御免の権限を持つ幕府の火付盗賊改方の長官・長谷川平蔵。盗賊からは“鬼の平蔵”“鬼平”と恐れられている。しかし、その素顔は義理も人情もユーモアも心得た、懐の深い人間である。

「オネーギン」　⇒エヴゲーニイ・オネーギンを見よ

「おはん」　　［長編小説］㊊1957

　宇野千代　うの・ちよ　1897-1996　明治～平成期の小説家、和服デザイナー

　◇「新編」日本女性文学全集　第7巻　大谷藤子著者代表, 岩淵宏子, 長谷川啓監修, 橋本のぞみ責任編集　六花出版　2018.12　526p　22cm〈年譜あり　文献あり〉5000円　①978-4-86617-049-7　Ⓝ913.68
　　目次　おはん（宇野千代著）ほか

「オブローモフ」　Oblomov　［長編小説］
　㊊1859

　ゴンチャローフ, イヴァン・アレクサンドロヴィチ　Goncharov, Ivan Aleksandrovich　1812-1891　ロシアの小説家

　◇オブローモフ　上・中・下（岩波文庫）改版　ゴンチャロフ作, 米川正夫訳　岩波書店　1976　3冊　15cm　①978-4-00-326062-3　Ⓝ983
　　内容　オブローモフは優しい純真な魂と非凡な才能をもっているが、実際的意力の欠けた青年で遊惰と無為の中に空しい日を送る。熱情的な少女オリガの純な愛に対してさえ、能動的な反応を示すことができぬほど行動の能力を封鎖されている。ロシア文学における無用者の典型をみごとに描ききったゴンチャロフの代表作。

「お目出たき人」　おめでたきひと　［中編小説］㊊1911

　武者小路実篤　むしゃのこうじ・さねあつ　1885-1976　明治～昭和期の小説家

　◇お目出たき人（新潮文庫）武者小路実篤著　新潮社　2000.1　174p　16cm　362円　①4-10-105714-1　Ⓝ913.6
　　内容　自分は女に、餓えている。この餓えを自分は、ある美しい娘が十二分に癒してくれるものと、信じて疑わない。実はいまだに口をきいたことすらなく、この一年近くは姿を目にしてもいない、いや、だからこそますます理想の女に近づいてゆく、あの娘が…。あまりに熱烈で一方的な片恋。その当然すぎる破局までを、豊かな「失恋能力」の持ち主・武者小路実篤が、底ぬけの率直さで描く。

「思ひ出」　おもいで　［詩集］㊊1911
　青空文庫

　北原白秋　きたはら・はくしゅう　1885-1942　明治～昭和期の歌人、童謡作家

　◇北原白秋詩集　上（岩波文庫）北原白秋著, 安藤元雄編　岩波書店　2007.1　320p　15cm　700円　①978-4-00-310485-9　Ⓝ911.56
　　内容　異国情緒溢れる華麗な処女詩集『邪宗門』（明治四二年）に続いて、多様な様式を駆使して後年の豊饒な白秋童謡・歌謡の源流となった情感豊かな第二詩集『思ひ出』（明治四四年）は上田敏に絶讃され、青年詩人白秋は一躍詩壇の寵児となった。

「思出の記」　おもいでのき　［長編小説］
　㊊1900-01発表

　徳冨蘆花　とくとみ・ろか　1868-1927　明治・大正期の小説家

　◇思出の記―小説　上（岩波文庫）改版　徳富健次郎作　岩波書店　1969　218p　15cm　100円　Ⓝ913.6
　◇思出の記―小説　下（岩波文庫）改版　徳富健次郎作　岩波書店　1969　323p　15cm　150円　Ⓝ913.6

「おもろさうし」　おもろそうし　［歌集］
　16-17世紀（首里王府編）

　◇おもろさうし　上・下（琉球文学大系1・2）波照間永吉校注, 名桜大学『琉球文学大系』編集刊行委員会編纂, 波照間永吉監修　ゆまに書房　2022.3, 2023.3　2冊　22cm　Ⓝ911.6
　　内容　古琉球の神祭りの世界で謡われた歌謡・オモロを収めた文献「おもろさうし」。上は、全22巻の第1～11巻を収録する。下は、全22巻の第12～22巻を収録する。原文の上には語句などを説明する頭注、下には訳文、横には大意・解説を記す。

「おらが春」　おらがはる　［俳句俳文集］
　1819成立, 1852刊行

　小林一茶　こばやし・いっさ　1763-1827　江戸時代中期・後期の俳人

　◇一茶おらが春　板画巻　一茶著, 森獏郎板

おらん

画・現代語訳,矢羽勝幸監修・解説　長野信濃毎日新聞社　2008.10　69p　21×26cm　1800円　①978-4-7840-7090-9　Ⓝ911.35

[内容]板画と現代語で読む一茶。信州柏原が生んだ俳人一茶の「おらが春」が現代によみがえる―。一茶研究の第一人者である矢羽勝幸二松学舎大教授の解説に加え、「おらが春」の全原文も収録。

「オーランドー」　Orlando：A Biography　[長編小説]　㊝1928
㊥オーランドー――ある伝記

ウルフ, ヴァージニア　Woolf, Adeline Virginia　1882-1941　イギリスの作家

◇オーランドー――ある伝記(ヴァージニア・ウルフコレクション)ヴァージニア・ウルフ著、川本静子訳　みすず書房　2000.6　293p　20cm　2800円　①4-622-04508-7　Ⓝ933.7

[内容]わが主人公オーランドーは16世紀のイギリスに16歳の少年として登場し、17世紀には「男」から「女」に性転換、さらに生きつづけ、巻末の1928年において齢なお36歳である。「時」の限界と「性」の境界を超えて、多様な「読み」を誘発するメタバイオグラフィの傑作。

「折たく柴の記」　おりたくしばのき　[自叙伝]　1716頃執筆　㊥折焚柴之記

新井白石　あらい・はくせき　1657-1725　江戸時代前期・中期の学者、政治家

◇折たく柴の記(岩波文庫)新井白石著、松村明校注　岩波書店　1999.12　476p　15cm　800円　①4-00-302121-5　Ⓝ121.54

[内容]二度にわたる貧しい浪人生活の後、甲府藩に藩主綱豊の侍講として出仕した白石は、次第にその信任を得、「生類憐みの令」の将軍綱吉の養子となった綱豊が六代将軍家宣となるや、ともに幕政の改革に乗り出してゆく。六代家宣、七代家継の二代にわたって幕府の中枢で活躍した江戸中期の儒学者・政治家新井白石の自叙伝。

「オリバー・ツイスト」　Oliver Twist　[長編小説]　㊝1838　㊥オリヴァー・トゥイスト

ディケンズ, チャールズ　Dickens, Charles John Huffam　1812-1870　イギリスの小説家

◇オリバー・ツイスト(光文社古典新訳文庫)ディケンズ著、唐戸信嘉訳　光文社　2020.3　863p　16cm〈年譜あり〉1600円　①978-4-334-75421-1　Ⓝ933.6

[内容]生まれ育った救貧院でも、徒弟として売られた葬儀屋でも、人間的な扱いを受けたことのない孤児オリバー。道端で会った気さくな少年が、ロンドンで住居や仕事を世話してくれる人物を紹介するというが…。苛酷な運命に翻弄される少年とそれを取り巻く人々をドラマチックに描く傑作。

「オリンポスの果実」　[中編小説]　㊝1940　㊥杏の実　[青空文庫]

田中英光　たなか・ひでみつ　1913-1949　昭和期の小説家

◇田中英光傑作選――オリンポスの果実/さようなら他(角川文庫)田中英光著、西村賢太編　KADOKAWA　2015.11　374p　15cm　880円　①978-4-04-103454-5　Ⓝ913.6

[内容]ぼくはあのひとが好きでたまらない。ロサンゼルス五輪に参加する選手団を乗せた客船で、坂本は高跳び選手の熊本秋子に一目惚れした。しかし、2人の仲を同僚に揶揄され、ついには選手間の男女接触禁止令が出てしまう。オリンピックに参加した自身の体験を描いた「オリンポスの果実」、晩年作の「さようなら」など、珠玉の6篇を厳選。太宰治の墓前で散った無頼派私小説家・田中英光。その文学に傾倒する西村賢太が編集、解題。

「オン・ザ・ロード」　On the Road　[長編小説]　㊝1957　㊥路上

ケルアック, ジャック　Kerouac, Jack　1922-1969　アメリカの小説家、詩人

◇オン・ザ・ロード(河出文庫)J.ケルアック著、青山南訳　河出書房新社　2010.6　524p　15cm　950円　①978-4-309-46334-6　Ⓝ933.7

[内容]若い作家サルとその親友ディーンは、

おんな

自由を求めて広大なアメリカ大陸を疾駆する。順応の50年代から叛逆の60年代へ、カウンターカルチャー花開く時代の幕開けを告げ、後のあらゆる文化に決定的な影響を与えた伝説の書。バロウズやギンズバーグ等実在モデルでも話題を呼び、ボブ・ディランに「ぼくの人生を変えた本」と言わしめた青春のバイブル『路上』が半世紀ぶりの新訳で甦る。

「恩讐の彼方に」　おんしゅうのかなたに
［短編小説］　㋷1919発表　青空文庫

菊池寛　きくち・かん　1888-1948　大正・昭和期の小説家、劇作家

◇10分間で読める泣ける名作集―読書通も唸る珠玉の名作を収録！(GOMA BOOKS)　樋口一葉,寺田寅彦他著　ゴマブックス　2018.7　206p　19cm　1200円　Ⓘ978-4-8149-1804-1　Ⓝ913.68

目次　恩讐の彼方に(菊池寛著)ほか

「婦系図」　おんなけいず　［長編小説］
㋷1908　青空文庫

泉鏡花　いずみ・きょうか　1873-1939　明治～昭和期の小説家

◇婦系図　前篇(岩波文庫)　泉鏡花作　岩波書店　2013.8　222p　15cm　560円　Ⓘ4-00-310279-7　Ⓝ913.6

内容　恩師への義理立てから別れねばならぬ若きドイツ語学者早瀬主税と芸者お蔦。新派の代表劇となり、映画化もされた名作。

◇婦系図　後篇(岩波文庫)　泉鏡花作　岩波書店　2013.8　213p　15cm　560円　Ⓘ4-00-312710-2　Ⓝ913.6

内容　悲恋の至純を描き、世の偽善を糾弾するこの作品は、明治四〇年一月から四月にかけ『やまと新聞』に連載され、圧倒的な人気を博した。

「女殺油地獄」　おんなごろしあぶらのじごく
［浄瑠璃］　1721初演

近松門左衛門　ちかまつ・もんざえもん　1653-1724　江戸時代中期の京都・大坂の歌舞伎作者、浄瑠璃作者

◇日本文学全集　10　能・狂言　説経節　曾根崎心中　女殺油地獄　菅原伝授手習鑑　義経千本桜　仮名手本忠臣蔵　池澤夏樹個人編集　河出書房新社　2016.10　842p　20cm　3500円　Ⓘ978-4-309-72880-3　Ⓝ918

目次　女殺油地獄(桜庭一樹訳)ほか

内容　遊女お初と手代徳兵衛の悲恋を綴った「曾根崎心中」と、油店の女房殺しをモダンに描いた「女殺油地獄」の近松二作ほか新訳・全訳を収録。

「女坂」　おんなざか　［長編小説］　㋷1957

円地文子　えんち・ふみこ　1905-1986　昭和期の小説家。「女坂」で野間文芸賞受賞

◇野上彌生子・円地文子・幸田文(女性作家シリーズ 1)　河野多惠子ほか監修　角川書店　1998.3　493p　20cm〈年譜あり〉2600円　Ⓘ4-04-574201-8　Ⓝ913.68

目次　女坂(円地文子著)ほか

「女の一生」　おんなのいっしょう　Une vie
［長編小説］　㋷1883

モーパッサン, ギイ・ド　Maupassant, Henry René Albert Guy de　1850-1893　フランスの作家

◇女の一生(光文社古典新訳文庫)　モーパッサン著、永田千奈訳　光文社　2011.3　456p　16cm〈年譜あり〉838円　Ⓘ978-4-334-75226-2　Ⓝ953.6

内容　男爵家の一人娘に生まれ何不自由なく育ったジャンヌ。彼女にとって、夢が次々と実現していくのが人生であるはずだった。しかし現実はジャンヌを翻弄し続ける。乳姉妹だった女中のロザリが妊娠し、その相手が自分の夫であることを知った時、彼女は過酷な現実を生き始めた―。

「女の一生」　おんなのいっしょう　［長編小説］　㋷1933

山本有三　やまもと・ゆうぞう　1887-1974　大正・昭和期の劇作家、小説家

◇女の一生　上巻(新潮文庫)　山本有三著　新潮社　1951　316p　15cm　Ⓘ978-4-10-106003-3　Ⓝ913.6

◇女の一生　下巻(新潮文庫)　山本有三著　新潮社　1951　369p　15cm　Ⓘ978-4-10-106004-0　Ⓝ913.6

おんな

「女の平和」　おんなのへいわ　Lysistrate
　〔戯曲〕　紀元前411初演

アリストファネス　Aristophanēs　紀元前445頃–前385頃　ギリシア古喜劇の詩人

◇ベスト・プレイズ―西洋古典戯曲12選　新訂　日本演劇学会分科会西洋比較演劇研究会編　論創社　2011.9　725p　21cm〈年表あり〉3800円　①978-4-8460-0974-8　⑪908.2

|目次|女の平和（アリストパネス）ほか

|内容|西洋の古典戯曲を精選して12本収録。解説、年表を含めて、戯曲とともに近代までの演劇の歴史を追う。

「御宿かわせみ」　おんやどかわせみ　〔小説〕　㊝1974

平岩弓枝　ひらいわ・ゆみえ　1932-2023　昭和～令和期の小説家、劇作家

◇御宿かわせみ（文春文庫）新装版　平岩弓枝著　文藝春秋　2004.3　299p　16cm　476円　①4-16-716880-4　⑪913.6

|内容|江戸の大川端にある小さな旅篭「かわせみ」。そこに投宿する様々な人たちをめぐっておこる事件の数々。その渦の中に巻きこまれながら、宿の若い女主人るいと恋人神林東吾の二人は、互いに愛を確かめ合い、次第に強く結ばれていく…江戸の下町情緒あふれる筆致で描かれた人情捕物帳。人気シリーズ「御宿かわせみ」新装版第一弾。

【か】

「怪人二十面相」　かいじんにじゅうめんそう
　〔小説〕　㊝1936発表　青空文庫

江戸川乱歩　えどがわ・らんぽ　1894-1965　大正・昭和期の推理作家

◇黒蜥蜴と怪人二十面相（角川文庫）江戸川乱歩著　KADOKAWA　2019.2　409p　15cm〈角川ホラー文庫2004年刊の再刊〉600円　①978-4-04-107931-7　⑪913.6

|内容|ある日、実業界の大物の家に「ロマノフ王家の大金剛石六顆を近日中に頂戴する」と記された二十面相から予告状が届く。怪人と名探偵、初めての対決！（「怪人二十面相」）。乱歩作品の中でも屈指の人気を誇る、明智小五郎の二大ライバルが一冊で楽しめる。

「海神丸」　かいじんまる　〔短編小説〕
㊝1922

野上弥生子　のがみ・やえこ　1885-1985　明治～昭和期の小説家

◇船（百年文庫）近藤啓太郎、徳田秋声、野上弥生子著　ポプラ社　2011.4　185p　19cm　750円　①978-4-591-12162-7　⑪913.68

|内容|正月を迎える前に一儲け、船長のもくろみは厳しい自然に打ち砕かれた。漂流生活57日、実在の海難事件に取材した野上弥生子『海神丸』ほか、波にもまれ、生の根源があらわにされる傑作三篇。

「凱旋門」　がいせんもん　Arc de Triomphe
　〔長編小説〕　㊝1946

レマルク, エーリヒ・マリア　Remarque, Erich Maria　1898-1970　ドイツの小説家

◇世界文学全集　別巻　第7　凱旋門　レマルク著、山西英一訳、阿部知二等編　河出書房新社　1960　483p　図版　19cm　⑪908

「回想のブライズヘッド」　⇒ブライズヘッドふたたびを見よ

「怪談」　かいだん　Kwaidan　〔短編集〕
㊝1904　青空文庫

小泉八雲　こいずみ・やくも　1850-1904　明治期の随筆家、小説家、日本研究家。ラフカディオ・ハーン

◇怪談・骨董（河出文庫）小泉八雲著, 平川祐弘訳　河出書房新社　2024.2　413p　15cm〈「骨董・怪談」（2014年刊）の改題・再編集　著作目録あり〉900円　①978-4-309-42085-1　⑪933.6

|内容|小泉八雲＝ラフカディオ・ハーンの2大作品集『怪談』『骨董』をハーン研究の第一人者が個人完訳。怪談・奇談の原拠に出てくる日本語表現や表記を活かし、最新の研究成果を反映。ハーンによる原注も訳出。訳注・解説付き。

「**怪談牡丹灯籠**」　かいだんぼたんどうろう
　　［落語］　㊝1884　青空文庫

三遊亭圓朝　さんゆうてい・えんちょう
　　1839-1900　江戸時代末期・明治期の落語家

◇怪談牡丹燈籠・怪談乳房榎（角川ソフィア文庫）三遊亭円朝　KADOKAWA　2018.7　414p　15cm〈「三遊亭円朝全集 1」（角川書店 1975年刊）の抜粋〉960円　①978-4-04-400342-5　Ⓝ913.7

　内容　若い美男の浪人・新三郎のところへ、旗本の娘、お露と女中が毎夜通ってくる。新三郎の家来同様の伴侶が覗いてみると、彼が楽しげに語らうのは2人の「幽霊」で…。落語の神様による怪談噺の最高傑作。「怪談乳房榎」も収録。

「**海潮音**」　かいちょうおん　［訳詩集］
　　㊝1905　青空文庫

上田敏　うえだ・びん　1874-1916　明治期の詩人、評論家

◇海潮音―上田敏訳詩集（新潮文庫）55刷改版　上田敏訳　新潮社　2006.9　181p　15cm　324円　①4-10-119401-7　Ⓝ911.56

　内容　ヴェルレーヌ、ボードレール、マラルメ、ブラウニング…。清新なフランス近代詩を紹介して、日本の詩檀に根本的革命をもたらした上田敏は、藤村、晩翠ら当時の新体詩にあきたらず、「一世の文芸を指導せん」との抱負に発して、至難の西欧近代詩の翻訳にたずさわり、かずかずの名訳を遺した。本書は、その高雅な詩語をもって、独立した創作とも見られる訳詩集である。

「**海底二万里**」　かいていにまんり　Vingt mille lieues sous les mers　［長編小説］
　　㊝1869-70発表　別海底二万マイル

ヴェルヌ，ジュール　Verne, Jules　1828-1905　フランスの小説家

◇海底二万里　上（角川文庫）ジュール・ヴェルヌ著、渋谷豊訳　KADOKAWA　2016.7　349p　15cm　600円　①978-4-04-101384-7　Ⓝ953.6

　内容　1866年、大西洋に謎の巨大生物が出現し、世界中の人々を震撼させた。その正体をつきとめるべく、パリ自然史博物館のアロナックス教授は、召使いとともにアメリカ海軍が誇る高速フリゲート艦に乗り込んだ。

◇海底二万里　下（角川文庫）ジュール・ヴェルヌ著、渋谷豊訳　KADOKAWA　2016.7　414p　15cm　680円　①978-4-04-101385-4　Ⓝ953.6

　内容　未来の科学技術を駆使して作られた潜水艦ノーチラス号を操る、寡黙で謎めいたネモ艦長。アロナックス教授たちは、地球上のすべての海を巡る旅に連れ出される。ネモ艦長はいったい何者なのか。そして彼の目的は？

「**外套**」　がいとう　Shinel　［短編小説］
　　㊝1842　青空文庫

ゴーゴリ，ニコライ・ヴァシーリエヴィチ　Gogol, Nikolai Vasilievich　1809-1852　ロシアの小説家、劇作家

◇外套　ニコライ・ワシーリェヴィチ・ゴーゴリ著、児島宏子訳、ユーリー・ノルシュテイン原案、フランチェスカ・ヤールブソヴァ絵　未知谷　2009.5　158p　20cm　2500円　①978-4-89642-263-4　Ⓝ983

「**海道記**」　かいどうき　［紀行］　1223以後の成立

◇新編日本古典文学全集　48　中世日記紀行集　小学館　1994.7　654p　23cm　4800円　①4-09-658048-1　Ⓝ918

　目次　海道記 ほか

「**海南小記**」　かいなんしょうき　［紀行］
　　㊝20世紀

柳田國男　やなぎた・くにお　1875-1962　明治～昭和期の民俗学者

◇海南小記（角川ソフィア文庫）新版　柳田国男著　角川学芸出版、角川グループホールディングス（発売）2013.6　283p　15cm〈改版：角川書店 1972年刊〉667円　①978-4-04-408314-4　Ⓝ382.19

　内容　南の島々にこそ日本文化の源流があるのではないか。大正九年、九州・沖縄諸島を旅した柳田は、歴史と現実との間を行き来しながら発見を繰り返す。日本民俗学における南島研究の意義をはじめて示し、最晩年の名著『海上の道』へと続く思索の端緒となった紀行文。

かいふ

「懐風藻」　かいふうそう　［漢詩集］　751成立

◇懐風藻全注釈　新訂増補版　辰巳正明著　花鳥社　2021.9　583,18p　22cm〈初版：笠間書院 2012年刊　索引あり〉13000円　①978-4-909832-43-6　Ⓝ919.3

内容　天平勝宝3(751)年に成立した日本最初の漢詩集「懐風藻」の注釈書。その成立や背景、対句表現などを考察した解題や、解説「懐風藻と東アジアの古代漢詩」も収録。注釈をより詳細にした新訂増補版。

「海辺の光景」　かいへんのこうけい　［中編小説］　㊥1959

安岡章太郎　やすおか・しょうたろう　1920-2013　昭和・平成期の小説家。1960年「海辺の光景」で芸術選奨・野間文芸賞受賞

◇全集 現代文学の発見 新装版 第5巻　日常のなかの危機　大岡昇平ほか責任編集　學藝書林　2003.5　554p　20cm　4500円　①4-87517-063-7　Ⓝ913.68

目次　海辺の光景（安岡章太郎）ほか

「カインの末裔」　かいんのまつえい　［短編小説］　㊥1918　青空文庫

有島武郎　ありしま・たけお　1878-1923　大正期の小説家、評論家

◇カインの末裔 クララの出家（岩波文庫）改版（第40刷）有島武郎著　岩波書店　2003.2　104p　15cm　360円　①4-00-310364-5　Ⓝ913.6

「顧みれば」　かえりみれば　Looking Backward：2000-1887　［長編小説］　㊥1888

ベラミー，エドワード　Bellamy, Edward　1850-1898　アメリカの小説家、社会改革家

◇顧りみれば（岩波文庫）ベラミー著、山本政喜訳　岩波書店　1953　338p　15cm　①978-4-00-323321-4　Ⓝ933

内容　アメリカの空想的社会主義者ベラミーが抱くユートピアの理想を物語風に描いたもの。新婚の一青年がある晩睡眠剤を用いて寝床に入り113年間眠り続けたのちに、社会主義化したボストン市の文化を観察するというストーリー。本書が出版されるやたいへんな反響をよび、ベラミー・クラブまで組織された。資本主義爛熟期のユートピア物語。

「輝ける闇」　かがやけるやみ　［長編小説］　㊥1968

開高健　かいこう・たけし　1930-1989　昭和期の小説家。1968年「輝ける闇」で毎日出版文化賞受賞

◇日本文学全集 21　日野啓三　開高健　池澤夏樹個人編集　河出書房新社　2015.8　553p　20cm〈年譜あり〉3100円　①978-4-309-72891-9　Ⓝ918

目次　輝ける闇（開高健）ほか

「鍵」　かぎ　［長編小説］　㊥1956　青空文庫

谷崎潤一郎　たにざき・じゅんいちろう　1886-1965　明治～昭和期の小説家

◇鍵　瘋癲老人日記（新潮文庫）改版　谷崎潤一郎著　新潮社　2001.10　446p　16cm　590円　①4-10-100515-X　Ⓝ913.6

内容　老夫婦の閨房日記を交互に示す手法で性の深奥を描く「鍵」。老残の身でなおも息子の妻の媚態に惑う「瘋癲老人日記」。晩年の二傑作。

「限りなく透明に近いブルー」　かぎりなくとうめいにちかいぶるー　［中編小説］　㊥1976

村上龍　むらかみ・りゅう　1952-　小説家。1976年「限りなく透明に近いブルー」で芥川賞ほか受賞

◇限りなく透明に近いブルー（講談社文庫）新装版　村上龍著　講談社　2009.4　164p　15cm　400円　①978-4-06-276347-9　Ⓝ913.6

内容　米軍基地の街・福生のハウスには、音楽に彩られながらドラッグとセックスと嬌声が満ちている。そんな退廃の日々の向こうには、空虚さを超えた希望がきらめく―。著者の原点であり、発表以来ベストセラーとして読み継がれてきた、永遠の文学の金字塔が新装版に！群像新人賞、芥川賞受賞のデビュー作。

「影をなくした男」　かげをなくしたおとこ
Peter Schlemihls wundersame Geschichte　［中編小説］　㊊1814
㊙ペーター・シュレミールの不思議な物語ほか

シャミッソー, アーデルベルト・フォン
　Chamisso, Adalbert von　1781-1838　ドイツの詩人、植物学者

◇影をなくした男（岩波文庫）シャミッソー作, 池内紀訳　岩波書店　2002.8　153p　15cm〈第32刷〉400円　①4-00-324171-1　Ⓝ943
内容　「影をゆずってはいただけませんか？」謎の灰色服の男に乞われるままに、シュレミールは引き替えの"幸運の金袋"を受け取ったが—。大金持にはなったものの、影がないばっかりに世間の冷たい仕打ちに苦しまねばならない青年の運命をメルヘンタッチで描く。

「花月草紙」　かげつそうし　［随筆集］
　1796～1803年の間に成立

松平定信　まつだいら・さだのぶ　1758-1829　江戸時代中期・後期の大名、老中

◇日本随筆大成　第3期 第1巻　新装版　日本随筆大成編輯部編　吉川弘文館　2007.10　6, 468p　19cm〈平成7年刊（新装版）を原本としたオンデマンド版〉5500円
①978-4-642-04114-0　Ⓝ914.5

「蜻蛉日記」　かげろうにっき　［日記］　平安時代中期（974前後成立）　㊙かげろうのにき

藤原道綱母　ふじわらみちつなのはは　935-995　平安時代中期の女性。歌人

◇蜻蛉日記—全訳注（講談社学術文庫）新版　藤原道綱母著, 上村悦子全訳注　講談社　2024.3　831p　15cm〈年表あり〉2700円
①978-4-06-534804-8　Ⓝ915.33
内容　美貌と歌才をもち、権門藤原氏に求婚された才媛が人生の苦悩を赤裸々に告白する、平安王朝の代表的日記文学。原文、現代語訳、語釈、充実した解説のほか、地図や年表も掲載。

「火山の下」　かざんのした　Under the Volcanov　［長編小説］　㊊1947　㊙活火山の下

ラウリー, マルカム　Lowry, Clarence Malcolm Boden　1909-1957　イギリスの小説家

◇火山の下　新装復刊　マルカム・ラウリー著, 斎藤兆史監訳, 渡辺暁, 山崎暁子共訳　白水社　2023.5　506p　20cm　3800円
①978-4-560-09349-8　Ⓝ933.7
内容　1938年11月の「死者の日」。故郷から遠く離れたメキシコの地で、酒に溺れていく元英国領事の悲喜劇的な1日を、美しくも破滅的な迫真の筆致で描く。世界の作家たちが愛読した20世紀文学の傑作を新装復刊。

「賢い血」　かしこいち　Wise blood　［長編小説］　㊊1952

オコナー, フラナリー　O'Connor, Flannery　1925-1964　アメリカ南部の作家

◇賢い血（ちくま文庫）フラナリー・オコナー著, 須山静夫訳　筑摩書房　1999.5　254p　15cm　620円　①4-480-03476-5　Ⓝ933.7
内容　軍隊から戻ると、がらんとした家には箪笥しかなかった。ヘイズは汽車に乗り、知らない街へ行き、説教師の帽子を被ったまま売春宿に入った。やがて彼は中古自動車の上に立ち、『キリストのいない教会』を説きはじめる—。たじろがずに人間を凝視し、39歳で逝くまで研ぎすまされた作品を書き続けた、アメリカ南部の作家オコナーの傑作長篇。真摯でグロテスクな、生と死のコメディ。

「火車」　かしゃ　［長編小説］　㊊1992

宮部みゆき　みやべ・みゆき　1960-　小説家。現代小説でデビュー、のち時代小説にも進出

◇火車（新潮文庫）宮部みゆき著　新潮社　1998.2　590p　16cm　743円　①4-10-136918-6　Ⓝ913.6
内容　休職中の刑事、本間俊介は遠縁の男性に頼まれて彼の婚約者、関根彰子の行方を捜すことになった。自らの意思で失踪、しかも徹底的に足取りを消して—なぜ彰子はそこまでして自分の存在を消さねばならなかったのか？　いったい彼女は何者なのか？　謎を解く鍵は、カード会社の犠牲ともいう

べき自己破産者の凄惨な人生に隠されていた。山本周五郎賞に輝いたミステリー史に残る傑作。

「華氏451度」　かしごひゃくごじゅういちど
Fahrenheit 451　[長編小説]　㊊1953

ブラッドベリ, レイ　Bradbury, Ray (Douglas)　1920-2012　アメリカのSF作家

◇華氏451度（ハヤカワ文庫SF）新訳版　レイ・ブラッドベリ著, 伊藤典夫訳　早川書房　2014.6　299p　16cm　860円　Ⓘ978-4-15-011955-3　Ⓝ933.7

[内容] 華氏451度―この温度で書物の紙は引火し、そして燃える。451と刻印されたヘルメットをかぶり、昇火器の炎で隠匿されていた書物を焼き尽くす男たち。モンターグも自らの仕事に誇りをもち、そうした昇火士のひとりだった。だがある晩、風変わりな少女とであってから、彼の人生は劇的に変わってゆく…。本が忌むべき禁制品となった未来を舞台に、SF界きっての抒情詩人が現代文明を鋭く風刺した不朽の名作、新訳で登場！

「風立ちぬ」　かぜたちぬ　[長編小説]
㊊1938　⦅青空文庫⦆

堀辰雄　ほり・たつお　1904-1953　昭和期の小説家

◇風立ちぬ/菜穂子（小学館文庫）堀辰雄著　小学館　2013.11　293p　15cm〈「昭和文学全集 6」（1988年刊）の抜粋　年譜あり〉514円　Ⓘ978-4-09-408877-9　Ⓝ913.6

[内容] 重病に冒され、高原のサナトリウムで療養を続ける節子。婚約者である「私」は、美しい自然の中で、生と死に向き合いながら、献身的に節子を支える。「菜穂子」も同時収録。

「風と共に去りぬ」　かぜとともにさりぬ
Gone with the Wind　[長編小説]
㊊1936

ミッチェル, マーガレット　Mitchell, Margaret　1900-1949　アメリカの小説家。1937年「風とともに去りぬ」でピューリッツァー賞受賞

◇風と共に去りぬ　1（岩波文庫）マーガレット・ミッチェル作, 荒このみ訳　岩波書店　2015.4　373p　15cm〈年表あり〉840円　Ⓘ978-4-00-323421-1　Ⓝ933.7

[内容] 一八六一年四月、南部ジョージア州。大農園主の娘として育った一六歳のスカーレットはある日、生まれて初めて試練に直面する…。南北戦争とその後の混乱の時代を、強靱な意思の力で生き抜いてゆくスカーレットの人生と激しい愛を描いた長編小説。新訳。作品に多角的に迫る「解説」、物語の背景がみえてくるていねいな注、関連略年表付。

◇風と共に去りぬ　2（岩波文庫）マーガレット・ミッチェル作, 荒このみ訳　岩波書店　2015.6　382p　15cm〈年表あり〉840円　Ⓘ978-4-00-323422-8　Ⓝ933.7

[内容] スカーレットはチャールズの遺児と共にアトランタへ。寡婦として銃後を支える生活に辟易し、南部の"大義"に共感できず鬱屈する彼女に、封鎖破りで富を手にしたレット・バトラーが接近。開戦から二年、ゲティスバーグの戦いの後に届いたのは…。

◇風と共に去りぬ　3（岩波文庫）マーガレット・ミッチェル作, 荒このみ訳　岩波書店　2015.9　492p　15cm〈年表あり〉1020円　Ⓘ978-4-00-323423-5　Ⓝ933.7

[内容] 1864年9月、陥落寸前のアトランタ。スカーレットはレットの助けを得てタラへ逃げる。だが命からがら辿りついた故郷も、安息の地ではなくなっていた。母亡き後、残された人びとを率いて愛する農園を守りぬくことをスカーレットは神に誓う―「前進あるのみ」。

◇風と共に去りぬ　4（岩波文庫）マーガレット・ミッチェル作, 荒このみ訳　岩波書店　2015.11　504p　15cm〈年表あり〉1020円　Ⓘ978-4-00-323424-2　Ⓝ933.7

[内容] 戦争よりも過酷な再建時代が始まった。莫大な追徴課税のためにタラを失う危機に直面したスカーレットは、金策のため、アトランタで獄中のレットに自分の身を差し出すと持ちかけるも失敗。妹スエレンの婚約者フランクと再婚し、製材所経営に着手する。

◇風と共に去りぬ　5（岩波文庫）マーガレット・ミッチェル作, 荒このみ訳　岩波書店　2016.1　500p　15cm〈年譜あり　年表あり〉1020円　Ⓘ978-4-00-323425-9　Ⓝ933.7

[内容] ジェラルドの死後、スカーレットと共

にウィルクス夫妻はアトランタへ戻り、メラニーは「古き良き南部」の象徴的存在となっていく。一方、製材業に邁進するスカーレットにある日、事件が…。KKK会員として復讐に立ち上がる男たち。そしてレットは…。

◇風と共に去りぬ　6（岩波文庫）マーガレット・ミッチェル作, 荒このみ訳　岩波書店　2016.3　412p　15cm〈年表あり〉920円　①978-4-00-323426-6　Ⓝ933.7

[内容] スカーレットとレットにボニーが生まれる。レットは娘を溺愛するが、スカーレットはアシュリーを忘れられず、レットとの関係は次第に冷えていく。やがて起こる決定的な出来事…。厳しい再建時代にも終わりが見え、南部も新たな時代へ。壮大な物語、全六冊完結！

「風の又三郎」　かぜのまたさぶろう　［童話］　㊍1934　⻘空文庫

宮沢賢治　みやざわ・けんじ　1896-1933　大正・昭和期の詩人、童話作家

◇宮沢賢治童話集―雨ニモマケズ・風の又三郎など（100年読み継がれる名作）宮沢賢治著, 日下明絵, 小埜裕二監修　世界文化ブックス, 世界文化社（発売）2024.1　175p　24cm〈底本:〈新〉校本宮沢賢治全集（筑摩書房　1995～2009年刊）年譜あり〉1300円　①978-4-418-23851-4　Ⓝ913.6

[内容] 自然とともに生きる、大切な人間の姿―賢治からの伝言。"雨ニモマケズ風ニモマケズ"名作6話・詩1編。「風の又三郎」と賢治の世界・解説つき。小学生から。

「火宅の人」　かたくのひと　［長編小説］　㊍1975

檀一雄　だん・かずお　1912-1976　昭和期の小説家。遺作「火宅の人」で読売文学賞と日本文学大賞受賞

◇火宅の人　上巻（新潮文庫）45刷改版　檀一雄著　新潮社　2003.3　478p　16cm　629円　①4-10-106403-2　Ⓝ913.6

[内容] 一郎は窃盗をやらかす。次郎は全身麻痺で寝たきり。弥太はまだヨチヨチ歩き。フミ子は鶏の餌を喰ってひよ子のように泣きわめく。サト子は生れたばかり。妻は主人の放蕩・濫費・狂躁を見かねて家出騒ぎ…。よしたとえ、わが身は火宅にあろうとも、人々の賑わいのなか、天然の旅情に従ってこれをどえらく解放してみたい―。壮絶な逸脱を通して謳い上げる、豪放な魂の記録。

◇火宅の人　下巻（新潮文庫）37刷改版　檀一雄著　新潮社　2003.3　476p　16cm　629円　①4-10-106404-0　Ⓝ913.6

[内容]「チチ帰った？」「うん帰ったよ」「もう、ドッコも行かん？」「うん、ドッコも行かん」「もう、ドッコも行く？」「うん、ドッコも行く」女たち、酒、とめどない放浪。崩壊寸前のわが家をよそに、小説家桂一雄のアテドない放埒は、一層激しさを加えていく。けれども、次郎の死を迎えて、身辺にわかに寂寞が…。20年を費し、死の床に完成した執念の遺作長編。

「カッコーの巣の上で」　One Flew over the Cuckoo's Nest　［長編小説］　㊍1962　㊼郭公の巣

キージー, ケン　Kesey, Ken　1935-2001　アメリカの小説家

◇カッコーの巣の上で　ケン・キージー著, 岩元巌訳　パンローリング　2021.7　497p　19cm〈白水社　2014年刊の改訂再編集〉2400円　①978-4-7759-4252-9　Ⓝ933.7

[内容] 刑務所の農場労働を逃れるため精神異常を装い、患者として精神病院にやってきたマックマーフィ。そこでは婦長が厳格な規則と薬物投与で患者の人間性を奪う管理支配していて…。体制に抵抗する者たちの鮮烈な冒険譚。

「月山」　がっさん　［中編小説］　㊍1973発表

森敦　もり・あつし　1912-1989　昭和期の小説家。1974年「月山」で芥川賞受賞

◇月山・鳥海山（文春文庫）新装版　森敦著　文藝春秋　2017.7　371p　16cm　820円　①978-4-16-790885-0　Ⓝ913.6

[内容] 月山の麓にある注連寺に居候した「わたし」は、現世と隔離されたような村で冬を越す。此の世ならぬ幽明の世界を描いた芥川賞受賞作「月山」をはじめ、「天沼」「光陰」など、全7篇を収録する。

「河童」　かっぱ　［短編小説］　㊍1927　⻘空文庫

芥川龍之介　あくたがわ・りゅうのすけ

1892-1927　大正期の小説家。短編の名作を数多く発表

◇河童のお弟子（ちくま文庫―柳花叢書）東雅夫編　筑摩書房　2014.12　457p　15cm　1200円　Ⓘ978-4-480-43231-5　Ⓝ913.68

[目次] 河童（芥川龍之介著）ほか

[内容] 泉鏡花と柳田國男を愛読して育った「おばけずき」の少年は、やがて文壇の寵児となり…“柳花叢書”第二弾は、「河童」をキイワードに、柳と花に龍を加えた特別篇。河童研究に先鞭をつけた柳田の「山島民譚集」、同書に触発された芥川の「河童」、芥川の早すぎる死を悼むかのような鏡花晩年の名品「貝の穴に河童の居る事」。あふれんばかりの師弟愛と河童愛を今に伝える画期的アンソロジー！

「悲しき玩具」　かなしきがんぐ　［歌集］

[初]1912　[青空文庫]

石川啄木　いしかわ・たくぼく　1886-1912

明治期の歌人、詩人

◇一握の砂・悲しき玩具―石川啄木歌集（新潮文庫）改版　石川啄木著　新潮社　2012.6　279p　16cm　605円　Ⓘ978-4-10-109303-1　Ⓝ911.168

[内容] 啄木の処女歌集であり「我を愛する歌」で始まる『一握の砂』は、甘い抒情にのった自己哀惜の歌を多く含み、第二歌集の『悲しき玩具』は、切迫した生活感情を、虚無的な暗さを伴って吐露したものを多く含む。貧困と孤独にあえぎながらも、文学への情熱を失わず、歌壇に新風を吹きこんだ啄木の代表作を、彼の最もよき理解者であり、同郷の友でもある金田一氏の編集によって収める。

「悲しき熱帯」　かなしきねったい　Tristes tropiques　［紀行］　[初]1955

レヴィ＝ストロース, クロード　Lévi-Strauss, Claude　1908-2009　フランスの社会人類学者

◇悲しき熱帯　1（中公クラシックス）レヴィ＝ストロース著, 川田順造訳　中央公論新社　2001.4　339p　18cm　1300円　Ⓘ4-12-160004-5　Ⓝ382.62

[目次] 第1部 旅の終り, 第2部 旅の断章, 第3部 新世界, 第4部 土地と人間, 第5部 カデュヴェオ族

◇悲しき熱帯　2（中公クラシックス）レヴィ＝ストロース著, 川田順造訳　中央公論新社　2001.5　449p　18cm〈年譜あり　文献あり〉1400円　Ⓘ4-12-160007-X　Ⓝ382.62

[目次] 第6部 ボロロ族（金とダイヤモンド, 善い野蛮人 ほか）, 第7部 ナンビクワラ族（失われた世界, 荒野で ほか）, 第8部 トゥピ＝カワイブ族（カヌーで, ロビンソン ほか）, 第9部 回帰（神にされたアウグストゥス, 一杯のラム ほか）

「悲しみよこんにちは」　かなしみよこんにちは　Bonjour tristesse　［長編小説］

[初]1954

サガン, フランソワーズ　Sagan, Françoise

1935-2004　フランスの小説家、劇作家

◇悲しみよ こんにちは（新潮文庫）サガン著, 河野万里子訳　新潮社　2009.1　197p　16cm　438円　Ⓘ978-4-10-211828-3　Ⓝ953.7

[内容] セシルはもうすぐ18歳。プレイボーイ肌の父レイモン、その恋人エルザと、南仏の海辺の別荘でヴァカンスを過ごすことになる。そこで大学生のシリルとの恋も芽生えるが、父のもうひとりのガールフレンドであるアンヌが合流。父が彼女との再婚に走りはじめたことを察知したセシルは、葛藤の末にある計画を思い立つ…。20世紀仏文学界が生んだ少女小説の聖典、半世紀を経て新訳成る。

「仮名手本忠臣蔵」　かなでほんちゅうしんぐら　［浄瑠璃］　1748初演

竹田出雲（2世）ほか　たけだ・いずも

1691-1756　江戸時代中期の人形浄瑠璃興行主、作者

◇仮名手本忠臣蔵（河出文庫―古典新訳コレクション 18）竹田出雲, 三好松洛, 並木千柳著, 松井今朝子訳　河出書房新社　2023.12　217p　15cm〈底本：日本文学全集 10（2016年刊）文献あり〉800円　Ⓘ978-4-309-42069-1　Ⓝ912.4

[内容] 吉良上野介の横恋慕がきっかけで、浅野内匠頭は刃傷・切腹に追い込まれ…。赤穂浪士ドラマの原点であり、文楽や歌舞伎で上演され続けている傑作「仮名手本忠臣蔵」を、松井今朝子が現代語訳。解説、解題も収録する。

「蟹工船」 かにこうせん ［中編小説］

[初]1929 [青空文庫]

小林多喜二 こばやし・たきじ 1903-1933 昭和期の小説家

◇蟹工船（現代語訳名作シリーズ 3） 小林多喜二作, 渡邉文幸現代語訳 理論社 2014.10 187p 20cm 1400円 Ⓘ978-4-652-20065-0 Ⓝ913.6

[内容] オホーツク海で蟹をとり、缶詰をつくる蟹工船。そこで働く者たちは、情け知らずな監督のもとで、死者がでるほど過酷な労働を強いられていた。

「鐘」 かね The Bell ［長編小説］

[初]1958

マードック, アイリス Murdoch, Dame Iris（Jean） 1919-1999 イギリスの小説家、哲学者、詩人

◇集英社ギャラリー「世界の文学」 5 イギリス 4 集英社 1990.1 1433p 22cm 4300円 Ⓘ4-08-129005-9 Ⓝ908

[目次] 鐘（アイリス・マードック）ほか

「黴」 かび ［長編小説］ [初]1912

[青空文庫]

徳田秋声 とくだ・しゅうせい 1871-1943 明治～昭和期の小説家

◇黴 爛（講談社文芸文庫） 徳田秋声著 講談社 2017.4 381p 16cm〈年譜あり〉 1700円 Ⓘ978-4-06-290342-4 Ⓝ913.6

[内容] 自身の結婚生活や師・尾崎紅葉との関係等を徹底した現実主義で描き、日本自然主義文学を確立した「黴」。元遊女の愛と運命を純粋客観の目で辿り、文名を確立した「爛」。秋声文学円熟期の代表的中篇2篇を収録する。

「ガープの世界」 The World According to Garp ［長編小説］ [初]1978

アーヴィング, ジョン Irving, John 1942– アメリカの作家

◇ガープの世界（新潮文庫） ジョン・アーヴィング著, 筒井正明訳 新潮社 1988.10 2冊 15cm 560円, 600円 Ⓘ4-10-227301-8 Ⓝ933

[内容] 看護婦ジェニーは重体の兵士と「欲望」抜きのセックスをして子供を作った。子供の名はT・S・ガープ。やがて成長したガープは、ふとしたきっかけで作家を志す。文章修業のため母ジェニーと赴いたウィーンで、ガープは小説の、母は自伝の執筆に励む。帰国後、ジェニーが書いた『性の容疑者』はベストセラーとなるのだが—。現代アメリカ文学の輝ける旗手アーヴィングの自伝的長編。

「蒲田行進曲」 かまたこうしんきょく ［戯曲］ [初]1982

つかこうへい つか・こうへい 1948-2010 昭和・平成期の劇作家、演出家

◇蒲田行進曲（角川文庫） 改版 つかこうへい著 KADOKAWA 2018.10 201p 15cm 640円 Ⓘ978-4-04-106987-5 Ⓝ913.6

[内容] 映画「新撰組」で初主役の座を射止めた銀四郎は、大部屋俳優のヤスの下宿にかつてのスター女優・小夏を連れてきた。銀四郎の子を妊娠した小夏を引き受けたヤスは、生まれてくる子どものために危険な「階段落ち」に挑むが…。

「神々は渇く」 かみがみはかわく Les Dieux ont soif ［長編小説］ [初]1912

フランス, アナトール France, Anatole 1844-1924 フランスの小説家、評論家。1921年ノーベル文学賞受賞

◇神々は渇く（アナトール・フランス小説集 2） 新装復刊 アナトール・フランス著, 水野成夫訳 白水社 2000.9 381p 20cm 2800円 Ⓘ4-560-04882-7 Ⓝ953.6

[内容] 端麗な文章と軽妙な諷刺で人間の愚かさといとおしさを鮮やかに描き出す、フランス文学の最高峰。真の小説好きの味読に堪える長篇と珠玉の短篇を集めた愛蔵版選集。

「仮面の告白」 かめんのこくはく ［長編小説］ [初]1949

三島由紀夫 みしま・ゆきお 1925-1970 昭和期の小説家

◇仮面の告白（新潮文庫） 新版 三島由紀夫著 新潮社 2020.11 289p 16cm〈年譜あり〉 590円 Ⓘ978-4-10-105040-9 Ⓝ913.6

内容　女に魅力を感じず、血に塗れた死に憧憬しつつ自らの性的指向に煩悶する少年「私」。軍靴の響き高まる中、級友の妹と出会うが…。少年が到達した境地とは？　典雅にしてスキャンダラスな性的自伝。詳細な注解付き。

「かもめ」　Chayka　［戯曲］1896初演
　青空文庫

チェーホフ, アントン・パーヴロヴィチ　Chekhov, Anton Pavlovich　1860-1904　ロシアの小説家、劇作家

◇かもめ（近代古典劇翻訳〈注釈付〉シリーズ003）アントン・チェーホフ著、内田健介訳　論創社　2022.3　154p　19cm〈年表あり〉1300円　①978-4-8460-2038-5　Ⓝ982

　内容　日本の現代演劇に多大な影響を与えてきたチェーホフ。初演舞台の失敗から一転して、モスクワ芸術座の至宝となった傑作『かもめ』を詳細な注釈付きで新訳する！

「かもめのジョナサン」　Jonathan Livingston Seagull　［小説］㊼1970

バック, リチャード　Bach, Richard　1936–　アメリカの飛行家、小説家

◇かもめのジョナサン（新潮文庫）完成版　リチャード・バック著、五木寛之創訳　新潮社　2015.7　198p　16cm　590円　①978-4-10-215907-1　Ⓝ933.7

　内容　「飛ぶ歓び」「生きる歓び」を追い求め、自分の限界を突破しようとした、かもめのジョナサン。群れから追放された彼は、精神世界の重要さに気づき、見出した真実を仲間に伝える。しかし、ジョナサンが姿を消した後、残された弟子のかもめたちは、彼の神格化を始め、教えは形骸化していく…。新たに加えられた奇跡の最終章。帰ってきた伝説のかもめが自由への扉を開き、あなたを変える！

「ガラスの靴」　がらすのくつ　［短編小説］
　㊼1951

安岡章太郎　やすおか・しょうたろう　1920-2013　昭和・平成期の小説家。日本芸術院会員、文化功労者

◇安岡章太郎短篇集（岩波文庫）安岡章太郎著、持田叙子編　岩波書店　2023.2　336p　15cm　1000円　①978-4-00-312281-5　Ⓝ913.6

　内容　「あなた、ヒグラシの鳥って、見たことある？」―ユーモラスにして清新な文章で、新時代の到来を告げた安岡章太郎のデビュー作「ガラスの靴」。戦時下での青春の挫折、軍隊での体験、戦後の日常生活、そして父母への想い…。「故郷」「サアカスの馬」「父の日記」等、戦後日本文学を代表する短篇小説の名手の秀作14篇を収録。

「ガラスの動物園」　The Glass Menagerie　［戯曲］1944初演

ウィリアムズ, テネシー　Williams, Tennessee　1911-1983　アメリカの劇作家

◇ガラスの動物園（新潮文庫）改版　テネシー・ウィリアムズ著、小田島雄志訳　新潮社　2011.1　191p　15cm　476円　①978-4-10-210907-6　Ⓝ932

　内容　不況時代のセント・ルイスの裏街を舞台に、生活に疲れ果てて、昔の夢を追い、はかない幸せを夢見る母親、脚が悪く、極度に内気な、婚期の遅れた姉、青年らしい夢とみじめな現実に追われて家出する文学青年の弟の三人が展開する抒情的な追憶の劇作者の激しいヒューマニズムが全編に脈うつ名編で、この戯曲によってウィリアムズは、戦後アメリカ劇壇第一の有望な新人と認められた。

「カラーパープル」　The Color Purple
　［長編小説］㊼1982　別紫のふるえ

ウォーカー, アリス　Walker, Alice　1944–　アフリカ系アメリカ人の作家。1983年「カラーパープル」でピューリッツァー賞受賞

◇カラーパープル（集英社文庫）A.ウォーカー著、柳沢由実子訳　集英社　1986.4　362p　16cm〈『紫のふるえ』（昭和60年刊）の改題〉480円　①4-08-760117-X　Ⓝ933

　内容　16歳の黒人娘セリーは、名も知らないミスター＊＊のもとへ嫁がされ、夫の暴力の下で毎日を耐えていた。愛する妹も夫に襲われ、彼女は失意のまま、アフリカへ渡った。……黒人社会の中に巻き起こる差別、暴力、神、性といったすべての問題にたち向い、やがては妹との再会を信じ、不屈の精神を糧にするセリー。女の自由を血と涙で獲得しようとする女性を描く愛と感動のセ

ンセーショナル・ノベル。ピューリッツァ賞、全米図書賞受賞。ペーパーバックスで既に400万部を突破した。

「カラマーゾフの兄弟」 からまーぞふのきょうだい Brat'ya Karamazovy ［長編小説］ ㊤1880 青空文庫

ドストエフスキー, フョードル・ミハイロヴィチ　Dostoevskii, Fëdor Mikhailovich　1821-1881　ロシアの作家

◇〈詳注版〉カラマーゾフの兄弟　ドストエフスキー著、杉里直人訳　水声社　2020.1　1101p　21cm　①978-4-8010-0400-9（set）　Ⓝ983

内容「注・解説・年譜篇」が付いた2冊セット。

「ガリア戦記」 がりあせんき Commentarii de bello Gallico ［記録文学、歴史書］ 紀元前52-51頃成立

カエサル　Caesar, Gaius Julius　紀元前100–前44　ローマ共和政末期最大の軍人、政治家

◇ガリア戦記—カエサル戦記集　カエサル著、高橋宏幸訳　岩波書店　2015.2　352, 29p　20cm〈文献あり 年表あり 索引あり〉3000円　①978-4-00-061016-2　Ⓝ230.3

内容　カエサルによるガリア遠征を描いた古典。共和政から帝政へとローマが大きく変わろうとする時代、その中心にいたカエサルがみずから記した歴史書として、無比の価値を有する。簡潔で真に迫る記述は、文人キケローが高く評価し、モンテーニュやナポレオンなど後世の読者にも多大な影響を与えた。最新の成果に基づき、地図・索引などの資料も充実させた新訳。「カエサル戦記集」の第一弾。

「ガリバー旅行記」 がりばーりょこうき Gulliver's Travels ［長編小説］ ㊤1726 ㊗ガリヴァー旅行記 青空文庫

スウィフト, ジョナサン　Swift, Jonathan　1667-1745　イギリスの作家、政治評論家

◇ガリバー旅行記　ジョナサン・スウィフト著、柴田元幸訳　朝日新聞出版　2022.10　491p　19cm　2000円　①978-4-02-251865-1　Ⓝ933.6

内容　次々に起きる出来事、たっぷりの諷刺、理屈ぬきの面白さ！　世界中の子どもと大人が読みつづける18世紀の名作『ガリバー旅行記』。柴田元幸による『朝日新聞』金曜日夕刊の翻訳連載を単行本化。注釈、解説付き。

「ガルガンチュアとパンタグリュエルの物語」 Gargantua et Pantagruel ［長編小説］ ㊤1532-64 ㊗ガルガンチュワとパンタグリュエル, ガルガンチュワ物語, パンタグリュエル物語

ラブレー, フランソワ　Rabelais, François　1494頃–1553　フランスの物語作家、人文主義者

◇ガルガンチュアとパンタグリュエル　1（ちくま文庫）　フランソワ・ラブレー著、宮下志朗訳　筑摩書房　2005.1　475, 33p　15cm〈年表あり〉1300円　①4-480-42055-X　Ⓝ953.5

内容　フランス・ルネサンス文学を代表する作家フランソワ・ラブレーの傑作大長編、待望の新訳版。この巻では、巨人王ガルガンチュアの誕生・成長と冒険の数々、さらに戦争とその顛末が、笑いと風刺を織り込んだ密度の高い文体によって描き出されてゆく。現代的センスあふれる清新な訳文から、不朽の物語の爆発的な面白さと輝かしい感動が楽しく伝わってくる。

◇ガルガンチュアとパンタグリュエル　2（ちくま文庫）　フランソワ・ラブレー著、宮下志朗訳　筑摩書房　2006.2　489p　15cm　1300円　①4-480-42056-8　Ⓝ953.5

内容　巨人王ガルガンチュアの息子パンタグリュエルが、才能豊かないたずら者パニュルジュとともに大活躍—イギリスの大学者との珍無類の論戦、パリの貴婦人への恋とふられた仕返し、さらに悪の化身の巨人ルーガルー退治など、名場面続出の物語。ラブレーの爆発的な魅惑を伝える新訳、ますます冴えわたる。『ガルガンチュア大年代記』を併せて収める。

◇ガルガンチュアとパンタグリュエル　3　第三の書（ちくま文庫）　フランソワ・ラブレー著、宮下志朗訳　筑摩書房　2007.9　597p　15cm　1500円　①978-4-480-42057-2　Ⓝ953.5

内容　平和な時代を迎え、領主となったパニュ

かるめ

ルジュは、またたく間に財産を蕩尽、借財を抱えながら「借金礼賛」論議を展開。さらに、結婚を決意するもふんぎりがつかず、物語空間は、夢や占いをめぐっての、めくるめく言葉のアリーナと化してゆく。有名な"たまきんブラゾン"も登場、浄められたワイズフールの世界の豊饒な魅力。

◇ガルガンチュアとパンタグリュエル 4 第四の書（ちくま文庫）フランソワ・ラブレー著、宮下志朗訳 筑摩書房 2009.11 654p 15cm〈文献あり〉1800円 ①978-4-480-42058-9 Ⓝ953.5

内容 「聖なる酒びん」のご託宣を授かるべくパンタグリュエル一行は大航海へと船出する。殴られることで生計を立てるシカヌー族、トロイの木馬ならぬトリュイの牝ブタを用いてのアンドゥーユ族との合戦の顚末など、奇妙な風習やルールが支配する異様な島々をめぐって不思議な物語空間が織りなされてゆく。宗教改革を経て「不寛容」の嵐が吹き荒れるさなかでの、激烈な教会批判が爆発的な哄笑とともに描かれる。

◇ガルガンチュアとパンタグリュエル 5 第五の書（ちくま文庫）ラブレー著、宮下志朗訳 筑摩書房 2012.5 535p 15cm 1600円 ①978-4-480-42921-6 Ⓝ953.5

内容 「聖なる酒びん」のご託宣を求めて大航海へと船出したパンタグリュエル一行は、難儀な教皇島や司教鳥の飛び交う"鐘の鳴る島"、刀剣の類が実る大木の茂る"金物島"などの異様な島々を巡り、ついには神託所に到達してお告げを解き明かす。奇想あふれる版画「パンタグリュエルの滑稽な夢」全120点を収録。

「カルメン」 Carmen ［中編小説］
㊋1845

メリメ, プロスペル Mérimée, Prosper 1803-1870 フランスの小説家

◇カルメン／タマンゴ（光文社古典新訳文庫）メリメ著、工藤庸子訳 光文社 2019.8 238p 16cm〈文献あり 年譜あり〉840円 ①978-4-334-75407-5 Ⓝ953.6

内容 純粋で真面目な青年ドン・ホセは、カルメンの虜となり、嫉妬にからめとられていく。軍隊を抜け悪事に手を染めるようになったホセは、ついにカルメンの情夫を殺し、そして…（「カルメン」）。傑作中編2作を収録。

「華麗なるギャツビー」 ⇒グレート・ギャツビーを見よ

「枯木灘」 かれきなだ ［長編小説］
㊋1977

中上健次 なかがみ・けんじ 1946-1992 昭和・平成期の小説家

◇枯木灘（河出文庫）新装版 中上健次著 河出書房新社 2015.1 437p 15cm 740円 ①978-4-309-41339-6 Ⓝ913.6

内容 紀州・熊野の貧しい路地に、兄や姉とは父が異なる私生児として生まれた土方の秋幸。悪行の噂絶えぬ父・龍造への憎悪とも憧憬ともつかぬ激情が、閉ざされた土地の血の呪縛の中で煮えたぎる。愛と痛みが暴力的に交錯し、圧倒的感動をもたらす戦慄のサーガ。戦後文学史における最重要長編「枯木灘」に、番外編「覇王の七日」を併録。

「彼らの目は神を見ていた」 かれらのめはかみをみていた Their Eyes Were Watching God ［長編小説］ ㊋1937

ハーストン, ゾラ・ニール Hurston, Zora Neale 1891-1960 アフリカ系アメリカ人の作家、民俗学者

◇ハーストン作品集 1 彼らの目は神を見ていた 松本昇訳 新宿書房 1995.4 285p 20cm 2400円 ①4-88008-207-4 Ⓝ938

内容 ジェイニーは故郷を捨て、愛するティーケイクのいるフロリダのイートンヴィルへ行くが、ある日、突然、不幸がやって来る…。1920年代、黒人文化が花開くニューヨーク・ハーレム・ルネサンスに登場した天才女性作家の代表作。

「カレワラ」 Kalevala ［叙事詩］ ㊋1835

リョンロート, エリアス〔編〕 Lönnrot, Elias 1802-1884 フィンランドの民俗学者。民族叙事詩「カレワラ」の採集、編集者

◇カレワラ物語—フィンランドの国民叙事詩 キルスティ・マキネン著、荒牧和子訳 横浜 春風社 2005.5 211p 20cm 1800円 ①4-86110-034-8 Ⓝ993.611

内容 おまえのすねから急流のように流れ出した血は、七艘の船をいっぱいに満たすほ

どじゃ。わしが助けてやろう。しかし鉄の起源の言葉がいる。その言葉が鉄の仕事を打ち消すことができるのじゃ。氷の国フィンランドの国生み神話をやさしい物語にしたベストセラー、本邦初訳。魔法と冒険、滑稽とファンタジーに満ちた愉しい世界。

「雁」 がん ［長編小説］ ㊅1915
青空文庫

森鷗外　もり・おうがい　1862-1922　明治・大正期の陸軍軍医、小説家、評論家

◇鷗外近代小説集　第6巻　かのやうに　雁ほか　森鷗外著　岩波書店　2012.10　424p　20cm〈布装〉3800円　Ⓘ978-4-00-092736-9　Ⓝ913.6

内容『かのやうに』に始まる「秀麿もの」四篇の他、近代日本初期の雰囲気と女性の自立への萌芽を描き出す『雁』、自身の家族関係が下敷きといわれる『本家分家』等、明治末〜大正初期の作品を収録。

「閑吟集」 かんぎんしゅう ［歌謡集］ 室町時代後期

◇閑吟集（岩波文庫）真鍋昌弘校注　岩波書店　2023.1　437p　15cm〈文献あり 索引あり〉1200円　Ⓘ978-4-00-301289-5　Ⓝ911.64

内容 永正15（1518）年、1人の世捨人が往時の酒宴の席を偲んで編んだ小歌選集。中世末期の世相や風景、人々の感性がうかがえる。現代語訳、初句索引付き。

「巌窟王」 ⇒モンテ・クリスト伯を見よ

「菅家文草」 かんけぶんそう ［漢詩文集］ 900成立

菅原道真　すがわら・みちざね　845-903　平安時代前期の学者、歌人、公卿

◇日本古典文学大系　第72　菅家文草　菅家後集　オンデマンド版　岩波書店　2016.9　739p　22cm　12100円　Ⓘ978-4-00-730496-5　Ⓝ918

内容 菅原道真が醍醐天皇に依頼されて編纂した自作の漢詩文集『菅家文草』。大宰府に左遷されて以後の漢詩文を収めて、死の直前に紀長谷雄に送られた『菅家後集』、道真の伝記資料としても名高い二篇を収録。

「感情教育」 かんじょうきょういく
L'Éducation sentimentale　［長編小説］㊅1869

フローベール, ギュスターヴ　Flaubert, Gustave　1821-1880　フランスの小説家

◇感情教育　上（光文社古典新訳文庫）フローベール著, 太田浩一訳　光文社　2014.10　562p　16cm〈年表あり〉1340円　Ⓘ978-4-334-75300-9　Ⓝ953.6

内容 法律を学ぶためパリに出た青年フレデリックは、帰郷の船上で美しい人妻アルヌー夫人に心奪われる。パリでの再会後、美術商の夫の店や社交界に出入りし、夫人の気を惹こうとするのだが…。二月革命前後のパリで夢見がちに生きる青年と、彼をとりまく4人の女性の物語。19世紀フランス恋愛小説の最高傑作、待望の新訳！

◇感情教育　下（光文社古典新訳文庫）フローベール著, 太田浩一訳　光文社　2014.12　470p　16cm〈年譜あり 年表あり〉1320円　Ⓘ978-4-334-75303-0　Ⓝ953.6

内容 故郷で悶々とした生活を送るなか、フレデリックに思わぬ遺産がころがりこんできた。パリに舞い戻ったフレデリックはアルヌー夫人に愛をうちあけ、ついに嬌曳きの約束をとりつけることに成功する。そして、運命のその日、二月革命が勃発するのだった…。自伝的作品にして歴史小説の最高傑作。

「勧進帳」 かんじんちょう ［歌舞伎］ 1840初演

並木五瓶（3世）　なみき・ごへい　1789-1855　江戸時代後期の歌舞伎作者

◇歌舞伎十八番の内勧進帳（岩波文庫）郡司正勝校注　岩波書店　2021.5　145p　15cm〈底本：「日本古典文学大系 98」（1965年刊）文献あり〉660円　Ⓘ978-4-00-302562-8　Ⓝ912.5

内容 山伏姿に身を変え奥州へ落ちゆく義経主従。その前に安宅の関が立ちふさがる。関守富樫の厳しい詮議と追及。弁慶がこれを大胆不敵に退け、一行は辛くも虎口を逃れる。市川海老蔵（七代目団十郎）天保十一年初演の演目を、明治の「劇聖」九代目団十郎が端正な一幕劇として昇華させ今に伝わる、歌舞伎十八番屈指の傑作狂言。

かんた

「カンタベリー物語」 The Canterbury Tales ［物語集］14世紀（未完）

チョーサー, ジェフリー Chaucer, Geoffrey 1340頃-1400 イギリスの詩人

◇カンタベリ物語―共同新訳版　ジェフリー・チョーサー著, 池上忠弘監訳　悠書館　2021.7　1033p　20cm　6800円　①978-4-86582-042-3　Ⓝ931.4

内容 中世英文学のなかでひときわ屹立する大詩人ジェフリー・チョーサー晩年の韻文物語集「カンタベリ物語」の共同新訳版。ベテラン・中堅・新進の研究者が、概説・特色・出典等々を記した「解説」と、懇切な訳注を付す。

「カンディード」 Candide ou l'Optimisme ［長編小説］Ⓟ1759

ヴォルテール Voltaire 1694-1778 フランスの作家、啓蒙思想家

◇カンディード　ヴォルテール著, 堀茂樹訳　晶文社　2016.6　254p　20cm　1800円　①978-4-7949-6927-9　Ⓝ953.6

内容 美しき男爵令嬢に恋をしたため故郷を追放された純朴な青年カンディード。最善説を唱える恩師の教えとは裏腹に、数々の不幸や災難に見舞われながら試練と冒険の旅を続ける…。18世紀啓蒙思想家ヴォルテールの代表的名作。

「雁の寺」 がんのてら ［中編小説］Ⓟ1961

水上勉　みずかみ・つとむ　1919-2004　昭和・平成期の小説家

◇雁の寺・越前竹人形（新潮文庫）水上勉著　新潮社　1969　282p　16cm　130円　Ⓝ913.6

「ガン病棟」 がんびょうとう Rakovy korpus ［長編小説］ 1966（第1部）、1967（第2部）完成

ソルジェニーツィン, アレクサンドル・イサーエヴィチ Solzhenitsyn, Aleksandr Isaevich 1918-2008 ソ連の小説家。1970年ノーベル文学賞受賞

◇ガン病棟　上・下（新潮文庫）ソルジェニーツィン著, 小笠原豊樹訳　新潮社　1971　2冊　16cm　Ⓝ983

【 き 】

「機械」 きかい ［短編小説］Ⓟ1931
青空文庫

横光利一　よこみつ・りいち　1898-1947　大正・昭和期の小説家

◇セレナード―横光利一モダニズム幻想集　横光利一著, 長山靖生編　彩流社　2018.11　324p　22cm　2400円　①978-4-7791-2532-4　Ⓝ913.6

目次 機械 ほか

内容 新しい文学の王道を拓いた〈新感覚派〉の代表的作家・横光利一の傑作群。表題作ほか「月夜」「草の中」など、今でも新しさが眩しく感じられる作品、全17編を現代仮名遣いで収録する。

「飢餓海峡」 きがかいきょう ［長編小説］Ⓟ1963

水上勉　みずかみ・つとむ　1919-2004　昭和・平成期の小説家

◇飢餓海峡　上・下（新潮文庫）改版　水上勉著　新潮社　2011.11　2冊　16cm　各710円　Ⓝ913.6

内容 樽見京一郎は京都の僻村に生まれた。父と早く死に別れて母と二人、貧困のどん底であえぎながら必死で這い上がってきた男だ。その彼が、食品会社の社長となり、教育委員まで務める社会的名士に成り上がるためには、いくつかの残虐な殺人を犯さねばならなかった…。そして、巧なり名を遂げたとき、殺人犯犬飼多吉の時代に馴染んだ酌婦、杉戸八重との運命的な出会いが待っていた…。

「奇巌城」 きがんじょう L'Aiguille creuse ［長編小説］Ⓟ1909　Ⓥ奇岩城
青空文庫

ルブラン, モーリス Leblanc, Maurice 1864-1941 フランスの探偵小説家

◇奇巌城―怪盗ルパン（ポプラ文庫クラシック―怪盗ルパン全集）モーリス・ルブラン

原作，南洋一郎文　ポプラ社　2010.1　329p　16cm　580円　①978-4-591-11496-4　Ⓝ953.7

|内容| 深夜の伯爵邸を襲った怪事件。秘書が刺殺され、ルーベンスの傑作絵画が盗まれた。事件の裏で暗躍するルパンを追って、奔走する高校生探偵イジドール。大怪盗VS名探偵の推理合戦は、海に浮かぶ古城でついに対決を迎える。莫大な秘宝とともに待ち受ける悲しい結末とは。

「帰郷」　ききょう　［長編小説］　㊵1949

大佛次郎　おさらぎ・じろう　1897-1973　大正・昭和期の小説家

◇帰郷（P+D BOOKS）大佛次郎著　小学館　2018.10　441p　19cm〈底本：旺文社文庫1966年刊〉650円　①978-4-09-352349-3　Ⓝ913.6

|内容| 海軍兵学校出身のエリート将校・守屋恭吾は、公金に手をつけ引責辞職後、賭博の眼力を養いつつ欧州各地を放浪していた。やがてある事情から"帰郷"するが…。大佛次郎が当時の日本人へ自戒のメッセージを込めた記念碑的名作。

「義経記」　ぎけいき　［軍記物語］　室町時代　㊵義経物語, 判官物語

◇義経記（平凡社ライブラリー）佐藤謙三，小林弘邦訳　平凡社　2024.6　533p　16cm〈「義経記 1〜2」（1979年刊）の合本〉2200円　①978-4-582-76969-2　Ⓝ913.436

|内容| 幼少期に敗将の子として育ち、武蔵坊弁慶らと出会い、そして後年兄・頼朝に疎まれ、仲間と流浪の旅を続ける逆境と悲運の連続の源義経の生涯を描く軍記物語「義経記」を現代語訳。歌舞伎「勧進帳」の原型。町田康の解説も収録。

「危険な関係」　きけんなかんけい　Les Liaisons dangereuses　［長編小説］　㊵1782

ラクロ, ピエール=アンブロワーズ=フランソワ・ショデロ・ド　Laclos, Pierre Ambroise François Choderlos de　1741-1803　フランスの作家、軍人

◇危険な関係（エクス・リブリス・クラシックス）ラクロ著，桑瀬章二郎，早川文敏訳　白水社　2014.2　591p　20cm　3400円　①978-4-560-09905-6　Ⓝ953.6

|内容| 誘惑、凌辱、そして恋…革命前夜のフランス上流社交界を舞台に繰り広げられる、誘惑者と恋する者の心理戦。「征服すること」を自らの使命とした男女二人の誘惑者のパワーゲーム。快楽か情熱か、征服かそれとも破滅か？ フランス恋愛小説の白眉、待望の新訳。

「儀式」　ぎしき　Ceremony　［長編小説］　㊵1977

シルコウ, レスリー・M.　Silko, Leslie Marmon　1948–　アメリカの詩人、作家。先住民ラグーナ・プエブロ族の出身

◇儀式（講談社文芸文庫）レスリー・M.シルコウ著，荒このみ訳　講談社　1998.1　429p　16cm　1300円　①4-06-197601-X　Ⓝ933.7

|内容| 戦争後遺症のラグーナ・プエブロ族の混血の青年テイヨの身心は軍の病院でも治癒できない。頼みは部族伝統の儀式。メディシン・マンのベトニー老人は治癒への"新しい儀式"と砂絵を示す。自然の知恵、愛、自己の認識。口承文学の香り高き寓話と詩を自在にとり入れつつ、第二次世界大戦後の"アメリカ・インディアン"の若者達の厳しい現実を描出。

「北回帰線」　きたかいきせん　Tropic of Cancer　［長編小説］　㊵1934

ミラー, ヘンリー　Miller, Henry　1891-1980　アメリカの小説家

◇北回帰線（新潮文庫）43刷改版　ヘンリ・ミラー著，大久保康雄訳　新潮社　2005.8　561p　16cm　743円　①4-10-209001-0　Ⓝ933.7

|内容| "ぼくは諸君のために歌おうとしている。すこしは調子がはずれるかもしれないが、とにかく歌うつもりだ。諸君が泣きごとを言っているひまに、ぼくは歌う。諸君のきたならしい死骸の上で踊ってやる"その激越な性描写ゆえに長く発禁を免れなかった本書は、衰弱し活力を失った現代人に最後の戦慄を与え、輝かしい生命を吹きこむ。放浪のパリ時代の体験を奔放に綴った記念すべき処女作。

きつち

「キッチン」　　［短編小説］㊄1988

吉本ばなな　よしもと・ばなな　1964-　小説家。旧筆名・よしもとばなな

◇よしもとばなな〈はじめての文学〉よしもとばなな著　文藝春秋　2007.1　256p　19cm　1238円　①978-4-16-359830-7　Ⓝ913.6

内容　小説はこんなにおもしろい！　文学の入り口に立つ若い読者へ向けた自選アンソロジー。「キッチン」「おやじの味」「バブーシュカ」「ミイラ」「デッドエンドの思い出」など7編を収録。

「紀ノ川」　　きのかわ　［長編小説］㊄1959

有吉佐和子　ありよし・さわこ　1931-1984　昭和期の小説家、劇作家

◇紀ノ川（新潮文庫）75刷改版　有吉佐和子著　新潮社　2006.4　357p　16cm　552円　①4-10-113201-1　Ⓝ913.6

内容　小さな川の流れを呑みこんでしだいに大きくなっていく紀ノ川のように、男のいのちを吸収しながらたくましく生きる女たち。一家霊的で絶対の存在である祖母・花。男のような俠気があり、独立自尊の気持の強い母・文緒。そして、大学を卒業して出版社に就職した戦後世代の娘・華子。紀州和歌山の素封家を舞台に、明治・大正・昭和三代の女たちの系譜をたどった年代記的長編。

「城の崎にて」　きのさきにて　［短編小説］

㊄1918　㊃城崎にて

志賀直哉　しが・なおや　1883-1971　大正・昭和期の小説家。"小説の神様"と呼ばれる

◇日曜日/蜻蛉―生きものと子どもの小品集（中公文庫）志賀直哉著　中央公論新社　2021.12　245p　16cm〈「日曜日」（小学館1948年刊）と「蜻蛉」（スバル出版社1948年刊）の合本〉860円　①978-4-12-207154-4　Ⓝ913.6

目次　城の崎にて　ほか

内容　"小説の神様"志賀直哉は、生きものや子どもを好んで書いた。それらの短篇を集めた「日曜日」「蜻蛉」を合本し、24篇を収録。網野菊「先生と生きもの」も付す。

「君の名は」　きみのなは　［放送劇, 小説］

1952-54放送（1952小説版刊行）

菊田一夫　きくた・かずお　1908-1973　昭和期の劇作家、演劇プロデューサー

◇君の名は　上　菊田一夫著　宝文館出版　1991.2　486p　20cm〈新装版〉1800円　①4-8320-1375-0　Ⓝ913.6

◇君の名は　下　菊田一夫著　宝文館出版　1991.3　539p　20cm〈新装版〉1800円　①4-8320-1376-9　Ⓝ913.6

「キム」　⇒少年キム（しょうねんきむ）を見よ

「キャッチ＝22」　Catch-22　［長編小説］

㊄1961

ヘラー, ジョーゼフ　Heller, Joseph　1923-1999　アメリカの小説家、劇作家

◇キャッチ＝22　上（ハヤカワepi文庫）新版　ジョーゼフ・ヘラー著, 飛田茂雄訳　早川書房　2016.3　446p　16cm　1180円　①978-4-15-120083-0　Ⓝ933.7

内容　第二次世界大戦末期。アメリカ空軍基地に所属するヨッサリアン大尉の願いはただ一つ、生きのびることだ。仮病を使ったり、狂気を装ったり、なんとかして出撃を免れようとするが、そのたびに軍規「キャッチ＝22」に阻まれ…。

◇キャッチ＝22　下（ハヤカワepi文庫）新版　ジョーゼフ・ヘラー著, 飛田茂雄訳　早川書房　2016.3　445p　16cm　1180円　①978-4-15-120084-7　Ⓝ933.7

内容　仲間があっけなく戦闘で死んでいくなか、ヨッサリアン大尉はあらゆる手段を用いて自分のいのちを守ろうとする。だが、誰もが正体をつかめない軍規「キャッチ＝22」の壁が立ちはだかり、逃れられない悪夢を生み出し続ける…。

「キャッチャー・イン・ザ・ライ」　⇒ライ麦畑でつかまえてを見よ

「キャラメル工場から」　［短編小説］

㊄1928雑誌掲載

佐多稲子　さた・いねこ　1904-1998　昭

きょう

和・平成期の小説家

◇キャラメル工場から―佐多稲子傑作短篇集（ちくま文庫）佐多稲子著, 佐久間文子編　筑摩書房　2024.3　286p　15cm〈底本:「佐多稲子全集 第1巻～第18巻」(講談社1977～1979年刊)と「月の宴」(講談社文芸文庫 1991年刊)〉 880円　Ⓘ978-4-480-43940-6　Ⓝ913.6

内容　労働、地下活動、戦争、東京や長崎の町、懐かしい友人たちについて自らの経験をもとに書き続け、昭和を駆け抜けた作家、佐多稲子。その最良の16篇を厳選した文庫オリジナルの短篇選集。

「吸血鬼ドラキュラ」　きゅうけつきどら
　きゅら　Dracula　［長編小説］　㊼1897
　㊓ドラキュラ　⟨青空文庫⟩（ドラキュラ）

ストーカー, ブラム　Stoker, Bram　1847-1912　アイルランドの作家

◇吸血鬼ドラキュラ（角川文庫）ブラム・ストーカー著, 田内志文訳　KADOKAWA 2014.5　669p　15cm　840円　Ⓘ978-4-04-101442-4　Ⓝ933.6

内容　ヨーロッパの辺境、トランシルヴァニアの山中。暗雲をいただきそびえる荒れ果てた城があった。主の名は、ドラキュラ伯爵。彼は闇に紛れ血を求める吸血鬼だった―。辺境での雌伏の時を経て、血に飢えた伯爵は大都市ロンドンへの上陸をもくろむ。ドラキュラに狙われた婦人を救うべく立ちあがったのは、不死者の権威、ヴァン・ヘルシング教授。不死者と人間の闘いが、始まろうとしている…。恐怖小説の古典、待望の新訳登場。

「牛肉と馬鈴薯」　ぎゅうにくとばれいしょ
　（じゃがいも）　［短編小説］　㊼1901発表
　⟨青空文庫⟩

国木田独歩　くにきだ・どっぽ　1871-1908 明治期の詩人、小説家

◇文豪と食―食べ物にまつわる珠玉の作品集（中公文庫）長山靖生編　中央公論新社 2019.10　265p　16cm　820円　Ⓘ978-4-12-206791-2　Ⓝ913.68

内容　森鷗外「牛鍋」、国木田独歩「牛肉と馬鈴薯」、正岡子規「御所柿を食いし事」、谷崎潤一郎「美食倶楽部」…。文豪たちが描いた食べ物にまつわる珠玉の作品を通して、食道楽に収まらない偏愛的味覚と時代の精神を探る。

「旧約聖書」　⇒聖書（せいしょ）を見よ

「キューポラのある街」　きゅーぽらのあるまち　［児童文学］　㊼1961

早船ちよ　はやふね・ちよ　1914-2005　昭和・平成期の小説家、児童文学作家

◇キューポラのある街　愛蔵版　早船ちよ著　調布　けやき書房　2006.3　323p　20cm　2000円　Ⓘ4-87452-024-3　Ⓝ913.6

内容　作品の主題は、中学三年生のジュンを主人公に、いわばその"近代的自我"の目ざめを、心とからだの両面から、その成長過程を追求していくことにあります。主人公のジュンとタカユキの生活を中心にして、高校進学か就職か、進路をえらぶ問題、生活の貧しさということと、そのなかでの親子かんけいの問題、ハナエおばの夫の南鮮抑留と友だちの北鮮帰還の問題、父母の職業と、中小企業に働く人たちの労働と賃金の問題、企業の近代化という問題と古い職人気質である父と、そのしごとへの誇りと失業の問題、中小企業と大企業との対照と、そこに働く人たちの意識の問題、そのほか、タカユキにとっては、母の信用と愛情に問題、ジュンにとっては、女性のめざめと性の意識の問題などがあります。中学生から大人まで。

「狂雲集」　きょううんしゅう　［漢詩集］　室町時代後期（1481以前成立）

一休宗純　いっきゅうそうじゅん　1394-1481　室町時代の臨済宗の僧

◇一休和尚大全　上・下　一休宗純著, 石井恭二訓読・現代文訳・解読　河出書房新社 2008.3　2冊　22cm　各3600円　Ⓝ188.84

目次　上巻：一休和尚の生涯、東海一休和尚年譜訓読文、狂雲集（贅、大陸の詩人たち、当代の禅僧、花鳥風月、号）、下巻：狂雲集（承前）（雑）、自戒集、付録

「饗宴」　きょうえん　Symposion　［対話篇］　紀元前383?/385?

プラトン　Platon　紀元前427-前347　古代ギリシアの哲学者

◇饗宴（光文社古典新訳文庫）プラトン著, 中

澤務訳　光文社　2013.9　295p　16cm　〈年譜あり〉933円　Ⓘ978-4-334-75276-7　Ⓝ131.3

[内容]なぜ男は女を求め、女は男を求めるのか？　愛の神エロスとは何なのか？　悲劇詩人アガトンの優勝を祝う飲み会に集まったソクラテスほか6人の才人たちが、即席でエロスを賛美する演説を披瀝しあう。プラトン哲学の神髄ともいうべきイデア論の思想が論じられる対話篇の最高傑作。

「狂人日記」　きょうじんにっき　[短編小説]
㊋1923（1918発表）　[青空文庫]

魯迅　ろ・じん　1881-1936　中国の文学者、思想家

◇阿Q正伝（角川文庫）改版　魯迅著, 増田渉訳　KADOKAWA　2018.6　234p　15cm　〈初版：角川書店1961年刊　年譜あり〉640円　Ⓘ978-4-04-106853-3　Ⓝ923.7

[目次]狂人日記　ほか

[内容]「阿Q正伝」ほか、デビュー作「狂人日記」、終生の師を描いた「藤野先生」、「孔乙己」「小さな事件」「故郷」「家鴨の喜劇」「孤独者」「眉間尺」を収録。

「享楽主義者マリウス」　きょうらくしゅぎしゃまりうす　Marius the Epicurean
[長編小説]　㊋1885　㊄快楽主義者メアリアス

ペイター, ウォルター　Pater, Walter Horatio　1839-1894　イギリスの批評家、随筆家

◇ウォルター・ペイター全集　3　ウォルター・ペイター著, 富士川義之編　筑摩書房　2008.5　701p　22cm　〈年譜あり　肖像あり〉18000円　Ⓘ978-4-480-79063-7　Ⓝ938.68

[内容]世紀末芸術に多大な影響を与えた唯美主義者ペイター。アウレリウス帝時代のローマ帝国を舞台に、真実の生を求めて遍歴する若い知識人の姿を描いた『享楽主義者マリウス』、16世紀フランスを背景に展開する『ガストン・ド・ラトゥール』の長篇小説二篇を収録。諸家によるペイター論を付す。

「虚栄の市」　きょえいのいち　Vanity Fair
[長編小説]　㊋1847-48

サッカレイ, ウィリアム・マークピース　Thackeray, William Makepeace　1811-1863　イギリスの小説家

◇虚栄の市　1（岩波文庫）サッカリー作, 中島賢二訳　岩波書店　2003.9　434p　15cm　800円　Ⓘ4-00-322271-7　Ⓝ933.6

[内容]一九世紀初頭ロンドン。烈女ベッキーと淑女アミーリアが女学校を去る。渡る世間は物欲肉欲・俗物根性蠢く「虚栄の市」。貴族や有産階級の姿を鏡にさらす英国版『戦争と平和』。作者の挿絵、筋運び、語り口ー心憎いまで第一級のクラシック・エンタテインメント。

◇虚栄の市　2（岩波文庫）サッカリー作, 中島賢二訳　岩波書店　2003.11　447p　15cm　800円　Ⓘ4-00-322272-5　Ⓝ933.6

[内容]ベッキーは首尾よく名家の次男坊と結婚、野心も新たに社交界の頂点スタイン侯爵に近づく。一方アミーリアには悲運が続く。ナポレオン進軍で全欧が震撼し株価暴落で実家は破産、やがてワーテルローから夫の戦死の報が…ロンドン、ブライトン、欧州を舞台に展開するイギリス版『戦争と平和』、前半の山場へ。

◇虚栄の市　3（岩波文庫）サッカリー作, 中島賢二訳　岩波書店　2004.1　446p　15cm　800円　Ⓘ4-00-322273-3　Ⓝ933.6

[内容]戦争未亡人となったアミーリアは一人息子が生き甲斐の毎日。孫を取り戻そうとする婚家の一方で、母子を見守る亡夫の親友ドビン。対照的にベッキーは社交界を泳ぎ、夫も子供も顧みず、大富豪スタイン侯爵に近づくが…悪事露見の有名な章まで。

◇虚栄の市　4（岩波文庫）サッカリー作, 中島賢二訳　岩波書店　2004.3　411p　15cm　800円　Ⓘ4-00-322274-1　Ⓝ933.6

[内容]賭博場をさすらうベッキーとの予期せぬ再会。亡夫を追慕するアミーリアに旧友は15年前の手紙を突きつけ迷夢を醒ましてやる。しかし、ああ、空の空―虚栄の社会はなおも続き…人間絵巻ついに完結。"悪女"最後の疑惑を読者にのこして。

「巨匠とマルガリータ」　きょしょうとまるがりーた　Master i Margarita　[長編小説]　㊋1966

ブルガーコフ, ミハイル・アファナーシエヴィチ　Bulgakov, Mikhail Afanas'evich

1891-1940　ソ連の作家

◇巨匠とマルガリータ　ミハイル・ブルガーコフ著, 中田恭訳　創英社/三省堂書店　2016.12　475p　22cm〈郁朋社 2006年刊の改訂新版〉3000円　Ⓘ978-4-88142-998-3　Ⓝ983

[内容] スターリン圧制下のモスクワ。魔術で人々を翻弄する悪魔団は、マルガリータと取引をし、彼女の恋人で、「キリストを賛美する作家」として精神病院に収容されていた巨匠と名のる男を救出するが…。20世紀屈指の名作を翻訳。

「去来抄」　きょらいしょう　［俳論書］

1704頃成立, 1775刊

向井去来　むかい・きょらい　1651-1704　江戸時代前期・中期の俳人。蕉門十哲の一人

◇新編日本古典文学全集　88　連歌論集　能楽論集　俳論集　小学館　2001.9　670p　23cm　4657円　Ⓘ4-09-658088-0　Ⓝ918

[目次] 俳論集（去来抄, 三冊子）復本一郎校注・訳 ほか

[内容] 中世から近世に花開いた座の文芸、連歌・俳諧。そして、日本独特の芸能、能・狂言。それらの隆盛とともに、その理論的解説書も数多く登場した。二条良基、世阿弥、去来、土芳ら、新しい文化の創造につくした先達に今、何を学ぶべきか。

「きらきらひかる」　［小説］［初］1994

江國香織　えくに・かおり　1964–　小説家、児童文学作家、詩人、翻訳家

◇きらきらひかる（新潮文庫）江國香織著　新潮社　1994.6　213p　15cm　360円　Ⓘ4-10-133911-2　Ⓝ913.6

[内容] 私たちは十日前に結婚した。しかし、私たちの結婚について説明するのは、おそろしくやっかいである—。笑子はアル中、睦月はホモで恋人あり。そんな二人は全てを許し合って結婚した、筈だったのだが…。セックスレスの奇妙な夫婦関係から浮かび上る誠実、友情、そして恋愛とは。傷つき傷つけられながらも、愛することを止められない全ての人々に贈る、純度100%の恋愛小説。

「吉里吉里人」　きりきりじん　［長編小説］

［初］1981

井上ひさし　いのうえ・ひさし　1934-2010　昭和・平成期の小説家、劇作家。「吉里吉里人」で読売文学賞・日本SF大賞・星雲賞受賞

◇吉里吉里人　上・中・下（新潮文庫）井上ひさし著　新潮社　1985.9　3冊　15cm　520〜560円　Ⓘ4-10-116816-4　Ⓝ913.6

[内容] ある六月上旬の早朝、上野発青森行急行「十和田3号」を一ノ関近くの赤壁で緊急停車させた男たちがいた。「あんだ旅券ば持って居だが」。実にこの日午前六時、東北の一寒村吉里吉里国は突如日本からの分離独立を宣言したのだった。政治に、経済に、農業に医学に言語に…大国日本のかかえる問題を鮮やかに撃つおかしくも感動的な新国家。

「桐の花」　きりのはな　［歌集］　［初］1913

北原白秋　きたはら・はくしゅう　1885-1942　明治〜昭和期の歌人、童謡作家

◇現代短歌全集　第2巻（明治43年–大正2年）増補版　松村英一ほか著　筑摩書房　2001.7　444p　23cm　6400円　Ⓘ4-480-13822-6　Ⓝ911.167

[目次] 桐の花（北原白秋）ほか

[内容] 自然主義思潮の洗礼を受け多彩な展開をとげた明治末期〜大正初期の歌集を収める。

「ギルガメシュ叙事詩」　ぎるがめしゅじょじし　Epic of Gilgamesh　［英雄叙事詩］

古代メソポタミア

◇ギルガメシュ叙事詩（ちくま学芸文庫）矢島文夫訳　筑摩書房　1998.2　266p　15cm〈山本書店1965年刊の増訂　文献あり〉900円　Ⓘ4-480-08409-6　Ⓝ929.71

[内容] 初期楔形文字で記されたシュメールの断片的な神話に登場する実在の王ギルガメシュの波乱万丈の物語。分身エンキドゥとの友情、杉の森の怪物フンババ退治、永遠の生命をめぐる冒険、大洪水などのエピソードを含み持ち、他の神話との関係も論じられている最古の世界文学。本叙事詩はシュメールの断片的な物語をアッカド語で編集しアッシリア語で記されたニネベ語版のうち現存する2000行により知られている。文庫化に伴い「イシュタルの冥界下り」等を

きんか

併録。

「金槐和歌集」　きんかいわかしゅう　［私家集］　1213成立か　㊝金槐集、鎌倉右大臣家集

源実朝　みなもと・さねとも　1192-1219
鎌倉時代前期の鎌倉幕府第3代将軍。歌人としても知られ、家集に「金槐和歌集」がある

◇金槐和歌集（新潮日本古典集成）新装版　源実朝著、樋口芳麻呂校注　新潮社　2016.10　327p　20cm〈年譜あり 索引あり〉2200円　①978-4-10-620846-1　Ⓝ911.148

目次　金槐和歌集（春、夏、秋、冬、賀、恋、旅、雑）、実朝歌拾遺

内容　大らかで重厚味のある独創的な歌を次々と詠み、二十八歳で非業の死を遂げた鎌倉第三代将軍・源実朝。自撰の家集「金槐和歌集」のほか、同家集に不収録の九十四首を加え、実朝の全ての和歌を収める。

「金閣寺」　きんかくじ　［長編小説］
㊝1956

三島由紀夫　みしま・ゆきお　1925-1970
昭和期の小説家

◇金閣寺（新潮文庫）新版　三島由紀夫著　新潮社　2020.11　383p　16cm〈年譜あり〉670円　①978-4-10-105045-4　Ⓝ913.6

内容　吃音と醜い外貌に悩む学僧・溝口にとって、金閣は世界を超脱した美そのものだった。ならばなぜ、彼は憧れを焼いたのか？金閣放火事件に材を取り、31歳の三島由紀夫が自らの内面全てを託した不朽の名作。

「銀河鉄道の夜」　ぎんがてつどうのよる
［童話］　㊝1934　青空文庫

宮沢賢治　みやざわ・けんじ　1896-1933
大正・昭和期の詩人、童話作家

◇銀河鉄道の夜（角川文庫—100分間で楽しむ名作小説）宮沢賢治著　KADOKAWA　2024.3　130p　15cm〈底本：1969年刊〉600円　①978-4-04-114816-7　Ⓝ913.6

内容　病気がちな母と暮らすジョバンニ。祭りの夜、あらゆる星が輝く夜空の向こうへと、親友のカムパネルラと銀河鉄道に乗って旅に出る―。宮沢賢治の名作「銀河鉄道の夜」を100分で楽しめるよう、いつもよ

り大きな文字で収録。

「金々先生栄花夢」　きんきんせんせいえいがのゆめ　［戯作（黄表紙）］　㊝1775

恋川春町　こいかわ・はるまち　1744-1789
江戸時代中期の戯作者、浮世絵師

◇江戸の戯作絵本　1（ちくま学芸文庫）小池正胤、宇田敏彦、中山右尚、棚橋正博編　筑摩書房　2024.1　563p　15cm〈「江戸の戯作絵本 1〜2」（現代教養文庫 1980〜1981年刊）の合本〉1700円　①978-4-480-51224-6　Ⓝ913.57

目次　金々先生栄花夢（恋川春町作画）ほか

「銀の匙」　ぎんのさじ　［長編小説］
㊝1921　青空文庫

中勘助　なか・かんすけ　1885-1965　大正・昭和期の小説家、詩人

◇銀の匙　中勘助作, 安野光雅絵　朝日出版社　2019.9　223p　22cm〈底本：「中勘助全集 第1巻」（岩波書店 1989年刊）〉2200円　①978-4-255-01127-1　Ⓝ913.6

内容　古い茶箪笥の抽匣から銀の匙を見つけたことから始まる、伯母の愛情に包まれて過ごした幼少期の日々…。中勘助の自伝的作品に、安野光雅が子どもの内面世界を情感豊かに描いた美しい絵を添える。

「金瓶梅」　きんぺいばい　［長編白話小説］
16世紀末/17世紀初め成立

笑笑生　しょうしょうせい　16-17世紀頃
中国・明代の文学者

◇金瓶梅　上（徳間文庫）笑笑生著, 土屋英明編訳　徳間書店　2007.7　620p　16cm〈「金瓶梅詞話」（太平書屋1999-2003年刊）の増訂〉952円　①978-4-19-892634-2　Ⓝ923.5

内容　潘金蓮・李瓶児・春梅ら、妻妾八人の女たちと限りない淫蕩に耽る薬屋の若旦那・西門慶。嫉妬、裏切り、陰謀が渦巻く哀切極まりない人間の業を描いた天下の奇書・金瓶梅。従来訳での削除・未訳出箇所を復活させ、より楽しみやすくなった新訳。

◇金瓶梅　下（徳間文庫）笑笑生著, 土屋英明編訳　徳間書店　2007.8　648p　15cm〈「金瓶梅詞話」（太平書屋1999-2003年刊）の増訂〉952円　①978-4-19-892649-6

Ⓝ923.5

内容 飽くことなき欲望と、尽きることなき性戯。しかし、日々繰り広げられる饗艶にもやがて翳りが…。西門慶、金蓮、瓶児、春梅らに下された運命とは？ 人の生とは、かくも猛々しく儚きもの…。削除・未訳出箇所を復活させた新訳、完結。

【く】

「空海の風景」　くうかいのふうけい　[長編小説]　㊼1975

司馬遼太郎　しば・りょうたろう　1923-1996　昭和・平成期の小説家

◇空海の風景　上・下　新版　司馬遼太郎著　中央公論新社　2024.3　2冊　20cm　各2000円　Ⓝ913.6

内容 弘法大師空海の足跡をたどり、その時代風景のなかに自らを置き、過去と現在の融通無碍の往還によって、日本が生んだ最初の「人類普遍の天才」の実像に迫る。附篇として「「空海の風景」余話」を収録。第32回芸術院恩賜賞受賞。

「寓話」　ぐうわ　La Fontaine Fables　[寓話詩]　㊼1668（第1集）

ラ・フォンテーヌ　La Fontaine, Jean de　1621-1695　フランスの詩人、物語作家

◇ラ・フォンテーヌ寓話　ラ・フォンテーヌ作, ブーテ・ド・モンヴェル絵, 大澤千加訳　洋洋社, ロクリン社（発売）2016.4　200p　19cm　1800円　978-4-907542-25-2　Ⓝ953.5

内容 17世紀のフランスの詩人ラ・フォンテーヌは、皇帝ルイ14世の王太子に、「人生の教訓を学んでもらいたい」との思いで、動物たちを主人公にしたこの寓話集を著した。美しくユーモラスな挿画を添えて。人生が変わる、ちょっとスパイシーな全26話。

「苦役列車」　くえきれっしゃ　[中編小説]　㊼2011

西村賢太　にしむら・けんた　1967-2022　平成〜令和期の小説家。2011年「苦役列車」で芥川賞受賞

◇苦役列車（新潮文庫）西村賢太著　新潮社　2012.4　170p　16cm　400円　978-4-10-131284-2　Ⓝ913.6

内容 劣等感とやり場のない怒りを溜め、埠頭の冷凍倉庫で日雇い仕事を続ける北町貫多、19歳。将来への希望もなく、厄介な自意識を抱えて生きる日々を、苦役の従事と見立てた貫多の明日は―。現代文学に私小説が逆襲を遂げた、第144回芥川賞受賞作。後年私小説家となった貫多の、無名作家たる諦観と八方破れの覚悟を描いた「落ちぶれて袖に涙のふりかかる」を併録。

「クオ・ヴァディス」　Quo Vadis　[長編小説]　㊼1896　別何処へ行く, クオ・ワディス

シェンキェーヴィチ, ヘンリク　Sienkiewicz, Henryk　1846-1916　ポーランドの小説家。1905年ノーベル文学賞受賞

◇クオ・ワディス　上（ワイド版 岩波文庫）シェンキェーヴィチ作, 木村彰一訳　岩波書店　2007.10　355p　19cm　1300円　978-4-00-007289-2　Ⓝ989.83

内容 ローマ―この頽廃の都では恋など懶い日々のほんの一興。だが、ウィニキウスは心のすべてを傾けた。相手はリギア族王家の娘、人質の身の上、そしてキリスト教徒だった―。ヘリニズムとヘブライズムの拮抗を背景に、壮大な歴史ロマンの幕が上がる。

◇クオ・ワディス　中（ワイド版 岩波文庫）シェンキェーヴィチ作, 木村彰一訳　岩波書店　2007.10　359p　19cm　1300円　978-4-00-007290-8　Ⓝ989.83

内容 傷ついたウィニキウスを一心に看護するリギア。神への愛に身を捧げる人たちの中にあって、それぞれの心に重大な変化が芽生え、やがて幸福の予感が二人を包む。しかし、ネロの気紛れからローマの街は一面の火の海にのみこまれることに…。

◇クオ・ワディス　下（ワイド版 岩波文庫）シェンキェーヴィチ作, 木村彰一訳　岩波書店　2007.11　323p　19cm　1200円　978-4-00-007291-5　Ⓝ989.83

内容 放火犯はだれだ―民衆の怒りははけ口を求めて荒れくるう。列強の圧政に苦しむポーランド同胞への思いを、迫害されるキリスト教徒に託したこの作品は、発表と同時に熱狂的歓迎を受け、二七ヵ国語に翻訳された。はたして「心の勝利」は成るか。

「クオレ」 Cuore ［小説, 児童文学］
[初]1886 [別]クオーレ

デ・アミーチス, エドモンド De Amicis, Edmondo 1846-1908 イタリアの小説家、児童文学者

◇クオーレ（岩波文庫） デ・アミーチス作, 和田忠彦訳 岩波書店 2019.7 499p 15cm〈平凡社 2007年刊に解説を追加〉 1140円 Ⓘ978-4-00-377007-8 Ⓝ973

[内容] 少年マルコが母親を捜してイタリアから遠くアンデスの麓の町まで旅する「母をたずねて三千里」の原作を収録。いつの時代でも変わらない親子の愛や家族の絆、博愛の精神を、心あたたまる筆致で描いたイタリア文学の古典的名作。

「苦海浄土」 くかいじょうど ［長編小説］
[初]1969

石牟礼道子 いしむれ・みちこ 1927-2018 昭和・平成期の作家、歌人

◇苦海浄土―全三部 石牟礼道子著 藤原書店 2016.9 1140p 20cm〈「石牟礼道子全集・不知火 第2巻 第3巻」(2004年刊)の改題、抜粋、合本〉4200円 Ⓘ978-4-86578-083-3 Ⓝ916

[内容] 「水俣病」患者とその家族の、そして海と土とともに生きてきた不知火の民衆の、魂の言葉を描ききる。「苦海浄土」「神々の村」「天の魚」全3部作を収録。赤坂真理、池澤夏樹、加藤登紀子らの解説も掲載。

「草の葉」 くさのは Leaves of Grass ［詩集］ [初]1855

ホイットマン, ウォルト Whitman, Walt 1819-1892 アメリカの詩人

◇草の葉―初版（大人の本棚） ウォルト・ホイットマン著, 富山英俊訳 みすず書房 2013.5 261p 20cm 2800円 Ⓘ978-4-622-08506-5 Ⓝ931.6

[内容] ぼくは、ぼくを祝福する、/ぼくの身につけるものを、きみも身につける、―アメリカ詩の始まりを告げる世紀の傑作、コンパクトな初版に基づく初の訳詩集。

「草の花」 くさのはな ［長編小説］
[初]1954

福永武彦 ふくなが・たけひこ 1918-1979 昭和期の小説家、評論家

◇草の花（新潮文庫） 改版 福永武彦著 新潮社 2014.11 318p 16cm 520円 Ⓘ978-4-10-111501-6 Ⓝ913.6

[内容] 研ぎ澄まされた理知ゆえに、青春の途上でめぐりあった藤木忍との純粋な愛に破れ、藤木の妹千枝子との恋にも挫折した汐見茂思。彼は、そのはかなく崩れ易い青春の墓標を、二冊のノートに記したまま、純白の雪が地上をおおった冬の日に、自殺行為にも似た手術を受けて、帰らぬ人となった。まだ熟れきらぬ孤独な魂の愛と死を、透明な時間の中に昇華させた、青春の鎮魂歌である。

「草枕」 くさまくら ［中編小説］ [初]1907
[青空文庫]

夏目漱石 なつめ・そうせき 1867-1916 明治・大正期の小説家、英文学者、評論家

◇定本漱石全集 第3巻 草枕 二百十日・野分 夏目金之助著 岩波書店 2017.2 608p 20cm 4400円 Ⓘ978-4-00-092823-6 Ⓝ918.68

[内容] 原稿等の自筆資料やもっとも早く発表された資料を底本に、できるだけ忠実に翻刻（活字化）した漱石全集。第3巻は、「草枕」「二百十日」など、漱石の文学的野心がほとばしる全3編を収録。注解も掲載。

「愚神礼讃」
⇒痴愚神礼讃（ちぐしんらいさん）を見よ

「グスコーブドリの伝記」 ぐすこーぶどりのでんき ［童話］ [初]1932発表
[青空文庫]

宮沢賢治 みやざわ・けんじ 1896-1933 大正・昭和期の詩人、童話作家

◇10分間で読める宮沢賢治短編集―読書通も唸る珠玉の短編を収録！（GOMA BOOKS） 宮沢賢治著 ゴマブックス 2018.6 207p 19cm 1000円 Ⓘ978-4-8149-1787-7 Ⓝ913.6

「崩れゆく絆」 くずれゆくきずな Things Fall Apart ［長編小説］ ㊊1958

アチェベ, チヌア Achebe, Chinua 1930-2013 ナイジェリア出身、イボ人の作家。英語で執筆

◇崩れゆく絆（光文社古典新訳文庫）アチェベ著、粟飯原文子訳 光文社 2013.12 361p 16cm〈文献あり 年譜あり〉1120円 ①978-4-334-75282-8 Ⓝ933.7

内容 古くからの呪術や慣習が根づく大地で、黙々と畑を耕し、獰猛に戦い、一代で名声と財産を築いた男オコンクウォ。しかし彼の誇りと、村の人々の生活を蝕み始めたのは、凶作でも戦争でもなく、新しい宗教の形で忍び寄る欧州の植民地支配だった。「アフリカ文学の父」の最高傑作。

「グッバイ、コロンバス」 ⇒さようならコロンバスを見よ

「国盗り物語」 くにとりものがたり ［長編小説］ ㊊1965-66

司馬遼太郎 しば・りょうたろう 1923-1996 昭和・平成期の小説家

◇国盗り物語 1〜4（新潮文庫）改版 司馬遼太郎著 新潮社 2004.1〜2 4冊 16cm Ⓝ913.6

内容 世は戦国の初頭。松波庄九郎は妙覚寺で「知恵第一の法蓮房」と呼ばれたが、発心して還俗した。京の油商奈良屋の莫大な身代を乗っ取った庄九郎は、精力的かつ緻密な踏査によって、国盗れる美濃を＜国盗り＞の拠点と定めた！ 戦国の革命児・斎藤道三、一介の牢人から美濃国守・土岐頼芸の腹心として寵遇されるまでの若き日の策謀と活躍を、独自の史観と人間洞察で描いた壮大な歴史物語の緒編。〔第1巻〕

「クマのプーさん」 Winnie-the-Pooh ［小説, 児童文学］ ㊊1926

ミルン, A.A. Milne, Alan Alexander 1882-1956 イギリスの随筆家、詩人、劇作家

◇クマのプー（角川文庫）A.A.ミルン著、森絵都訳 KADOKAWA 2017.6 236p 15cm 520円 ①978-4-04-105374-4 Ⓝ933.7

内容 百エーカーの森で暮らすクマのプー。イギリスの古き良き美しい田園風景を舞台に、大好きなクリストファー・ロビンや森の楽しい仲間たちと冒険の数々を繰り広げる。新訳と村上勉の絵で生まれ変わった世界的名作。

「天衣紛上野初花」 くもにまごううえののはつはな ［歌舞伎］ ㊊1881初演 別河内山と直侍

河竹黙阿弥 かわたけ・もくあみ 1816-1893 江戸時代末期・明治時代の歌舞伎作者

◇河竹黙阿彌（明治の文学 第2巻）河竹黙阿弥作、坪内祐三, 山内昌之編 筑摩書房 2002.2 423, 3p 20cm〈年表あり 年譜あり〉2600円 ①4-480-10142-X Ⓝ912.5

目次 天衣紛上野初花（河内山と直侍）ほか

「蜘蛛の糸」 くものいと ［短編小説, 児童文学］ ㊊1918発表 別くもの糸

青空文庫

芥川龍之介 あくたがわ・りゅうのすけ 1892-1927 大正期の小説家。古典に材を取った短編の名作を数多く発表

◇蜘蛛の糸（角川文庫—100分間で楽しむ名作小説）芥川龍之介著 KADOKAWA 2024.3 117p 15cm〈底本：「蜘蛛の糸・地獄変」（角川書店 1989年刊）と「羅生門・鼻・芋粥」（角川書店 2007年刊）〉600円 ①978-4-04-114811-2 Ⓝ913.6

内容 お釈迦さまが散歩の途中、極楽の蓮池の下をのぞき込むと、犍陀多という男が血の池でもがいているのが見えた。人を殺したり放火をしたり、さまざまな悪事を働いた末に地獄に落ちた犍陀多を見てお釈迦さまは、彼が生前、蜘蛛を踏みつぶそうとして思いとどまったことを思い出した。そこでお釈迦さまは彼をめがけ蜘蛛の糸を地獄の底へとらしたが―。

「雲の墓標」 くものぼひょう ［長編小説］ ㊊1956

阿川弘之 あがわ・ひろゆき 1920-2015 昭和・平成期の小説家

◇阿川弘之全集 第2巻（小説2）阿川弘之著 新潮社 2005.9 624p 20cm〈肖像あり

5000円　Ⓘ4-10-643412-1　Ⓝ918.68

内容　広島の惨禍に迫った「魔の遺産」、雲の彼方へ散った特攻隊員を悼む「雲の墓標」など、昭和30年前後の小説11篇。

「暗い絵」　くらいえ　［短編小説］　㊋1947

野間宏　のま・ひろし　1915-1991　昭和期の小説家、評論家

◇暗い絵　顔の中の赤い月（講談社文芸文庫―スタンダード）野間宏著　講談社　2010.12　349p　16cm〈著作目録あり　年譜あり〉1500円　Ⓘ978-4-06-290107-9　Ⓝ913.6

内容　1946年、すべてを失い混乱の極みにある敗戦後日本に野間宏が「暗い絵」を携え衝撃的に登場―第一次戦後派として、その第一歩を記す。―初期作品六篇収録。

「蔵の中」　くらのなか　［短編小説］

㊋1919

宇野浩二　うの・こうじ　1891-1961　大正・昭和期の小説家

◇思い川・枯木のある風景・蔵の中（講談社文芸文庫）宇野浩二著　講談社　1996.9　337p　16cm　980円　Ⓘ4-06-196384-8　Ⓝ913.6

内容　なじみの質屋の蔵の中で質種の着物の虫干しをしながら着物に纏わる女たちの思い出に耽る男の話・出世作「蔵の中」、他に「思い川」「枯木のある風景」の三篇を収録。

「鞍馬天狗」　くらまてんぐ　［連作小説］

㊋1924-65発表

大佛次郎　おさらぎ・じろう　1897-1973　大正・昭和期の小説家

◇鞍馬天狗―鶴見俊輔セレクション　1　角兵衛獅子（P+D BOOKS）大佛次郎著　小学館　2017.8　338p　18cm〈小学館文庫2000年刊の再刊〉600円　Ⓘ978-4-09-352312-7　Ⓝ913.6

内容　角兵衛獅子の少年・杉作を囮に、鞍馬天狗を取り囲んだ新選組。隊長・近藤勇も新手をひきつれそこに駈けつける。大坂城代あての密書を奪った鞍馬天狗だったが、謀られて地下の水牢に閉じこめられる。恩人を助けようと城へ忍びこんだ杉作少年ももはや袋のねずみ―。幕末の京を舞台に、入り乱れて闘う勤皇の志士と新選組。時代小説の名作「鞍馬天狗」から、評論家・鶴見俊輔が厳選した傑作シリーズの第一弾。

◇鞍馬天狗―鶴見俊輔セレクション　2　地獄の門・宗十郎頭巾（P+D BOOKS）大佛次郎著　小学館　2017.9　312p　18cm〈小学館文庫　2000年刊の再刊〉550円　Ⓘ978-4-09-352315-8　Ⓝ913.6

内容　勤王と佐幕の間の謀略に翻弄される志士たちの悲劇から、冷酷な政治と熱い志の葛藤を描いた「地獄の門」。長州の志士を斬った嫌疑がかかってしまった鞍馬天狗は、これは仕掛けられた罠では…と疑念を抱く。新選組と見廻組も絡んで二転三転する展開の末、隠れていた裏切り者は意外な人物だった「宗十郎頭巾」。

◇鞍馬天狗―鶴見俊輔セレクション　3　新東京絵図（P+D BOOKS）大佛次郎著　小学館　2017.10　310p　18cm〈小学館文庫2000年刊の再刊〉550円　Ⓘ978-4-09-352316-5　Ⓝ913.6

内容　江戸が東京に変わると大名たちは国許へひきあげ、夜の街にはひと気が消えた。傍若無人な浪人たちや錦旗を楯にして横暴な官軍。元幕府に殉じようとする老武士や函館戦争へ参じて帰らぬ夫を待つ若い妻など時代の狭間に蠢く人々が仔細に描かれる。そんな折、市井の人となった鞍馬天狗は、ある夜、巡邏の者に襲われ、思わぬ事件に巻きこまれる。

◇鞍馬天狗―鶴見俊輔セレクション　4　雁のたより（P+D BOOKS）大佛次郎著　小学館　2017.11　380p　18cm〈小学館文庫2000年刊の再刊〉600円　Ⓘ978-4-09-352319-6　Ⓝ913.6

内容　江戸の鉄砲鍛冶が次々と行方不明になる奇怪な事件が頻発。柳橋芸者の小吉から経緯を聞いた鞍馬天狗は、事件の裏でなにか大がかりな陰謀があると睨む。黒椿を愛でる謎の幻庵老人、相川の佐渡奉行から今は老中となった松平主計介、佐渡視察に行って命を落とした大目付・志村織部らが江戸情緒たっぷりの舞台でうごめく。そして遂に鞍馬天狗は思わぬ獲物をとらえる。

◇鞍馬天狗―鶴見俊輔セレクション　5　地獄太平記（P+D BOOKS）大佛次郎著　小学館　2017.12　523p　19cm〈小学館文庫2000年刊の再刊〉650円　Ⓘ978-4-09-352322-6　Ⓝ913.6

⟨内容⟩長州戦争を目前に壮大なスケールで展開する鞍馬天狗の最終章。深夜、江戸伝馬町の牢から一人の脱獄囚が夜の闇に消えた。だが、その真意は公儀大目付による"泳がせ"―。探索に乗り出した鞍馬天狗に、脱獄囚を追尾するもう一人の男が襲いかかり、彼らは横浜関内の異人屋敷へ逃げこむ。そこで頻発する奇怪な事件から、場面は神戸へ、そして上海へと広がっていく。長州戦争を目前にしてせめぎあう幕府と長州、暗躍する鉄砲商人など壮大なスケールの物語が展開していく。

「グラン・モーヌ」 Le grand Meaulnes ［長編小説］ ㊄1913 ㊫モーヌの大将

アラン=フルニエ Alain-Fournier 1886-1914 フランスの作家

◇グラン・モーヌ―ある青年の愛と冒険（大人の本棚）アラン・フルニエ著、長谷川四郎訳　みすず書房　2005.2　324p　20cm　2400円　①4-622-08055-9　Ⓝ953.7

⟨内容⟩背が高く、考え深げで、自由に生きる少年、オーギュスタン・モーヌ。この神秘的な転入生に、憧憬にも似たやさしいまなざしを向けつづける、寄宿先の教師家族の息子で語り手のフランソワ。ある日、授業を抜け出したモーヌは、迷い込んだ不思議な館で美しい娘イヴォンヌと運命的な出会いを果たす。だが、それは、人を愛するという新しい探索の旅の始まりでもあった―。夭折の仏作家がただ一作のこした、みずみずしくも切ない青春文学の記念碑を、長谷川四郎の雄渾な訳文でおくる。巻末の解説は、小説の舞台、エピヌイユ=ル=フルーリエル村を訪ねた森まゆみによる、作家と作品をめぐる旅。

「クリスマス・キャロル」 A Christmas Carol ［中編小説］ ㊄1843 ㊫クリスマス・カロル　青空文庫　（クリスマス・カロル）

ディケンズ, チャールズ Dickens, Charles John Huffam 1812-1870 イギリスの小説家

◇クリスマス・キャロル（角川文庫）ディケンズ著、越前敏弥訳　KADOKAWA　2020.11　158p　15cm　500円　①978-4-04-109237-8　Ⓝ933.6

⟨内容⟩クリスマス前夜、強欲で冷酷で無慈悲な老人スクルージの前に、「過去」「現在」「未来」の3人の精霊が現れた。精霊たちはスクルージにさまざまな「光景」を見せつけていき…。クリスマス・ストーリーの傑作を新訳。

「グリム童話集」 ぐりむどうわしゅう Kinder-und Hausmärchen ［童話］ ㊄1812　青空文庫

グリム兄弟 Grimm, Jacob Ludwig Carl/Grimm, Wilhelm Carl 1785-1863/1786～1859 ドイツの言語学者、民話収集家、文学者の兄弟

◇完訳グリム童話集　1（講談社文芸文庫）グリム兄弟著、池田香代子訳　講談社　2008.10　539p　16cm　1700円　①978-4-06-290028-7　Ⓝ943.6

⟨内容⟩19世紀初め、20代の若い学者の兄弟が、ドイツ語圏に伝わるメルヒェンを広く蒐集してまとめた『グリム童話集』は、半世紀近い歳月、兄弟自身の手で改版が重ねられ、1857年、最後の第七版が刊行された。それは、国境を越え、時代を超え、今も生き続ける、他に類をみない新しい文芸の誕生であった。池田香代子の生命感溢れる翻訳による完訳決定版。第1巻には、「灰まみれ」「赤ずきん」「白雪姫」等、56話収録。

◇完訳グリム童話集　2（講談社文芸文庫）グリム兄弟著、池田香代子訳　講談社　2008.11　541p　16cm　1700円　①978-4-06-290031-7　Ⓝ943.6

⟨内容⟩第2巻には、「黄金のがちょう」「幸せなハンス」「二人の旅職人」等、63話収録。

◇完訳グリム童話集　3（講談社文芸文庫）グリム兄弟著、池田香代子訳　講談社　2008.12　541p　16cm　1700円　①978-4-06-290033-1　Ⓝ943.6

⟨内容⟩第3巻には、「鉄のハンス」「星の銀貨」「子どものための霊験譚」等、92話収録。

「狂えるオルランド」 くるえるおるらんど Orlando furioso ［叙事詩］ ㊄1516（決定版1532）　㊫狂乱のオルランド

アリオスト, ルドヴィコ Ariosto, Ludovico 1474-1533 イタリアの詩人、劇作家

◇狂えるオルランド　上・下　新装版　アリオスト著, 脇功訳　名古屋　名古屋大学出

版会 2022.4 2冊 22cm 各6000円 Ⓝ971

[内容] 爛熟するルネッサンスの想像力が生んだ驚嘆の一大「ベストセラー」作品であり、当時のヨーロッパ文学を完成の極致にまで高めた、めくるめく恋と冒険の物語の全訳。

「クレーヴの奥方」 La Princesse de Clèves ［長編小説］ ⓢ1678

ラ・ファイエット夫人 La Fayette, Marie Madeleine Pioche de la Vergne, Comtesse de 1634-1693 フランスの小説家

◇クレーヴの奥方(光文社古典新訳文庫) ラ ファイエット夫人著, 永田千奈訳 光文社 2016.4 339p 16cm〈年譜あり〉960円 ①978-4-334-75329-0 Ⓝ953.5

[内容] フランス宮廷に完璧な美を備えた女性が現れた。彼女は恋を知らぬままクレーヴ公の求婚に応じ人妻となるが、舞踏会で出会った輝くばかりの貴公子に心ときめく。夫への敬愛、初めて知った恋心。葛藤の日々に耐えられなくなった夫人は、あろうことかその恋心を夫に告白してしまう…。

「グレート・ギャツビー」 The Great Gatsby ［長編小説］ ⓢ1925 [別] 偉大なギャツビー、華麗なるギャツビー
[青空文庫]

フィッツジェラルド, フランシス・スコット Fitzgerald, Francis Scott Key 1896-1940 アメリカの小説家

◇グレート・ギャツビー(角川文庫) 改版 フィッツジェラルド著, 大貫三郎訳 KADOKAWA 2022.6 268p 15cm〈初版のタイトル等：夢淡き青春(角川書店1972年刊)〉720円 ①978-4-04-112652-3 Ⓝ933.7

[内容] 戦争と貧しさにより恋人と引き裂かれたギャツビーは、帰還後、大富豪となり、ニューヨーク郊外の豪邸で夜ごとパーティを催す。それらは人妻となった恋人と過去をとり戻すためだった。だがこの一途な情熱が悲劇を引き起こし…。

「黒い雨」 くろいあめ ［長編小説］
ⓢ1966 [別] 姪の結婚(旧題)

井伏鱒二 いぶせ・ますじ 1898-1993 昭和期の小説家。日本芸術院会員、文化功労者。1966年「黒い雨」で野間文芸賞受賞

◇黒い雨(新潮文庫) 61刷改版 井伏鱒二著 新潮社 2003.5 403p 16cm 590円 ①4-10-103406-0 Ⓝ913.6

[内容] 一瞬の閃光に街は焼けくずれ、放射能の雨のなかを人々はさまよい歩く。原爆の広島——罪なき市民が負わねばならなかった未曾有の惨事を直視し、"黒い雨"にうたれただけで原爆病に蝕まれてゆく姪との忍苦と不安のいたわりで包みながら、悲劇の実相を人間性の問題として鮮やかに描く。被爆という世紀の体験を、日常の暮らしの中に文学として定着させた記念碑的名作。

「クロイツェル・ソナタ」 Kreitserova Sonata ［中編小説］ ⓢ1889 [青空文庫]

トルストイ, レフ・ニコラエヴィチ Tolstoi, Lev Nikolaevich 1828-1910 ロシアの小説家、思想家

◇イワン・イリイチの死 クロイツェル・ソナタ(光文社古典新訳文庫) トルストイ著, 望月哲男訳 光文社 2006.10 364p 16cm〈年譜あり〉629円 ①4-334-75109-1 Ⓝ983

[内容] 社会的地位のある地主貴族の主人公が、嫉妬がもとで妻を刺し殺す一。作者の性と愛をめぐる長い葛藤が反映された「クロイツェル・ソナタ」ほかトルストイの後期中編2作品。

「黒髪」 くろかみ ［小説］ ⓢ1922
[青空文庫]

近松秋江 ちかまつ・しゅうこう 1876-1944 明治・大正期の小説家、評論家

◇私小説名作選 上(講談社文芸文庫) 中村光夫選, 日本ペンクラブ編 講談社 2012.5 279p 16cm〈底本：集英社文庫(1980年刊)〉1400円 ①978-4-06-290158-1 Ⓝ913.68

[目次] 黒髪(近松秋江)ほか

「黒猫」 くろねこ The Black Cat ［短編小説］ ⓢ1843 [青空文庫]

ポー, エドガー・アラン Poe, Edgar Allan

1809-1849　アメリカの詩人、評論家、小説家

◇黒猫（乙女の本棚）エドガー・アラン・ポー著, 斎藤寿葉訳, まくらくらま絵　立東舎, リットーミュージック（発売）2023.10　61p　17×19cm　1800円　Ⓘ978-4-8456-3924-3　Ⓝ933.6

[内容] 動物好きで、賢い黒猫を飼う男。ある晩の行いから、少しずつ彼の人生が崩れていく。ポーの名作と、まくらくらまの描き下ろしイラストの珠玉のコラボレーション。

「黒の試走車」　くろのしそうしゃ　［長編小説］　[初]1962

梶山季之　かじやま・としゆき　1930-1975　昭和期の小説家、ルポライター

◇黒の試走車（岩波現代文庫）梶山季之著　岩波書店　2007.7　417p　15cm　1100円　Ⓘ978-4-00-602122-1　Ⓝ913.6

[内容] 1960年代初頭、自動車が大衆の欲望の象徴へと踊り出ようとする時代。自動車メーカーの熾烈な新車開発競争の現場で、朝比奈豊が異動した部署は企画PR課、その仕事とは産業スパイであった。友人の不審な死の真相と、社の内外に飛び交う新車開発の秘密情報を追究する中で彼は何に直面したか。産業スパイという斬新な主題を時代に先駆けて活写し、一世を風靡した企業情報小説の傑作。

「群盗」　ぐんとう　Die Räuber　［戯曲］　1781作（1782初演）

シラー, フリードリッヒ・フォン　Schiller, Johann Christoph Friedrich von　1759-1805　ドイツの劇作家、詩人

◇シラー名作集　新装復刊　フリードリヒ・シラー著, 内垣啓一, 岩淵達治, 石川實, 野島正城訳　白水社　2022.5　447p　20cm　6500円　Ⓘ978-4-560-09442-6　Ⓝ942.6

[内容] ドイツ劇文学の最高峰、シラーの名作を集成。貴族の家督相続を題材に、強い社会批判を含む内容とせりふの「群盗」など全4編を収録する。野島正城による解説付き。

【 け 】

「結婚式のメンバー」　けっこんしきのめんばー　The Member of the Wedding　［中編小説］　[初]1946　[別]結婚式の参列者

マッカラーズ, カーソン　McCullers, Carson　1917-1967　アメリカの小説家

◇結婚式のメンバー（新潮文庫）カーソン・マッカラーズ著, 村上春樹訳　新潮社　2016.4　332p　16cm　590円　Ⓘ978-4-10-204202-1　Ⓝ933.7

[内容] むせかえるような緑色の夏、12歳の少女フランキーは兄の結婚式で人生が変わることを夢見た。狂おしいまでに多感で孤独な少女の心理を、繊細な文体で描き上げたマッカラーズの最高傑作を村上春樹が新訳。

「月長石」　げっちょうせき　The Moonstone　［長編小説］　[初]1868

コリンズ, ウィルキー　Collins, William Wilkie　1824-1889　イギリスの小説家

◇月長石（創元推理文庫）ウイルキー・コリンズ著, 中村能三訳　東京創元社　1970.1　780p　15cm　Ⓘ978-4-488-10901-1　Ⓝ933.6

[内容] インド寺院の宝〈月長石〉は数奇な運命の果て、イギリスに渡ってきた。だがその行くところ、常に無気味なインド人の影がつきまとう。そしてある晩、秘宝は持ち主の家から忽然と消失してしまった。警視庁の懸命の捜査もむなしく〈月長石〉の行方は杳として知れない。「最大にして最良の推理小説」と語られる古典名作。

「ゲド戦記」　げどせんき　Earthsea　［小説, 児童文学］　[初]1968-2001

ル＝グウィン, アーシュラ・K.　Le Guin, Ursula Kroeber　1929-2018　アメリカの作家

◇ゲド戦記　1　影との戦い（岩波少年文庫）アーシュラ・K.ル＝グウィン作, 清水真砂子訳　岩波書店　2009.1　318p　18cm　720円　Ⓘ978-4-00-114588-5　Ⓝ933.7

[内容] アースシーのゴント島に生まれた少年ゲドは、自分に並はずれた力がそなわって

けりた

いるのを知り、真の魔法を学ぶためロークの学院に入る。進歩は早かった。得意になったゲドは、禁じられた魔法で、自らの"影"を呼び出してしまう。

◇ゲド戦記 2 こわれた腕環（岩波少年文庫）アーシュラ・K.ル゠グウィン作, 清水真砂子訳 岩波書店 2009.1 259p 18cm 680円 ①978-4-00-114589-2 ⑩933.7

内容 ゲドが"影"と戦ってから数年後、アースシーの世界では、島々の間に争いが絶えない。ゲドは、平和をもたらす力をもつエレス・アクベの腕環を求めて、アチュアンの墓所へおもむき、暗黒の地下迷宮を守る大巫女の少女アルハと出会う。

◇ゲド戦記 3 さいはての島へ（岩波少年文庫）アーシュラ・K.ル゠グウィン作, 清水真砂子訳 岩波書店 2009.2 365p 18cm 760円 ①978-4-00-114590-8 ⑩933.7

内容 ゲドのもとに、ある国の王子が知らせをもってきた。魔法の力が衰え、人々は無気力になり、死の訪れを待っているようだという。いったい何者のしわざか。ゲドと王子は敵を求めて旅立つが、その正体はわからない。ゲドは覚悟を決める。

◇ゲド戦記 4 帰還（岩波少年文庫）アーシュラ・K.ル゠グウィン作, 清水真砂子訳 岩波書店 2009.2 398p 18cm 760円 ①978-4-00-114591-5 ⑩933.7

内容 ゴント島で一人暮らすテナーは、魔法の力を使い果たしたゲドと再会する。大やけどを負った少女も加わった共同生活がはじまり、それぞれの過去がこだましあう。やがて三人は、領主の館をめぐる陰謀に巻き込まれるが…。

◇ゲド戦記 5 ドラゴンフライ―アースシーの五つの物語（岩波少年文庫）アーシュラ・K.ル゠グウィン作, 清水真砂子訳 岩波書店 2009.3 558p 18cm 920円 ①978-4-00-114592-2 ⑩933.7

内容 ある少女が、自分の持つ力をつきとめるため、大賢人不在の魔法の学院ロークを訪れる。表題作を含む、アースシー世界を鮮やかに映し出す五つの物語と、作者自身による詳細な解説を収録する。

◇ゲド戦記 6 アースシーの風（岩波少年文庫）アーシュラ・K.ル゠グウィン作, 清水真砂子訳 岩波書店 2009.3 386p 18cm 760円 ①978-4-00-114593-9 ⑩933.7

内容 故郷で暮らすゲドのもとを、まじない師のハンノキが訪れ、奇妙な夢の話をする。そのころ、ふたたび竜が暴れ出し、アースシーにかつてない緊張が走る。世界を救うのは誰か。レバンネン王は、テハヌーたちとロークへ向かった―。

「蹴りたい背中」　けりたいせなか　［中編小説］　㊌2003

綿矢りさ　わたや・りさ　1984-　小説家。2004年、早稲田大学在学中に「蹴りたい背中」で芥川賞受賞

◇蹴りたい背中（河出文庫）綿矢りさ著　河出書房新社　2007.4　183p　15cm　380円　①978-4-309-40841-5　⑩913.6

内容 "この、もの哀しく丸まった、無防備な背中を蹴りたい"長谷川初実は、陸上部の高校1年生。ある日、オリチャンという名のモデルの熱狂的ファンであるにな川から、彼の部屋に招待されるが…クラスの余り者同士の奇妙な関係を描き、文学史上の事件となった127万部のベストセラー。史上最年少19歳での芥川賞受賞作。

「幻化」　げんか　［短編小説］　㊌1965
青空文庫

梅崎春生　うめざき・はるお　1915-1965　昭和期の小説家

◇全集　現代文学の発見　新装版　第5巻　日常のなかの危機　大岡昇平ほか責任編集　學藝書林　2003.5　554p　20cm　4500円　①4-87517-063-7　⑩913.68

目次 幻化（梅崎春生）ほか

「検察官」　けんさつかん　Revizor　［戯曲］　1836初演

ゴーゴリ, ニコライ・ヴァシーリエヴィチ　Gogol, Nikolai Vasilievich　1809-1852　ロシアの小説家、劇作家

◇検察官（岩波文庫）改版　ゴーゴリ作, 米川正夫訳　岩波書店　2002.11　177p　15cm　500円　①4-00-326052-X　⑩982

内容 フレスターコフ青年は飢えに追われ、とある田舎宿にころがり込んだ。ところがなぜか市長らお歴々がお出迎え。どうやら検察官と間違えてのことらしい。そこで青年は、官吏たちの弱身につけこみ金を巻上げ、市長の妻と娘をたらしこんだうえ、一片の嘲りの手紙を残して去る。一同地団駄

踏んでいるところへ今度は本物の検察官の到来が告げられる。

「原子爆弾」 ⇒夏の花（なつのはな）を見よ

「源氏物語」 げんじものがたり ［長編物語］
平安時代中期 (青空文庫) (与謝野晶子訳)

紫式部 むらさきしきぶ 平安時代中期の女性。物語作者、歌人

◇源氏物語 1〜8（河出文庫—古典新訳コレクション）紫式部著, 角田光代訳 河出書房新社 2023.10〜2024.10 8冊 15cm 〈文献あり〉各800円 Ⓝ913.369

[内容] 約千年前に紫式部によって書かれた『源氏物語』は五十四帖から成る世界最古の長編物語。この日本文学最大の傑作を、小説としての魅力を余すことなく現代に甦らせた、読売文学賞（研究・翻訳賞）受賞の角田源氏。

「賢者ナータン」 けんじゃなーたん
Nathan der Weise ［劇詩］ Ⓟ1779
別 賢人ナータン

レッシング, ゴットホールド・エフライム Lessing, Gotthold Ephraim 1729-1781 ドイツの劇作家、評論家

◇賢者ナータン（光文社古典新訳文庫）レッシング著, 丘沢静也訳 光文社 2020.11 308p 16cm 〈年譜あり〉960円 ①978-4-334-75434-1 Ⓝ942.6

[内容] 十字軍の停戦協定が成立したエルサレム。キリスト教徒のテンプル騎士が養女を助けたユダヤの商人ナータンが、イスラムの最高権力者から「3つの宗教のうち本物はどれか」と問われる。「寛容と人類愛」を説いた思想劇。付録に"指輪の寓話"（『デカメロン』）、"寓話"（レッシング）。

「賢者の贈り物」 けんじゃのおくりもの
The Gift of the Magi ［短編小説］
Ⓟ1906 (青空文庫)

オー・ヘンリー O.Henry 1862-1910 アメリカの小説家

◇O・ヘンリー ニューヨーク小説集 街の夢（ちくま文庫）O・ヘンリー著, 青山南, 戸山翻訳農場訳 筑摩書房 2022.12 350p 15cm 1000円 ①978-4-480-43850-8 Ⓝ933.7

[内容] 短編小説の名手O・ヘンリーの才能は、20世紀初頭のニューヨークで花開いた。「賢者の贈り物」「最後の一枚」を含む小説23編を収録。パヴェーゼ、ザミャーチンの評論、時代背景がわかる解説や挿絵なども掲載。

「原色の街」 げんしょくのまち ［短編小説］
Ⓟ1956

吉行淳之介 よしゆき・じゅんのすけ 1924-1994 昭和・平成期の小説家

◇吉行淳之介娼婦小説集成（中公文庫）吉行淳之介著 中央公論新社 2014.6 293p 16cm 〈潮出版社 1980年刊に「私の小説の舞台再訪」「赤線という名の不死鳥」を追加〉760円 ①978-4-12-205969-6 Ⓝ913.6

[内容] 赤線地帯の疲労が心と身体に降り積もり、繊細な神経の女たちはいつの間にか街から抜け出せなくなってゆく—「原色の街」第一稿や芥川賞受賞作「驟雨」を含む"赤線の娼婦"を描いた作品十篇を収める自選集に、関連するエッセイを加えた決定版。

「現代の英雄」 げんだいのえいゆう Geroi nashego vremeni ［長編小説］ Ⓟ1840

レールモントフ, ミハイル・ユーリエヴィチ Lermontov, Mikhail Iurievich 1814-1841 ロシアの詩人、小説家

◇現代の英雄（光文社古典新訳文庫）レールモントフ著, 高橋知之訳 光文社 2020.10 371p 16cm 〈年譜あり〉1060円 ①978-4-334-75433-4 Ⓝ983

[内容] 「私」はカフカス旅行の道中に知り合った壮年の二等大尉マクシム・マクシームイチから、彼のかつての若い部下ペチョーリンの話を聞く。身勝手だがどこか憎めないペチョーリンの人柄に興味を覚えた私は、彼の手記を手に入れるが…決闘で夭折した、ロシアのカリスマ的作家の代表作。

「権力と栄光」 けんりょくとえいこう The Power and the Glory ［長編小説］ Ⓟ1940

グリーン, グレアム Greene, Henry Graham 1904-1991 イギリスの小説家

◇権力と栄光（ハヤカワepi文庫—グレアム・

グリーン・セレクション）グレアム・グリーン著, 斎藤数衛訳　早川書房　2004.9　461p　16cm　900円　Ⓘ4-15-120029-0　Ⓝ933.7

[内容] 戒律を冒した神父はそれでも神聖なのか？ 酒を手放さず、農家の女と関係を持ち私生児までもうけてしまう通称「ウィスキー坊主」は、教会を悪と信じる警部の執拗な追跡を受け、道なき道を行く必死の逃亡を続けていた。だが、逮捕を焦る警部が、なじみの神父を匿う信心深い村人を見せしめに射殺し始めた時、神父は大きな決断を迫られる―共産主義革命の嵐が吹き荒れる灼熱の1930年代メキシコを舞台にした巨匠の最高傑作。

「**建礼門院右京大夫集**」　けんれいもんいんうきょうのだいぶしゅう　［私家集］　鎌倉時代初期

建礼門院右京大夫　けんれいもんいんうきょうのだいぶ　1157–?　平安時代後期・鎌倉時代前期の女性。歌人

◇新訳 建礼門院右京大夫集　建礼門院右京大夫著, 島内景二著　花鳥社　2023.12　568p　19cm　2700円　Ⓘ978-4-909832-82-5　Ⓝ911.138

[内容] 平家の全盛期、宮廷に仕える女房が目にした華やかな生活と没落、そして、壇ノ浦に果てた平家公達との切ない恋と別れをつづった和歌集『建礼門院右京大夫集』を新訳。本文を2つの章と66の節に分け、通し番号と小題を付す。

【こ】

「**恋する女たち**」　こいするおんなたち　Women in Love　［長編小説］　Ⓟ1920

ロレンス, D.H.　Lawrence, David Herbert　1885-1930　イギリスの小説家、詩人

◇集英社ギャラリー「世界の文学」4（イギリス3）D.H.ロレンス著, 中村佐喜子訳　集英社　1991.2　1261p　22cm　Ⓘ4-08-129004-0　Ⓝ908

[目次] D・H・ロレンス「恋する女たち」（小川和夫・訳）ほか

「**コインロッカー・ベイビーズ**」　［長編小説］　Ⓟ1980

村上龍　むらかみ・りゅう　1952–　小説家。1981年「コインロッカー・ベイビーズ」で野間文芸新人賞受賞

◇コインロッカー・ベイビーズ（講談社文庫 む3-30）新装版　村上龍著　講談社　2009.7　567p　15cm　876円　Ⓘ978-4-06-276416-2　Ⓝ913.6

[内容] 一九七二年夏、キクとハシはコインロッカーで生まれた。母親を探して九州の孤島から消えたハシを追い、東京へとやって来たキクは、鰐のガリバーと暮らすアネモネに出会う。キクは小笠原の深海に眠るダチュラの力で街を破壊し、絶対の解放を希求する。毒薬のようで清清しい衝撃の現代文学の傑作が新装版に。

「**恍惚の人**」　こうこつのひと　［長編小説］　Ⓟ1972

有吉佐和子　ありよし・さわこ　1931-1984　昭和期の小説家、劇作家

◇恍惚の人（新潮文庫）改版　有吉佐和子著　新潮社　2003.2　437p　15cm　629円　Ⓘ4-10-113218-6　Ⓝ913.6

[内容] 文明の発達と医学の進歩がもたらした人口の高齢化は、やがて恐るべき老人国が出現することを予告している。老いて永生きすることは果して幸福か？ 日本の老人福祉政策はこれでよいのか？―老齢化するにつれて幼児退行現象をおこす人間の生命の不可思議を凝視し、誰もがいずれは直面しなければならない"老い"の問題に光を投げかける。空前の大ベストセラーとなった書下ろし長編。

「**好色一代男**」　こうしょくいちだいおとこ　［浮世草子］　Ⓟ1682

井原西鶴　いはら・さいかく　1642-1693　江戸時代前期の浮世草子作者、俳人

◇好色一代男（河出文庫―古典新訳コレクション 16）井原西鶴著, 島田雅彦訳　河出書房新社　2023.11　212p　15cm〈底本：日本文学全集 11（2015年刊）〉800円　Ⓘ978-4-309-42014-1　Ⓝ913.52

[内容] 七歳にして女を口説き、六十歳に至るまで色事にかまけたおした伝説の色好み・世之介の生涯を描いた『好色一代男』。破天荒

な男たちによるお遊び満載の珍道中は爆笑必至！井原西鶴が生み出した江戸の浮世草子の名作が、島田雅彦の現代語訳によって鮮やかに息を吹き返す。

「好色一代女」　こうしょくいちだいおんな
［浮世草子］　㊚1686

井原西鶴　いはら・さいかく　1642-1693
江戸時代前期の浮世草子作者、俳人
◇好色一代女（新潮日本古典集成）新装版
井原西鶴著, 村田穆校注　新潮社　2020.7
240p　20cm〈年譜あり〉1900円　①978-4-10-620868-3　Ⓝ913.52
［内容］流転の生涯を送った多情な一代女の告白。元禄の世に生きた女たちの内面をえぐり出す西鶴初期の好色物代表作。

「好色五人女」　こうしょくごにんおんな
［浮世草子］　㊚1686

井原西鶴　いはら・さいかく　1642-1693
江戸時代前期の浮世草子作者、俳人
◇好色五人女（光文社古典新訳文庫）井原西鶴著, 田中貴子訳　光文社　2024.1　228p　16cm〈底本：定本西鶴全集　第2巻（中央公論社 1977年刊）文献あり 年譜あり〉860円　①978-4-334-10195-4　Ⓝ913.6
［内容］"お夏清十郎"や"八百屋お七"など、実際の事件をモデルに西鶴が創り上げた極上のエンターテインメント小説五作。鋭い人間観察が可能にした性愛と「義」をめぐる物語から、はかない今を恋に賭ける女たちのリアルが浮かび上がる。噺家の語りを駆使した、臨場感と迫力満載の新訳！

「幸福な王子」　こうふくなおうじ　The Happy Prince　［童話］　㊚1888　㊙幸福の王子, 幸せな王子　［青空文庫］

ワイルド, オスカー　Wilde, Oscar Fingal O'Flahertie Wills　1854-1900　イギリスの詩人、劇作家、小説家。ダブリン（現・アイルランド共和国）出身
◇幸福な王子――他八篇:童話集（岩波文庫）オスカー・ワイルド作, 富士川義之訳　岩波書店　2020.5　305p　15cm　840円　①978-4-00-322455-7　Ⓝ933.6
［目次］幸福な王子とその他の童話　ほか

［内容］全身を金箔で覆われた王子の彫像が民衆の悲惨な生活を知り、サファイアの目や体中の金箔をつばめに頼んで貧しい人々に分けあたえる「幸福な王子」等、無垢なるものや純愛への限りない賛嘆にみちたオスカー・ワイルドの全童話。

「高慢と偏見」　こうまんとへんけん　Pride and Prejudice　［長編小説］　㊚1813
㊙自負と偏見, プライドと偏見

オースティン, ジェイン　Austen, Jane　1775-1817　イギリスの小説家
◇高慢と偏見（中公文庫）ジェイン・オースティン著, 大島一彦訳　中央公論新社　2017.12　669p　16cm　1100円　①978-4-12-206506-2　Ⓝ933.6
［内容］経済的理由で好きでもない人と結婚していいものだろうか――いつの時代も幸福な結婚を考える女性の変わらない悩みを、細やかな心理描写で描いた名作を新訳。19世紀の挿絵50余点も収載。

「荒野の呼び声」　⇒野生の呼び声（やせいのよびごえ）を見よ

「高野聖」　こうやひじり　［短編小説］
㊚1908　［青空文庫］

泉鏡花　いずみ・きょうか　1873-1939　明治～昭和期の小説家
◇高野聖・眉かくしの霊（岩波文庫）改版　泉鏡花作　岩波書店　2023.9　177p　15cm〈底本：鏡花全集　第5巻　第22巻（1940年刊）〉570円　①978-4-00-360045-0　Ⓝ913.6
［内容］越前敦賀の旅の宿、道連れの僧が語りだしたのは、若き日、飛騨山中の孤家で遭遇した艶めかしくも奇怪な出来事であった（「高野聖」）。新たな解説を加えた改版。

「荒涼館」　こうりょうかん　Bleak House
［長編小説］　㊚1852-53

ディケンズ, チャールズ　Dickens, Charles John Huffam　1812-1870　イギリスの小説家
◇荒涼館　1（岩波文庫）ディケンズ作, 佐々木徹訳　岩波書店　2017.6　516p　15cm　1140円　①978-4-00-372401-9　Ⓝ933.6

こうろ

内容 「おまえはおかあさんの恥でした」――親の名も顔も知らずに育ったエスターと、あまたの人を破滅させる「ジャーンダイス訴訟」。二つをつなぐ輪とは何か？ ミステリと社会小説を融合し、貴族から孤児まで、一九世紀英国の全体を描きだすディケンズの代表作。

◇荒涼館 2（岩波文庫）ディケンズ作, 佐々木徹訳 岩波書店 2017.8 513p 15cm 1140円 ①978-4-00-372402-6 Ⓝ933.6

内容 「なにかがわたしのなかで息づきはじめました」――荒涼館の一員となったエスターは、教会で見た准男爵夫人の姿になぜか深い衝撃を受ける。ロンドンでは、リチャードが終わりの見えない裁判に期待を寄せ、身元不明の代書人の死にまつわる捜査も広がりを見せる。

◇荒涼館 3（岩波文庫）ディケンズ作, 佐々木徹訳 岩波書店 2017.10 498p 15cm 1140円 ①978-4-00-372403-3 Ⓝ933.6

内容 「ああ、いとしいわたしの子、ゆるしておくれ！」――生死の淵から帰還したエスターを待ち構える衝撃の数々。鏡に映る姿、思いもかけなかった「母」の告白、そして求婚…。ロンドンでは、ジャーンダイス訴訟に関わる人物が殺害される。逮捕されたのは誰か？

◇荒涼館 4（岩波文庫）ディケンズ作, 佐々木徹訳 岩波書店 2017.12 490p 15cm 1140円 ①978-4-00-372404-0 Ⓝ933.6

内容 「荒涼館からどんどんひとがいなくなるね」――エイダとリチャードが去った屋敷を守るエスター。彼女を殺人事件捜査のため深夜連れ回すバケット警部。ジャーンダイス裁判も終末が近づき、二つの視点で交互に語られた物語は大団円を迎える。

「紅楼夢」 こうろうむ ［長編小説］ 18世紀中頃

曹雪芹 そう・せつきん 1715頃-1763頃 中国・清の小説家

◇新訳 紅楼夢 1〜7 曹雪芹作, 井波陵一ほか訳 岩波書店 2013.9〜2014.3 7冊 22cm〈文献あり〉Ⓝ923.6

内容 天上の夢幻境から下界へ降り、栄華を極める大家の御曹司に生まれ変わった賈宝玉と、彼を囲む美少女たち。前世の因縁による運命の翳りを微かに予感させつつ、賈家のおばあさまの庇護の元に彼らは出逢い、壮麗なドラマが幕を開ける。

「子を貸し屋」 こをかしや ［中編小説］
㊇1924

宇野浩二 うの・こうじ 1891-1961 大正・昭和期の小説家

◇子を貸し屋（新潮文庫）宇野浩二著 新潮社 1994.5 243p 15cm〈第12刷（第1刷：昭和25年）〉520円 ①4-10-150111-4 Ⓝ913.6

内容 さまざまな商売を替えたあげく団子屋を始めた佐蔵は、預かったひと様の子を淫売婦に貸して思わぬ金を手にする。やがて本業よりも子貸し業のほうが繁盛するようになってしまうのだが…。下世話の人情をしみじみと描いた表題作ほか、「人心」「一と踊」「あの頃の事」など初期代表作選。

「子をつれて」 こをつれて ［短編小説］
㊇1918発表 青空文庫

葛西善蔵 かさい・ぜんぞう 1887-1928 大正期の小説家。私小説作家

◇哀しき父・椎の若葉（講談社文芸文庫）葛西善蔵著 講談社 1994.12 329p 16cm 980円 ①4-06-196302-3 Ⓝ913.6

目次 子をつれて ほか

内容 「生活の破産、人間の破産、そこから僕の芸術生活が始まる」と記した葛西善蔵は、大正末期から昭和初年へかけての純文学の象徴であった。文学の為にはすべてを犠牲にする特異無類の生活態度で、哀愁と飄逸を漂わせた凄絶可苛烈な作品を描いた。代表作15篇。

「黄金虫」 ⇒黄金虫（おうごんちゅう）を見よ

「木枯し紋次郎」 こがらしもんじろう ［小説］ ㊇1971

笹沢左保 ささざわ・さほ 1930-2002 昭和・平成期の小説家

◇流れ舟は帰らず―木枯し紋次郎ミステリ傑作選（創元推理文庫）笹沢左保著, 末國善己編 東京創元社 2018.1 571p 15cm 1300円 ①978-4-488-48511-5 Ⓝ913.6

内容 行方不明の商家の息子をめぐる事件の真相は？ 死罪となる直前、盗賊が遺した暗

こころ

号の意味とは…？ 本格ミステリと時代小説の名手が描く、凄腕の旅人にして名探偵・木枯し紋次郎が活躍する傑作10編を収録。

「故旧忘れ得べき」 こきゅうわすれうべき
［長編小説］ ㊅1936

高見順 たかみ・じゅん 1907-1965 昭和期の小説家、詩人

◇故旧忘れ得べき（P+D BOOKS）高見順著 小学館 2022.1 223p 19cm〈底本：「昭和文学全集12」(1987年刊)〉650円 ①978-4-09-352432-2 Ⓝ913.6

内容 旧制高校時代、マルキシズムに傾倒していた小関と篠原。一方は雑誌社勤め、もう一方はお金持ちの息子と大きく境遇は違うが、ともに"転向"による虚無感を抱えながら生きて…。著者自身の体験に基づいた"転向文学"の名作。

「古今和歌集」 こきんわかしゅう ［歌集］
平安時代初期

◇和歌文学大系 5 古今和歌集 久保田淳監修 明治書院 2021.12 549p 22cm〈索引あり〉13500円 ①978-4-625-42438-0 Ⓝ911.108

内容 海彼の文学と、歌謡を経て万葉集に結実した数々の歌と、二方向からの重さをしっかりと受けとめて成り、後の日本文化に深く浸透した「古今和歌集」を翻刻し、注釈を加える。解説、初句索引等も掲載。

「国性爺合戦」 こくせんやかっせん ［浄瑠璃］ 1715初演

近松門左衛門 ちかまつ・もんざえもん 1653-1724 江戸時代中期の京都・大坂の歌舞伎作者、浄瑠璃作者

◇近松門左衛門集（新潮日本古典集成）新装版 近松門左衛門著, 信多純一校注 新潮社 2019.3 385p 20cm〈年譜あり〉2400円 ①978-4-10-620873-7 Ⓝ912.4

目次 国性爺合戦 ほか

「告白」 こくはく Les Confessions ［自叙伝］ 1765-70執筆 ㊒告白録, 懺悔録

ルソー, ジャン＝ジャック Rousseau, Jean-Jacques 1712-1778 フランスの思想家、文学者

◇ルソー選集 1 告白 上・中・下 小林善彦訳 白水社 1986.10 3冊 18cm 各1200円 Ⓝ135.3

「極楽とんぼ」 ごくらくとんぼ ［中編小説］ ㊅1961

里見弴 さとみ・とん 1888-1983 明治〜昭和期の小説家

◇極楽とんぼ―他一篇（岩波文庫）里見弴作 岩波書店 1993.12 257p 15cm 570円 ①4-00-310606-7 Ⓝ913.6

内容 「いい人だったがなア」—。わがままで甘ったれ、嘘もつく、ずるいところもある、しかし、どこか愛嬌があって憎めない極楽とんぼ。怠け放題で、ひたすら女道楽に過ごして大往生した男の75年の生涯を、自在な描写と豊かなユーモアで描く。

「こころ」 ［長編小説］ ㊅1914 ㊓こゝろ, 心 ⟨青空文庫⟩

夏目漱石 なつめ・そうせき 1867-1916 明治・大正期の小説家、英文学者、評論家

◇こころ―小説 夏目漱石原作 文響社 2021.3 396p 19cm 1350円 ①978-4-86651-356-0 Ⓝ913.6

内容 葛藤、罪悪感、エゴイズム、贖罪…あの読後感が、いまよみがえる。累計700万部、教科書に掲載され、いまなお議論される日本文学の最高峰。美しいイラスト、豊富な振り仮名、丁寧な用語解説でとにかく読みやすい！

「心変わり」 こころがわり La Modification ［長編小説］ ㊅1957

ビュトール, ミシェル Butor, Michel 1926-2016 フランスの小説家、評論家。1957年「心変わり」でルノードー賞受賞

◇心変わり（岩波文庫）ミシェル・ビュトール作, 清水徹訳 岩波書店 2012.4 482p 15cm〈第3刷(第1刷2005年)〉1000円 ①4-00-375061-6 Ⓝ953.7

内容 早朝、汽車に乗り込んだ「きみ」はローマに住む愛人とパリで同棲する決意をしていた。「きみ」の内面はローマを背景とした

愛の歓びに彩られていたが、旅の疲労とともに…。一九五〇年代の文壇に二人称の語りで颯爽と登場したフランス小説。ルノードー賞受賞作。

「古今著聞集」 ここんちょもんじゅう ［説話集］ 1254成立

橘成季〔編〕 たちばな・なりすえ 鎌倉時代前期の文学者

◇古今著聞集 上・下（新潮日本古典集成） 新装版 橘成季著, 西尾光一, 小林保治校注 新潮社 2019.3 2冊 20cm 3100円, 2900円 Ⓝ913.47

[内容] 神仏から和歌や管絃といった文化の諸相、博奕や偸盗まで。平安宮廷文化への憧憬に溢れつつも、同時代のエピソードも収める鎌倉中期の巨大な説話集。本文に頭注と現代語訳（色刷り）を付して収録する。解説付き。

「古事記」 こじき ［歴史書, 神話］ 奈良時代（712年成立）

◇古事記（河出文庫―古典新訳コレクション 01） 池澤夏樹訳 河出書房新社 2023.10 493p 15cm〈底本：日本文学全集 01（2014年刊） 文献あり〉900円 Ⓘ978-4-309-41996-1 Ⓝ913.2

[内容] 世界の創世と、神々の誕生から国の形ができるまでを描く最初の日本文学「古事記」。神話と歌謡と系譜からなる難解なテクストに画期的な注釈を付けて読みやすくした、斬新な新訳。解題も収録する。

「古事談」 こじだん ［説話集］ 1212-15頃成立

源顕兼〔編〕 みなもと・あきかね 1160-1215 平安時代後期・鎌倉時代の公卿

◇古事談 上（ちくま学芸文庫） 源顕兼編, 伊東玉美校訂・訳 筑摩書房 2021.5 2冊 15cm 各1500円 Ⓝ913.47

[内容] 鎌倉時代前期に成立した説話集の傑作。弘法大師、藤原道長、清少納言など、古代以来の歴史、文学、文化史上の著名人にまつわる隠れた逸話の数々を収録する。ひらがな交じりに書き下した本文に、人物注と現代語訳、評を付す。

「孤愁の岸」 こしゅうのきし ［長編小説］ [初]1962

杉本苑子 すぎもと・そのこ 1925-2017 昭和・平成期の小説家

◇杉本苑子全集 第1巻 孤愁の岸 中央公論社 1997.3 362p 20cm 3502円 Ⓘ4-12-403444-X Ⓝ913.6

「五重塔」 ごじゅうのとう ［中編小説］ [初]1892 [青空文庫]

幸田露伴 こうだ・ろはん 1867-1947 明治～昭和期の小説家

◇五重塔（岩波文庫創刊書目復刻） 幸田露伴著 岩波書店 2006.12 94p 16cm〈原本：岩波書店昭和2年刊〉Ⓘ4-00-355005-6 Ⓝ913.6

「個人的な体験」 こじんてきなたいけん ［長編小説］ [初]1964

大江健三郎 おおえ・けんざぶろう 1935-2023 昭和～令和期の作家。1994年ノーベル文学賞受賞

◇大江健三郎全小説 5 大江健三郎著 講談社 2018.10 641p 22cm 5800円 Ⓘ978-4-06-509003-9 Ⓝ913.6

[目次] 個人的な体験 ほか

[内容] ノーベル文学賞作家・大江健三郎の小説群を、詳しい解説を付して編集した全集決定版。5は、頭部に障害をもって生まれた子供との生の選択を描いた「個人的な体験」ほか、「空の怪物アグイー」などを収録。

「小僧の神様」 こぞうのかみさま ［短編小説］ [初]1920発表

志賀直哉 しが・なおや 1883-1971 大正・昭和期の小説家

◇城の崎にて・小僧の神様（角川文庫） 改版 志賀直哉著 角川書店, 角川グループパブリッシング（発売） 2012.6 215p 15cm〈年譜あり〉514円 Ⓘ978-4-04-100334-3 Ⓝ913.6

[内容] 秤屋ではたらく小僧の仙吉は、番頭たちの噂話を聞いて、屋台の鮨屋にむかったもののお金が足りず、お鮨は食べられなかった上に恥をかく。ところが数日後。仙吉のお店にやってきた紳士が、お鮨をたらふくご

「**古都**」　こと　［長編小説］　㊐1962

川端康成　かわばた・やすなり　1899-1972　大正・昭和期の小説家。1968年、日本人初のノーベル文学賞受賞

◇古都（新潮文庫）新版　川端康成著　新潮社　2022.5　286p　16cm　590円　①978-4-10-100243-9　Ⓝ913.6

内容　京都の呉服問屋の娘である千重子は、幼馴染の大学生・真一にある秘密を明かすが、真一は本気にしなかった。やがて夏の祇園祭の夜、千重子は自分とそっくりな娘と出会う。運命の歯車が回り始めた…。

「**ゴドーを待ちながら**」　En attendant Godot　［戯曲］　1952発表（初演1953）

ベケット, サミュエル　Beckett, Samuel　1906-1989　アイルランド出身のフランスの小説家、劇作家。1969年ノーベル文学賞受賞

◇ゴドーを待ちながら（白水Uブックス）サミュエル・ベケット著, 安堂信也, 高橋康也訳　白水社　2013.6　227p　18cm〈新装版 2009年刊の再刊〉1200円　①978-4-560-07183-0　Ⓝ952.7

内容　田舎道。一本の木。夕暮れ。エストラゴンとヴラジーミルという二人組のホームレスが、救済者ゴドーを待ちながら、ひまつぶしに興じている。そこにやってきたのは…暴君ポッツォとその召使いラッキー、そして伝言をたずさえた男の子！　不条理演劇の最高傑作として名高い、ノーベル文学賞作家ベケットを代表する傑作戯曲。

「**古本説話集**」　こほんせつわしゅう　［説話集］　平安時代末期

◇古本説話集　上・下（講談社学術文庫）高橋貢全訳注　講談社　2001.6, 2001.7　2冊　15cm　各1200円　Ⓝ913.37

内容　鎌倉時代初期成立と見られる撰者未詳の無名説話集が昭和18年に発見され、斯界の耳目を驚かせた。そして、原本が散失した『宇治大納言物語』の流れを汲むこの作品は、日本古典文学の貴重な財宝となった。貫之・躬恒・和泉式部・赤染衛門など、王朝歌人たちの逸話を多く集め、宮廷文化の典雅な世界が展開する。

「**ゴリオ爺さん**」　ごりおじいさん　Le père Goriot　［長編小説］　㊐1835　青空文庫

バルザック, オノレ・ド　Balzac, Honoré de　1799-1850　フランスの小説家

◇ゴリオ爺さん（光文社古典新訳文庫）バルザック著, 中村佳子訳　光文社　2016.9　591p　16cm〈年譜あり　年表あり〉1260円　①978-4-334-75337-5　Ⓝ953.6

内容　出世の野心を抱いてパリで法学を学ぶ貧乏貴族の子弟ラスティニャックは、場末の下宿屋に身を寄せながら、親戚の伝を辿り、なんとか社交界に潜り込む。そこで目にした令夫人は、実は下宿のみすぼらしいゴリオ爺さんの娘だというのだが…。フランス文学の大傑作を読みやすい新訳で。

「**古老の舟乗り**」　⇒老水夫行（ろうすいふこう）を見よ

「**こわれがめ**」　Der zerbrochne Krug　［戯曲］　1808初演　別こわれ甕

クライスト, ハインリッヒ・フォン　Kleist, Heinrich von　1777-1811　ドイツの劇作家

◇こわれがめ―付・異曲（大人の本棚）ハインリッヒ・v・クライスト著, 山下純照訳　みすず書房　2013.4　193, 3p　20cm〈文献あり〉2800円　①978-4-622-08505-8　Ⓝ942.6

内容　ドイツ3大喜劇のひとつとして2世紀にわたり親しまれてきた戯曲「こわれがめ」を、最終場の別ヴァージョンである「異曲」、初期の「手稿」とともに収録する。

「**金色夜叉**」　こんじきやしゃ　［長編小説］　㊐1897　青空文庫

尾崎紅葉　おざき・こうよう　1867-1903　江戸時代末期・明治期の俳人

◇コレクション近代日本文学　第3版　石尾奈智子, 市川浩昭, 岸規子編　冬至書房　2018.9　278p　21cm　1800円　①978-4-88582-197-4　Ⓝ910.26

目次　金色夜叉（尾崎紅葉）ほか

こんし

「今昔物語集」　こんじゃくものがたりしゅう
　［説話集］　平安時代後期　Ⓝ今昔物語
　◇今昔物語集（光文社古典新訳文庫）大岡玲訳　光文社　2021.8　705p　16cm〈文献あり　年表あり〉1580円　Ⓘ978-4-334-75448-8　Ⓝ913.37
　内容　芥川龍之介「鼻」「羅生門」の原話のみならず、エロに下卑た笑い、有名人の噂にスキャンダルの宝庫！　平安時代末期の民衆や勃興する武士階級、人間味あふれる貴族、僧侶らの姿をリアルに描く、日本最大の仏教説話集。厳選91話を収録。

「昆虫記」　⇒ファーブル昆虫記を見よ

「コン・ティキ号探検記」　Kon-Tiki ekspedisjonen　［探検記］　Ⓟ1948　別コンチキ号漂流記

　ヘイエルダール, トール　Heyerdahl, Thor　1914-2002　ノルウェーの人類学者、海洋生物学者、考古学者、探検家
　◇世界探検全集　14　コン・ティキ号探検記　トール・ヘイエルダール著, 水口志計夫訳　河出書房新社　2023.10　305p　20cm〈1978年刊にナビゲーションを加え復刊〉2300円　Ⓘ978-4-309-71194-2　Ⓝ290.91
　内容　かがやく太陽とうねる大海原。一九四七年、五人の仲間と一匹のオウムを乗せた古代筏が南洋に旅立った。古代ペルーの人々は太平洋をバルサ材の筏で渡り、ポリネシア人の先祖となったのではないか？　その仮説を自ら実証すべく、古代筏を忠実に再現したコン・ティキ号に乗り、太平洋横断の航海に挑む—奇抜な着想と貴重な体験、ユーモラスな筆致で世界に愛される伝説の探検記。

「婚約者」　⇒いいなづけを見よ

【さ】

「最後の一葉」　さいごのいちよう/さいごのひとは　The Last Leaf　［短編小説］　Ⓟ1907　別さいごの一葉　青空文庫（最後の一枚の葉）

　オー・ヘンリー　O.Henry　1862-1910　アメリカの小説家
　◇最後のひと葉（角川文庫—オー・ヘンリー傑作集 2）オー・ヘンリー著, 越前敏弥訳　KADOKAWA　2021.3　238p　15cm〈年譜あり〉660円　Ⓘ978-4-04-109240-8　Ⓝ933.7
　内容　ニューヨークの下町で共同生活を送る若い画家のスーとジョンジー。秋の終わりにジョンジーが重い肺炎にかかり、窓の外のツタを見ながら「最後の葉が落ちるとき、わたしも死ぬ」と言いだす。それを聞いた初老の貧乏画家は…（「最後のひと葉」）。

「最後の一句」　さいごのいっく　［短編小説］　Ⓟ1915発表　青空文庫

　森鷗外　もり・おうがい　1862-1922　明治・大正期の陸軍軍医、小説家、評論家
　◇高瀬舟・最後の一句ほか（ちくま文庫—教科書で読む名作）森鷗外著　筑摩書房　2017.5　270p　15cm〈年譜あり〉680円　Ⓘ978-4-480-43419-7　Ⓝ913.6
　目次　最後の一句　ほか
　内容　高校国語教科書に掲載されたことのある小説を中心とした森鷗外の作品集。「高瀬舟」「最後の一句」ほか全9編と、解説として森鷗外についての名評論も収録。

「西遊記」　さいゆうき　［白話小説］　1570頃成立

　呉承恩　ご・しょうおん　1500頃–1582頃　中国・明末期の文人
　◇西遊記—中国の古典（角川ソフィア文庫—ビギナーズ・クラシックス）武田雅哉編　KADOKAWA　2024.2　363p　15cm〈文献あり〉1240円　Ⓘ978-4-04-400742-3　Ⓝ923.5
　内容　天竺へ経典を取りに行く玄奘三蔵の旅を題材に、お供の孫悟空・猪八戒・沙悟浄と、それを邪魔する妖怪たちを描く摩訶不思議な物語「西遊記」。その全百回のあらすじ、現代語訳、解説、コラムを収録する。

「サイラス・マーナ」　Silas Marner　［中編小説］　Ⓟ1861

　エリオット, ジョージ　Eliot, George　1819-1880　イギリスの作家
　◇サイラス・マーナー（光文社古典新訳文庫）

ジョージ・エリオット著, 小尾芙佐訳　光文社　2019.9　383p　16cm〈文献あり　年譜あり〉1060円　①978-4-334-75410-5　Ⓝ933.6

[内容] 友と恋人に裏切られ、神にも絶望して故郷を捨てたサイラス・マーナーは、たどりついた村のはずれで、機を織って得た金貨を眺めるのを唯一の愉しみとする暮らしをしていた。そんな彼にふたたび災難が襲いかかり…。

「坂の上の雲」　さかのうえのくも　［長編小説］　㊋1969-72

司馬遼太郎　しば・りょうたろう　1923-1996　昭和・平成期の小説家

◇坂の上の雲　1〜6　新装版　司馬遼太郎著　文藝春秋　2004.4〜6　6冊　20cm　Ⓝ913.6

[内容] まことに小さな国が、開化期をむかえようとしている。一伊予松山出身の三人、無敵を誇ったコサック騎兵を破った陸軍の名将・秋山好古、その弟でバルチック艦隊殲滅作戦をたてた海軍の名参謀・秋山真之、そして近代短歌・俳句の開祖・正岡子規。それぞれの青春は、清新な時代の風をうけ、夢を大きくふくらませてゆく。

「作者を探す六人の登場人物」　さくしゃをさがすろくにんのとうじょうじんぶつ　Sei personaggi in cerca d'autore　［戯曲］　1921初演

ピランデルロ, ルイジ　Pirandello, Luigi　1867-1936　イタリアの劇作家、小説家。1934年ノーベル文学賞受賞

◇ピランデッロ戯曲集　1　役割ごっこ／作者を探す六人の登場人物　ルイジ・ピランデッロ著, 斎藤泰弘編訳　水声社　2021.11　288p　22cm　4000円　①978-4-8010-0609-6　Ⓝ972

[内容] 狂気か、正気か。世界大戦の破壊と殺戮の中で、現代演劇を切り開いた20世紀イタリアの劇作家。自分たちの人生のドラマを上演しようと異常な一家が訪ねてくる、演劇界に革命を起こした『作者を探す六人の登場人物』ほかを収録。

「桜島」　さくらじま　［小説］　㊋1947
［青空文庫］

梅崎春生　うめざき・はるお　1915-1965　昭和期の小説家

◇桜島・狂い凧(P+D BOOKS) 梅崎春生著　小学館　2023.8　311p　19cm〈底本：梅崎春生兵隊名作選　第1巻(光人社　1978年刊)〉750円　①978-4-09-352469-8　Ⓝ913.6

[内容] 米軍上陸が迫るなか、桜島の海軍通信基地に異動になった村上兵曹は、一夜をともにした女性に、「どんな死に方をするの」と詰められ…。出世作「桜島」に、芸術選奨作「狂い凧」を併録。

「桜の園」　さくらのその　Vishnyovïy sad　［戯曲］　1903執筆(1904初演)
［青空文庫］

チェーホフ, アントン・パーヴロヴィチ　Chekhov, Anton Pavlovich　1860-1904　ロシアの小説家、劇作家

◇〈新訳〉桜の園(転換期を読む 27) アントン・チェーホフ著, 安達紀子訳　未來社　2020.10　150p　19cm　1800円　①978-4-624-93447-7　Ⓝ982

[内容] ロシアが生んだ最大の劇作家チェーホフの最後の四幕戯曲「桜の園」。人間の愚かしさ、意志の弱さ、人間存在そのものの不条理をアイロニカルに描き、19世紀末のロシア貴族社会の崩壊に伴う新時代の幕開けを告げる大作の新訳。

「桜の森の満開の下」　さくらのもりのまんかいのした　［短編小説］　㊋1947
［青空文庫］

坂口安吾　さかぐち・あんご　1906-1955　昭和期の小説家。無頼派作家、新戯作派と呼ばれる

◇タナトスの蒐集匣―耽美幻想作品集(新潮文庫nex) 新潮社　2024.10　341p　16cm　670円　①978-4-10-180294-7　Ⓝ913.68

[目次] 桜の森の満開の下(坂口安吾) ほか

[内容] すぐ読めて、後味一生。常識を揺さぶる名作集。ああおいしい。姫君の喉もたべてやりましょう―。おぞましい遊戯に耽る男と女(坂口安吾「桜の森の満開の下」)。

さころ

「**狭衣物語**」　さごろもものがたり　［物語］
平安時代中期

◇狭衣物語　上（新潮日本古典集成）新装版　鈴木一雄校注　新潮社　2019.12　294p　20cm　2100円　①978-4-10-620828-7　Ⓝ913.381

内容 報われることのない源氏の宮への想い。はからずも契った二人の女性。狭衣大将の半生を描く王朝エンタテインメント。

◇狭衣物語　下（新潮日本古典集成）新装版　鈴木一雄校注　新潮社　2019.12　434p　20cm　2800円　①978-4-10-620829-4　Ⓝ913.381

内容 飛鳥井女君の遺した姫君に心乱れる狭衣大将。源氏の宮と瓜二つの美女との出会い。『源氏物語』と並び称された傑作物語。

「**細雪**」　ささめゆき　［長編小説］　上：1943初出　青空文庫

谷崎潤一郎　たにざき・じゅんいちろう　1886-1965　明治〜昭和期の小説家。「細雪」で第1回毎日出版文化賞（1947年）ほか受賞

◇細雪　上・中・下（角川文庫）改版　谷崎潤一郎著　KADOKAWA　2016.4　302p　15cm〈初版：角川書店 1956年刊〉520円　Ⓝ913.6

内容 大阪・船場の旧家、蒔岡家には鶴子、幸子、雪子、妙子の美しい四姉妹がいる。三十歳で独身の三女・雪子には次々と縁談が舞い込むが、なかなかうまくまとまらず…。幸子のモデルとなった著者の妻による「「細雪」追想」も収載。

「**貞文日記**」　⇒平中物語（へいちゅうものがたり）を見よ

「**里見八犬伝**」　⇒南総里見八犬伝（なんそうさとみはっけんでん）を見よ

「**讃岐典侍日記**」　さぬきのすけにっき　［日記］　平安時代後期

藤原長子　ふじわら・ちょうし　1079頃-?　平安時代後期の女官。女房名・讃岐典侍

◇讃岐典侍日記（笠間文庫―原文＆現代語訳シリーズ）讃岐典侍著, 小谷野純一訳・注　笠間書院　2015.2　231p　19cm〈文献あり 索引あり〉1700円　①978-4-305-70424-5　Ⓝ915.37

内容 愛が基底にながれる、日本文学史上極めて稀有な日記作品「讃岐典侍日記」の原文・現代語訳・脚注ほか、解説、和歌各句索引などを収録。情動のほとばしりとしての言説を的確に見極めた著者が、丁寧に日記の世界に誘う。

「**さぶ**」　［長編小説］⑰1963　青空文庫

山本周五郎　やまもと・しゅうごろう　1903-1967　昭和期の小説家

◇さぶ（角川文庫）山本周五郎著　KADOKAWA　2018.1　451p　15cm〈「山本周五郎長篇小説全集 第3巻」（新潮社2013年刊）の改題〉680円　①978-4-04-106234-0　Ⓝ913.6

内容 表具師として幼馴染のさぶと一緒に働いていた栄二は、身に覚えのない罪で石川島送りとなる。言い分も聞き入れられず、世間に見捨てられたと心を閉ざす栄二だったが…。人物一覧、注釈も掲載。

「**サミュエル・ジョンソン伝**」　The Life of Samuel Johnson, LL.D.　［伝記］
⑰1791　別 ジョンソン伝

ボズウェル，ジェームズ　Boswell, James　1740-1795　スコットランド生まれの弁護士、著作家

◇サミュエル・ジョンソン伝　1〜3　オンデマンド版　ジェームズ・ボズウェル著, 中野好之訳　みすず書房　2011.5　3冊　22cm〈原本：1981年刊〉Ⓝ930.268

「**寒い国から帰ってきたスパイ**」　さむいくにからかえってきたすぱい　The Spy Who Came in from the Cold　［長編小説］
⑰1963

ル・カレ，ジョン　Le Carré, John　1931-2020　イギリスの小説家。「寒い国から帰ってきたスパイ」で英国推理作家協会賞ほか受賞

◇寒い国から帰ってきたスパイ（ハヤカワ文庫NV）ジョン・ル・カレ著, 宇野利泰訳　早川書房　1978.5　334p　15cm〈33刷〉

360円　①978-4-15-040174-0　Ⓝ933

内容　ベルリンの壁を境に展開される英独諜報部の熾烈な暗闘を息づまる筆致で描破！　作者自身情報部員ではないかと疑われたほどのリアルな描写と、結末の見事などんでん返しとによってグレアム・グリーンに絶賛されたスパイ小説の金字塔！

「さようならコロンバス」　Goodbye, Columbus　［短編小説］Ⓟ1959
別　グッバイ、コロンバス

ロス, フィリップ　Roth, Philip Milton　1933-2018　ユダヤ系のアメリカの小説家。1960年「さようならコロンバス」で全米図書賞受賞

◇グッバイ、コロンバス　フィリップ・ロス著, 中川五郎訳　朝日出版社　2021.3　223p　19cm　1800円　①978-4-255-01211-7　Ⓝ933.7

内容　真夏のプールで運命的な出会いを果たしたニールとブレンダ。2人はたちまち惹かれ合い、結婚を意識し始めるが…。アメリカを代表する作家が、はかなくほろ苦い青春期の恋を瑞々しい文体で描いた名作。

「更級日記」　さらしなにっき　［日記］
1060頃成立　青空文庫

菅原孝標女　すがわらたかすえのむすめ　1008-?　平安時代中期の女性。文学者、歌人

◇更級日記（河出文庫―古典新訳コレクション）菅原孝標女著, 江國香織訳　河出書房新社　2023.11　148p　15cm〈底本：日本文学全集 03（2016年刊）文献あり〉600円　①978-4-309-42019-6　Ⓝ915.36

内容　名作、菅原孝標女「更級日記」が江國香織訳で鮮やかに甦る。東国・上総で「源氏物語」に憧れて育った少女が父の帰京に伴い、京で念願の物語を入手する。宮仕えと結婚を経てやがて物詣でに励み、晩年は寂寥感の中、仏教に帰依してゆく。読み継がれる平安時代の傑作日記文学。

「猿の惑星」　さるのわくせい　La planète des singes　［長編小説］Ⓟ1963

ブール, ピエール　Boulle, Pierre　1912-1994　フランスの小説家

◇猿の惑星（ハヤカワ文庫SF）ピエール・ブール著, 高橋啓訳　早川書房　2000.2　287p　16cm　620円　①4-15-011300-9　Ⓝ953.7

内容　2500年、太陽系の探索を終えた人類は、初の恒星間飛行を企てた。宇宙船に乗りこんだのは、計画の立案者にして探検隊のリーダーであるアンテル教授、若い物理学者アルチュール・ルヴァン、ジャーナリストのユリス・メルーの三人だ。二年後、ようやく到着したベテルギウス星系には地球によく似た惑星があった。軌道上からの観察で、惑星には文明をもつ種族が住んでいると判明する。だが、着陸した三人がそこで見たものは。

「されどわれらが日々―」　されどわれらがひび　［中編小説］Ⓟ1964

柴田翔　しばた・しょう　1935-　小説家、ドイツ文学研究者

◇されどわれらが日々―（文春文庫）新装版　柴田翔著　文藝春秋　2007.11　269p　16cm　533円　①978-4-16-710205-0　Ⓝ913.6

内容　1955年、共産党第6回全国協議会の決定で山村工作隊は解体されることとなった。私たちはいったい何を信じたらいいのだろうか―「六全協」のあとの虚無感の漂う時代の中で、出会い、別れ、闘争、裏切り、死を経験しながらも懸命に生きる男女を描き、60～70年代の若者のバイブルとなった青春文学の傑作。

「サロメ」　Salomé　［戯曲］1893刊行（1896初演）

ワイルド, オスカー　Wilde, Oscar Fingal O'Flahertie Wills　1854-1900　イギリスの詩人、劇作家、小説家。ダブリン（現・アイルランド共和国）出身

◇新訳 サロメ（角川文庫）オスカー・ワイルド著, 河合祥一郎訳　KADOKAWA　2024.5　143p　15cm　880円　①978-4-04-114196-0　Ⓝ952.6

内容　日本初演から110年。最新研究に基づいて仏語原文の「サロメ」を忠実に読み解き、見過ごされてきた男達の意外な葛藤を示し、真のドラマ性を見事に描いた新訳。ビ

アズリー画18点も掲載。

「山家集」 さんかしゅう ［私家集］ 平安時代末期

西行 さいぎょう 1118-1190 平安時代後期の歌人、僧

◇山家集（角川ソフィア文庫）西行著, 宇津木言行校注　KADOKAWA　2018.9　447p　15cm〈文献あり　索引あり〉1160円　Ⓘ978-4-04-400063-9　Ⓝ911.148

[内容] 雅と俗、数奇と仏道、宗教と社会といった対立を併せ呑む歌の数々を収め、西行自身が何度も改編を重ねるほど熱意を傾けたという代表的家集「山家集」。本文と語釈のほか、詳細な補注、校訂一覧、解説等を収載する。

「サンクチュアリ」 Sanctuary ［長編小説］ ㊀1931

フォークナー, ウィリアム Faulkner, William Cuthbert 1897-1962 アメリカの小説家。1949年ノーベル文学賞受賞

◇サンクチュアリ（新潮文庫）27刷改版　フォークナー著, 加島祥造訳　新潮社　2002.8　426p　16cm　590円　Ⓘ4-10-210202-7　Ⓝ933.7

[内容] ミシシッピー州のジェファスンの町はずれで、車を大木に突っこんでしまった女子大生テンプルと男友達は、助けを求めて廃屋に立ち寄る。そこは、性的不能な男ポパイを首領に、酒を密造している一味の隠れ家であった。女子大生の凌辱事件を発端に異常な殺人事件となって醜悪陰惨な場面が展開する。ノーベル賞作家である著者が"自分として想像しうる最も恐ろしい物語"と語る問題作。

「山月記」 さんげつき ［短編小説］
㊀1942　青空文庫

中島敦 なかじま・あつし 1909-1942 昭和期の小説家

◇山月記（エコトバ）中島敦著, ペペイラスト　文研出版　2022.7　63p　20cm〈文献あり〉1800円　Ⓘ978-4-580-82513-0　Ⓝ726.6

[内容] 唐の時代の中国。秀才の李徴は役人の仕事に満足出来ず、詩で名を上げようとするも失敗。復職すると、友人は出世していた。李徴は羞恥心のあまり虎になってしまい…。

「三教指帰」 さんごうしき／さんごうしいき ［仏教書］ 797成立

空海 くうかい 774-835 平安時代初期の僧。弘法大師。出家宣言の書「三教指帰」は、日本初の戯曲とも称される

◇空海「三教指帰」（角川ソフィア文庫）空海著, 加藤純隆, 加藤精一訳　角川学芸出版, 角川グループパブリッシング（発売）2007.9　185p　15cm　667円　Ⓘ978-4-04-407202-5　Ⓝ188.54

[内容] 日本に真言密教をもたらした空海が、渡唐前の青年時代に著した名著。放蕩息子を改心させようと、儒者・道士・仏教者がそれぞれ説得するが、息子を納得させたのは仏教者だった。空海はここで人生の目的という視点から儒教・道教・仏教の三つの教えを比較する。それぞれの特徴を明らかにしながら、自分の進むべき道をはっきりと打ち出していく青年空海の意気込みが全編に溢れ、空海にとって生きるとは何かが熱く説かれている。

「三国志演義」 さんごくしえんぎ 原題：三國演義 ［長編白話小説］ 元末明初

羅貫中 ら・かんちゅう 1330頃-1400頃 中国・元末明初の小説家、劇作家

◇三国志演義　1（角川ソフィア文庫）羅貫中著, 立間祥介訳　KADOKAWA　2019.5　727p　15cm〈改訂新版　徳間文庫 2006年刊の再刊　年表あり〉1480円　Ⓘ978-4-04-400509-2　Ⓝ923.5

[内容] 2世紀末、崩壊寸前の漢王朝。劉備、関羽、張飛の三豪傑が立ち上がる。義兄弟の契りを結び、黄巾討伐するも、天下の支配権を巡り権力闘争が勃発し…。NHK人形劇の原作となった立間祥介の名訳で贈る、不朽の大河ロマン。

◇三国志演義　2（角川ソフィア文庫）羅貫中著, 立間祥介訳　KADOKAWA　2019.5　659p　15cm〈改訂新版　徳間文庫 2006年刊の再刊　年表あり〉1480円　Ⓘ978-4-04-400510-8　Ⓝ923.5

[内容] 官渡の戦いに勝利し、勢力を拡大する曹操。劉備は稀代の賢人・諸葛亮孔明を三顧の礼をもって軍師として迎え入れる。江

東の孫権も権力拡大をもくろみ…。

◇三国志演義 3（角川ソフィア文庫）羅貫中著, 立間祥介訳　KADOKAWA　2019.6　652p　15cm〈改訂新版 徳間文庫 2006年刊の再刊〉1480円　Ⓘ978-4-04-400511-5　Ⓝ923.5

内容　劉備が益州（蜀）を獲得し、ついに天下三分となる。しかし、曹操と孫権に関羽を討たれ、張飛までも暗殺で失って悲嘆にくれる。魏では曹操が病没し…。

◇三国志演義 4（角川ソフィア文庫）羅貫中著, 立間祥介訳　KADOKAWA　2019.6　652p　15cm〈改訂新版 徳間文庫 2006年刊の再刊〉1480円　Ⓘ978-4-04-400512-2　Ⓝ923.5

内容　漢王朝再興という劉備の悲願を受け継いだ諸葛亮は、6度の北伐へ臨むが、ライバル司馬懿との争いの果てに陣没。魏では司馬一族が実権を握り…。完結。

「**三十三年の夢**」　さんじゅうさんねんのゆめ
［自叙伝］　㊄1902

宮崎滔天　みやざき・とうてん　1870-1922
明治・大正期の中国革命運動の協力者

◇三十三年の夢（岩波文庫）宮崎滔天著, 島田虔次, 近藤秀樹校注　岩波書店　2011.9　500, 7p　15cm〈第3刷（第1刷1993年）〉1200円　Ⓘ4-00-331221-X　Ⓝ289.1

内容　次兄弥蔵の中国革命論に共鳴した宮崎滔天は来日した孫文に初めて出会って以来熱烈にその支持者となり、私利私欲を度外視して中国革命支援のため東奔西走、東アジア各地を駆けめぐった。天真爛漫な明治のロマンティスト、革命家滔天の波瀾万丈の半生＝33歳までを描いた自叙伝。資料を博捜、詳細で興趣溢れる注を付す。

「**三銃士**」　さんじゅうし　Les trois mousquetaires　［長編小説］　㊄1844

デュマ・ペール, アレクサンドル
Dumaspère, Alexandre　1802-1870　フランスの小説家、劇作家

◇三銃士 上（角川文庫）アレクサンドル・デュマ著, 竹村猛訳　角川書店, 角川グループパブリッシング（発売）2009.10　357p　15cm　514円　Ⓘ978-4-04-202012-7　Ⓝ953.6

内容　17世紀のパリ。都で一旗あげようと、意気揚々と上京してきた青年剣士ダルタニャン。3人の銃士、アトス、ポルトス、アラミスにひょんな行き違いから決闘を申し込まれるが一。固い友情で結ばれた4人の男が、悪王リシュリュー枢機卿らの企みに挑む。手に汗握る冒険活劇の名作を、躍動感溢れる名訳で贈る。

◇三銃士 中（角川文庫）アレクサンドル・デュマ著, 竹村猛訳　角川書店, 角川グループパブリッシング（発売）2009.10　372p　15cm　514円　Ⓘ978-4-04-202013-4　Ⓝ953.6

内容　枢機卿の陰謀にあわや身の破滅かと思われた王妃の危機を、見事救ったダルタニャン。ほっとしたのも束の間、謎の妖女ミラディーが登場、あらたな冒険の幕が切って落とされる。ダルタニャン、そして三銃士の運命やいかに？　義侠心に満ちた男たちが、フランス中を駆け巡る！　恋と活劇に彩られた物語の佳境。

◇三銃士 下（角川文庫）アレクサンドル・デュマ著, 竹村猛訳　角川書店, 角川グループパブリッシング（発売）2009.10　350p　15cm　514円　Ⓘ978-4-04-202014-1　Ⓝ953.6

内容　ダルタニャンを逆恨みし、命をつけ狙う、妖女ミラディー。友人の危機に立ち上がる三銃士だが、敵は枢機卿と結託し、さらなる陰謀を企んでいた。フランスとイギリスをまたにかけた攻防戦の中、明らかになるミラディーの本性、ダルタニャンの切ない恋の行方は？　4人の快男児が織りなす友情のクライマックス。

「**山椒魚**」　さんしょううお　［短編小説］
㊄1930

井伏鱒二　いぶせ・ますじ　1898-1993　昭和期の小説家。日本芸術院会員、文化功労者

◇山椒魚（新潮文庫）改版　井伏鱒二　新潮社　2011.12　297p　15cm　490円　Ⓘ978-4-10-103402-7　Ⓝ913.6

内容　初期の短編より代表作を収める短編集。岩屋の中に棲んでいるうちに体が大きくなり、外へ出られなくなった山椒魚の狼狽、かなしみのさまをユーモラスに描く処女作『山椒魚』、ほか12編。

「さんせう太夫」 さんしょうだゆう ［説教節］ 中世 [別]山椒太夫, 山荘太夫

◇説経集（新潮日本古典集成）新装版 室木弥太郎校注 新潮社 2017.1 461p 20cm〈索引あり〉2800円 Ⓘ978-4-10-620866-9 Ⓝ911.64

[内容]安寿と厨子王姉弟の哀話で知られる「さんせう太夫」。照手姫が小栗判官を死の世界から蘇生させる「をぐり」。数奇な運命に翻弄される人びとの悲劇を語り、近世に人気を博した芸能の代表作六篇。

「山椒大夫」 さんしょうだゆう ［短編小説］ [初]1915発表 (青空文庫)

森鷗外 もり・おうがい 1862-1922 明治・大正期の陸軍軍医、小説家、評論家

◇山椒大夫（スラよみ！ 日本文学名作シリーズ 3）森鷗外作, 渡邉文幸現代語訳 理論社 2024.10 173p 20cm 1500円 Ⓘ978-4-652-20639-3 Ⓝ913.6

[内容]人買いに売られた悲運な姉弟、安寿と厨子王の物語「山椒大夫」をはじめ、「最後の一句」「高瀬舟」「寒山拾得」を読みやすい現代語を用いて収録。ロマンと現実をみつめた作家、森鷗外の傑作集。

「三四郎」 さんしろう ［長編小説］ [初]1909 (青空文庫)

夏目漱石 なつめ・そうせき 1867-1916 明治・大正期の小説家、英文学者、評論家

◇定本漱石全集 第5巻 坑夫・三四郎 夏目金之助著 岩波書店 2017.4 787p 20cm 4600円 Ⓘ978-4-00-092825-0 Ⓝ918.68

[内容]青年の成長、青春の光と影を描いた「坑夫」「三四郎」を収録。注解も掲載。

「三太郎の日記」 さんたろうのにっき ［評論随筆］ [初]1914 (青空文庫)

阿部次郎 あべ・じろう 1883-1959 大正・昭和期の哲学者、美学者、評論家

◇三太郎の日記—合本（角川選書）新版 阿部次郎著 角川学芸出版, 角川グループパブリッシング（発売） 2008.11 573p 19cm〈文献あり 年譜あり〉2800円 Ⓘ978-4-04-703439-6 Ⓝ914.6

[内容]永遠の青春の書として大正・昭和期の学生の必読の書であった。「三太郎」に仮託して綴られる、著者の苦悩と内省、自己を確立していく豊かな感受性と真摯で強靱な思索のあとは、多くの学生に圧倒的な共感をもって支持され、愛読されてきた。人間存在の統一原理を、真善美の追究による自己の尊厳という「人格」におく、著者の「人格主義」につながる思想が横溢。

「三人姉妹」 さんにんしまい Tri sestrï ［戯曲］ 1901初演

チェーホフ, アントン・パーヴロヴィチ Chekhov, Anton Pavlovich 1860-1904 ロシアの小説家、劇作家

◇ワーニャ伯父さん 三人姉妹（光文社古典新訳文庫）チェーホフ著, 浦雅春訳 光文社 2009.7 359p 16cm〈年譜あり〉724円 Ⓘ978-4-334-75187-6 Ⓝ982

[内容]モスクワへの帰郷を夢見ながら、次第に出口のない現実に追い込まれていく「三人姉妹」ほか。生きていくことの悲劇を描いたチェーホフの傑作戯曲2編。

「三匹の蟹」 さんびきのかに ［短編小説］ [初]1968発表

大庭みな子 おおば・みなこ 1930-2007 昭和・平成期の小説家。1968年「三匹の蟹」で芥川賞受賞

◇三匹の蟹（P+D BOOKS）大庭みな子著 小学館 2018.6 325p 19cm〈講談社1968年刊の再刊〉600円 Ⓘ978-4-09-352340-0 Ⓝ913.6

[内容]異国に暮らす由梨は、アメリカ男に誘われ海辺のドライブについて行くが…。ある主婦の孤独と倦怠を乾いた筆致で綴った表題作ほか、日本人女性留学生の青春への決別を描いた連作「構図のない絵」「虹と浮橋」も収録。

「三文オペラ」 さんもんおぺら Die dreigroschenoper ［戯曲］ 1928初演

ブレヒト, ベルトルト Brecht, Bertolt 1898-1956 ドイツの劇作家、詩人

◇三文オペラ ベルトルト・ブレヒト著, 大岡淳訳 東久留米 共和国 2018.10 220p 19cm 2000円 Ⓘ978-4-907986-49-

0 Ⓝ942.7

[内容] ロンドンの貧民街に暗躍する乞食たちを描き、“ドイツ黄金の20年代”の光と闇を切り裂いたブレヒト不朽の名作を、気鋭の演出家がキレッキレの日本語で訳しおろす。クルト・ヴァイルの名曲群がファシズム前夜の都市を照射する、痛快無比の音楽劇！東京芸術祭2018『野外劇三文オペラ』採用の最新訳。

【し】

「飼育」 しいく ［短編小説］ [初]1958

大江健三郎 おおえ・けんざぶろう 1935-2023 昭和～令和期の作家。1994年ノーベル文学賞受賞

◇大江健三郎全小説 1 大江健三郎著 講談社 2018.9 673p 22cm 5800円 Ⓘ978-4-06-509002-2 Ⓝ913.6

[目次] 飼育 ほか

[内容] 詳しい解説を付して編集した全集決定版。

「ジェイン・エア」 Jane Eyre ［長編小説］ [初]1847 [別]ジェーン・エア

ブロンテ, シャーロット Brontë, Charlotte 1816-1855 イギリスの小説家。ブロンテ三姉妹の長姉

◇ジェイン・エア 上（岩波文庫） シャーロット・ブロンテ作, 河島弘美訳 岩波書店 2013.9 440p 15cm 1020円 Ⓘ978-4-00-357002-9 Ⓝ933.6

[内容] 伯母に疎まれ、寄宿学校に入れられた孤児ジェイン。十八歳の秋、自由と自立をのぞみ旅立つ―家庭教師に雇われた邸で待つ新しい運命。信念と感情に従って考え行動する主人公の真率な語りが魅力的な、ブロンテ姉妹のひとりシャーロットの代表作。

◇ジェイン・エア 下（岩波文庫） シャーロット・ブロンテ作, 河島弘美訳 岩波書店 2013.10 511p 15cm 1080円 Ⓘ978-4-00-357003-6 Ⓝ933.6

[内容] 身分と慣習を乗り越え結びあう二つの魂、その前に立ちはだかった苛酷な事実。再びただ一人で歩きだしたジェインが、放浪の果てに出会うのは―自由を求め、自らの意思で運命を切り開く若い女性が語る、時代を超えた鮮烈な愛の物語。新訳。

「塩狩峠」 しおかりとうげ ［長編小説］ [初]1968

三浦綾子 みうら・あやこ 1922-1999 昭和・平成期の小説家

◇塩狩峠（新潮文庫）77刷改版 三浦綾子著 新潮社 2005.2 459p 16cm 629円 Ⓘ4-10-116201-8 Ⓝ913.6

[内容] 結納のため札幌に向った鉄道職員永野信夫の乗った列車が、塩狩峠の頂上にさしかかった時、突然客車が離れ、暴走し始めた。声もなく恐怖に怯える乗客。信夫は飛びつくようにハンドブレーキに手をかけた…。明治末年、北海道旭川の塩狩峠で、自らの命を犠牲にして大勢の乗客の命を救った一青年の、愛と信仰に貫かれた生涯を描き、人間存在の意味を問う長編小説。

「潮騒」 しおさい ［長編小説］ [初]1954

三島由紀夫 みしま・ゆきお 1925-1970 昭和期の小説家

◇潮騒（新潮文庫）新版 三島由紀夫著 新潮社 2020.11 226p 16cm〈年譜あり〉 520円 Ⓘ978-4-10-105044-7 Ⓝ913.6

[内容] 古代の伝説が息づく伊勢湾の小島で、逞しく日焼けした海の若者新治は、目もとの涼しげな少女初江に出会う。嵐の日、島の廃墟で二人きりになるのだが…。みずみずしい肉体と恋の行方は？

「詩経」 しきょう ［漢詩集］ 成立年代未詳（戦国時代？）

孔子 こうし 紀元前551頃-前479 中国・春秋時代の学者、思想家

◇詩経 上（漢詩選 1） 高田真治著 集英社 1996.10 566p 22cm 5800円 Ⓘ4-08-156101-X Ⓝ921.32

[内容] 孔子によって伝えられた中国最古の詩集『詩経』（「毛詩」）。上巻は、黄河流域諸国の民間歌謡を集めた「十五国風」を収録。

◇詩経 下（漢詩選 2） 高田真治著 集英社 1996.11 670p 22cm 5800円 Ⓘ4-08-156102-8 Ⓝ921.32

[内容] 周王朝の政治を中心とした「大雅」、天子・諸侯の征伐・饗宴等を中心とした「小

雅」、先祖神霊を宗廟に祭って、その徳を讃美した「頌」を収録する。

「ジキル博士とハイド氏」 じきるはかせとはいどし The Strange Case of Dr.Jekyll and Mr.Hyde ［中編小説］ ㊤1886
㊃ジキルとハイド 青空文庫 (ジーキル博士とハイド氏の怪事件)

スティーヴンソン, ロバート・ルイス Stevenson, Robert Louiss Balfour 1850-1894 イギリスの小説家、詩人、随筆家

◇ジキル博士とハイド氏—新訳 (角川文庫) ロバート・L.スティーヴンソン著, 田内志文訳 KADOKAWA 2017.4 141p 15cm 400円 ①978-4-04-102325-9 Ⓝ933.6

内容 ロンドンで弁護士業を営んでいるアタスンは、友人のジキルから、恩人であるハイドに全財産を譲渡するという遺言状を預かる。不審に思ったアタスンは、ハイドを調べようとするが…。善悪の二面性に焦点を当てた世界的名作。

「地獄の季節」 じごくのきせつ Une Saison en enfer ［詩集］ ㊤1873 ㊃地獄の一季節

ランボー, アルチュール Rimbaud, Jean Nicolas Arthur 1854-1891 フランスの詩人

◇ランボー全詩集 (河出文庫) アルチュール・ランボー著, 鈴木創士訳 河出書房新社 2010.2 544p 15cm〈年譜あり〉1100円 ①978-4-309-46326-1 Ⓝ951.6

目次 ある地獄の季節 (悪い血, 地獄の夜 ほか) ほか

内容 「このまま進んでも、あるのは世界の果てだけだ」史上、最もラディカルで最も美しい詩群を残して、いまだ燦然と不吉な光を放ちつづけるアルチュール・ランボーの新訳全詩集。

「地獄変」 じごくへん ［短編小説］
㊤1918発表 青空文庫

芥川龍之介 あくたがわ・りゅうのすけ 1892-1927 大正期の小説家。古典に材を取った短編の名作を数多く発表

◇蜘蛛の糸 (角川文庫—100分間で楽しむ名作小説) 芥川龍之介著 KADOKAWA 2024.3 117p 15cm〈底本:「蜘蛛の糸・地獄変」(角川書店 1989年刊) と「羅生門・鼻・芋粥」(角川書店 2007年刊)〉600円 ①978-4-04-114811-2 Ⓝ913.6

目次 地獄変 ほか

「自殺志願」 ⇒ベル・ジャーを見よ

「死者の書」 ししゃのしょ ［長編小説］
㊤1943 青空文庫

折口信夫 (釈迢空) おりくち・しのぶ 1887-1953 明治～昭和期の国文学者、民俗学研究家、歌人。釈迢空と号す

◇死者の書—初出版 釋迢空著, 内田賢徳校注・解説 塙書房 2020.1 178p 19cm〈付属資料:1枚〉2000円 ①978-4-8273-0133-5 Ⓝ913.6

内容 『日本評論』に昭和14年1月号から3月号まで掲載された釋迢空 (折口信夫) の「死者の書」初出の版は、後に作者が構成を改編したため、顧みられることは少ない。それに校訂を加え、8世紀中葉の諸事項について脚注を施す。

「私小説論」 ししょうせつろん/わたくししょうせつろん ［評論］ ㊤1935

小林秀雄 こばやし・ひでお 1902-1983 昭和期の文芸評論家

◇小林秀雄 (新学社近代浪漫派文庫) 小林秀雄著 京都 新学社 2006.6 359p 16cm 1343円 ①4-7868-0096-1 Ⓝ914.6

目次 私小説論 ほか

「侍女の物語」 じじょのものがたり The Handmaid's Tale ［長編小説］ ㊤1985

アトウッド, マーガレット Atwood, Margaret Eleanor 1939– カナダの詩人、小説家、批評家

◇侍女の物語 (ハヤカワepi文庫) マーガレット・アトウッド著, 斎藤英治訳 早川書房 2001.10 573p 16cm 1100円 ①4-15-120011-8 Ⓝ933.7

内容 侍女のオブフレドは、司令官の子供

を産むために支給された道具にすぎなかった。彼女は監視と処刑の恐怖に怯えながらも、禁じられた読み書きや化粧など、女性らしい習慣を捨てきれない。反体制派や再会した親友の存在に勇気づけられ、かつて生き別れた娘に会うため順従を装いながら恋人とともに逃亡の機会をうかがうが…男性優位の近未来社会で虐げられ生と自由を求めてもがく女性を描いた、カナダ総督文学賞受賞作。

「静かなるドン」　しずかなるどん　Tihij Don　[長編小説]　㊋1928-40

ショーロホフ, ミハイル　Sholokhov, Mikhail Aleksandrovich　1905-1984　ソ連の小説家。1965年ノーベル文学賞受賞

◇筑摩世界文学大系　76　ショーロホフ　1　筑摩書房　1973　456p　23cm　1500円　Ⓝ908

目次 静かなるドン(江川卓訳)、解説(江川卓)、年譜

「シスター・キャリー」　Sister Carrie
[長編小説]　㊋1900

ドライサー, セオドア　Dreiser, Theodore　1871-1945　アメリカの小説家

◇シスター・キャリー　上(岩波文庫)　ドライサー作、村山淳彦訳　岩波書店　2010.5　484p　15cm〈第2刷(第1刷1997年)〉1080円　Ⓘ4-00-323211-9　Ⓝ933.7

内容 アメリカ中西部の田舎から姉夫婦をたよってシカゴへやってきたキャリーは、生活に慣れるに従い、次第に都会の華やかな物質文明の魅力にとりつかれてゆく。そのあげく妻ある酒場の支配人ハーストウッドと親しくなって、ニューヨークへ駆落ちする。都市小説の先駆となったドライサーの代表作。

◇シスター・キャリー　下(岩波文庫)　ドライサー作、村山淳彦訳　岩波書店　2010.5　510p　15cm〈第2刷(第1刷1997年)〉1080円　Ⓘ4-00-323212-7　Ⓝ933.7

内容 大都会ニューヨークで、キャリーは認められて女優への道を歩み始め、大成功をおさめる。一方、ハーストウッドは、事業に失敗して、職さがしもままならず没落してゆき、キャリーとの溝は深まるばかりで

あった。そして労働争議に巻き込まれて自殺してしまう。

「刺青」　しせい　[短編小説]　㊋1910発表
青空文庫

谷崎潤一郎　たにざき・じゅんいちろう　1886-1965　明治〜昭和期の小説家

◇タナトスの蒐集匣―耽美幻想作品集(新潮文庫nex)　新潮社　2024.10　341p　16cm　670円　Ⓘ978-4-10-180294-7　Ⓝ913.68

目次 刺青(谷崎潤一郎)ほか

「死せる魂」　しせるたましい　Myortvye dushi　[長編小説]　㊋1842　青空文庫
(平井肇訳)

ゴーゴリ, ニコライ・ヴァシーリエヴィチ　Gogol, Nikolai Vasilievich　1809-1852　ロシアの小説家、劇作家

◇死せる魂　ニコライ・ゴーゴリ著、東海晃久訳　河出書房新社　2016.9　494p　20cm　4300円　Ⓘ978-4-309-20715-5　Ⓝ983

内容 最も偉大なロシア文学の読まれざる古典、新訳で復活。死せる農奴の魂を買い集める詐欺師とともに十九世紀ロシアの地獄と煉獄をへめぐる未完の"叙事詩"。

「死線を越えて」　しせんをこえて　[長編小説]　㊋1920　青空文庫

賀川豊彦　かがわ・とよひこ　1888-1960　大正・昭和期の社会運動家、キリスト教伝道者

◇死線を越えて　復刻版　賀川豊彦著　PHP研究所　2009.4　463p　20cm〈改造社刊の複製〉1500円　Ⓘ978-4-569-70801-0　Ⓝ913.6

内容 生涯にわたって社会的弱者の側に立ち、「友愛、互助、平和」を国内外で説きながら、わき目もふらずに活動した稀有の人物である著者が描いた、スラム街における愛と献身の物語。大正時代の大ベストセラー。

「自然と人生」　しぜんとじんせい　[随筆小品集]　㊋1900

徳冨蘆花　とくとみ・ろか　1868-1927　明治・大正期の小説家

◇自然と人生(ワイド版 岩波文庫)　徳冨蘆花

したい

著　岩波書店　2005.12　255p　19cm　1200円　Ⓘ4-00-007264-1　Ⓝ914.6

内容　『自然と人生』は自然をテーマとする散文詩ふうの随筆87篇、小説1篇、論説文1篇から成る。漢語・漢文脈をみずみずしく駆使したこれらの名文は、広く愛好されただけでなく一時代の文章の手本とされた。

「時代屋の女房」　じだいやのにょうぼう
　［中編小説］　㊑1982発表

村松友視　むらまつ・ともみ　1940-　小説家、エッセイスト。1982年「時代屋の女房」で直木賞受賞

◇時代屋の女房（P+D BOOKS）村松友視著　小学館　2019.4　189p　19cm〈底本：角川書店1982年刊〉500円　Ⓘ978-4-09-352362-2　Ⓝ913.6

内容　東京は大井町の一隅にある骨董屋を舞台に、男女の淡く切ない恋情と、市井の人々との心温まる日常を味わい深く描いた表題作ほか、"仮名の男女"が演じ合う夢幻劇のようなひと夏の出来事を描いた「泪橋」を収録。

「悉皆屋康吉」　しっかいやこうきち　［長編小説］　㊑1945

舟橋聖一　ふなはし・せいいち　1904-1976　昭和期の小説家、劇作家。日本芸術院会員、文化功労者

◇悉皆屋康吉（講談社文芸文庫）舟橋聖一著　講談社　2008.6　316p　16cm〈年譜あり　著作目録あり〉1300円　Ⓘ978-4-06-290016-4　Ⓝ913.6

内容　呉服の染色仲介業者である「悉皆屋」康吉のひたむきな職人的良心と美への探求を描き、「日本文学者全体が誇りとすべき作品」と評価された、昭和文学史上の代表作

「十訓抄」　じっきんしょう　［教訓説話集］
鎌倉時代中期

◇宇治拾遺物語　十訓抄（日本の古典をよむ15）小林保治,増古和子,浅見和彦校訂・訳　小学館　2007.12　317p　20cm　1800円　Ⓘ978-4-09-362185-4　Ⓝ913.47

目次　十訓抄（人に恵みを施すべき事、驕慢を避けるべき事、人倫を侮らざる事、人について戒むべき事 ほか）

内容　原文の魅力をそのままに、あらすじと現代語訳付き原文ですらすら読めるように編集。

「嫉妬」　しっと　La Jalousie　［長編小説］
㊑1957

ロブ＝グリエ, アラン　Robbe-Grillet, Alain　1922-2008　フランスの小説家、シナリオ作家

◇嫉妬　ロブグリエ著,白井浩司訳　新潮社　1959　163p　20cm　Ⓝ953

「失楽園」　しつらくえん　Paradise Lost
　［叙事詩］　㊑1667　別楽園喪失

ミルトン, ジョン　Milton, John　1608-1674　イギリスの詩人

◇失楽園　上（岩波文庫）ミルトン作, 平井正穂訳　岩波書店　2003.6　443p　15cm〈第40刷〉760円　Ⓘ4-00-322062-5　Ⓝ931

内容　「一敗地に塗れたからといって、それがどうしたというのだ？ すべてが失われたわけではない」かつては神にめでられた大天使、今は反逆のとが故に暗黒の淵におとされたサタンは、麾下の堕天使の軍勢にむかってこう叱咤激励する。神への復讐はいかにして果さるべきか―。イギリス文学の最高峰に位する大長篇叙事詩の格調高く読みやすい現代語訳。

◇失楽園　下（岩波文庫）ミルトン作, 平井正穂訳　岩波書店　2002.12　431p　15cm〈第37刷〉760円　Ⓘ4-00-322063-3　Ⓝ931

内容　サタンの言葉巧みな誘惑に屈したイヴはついに禁断の木の実を口にする。アダムもまた共に亡びるを決意して木の実を食う。人類の祖をして創造主に叛かしめるというサタンの復讐はこうして成った。だが神のつかわした天使ミカエルは、犯された罪にもかかわらずなお救いの可能性のあることを彼らに説いてきかせる―。

「失楽園」　しつらくえん　［長編小説］
㊑1997

渡辺淳一　わたなべ・じゅんいち　1933-2014　昭和・平成期の小説家

◇失楽園（渡辺淳一恋愛小説セレクション 9）渡辺淳一著　集英社　2016.12　699p　20cm〈講談社1997年刊の再刊　年譜あり〉

3200円　①978-4-08-781594-8　Ⓝ913.6

内容　出版社勤務の久木は、書道講師で人妻の凛子と出会う。逢瀬を重ねるごとに性の歓びの深みに囚われていく凛子。だが圧倒的な愛もやがてうつろう。ふたりが愛の頂点で選んだ結末とは…。「失楽園」を収録。桐野夏生の解説も掲載。

「死の勝利」　しのしょうり　Il trionto della morte　［長編小説］　㊁1894

ダヌンツィオ, ガブリエーレ
D'Annunzio, Gabriele　1863-1938　イタリアの詩人、小説家、劇作家

◇死の勝利―薔薇小説3　ガブリエーレ・ダヌンツィオ著、脇功訳　京都　松籟社　2010.10　405p　20cm　3200円　①978-4-87984-287-9　Ⓝ973

内容　ひと組の男女が、心中という結末に向かって避けがたく流されてゆく―その過程がたどる複雑な心理のもつれを、多彩な響きとリズムを備えた交響楽の如き美しい文体で描き出す。

「死の棘」　しのとげ　［長編小説］　㊁1977

島尾敏雄　しまお・としお　1917-1986　昭和期の小説家。「死の棘」で読売文学賞、芸術選奨受賞ほか受賞

◇死の棘―短篇連作集　島尾敏雄著　河出書房新社　2017.11　267p　20cm〈角川文庫1963年刊の再刊〉2200円　①978-4-309-02625-1　Ⓝ913.6

内容　精神を病んだ妻と、その原因となった罪障を抱えた作家との日常生活の修羅場を描く私小説の極北。長篇版より早い時期に書かれた作品からなる短篇集版。

「忍ぶ川」　しのぶがわ　［短編小説］
㊁1961

三浦哲郎　みうら・てつお　1931-2010　昭和・平成期の小説家

◇忍ぶ川（新潮文庫）改版　三浦哲郎著　新潮社　2016.3　392p　16cm　630円　①978-4-10-113501-4　Ⓝ913.6

内容　兄姉は自殺・失踪し、暗い血の流れに戦きながらも、強いてたくましく生き抜こうとする大学生が、哀しい宿命の娘にめぐり遭い、いたましい過去を労りあって結ばれる純愛の譜。「初夜」「帰郷」など続編ともいうべき6編を併録。

「渋江抽斎」　しぶえちゅうさい　［長編小説］
1916連載　㊅澀江抽齋　（青空文庫）

森鷗外　もり・おうがい　1862-1922　明治・大正期の陸軍軍医、小説家、評論家

◇渋江抽斎（岩波文庫）改版　森鷗外著　岩波書店　1999.5　389p　15cm　660円　①4-00-310058-1　Ⓝ913.6

内容　渋江抽斎（1805-58）は弘前の医官で考証学者であった。「武鑑」収集の途上で抽斎の名に遭遇し、心を惹かれた鷗外は、その事跡から交友関係、趣味、性格、家庭生活、子孫、親戚にいたるまでを克明に調べ、生きいきと描きだす。抽斎への熱い思いを淡々と記す鷗外の文章は見事というほかない。鷗外史伝ものの代表作。改版。

「脂肪の塊」　しぼうのかたまり　Boule de Suif　［中編小説］　㊁1880

モーパッサン, ギイ・ド　Maupassant, Henry René Albert Guy de　1850-1893　フランスの作家

◇脂肪の塊/ロンドリ姉妹―モーパッサン傑作選（光文社古典新訳文庫）モーパッサン著, 太田浩一訳　光文社　2016.9　334p　16cm〈年譜あり〉920円　①978-4-334-75339-9　Ⓝ953.6

内容　プロイセン軍を避けて街を出た馬車で、"脂肪の塊"という愛称の娼婦と乗りあわせたブルジョワ、貴族、修道女たち。人間のもつ醜いエゴイズム、好色さを痛烈に描いた「脂肪の塊」など中・短篇全10作を収録。

「市民の反抗」　しみんのはんこう
Resistance to Civil Government　［随筆］　㊁1849　㊅市民的不服従

ソロー, ヘンリー・デイヴィッド
Thoreau, Henry David　1817-1862　アメリカの随筆家、詩人、思想家

◇ソローの市民的不服従―悪しき「市民政府」に抵抗せよ　ヘンリー・デイヴィッド・ソロー著, 佐藤雅彦訳　論創社　2011.3　191p　20cm　2000円　①978-4-8460-0882-6　Ⓝ934.6

内容　1846年、29歳のソローは「人頭税」の

しやい

支払いを拒んで逮捕＝投獄された。その体験をもとに政府が"怪物"のような存在であることや、彼自身"良き市民として生きていく覚悟"を説く。

「シャイニング」 The Shining ［長編小説］㊩1977

キング, スティーヴン　King, Stephen　1947－　アメリカの小説家。ホラー小説のベストセラー作家

◇シャイニング　上（文春文庫）新装版　スティーヴン・キング著, 深町眞理子訳　文藝春秋　2008.8　421p　16cm　848円　①978-4-16-770563-3　Ⓝ933.7

内容　"景観荘"ホテルはコロラド山中にあり、美しいたたずまいをもつリゾート・ホテル。だが冬季には零下25度の酷寒と積雪に閉ざされ、外界から完全に隔離される。そのホテルに作家とその妻、5歳の息子が一冬の管理人として住み込んだ。

◇シャイニング　下（文春文庫）新装版　スティーヴン・キング著, 深町眞理子訳　文藝春秋　2008.8　441p　16cm　848円　①978-4-16-770564-0　Ⓝ933.7

内容　すずめばちは何を予告する使者だったのか？　鏡の中に青火で燃えるREDRUMの文字の意味は？　絶え間なく襲い来る怪異の中で狂気の淵へ向かう父親と、もうひとつの世界へ行き来する少年。恐怖と憎しみが惨劇へとのぼりつめ、そのあとに訪れるものとは―。

「邪宗門」　じゃしゅうもん　［詩集］
㊩1909　青空文庫

北原白秋　きたはら・はくしゅう　1885－1942　明治～昭和期の歌人、童謡作家

◇北原白秋詩集　上（岩波文庫）北原白秋著, 安藤元雄編　岩波書店　2007.1　320p　15cm　700円　①978-4-00-310485-9　Ⓝ911.56

目次　『邪宗門』（初版より）（魔睡、朱の伴奏、外光と印象、天草雅歌、青き花 ほか）ほか

「沙石集」　しゃせきしゅう　［仏教説話集］
1283成立

無住　むじゅう　1226－1312　鎌倉時代後期の臨済宗聖一派の僧

◇新編日本古典文学全集　52　沙石集　無住編, 小島孝之校注・訳　小学館　2001.8　638p　23cm　4657円　①4-09-658052-X　Ⓝ918

内容　無類の博識僧、無住が集めた、中世の庶民生活、修行僧の実態、地方の伝承説話など。人々の生き様が巧みな語り口によって描かれる。『徒然草』や、連歌、狂言、落語などに多くの題材を提供した。

「ジャッカルの日」　The Day of the Jackal　［長編小説］㊩1971

フォーサイス, フレデリック　Forsyth, Frederick　1938－　イギリスの作家

◇ジャッカルの日　上（角川文庫）改版　フレデリック・フォーサイス著, 篠原慎訳　KADOKAWA　2022.10　303p　15cm　〈初版：角川書店 1979年刊〉1040円　①978-4-04-113132-9　Ⓝ933.7

内容　フランス、秘密軍事組織が企てたドゴール大統領暗殺。依頼を受けたのは、一流の腕を持つ外国人殺し屋、暗号名"ジャッカル"。国家最大の難題に挑むのは、国内一の刑事ルベル。計画を阻止すべく、極秘捜査が始まるが…。

◇ジャッカルの日　下（角川文庫）改版　フレデリック・フォーサイス著, 篠原慎訳　KADOKAWA　2022.10　256p　15cm　〈初版：角川書店 1979年刊〉1040円　①978-4-04-113133-6　Ⓝ933.7

内容　改造銃と偽造身分証を手にパリを目指す、暗殺者ジャッカル。10万人規模に膨れ上がる捜査、組織スパイからの情報も途絶えるなか、厳戒態勢の下で迎えた決行の日。ジャッカルは大統領に照準を合わせ…。国際諜報小説の金字塔。

「赤光」　しゃっこう　［歌集］㊩1913

斎藤茂吉　さいとう・もきち　1882－1953　大正・昭和期の歌人、医師

◇赤光（新潮文庫）斎藤茂吉著　新潮社　2000.3　368p　16cm　572円　①978-4-10-149421-0　Ⓝ911.168

内容　『赤光』は、当時の歌壇に一大センセーションを巻き起こした処女歌集である。「死にたまふ母」「悲報来」「おひろ」など、作品は生の苦悩と輝きの瞬間に満ち溢れる。内面

の凝視を外界の写実へと昇華させ、伝統的技法と近代的自我の融合を成し遂げた。大正2年の初版刊行から世紀を経た現在もなお、人生の一風景や叙述の深処に宿る強烈な人間感情に心震える、伝説的歌集の新装版。

「斜陽」　しゃよう　［中編小説］　㊥1947
青空文庫

太宰治　だざい・おさむ　1909-1948　昭和期の小説家

◇泣ける太宰 笑える太宰—太宰治アンソロジー：言視舎版（言視BOOKS）太宰治著, 宝泉薫編　言視舎　2014.5　190p　21cm　〈彩流社 2009年刊の再刊　文献あり　年譜あり〉1300円　①978-4-905369-88-2　Ⓝ913.6

目次　斜陽 ほか

「車輪の下」　しゃりんのした　Unterm Rad　［長編小説］　㊥1906　別車輪の下で

ヘッセ, ヘルマン　Hesse, Hermann　1877-1962　ドイツの詩人、小説家。1946年ノーベル文学賞受賞

◇車輪の下（新潮文庫）ヘルマン・ヘッセ著, 高橋健二訳　新潮社　2011.6　246p　15cm〈129刷（初版1951年）〉324円　①978-4-10-200103-5　Ⓝ943.7

内容　ひたむきな自然児であるだけに傷つきやすい少年ハンスは、周囲の人々の期待にこたえようとひたすら勉強にうちこみ、神学校の入学試験に通った。だが、そこでの生活は少年の心を踏みにじる規則ずくめなものだった。少年らしい反抗に駆りたてられた彼は、学校を去って見習い工として出なおそうとする…。子どもの心と生活とを自らの文学のふるさととするヘッセの代表的自伝小説である。

「シャーロック・ホームズの冒険」　The Adventures of Sherlock Holmes　［短編集］　㊥1892　青空文庫　(収録作品の一部)

ドイル, アーサー・コナン　Doyle, Sir Arthur Conan　1859-1930　イギリスの小説家

◇シャーロック・ホームズ全集　3　シャーロック・ホームズの冒険　新装版　アーサー・コナン・ドイル著, 小林司, 東山あかね訳　河出書房新社　2023.9　701p　19cm　3900円　①978-4-309-72943-5　Ⓝ933.7

内容　日本を代表するシャーロキアンが不朽の名作「シャーロック・ホームズ物語」全作品を全訳。3は、「シャーロック・ホームズの冒険」を、初版原本のイラスト、オックスフォード大学版の注と解説とともに収録する。

「ジャン・クリストフ」　Jean-Christophe　［長編小説］　㊥1904
青空文庫

ロラン, ロマン　Rolland, Romain　1866-1944　フランスの小説家、劇作家。1915年ノーベル文学賞受賞

◇ジャン・クリストフ　1〜4（岩波文庫）改版　ロマン・ローラン作, 豊島与志雄訳　岩波書店　1986.6〜9　4冊　15cm　Ⓝ953

内容　ライン河畔の貧しい音楽一家に生れた主人公ジャン・クリストフは、人間として、芸術家として、不屈の気魄をもって、生涯、真実を追求しつづける。この、傷つきつつも闘うことを決してやめない人間像は、時代と国境をこえて、人びとに勇気と指針を与えてきた。偉大なヒューマニスト作家ロマン・ローランの不朽の名作。

「ジャングル」　The Jungle　［長編小説］　㊥1906

シンクレア, アプトン　Sinclair, Upton Beall　1878-1968　アメリカの小説家

◇ジャングル（アメリカ古典大衆小説コレクション 5）アプトン・シンクレア著, 大井浩二訳・解説, 亀井俊介, 巽孝之監修　松柏社　2009.6　559p　20cm　3500円　①978-4-7754-0034-0　Ⓝ933.7

内容　一人の新進作家がシカゴの非衛生きわまる食肉業界の実態を告発し、これに驚愕した時の大統領セオドア・ローズヴェルトは純正食品医薬品法を成立させた！ アメリカの歴史を変えた1906年出版のベストセラーの全訳！ "パッキング・タウン" の劣悪な労働条件のもとで働くことを余儀なくされたリトアニア系移民一家の幻滅と絶望は、ジャングルと化した共和国アメリカの現実を浮き彫りにしている。

しやん

「ジャングル・ブック」 Jungle Book
［児童文学］ ㊍1894

キップリング, ラディヤード Kipling, Joseph Rudyard　1865-1936　インド生まれのイギリスの小説家、詩人。1907年ノーベル文学賞受賞

◇ジャングル・ブック（新潮文庫）ラドヤード・キプリング著, 田口俊樹訳　新潮社　2016.7　395p　16cm　550円　Ⓘ978-4-10-220061-2　Ⓝ933.6

内容　インドのジャングルでオオカミに育てられた人間の子ども・モウグリ少年は、知恵と勇気で苦難を乗り越え、ジャングルの主となり…。「ジャングルの掟」とともに厳しく生きる者たちを描く名作。2016年8月公開映画の原作。

「上海」 しゃんはい　［長編小説］ ㊍1932
青空文庫

横光利一　よこみつ・りいち　1898-1947　大正・昭和期の小説家

◇上海（岩波文庫）改版　横光利一作　岩波書店　2008.2　352p　15cm　660円　Ⓘ978-4-00-310752-2　Ⓝ913.6

内容　1925年五・三〇事件とは？ 日系紡績工場ストライキで出会う在留邦人と中国共産党の職女芳秋蘭。金融界から風俗業まで轟く排日排英の足音、露地に軋む亡命ロシア人や湯女の嘆き。国際都市を新感覚派の手法で多声的に描く問題作。

「十五少年漂流記」 じゅうごしょうねんひょうりゅうき　Deux ans de vacances　［長編小説］ ㊍1888　㊫二年間の休暇 ほか

ヴェルヌ, ジュール　Verne, Jules　1828-1905　フランスの小説家

◇十五少年漂流記―二年間の休暇（光文社古典新訳文庫）ヴェルヌ著, 鈴木雅生訳　光文社　2024.7　704p　16cm〈年譜あり〉　1580円　Ⓘ978-4-334-10374-3　Ⓝ953.6

内容　ニュージーランドのチェアマン寄宿学校の生徒たちを乗せたスルーギ号は、大人たちが乗り込む前に南太平洋に漂い出てしまう。年長の生徒たちや見習水夫モコの努力で一旦は転覆や座礁の危機を脱するが、船が漂着したのは苛酷な無人島だった…。少年たちの冒険と成長を描く物語。

「十二支考」 じゅうにしこう　［随筆］ ㊍1914-23発表　青空文庫

南方熊楠　みなかた・くまぐす　1867-1941　明治～昭和期の生物学者、人類学者、民俗学者

◇十二支考　1～2（ワイド版東洋文庫）南方熊楠著, 飯倉照平校訂　平凡社　2006.11　2冊　21cm〈「東洋文庫」（1992年刊 初版第14刷）の複製〉◇388.1

内容　十二支の動物はいずれも人間と深い関わりを持ち、人類の歴史とともに成長して、説話となって私たちの生活と結びついている。これらの動物について、古今東西の典籍を渉猟し尽くした著者が、年の始めに蘊蓄を傾けた結果が本書である。奔放な語り口で自在に繰り広げられる知の饗宴。

「縮図」 しゅくず　［長編小説］ ㊍1946
青空文庫

徳田秋声　とくだ・しゅうせい　1871-1943　明治～昭和期の小説家

◇縮図（岩波文庫）改版　徳田秋声作　岩波書店　1992.9　278p　15cm〈第22刷（第1刷：1951年）〉　520円　Ⓘ4-00-310222-3　Ⓝ913.6

内容　東京日本橋で芸者屋を営む銀子の半生と、彼女をめぐる男女の愛欲の悲劇をしっとりと描く。思想統制下、新聞連載中絶を余儀なくされた秋声晩年の最高傑作。

「修禅寺物語」 しゅぜんじものがたり　［戯曲］　1911発表・初演　青空文庫

岡本綺堂　おかもと・きどう　1872-1939　明治～昭和期の劇作家、演劇評論家

◇修禅寺物語―傑作伝奇小説（光文社文庫―光文社時代小説文庫）新装増補版　岡本綺堂著　光文社　2021.7　395p　16cm　780円　Ⓘ978-4-334-79222-0　Ⓝ913.6

内容　鎌倉幕府二代将軍・源頼家の非業の最期を描き、綺堂が歌舞伎作家として名を馳せた戯曲「修禅寺物語」を小説化した表題作ほか、達人の筆捌きを存分に堪能できる傑作集。

「出家とその弟子」 しゅっけとそのでし
　［戯曲］　㊊1917　青空文庫

倉田百三　くらた・ひゃくぞう　1891-1943
大正・昭和期の劇作家、評論家

◇出家とその弟子（ワイド版 岩波文庫）倉田百三作　岩波書店　2006.5　317p　19cm〈年譜あり〉1200円　①4-00-007269-2　Ⓝ912.6

内容　一高在学中から西田幾多郎に傾倒し、のち宗教文学に一境地を拓いた倉田百三の代表作。浄土真宗の開祖親鸞を主人公とした本書は、生き方に悩む人々の心を捉え、のち各国語に訳され、海外にも数多くの読者を得た。ロマン・ロランのフランス語版への序文を付す。

「ジュリアス・シーザー」 The Tragedy of Julius Caesar　［戯曲］　1599初演

シェイクスピア, ウィリアム
　Shakespeare, William　1564-1616　イギリスの劇作家、詩人

◇新訳 ジュリアス・シーザー（角川文庫―Shakespeare Collection）シェイクスピア著, 河合祥一郎訳　KADOKAWA　2023.6　239p　15cm　860円　①978-4-04-113721-5　Ⓝ932.5

内容　古代ローマの独裁官シーザーは内戦に勝利し市民の歓迎を受ける。シーザーが共和制を廃して皇帝になるのを恐れたブルータスは…。シェイクスピアの名作を新訳。徹底注釈＆シェイクスピアが読んだノース訳「英雄伝」抄訳も掲載。

「ジュリエット物語あるいは悪徳の栄え」　⇒悪徳の栄え（あくとくのさかえ）を見よ

「春琴抄」　しゅんきんしょう　［中編小説］
　㊊1933　青空文庫

谷崎潤一郎　たにざき・じゅんいちろう
　1886-1965　明治〜昭和期の小説家

◇刺青 痴人の愛 麒麟 春琴抄（文春文庫―現代日本文学館）谷崎潤一郎著　文藝春秋　2021.8　475p　16cm〈底本：現代日本文学館16（1966年刊）年譜あり〉670円　①978-4-16-791740-1　Ⓝ913.6

内容　音曲の師匠・春琴に尽くす弟子の一生（「春琴抄」）ほか。揺るがぬ美意識で問題作を世に問い続けた谷崎潤一郎の戦前の傑作四篇。評伝と作品解説は井上靖。

「春色梅児誉美」　しゅんしょくうめごよみ
　［戯作（人情本）］　㊊1832-33　㊋春色梅暦, 梅児誉美, 梅暦

為永春水　ためなが・しゅんすい　1790-1843　江戸時代後期の人情本・読本・合巻作者

◇春色梅児誉美（河出文庫―古典新訳コレクション 20）為永春水著, 島本理生訳　河出書房新社　2024.2　229p　15cm〈底本：日本文学全集 11（2015年刊）文献あり〉800円　①978-4-309-42083-7　Ⓝ913.54

内容　しっかりものの芸者・米八、置屋の美しい一人娘・お長、ふたりに愛される若旦那・丹次郎。優柔不断な美男子と芸者たちの恋愛模様を描き、江戸期の人情本を代表するベストセラーとなった「春色梅児誉美」を新訳。解題付き。

「ジョイ・ラック・クラブ」 The Joy Luck Club　［長編小説］　㊊1989

タン, エイミ　Tan, Amy　1952-　中国系アメリカ人の小説家

◇ジョイ・ラック・クラブ（角川文庫）エイミ・タン著, 小沢瑞穂訳　角川書店　1992.6　397p　15cm　640円　①4-04-247201-X　Ⓝ933

内容　1949年、サンフランシスコ。過去の影に引かれるように4人の中国人女性が集まり、マージャン卓をかこみ、点心を食べ、中国での昔話をする会をひらき、その会を"ジョイ・ラック・クラブ"と名づけた。それからほぼ40年が経って、メンバーの1人が亡くなった。その娘があとを引き継ぎ、母親の長年の希いと悲劇的な秘密を初めて知らされる。それをきっかけに、"ジョイ・ラック・クラブ"の女たちは各々の過去をたどり、記憶にとどめ、物語りたい衝動にかられていく―。

「承久記」　じょうきゅうき　［軍記物語］
鎌倉時代中期

◇承久記（古典文庫）新訂 オンデマンド版　松林靖明校注　現代思潮新社　2006.8　234, 24p　19cm〈年表あり〉2800円　①4-

しよう

329-02008-4 Ⓝ913.438

「**小公子**」 しょうこうし Little Lord Fauntleroy ［小説，児童文学］ ㊃1886

バーネット，フランシス・ホジソン Burnett, Frances Eliza Hodgson 1849-1924 イギリス生まれのアメリカの小説家，劇作家。バーネット夫人とも

◇小公子（光文社古典新訳文庫）バーネット著，土屋京子訳　光文社　2021.3　427p 図版8枚　16cm〈年譜あり〉1180円　Ⓘ978-4-334-75440-2　Ⓝ933.7

内容 ニューヨークで母親と暮らしていた，心優しく美しい少年セドリックは，7歳のある日，自分が英国の貴族の跡継ぎであることを知らされる。渡英して祖父の住む城で教育を受けることになるが…。

「**情事の終り**」　じょうじのおわり The End of the Affair　［長編小説］　㊃1951
別 愛の終り

グリーン，グレアム Greene, Henry Graham　1904-1991　イギリスの小説家

◇情事の終り（新潮文庫）グレアム・グリーン著，上岡伸雄訳　新潮社　2014.5　382p　16cm〈2005年刊の新訳〉670円　Ⓘ978-4-10-211004-1　Ⓝ933.7

内容 人妻サラとの道ならぬ恋から1年半。なぜ彼女は去っていったのか—捨てきれぬ情と憎しみとの狭間で煩悶する作家ベンドリックスは，その雨の夜，サラの夫ヘンリーと邂逅する妻の行動を疑い，悩む夫を言葉巧みに説得した作家は，自らの妬心を隠し，サラを探偵に監視させることに成功するが…。鮮やかなミステリのように明かされる真実とは。究極の愛と神の存在を問う永遠の名篇。名作新訳コレクション。

「**成尋阿闍梨母集**」　じょうじんあじゃりのははのしゅう　［日記，歌集］　平安後期

成尋阿闍梨母 じょうじんあじゃりのはは　988-1073以降　平安時代中期・後期の女性。歌人，作家

◇成尋阿闍梨母集―全訳注（講談社学術文庫）宮崎荘平訳注　講談社　1979.10　252p　15cm〈成尋阿闍梨母集年表：p236〜242〉

360円　Ⓝ915.3

内容 本書は，遠く唐土に渡ってしまった我が子成尋のあとを慕い，悲嘆のかぎりを尽くし，涙ながらに綴った老いたる母の，家集ふうの作品である。王朝上層貴族の家に生れた作者が，80余歳になって味わうこととなった愛別離苦の悲嘆は，全存在を揺るがすほどに激しいものであった。

「**小説神髄**」　しょうせつしんずい　［文学評論（小説論）］　㊃1885-86

坪内逍遙 つぼうち・しょうよう　1859-1935　明治・大正期の小説家，劇作家

◇小説神髄（岩波文庫）改版　坪内逍遙著　岩波書店　2010.6　276p　15cm　560円　Ⓘ978-4-00-310041-7　Ⓝ902.3

内容 「小説の主脳は人情なり，世態風俗これに次ぐ」小説を書くために，まず小説とは何かを知らなければならなかった時代。江戸戯作に親しみ西洋文学を渉猟した若き文学士逍遙が明治の世に問うた，日本近代文学史の黎明に名を刻む最初の体系的文学論。他に，初期評論5篇を収録。

「**小説の方法**」　しょうせつのほうほう　［評論］　㊃1948

伊藤整 いとう・せい　1905-1969　昭和期の小説家，評論家

◇小説の方法（岩波文庫）伊藤整著　岩波書店　2006.6　341p　15cm　760円　Ⓘ4-00-310963-5　Ⓝ901.3

内容 「近代の日本文学理解のために，自分の納得の行くような，自分流にではあるが論理的な組織を作ろう」との切実な思いから本書は生まれた。詩人，小説家としての実作上の体験と評論家としての理論上の蓄積—"伊藤理論"の核心はここにある。

「**少年キム**」　しょうねんきむ Kim　［長編小説］　㊃1901　別 キム

キップリング，ラディヤード Kipling, Joseph Rudyard　1865-1936　インド生まれのイギリスの小説家，詩人。1907年ノーベル文学賞受賞

◇キム（光文社古典新訳文庫）キップリング著，木村政則訳　光文社　2020.12　644p　16cm〈年譜あり〉1500円　Ⓘ978-4-334-

75436-5　Ⓝ933.6

内容　植民地時代のインド。英国人孤児キムは、チベットからきた老僧に感化され、弟子として同道する。だが現地語と変装が得意な彼は英国軍の目にとまり、重大な任務を担うことに…。少年の成長物語とスパイ小説が融合した傑作。

「将門記」　しょうもんき　［軍記物語］　平安時代　別　将門合戦状

◇将門記　1～2（ワイド版東洋文庫）梶原正昭訳注　平凡社　2006.11　2冊　21cm〈『東洋文庫』（1999年刊 初版第12刷）の複製〉Ⓝ913.399

「女王陛下のユリシーズ号」　じょおうへいかのゆりしーずごう　H.M.S. Ulysses　［長編小説］　初1955

マクリーン, アリステア　MacLean, Alistair Stuart　1922-1987　イギリスの小説家。スコットランドのグラスゴー生まれ

◇女王陛下のユリシーズ号（ハヤカワNV文庫）アリステア・マクリーン著, 村上博基訳　早川書房　1972　466p　16cm　450円　①978-4-15-040007-1　Ⓝ933

内容　海水が氷片となって男たちの顔をたたきつけた一が、大英帝国海軍の名誉にかけて、不撓不屈の男たちの海軍魂は火と燃えて、ドイツ軍のはげしい攻撃に立ち向かった！『ナヴァロンの要塞』でイギリス冒険小説の第一人者となった作者がはなつ、英国軍艦ユリシーズ号の波瀾万丈の大冒険譚！

「女工哀史」　じょこうあいし　［記録文学］　初1925

細井和喜蔵　ほそい・わきぞう　1897-1925　大正期の小説家

◇女工哀史（岩波文庫）改版　細井和喜蔵著　岩波書店　1980.7　427p　15cm　550円　Ⓝ366.38

内容　紡績業は日本の資本主義の発展にあずかった基幹産業の一つである。ヒューマニスト細井は、この産業を底辺で支えた女子労働者たちの苛酷きわまりない生活を自らの体験と調査に基づいて克明に記録した。本書を繙く者は誰しも、近代資本主義の残した傷痕のいかに深く醜いかをしたたかに思い知らされずにいない。

「抒情小曲集」　じょじょうしょうきょくしゅう　［詩集］　初1918　青空文庫

室生犀星　むろう・さいせい　1889-1962　大正・昭和期の詩人、小説家

◇室生犀星詩集（ハルキ文庫）室生犀星著　角川春樹事務所　2007.11　252p　16cm〈肖像あり 年譜あり〉680円　①978-4-7584-3315-0　Ⓝ911.56

目次　抒情小曲集 ほか

内容　"ふるさとは遠きにありて思ふもの／そして悲しくうたふもの"のフレーズで知られる「小景異情」に代表される初期抒情詩を集めた『抒情小曲集』をはじめ、十四の詩集から百五十二篇を収録。七十二年に及ぶ詩人の生涯とその魅力を伝えるオリジナル版。

「抒情民謡集」　じょじょうみんようしゅう　Lyrical Ballads　［詩集］　初1798　別　抒情歌謡集

ワーズワースとコールリッジ（共著）　Wordsworth, William／Coleridge, Samuel Taylor　1770-1850（ワーズワース）／1772-1834（コールリッジ）　イギリスの詩人。

◇抒情歌謡集　ワーズワス, コールリッジ著, 宮下忠二訳　大修館書店　1984.5　301p　23cm〈著者の肖像あり〉3400円　①4-469-24080-X　Ⓝ931

「ジョンソン伝」　⇒サミュエル・ジョンソン伝を見よ

「ジョン万次郎漂流記」　じょんまんじろうひょうりゅうき　［短編小説］　初1937

井伏鱒二　いぶせ・ますじ　1898-1993　昭和期の小説家

◇ジョン万次郎漂流記（偕成社文庫）井伏鱒二著　偕成社　1999.11　219p　19cm　700円　①4-03-652390-2　Ⓝ913

内容　少年漁師・万次郎の数奇な運命を描いて直木賞を受賞した「ジョン万次郎漂流記」ほか、名作5編を収録。

「シラノ・ド・ベルジュラック」
Cyrano de Bergerac　［戯曲］1897初演

ロスタン, エドモン　Rostand, Edmond Eugène Alexis　1868-1918　フランスの劇作家、詩人

◇シラノ・ド・ベルジュラック（光文社古典新訳文庫）ロスタン著, 渡辺守章訳　光文社　2008.11　532p　16cm〈年譜あり〉933円　①978-4-334-75171-5　Ⓝ952.6

内容 ガスコンの青年隊シラノは詩人で軍人、豪快にして心優しい剣士だが、二枚目とは言えない大鼻の持ち主。秘かに想いを寄せる従妹ロクサーヌに恋した美男の同僚クリスチャンのために尽くすのだが…。1世紀を経た今も世界的に上演される、最も人気の高いフランスの傑作戯曲。

「死霊」　しれい　［長編小説］　初1948-（未完）　別死霊

埴谷雄高　はにや・ゆたか　1910-1997　昭和・平成期の小説家、評論家

◇死霊　1（講談社文芸文庫）埴谷雄高著　講談社　2003.2　423p　16cm　1400円　①4-06-198321-0　Ⓝ913.6

内容 晩夏酷暑の或る日、郊外の風癲病院の門をひとりの青年がくぐる。青年の名は三輪与志、当病院の若き精神病医と自己意識の飛躍をめぐって議論になり、真向う対立する。三輪与志の渇し求める"虚体"とは何か。三輪家四兄弟がそれぞれのめざす窮極の"革命"を語る『死霊』の世界。全宇宙における"存在"の秘密を生涯かけて追究した傑作。序曲にあたる一章から三章までを収録。日本文学大賞受賞。

◇死霊　2（講談社文芸文庫）埴谷雄高著　講談社　2003.3　402p　16cm　1400円　①4-06-198325-3　Ⓝ913.6

内容 深更、濃霧の中を彷徨って帰宅した三輪与志に、瀕死の兄高志が語り始める。自ら唱える"窮極の革命"理論に端を発した、密告者のリンチ事件と恋人の心中、さらに"窮極の秘密を打ち明ける夢魔"との対決。弟の与志はじっと聴きいる。外は深い、怖ろしいほどの濃闇と静寂。兄の告白は、弟の渇し求める"虚体"とどう関わるのか。『死霊』第一の山場五章を中心に四章六章を収録。

◇死霊　3（講談社文芸文庫）埴谷雄高著　講談社　2003.4　425p　16cm〈肖像あり　年譜あり　著作目録あり　文献あり〉1400円　①4-06-198328-8　Ⓝ913.6

内容 黙狂の矢場徹吾が遂に口を開く。"決していってはならない最後の言葉"を語り始める第二の山場。そして翌日の昼、主要人物が一堂に会する津田安寿子の誕生祝いの席上、果して何が起こるのか。七章から最後の九章までを収録。

「城」　しろ　Das Schloß　［長編小説］
初1926　青空文庫

カフカ, フランツ　Kafka, Franz　1883-1924　ユダヤ系ドイツ人の作家

◇城（光文社古典新訳文庫）カフカ著, 丘沢静也訳　光文社　2024.11　592p　16cm〈年譜あり〉1420円　①978-4-334-10505-1　Ⓝ943.7

内容 ある冬の夜ふけ、測量士Kは深い雪のなかに横たわる村に到着する。城から依頼された仕事だったが、城に近づこうにもいっこうにたどり着けず、役所の対応に振りまわされ…。カフカ最後の未完の長編の決定訳。

「白い巨塔」　しろいきょとう　［長編小説］
初1963-65発表

山崎豊子　やまさき・とよこ　1924-2013　昭和・平成期の小説家

◇白い巨塔　1（山崎豊子全集6）山崎豊子著　新潮社　2004.6　469p　20cm　3800円　①4-10-644516-6　Ⓝ913.6

内容 教授の椅子をめぐる虚々実々の闘い！　財前助教授は教授選を勝ち抜くべく、あらゆる術策を駆使する…。

◇白い巨塔　2（山崎豊子全集7）山崎豊子著　新潮社　2004.7　441p　20cm　3800円　①4-10-644517-4　Ⓝ913.6

内容 患者の遺族に訴えられた財前。ミスを隠蔽する大学病院。医師の良心に従い、真実を述べる里見は？　白熱の第一審。

◇白い巨塔　3（山崎豊子全集8）山崎豊子著　新潮社　2004.8　681p　20cm　4700円　①4-10-644518-2　Ⓝ913.6

内容 財前の野望、里見の信念！　緊迫の控訴審から衝撃の結末へ、感動の巨編、完結。

「**次郎物語**」　じろうものがたり　　［長編小説］
　㊑1941-54　　青空文庫

下村湖人　しもむら・こじん　1884-1955
　大正・昭和期の小説家、教育者

◇次郎物語　1〜5（岩波文庫）下村湖人作　岩波書店　2020.4〜11　5冊　15cm
　Ⓝ913.6

[内容]　次郎は生後まもなく里子にだされ、五、六歳になって生家に帰ってくるが、自分にたいする家庭の空気が非常に冷たく感じられ、乳母が恋しくてたまらない。大人の愛をほしがる子どもが、つらい運命に耐えながら成長する姿を深く見つめて描く不朽の名作。

「**しろばんば**」　　［長編小説］㊑1960発表

井上靖　いのうえ・やすし　1907-1991　昭和・平成期の小説家

◇しろばんば（新潮文庫）83刷改版　井上靖著　新潮社　2004.5　583p　16cm　743円
　Ⓘ4-10-106312-5　Ⓝ913.6

[内容]　野草の匂いと陽光のみなぎる、伊豆湯ヶ島の自然のなかで幼い魂はいかに成長していったか。著者自身の少年時代を描いた自伝小説。

「**神曲**」　しんきょく　La Commedia secondo l'antica vulgata　　［叙事詩］
　1307-21作　　青空文庫

ダンテ・アリギエーリ　Dante Alighieri
　1265-1321　イタリア最大の詩人

◇神曲　地獄篇（講談社学術文庫）ダンテ・アリギエリ著，原基晶訳　講談社　2014.6　633p　15cm　1430円　Ⓘ978-4-06-292242-5　Ⓝ971

[内容]　イタリア最高の詩人ダンテが十四世紀初めに著した百歌からなる『神曲』は文学、美術、現実の政治等に多大な影響を与えた、キリスト教文学の最高峰とされる叙事詩である。古代詩人ウェルギリウスに導かれて巡る九層構造の地獄。そこで、ダンテは生前に悪をなし、責め苛まれている教皇、聖職者、ダンテの政敵たちを発見する。魂の旅路が幕を開ける。原典に忠実かつ読みやすい新訳。最新の研究の成果に基づく丁寧な解説。

◇神曲　煉獄篇（講談社学術文庫）ダンテ・アリギエリ著，原基晶訳　講談社　2014.7　644p　15cm　1450円　Ⓘ978-4-06-292243-2　Ⓝ971

[内容]　地獄を離れ到達したのは地上での七つの大罪を贖う場＝煉獄だった。ダンテはここで身を浄め、自らを高めていく。知の麗人ベアトリーチェを案内人にして、ダンテは天国へと昇る。

◇神曲　天国篇（講談社学術文庫）ダンテ・アリギエリ著，原基晶訳　講談社　2014.8　660p　15cm　1480円　Ⓘ978-4-06-292244-9　Ⓝ971

[内容]　神の力が横溢する十天からなる天国で、聖ベルナールの案内によりダンテはついに神と出会う。神との合一を果たし、三位一体の神秘を直観して、三界をめぐる旅は大団円を迎える。

「**真空地帯**」　しんくうちたい　　［長編小説］
　㊑1952

野間宏　のま・ひろし　1915-1991　昭和期の小説家、評論家

◇真空地帯（岩波文庫）改版　野間宏作　岩波書店　2017.12　616p　15cm　1160円　Ⓘ978-4-00-360031-3　Ⓝ913.6

[内容]　条文と柵とに縛られた兵営での日常生活は、人を人でなくし、一人ひとりを兵隊へと変えてゆく…。人間の暴力性を徹底して引き出そうとする軍隊の本質を突き、軍国主義に一石を投じた野間宏の意欲作。

「**新古今和歌集**」　しんこきんわかしゅう
　［勅撰和歌集］　鎌倉時代初期成立

◇新古今和歌集　上・下（新潮日本古典集成）新装版　久保田淳校注　新潮社　2018.6　2冊　20cm　2500円，2600円　Ⓝ911.1358

[内容]　万葉集や古今集時代の歌から、西行、定家、式子内親王といった鎌倉初期の歌人の詠まで、およそ2千首に及ぶ優艶な秀歌を収めた勅撰和歌集「新古今和歌集」。上は、序文から巻第十羇旅歌までの本文と注解、解説を収録。下は、巻第十一恋歌一から巻第二十釈教歌までの本文と注解を収録。

「**真実一路**」　しんじついちろ　　［長編小説］
　㊑1936

山本有三　やまもと・ゆうぞう　1887-1974

大正・昭和期の劇作家、小説家
◇真実一路　上・下（日本の文学 37・38）　山本有三著　金の星社　1986.1　2冊　20cm　各680円　Ⓝ913

「紳士トリストラム・シャンディの生涯と意見」　⇒トリストラム・シャンディを見よ

「神州纐纈城」　しんしゅうこうけつじょう
［長編小説］　㊚1933　青空文庫

国枝史郎　くにえだ・しろう　1888-1943　大正・昭和期の小説家
◇神州纐纈城（春陽文庫）　国枝史郎著　春陽堂書店　2023.5　515p　15cm〈河出文庫2007年刊の再刊〉1250円　Ⓘ978-4-394-90441-1　Ⓝ913.6
内容　ある春の夜、散歩していた武田信玄家臣・土屋庄三郎は、布売りから、燃え立つばかりの紅い布を買った。布を月光に照らして見えたものは、四歳の時に失踪した父・土屋庄八郎の名だった…。伝奇小説の傑作。

「心中天網島」　しんじゅうてんのあみじま
［浄瑠璃］　1720初演　㊜心中天の網島

近松門左衛門　ちかまつ・もんざえもん　1653-1724　江戸時代中期の京都・大坂の歌舞伎作者、浄瑠璃作者
◇近松門左衛門集（新潮日本古典集成）新装版　近松門左衛門著, 信多純一校注　新潮社　2019.3　385p　20cm〈年譜あり〉2400円　Ⓘ978-4-10-620873-7　Ⓝ912.4
目次　心中天の網島　ほか

「新宿鮫」　しんじゅくざめ　［長編小説］
㊚1990

大沢在昌　おおさわ・ありまさ　1956–　小説家。「新宿鮫」で吉川英治文学新人賞、日本推理作家協会賞受賞
◇新宿鮫―長編刑事小説（光文社文庫―新宿鮫 1）新装版　大沢在昌著　光文社　2014.2　412p　16cm〈文献あり〉720円　Ⓘ978-4-334-76698-6　Ⓝ913.6
内容　ただ独りで音もなく犯罪者に食らいつく―。「新宿鮫」と怖れられる新宿署刑事・鮫島。歌舞伎町を中心に、警官が連続して射殺された。犯人逮捕に躍起になる署員たちをよそに、鮫島は銃密造の天才・木津を執拗に追う。突き止めた工房には、巧妙な罠が鮫島を待ち受けていた！絶体絶命の危機を救うのは…。超人気シリーズの輝ける第一作が新装版で登場!!長編刑事小説。

「真珠夫人」　しんじゅふじん　［長編小説］
㊚1920発表　青空文庫

菊池寛　きくち・かん　1888-1948　大正・昭和期の小説家、劇作家
◇真珠夫人（文春文庫）　菊池寛著　文藝春秋　2002.8　588p　16cm　571円　Ⓘ4-16-741004-4　Ⓝ913.6
内容　真珠のように美しく気高い、男爵の娘・瑠璃子は、子爵の息子・直也と潔い交際をしていた。が、家の借金と名誉のため、成金である勝平の妻に。体を許さぬうちに勝平も死に、未亡人となった瑠璃子。サロンに集う男たちを弄び、孔雀のように嫣然と微笑む妖婦と化した彼女の心の内とは。話題騒然のTVドラマの原作。

「神聖喜劇」　しんせいきげき　［長編小説］
㊚1978-80

大西巨人　おおにし・きょじん　1919-2014　昭和・平成期の小説家、評論家
◇読み聞かせる戦争　新装版　日本ペンクラブ編, 加賀美幸子選　光文社　2015.7　263p　23cm〈録音ディスク（1枚 12cm）〉1800円　Ⓘ978-4-334-97827-3　Ⓝ918.6
目次　神聖喜劇―大西巨人　ほか

「人生劇場」　じんせいげきじょう　［長編小説］　㊚1935

尾崎士郎　おざき・しろう　1898-1964　大正・昭和期の小説家
◇人生劇場　青春篇（角川文庫）改版　尾崎士郎著　角川書店, 角川グループパブリッシング（発売）2008.12　504p　15cm　781円　Ⓘ978-4-04-108709-1　Ⓝ913.6
内容　「人間は、先が思いやられるような男にならねば駄目だ」三州横須賀村で権勢を誇った青成瓢太郎の息子・瓢吉は、土地の侠気気質を叩き込まれて育った。中学を終えると、政治家になる夢と芸妓になった幼なじみ・おりんへの恋心を抱いて、早稲田大学に入学した瓢吉は、酒、女、大学紛争の

中で友情と挫折を知る―。全8篇からなる、壮大な人生流転ドラマの初篇。川端康成から絶賛された、昭和のベストセラーが、いま蘇る。

「**人生論ノート**」　じんせいろんのーと　〔哲学書，随筆〕　㊊1941　青空文庫

三木清　みき・きよし　1897-1945　昭和時代前期の哲学者

◇人生論ノート―他二篇（角川ソフィア文庫）三木清著　KADOKAWA　2017.3　300p　15cm〈『三木清全集　第1巻・第18巻・第19巻』（岩波書店　1984〜1986年刊）からの改題，抜粋〉600円　①978-4-04-400282-4　Ⓝ121.67

内容　如何に生きるか。生きるとは何か。愛と死、幸福と嫉妬、瞑想と懐疑、孤独と感傷、虚栄と名誉心、利己主義と偽善、旅と個性…。透徹した眼差しで人生の諸相を真摯に思索する。近代と現代の狭間で人生の処し方や死生観が問われた時代に書かれながら、今なお読み継がれる畢生の論考集。敗戦直後の昭和20年に獄死した気鋭の哲学者が書き残した23篇からなる『人生論ノート』ほか。

「**新撰犬筑波集**」　しんせんいぬつくばしゅう　〔俳諧連歌集〕　室町時代後期　㊕犬筑波集，俳諧連歌抄

山崎宗鑑〔編〕　やまざき・そうかん　1460頃-1553　戦国時代の俳諧連歌師。連歌から俳諧への移行期の俳人・歌人

◇竹馬狂吟集　新撰犬筑波集（新潮日本古典集成）新装版　宗鑑編，木村三四吾，井口壽校注　新潮社　2020.9　419p　20cm〈索引あり〉2500円　①978-4-10-620863-8　Ⓝ911.31

内容　初めて独自な世界を示した『竹馬狂吟集』。洗練され完成の域に達した『新撰犬筑波集』。世俗的機知にあふれる誹諧連歌の名集二篇。

「**新選組始末記**」　しんせんぐみしまつき　〔長編小説〕　㊊1928

子母沢寛　しもざわ・かん　1892-1968　昭和期の小説家

◇新選組始末記―新選組三部作（中公文庫）改版　子母沢寛著　中央公論社　1996.12　363p　16cm　780円　①4-12-202758-6　Ⓝ913.6

内容　確かな史実と豊かな巷説を現地踏査によって再構成し、隊士たちのさまざまな運命を鮮烈に描いた不朽の実録。新選組研究の古典として定評のある、子母沢寛作品の原点となった記念作。

「**新撰菟玖波集**」　しんせんつくばしゅう　〔連歌撰集〕　1495成立

一条冬良〔ほか編〕　いちじょう・ふゆよし（ふゆら）　1464-1514　戦国時代の公卿。三条西実隆、宗祇、兼載らと連歌選集「新撰菟玖波集」を共同編纂した

◇新撰菟玖波集全釈　第1巻〜第8巻，別巻　奥田勲ほか編　三弥井書店　1999.5〜2009.3　全9冊　22cm　8500円ほか　Ⓝ911.2

「**新体詩抄**」　しんたいししょう　〔詩集〕　㊊1882

外山正一〔ほか編〕　とやま・しょういち　1848-1900　明治期の教育者、詩人。矢田部良吉・井上哲次郎と日本初の近代詩集とされる「新体詩抄」を編著

◇明治詩人集　1（明治文學全集 60）筑摩書房　2013.1　432p　21cm　7500円　①978-4-480-10360-4　Ⓝ918.6

目次　新體詩抄初編（外山正一・矢田部良吉・井上哲次郎全撰）ほか

「**審判**」　しんぱん　Der Prozeß　〔長編小説〕　㊊1925　青空文庫

カフカ，フランツ　Kafka, Franz　1883-1924　ユダヤ系ドイツ人の作家

◇審判（白水Uブックス―カフカ・コレクション）フランツ・カフカ著，池内紀訳　白水社　2006.5　345p　18cm　1200円　①4-560-07154-3　Ⓝ943.7

内容　銀行員ヨーゼフ・Kは、ある日、突然逮捕される。彼には何ひとつ悪いことをした覚えはない。いかなる理由による逮捕なのか。その理由をつきとめようとするが、確かなことは何ひとつ明らかにならない。不条理にみちた現代社会に生きる孤独と不安をいちはやく描いた作品。

しんや

「**新約聖書**」 ⇒聖書(せいしょ)を見よ

「**親和力**」 しんわりょく Die Wahlverwandtschaften ［長編小説］ ㊇1809

ゲーテ, ヨハン・ヴォルフガング・フォン Goethe, Johann Wolfgang von 1749-1832 ドイツ最大の詩人。ドイツ古典主義文学を確立

◇親和力（講談社文芸文庫）ゲーテ著, 柴田翔訳 講談社 1997.11 474p 16cm 1500円 ①4-06-197593-5 Ⓝ943.6

内容 富裕な男爵エードゥアルト、エードゥアルトの友人の大尉、エードゥアルトの妻シャルロッテ、シャルロッテの姪のオッティーリエ、この四人の男女の織りなす恋愛図式。それは人倫を越えた、物質が化学反応を示して互いに牽きあう親和力に等しい。夫婦や家族の制度を破り出て人を愛するのも自然の力である。しかし、人間は自覚的な強い意志をもってそれに対抗しようとする。

【 す 】

「**水滸伝**」 すいこでん ［白話小説］ 元末明初

施耐庵 し・たいあん 中国, 元末明初の小説家 1296？〜1370？

◇水滸伝─中国の古典（角川ソフィア文庫─ビギナーズ・クラシックス）小松謙編 KADOKAWA 2023.12 303p 15cm 1160円 ①978-4-04-400767-6 Ⓝ923.5

内容 108人の豪傑が暴れまくり、腐敗した権力を打倒していく「水滸伝」。明代中国で作られ、江戸時代以降の日本の文学にも影響を与えた傑作奇譚の全百回のあらすじ、現代語訳、解説を収録。物語の成立の背景に迫るコラムも掲載。

「**水晶**」 すいしょう Rock Crystal ［短編小説］ ㊇1845

シュティフター, アーダルベルト Stifter, Adalbert 1805-1868 オーストリアの作家

◇水晶─他三篇 石さまざま（岩波文庫）シュティフター作, 手塚富雄, 藤村宏訳 岩波書店 1993.11 315p 15cm 570円 ①4-00-324223-8 Ⓝ943

内容 精緻な自然描写で知られるオーストリアの作家シュティフターの短篇集『石さまざま』より四篇を精選。ことに、あつい氷に閉ざされた雪山の奥深くさ迷う可憐な兄妹の姿を描く「水晶」は、人々の深い共感をよびさまさずにはおかないであろう。

「**随想録**」 ⇒エセーを見よ

「**姿三四郎**」 すがたさんしろう ［長編小説］ ㊇1942

富田常雄 とみた・つねお 1904-1967 昭和期の小説家

◇姿三四郎 天の巻（大衆文学館）富田常雄著 講談社 1996.4 452p 16cm 900円 ①4-06-262042-1 Ⓝ913.6

内容 文明開化の波は、日本武道にも押し寄せていた。理論に裏打ちされた近代柔道を模索する矢野正五郎の紘道館に身を寄せた若者・三四郎は、苛酷な稽古に耐え、紘道館を敵視する古式柔術、唐手、さらにはボクシングをも次々に打ち破っていく。

◇姿三四郎 地の巻（大衆文学館）富田常雄著 講談社 1996.5 425p 16cm 900円 ①4-06-262044-8 Ⓝ913.6

内容 紘道館の俊英姿三四郎に、苛烈な試練が次々と襲いかかる。柔術諸派との興廃を賭けた対決につづくアメリカ人ボクサーとの変則的な興行。その陰には、怨みを越えて彼を慕う乙美を身売りから救おうとする強い決意が秘められていた。だが、金銭を得る興行は、紘道館からの破門を意味していた…。

◇姿三四郎 人の巻（大衆文学館）富田常雄著 講談社 1996.6 449p 16cm 900円 ①4-06-262047-2 Ⓝ913.6

内容 驕慢な子爵令嬢、彼が倒した柔術師範の遺児、数奇な生い立ちの娘義太夫の花形、鳶の頭の勝気な娘。彼女たちのひたすらな思慕にも、柔道一筋の三四郎の心が乱されることはなかったが、嫉妬と敵意の渦は否応なく彼を巻きこんでいく。そして、最後の強敵の登場。必殺技山嵐は炸裂するか。

すなの

「菅原伝授手習鑑」 すがわらでんじゅてなら
いかがみ ［浄瑠璃］ 1746初演

竹田出雲（2世）ほか たけだ・いずも
1691-1756 江戸時代中期の人形浄瑠璃興行主、作者

◇日本文学全集 10 池澤夏樹個人編集 河出書房新社 2016.10 842p 20cm 3500円 ①978-4-309-72880-3 Ⓝ918

目次 菅原伝授手習鑑（三浦しをん訳）ほか

内容 菅原道真と藤原時平の対立から、書道の奥義伝授や三つ子の忠義を叙情豊かに綴る「菅原伝授手習鑑」ほか、すべて新訳・全訳を収録。

「スケッチ・ブック」 The Sketch Book of Geoffrey Crayon, Gent ［短編小説、随筆］ 初1819-20 青空文庫（収録作品の一部）

アーヴィング, ワシントン Irving, Washington 1783-1859 アメリカの作家

◇スケッチ・ブック 上・下（岩波文庫） アーヴィング作, 齊藤昇訳 岩波書店 2014.11, 2015.1 393p 15cm Ⓝ933.6

内容 「アメリカ文学の父」W.アーヴィングの最高傑作。短篇小説ありエッセイありの雑記帳。上巻には、アメリカ版浦島太郎「リップ・ヴァン・ウィンクル」のほかに、おもに英国の風俗習慣を素描した、格調高い筆致の19篇を収録。上下巻あわせて日本語への翻訳史上初の全34篇を訳出。挿絵多数。新訳（全2冊）

「スタンド・バイ・ミー」 The Body
［中編小説］ 初1982

キング, スティーヴン King, Stephen 1947- アメリカの小説家。ホラー小説のベストセラー作家

◇スタンド・バイ・ミー——恐怖の四季秋冬編（新潮文庫） スティーヴン・キング著, 山田順子訳 新潮社 1987.3 434p 15cm 560円 ①4-10-219305-7 Ⓝ933

内容 行方不明だった少年の事故死体が、森の奥にあるとの情報を摑んだ4人の少年たちは、「死体探し」の旅に出た。その苦難と恐怖に満ちた2日間を通して、誰もが経験する少年期の特異な友情、それへの訣別の姿を感動的に描く表題作は、成人して作家になった仲間の一人が書くという形をとった著者の半自伝的な作品である。

「砂の上の植物群」 すなのうえのしょくぶつぐん ［長編小説］ 初1964

吉行淳之介 よしゆき・じゅんのすけ 1924-1994 昭和・平成期の小説家

◇全集 現代文学の発見 新装版 第9巻 性の追求 大岡昇平ほか責任編集 學藝書林 2004.2 629p 20cm 4500円 ①4-87517-067-X Ⓝ913.68

目次 砂の上の植物群（吉行淳之介）ほか

「砂の器」 すなのうつわ ［長編小説］
初1961

松本清張 まつもと・せいちょう 1909-1992 昭和・平成期の小説家

◇砂の器 上巻（新潮文庫）95刷改版 松本清張著 新潮社 2006.10 462p 16cm 629円 ①978-4-10-110924-4 Ⓝ913.6

内容 東京・蒲田駅の操車場で男の扼殺死体が発見された。被害者の東北訛りと"カメダ"という言葉を唯一つの手がかりとした必死の捜査も空しく捜査本部は解散するが、老練刑事の今西は他の事件の合間をぬって執拗に事件を追う。今西の寝食を忘れた捜査によって断片的だが貴重な事実が判明し始める。だが彼の努力を嘲笑するかのように第二、第三の殺人事件が発生する…。

◇砂の器 下巻（新潮文庫）94刷改版 松本清張著 新潮社 2006.10 506p 16cm 667円 ①4-10-110925-7 Ⓝ913.6

内容 善良この上ない元巡査を殺害した犯人は誰か？ そして前衛劇団の俳優と女事務員殺しの犯人は？ 今西刑事は東北地方の聞込み先で見かけた"ヌーボー・グループ"なる新進芸術家たちの動静を興味半分で見守るうちに断片的な事実が次第に脈絡を持ち始めたことに気付く…。新進芸術家として栄光の座につこうとする青年の暗い過去を追う刑事の艱難辛苦を描く本格的推理長編。

「砂の女」 すなのおんな ［長編小説］
初1962

安部公房 あべ・こうぼう 1924-1993 昭

すはら

和・平成期の小説家、劇作家

◇砂の女（新潮文庫）改版　安部公房著　新潮社　2011.6　276p　15cm〈68刷（初版1981年）〉476円　①978-4-10-112115-4　Ⓝ913.6

内容　砂丘へ昆虫採集に出かけた男が、砂穴の底に埋もれていく一軒家に閉じ込められる。考えつく限りの方法で脱出を試みる男。家を守るために、男を穴の中にひきとめておこうとする女。そして、穴の上から男の逃亡を妨害し、二人の生活を眺める部落の人々。ドキュメンタルな手法、サスペンスあふれる展開のなかに、人間存在の象徴的な姿を追求した書き下ろし長編。20数ヶ国語に翻訳された名作。

「すばらしい新世界」　すばらしいしんせかい　Brave New World　［長編小説］
㊋1932　㊑みごとな新世界

ハックスリー, オルダス　Huxley, Aldous Leonard　1894-1963　イギリスの小説家

◇すばらしい新世界―新訳版（ハヤカワepi文庫）オルダス・ハクスリー著, 大森望訳　早川書房　2017.1　373p　16cm　800円　①978-4-15-120086-1　Ⓝ933.7

内容　人間は受精卵の段階から選別され、徹底的に管理・区別されている世界。あらゆる問題は消え、幸福が実現された美しい世界で、孤独な青年バーナードは、保護区で野人ジョンに出会い…。ディストピア小説の歴史的名作。

「スペードの女王」　Pikovaya dama　［中編小説］㊋1834

プーシキン, アレクサンドル・セルゲーヴィチ　Pushkin, Aleksandr Sergeevich　1799-1837　ロシアの詩人

◇スペードの女王　ベールキン物語（岩波文庫）改版　プーシキン作, 神西清訳　岩波書店　2005.4　301p　15cm　600円　①4-00-326042-2　Ⓝ983

内容　西欧文学を貪欲に摂取し、自家薬籠中のものとして、近代ロシア文学の基礎をうち立てたロシアの国民詩人プーシキン。簡潔明快な描写で、現実と幻想の交錯を完璧に構築してみせた『スペードの女王』ほか。

「すみだ川」　すみだがわ　［中編小説］
㊋1911　青空文庫

永井荷風　ながい・かふう　1879-1959　明治～昭和期の小説家、随筆家

◇永井荷風―1879-1959（ちくま日本文学019）永井荷風著　筑摩書房　2008.7　477p　15cm〈年譜あり〉880円　①978-4-480-42519-5　Ⓝ918.68

目次　すみだ川　ほか

「隅田川」　すみだがわ　［謡曲］　室町時代

観世元雅　かんぜ・もとまさ　？–1432　室町時代前期の能役者・能作者

◇能を読む　3　元雅と禅竹–夢と死とエロス　梅原猛, 観世清和監修, 天野文雄, 土屋恵一郎, 中沢新一, 松岡心平編集委員　角川学芸出版, 角川グループホールディングス（発売）2013.5　650p　22cm　6500円　①978-4-04-653873-4　Ⓝ773

目次　隅田川（観世十郎元雅作）ほか

内容　現在上演されることの多い主要な能を精選し、各作品の曲解説・現代語訳、能楽研究者等の論考、現代を代表する能楽師による座談・対談を収録。

「スローターハウス5」　Slaughterhouse-Five　［長編小説］㊋1969

ヴォネガット, カート　Vonnegut, Kurt, Jr.　1922-2007　アメリカの小説家

◇スローターハウス5（ハヤカワ文庫SF）カート・ヴォネガット・ジュニア著, 伊藤典夫訳　早川書房　1978.12　267p　16cm　320円　Ⓝ933

内容　時の流れの呪縛から解き放たれたビリー・ピルグリムは、自分の生涯の未来と過去とを往来する、奇妙な時間旅行者になっていた。大富豪の娘と幸福な結婚生活を送り……異星人に誘拐されてトラルファマドール星の動物園に収容され……やがては第二次世界大戦でドイツ軍の捕虜となり、連合軍によるドレスデン無差別爆撃を受けるビリー。時間の迷路の果てに彼が見たものは何か？　著者自身の戦争体験をまじえた半自伝的長篇。

【 せ 】

「生活の探求」 せいかつのたんきゅう ［長編小説］ 初1937 青空文庫

島木健作 しまき・けんさく 1903-1945
昭和期の小説家

◇島木健作全集 第5巻 生活の探求 新装版 島木健作著 国書刊行会 2003.12 263p 22cm〈肖像あり〉5000円 ①4-336-04589-5 Ⓝ918.68

「青春の蹉跌」 せいしゅんのさてつ ［中編小説］ 初1968

石川達三 いしかわ・たつぞう 1905-1985
昭和期の小説家

◇新潮現代文学 12 石川達三 新潮社 1978.11 438p 20cm〈石川達三の肖像あり 年譜あり〉1200円 Ⓝ918.6

目次 青春の蹉跌 ほか

「青春の門」 せいしゅんのもん ［長編小説］ 初1970（第1部）

五木寛之 いつき・ひろゆき 1932– 小説家、随筆家。日本芸術院会員。大河小説「青春の門」は大ベストセラーとなる

◇青春の門 筑豊篇 上（講談社文庫）新装決定版 五木寛之著 講談社 2004.9 361p 15cm 552円 ①4-06-274876-2 Ⓝ913.6

内容 炭坑事故で閉じこめられた三十数人の朝鮮人坑夫たちを、自らの命と引き替えに救った伝説の男、伊吹重蔵。その子、信介は俠気と正義感を受け継いで、美しい義母タエとともに厳しい時代のうねりを乗り越えていく。幼年期から青年期のひたむきな青春遍歴を、雄大なスケールで描く大河小説の金字塔、第一部。

◇青春の門 筑豊篇 下（講談社文庫）新装決定版 五木寛之著 講談社 2004.9 325p 15cm 552円 ①4-06-274877-0 Ⓝ913.6

内容 戦後世が一変する中、義母が病に倒れる。死の直前、重蔵からタエと信介を託された塙組組長竜五郎は懸命に二人を支える。女教師との甘く苦い経験、幼なじみの織江への思慕…性の目覚めに戸惑い、愛する人の生と死に向き合う信介は、やがて夢を求め東京への進学を決意する。世代を超えて読み継がれる不滅の名作。

「聖書」 せいしょ Bible ［聖典］ 別旧約聖書、新約聖書

◇日々の黙想 366日で読む聖書 ニーナ・スミット著, 日本聖書協会訳 日本聖書協会 2024.10 1冊 19cm 2400円 ①978-4-8202-9289-0 Ⓝ193

内容 1日1ページ読み進め、1年間で聖書全体に目を通すことができる一冊。創世記からヨハネの黙示録まで、選りすぐった聖書の本文と、聖書のエッセンスが詰まったシンプルなメッセージを366日分、掲載する。

「醒睡笑」 せいすいしょう ［戯作（噺本）］ 1623成立

安楽庵策伝 あんらくあん・さくでん 1554-1642 安土桃山時代・江戸時代前期の浄土宗の僧

◇假名草子集成 第57巻 は・〈補遺〉け、せ 花田富二夫, 伊藤慎吾, 柳沢昌紀編 東京堂出版 2017.2 314p 22cm 18000円 ①978-4-490-30762-7 Ⓝ913.51

目次 補遺 醒睡笑（寛永正保頃板、八巻三冊）ほか

◇假名草子集成 第58巻 ね・は・ひ・〈補遺〉せ 柳沢昌紀, 入口敦志, 冨田成美, 速水香織, 松村美奈編 東京堂出版 2017.11 294p 22cm 18000円 ①978-4-490-30763-4 Ⓝ913.51

目次 補遺 醒睡笑（寛永末・正保頃板、八巻三冊）（承前）ほか

「青銅の基督」 せいどうのきりすと ［中編小説］ 初1923発表 青空文庫

長與善郎 ながよ・よしろう 1888-1961
大正・昭和期の小説家、評論家

◇青銅の基督（岩波文庫）長与善郎作 岩波書店 1994.2 115p 15cm〈第43刷（第1刷：27.12.5）〉310円 ①4-00-310611-3 Ⓝ913.6

内容 切支丹宗徒迫害が苛酷をきわめた時代の長崎の物語。年若い南蛮鋳物師が役人の要請で踏絵用のキリスト像を造るが、余り

にも気高さをもつ出来栄えであったため悲劇を招く。遊里に親しむような若者にそれほどの傑作を生ませたものは何か。主人公、殉教の信徒、遊女などを通じて、張りつめた人間の精神がもつ美しさを明快に描く。

「性に眼覚める頃」 せいにめざめるころ

[短編小説] ㊋1920 青空文庫

室生犀星 むろう・さいせい 1889-1962
大正・昭和期の詩人、小説家

◇幼年時代・性に眼覚める頃（P+D BOOKS）室生犀星著　小学館　2022.6　262p　19cm〈底本：旺文社文庫1977年刊〉700円　①978-4-09-352442-1　Ⓝ913.6

内容　自伝的色彩の濃い著者初の小説「幼年時代」をはじめとする"幼年時代三部作"「性に眼覚める頃」「或る少女の死まで」に加え、繰り返し映画やテレビドラマになった「あにいもうと」の4篇を収録。

「西部戦線異状なし」 せいぶせんせんいじょうなし Im Westen nichts Neues

[長編小説] ㊋1929

レマルク, エーリヒ・マリア Remarque, Erich Maria　1898-1970　ドイツの小説家

◇西部戦線異状なし（新潮文庫）66刷改版　レマルク著、秦豊吉訳　新潮社　2007.1　419p　16cm　667円　①978-4-10-212501-4　Ⓝ943.7

内容　1918年夏、焼け爛れた戦場には砲弾、毒ガス、戦車、疾病がたけり狂い、苦熱にうめく兵士が全戦場を埋め尽くす中にあって、冷然たる軍司令部の報告はただ「西部戦線異状なし、報告すべき件なし」。自己の体験をもとに第一次大戦における一兵士ボイメルとその戦友たちの愛と死を描いた本書は、人類がはじめて直面した大量殺戮の前で戦慄する様を、リアルに文学にとどめたものとして、世界的反響を呼び起こした。

「清兵衛と瓢箪」 せいべえとひょうたん

[短編小説] ㊋1913

志賀直哉 しが・なおや　1883-1971　大正・昭和期の小説家

◇城の崎にて・小僧の神様（角川文庫、角川グループパブリッシング（発売））改版　志賀直哉著　角川書店　2012.6　215p　15cm　〈年譜あり〉514円　①978-4-04-100334-3　Ⓝ913.6

目次　清兵衛と瓢箪　ほか

「聖ヨハネ病院にて」 せいよはねびょういんにて

[中編小説] ㊋1946

上林暁 かんばやし・あかつき　1902-1980　昭和期の小説家

◇命の家―上林暁病妻小説集（中公文庫）上林暁著、山本善行編　中央公論新社　2023.10　380p　16cm〈底本：上林暁全集1〜19増補決定版（筑摩書房2000〜2001年刊）〉1200円　①978-4-12-207429-3　Ⓝ913.6

目次　聖ヨハネ病院にて　ほか

内容　心を病み、「錠前と鉄格子」のある病院で、孤独に生きる妻。発病から死に至るまで、病魔に蝕れてゆく妻と苦悩する自身をモデルに紡がれた魂の文学。「病妻物」から12篇を精選した、孤高の私小説集。文庫オリジナル。

「世界の終りとハードボイルド・ワンダーランド」 せかいのおわりとはーどぼいるど・わんだーらんど

[長編小説] ㊋1985

村上春樹 むらかみ・はるき　1949–　小説家、翻訳家

◇世界の終りとハードボイルド・ワンダーランド　上（新潮文庫）新装版　村上春樹著　新潮社　2010.4　471p　15cm　710円　①978-4-10-100157-9　Ⓝ913.6

内容　高い壁に囲まれ、外界との接触がまるでない街で、そこに住む一角獣たちの頭骨から夢を読んで暮らす〈僕〉の物語、"世界の終り"。老科学者により意識の核に或る思考回路を組み込まれた〈私〉が、その回路に隠された秘密を巡って活躍する"ハードボイルド・ワンダーランド"。静寂な幻想世界と波瀾万丈の冒険活劇の二つの物語が同時進行して織りなす、村上春樹の不思議の国。

◇世界の終りとハードボイルド・ワンダーランド　下（新潮文庫）新装版　村上春樹著　新潮社　2010.4　410p　15cm　630円　①978-4-10-100158-6　Ⓝ913.6

内容　〈私〉の意識の核に思考回路を組み込んだ老博士と再会した〈私〉は、回路の秘密を聞いて愕然とする。私の知らない内に世

界は始まり、知らない内に終わろうとしているのだ。残された時間はわずか。〈私〉の行く先は永遠の生か、それとも死か？　そして又、"世界の終り"の街から〈僕〉は脱出できるのか？　同時進行する二つの物語を結ぶ、意外な結末。村上春樹のメッセージが、君に届くか？

「世界の記述」　⇒東方見聞録（とうほうけんぶんろく）を見よ

「世界の中心で、愛をさけぶ」　せかいのちゅうしんであいをさけぶ　［長編小説］　㊀2001

片山恭一　かたやま・きょういち　1959–
小説家。「世界の中心で、愛をさけぶ」は300万部を超える大ベストセラーとなる

◇世界の中心で、愛をさけぶ（小学館文庫）片山恭一著　小学館　2006.8　236p　15cm〈2001年刊の増補〉495円　①4-09-408097-X　Ⓝ913.6

内容　十数年前・高校時代・恋人の死。好きな人を亡くすことは、なぜ辛いのだろうか―。落葉の匂いのするファーストキスではじまり、死を予感させる無菌状態の中でのキスで終わる、「喪失感」から始まる魂の彷徨の物語。321万部空前のベストセラーの文庫化。

「世間胸算用」　せけんむねさんよう　［浮世草子］　㊀1692　別副題「大晦日は一日千金」

井原西鶴　いはら・さいかく　1642-1693
江戸時代前期の浮世草子作者、俳人

◇世間胸算用（新潮日本古典集成）新装版　井原西鶴著, 金井寅之助, 松原秀江校注　新潮社　2018.9　220p　20cm〈年譜あり〉1700円　①978-4-10-620870-6　Ⓝ913.52

内容　大晦日に借金取りと町人たちのあいだで繰りひろげられる奇想天外なやりとり。鋭い人間観察の眼が冴える井原西鶴晩年の傑作短編集「世間胸算用」に、頭注と傍注（色刷り）を付して収録する。解説、西鶴略年表付き。

「銭形平次捕物控」　ぜにがたへいじとりものひかえ　［小説］　㊀1931-57発表

青空文庫

野村胡堂　のむら・こどう　1882-1963　大正・昭和期の小説家、音楽評論家

◇銭形平次捕物控傑作集　1〜6（双葉文庫）野村胡堂著　双葉社　2019.8〜2020.6　6冊　15cm〈底本：「銭形平次捕物全集」（河出書房　1956〜1958年刊）〉913.6

内容　卓越した推理力と投げ銭で難事件を解決する、神田明神下の岡っ引き・銭形平次の活躍を描く。野村胡堂の名作「銭形平次捕物控」シリーズのテーマ別傑作集。1は、「陰謀」「仇討」をテーマにした全6編を収録。

「ゼーノの苦悶」　ぜーののくもん　La coscienza di Zeno　［長編小説］　㊀1923　別ゼーノの意識

ズヴェーヴォ, イタロ　Svevo, Italo
1861-1928　イタリアの小説家

◇ゼーノの意識　上（岩波文庫）ズヴェーヴォ作, 堤康徳訳　岩波書店　2021.1　370p　15cm　970円　①978-4-00-377009-2　Ⓝ973

内容　医師の勧めで回想録を書き始めた主人公ゼーノ。嫉妬、虚栄心、背徳感、己を苛んだ感情を蘇らせながらも、精神分析医のごとく人生を淡々と語る―。「意識の流れ」を精緻に描き出した、イタリアの作家ズヴェーヴォの代表作。

◇ゼーノの意識　下（岩波文庫）ズヴェーヴォ作, 堤康徳訳　岩波書店　2021.2　386p　15cm〈文献あり〉970円　①978-4-00-377010-8　Ⓝ973

内容　あれこれと思いをめぐらし、来し方を振り返るゼーノ。その当てどない意識の流れが、不可思議にも彼の人生を鮮やかに映し出し…。「意識の流れ」を精緻に描き出した、イタリアの作家ズヴェーヴォの代表作。

「狭き門」　せまきもん　La Porte étroite　［長編小説］　㊀1909

ジッド, アンドレ　Gide, André Paul Guillaume　1869-1951　フランスの小説家、評論家。1947年ノーベル文学賞

受賞
◇狭き門（光文社古典新訳文庫）ジッド著，中条省平，中条志穂訳　光文社　2015.2　309p　16cm〈年譜あり〉980円　①978-4-334-75306-1　Ⓝ953.7
内容　美しい従姉アリサに心惹かれるジェローム。二人が相思相愛であることは周りも認めていたが、当のアリサの態度は煮え切らない。そんなとき、アリサの妹ジュリエットから衝撃的な事実を聞かされる…。本当の「愛」とは何か、時代を超えて強烈に問いかけるフランス文学の名作。

「蟬しぐれ」　せみしぐれ　［長編小説］
㊅1988

藤沢周平　ふじさわ・しゅうへい　1927-1997　昭和・平成期の小説家
◇蟬しぐれ　上（文春文庫）新装版　藤沢周平著　文藝春秋　2017.1　302p　16cm　660円　①978-4-16-790773-0　Ⓝ913.6
内容　海坂藩普請組牧家の跡取り・文四郎は、15歳の初夏を迎えていた。淡い恋、友情、突然一家を襲う悲運と忍苦。苛烈な運命に翻弄されつつ成長してゆく少年藩士の姿を描いた、傑作長篇小説。
◇蟬しぐれ　下（文春文庫）新装版　藤沢周平著　文藝春秋　2017.1　284p　16cm　650円　①978-4-16-790774-7　Ⓝ913.6
内容　18歳の秋、思いがけない人物より秘剣を伝授された文四郎。前途に光が射しはじめるなか、妻をめとり城勤めに精をだす日々。そこへ江戸にいるお福さまの消息が届き…。時代を越えて読み継がれる、藤沢文学の金字塔。

「セメント樽の中の手紙」　せめんとだるのなかのてがみ　［短編小説］㊅1926発表
青空文庫

葉山嘉樹　はやま・よしき　1894-1945　大正・昭和期の小説家
◇葉山嘉樹短篇集（岩波文庫）葉山嘉樹著，道籏泰三編　岩波書店　2021.5　359p　15cm〈底本：「葉山嘉樹全集　第1巻～第4巻」（筑摩書房1975年刊）年譜あり〉810円　①978-4-00-310723-2　Ⓝ913.6
目次　セメント樽の中の手紙　ほか
内容　下級船員、工場底辺労働者ら最下層の人たちに共感の眼を向け、自らも貧しい農夫として戦争の混乱のなかに倒れた特異なプロレタリア文学者の短篇を精選して収録する。

「セールスマンの死」　Death of a salesman　［戯曲］1949初演

ミラー，アーサー　Miller, Arthur　1915-2005　アメリカの劇作家。1949年「セールスマンの死」でピューリッツァー賞、トニー賞を受賞
◇アーサー・ミラー　1（セールスマンの死）（ハヤカワ演劇文庫）アーサー・ミラー著，倉橋健訳　早川書房　2006.9　245p　16cm　800円　①4-15-140001-X　Ⓝ932.7
内容　かつて敏腕セールスマンで鳴らしたウイリー・ローマンも、得意先が引退し、成績が上がらない。帰宅して妻から聞かされるのは、家のローンに保険、車の修理費。前途洋々だった息子も定職につかずこの先どうしたものか。夢に破れて、すべてに行き詰まった男が選んだ道とは…家族・仕事・老いなど現代人が直面する問題に斬新な手法で鋭く迫り、アメリカ演劇に新たな時代を確立、不動の地位を築いたピュリッツァー賞受賞作。

「戦艦武蔵」　せんかんむさし　［記録文学，戦史小説］㊅1966

吉村昭　よしむら・あきら　1927-2006　昭和・平成期の小説家
◇吉村昭　昭和の戦争　2　武蔵と陸奥と　吉村昭著　新潮社　2015.7　732p　20cm　2700円　①978-4-10-645022-8　Ⓝ913.6
目次　戦艦武蔵，戦艦武蔵ノート　ほか
内容　証言者を訪ね歩いて一。この国を支えた熱情は何だったのか。厖大な数の日本人の熱情と歳月を費やした巨大な戦艦は、やがて悲劇的な末路を迎える一。軍隊・戦時用語注付き。

「戦艦大和ノ最期」　せんかんやまとのさいご　［体験記，戦記文学］㊅1952

吉田満　よしだ・みつる　1923-1979　昭和期の小説家、日本銀行監事
◇セレクション戦争と文学　2　アジア太平洋戦争（集英社文庫ヘリテージシリーズ）

集英社　2019.8　761p　16cm〈底本：「コレクション戦争と文学 8」(2011年刊)〉1700円　Ⓘ978-4-08-761048-2　Ⓝ918.6

[目次]戦艦大和ノ最期(吉田満)ほか

「1984年」　せんきゅうひゃくはちじゅうよねん　Nineteen Eighty-Four　[長編小説]
㊋1949　㊌1984、一九八四年

オーウェル, ジョージ　Orwell, George　1903-1950　イギリスの作家

◇一九八四　ジョージ・オーウェル作、山形浩生訳　星海社、講談社(発売)　2024.9　447p　19cm　1800円　Ⓘ978-4-06-537091-9　Ⓝ933.7

[内容]戦時下の超管理社会。日記を書き、若い女性との逢瀬にふける中で、社会への疑問と反発を強めた男は、反政府組織に参加するが捕らえられ…。全体主義監視社会の暗黒未来を描いた傑作ディストピア小説。作者の書評論説等も収録。

「撰集抄」　せんじゅうしょう　[仏教説話集]
鎌倉時代

◇撰集抄(岩波文庫)　西尾光一校注　岩波書店　1995.1　378p　15cm〈第10刷(第1刷：1970年)〉670円　Ⓘ4-00-300241-5　Ⓝ913.47

[内容]単なる仏教説話としてではなく、漂泊の歌人・西行の作として七〇〇年にわたって読みつがれ、芭蕉などの文人や、後世の文芸作品等に大きな影響を与えてきた。今日では、実は本書が後人の擬作であったことが明らかにされているが、かえってこの仮託の作業を通じて形成された西行像の研究など、新たな興味を呼び起こしている。

「戦争と平和」　せんそうとへいわ　Viona i mir　[長編小説]　㊋1869

トルストイ, レフ・ニコラエヴィチ　Tolstoi, Lev Nikolaevich　1828-1910　ロシアの小説家、思想家

◇戦争と平和　1～6(光文社古典新訳文庫)　トルストイ著、望月哲男訳　光文社　2020.1～2021.9　6冊　6冊　Ⓝ983

[内容]始まりは1805年夏、ペテルブルグでの夜会。全ヨーロッパ秩序の再編を狙う独裁者ナポレオンとの戦争(祖国戦争)の時代を舞台に、ロシア貴族の興亡から大地に生きる農民にいたるまで、国難に立ち向かうロシアの人びとの姿を描いたトルストイの代表作。

「感傷旅行(センチメンタル・ジャーニイ)」　[短編小説]　㊋1963発表

田辺聖子　たなべ・せいこ　1928-2019　昭和・平成期の小説家

◇感傷旅行(センチメンタル・ジャーニィ)(ポプラ文庫—Tanabe Seiko collection 3)　田辺聖子著　ポプラ社　2009.2　217p　16cm　520円　Ⓘ978-4-591-10835-2　Ⓝ913.6

[内容]共産党員のケイを本気で愛するが、みのらない有以子。傷心を抱えたまま親友のヒロシと旅行にでかけようとするが…。(「感傷旅行」)。芥川賞を受賞した表題作ほか、様々な思いを抱え旅に出る男と女の物語を集めた短篇集。巻末に著者インタビューを収録。

「剪灯新話」　せんとうしんわ　[短編集(怪異小説集)]　1378頃成立

瞿佑　く・ゆう　1341-1433　中国・明の文学者

◇剪灯新話(中国古典小説選8(明代))　瞿佑原著、竹田晃、小塚由博、仙石知子著、竹田晃、黒田真美子編　明治書院　2008.4　401p　22cm　6400円　Ⓘ978-4-625-66409-0　Ⓝ923.5

[内容]明初の文人瞿佑による短編怪奇小説集20話の完訳。日本の代表的怪談となった「牡丹灯籠」の原話を始め、死後も恋人を慕い続ける美女の魂の物語、天台山の山中で出会った百四十歳の不思議な隠者の話、牽牛・織女の七夕伝説を自分を辱める根も葉もない作り話だと訴える月夜の仙女の話等々、夢と詩の織りなす、多彩な怪奇の世界が展開される。

「千羽鶴」　せんばづる　[長編小説]　㊋1952

川端康成　かわばた・やすなり　1899-1972　大正・昭和期の小説家。1968年、日本人初のノーベル文学賞受賞

◇千羽鶴(新潮文庫)　新版　川端康成著　新潮社　2023.11　334p　16cm　670円

①978-4-10-100249-1　Ⓝ913.6
内容 菊治は、父のかつての愛人・栗本ちか子から茶会に招待された。菊治に、美しい令嬢を紹介するというのだ。だが茶会には、令嬢だけでなく、栗本の後に父の愛人となった太田夫人と、その娘も現れ…。表題作に「波千鳥」を併録。

「**千夜一夜物語**」　⇒アラビアン・ナイトを見よ

「**善良な兵士シュヴェイク**」　⇒兵士シュヴェイクの冒険（へいししゅゔぇいくのぼうけん）を見よ

【そ】

「**蒼氓**」　そうぼう　［長編小説］　㊁1935
石川達三　いしかわ・たつぞう　1905-1985　昭和期の小説家
◇蒼氓　石川達三著　秋田　秋田魁新報社　2014.6　285p　20cm〈年譜あり〉1500円　①978-4-87020-356-3　Ⓝ913.6

「**曽我物語**」　そがものがたり　［軍記物語］
鎌倉時代後期～南北朝時代
◇曽我物語―流布本　小井土守敏編　武蔵野書院　2022.9　483p　22cm〈年表あり〉2300円　①978-4-8386-0658-0　Ⓝ913.437
内容 幼くして父を失った兄弟が、18年間の苦節の末にその敵討ちを遂げた顛末を描く『曽我物語』。先人に最も広く読まれた流布本を底本とし、すべての所載挿絵とともに、読みやすい校訂本文にしてここに復活。人物相関図・年表・地図等の資料も充実。

「**ソクラテスの弁明**」　そくらてすのべんめい　Apologia Sōkratis　［対話篇］　前4世紀
プラトン　Platon　紀元前427–前347　古代ギリシアの哲学者
◇ソクラテスの弁明（光文社古典新訳文庫）プラトン著, 納富信留訳　光文社　2012.9　216p　16cm〈年譜あり〉895円　①978-4-334-75256-9　Ⓝ131.3
内容 ソクラテスの裁判とは何だったのか？ ソクラテスの生と死は何だったのか？ その真実を、プラトンは「哲学」として後世に伝える。プラトン対話篇の最高傑作。

「**そして誰もいなくなった**」　そしてだれもいなくなった　And Then There Were None　［長編小説］　㊁1939
クリスティ, アガサ　Christie, Agatha　1891-1976　イギリスの推理小説家
◇そして誰もいなくなった（ハヤカワ文庫―クリスティー文庫 80）アガサ・クリスティー著, 青木久惠訳　早川書房　2010.11　387p　16cm〈2003年刊の新訳〉760円　①978-4-15-131080-5　Ⓝ933.7
内容 その孤島に招き寄せられたのは、たがいに面識もない、職業や年齢もさまざまな十人の男女だった。だが、招待主の姿は島にはなく、やがて夕食の席上、彼らの過去の犯罪を暴き立てる謎の声が響く…そして無気味な童謡の歌詞通りに、彼らが一人ずつ殺されてゆく！ 強烈なサスペンスに彩られた最高傑作。新訳決定版。

「**曽根崎心中**」　そねざきしんじゅう　［浄瑠璃］　1703初演
近松門左衛門　ちかまつ・もんざえもん　1653-1724　江戸時代中期の京都・大坂の歌舞伎作者、浄瑠璃作者
◇曽根崎心中（小説で読む名作戯曲）近松門左衛門原作, 黒澤はゆま著　光文社　2020.6　189p　19cm〈文献あり〉1400円　①978-4-334-95178-8　Ⓝ913.6
内容 華やぎと活気、そして死を縁取る闇。騙り、憎しみ、絶望、そして愛。すべてを呑み込む、大坂の街。気鋭の作家が描く、江戸の恋。「恋の手本」となった二人。元禄文化を代表する近松作品の最高傑作。

「**其面影**」　そのおもかげ　［長編小説］　㊁1906発表
二葉亭四迷　ふたばてい・しめい　1864-1909　明治期の小説家、翻訳家
◇其面影（岩波文庫）改版　二葉亭四迷作　岩波書店　1987.2　237p　15cm　350円　Ⓝ913.6
内容 中年の大学講師と義妹との恋愛をテーマとして、知識人の自己分裂の悲劇を清新

な文体で描いた長篇小説。

「ソフィーの選択」 Sophie's Choice
［長編小説］㊝1979

スタイロン, ウィリアム　Styron, William Clark　1925-2006　アメリカの小説家。1980年「ソフィーの選択」で全米図書賞フィクション部門を受賞

◇ソフィーの選択　上・下（新潮文庫）ウィリアム・スタイロン著, 大浦暁生訳　新潮社　1991.10　2冊　15cm　Ⓝ933

「ソラリス」 Solaris　［長編小説］㊝1961
㊝ソラリスの陽のもとに

レム, スタニスワフ　Lem, Stanislaw　1921-2006　ポーランドの作家

◇ソラリス（ハヤカワ文庫SF）スタニスワフ・レム著, 沼野充義訳　早川書房　2015.4　420p　16cm〈国書刊行会2004年刊の再刊〉1000円　①978-4-15-012000-9　Ⓝ989.83

内容　意思を持つ海に表面を覆われた惑星ソラリスに派遣された心理学者ケルヴィン。そこで彼は変わり果てた研究員たちを目にし…。知の巨人が遺した不朽のSF名作。レム研究の第一人者によるポーランド語原典からの完全翻訳版。

「それから」 ［長編小説］㊝1910
青空文庫

夏目漱石　なつめ・そうせき　1867-1916　明治・大正期の小説家, 英文学者, 評論家

◇定本漱石全集　第6巻　それから・門　夏目金之助著　岩波書店　2017.5　797p　20cm　4600円　①978-4-00-092826-7　Ⓝ918.68

内容　原稿等の自筆資料やもっとも早く発表された資料を底本に、できるだけ忠実に翻刻（活字化）した漱石全集。第6巻は、季節の移ろいとともに揺れ動く心を描いた「それから」「門」を収録。注解も掲載。

「存在の耐えられない軽さ」 そんざいのたえられないかるさ　L'insoutenable legerete de l'etre　［長編小説］㊝1984

クンデラ, ミラン　Kundera, Milan　1929-2023　チェコスロヴァキアの詩人, 小説家, 劇作家

◇世界文学全集　1-3　存在の耐えられない軽さ　ミラン・クンデラ著, 西永良成訳, 池澤夏樹個人編集　河出書房新社　2008.2　386, 4p　20cm〈著作目録あり　年譜あり〉2400円　①978-4-309-70943-7　Ⓝ908.3

内容　優秀な外科医トマーシュは女性にもてもて。しかし最初の妻と別れて以来、女性に対して恐怖と欲望という相反する感情を抱いている。彼は二つの感情と折り合いをつけ、複数の愛人とうまく付き合うための方法を編み出し、愛人たちとの関係をエロス的友情と呼んで楽しんでいた。そんな彼のもとにある日、たまたま田舎町で知り合った娘テレザが訪ねてくる。『アンナ・カレーニナ』の分厚い本を手にして。その時から彼は、人生の大きな選択を迫られることとなる―「プラハの春」賛同者への残忍な粛正、追放、迫害、「正常化」という名の大弾圧の時代を背景にした4人の男女の愛と受難の物語は、フランス亡命中に発表されるや全世界に大きな衝撃を与えた。今回の翻訳は、クンデラ自身が徹底的に手を入れ改訳を加えて、真正テクストと認めるフランス語版からの新訳決定版である。

【た】

「大尉の娘」 たいいのむすめ　Kapitanskaya dochka　［長編小説］㊝1836

プーシキン, アレクサンドル・セルゲーヴィチ　Pushkin, Aleksandr Sergeevich　1799-1837　ロシアの詩人

◇大尉の娘（光文社古典新訳文庫）プーシキン著, 坂庭淳史訳　光文社　2019.4　323p　16cm〈年譜あり〉920円　①978-4-334-75398-6　Ⓝ983

内容　心ならずも地方連隊勤務となった青年グリニョーフは、要塞の司令官の娘マリヤと出会い、やがて相思相愛になる。しかし父親に反対されるなか、プガチョーフの反乱が起こり、マリヤは囚われ、グリニョーフも捕虜になってしまう…。みずみずしい新訳で甦るプーシキン晩年の傑作。

たいい

「**対位法**」 ⇒恋愛対位法（れんあいたいいほう）を見よ

「**太閤記**」 たいこうき ［伝記］ 1625成立

小瀬甫庵 おぜ・ほあん 1564-1640 安土桃山時代、江戸時代前期の儒学者

◇新日本古典文学大系 60 太閤記 小瀬甫庵著、檜谷昭彦、江本裕校注、佐竹昭広ほか編 岩波書店 1996.3 671, 71p 22cm 4800円 Ⓘ4-00-240060-3 Ⓝ918

「**第三の男**」 だいさんのおとこ The Third Man ［長編小説］ Ⓗ1949

グリーン, グレアム Greene, Henry Graham 1904-1991 イギリスの小説家

◇第三の男（ハヤカワepi文庫）グレアム・グリーン著、小津次郎訳 早川書房 2001.5 205p 16cm 560円 Ⓘ4-15-120001-0 Ⓝ933.7

内容 作家のロロ・マーティンズは、友人のハリー・ライムに招かれて、第二次大戦終結直後のウィーンにやってきた。だが、彼が到着したその日に、ハリーの葬儀が行なわれていた。交通事故で死亡したというのだ。ハリーは悪辣な闇商人で、警察が追っていたという話も聞かされた。納得のいかないマーティンズは、独自に調査を開始するが、やがて驚くべき事実が浮かび上がる。20世紀文学の巨匠が人間の暗部を描く名作映画の原作。

「**大聖堂**」 だいせいどう Cathedral ［短編小説］ Ⓗ1983

カーヴァー, レイモンド Carver, Raymond 1938-1988 アメリカの小説家、詩人

◇大聖堂（村上春樹翻訳ライブラリー）レイモンド・カーヴァー著、村上春樹訳 中央公論新社 2007.3 431p 18cm 1300円 Ⓘ978-4-12-403502-5 Ⓝ933.7

目次 大聖堂 ほか

内容 表題作に加え、「ぼくが電話をかけている場所」「ささやかだけれど、役にたつこと」ほか、一級の文学としての深みと品位をそなえた、粒ぞろいの名篇を収録。成熟期の風格漂う、レイモンド・カーヴァー最高の短篇集。ライブラリー版刊行にあたり全面改訳。

「**大地**」 だいち The House of Earth ［長編小説］ Ⓗ1931

バック, パール・S. Buck, Pearl Sydenstricker 1892-1973 アメリカの小説家。1932年「大地」でピューリッツァー賞受賞。1938年ノーベル文学賞受賞

◇大地 1〜4（新潮文庫）改版 パール・バック著、新居格訳、中野好夫補訳 新潮社 2013.6 4冊 16cm Ⓝ933.7

「**太平記**」 たいへいき ［軍記物語］ 1370年代成立か

◇太平記 上（光文社古典新訳文庫）亀田俊和訳 光文社 2023.10 376p 16cm 960円 Ⓘ978-4-334-10086-5 Ⓝ913.435

内容 正中の変、元弘の変を経て鎌倉幕府は滅亡。後醍醐天皇による建武の新政も世の混乱を収めきれず…。足利尊氏・直義兄弟、後醍醐天皇、新田義貞らによる、日本各地で繰り広げられた南北朝時代の動乱を描いた歴史文学の傑作。

◇太平記 下（光文社古典新訳文庫）亀田俊和訳 光文社 2023.11 436p 16cm〈年表あり〉1080円 Ⓘ978-4-334-10127-5 Ⓝ913.435

内容 後醍醐天皇は吉野に逃れ、幕府が優位を築くも、驕った高師直らは専横をきわめる。やがて観応の擾乱が勃発し…。下は、足利政権が覇権を確立していく様をダイナミックに描く。最新成果を踏まえた解説も収録。

「**大菩薩峠**」 だいぼさつとうげ ［長編小説］ Ⓗ1913-41発表 青空文庫

中里介山 なかざと・かいざん 1885-1944 明治〜昭和期の小説家

◇ザ・大菩薩峠 中里介山著 第三書館 2004.9 1150p 27cm〈「大菩薩峠」の改題〉4800円 Ⓘ4-8074-0408-3 Ⓝ913.6

内容 日本文学史上に燦然と聳える一大金字塔！ "世界一長い"大長編ロマン『大菩薩峠』全41巻1,533章570万字遂に一冊化なる！

「タイム・マシン」 The Time Machine
　[長編小説]　㊚1895

ウェルズ, H.G.　Wells, Herbert George　1866-1946　イギリスの小説家、文明批評家

◇タイムマシン（光文社古典新訳文庫）ウェルズ著, 池央耿訳　光文社　2012.4　225p　16cm〈年譜あり〉686円　Ⓘ978-4-334-75246-0　Ⓝ933.7

[内容] 時空を超える"タイムマシン"を発明したタイム・トラヴェラーは、80万年後の世界へ飛ぶ。そこは、地上に住む華奢で穏やかなイーロイ人と、地底をねぐらにする獰猛なモーロック人という2種族による原始的な階級社会だった…。SFの不朽の名作を、巽孝之氏の解説で読み解く。

「太陽の季節」　たいようのきせつ　[短編小説]　㊚1956

石原慎太郎　いしはら・しんたろう　1932-2022　昭和〜令和期の作家、政治家。1955年「太陽の季節」で芥川賞ほか受賞

◇石原愼太郎の文学　9（短篇集1）石原愼太郎著　文藝春秋　2007.9　605p　20cm　5700円　Ⓘ978-4-16-641660-8　Ⓝ913.6

[目次] 太陽の季節 ほか

「太陽のない街」　たいようのないまち　[長編小説]　㊚1929

徳永直　とくなが・すなお　1899-1958　昭和期の小説家

◇太陽のない街（岩波文庫）改版　徳永直作　岩波書店　2018.7　381p　15cm　850円　Ⓘ978-4-00-310791-1　Ⓝ913.6

[内容] 印刷工場が行った首切りは、社会をゆるがす大争議に発展する―。実際の争議の中心にいた著者が、貧民窟に暮らす労働者の群像を鮮やかに描く、プロレタリア文学の代表的な作品。

「高瀬舟」　たかせぶね　[短編小説]　㊚1918　青空文庫

森鷗外　もり・おうがい　1862-1922　明治・大正期の陸軍軍医、小説家、評論家

◇いまこそ読みたい教科書の泣ける名作　Gakken編　Gakken　2024.4　221p　17cm〈「もう一度読みたい教科書の泣ける名作 再び」（学研教育出版 2014年刊）の改題、収録作品の一部を入れ替えて制作〉809円　Ⓘ978-4-05-406980-0　Ⓝ913.68

[目次] 高瀬舟 ほか

「誰がために鐘は鳴る」　たがためにかねはなる　For Whom the Bell Tolls　[長編小説]　㊚1940

ヘミングウェイ, アーネスト　Hemingway, Ernest Miller　1899-1961　アメリカの小説家。1954年ノーベル文学賞受賞

◇誰がために鐘は鳴る　上（新潮文庫）ヘミングウェイ著, 高見浩訳　新潮社　2018.3　460p　16cm　750円　Ⓘ978-4-10-210016-5　Ⓝ933.7

[内容] 1930年代、スペイン内戦。共和国側の義勇兵であるアメリカ人ジョーダンは、敵側に両親を殺されたマリアと恋に落ちるが…。激動する運命と愛を生々しく描き、戦争の意味と人間の本質を問う、ヘミングウェイ畢生の大作。

◇誰がために鐘は鳴る　下（新潮文庫）ヘミングウェイ著, 高見浩訳　新潮社　2018.3　517p　16cm〈年譜あり〉790円　Ⓘ978-4-10-210017-2　Ⓝ933.7

[内容] 享楽的なマドリードにマリアを伴う未来を夢想するジョーダン。だが、仲間のゲリラ隊が全滅、戦況は悪化し…。激動する運命と愛を生々しく描き、戦争の意味と人間の本質を問う、ヘミングウェイ畢生の大作。

「宝島」　たからじま　Treasure Island　[小説, 児童文学]　㊚1883　青空文庫

スティーヴンソン, ロバート・ルイス　Stevenson, Robert Louiss Balfour　1850-1894　イギリスの小説家、詩人、随筆家

◇宝島（新潮文庫）ロバート・L・スティーヴンソン著, 鈴木恵訳　新潮社　2016.8　366p　16cm　590円　Ⓘ978-4-10-200304-6　Ⓝ933.6

[内容] 「宝島」の地図を手に入れた少年ジムは、医者のリヴジー先生や一本足の船乗りシルヴァーらと財宝を探しに出帆した。ところが海賊どもの反乱が勃発。単独行の果て、

ジムは宝のありかにたどり着くが…。不朽の冒険物語の新訳。

「滝口入道」 たきぐちにゅうどう ［小説］

[初]1895 [青空文庫]

高山樗牛 たかやま・ちょぎゅう 1871-1902 明治期の評論家

◇滝口入道（岩波文庫） 高山樗牛作 岩波書店 2001.7 116p 15cm 420円 Ⓘ4-00-310171-5 Ⓝ913.6

[内容] 平家滅亡の哀史を背景として、滝口入道と横笛の悲恋を描いた抒情的歴史小説。明治中期におけるロマン主義文学を代表する古典であるばかりでなく、その華麗な文章と燃えるような美しい青春の情熱とによって、とこしえに人の心の琴線に触れ、常に新たなる詩的感激をもって愛読・愛誦されるであろう。

「たけくらべ」 ［短編小説］ [初]1897

[青空文庫]

樋口一葉 ひぐち・いちよう 1872-1896 明治期の小説家、歌人

◇たけくらべ（河出文庫―現代語訳・樋口一葉） 樋口一葉著 河出書房新社 2022.4 243p 15cm〈2004年刊の抜粋〉780円 Ⓘ978-4-309-41885-8 Ⓝ913.6

[内容] 24歳で早世した天才作家・樋口一葉。その魅力溢れる物語世界が現代語訳で甦る！遊女になるさだめの美登利と寺の息子・信如との淡い恋を描く名作「たけくらべ」を松浦理英子の訳で。

「竹沢先生と云ふ人」 たけざわせんせいというひと ［長編小説］ [初]1924-25発表

長與善郎 ながよ・よしろう 1888-1961 大正・昭和期の小説家、評論家

◇長與善郎・野上彌生子集（近代日本文学25） 長與善郎, 野上彌生子著 筑摩書房 1975.8 421p 23cm〈肖像あり 年譜あり〉Ⓝ913.6

[目次] 長與善郎集：青銅の基督, 竹澤先生と云ふ人, 野生の誘惑〔ほか〕

「竹取物語」 たけとりものがたり ［物語］

平安時代前期 [別]かぐや姫の物語, 竹取の翁, 竹取翁物語 ほか [青空文庫]（和田萬吉訳）

◇日本文学全集 03 竹取物語 伊勢物語 堤中納言物語 土佐日記 更級日記 池澤夏樹個人編集 河出書房新社 2016.1 530p 20cm 2800円 Ⓘ978-4-309-72873-5 Ⓝ918

[目次] 竹取物語（森見登美彦訳）ほか

「多情多恨」 たじょうたこん ［長編小説］

[初]1897

尾崎紅葉 おざき・こうよう 1867-1903 江戸時代末期・明治期の俳人

◇多情多恨（岩波文庫） 改版 尾崎紅葉作 岩波書店 2003.4 432p 15cm 760円 Ⓘ4-00-310147-2 Ⓝ913.6

[内容] 人付き合いの少ない鷲見柳之助にとって、妻は命でもあった。その妻を亡くすと、彼は最初ひどく嫌いであった友人の妻が夫の世話を焼く姿に惹かれるようになる。誠実朴訥な男が情をかけてくれる人物に傾いてゆく過程を描いた、紅葉の代表作。

「忠直卿行状記」 ただなおきょうぎょうじょうき ［短編小説］ [初]1918発表

[青空文庫]

菊池寛 きくち・かん 1888-1948 大正・昭和期の小説家、劇作家

◇マスク―スペイン風邪をめぐる小説集（文春文庫） 菊池寛著 文藝春秋 2020.12 218p 16cm〈底本：「菊池寛全集 第2巻～第4巻」（高松市菊池寛記念館 1993～1994年刊）〉620円 Ⓘ978-4-16-791613-8 Ⓝ913.6

[目次] 忠直卿行状記 ほか

「谷間の百合」 たにまのゆり Le lys dans la vallee ［長編小説］ [初]1836

バルザック, オノレ・ド Balzac, Honoré de 1799-1850 フランスの小説家

◇谷間の百合（新潮文庫） 32刷改版 バルザック著, 石井晴一訳 新潮社 2005.2 580p 16cm〈年譜あり〉743円 Ⓘ4-10-200501-3 Ⓝ953.6

[内容] 充たされない結婚生活を送るモルソフ伯爵夫人の心に忍びこむ純真な青年フェリックスの存在。彼女は凄じい内心の葛藤に悩むが…。

「ダーバヴィル家のテス」 Tess of the D'urbervilles ［長編小説］ ㊂1891 ㊅テス

ハーディ，トマス Hardy, Thomas 1840-1928 イギリスの小説家、詩人

◇テス 上・下 トマス・ハーディ作、田中晏男訳 京都修学社、英伝社（京都）（発売）2005.2〜2006.3 2冊 15cm 各1200円 Ⓝ933.6

[内容] テスは美貌と豊満な肉体にめぐまれ、しかも純な心と強い感受性の持主だが、貧困ゆえにつぎつぎと苛酷な運命にもてあそばれ、一歩一歩と悲劇的な破局にむかって歩んでゆく。その無残な生涯が緊密な構成でリアリスティックに描き出される。英国の作家トマス・ハーディの数多い小説のなかで最も有名な代表作。

「タバコ・ロード」 Tobacco Road ［長編小説］ ㊂1932

コールドウェル，アースキン Caldwell, Erskine Preston 1903-1987 アメリカの小説家

◇タバコ・ロード（岩波文庫）E.コールドウェル作、杉木喬訳 岩波書店 2001.11 286p 15cm 660円 Ⓘ4-00-323291-7 Ⓝ933

[内容] アメリカ南部ジョージア州のタバコ地帯を舞台に、社会の発展に取り残され荒廃したプア・ホワイトとよばれる農民達の貪欲・無知・背徳の生活を描き、コールドウェルの名を一躍世界的にした傑作。

「旅路の果て」 たびじのはて The End of the Road ［長編小説］ ㊂1958

バース，ジョン Barth, John Simmons 1930-2024 アメリカの小説家

◇旅路の果て（白水Uブックス）ジョン・バース著、志村正雄訳 白水社 1984.8 317p 18cm 930円 Ⓘ4-560-07062-8 Ⓝ933

[内容] 黒い笑いのこだまする大学のキャンパスに繰り広げられる残酷な愛の物語。「過去数年間に現われた最も魅力的にしてかつ恐ろしいヒーローの1人」とタイム誌に評された主人公ジェイコブ・ホーナーが巻き起こすスキャンダラスな行為の数々。彼が旅路の果てに見出したものは何だったのか？

「旅の日のモーツァルト」 たびのひのもーつぁると Mozart auf der Reise nach Prag ［短編小説］ ㊂1856 ㊅プラハへの旅路のモーツァルト

メーリケ，エードゥアルト Mörike, Eduard 1804-1875 ドイツの詩人

◇旅の日のモーツァルト（岩波文庫）メーリケ作、宮下健三訳 岩波書店 1974 159p 15cm 140円 Ⓝ943

[内容] 『ドン・ジョヴァンニ』初演の旅に出たモーツァルト夫妻はある伯爵の一家と近づきになった。音楽を愛し、巨匠に賞讃と敬意を捧げる一家の人々に囲まれて、モーツァルトは幼い日の思い出、創作の挿話を語る。芸術をなかだちとして心に通い合う人間の共感、精神の微妙なアンサンブルを詩人メーリケは美しい小説に結晶させた。

「玉勝間」 たまかつま ［随筆］ 江戸時代後期

本居宣長 もとおり・のりなが 1730-1801 江戸時代中期・後期の国学者

◇玉勝間 上（岩波文庫）本居宣長著、村岡典嗣校訂 岩波書店 1995.3 396p 15cm 〈第18刷（第1刷：1934年）〉720円 Ⓘ4-00-302192-4 Ⓝ121.52

[内容] 江戸中期の国学者、本居宣長の随筆集。題名は「言草のすずろにたまる玉がつまみてこころを野べのすさびに」の歌のこころによる。

◇玉勝間 下（岩波文庫）本居宣長著、村岡典嗣校訂 岩波書店 1995.3 330p 15cm 〈第17刷（第1刷：1934年）〉620円 Ⓘ4-00-302193-2 Ⓝ121.52

[内容] 「中臣寿詞」に始まり「道」に終る千一条の記述より宣長の根本思想をうかがうことができる。

「堕落論」 だらくろん ［評論］ ㊂1947
[青空文庫]

坂口安吾 さかぐち・あんご 1906-1955 昭和期の小説家。無頼派作家、新戯作

派と呼ばれる

◇「新しい戦前」の時代、やっぱり安吾でしょ―坂口安吾傑作選　坂口安吾著　本の泉社　2023.3　222p　18cm〈底本：坂口安吾全集 1〜18（ちくま文庫 1989〜1991年刊）〉1091円　Ⓘ978-4-7807-2236-9　Ⓝ913.6

[目次] 堕落論 ほか

「タルチュフ」 Le Tartuffe ［戯曲］ 1664初演

モリエール Molière 1622-1673 フランスの劇作家、俳優

◇モリエール傑作戯曲選集 1　モリエール著, 柴田耕太郎訳　鳥影社　2015.11　359p　21cm　2800円　Ⓘ978-4-86265-537-0　Ⓝ952.5

[目次] タルチュフ ほか

[内容] 長年、映像・舞台・出版・産業など数々の翻訳を手がけてきた著者が挑んだ、古典戯曲の名作。現代の読者に分かりやすく、また上演用の台本としても考え抜かれた、画期的新訳の完成。

「ダロウェイ夫人」 Mrs. Dalloway ［長編小説］ [初]1925 [別]ダロウェー夫人

ウルフ, ヴァージニア Woolf, Adeline Virginia 1882-1941 イギリスの作家

◇ダロウェイ夫人（光文社古典新訳文庫） ウルフ著, 土屋政雄訳　光文社　2010.5　377p　16cm〈文献あり 年譜あり〉724円　Ⓘ978-4-334-75205-7　Ⓝ933.7

[内容] 6月のある朝、ダロウェイ夫人はその夜のパーティのために花を買いに出かける。陽光降り注ぐロンドンの町を歩くとき、そして突然訪ねてきた昔の恋人と話すとき、思いは現在と過去を行き来する。生の喜びとそれを見つめる主人公の意識が瑞々しい言葉となって流れる画期的新訳。

「戯れに恋はすまじ」 たわむれにこいはすまじ On ne badinepas avec l'amour ［戯曲］ 1861初演（1834発表）

ミュッセ, アルフレッド・ド Musset, Louis Charles Alfred de 1810-1857 フランスの詩人、劇作家

◇戯れに恋はすまじ（岩波文庫） ミュッセ作, 進藤誠一訳　岩波書店　1995.9　109p　15cm　310円　Ⓘ4-00-325361-2　Ⓝ952.6

[内容] パリで学位を取って帰郷した男爵の一人息子ペルディカンは21歳、遺産相続のため同じ日に修道院から帰って来た従妹カミーユは18歳、才子佳人の再会だが、幼なじみの二人の恋のかけひきと意地の張り合いに犠牲者も出る。青春の詩人ミュッセが、恋愛心理の真実を芳醇なロマンの香りに包んで仕上げた"読む"戯曲。

「断腸亭日乗」 だんちょうていにちじょう ［日記］ [初]1947 [青空文庫]（06 断腸亭日記巻之五大正十年歳次辛酉まで）

永井荷風 ながい・かふう 1879-1959 明治〜昭和期の小説家、随筆家

◇断腸亭日乗 1・2（岩波文庫） 永井荷風著, 中島国彦, 多田蔵人校注　岩波書店　2024.7〜10　2冊　15cm　1150円, 1080円　Ⓝ915.6

[内容] 永井荷風は、三十八歳から死の前日まで四十一年間、日記『断腸亭日乗』を書き続けた。簡潔な文章の奥から、時代が浮かび上がる。1は大正6年〜同14年、2は大正15年〜昭和3年を、詳細な注解、解説とともに収録。

「耽溺」 たんでき ［小説］ [初]1909発表 [青空文庫]

岩野泡鳴 いわの・ほうめい 1873-1920 明治・大正期の小説家、評論家

◇耽溺 毒薬を飲む女（講談社文芸文庫） 岩野泡鳴著　講談社　2003.11　292p　16cm〈年譜あり 著作目録あり〉1200円　Ⓘ4-06-198352-0　Ⓝ913.6

[内容] 岩野泡鳴自身をモデルにした主人公・田村義雄は、或る夏脚本を書くため国府津に出掛ける。そこで土地の男と芸者吉弥を張り合うことになるが…出世作「耽溺」のほか、作家的地位を確立した代表作二篇。

【ち】

「智恵子抄」 ちえこしょう ［詩集］ [初]1941 [青空文庫]

高村光太郎 たかむら・こうたろう 1883-

1956　明治〜昭和期の彫刻家、詩人
◇智恵子抄（ハルキ文庫―280円文庫）　高村光太郎著　角川春樹事務所　2011.4　115p　16cm〈年譜あり〉267円　①978-4-7584-3546-8　Ⓝ911.56

[内容]出会ってから、そして死してなお、著者にとって最愛かつ創作の源として存在した智恵子。その智恵子が先立って3年後、詩集『智恵子抄』は刊行された。最愛の妻の今際の際を綴った、教科書でもなじみがふかい「レモン哀歌」他、29篇の詩と短歌6首、そして3つの散文が収められた初版を底本に採用。永遠に語り継がれる愛のかたち―。

「知恵の七柱」　ちえのななはしら
Sevenpillars of wisdom　［体験記］
㊅1926

ロレンス, T.E.　Lawrence, Thomas Edward　1888-1935　イギリスの考古学者、軍人、作家
◇知恵の七柱　1〜5（東洋文庫）完全版　T.E.ロレンス著、J.ウィルソン編、田隅恒生訳　平凡社　2008.8〜2009.7　5冊　18cm　Ⓝ230.7

[内容]「沙漠の反乱」の勝利と悲劇。1922年の原典「オクスフォード・テキスト」を世界で初めて翻訳。

「地下室の手記」　ちかしつのしゅき
Zapiski izpodpol'ya　［中編小説］
㊅1864発表　別地下生活者の手記
青空文庫（地下生活者の手記）

ドストエフスキー, フョードル・ミハイロヴィチ　Dostoevskii, Fëdor Mikhailovich　1821-1881　ロシアの作家
◇地下室の手記（新潮文庫）改版　ドストエフスキー著、江川卓訳　新潮社　2013.4　259p　16cm　490円　①978-4-10-201009-9　Ⓝ983

[内容]極端な自意識過剰から一般社会との関係を絶ち、地下の小世界に閉じこもった小官吏の独白を通して、理性による社会改造の可能性を否定し、人間の本性は非合理的なものであることを主張する。人間の行動と無為を規定する黒い実存の流れを見つめた本書は、初期の人道主義的作品から後期の大作群への転換点をなし、ジッドによって「ドストエフスキーの全作品を解く鍵」と

評された。

「地球の中心への旅」　⇒地底旅行（ちていりょこう）を見よ

「地球幼年期の終わり」　⇒幼年期の終り（ようねんきのおわり）を見よ

「竹斎」　ちくさい　［仮名草子］　1621-23成立

富山道冶　とみやま・どうや　1584-1634　安土桃山時代・江戸時代前期の仮名草子作者・医者
◇假名草子集成　第48巻　た・ち　花田富二夫、入口敦志、中島次郎、安原眞琴、ラウラ・モレッティ編　東京堂出版　2012.6　333p　22cm　18000円　①978-4-490-30633-0　Ⓝ913.51

[目次]竹斎（古活字十一行本、二巻二冊）ほか

「痴愚神礼讃」　ちぐしんらいさん
Encomium Moriae　［風刺文学］
㊅1511　別愚神礼讃

エラスムス, デシデリウス　Erasmus, Desiderius　1466頃-1536　オランダの人文主義者
◇痴愚神礼讃―ラテン語原典訳（中公文庫）エラスムス著、沓掛良彦訳　中央公論新社　2014.1　366p　16cm〈文献あり〉857円　①978-4-12-205876-7　Ⓝ992.4

[内容]ルネサンス期の大知識人エラスムスが、友人トマス・モアに捧げた驚天動地の戯文。痴愚の女神なるものを創造し、人間の愚行を完膚なきまでに嘲弄する。堕落する教界、腐敗を極める世俗権力。当時の社会、人びとを観察し、エラスムスが描き出した痴愚や狂気は、いまなお私たちをとらえてはいないか。ラテン語原典からリズムある新鮮な訳が生まれた。

「恥辱」　ちじょく　Disgrace　［長編小説］
㊅1999

クッツェー, ジョン・マックスウェル　Coetzee, John Maxwell　1940–　南アフリカのアフリカーナー小説家、批評家。

2003年ノーベル文学賞受賞

◇恥辱（ハヤカワepi文庫）J.M.クッツェー著, 鴻巣友季子訳　早川書房　2007.7　348p　16cm　760円　①978-4-15-120042-7　Ⓝ933.7

内容 52歳の大学教授デヴィッド・ラウリーは、2度の離婚を経験後、娼婦や手近な女性で自分の欲望をうまく処理してきた。だが、軽い気持ちから関係を持った女生徒に告発されると、人生は暗転する。大学は辞任に追い込まれ、同僚や学生からは容赦ない批判を受ける。デヴィッドは娘の住む片田舎の農園へと転がりこむが、そこにさえ新たな審判が待ち受けていた―現代文学史上に輝く、ノーベル賞作家の代表作。ブッカー賞受賞。

「痴人の愛」　ちじんのあい　［長編小説］
㋕1925　青空文庫

谷崎潤一郎　たにざき・じゅんいちろう　1886-1965　明治〜昭和期の小説家

◇刺青 痴人の愛 麒麟 春琴抄（文春文庫―現代日本文学館）谷崎潤一郎著　文藝春秋　2021.8　475p　16cm〈底本：現代日本文学館 16（1966年刊）年譜あり〉670円　①978-4-16-791740-1　Ⓝ913.6

内容 女給・ナオミを自分好みに育てあげようとする男が翻弄される技巧（「痴人の愛」）。揺るがぬ美意識で問題作を世に問い続けた谷崎潤一郎の戦前の傑作四篇。評伝と作品解説は井上靖。

「父帰る」　ちちかえる　［戯曲］　㋕1917発表　青空文庫

菊池寛　きくち・かん　1888-1948　大正・昭和期の小説家、劇作家

◇父帰る・藤十郎の恋―菊池寛戯曲集（岩波文庫）菊池寛著, 石割透編　岩波書店　2016.10　333p　15cm〈「菊池寛全集 第1巻」（高松市菊池寛記念館 1993年刊）の改題〉740円　①978-4-00-310634-1　Ⓝ912.6

目次 父帰る ほか

内容 登場人物たちの明確な姿かたち、生き生きとした台詞とそのやり取り、単純ながら理詰めの劇の構成、作者による人間心理の的確な洞察により、今なお広く親しまれている菊池寛の戯曲。代表的な作品12篇を精選・収録する。

「父と子」　ちちとこ　Ottsy i deti　［長編小説］　㋕1862

ツルゲーネフ, イヴァン・セルゲーヴィチ　Turgenev, Ivan Sergeevich　1818-1883　ロシアの小説家

◇父と子（新潮文庫）改版　ツルゲーネフ著, 工藤精一郎訳　新潮社　2014.5　425p　15cm　630円　①978-4-10-201806-4　Ⓝ983

内容 農奴解放前後の、古い貴族的文化と新しい民主的文化の思想的相剋を描き、そこに新時代への曙光を見いださんとしたロシア文学の古典。著者は、若き主人公バザーロフに"ニヒリスト"なる新語を与えて嵐のような反響をまきおこしたが、いっさいの古い道徳、宗教を否定し、破壊を建設の第一歩とするこのバザーロフの中に、当時の急進的インテリゲンチャの姿が芸術的に定着されている。

「地底旅行」　ちていりょこう　Voyage au centre de la terre　［長編小説］　㋕1864
㋳地底の冒険, 地底探検, 地球の中心への旅

ヴェルヌ, ジュール　Verne, Jules　1828-1905　フランスの小説家

◇地底旅行（光文社古典新訳文庫）ヴェルヌ著, 高野優訳　光文社　2013.9　545p　16cm〈年譜あり〉1314円　①978-4-334-75277-4　Ⓝ953.6

内容 謎の暗号文を苦心のすえ解読したリーデンブロック教授と甥の助手アクセル。二人は寡黙なガイド、ハンスとともに地球の中心へと旅に出た。そしてそこで三人が目にしたのは…。前人未到の地底世界を驚異的な想像力で自在に活写したヴェルヌの最高傑作を、圧倒的な臨場感あふれる新訳で。

「地の群れ」　ちのむれ　［長編小説］
㋕1963

井上光晴　いのうえ・みつはる　1926-1992　昭和・平成期の小説家、詩人

◇地の群れ（河出文庫）井上光晴著　河出書房新社　1992.8　208p　15cm　480円　①4-309-40341-7　Ⓝ913.6

内容 長崎原爆の被爆者が群れ住む"海塔新田"。―そこを舞台に、原爆、部落、朝鮮、炭鉱等、あらゆる戦後的主題を擬縮させ、虐

げられた人々が虐げあう悲惨と残酷をえぐるなかから人間の条件を問うた、井上文学の核心を示す代表作。

「**チベット旅行記**」　ちべっとりょこうき
［紀行］　㋕1904　青空文庫

河口慧海　かわぐち・えかい　1866-1945　明治〜昭和時代前期の仏教学者、探検家

◇チベット旅行記　上（講談社学術文庫）河口慧海著, 高山龍三校訂　講談社　2015.1　439p　15cm〈1978年刊の2分冊、再構成、追加〉1250円　①978-4-06-292278-4　Ⓝ292.29
内容 仏典を求めて、鎖国のチベットに日本人として初入国を果たした慧海の劇的旅行記は、西蔵の風俗・習慣の第一級資料でもある。日本、インドでの入国の準備。いざ西蔵へ。艱難辛苦の道中。ヒマラヤの寒さ、盗賊、野生動物、厳しい地形、国境越え…。仏信で打ち勝ちチベット入国。厳重な警備をくぐり抜け、チベット第二の都市シカチェからラサへと向かう。

◇チベット旅行記　下（講談社学術文庫）河口慧海著, 高山龍三校訂　講談社　2015.2　506p　15cm〈1978年刊の2分冊、再構成、追加　著作目録あり〉1380円　①978-4-06-292279-1　Ⓝ292.29
内容 ラサに潜入した慧海は、チベット人を名乗り、医者として大活躍。ついには、法王にまで召される。しかし、素性が露顕しそうになり、チベット脱出を決意。貴重な資料を収集し、数多の関門を奇跡的にくぐり抜け、帰朝を果たす。

「**チボー家の人々**」　Les Thibault　［長編小説］　㋕1922-40　別ティボー家の人々

マルタン・デュ・ガール, ロジェ　Martin du Gard, Roger　1881-1958　フランスの小説家。1937年ノーベル文学賞受賞

◇チボー家の人々　1〜13（白水Uブックス）ロジェ・マルタン・デュ・ガール著, 山内義雄訳　白水社　1984.3　13冊　18cm　450〜700円　①4-560-07038-5　Ⓝ953
内容 第一次大戦前夜のフランスを舞台に、良家に育った二人の兄弟の運命を壮大なスケールで描く大河小説。繊細な感受性を持つ弟ジャックの悲劇が時を超えて万人の胸を打つ永遠のロングセラー。

「**チャイルド・ハロルドの遍歴**」　ちゃいるど・はろるどのへんれき　Childe Harold's Pilgrimage　［長編物語詩］　㋕1812-18　別チャイルド・ハロルドの巡礼、チャイルド・ハロルドの世界歴程　ほか

バイロン, ジョージ・ゴードン　Byron, George Gordon Noel, 6th Baron　1788-1824　イギリスの詩人

◇バイロン全集　第2巻　岡本成蹊他訳　日本図書センター　1995.7　1冊　22cm〈那須書房　昭和11年刊の複製〉①4-8205-9334-X, 4-8205-9332-3（set）Ⓝ938
目次 叙事詩世界歴程篇 チャイルド・ハロルド世界歴程 第1巻（岡本成蹊訳）, 第4巻（小林史郎訳）, ベッポー・アビドスの花嫁（山本政喜訳）

◇バイロン全集　第3巻　岡本成蹊他訳　日本図書センター　1995.7　1冊　22cm〈那須書房　昭和11年刊の複製　著者の肖像あり〉①4-8205-9335-8, 4-8205-9332-3（set）Ⓝ938
目次 叙事詩世界歴程篇 チャイルド・ハロルド世界歴程 第2巻〜第3巻（岡本成蹊訳）, コリントの攻囲（丸川仁夫訳）, ドン・フアン（岡本成蹊訳）, バイロン研究（日夏耿之介著）

「**チャタレイ夫人の恋人**」　ちゃたれいふじんのこいびと　Lady Chatterley's lover　［長編小説］　㋕1928　別チャタレー夫人の恋人

ロレンス, D.H.　Lawrence, David Herbert　1885-1930　イギリスの小説家、詩人

◇チャタレイ夫人の恋人―完訳（新潮文庫）ロレンス著, 伊藤整訳, 伊藤礼補訳　新潮社　1996.11　575p　15cm　760円　①4-10-207012-5　Ⓝ933.7
内容 コンスタンスは炭坑を所有する貴族クリフォード卿と結婚した。しかし夫が戦争で下半身不随となり、夫婦間に性の関係がなくなったため、次第に恐ろしい空虚感にさいなまれるようになる。そしてついに、散歩の途中で出会った森番メラーズと偶然に結ばれてしまう。それは肉体から始まった関係だったが、それゆえ真実の愛となった。

ちゅう

現代の愛への強い不信と魂の真の解放を描いた問題作。発禁から46年、最高裁判決から39年。いま甦る20世紀最高の性愛文学。約80ページ分の削除箇所を完全復活。

「注文の多い料理店」 ちゅうもんのおおいりょうりてん ［童話］ ㊀1924
青空文庫

宮沢賢治 みやざわ・けんじ 1896-1933 大正・昭和期の詩人、童話作家

◇もう一度読みたい教科書の泣ける名作 新装版 Gakken編 Gakken 2023.8 223p 17cm〈初版：学研教育出版 2013年刊〉809円 Ⓘ978-4-05-406942-8 Ⓝ913.68

目次 注文の多い料理店（宮沢賢治）ほか

「長距離走者の孤独」 ちょうきょりそうしゃのこどく The Loneliness of the Long Distance Runner ［短編小説］ ㊀1959
別 長距離ランナーの孤独

シリトー, アラン Sillitoe, Alan 1928-2010 イギリスの小説家

◇長距離走者の孤独（新潮文庫） 改版 シリトー著, 丸谷才一, 河野一郎訳 新潮社 2014.12 279p 16cm〈著作目録あり〉490円 Ⓘ978-4-10-206801-4 Ⓝ933.7

内容 クロスカントリー競技会で優勝を目前にしながら走るのをやめ、感化院長などの期待に見事に反抗を示した非行少年スミス──社会が築いたさまざまな規制への反撥と偽善的な権力者に対するアナーキックな憤りをみずみずしい文体で描いて、青春の生命の躍動と強靱さあふれる表題作ほか7編収録。

「椿説弓張月」 ちんせつゆみはりづき ［戯作（読本）］ 1807-11刊行

曲亭馬琴 きょくてい・ばきん 1767-1848 江戸時代中期・後期の読本・合巻作者。滝沢馬琴とも

◇椿説弓張月（学研M文庫） 平岩弓枝著 学習研究社 2002.5 220p 15cm 520円 Ⓘ4-05-902059-1 Ⓝ913.6

内容 江戸時代後期の作家、滝沢馬琴の出世作。大ベストセラーとなり、浄瑠璃や歌舞伎にもとりあげられてヒットした。物語は、伊豆大島に流されて死んだはずの源八郎為朝が、実は生きていて、やがて琉球に渡り、王家の内紛で大活躍するという波瀾万丈の活劇ドラマ。『御宿かわせみ』などで知られる時代小説作家、平岩弓枝の現代語訳が、いきいきとその面白さを伝える。

「沈黙」 ちんもく ［長編小説］ ㊀1966

遠藤周作 えんどう・しゅうさく 1923-1996 昭和・平成期の小説家。1966年「沈黙」で第2回谷崎潤一郎賞受賞

◇沈黙（新潮文庫） 36刷改版 遠藤周作著 新潮社 2003.5 312p 16cm 514円 Ⓘ4-10-112315-2 Ⓝ913.6

内容 島原の乱が鎮圧されて間もないころ、キリシタン禁制の厳しい日本に潜入したポルトガル人司祭ロドリゴは、日本人信徒たちに加えられる残忍な拷問と悲惨な殉教のうめき声に接して苦悩し、ついに背教の淵に立たされる……。神の存在、背教の心理、西洋と日本の思想的断絶など、キリスト信仰の根源的な問題を衝き、〈神の沈黙〉という永遠の主題に切実な問いを投げかける長編。

【つ】

「ツァラトゥストラかく語りき」 つぁらとぅすとらかくかたりき Also sprach Zarathustra ［哲学書、散文詩］ ㊀1883-85 別 ツァラトゥストラ, ツァトゥスラはこう言った, ツァラトゥストラはこう語った ほか

ニーチェ, フリードリヒ Nietzsche, Friedrich Wilhelm 1844-1900 ドイツの哲学者

◇ツァラトゥストラはこう言った（講談社学術文庫） フリードリヒ・ニーチェ著, 森一郎訳 講談社 2023.6 623p 15cm〈索引あり〉2000円 Ⓘ978-4-06-532351-9 Ⓝ134.94

内容 ニーチェの主著にして、ドイツ文学史上に燦然と輝く名著。山から下りてきたツァラトゥストラが「超人」思想とそれに基づく「力への意志」説を人間たちに説き、ついに「永遠回帰」思想に達するスリリングな物語。

「津軽」 つがる ［小説, 紀行］ [初]1944
[青空文庫]

太宰治 だざい・おさむ 1909-1948 昭和期の小説家

◇津軽（角川文庫） 改版 太宰治著 KADOKAWA 2018.6 218p 15cm〈改訂版：角川書店 1998年刊 年譜あり〉520円 Ⓘ978-4-04-106794-9 Ⓝ913.6

[内容] 昭和19年、津軽風土記の執筆を依頼され、3週間にわたって津軽半島を一周した太宰治。自己を見つめ直し、宿命の地・津軽への思いを素直に綴った名紀行文。町田康による解説も収録する。

「月と六ペンス」 つきとろくぺんす The Moon and Sixpence ［長編小説］ [初]1919

モーム, ウィリアム・サマセット Maugham, William Somerset 1874-1965 イギリスの小説家、劇作家

◇月と六ペンス（新潮文庫） サマセット・モーム著, 金原瑞人訳 新潮社 2014.4 378p 16cm 630円 Ⓘ978-4-10-213027-8 Ⓝ933.7

[内容] ある夕食会で出会った、冴えない男ストリックランド。ロンドンで、仕事、家庭と何不自由ない暮らしを送っていた彼がある日、忽然と行方をくらませたという。パリで再会した彼の口から真相を聞いたとき、私は耳を疑った。四十をすぎた男が、すべてを捨てて挑んだこととは—。ある天才画家の情熱の生涯を描き、正気と狂気が混在する人間の本質に迫る、歴史的大ベストセラーの新訳。

「月に吠える」 つきにほえる ［詩集］ [初]1917 [青空文庫]

萩原朔太郎 はぎわら・さくたろう 1886-1942 大正・昭和期の詩人。「月に吠える」で口語自由詩を完成させた

◇萩原朔太郎詩集（にほんの詩集） 萩原朔太郎著 角川春樹事務所 2022.5 158p 20cm 1800円 Ⓘ978-4-7584-1403-6 Ⓝ911.56

[目次] 詩集『月に吠える』より〔ほか〕

[内容] 人間の感情のすみずみに響きわたる言葉で、人生や故郷を想う気持ちをうたいあげ、その後の詩の歴史に大きな影響を与えた萩原朔太郎。日本を代表する叙情詩人の名詩選集。井坂洋子の巻末エッセイ付き。

「菟玖波集」 つくばしゅう ［連歌撰集］ 1356成立

二条良基〔ほか撰〕 にじょう・よしもと 1320-1388 南北朝時代の歌人・公卿。連歌撰集「菟玖波集」は、二条良基が連歌師・救済の協力のもとに編集

◇菟玖波集 上（中世の文学） 二条良基撰, 小川剛生, 浅井美峰校注 三弥井書店 2023.10 448p 22cm 8500円 Ⓘ978-4-8382-1043-5 Ⓝ911.2

[内容] 二条良基が撰んだ連歌撰集「菟玖波集」の注釈書。急雨亭文庫蔵本の本文を忠実に翻刻し、校注を付す。上は、解題、真名序、仮名序、巻第一・春連歌上から巻第十一・恋連謌下までを収録する。

「土」 つち ［長編小説］ [初]1912
[青空文庫]

長塚節 ながつか・たかし 1879-1915 明治期の歌人

◇土（新潮文庫） 改版 長塚節著 新潮社 2013.9 447p 16cm 630円 Ⓘ978-4-10-105401-8 Ⓝ913.6

[内容] 茨城県地方の貧農勘次一家を中心に小作農の貧しさとそれに由来する貪欲、狡猾、利己心など、また彼らをとりかこむ自然の風物、年中行事などを驚くべきリアルな筆致で克明に描いた農民文学の記念碑的名作である。漱石をして「余の娘が年頃になって、音楽会がどうだの、帝国座がどうだのと云い募る時分になったら、余は是非この『土』を読ましたいと思っている」と言わしめた。

「堤中納言物語」 つつみちゅうなごんものがたり ［短編物語集］ 平安時代後期

◇堤中納言物語（河出文庫—古典新訳コレクション 21） 中島京子訳 河出書房新社 2024.3 167p 15cm〈底本：日本文学全集 03（2016年刊） 文献あり〉700円 Ⓘ978-4-309-42087-5 Ⓝ913.384

[内容] 鮮やかなパロディと批評精神に満ちた、短くも濃密な、日本最古の短篇物語集『堤中納言物語』。人気作「虫好きのお姫様」を

つはき

始め、端正な現代語訳で平安時代から息づく生き生きと豊かな「可笑しみ」を堪能できる十の短篇物語と断章を収録。

「椿姫」 つばきひめ La dame aux camélias ［長編小説］ ㊜1848

デュマ・フィス, アレクサンドル Dumas Fils, Alexandre 1824-1895 フランスの劇作家、小説家。デュマ・ペールの子

◇椿姫（光文社古典新訳文庫）デュマ・フィス著、永田千奈訳 光文社 2018.2 463p 16cm〈年譜あり〉1080円 ①978-4-334-75370-2 Ⓝ953.6

内容 パリの社交界で貴族相手に奔放な日々を送る高級娼婦マルグリットは、ある日、青年アルマンと出会う。初めて真実の愛に目覚めた彼女は、パリ近郊の別荘で彼と暮らし始めるが…。フランス恋愛小説不朽の名作。

「罪と罰」 つみとばつ Prestuplenie i nakazanie ［長編小説］ ㊜1866

青空文庫

ドストエフスキー, フョードル・ミハイロヴィチ Dostoevskii, Fëdor Mikhailovich 1821-1881 ロシアの作家

◇罪と罰 上（新潮文庫）改版 ドストエフスキー著, 工藤精一郎訳 新潮社 2010.6 585p 15cm〈59刷（初版1987年）〉743円 ①978-4-10-201021-1 Ⓝ983

内容 鋭敏な頭脳をもつ貧しい大学生ラスコーリニコフは、一つの微細な罪悪は百の善行に償われるという理論のもとに、強欲非道な高利貸の老婆を殺害し、その財産を有効に転用しようと企てるが、偶然その場に来合せたその妹まで殺してしまう。この予期しなかった第二の殺人が、ラスコーリニコフの心に重くのしかかり、彼は罪の意識におびえるみじめな自分を発見しなければならなかった。

◇罪と罰 下（新潮文庫）改版 ドストエフスキー著, 工藤精一郎訳 新潮社 2010.6 601p 15cm〈42刷（初版1987年）〉781円 ①978-4-10-201022-8 Ⓝ983

内容 不安と恐怖に駆られ、良心の呵責に耐えきれぬラスコーリニコフは、偶然知り合った娼婦ソーニャの自己犠牲に徹した生き方に打たれ、ついに自らを法の手にゆだねる。―ロシヤ思想史にインテリゲンチャの出現

が特筆された1860年代、急激な価値転換が行われる中での青年層の思想の昏迷を予言し、強烈な人間回復への願望を訴えたヒューマニズムの書として不滅の価値に輝く作品である。

「鶴八鶴次郎」 つるはちつるじろう ［短編小説］ ㊜1934発表

川口松太郎 かわぐち・まつたろう 1899-1985 昭和期の小説家、劇作家、演出家

◇鶴八鶴次郎（光文社文庫―光文社時代小説文庫）川口松太郎著 光文社 2017.6 291p 16cm〈中公文庫 1979年刊の再刊〉680円 ①978-4-334-77488-2 Ⓝ913.6

内容 鶴賀鶴八と鶴次郎は女の三味線弾きに男の太夫と珍しい組み合わせの新内語り。若手ながらイキの合った芸で名人と言われる。内心では愛し合う二人だが、一徹な性格故に喧嘩が多く、晴れて結ばれる直前に別れてしまう。裕福な会席料理屋に嫁いだ鶴八と、人気を失い転落する鶴次郎。三年後再会した二人の行く末を描く表題作に、『風流深川唄』など三編収録の傑作集。

「徒然草」 つれづれぐさ ［随筆］ 鎌倉時代末期成立

兼好法師 けんこうほうし 1283-1350？ 鎌倉時代後期・南北朝時代の歌人、随筆家。吉田兼好とも

◇謹訳 徒然草 兼好法師著, 林望著 祥伝社 2021.12 300p 19cm〈コデックス装〉1800円 ①978-4-396-61775-2 Ⓝ914.45

内容 眠られぬ夜のための座右の一冊。随筆文学の最高峰―。全243段現代語訳の決定版。或る時は人生の万般を考え、或る時は世の理不尽や愚かな人に憤慨し、或る時は珍談奇話を書き留める―。

【て】

「デイヴィッド・コパフィールド」 David Copperfield ［長編小説］ ㊜1849-50 ㊝デヴィット・カッパーフィールド ほか

ディケンズ, チャールズ Dickens, Charles

John Huffam　1812-1870　イギリスの小説家

◇デイヴィッド・コパフィールド　第1巻（新潮文庫）32刷改版　ディケンズ著, 中野好夫訳　新潮社　2006.9　494p　16cm　629円　①4-10-203010-7　Ⓝ933.6

内容 誕生まえに父を失ったデイヴィッドは、母の再婚により冷酷な継父のため苦難の日々をおくる。寄宿学校に入れられていた彼は、母の死によってロンドンの継父の商会で小僧として働かされる。自分の将来を考え、意を決して逃げだした彼は、ドーヴァに住む大伯母の家をめざし徒歩の旅をはじめる。多くの特色ある人物を精彩に富む描写で捉えた、ディケンズの自伝的要素あふれる代表作。

◇デイヴィッド・コパフィールド　第2巻（新潮文庫）25刷改版　ディケンズ著, 中野好夫訳　新潮社　2006.9　471p　16cm　629円　①4-10-203011-5　Ⓝ933.6

内容 伯母にひきとられてトロットウッドと名を改めたデイヴィッドは、伯母の好意によりカンタベリーの学校に通うことになり、級友スティアフォースと運命的に出会う。また、法律事務所をひらくウイックフィールドのもとに寄宿した彼は、その娘アグニス、書生のユライア・ヒープなど、個性あふれる人々に囲まれて成長する。やがて学校を卒業した彼は、代訴人見習いとしての生活を始める。

◇デイヴィッド・コパフィールド　第3巻（新潮文庫）24刷改版　ディケンズ著, 中野好夫訳　新潮社　2006.9　472p　16cm　629円　①4-10-203012-3　Ⓝ933.6

内容 幼友達エミリーと親友スティアフォースの駆け落ち。デイヴィッドを育んでくれた人びとを裏切るこの行為は、彼を悲しみのなかにつき落す。その彼を救ったのは、子供のような心をもった娘ドーラとの愛だった。そして彼女との密かな婚約。しかし、その幸せもつかの間、伯母の破産、婚約の発覚、ドーラの父の死、見習いとして勤める法律事務所の解散など、激しい運命の変転が彼を襲う。

◇デイヴィッド・コパフィールド　第4巻（新潮文庫）23刷改版　ディケンズ著, 中野好夫訳　新潮社　2006.9　462p　16cm　629円　①4-10-203013-1　Ⓝ933.6

内容 物書きとして生計をたてられるようになったデイヴィッドは、ドーラと結婚して安定した生活をおくっていた。しかし、そんな彼にうち重なる不幸が訪れる。愛するドーラの死、訣別した友スティアフォースの遭難。傷心のうちに外国を彷徨う彼の心にうかぶのは幼い日のアグニスとの至上の愛の想い出だった…。幾多の出会いと死との劇的場面に彩られたディケンズの自伝的長編の完結編。

「デイジー・ミラー」　Daisy Miller　［中編小説］　㊋1878発表

ジェイムズ, ヘンリー　James, Henry, Jr.　1843-1916　アメリカの小説家、批評家

◇デイジー・ミラー（新潮文庫）ヘンリー・ジェイムズ著, 小川高義訳　新潮社　2021.4　149p　16cm　460円　①978-4-10-204104-8　Ⓝ933.7

内容 青年は、湖畔の美しい町で運命の美女デイジーと出会い、一目で恋に落ちる。彼女の奔放なふるまいは、保守的で狭量な人々からは嫌われていたが、青年は彼女のあとを追うようにローマへ…。ジェイムズの名声を高めた傑作中編。

「停電の夜に」　ていでんのよるに　A Temporary Matter　［短編集］　㊋1999

ラヒリ, ジュンパ　Lahiri, Jhumpa　1967－　インド系アメリカ人の小説家。2000年、短編集「Interpreter of Maladies」（日本語訳書名「停電の夜に」）でピューリッツァー賞ほか受賞

◇停電の夜に（新潮文庫）ジュンパ・ラヒリ著, 小川高義訳　新潮社　2003.3　327p　16cm　590円　①4-10-214211-8　Ⓝ933.7

内容 毎夜1時間の停電の夜に、ロウソクの灯りのもとで隠し事を打ち明けあう若夫婦―「停電の夜に」ほか、夫婦、家族また親しい関係の中に存在する亀裂を、みずみずしい感性と端麗な文章で表す9編。ピュリツァー賞など著名な文学賞を総なめにした、インド系新人作家の鮮烈なデビュー短編集。

「ティファニーで朝食を」　てぃふぁにーでちょうしょくを　Breakfast at Tiffany's　［中編小説］　㊋1958

カポーティ, トルーマン　Capote, Truman

1924-1984　アメリカの作家

◇ティファニーで朝食を（新潮文庫）カポーティ著, 村上春樹訳　新潮社　2008.12　282p　16cm　552円　①978-4-10-209508-9　Ⓝ933.7

内容　第二次大戦下のニューヨークで、居並びセレブの求愛をさらりとかわし、社交界を自在に泳ぐ新人女優ホリー・ゴライトリー。気まぐれで可憐、そして天真爛漫な階下の住人に近づきたい、駆け出し小説家の僕の部屋の呼び鈴を、夜更けに鳴らしたのは他ならぬホリーだった…。表題作ほか、端正な文体と魅力あふれる人物造形で著者の名声を不動のものにした作品集を、清新な新訳でおくる。

「深い河（ディープ・リバー）」　［長編小説］　㊵1993

遠藤周作　えんどう・しゅうさく　1923-1996　昭和・平成期の小説家

◇深い河（ディープ・リバー）（講談社文庫）新装版　遠藤周作著　講談社　2021.5　391p　15cm〈年譜あり〉780円　①978-4-06-523448-8　Ⓝ913.6

内容　喪失感をそれぞれに抱えインドへと旅をともにする人々。混沌とした世界で、生きるもののすべてを包み込み、母なる河ガンジスは流れていく。本当の愛、生きることの意味を問う、遠藤文学の集大成。

「ティボー家の人々」　⇒チボー家の人々を見よ

「デカメロン」　Decameron　［短編集］　1348-53作

ボッカチオ　Boccaccio, Giovanni　1313-1375　イタリアの小説家、詩人

◇デカメロン　上（河出文庫）ボッカッチョ著, 平川祐弘訳　河出書房新社　2017.3　555p　15cm　1000円　①978-4-309-46437-4　Ⓝ973

内容　ペストが猖獗を極めた14世紀フィレンツェ。恐怖が蔓延する市中から郊外に逃れた若い男女10人が、面白おかしい話で迫りくる死の影を追い払おうと、10日のあいだ交互に語り合う100の物語。上は第1日～第3日を収録。

◇デカメロン　中（河出文庫）ボッカッチョ著, 平川祐弘訳　河出書房新社　2017.4　557p　15cm　1000円　①978-4-309-46439-8　Ⓝ973

内容　ペストが猖獗を極めた14世紀フィレンツェ。恐怖が蔓延する市中から郊外に逃れた若い男女10人が、面白おかしい話で迫りくる死の影を追い払おうと、10日のあいだ交互に語り合う100の物語。中は第4日～第7日を収録。

◇デカメロン　下（河出文庫）ボッカッチョ著, 平川祐弘訳　河出書房新社　2017.5　533p　15cm　1000円　①978-4-309-46444-2　Ⓝ973

内容　ペストが猖獗を極めた14世紀フィレンツェ。恐怖が蔓延する市中から郊外に逃れた若い男女10人が、面白おかしい話で迫りくる死の影を追い払おうと、10日のあいだ交互に語り合う100の物語。下は第8日～第10日を収録。

「手鎖心中」　てぐさりしんじゅう　［中編小説］　㊵1972

井上ひさし　いのうえ・ひさし　1934-2010　昭和・平成期の小説家、劇作家

◇手鎖心中（文春文庫）新装版　井上ひさし著　文藝春秋　2009.5　260p　16cm　533円　①978-4-16-711127-4　Ⓝ913.6

内容　材木問屋の若旦那、栄次郎は、絵草紙の作者になりたいと死ぬほど願うあまり、自ら勘当や手鎖の刑を受け、果ては作りごとの心中を企むが…。ばかばかしいことに命を賭け、茶番によって真実に迫ろうとする、戯作者の業を描いて、ユーモラスな中に凄みの漂う直木賞受賞作。表題作のほか「江戸の夕立ち」を収録。

「テス」　⇒ダーバヴィル家のテスを見よ

「デミアン」　Demian　［長編小説］
㊵1919　㊥デーミアン

ヘッセ, ヘルマン　Hesse, Hermann　1877-1962　ドイツの詩人、小説家。1946年ノーベル文学賞受賞

◇デーミアン（光文社古典新訳文庫）ヘッセ著, 酒寄進一訳　光文社　2017.6　297p　16cm〈年譜あり〉720円　①978-4-334-75355-9　Ⓝ943.7

内容　些細な嘘をついたために不良に強請ら

れていたエーミール。だが転校してきたデーミアンと仲良くなるや、不良は近づきもしなくなる。デーミアンの謎めいた人柄と思想に影響されたエーミールは、やがて真の自己を求めて深く苦悩するようになる。少年の魂の遍歴と成長を見事に描いた傑作。

「テレーズ・デスケルー」　Thérèse Desqueyroux　［長編小説］㊅1927
　㊆テレーズ・デスケルウ, テレーズ・デスケイルゥ

モーリヤック, フランソワ　Mauriac, François Charles　1885-1970　フランスの作家。1952年ノーベル文学賞受賞
◇テレーズ・デスケルー　モーリヤック著, 福田耕介訳　SUP上智大学出版, ぎょうせい（発売）2020.9　163p　19cm　1400円　①978-4-324-10828-4　Ⓝ953.7
　内容　フランス・ボルドー近郊の松林が生い茂るランド地方を舞台に、「もうひとりの自分」を探して因習の中でもがき続ける女性の心の内を描く。フランス20世紀を代表するカトリック作家、フランソワ・モーリヤックの代表作の新訳。

「店員」　⇒アシスタントを見よ

「田園の憂鬱」　でんえんのゆううつ　［短編小説］1919定本刊行　㊆病める薔薇
青空文庫
佐藤春夫　さとう・はるお　1892-1964　大正・昭和期の詩人、小説家
◇田園の憂鬱（岩波文庫）佐藤春夫作　岩波書店　2022.9　212p　15cm〈底本：新潮社1919年刊〉600円　①978-4-00-310719-5　Ⓝ913.6
　内容　都会の生活に疲れた青年は、妻と犬猫を連れて田園に移り住む。隠者となり、ひたすら自然の中に生命の実相を凝視する日々を送り…。青春の渦中にいる若者の倦怠と情熱を官能的なまでに描き出した、浪漫文学の金字塔。

「伝奇集」　でんきしゅう　Ficciones　［短編集］㊅1944

ボルヘス, ホルヘ・ルイス　Bórges, Jorge Luis　1899-1986　アルゼンチンの詩人、小説家、評論家
◇伝奇集（岩波文庫）J.L.ボルヘス作, 鼓直訳　岩波書店　2003.4　282p　15cm〈第14刷〉560円　①4-00-327921-2　Ⓝ963
　内容　夢と現実のあわいに浮び上る「迷宮」としての世界を描いて、二十世紀文学の最先端に位置するボルヘス。本書は、東西古今の伝説、神話、哲学を題材として精緻に織りなされた彼の処女短篇集。「バベルの図書館」「円環の廃墟」などの代表作を含む。

「天使よ故郷を見よ」　てんしよこきょうをみよ　Look Homeward, Angel　［長編小説］　㊅1929

ウルフ, トマス　Wolfe, Thomas Clayton　1900-1938　アメリカの作家
◇天使よ故郷を見よ　上（講談社文芸文庫）トマス・ウルフ著, 大沢衛訳　講談社　2017.6　513p　16cm〈新潮文庫 1955年刊の再刊〉2100円　①978-4-06-290350-9　Ⓝ933.7
　内容　20世紀初頭のアメリカで、自由を求める青年ユウジーンの孤独な魂の成長と挫折を情熱的に描く。数々の逸話に彩られ、37歳で夭逝した伝説の作家の自伝的小説。上は、第一部、第二部を収録。

◇天使よ故郷を見よ　下（講談社文芸文庫）トマス・ウルフ著, 大沢衛訳　講談社　2017.7　520p　16cm〈新潮文庫 1955年刊の再刊〉2100円　①978-4-06-290351-6　Ⓝ933.7
　内容　20世紀初頭のアメリカで、自由を求める青年ユウジーンの孤独な魂の成長と挫折を情熱的に描く。数々の逸話に彩られ、37歳で夭逝した伝説の作家の自伝的小説。下は、第二部（つづき）、第三部を収録。

「転身物語」　⇒変身物語（へんしんものがたり）を見よ

「点と線」　てんとせん　［長編小説］㊅1958

松本清張　まつもと・せいちょう　1909-1992　昭和・平成期の小説家
◇松本清張傑作選　時刻表を殺意が走る―原武史オリジナルセレクション（新潮文庫）松本清張著, 原武史編　新潮社　2013.3

490p 16cm 670円 ①978-4-10-110973-2 Ⓝ913.6

内容 時刻表トリックの金字塔「点と線」など、全5編を収録。"鉄学者"の異名を持つ選者による、緊迫のサスペンスと豊かな旅情が味わえる贅沢なアンソロジー。

「天の夕顔」 てんのゆうがお ［中編小説］ 初1938発表

中河與一 なかがわ・よいち 1897-1994 大正・昭和期の小説家

◇天の夕顔（新潮文庫）81刷改版 中河与一著 新潮社 2003.3 136p 16cm 324円 ①4-10-109001-7 Ⓝ913.6

内容 本当にあの人だけは愛しつづけました——"わたくし"が愛した女には、夫がいた。学生時代、京都の下宿で知り合ったときから、"わたくし"の心に人妻へのほのかな恋が芽生え、そして二十余年。二人は心と心の結び合いだけで、相手への純真な愛を貫いた。ストイックな恋愛を描き、ゲーテの『ウェルテル』に比較される浪漫主義文学の名作。英、仏、独、中国語など六カ国語に翻訳された。

「天平の甍」 てんぴょうのいらか ［長編小説］ 初1957

井上靖 いのうえ・やすし 1907-1991 昭和・平成期の小説家

◇天平の甍（新潮文庫）92刷改版 井上靖著 新潮社 2005.8 230p 16cm〈折り込1枚〉400円 ①4-10-106311-7 Ⓝ913.6

内容 天平の昔、荒れ狂う大海を越えて唐に留学した若い僧たちがあった。故国の便りもなく、無事な生還も期しがたい彼ら—在唐二十年、放浪の果て、高僧鑑真を伴って普照はただひとり故国の土を踏んだ…。鑑真来朝という日本古代史上の大きな事実をもとに、極限に挑み、木の葉のように翻弄される僧たちの運命を、永遠の相の下に鮮明なイメージとして定着させた画期的な歴史小説。

「テンペスト」 The Tempest ［戯曲］ 1611初演（1623刊） 別嵐、あらし

シェイクスピア, ウィリアム Shakespeare, William 1564-1616 イギリスの劇作家、詩人

◇新訳 テンペスト（角川文庫—Shakespeare Collection）シェイクスピア著、河合祥一郎訳 KADOKAWA 2024.2 207p 15cm 880円 ①978-4-04-114195-3 Ⓝ932.5

内容 邪悪な弟にミラノ公爵位を奪われ、娘ミランダとともに島に流れ着いたプロスペロー。ナポリ王と弟への復讐を誓い、魔法で大嵐（テンペスト）を起こし、彼らを乗せた船を難破させ…。赦しと再生を描いた傑作。注釈、解説付き。

「天路歴程」 てんろれきてい The Pilgrim's Progress ［寓意物語］ 初1678（第1部）

バニヤン, ジョン Bunyan, John 1628-1688 イギリスの説教者、宗教文学者

◇天路歴程 第1部・第2部（岩波文庫）ジョン・バニヤン著、竹友藻風訳 岩波書店 1951, 1953 2冊 15cm Ⓝ933

内容 滅亡の市に住む男クリスチャンは神の都への巡礼に出る。落胆の沼を通り、死の影の谷を過ぎ、虚栄の市では投獄されるなど、苦難にあうが、信仰をもちつづけてついに天国の都を望み見る。バニヤンのこの物語は17世紀清教徒文学の傑作であるばかりでなく、イギリス最大の宗教文学で、聖書に次いでひろく読まれ、強い影響力をもっている。

【と】

「東海道中膝栗毛」 とうかいどうちゅうひざくりげ ［戯作（滑稽本）］ 初1802-09 別浮世道中膝栗毛, 道中膝栗毛

十返舎一九 じっぺんしゃ・いっく 1765-1831 江戸時代中期・後期の黄表紙・洒落本・合巻作者

◇現代語抄訳で楽しむ東海道中膝栗毛と続膝栗毛 大石学監修 KADOKAWA 2016.9 535p 19cm 2400円 ①978-4-04-601467-2 Ⓝ913.55

内容 江戸から伊勢、京都、善光寺までお笑いの原点、弥次北の珍道中を網羅。宿場ごとの豆知識付きで東海道・中山道の旅がもっと楽しくなる！

「**東海道四谷怪談**」　とうかいどうよつやかい
　だん　［歌舞伎狂言］　1825初演　⑳四谷怪談

鶴屋南北（4世）　つるや・なんぼく　1755-1829　江戸時代中期・後期の歌舞伎作者

◇東海道四谷怪談（新潮日本古典集成）新装版　鶴屋南北著、郡司正勝校注　新潮社　2019.12　470p　20cm　2900円　①978-4-10-620881-2　Ⓝ912.5

内容　貞淑なお岩と不実な民谷伊右衛門。愛と憎悪から生じる凄まじい怨念。鶴屋南北最晩年の傑作幽霊狂言。

「**東関紀行**」　とうかんきこう　［紀行］　鎌倉時代　1242（仁治3）以後の成立

◇新編日本古典文学全集　48　中世日記紀行集　小学館　1994.7　654p　23cm　4800円　①4-09-658048-1　Ⓝ918

目次　東関紀行（長崎健校注・訳）ほか

「**唐詩選**」　とうしせん　［漢詩選集］　明末に刊行

李攀竜　り・はんりゅう　1514-1570　中国・明の文学者

◇唐詩選　上（ワイド版 岩波文庫）李攀竜編、前野直彬注解　岩波書店　2001.10　386p　19cm　1300円　①4-00-007196-3　Ⓝ921.43

内容　16世紀、明代に編まれ、江戸時代から今日まで、長らく日本人に愛誦されてきた唐詩のアンソロジー。王維・李白・杜甫ら盛唐期の詩人を中心に、一二八人、四六五篇の名詩が選ばれている。原文・訓読文に語釈・現代語訳を付す。

◇唐詩選　中（ワイド版 岩波文庫）李攀竜編、前野直彬注解　岩波書店　2001.10　444p　19cm　1400円　①4-00-007197-1　Ⓝ921.43

内容　巻四（五言排律）、巻五（七言律詩）、巻六（五言絶句）を収録。

◇唐詩選　下（ワイド版 岩波文庫）李攀竜編、前野直彬注解　岩波書店　2001.10　326p　19cm　1200円　①4-00-007198-X　Ⓝ921.43

内容　巻七（七言絶句）一六五篇を収め、巻末に簡潔な略歴紹介「詩人小伝」を付す。

「**党生活者**」　とうせいかつしゃ　［中編小説］　㊋1933発表　青空文庫

小林多喜二　こばやし・たきじ　1903-1933　昭和期の小説家

◇独房　党生活者（岩波文庫）改版　小林多喜二作　岩波書店　2010.5　244p　15cm　560円　①978-4-00-310884-0　Ⓝ913.6

内容　笑い満載のオムニバス「独房」と伏字削除で満身創痍の遺作「党生活者」。共産党大弾圧時代の党員は工場へ隠処へ街頭へ――その苛烈な日々。闘う多喜二の東京小説。

「**当世書生気質**」　とうせいしょせいかたぎ　［長編小説］　㊋1885-86

坪内逍遙　つぼうち・しょうよう　1859-1935　明治・大正期の小説家、劇作家

◇当世書生気質（岩波文庫）改版　坪内逍遙作　岩波書店　2006.4　321p　15cm　700円　①4-00-310042-5　Ⓝ913.6

内容　学生小町田粲爾と芸妓田の次とのロマンス、吉原の遊廓、牛鍋屋――明治10年代の東京の学生生活と社会風俗を描いた日本近代文学の先駆的作品。坪内逍遙は勧善懲悪を排して写実主義を提唱した文学理論書『小説神髄』とその具体化としての本書を著し、明治新文学に多大な影響を与えた。

「**灯台へ**」　とうだいへ　To the Lighthouse　［長編小説］　㊋1927　⑳燈台へ

ウルフ, ヴァージニア　Woolf, Adeline Virginia　1882-1941　イギリスの作家

◇灯台へ（新潮文庫）ヴァージニア・ウルフ著、鴻巣友季子訳　新潮社　2024.10　419p　16cm〈底本：世界文学全集 2-01（河出書房新社 2009年刊）〉850円　①978-4-10-210702-7　Ⓝ933.7

内容　スコットランドの小島のある夏の1日と、第一次大戦を経た10年後の、たった2日の出来事を綴ることによって愛の力を描き出し、文学史を永遠に塗り替え、女性作家の地歩をも確立したイギリス文学の傑作。

「道程」 どうてい ［詩集］ ㊋1914
⟨青空文庫⟩

高村光太郎 たかむら・こうたろう 1883-1956 明治〜昭和期の彫刻家、詩人

◇豊かなことば 現代日本の詩 1 高村光太郎詩集 道程 高村光太郎著, 伊藤英治編 岩崎書店 2009.11 94p 18×19cm〈年譜あり〉1500円 ⓘ978-4-265-04061-2 Ⓝ911.568

[内容] 「道程」「パリ」「レモン哀歌」「クロツグミ」など代表作四十一編を収録。

「動物農場」 どうぶつのうじょう Animal Farm ［中編小説］ ㊋1945 ㊙動物農園

オーウェル, ジョージ Orwell, George 1903-1950 イギリスの作家

◇動物農園 ジョージ・オーウェル著, 吉田健一訳 中央公論新社 2022.9 155p 19cm 2000円 ⓘ978-4-12-005566-9 Ⓝ933.7

[内容] 酔っぱらいの農園の主人を追い出し理想の国を築いた動物たち。しかし、一部の豚が君臨し始め…。非人間的な政治圧力を寓話的に批判した、オーウェルの衝撃作「動物農園」。吉田健一の名訳に描き下ろしの絵を付す。

「東方見聞録」 とうほうけんぶんろく Description of the world ［紀行］ 1298口述 ㊙世界の記述, 驚異の書, マルコ・ポーロ旅行記, イル・ミリオーネ

マルコ・ポーロ Marco Polo 1254-1324 イタリア・ヴェネチアの商人、旅行家

◇東方見聞録（角川ソフィア文庫）マルコ・ポーロ著, 長澤和俊訳・解説 KADOKAWA 2020.12 334p 15cm〈小学館 1996年刊の再刊〉1080円 ⓘ978-4-04-110773-7 Ⓝ292.09

[内容] ヴェネツィア商人の息子マルコは中国へ陸路で渡り、13世紀のアジア世界を支配するフビライ・ハーンの絢爛たる宮廷へと辿り着く。元朝の使者として見聞した各地の暮らしや奇妙な風習…。大航海時代を導いた冒険譚。

「遠い声 遠い部屋」 とおいこえ とおいへや Other Voices, Other Rooms ［長編小説］ ㊋1948

カポーティ, トルーマン Capote, Truman 1924-1984 アメリカの作家

◇遠い声、遠い部屋 トルーマン・カポーティ著, 村上春樹訳 新潮社 2023.7 283p 20cm 2300円 ⓘ978-4-10-501409-4 Ⓝ933.7

[内容] 新鮮な言語感覚と華麗な文体でアメリカ文学界に衝撃を与え、熱い注目を浴びたカポーティのデビュー長編を村上春樹が新訳。

「遠野物語」 とおのものがたり ［説話集］ ㊋1910 ⟨青空文庫⟩

柳田國男 やなぎた・くにお 1875-1962 明治〜昭和期の民俗学者

◇遠野物語―全訳注（講談社学術文庫）柳田國男著, 新谷尚紀訳 講談社 2023.8 333p 15cm 1260円 ⓘ978-4-06-532531-5 Ⓝ382.122

[内容] ザシキワラシ、オシラサマや河童たちが躍る不思議な世界を描く「遠野物語」。民俗学を創始した記念碑的作品の真価がわかる、平易な現代語訳文と懇切な注釈を付した全訳注。

「徳川家康」 とくがわいえやす ［長編小説］ ㊋1953-67

山岡荘八 やまおか・そうはち 1907-1978 昭和期の小説家

◇徳川家康 1〜26（山岡荘八歴史文庫）山岡荘八著 講談社 1987.10〜1988.4 全26冊 15cm 各580円 Ⓝ913.6

[内容] 竹千代（家康）が生まれた年、信玄は22歳、謙信は13歳、信長は9歳であった。動乱期の英傑が天下制覇の夢を抱くさなかの誕生。それは弱小松平党にとっては希望の星であった―剛毅と智謀を兼ね備えて泰平の世を拓いた家康の生涯を描いて、現代人の心に永遠の感動を刻む世紀の大河ドラマ。

「特性のない男」 とくせいのないおとこ Der Mann ohne Eigenschaften ［長編小説］ ㊋1930-33（未完） ㊙特徴のない男

ムージル, ローベルト Musil, Robert Edler

von 1880-1942 オーストリアの小説家
◇ムージル著作集 第1〜6巻 特性のない男 加藤二郎訳 京都 松籟社 1992.5〜1995.3 6冊 20cm 各3500円 Ⓝ948

「ドクトル・ジバゴ」 Doctor Zhivago
［長編小説］ 初1957 別ドクトル・ジヴァゴ

パステルナーク, ボリス・レオニードヴィチ Pasternak, Boris Leonidovich 1890-1960 ソ連の詩人。1958年ノーベル文学賞を受けたが辞退

◇ドクトル・ジヴァゴ ボリース・パステルナーク著, 工藤正廣訳 未知谷 2013.4 745p 22cm〈年譜あり〉8000円 ①978-4-89642-403-4 Ⓝ983

内容 医師で詩人のジヴァゴは第一次大戦に従軍後, 幸せな結婚生活を築くが, 謎めいた面影が記憶にとどまっていたラーラに偶然出会い通うようになる。ある日, ジヴァゴは内戦下の義勇軍に軍医として拉致され…。長編小説。

「どくとるマンボウ航海記」 どくとるまんぼうこうかいき ［随筆］ 初1960

北杜夫 きた・もりお 1927-2011 昭和・平成期の小説家, 随筆家, 医師

◇どくとるマンボウ航海記(中公文庫) 増補新版 北杜夫著 中央公論新社 2023.2 282p 16cm〈初版：中央公論社 1977年刊〉780円 ①978-4-12-207320-3 Ⓝ914.6

内容 いまだ海外渡航が稀少だった昭和30年代。水産庁の調査船に船医として乗り込んだマンボウ先生は, アジアから欧州をめぐる船旅を無類のユーモアと自由闊達な筆で綴り, 戦後日本人の心をつかんだ。作家・北杜夫の出世作であり代表作でもある紀行エッセイの金字塔に, 写真, エッセイ「傲慢と韜晦」などを収録。

「ドグラ・マグラ」 ［長編小説］ 初1935
青空文庫

夢野久作 ゆめの・きゅうさく 1889-1936 大正・昭和期の小説家

◇定本 夢野久作全集 4 夢野久作著, 西原和海, 川崎賢子, 沢田安史, 谷口基編集 国書刊行会 2018.4 485p 22cm 9500円 ①978-4-336-06017-4 Ⓝ918.68

目次 ドグラ・マグラ ほか

内容 はじめて集大成される巨人・夢野久作の全て。豊饒なる大宇宙の全貌を収める決定版全集。

「時計じかけのオレンジ」 とけいじかけのおれんじ A Clockwork Orange ［小説］ 初1962

バージェス, アントニー Burgess, Anthony 1917-1993 イギリスの作家

◇時計じかけのオレンジ—完全版(ハヤカワepi文庫) アントニイ・バージェス著, 乾信一郎訳 早川書房 2008.9 318p 16cm 740円 ①978-4-15-120052-6 Ⓝ933.7

内容 近未来の高度管理社会。15歳の少年アレックスは, 平凡で機械的な毎日にうんざりしていた。そこで彼が見つけた唯一の気晴らしは超暴力。仲間とともに夜の街をさまよい, 盗み, 破壊, 暴行, 殺人をけたたましく笑いながら繰りかえす。だがやがて, 国家の手が少年に迫る—スタンリー・キューブリック監督映画原作にして, 英国の二十世紀文学を代表するベスト・クラシック。幻の最終章を付加した完全版。

「何処へ」 どこへ ［短編小説］ 初1908

正宗白鳥 まさむね・はくちょう 1879-1962 明治〜昭和期の小説家, 劇作家, 評論家

◇何処へ 入江のほとり(講談社文芸文庫) 正宗白鳥著 講談社 1998.1 328p 16cm 1050円 ①4-06-197599-4 Ⓝ913.6

内容 栄達出世を夢みつつ, 人生への懐疑にゆれる悩める青年健次の魂の行方を追う「何処へ」ほか。生涯基督教の神を求めながら棄教し, 晩年に回心した "懐疑しつつ信仰を求めた求道者" 正宗白鳥の代表作八篇。

「土佐日記」 とさにっき ［紀行日記］
935頃成立 別土左日記 青空文庫

紀貫之 きの・つらゆき 872-945 平安時代前期・中期の歌人。三十六歌仙の一人

◇土左日記(河出文庫—古典新訳コレクション 27) 紀貫之著, 堀江敏幸訳 河出書房新

社　2024.7　156p　15cm〈底本：日本文学全集 03（2016年刊）文献あり〉600円　Ⓘ978-4-309-42118-6　Ⓝ915.32

内容　歌人・紀貫之によって書かれた日本最古の日記文学「土左日記」。土佐国司の任を終えて京に戻るまでの55日間の船旅を、堀江敏幸による新訳で味わう。貫之の自問の声を聞き、その内面を想像して書かれた緒言と結言も収録。

「年老いた船乗りの詩」　⇒老水夫行（ろうすいふこう）を見よ

「杜子春」　としゅん　［短編小説、童話］
　初1920発表　青空文庫

芥川龍之介　あくたがわ・りゅうのすけ　1892-1927　大正期の小説家。古典に材を取った短編の名作を数多く発表

◇杜子春（スラよみ！ 日本文学名作シリーズ1）芥川龍之介作, 松尾清貴現代語訳　理論社　2024.8　167p　20cm　1500円　Ⓘ978-4-652-20637-9　Ⓝ913.6

内容　すべて失くしていちばん大切なものを見つけた。─短編小説の名手芥川龍之介の最高傑作集。詳しい解説付き。

「トニオ・クレーゲル」　Tonio Kröger
　［短編小説］　初1903　別トニオ・クレーガー

マン, トーマス　Mann, Thomas　1875-1955　ドイツの小説家、評論家。1929年ノーベル文学賞受賞

◇トニオ・クレーゲル ヴェニスに死す（新潮文庫）改版　トーマス・マン著, 高橋義孝訳　新潮社　2012.1　259p　15cm　460円　Ⓘ978-4-10-202201-6　Ⓝ943.7

内容　精神と肉体、芸術と生活の相対立する二つの力の間を彷徨しつつ、そのどちらにも完全に屈服することなく創作活動を続けていた初期のマンの代表作2編。憂鬱で思索型の一面と、優美で感性的な一面をもつ青年を主人公に、孤立ゆえの苦悩とそれに耐えつつ芸術性をたよりに生をささえてゆく姿を描いた『トニオ・クレーゲル』、死に魅惑されて没落する初老の芸術家の悲劇『ヴェニスに死す』。

「飛ぶ教室」　とぶきょうしつ　Das fliegende Klassenzimmer　［児童文学］　初1933

ケストナー, エーリヒ　Kästner, Erich　1899-1974　ドイツの作家、詩人

◇飛ぶ教室（新潮文庫）エーリヒ・ケストナー著, 池内紀訳　新潮社　2014.12　223p　16cm　460円　Ⓘ978-4-10-218641-1　Ⓝ943.7

内容　波瀾万丈のクリスマス劇「飛ぶ教室」の稽古に励む、寄宿学校の少年たち。ある日、マルティンに母親から手紙が届く。そこにはマルティンが帰省する旅費を工面できなかったと書かれており…。少年たちの成長の物語。

「トム・ジョウンズ」　The History of Tom Jones, a Foundling　［長編小説］
　初1749　別トム・ジョーンズ

フィールディング, ヘンリー　Fielding, Henry　1707-1754　イギリスの小説家、劇作家

◇トム・ジョウンズ　1（岩波文庫）フィールディング作, 朱牟田夏雄訳　岩波書店　2009.8　300p　15cm〈第29刷（初刷1951年）〉660円　Ⓘ4-00-322111-7　Ⓝ933.6

内容　英国サマセットシャの名望家オールワージ氏が帰宅すると寝床の中に赤ん坊が…。無鉄砲だが正直率直、陽気に生き抜いてゆく捨て子トムの波瀾万丈の物語。法律家、新聞社主宰としても活躍したフィールディングの健康な精神が生んだ名篇。

◇トム・ジョウンズ　2（岩波文庫）フィールディング作, 朱牟田夏雄訳　岩波書店　2009.8　320p　15cm〈第25刷（初刷1951年）〉700円　Ⓘ4-00-322112-5　Ⓝ933.6

内容　地主ウェスタンは、愛娘ソフィアの結婚の相手にオールワージ氏の甥ブライフィルを選んだ。だが、当のソフィアが密かに想いを寄せているのはトム・ジョウンズだった。ブライフィルの讒言で、我らの主人公はとうとう世の荒波のただ中に裸同然で放り出される。

◇トム・ジョウンズ　3（岩波文庫）フィールディング作, 朱牟田夏雄訳　岩波書店　2009.9　329p　15cm〈第21刷（第1刷1952年）〉700円　Ⓘ4-00-322113-3　Ⓝ933.6

内容　さて、舞台はアプトンの旅宿へと移る。

ジョウンズに危難を救われたウォーターズ夫人が彼を誘惑、ベッドに誘い込む。ちょうどその夜、彼が心を捧げる永遠の女性ソファアもこの宿に到着。さらには父親ウェスタンも。次々と珍事件が巻き起こり、息つく暇もない。

◇トム・ジョウンズ 4（岩波文庫）フィールディング作，朱牟田夏雄訳　岩波書店　2009.9　294p　15cm〈第21刷（第1刷1955年）〉660円　Ⓘ4-00-322114-1　Ⓝ933.6

内容 生活を援助してくれるベラストン夫人が実は若い男を漁る「何でも食い」。一方、ソファアはいやな結婚を無理強いされ…。ジョウンズとソファアを結ぶ運命の糸は縺れに縺れ、さて、この人生双六の上りにはどんな趣向が仕組まれているのだろうか。

「トム・ソーヤーの冒険」　とむ・そーやーのぼうけん　The Adventures of Tom Sawyer　[小説，児童文学]　㊌1876
別 トム・ソーヤの冒険　青空文庫

トウェイン，マーク　Twain, Mark　1835-1910　アメリカの小説家

◇トム・ソーヤーの冒険　マーク・トウェイン著，市川亮平訳　小鳥遊書房　2022.5　360p　21cm　2500円　Ⓘ978-4-909812-88-9　Ⓝ933.6

内容 おとなになっても止まらない、ワクワクドキドキを再発見しよう！　原作の味わい、リズムを保ちながらできるだけ平易な文体、用語を用いた、マーク・トウェインの名著の生き生きとした新訳。

「ドラキュラ」　⇒吸血鬼ドラキュラ（きゅうけつきどらきゅら）を見よ

「ドリアン・グレイの肖像」　The Picture of Dorian Gray　[長編小説]　㊌1891　別 ドリアン・グレーの肖像

ワイルド，オスカー　Wilde, Oscar Fingal O'Flahertie Wills　1854-1900　イギリスの詩人，劇作家，小説家。ダブリン（現・アイルランド共和国）出身

◇新訳 ドリアン・グレイの肖像（角川文庫）オスカー・ワイルド著，河合祥一郎訳　KADOKAWA　2024.8　461p　15cm　940円　Ⓘ978-4-04-114197-7　Ⓝ933.6

内容 肖像画のモデルとなった、美貌の青年ドリアン。以来、青年に代わり、肖像画が年老いていき…。現実と虚構、同性愛の記号が交差する異端の名作を新訳。訳注、ワイルドを破滅させた同性愛裁判を詳説した訳者あとがき等も掲載。

「とりかへばや物語」　[物語] 平安時代後期　別 とりかへばや，とりかえばや物語

◇とりかへばや物語─ビギナーズ・クラシックス日本の古典（角川ソフィア文庫）鈴木裕子編　角川学芸出版，角川グループパブリッシング（発売）2009.6　255p　15cm〈文献あり〉743円　Ⓘ978-4-04-407205-6　Ⓝ913.385

内容 権大納言の息子は内気でおしとやか、対して娘は活発で外交的。このままでは貴族として暮らすことが難しいと心配した父親は、2人を男女の性を取り替えて成人式をあげさせた。娘は男性として女性と結婚、息子は女官として女性の東宮へ出仕。すべては順調に進んでいるようだったが…。『源氏物語』の影響を色濃くうけながら新たな境地を開いた物語は、登場人物の心に深く分け入りながら、大団円へと物語を収斂させていく。

「トリスタンとイゾルデ」　Tristan und Isolde　[叙事詩] 1210頃（未完）　別 トリスタン，トリスタン・イズー物語，トリスタン物語

ゴットフリート・フォン・シュトラースブルク　Gottfried von Straßburg　1170頃-1210頃　ドイツ中世の叙事詩人

◇トリスタンとイゾルデ　ゴットフリート・フォン・シュトラースブルク著，石川敬三訳　郁文堂　1976　390p 図　22cm　4000円　Ⓝ941

「トリストラム・シャンディ」　The Life and Opinions of Tristram Shandy, Gentleman　[長編小説]　㊌1760-67
別 紳士トリストラム・シャンディの生涯と意見 ほか

スターン，ローレンス　Sterne, Laurence　1713-1768　イギリスの小説家

◇トリストラム・シャンディ（研究社小英文

叢書）スターン著, 朱牟田夏雄注釈　研究社出版　1978.3　124p　18cm　Ⓝ933

「ドリトル先生シリーズ」 Doctor Dolittle ［児童文学］ [初]1920　[別]ドリトル先生物語

ロフティング, ヒュー Lofting, Hugh John 1886-1947　イギリスの鉄道技師、児童文学者

◇ドリトル先生アフリカへ行く―新訳（角川文庫）ヒュー・ロフティング著, 河合祥一郎訳　KADOKAWA　2020.2　167p　15cm〈2011年刊の加筆修正〉440円　Ⓘ978-4-04-108789-3　Ⓝ933.7

[内容] ドリトル先生は動物のことばが話せるお医者さん。ジャングルのサルの間で伝染病が広がっていると聞き、アフリカへと向かいますが…。かわいい挿絵と河合祥一郎による新訳で楽しめるドリトル先生の冒険第1弾。

「ドルジェル伯の舞踏会」 どるじぇるはくのぶとうかい Le Bal du comte d'Orgel ［長編小説］ [初]1924　[別]ドルジェル伯爵の舞踏会

ラディゲ, レイモン Radiguet, Raymond 1903-1923　フランスの小説家、詩人

◇ドルジェル伯の舞踏会（光文社古典新訳文庫）ラディゲ著, 渋谷豊訳　光文社　2019.4　328p　16cm〈年譜あり〉840円　Ⓘ978-4-334-75399-3　Ⓝ953.7

[内容] 青年貴族のフランソワは、社交界の花形ドルジェル伯爵夫妻に気に入られ、彼らと頻繁に過ごすようになる。気さくだが軽薄な伯爵と、そんな夫を敬愛する貞淑な妻マオ。フランソワはマオへの恋慕を抑えきれず…それぞれの体面の下で激しく揺れ動く心の動きを繊細に描きとった、至高の恋愛小説。

「トロッコ」 ［短編小説］ [初]1922発表 [別]トロッコ [青空文庫]

芥川龍之介 あくたがわ・りゅうのすけ 1892-1927　大正期の小説家。短編の名作を数多く発表

◇いまこそ読みたい 教科書の泣ける名作　Gakken編　Gakken　2024.4　221p　17cm〈「もう一度読みたい教科書の泣ける名作 再び」（学研教育出版 2014年刊）の改題、収録作品の一部を入れ替えて制作〉809円　Ⓘ978-4-05-406980-0　Ⓝ913.6

[目次] トロッコ（芥川龍之介）ほか

「泥の河」 どろのかわ ［中編小説］ [初]1978

宮本輝 みやもと・てる 1947–　小説家。「泥の河」で太宰治賞受賞

◇螢川（角川文庫）改版　宮本輝著　KADOKAWA　2018.10　178p　15cm　480円　Ⓘ978-4-04-106647-8　Ⓝ913.6

[内容] 芥川賞を受賞した表題作のほか、太宰治賞受賞作「泥の河」を収録。

「泥棒日記」 どろぼうにっき Journal du voleur ［長編小説］ [初]1949

ジュネ, ジャン Genêt, Jean 1910-1986　フランスの小説家

◇泥棒日記（新潮・現代世界の文学）改訳版　ジャン・ジュネ著, 朝吹三吉訳　新潮社　1990.7　426p　20cm　2200円　Ⓘ4-10-522801-3　Ⓝ953

「とはずがたり」 ［日記］鎌倉時代後期

後深草院二条 ごふかくさいんのにじょう 1258–？　鎌倉時代後期の女性。日記作者

◇とはずがたり（光文社古典新訳文庫）後深草院二条著, 佐々木和歌子訳　光文社　2019.10　488p　16cm〈年譜あり〉1160円　Ⓘ978-4-334-75411-2　Ⓝ915.49

[内容] 後深草院の寵愛を受け十四歳で後宮に入った二条は、その若さと美貌ゆえに多くの男たちに求められるのだった。そして御所放逐。尼僧として旅に明け暮れる日々…。書き残しておかなければ死ねない、との思いで数奇な運命を綴った、日本中世の貴族社会を映し出す「疾走する」文学！

「ドン・キホーテ」 El ingenioso hidalgo Don Quijote de la Mancha ［長編小説］ [初]1605（前編）, 1615（後編）

セルバンテス, ミゲル・デ Cervantes Saavedra, Miguel de 1547-1616　スペイ

ンの小説家

◇セルバンテス全集　第2巻　ドン・キホーテ　前篇　ミゲル・デ・セルバンテス著, 岡村一訳, 本田誠二注, 鼓直責任編集　水声社　2017.2　810p　22cm　10000円
Ⓘ978-4-8010-0172-5　Ⓝ968

内容　騎士道物語に魅せられ、"狂人"となった初老の男の"荒唐無稽な"冒険譚。スペイン黄金世紀文学の巨人による、あまりにも有名な近代小説の最初にして最高の作品！

◇セルバンテス全集　第3巻　ドン・キホーテ　後篇　ミゲル・デ・セルバンテス著, 鼓直責任編集, 岡村一訳, 本田誠二注　水声社　2017.3　829p　22cm　10000円
Ⓘ978-4-8010-0173-2　Ⓝ968

内容　出版された『ドン・キホーテ』前篇を"登場人物"たちが読み、主従の冒険のすべてを知り、二人を周倒に愚弄する…"夢"と"現実"が交錯する、世界文学史上初の前代未聞のメタ・フィクション！驚くべき"狂気"の終焉。新訳決定版！

「敦煌」　とんこう　[長編小説]　㋓1959

井上靖　いのうえ・やすし　1907-1991　昭和・平成期の小説家

◇敦煌(新潮文庫)改版　井上靖著　新潮社　2009.12　307p　15cm　476円　Ⓘ978-4-10-106304-1　Ⓝ913.6

内容　官吏任用試験に失敗した趙行徳は、開封の町で、全裸の西夏の女が売りに出されているのを救ってやった。その時彼女は趙に一枚の小さな布切れを与えたが、そこに記された異様な形の文字は彼の運命を変えることになる…。西夏との戦いによって敦煌が滅びる時に洞窟に隠された万巻の経典が、二十世紀になってはじめて陽の目を見たという史実をもとに描く壮大な歴史ロマン。

「どん底」　どんぞこ　Na dne　[戯曲]　1902初演　㋓夜の宿

ゴーリキー, マクシム　Gor'kii, Maksim　1868-1936　ロシア・ソ連の小説家、劇作家

◇どん底(ロシア名作ライブラリー 13)　ゴーリキー著, 安達紀子訳　横浜　群像社　2019.10　169p　17cm　1000円　Ⓘ978-4-910100-00-5　Ⓝ982

内容　社会の底辺で生きている人間たちがふきだまる宿泊所。昼は働きに出ていくが、夜はみなこのどん底の宿に戻ってきて先の見えない眠りにつく…。格差社会の一番下で生きている人間の絡み合いを描いた20世紀はじめの戯曲を新訳。

【な】

「内部生命論」　ないぶせいめいろん　[評論]　㋓1893発表　青空文庫

北村透谷　きたむら・とうこく　1868-1894　明治期の文学者、詩人、自由民権家

◇北村透谷／高山樗牛(新学社近代浪漫派文庫)　北村透谷, 高山樗牛著　京都　新学社　2004.5　352p　16cm　1343円　Ⓘ4-7868-0066-X　Ⓝ918.68

目次　内部生命論　ほか

「ナイン・テイラーズ」　The Nine Tailors　[長編小説]　㋓1934

セイヤーズ, ドロシー・L.　Sayers, Dorothy Leigh　1893-1957　イギリスの小説家、劇作家

◇ナイン・テイラーズ(集英社文庫―乱歩が選ぶ黄金時代ミステリーBEST10 10)　ドロシー・L.セイヤーズ著, 門野集訳　集英社　1999.4　503p　16cm　819円　Ⓘ4-08-748838-1　Ⓝ933.7

内容　吹雪の大晦日、沼沢地で車の事故を起こした貴族探偵P・ウィムジイ卿は、教会の鐘の音に誘われて、近くの村へ助けを求める。牧師館に宿を得た彼は、村人たちを手伝って、一晩中、新年の鐘を打ち鳴らした。そして、春。村の素封家の墓から身元不明の死体が発見され、ウィムジイ卿は捜査を依頼される…。奇抜な殺人トリックと英文学の香気。クリスティと双璧をなすミステリーの女王、セイヤーズの傑作長編。

「菜穂子」　なおこ　[長編小説]　㋓1941　青空文庫

堀辰雄　ほり・たつお　1904-1953　昭和期の小説家

◇風立ちぬ／菜穂子(小学館文庫)　堀辰雄著　小学館　2013.11　293p　15cm〈「昭和文学全集 6」(1988年刊)の抜粋　年譜あり〉

514円　①978-4-09-408877-9　Ⓝ913.6

目次 風立ちぬ, 菜穂子

「長いお別れ」　ながいおわかれ　The Long Goodbye　[長編小説]　初1953　別ロング・グッドバイ, ザ・ロング・グッドバイ, 長い別れ

チャンドラー, レイモンド　Chandler, Raymond（Thornton）　1888-1959　アメリカの推理小説家

◇ザ・ロング・グッドバイ　レイモンド・チャンドラー著, 市川亮平訳　小鳥遊書房　2023.5　454p　19cm　2600円　①978-4-86780-018-8　Ⓝ933.7

内容 本当に賢い人間は自分以外誰も騙さない。酔っぱらい男テリーと友人になった私立探偵マーロウ。テリーはやがて、妻殺しの容疑をかけられ…。チャンドラーのハードボイルドの不朽の名作を新訳。

「流れる」　ながれる　[長編小説]　初1955発表

幸田文　こうだ・あや　1904-1990　昭和期の小説家、随筆家

◇流れる（新潮文庫）改版　幸田文著　新潮社　2011.12　299p　15cm　520円　①978-4-10-111602-0　Ⓝ913.6

内容 梨花は寮母、掃除婦、犬屋の女中まで経験してきた四十すぎの未亡人だが、教養もあり、気性もしっかりしている。没落しかかった芸者置屋に女中として住みこんだ彼女は、花柳界の風習や芸者たちの生態を台所の裏側からこまかく観察し、そこに起る事件に驚きの目を見張る…。華やかな生活の裏に流れる哀しさやはかなさ、浮き沈みの激しさを、繊細な感覚でとらえ、詩情豊かに描く。花柳界に力強く生きる女性たちを活写した幸田文学を代表する傑作。日本芸術院賞、新潮社文学賞受賞。

「渚にて」　なぎさにて　On the Beach　[長編小説]　初1957

シュート, ネヴィル　Shute, Nevil　1899-1960　イギリスの小説家

◇渚にて―人類最後の日（創元SF文庫）ネヴィル・シュート著, 佐藤龍雄訳　東京創元社　2009.4　472p　15cm　〈著作目録あり〉1000円　①978-4-488-61603-8　Ⓝ933.7

内容 第三次世界大戦が勃発、放射能に覆われた北半球の諸国は次々と死滅していった。かろうじて生き残った合衆国原潜"スコーピオン"は汚染帯を避けオーストラリアに退避してきた。ここはまだ無事だった。だが放射性物質は確実に南下している。そんななか合衆国から断片的なモールス信号が届く。生存者がいるのだろうか？——一縷の望みを胸に"スコーピオン"は出航する。迫真の名作。

「梨の花」　なしのはな　[長編小説]　初1959

中野重治　なかの・しげはる　1902-1979　昭和期の詩人、小説家

◇中野重治全集　第6巻　中野重治著　筑摩書房　1996.9　397p　22cm〈定本版〉8446円　Ⓝ918.68

目次 梨の花, 解題 松下裕著

「ナジャ」　Nadja　[長編小説]　初1928

ブルトン, アンドレ　Breton, André　1896-1966　フランスの詩人

◇ナジャ（岩波文庫）アンドレ・ブルトン作, 巌谷國士訳　岩波書店　2003.7　345p　15cm　700円　①4-00-325902-5　Ⓝ953.7

内容 パリの町で出会った妖精のような若い女・ナジャ―彼女とともにすごす驚異の日々のドキュメントが、「真の人生」のありかを垣間見せる。「私は誰か？」の問いにはじまる本書は、シュルレアリスムの生んだ最も重要な、最も美しい作品である。1963年の「著者による全面改訂版」にもとづき、綿密な注解を加えた新訳・決定版。

「夏の終り」　なつのおわり　[短編小説]　初1963

瀬戸内寂聴　せとうち・じゃくちょう　1922-2021　昭和・令和期の小説家、尼僧。俗名・晴美。1963年「夏の終り」で女流文学賞を受賞

◇夏の終り（新潮文庫）79刷改版　瀬戸内寂聴著　新潮社　2005.8　232p　16cm　400円　①4-10-114401-X　Ⓝ913.6

内容 妻子ある不遇の作家との八年に及ぶ愛の生活に疲れ果て、年下の男との激しい愛

なるに

欲にも満たされぬ女、知子…彼女は泥沼のような生活にあえぎ、女の業に苦悩しながら、一途に独自の愛を生きてゆく。新鮮な感覚と大胆な手法を駆使した「夏の終り」をはじめとする連作5篇を収録。著者の原点となった私小説集である。

「夏の花」　なつのはな　［短編小説］
㊂1949　㊕原子爆弾（原題）　青空文庫

原民喜　はら・たみき　1905-1951　昭和期の小説家、詩人

◇「原子爆弾」その前後─原民喜小説選　原民喜著　本の泉社　2020.8　276p　18cm〈底本：「定本原民喜全集 1～3」（青土社1978年刊）〉1400円　①978-4-7807-1978-9 Ⓝ913.6
内容 生涯にわたって、主に肉親と愛妻と原爆とのかかわりを私的経験の範囲で描いた原民喜。原爆被災の情況を克明に綴った「夏の花」などの作品を、原爆被爆前・その日・その後の順に並べて収録する。右遠俊郎の原民喜論も掲載。

「夏の夜の夢」　⇒真夏の夜の夢（まなつのよのゆめ）を見よ

「楢山節考」　ならやまぶしこう　［短編小説］　㊂1956発表、1957刊　㊕楢山節考

深沢七郎　ふかさわ・しちろう　1914-1987　昭和期の小説家

◇楢山節考／東北の神武たち─深沢七郎初期短篇集（中公文庫）深沢七郎著　中央公論新社　2014.9　349p　16cm〈中央公論社1957年刊を編集〉920円　①978-4-12-206010-4　Ⓝ913.6
内容 辛口の批評家正宗白鳥をして「人生悠久の姿がおのづから浮かんでゐる」と言わしめたデビュー作「楢山節考」。表題作をはじめとする初期短篇のほか、中央公論新人賞「受賞の言葉」や、伊藤整、武田泰淳、三島由紀夫による選考後の鼎談などを収録。文壇に衝撃をもって迎えられた当時の様子を再現する。

「鳴門秘帖」　なるとひちょう　［長編小説］
㊂1933　青空文庫

吉川英治　よしかわ・えいじ　1892-1962

大正・昭和期の小説家

◇鳴門秘帖 1（吉川英治歴史時代文庫 2）吉川英治著　講談社　1989.9　429p　15cm　600円　①4-06-196502-6　Ⓝ913.6
内容 他国者は容易に近づけない、密国阿波に潜入した幕府隠密・甲賀の宗家、世阿弥が消息を絶って10年。家名の断絶を目前にして、悲嘆にくれる娘のお千絵を見かねて、二人の男が阿波蒼海をはかった。だが夜魔昼魔、お十夜孫兵衛、見返りお綱が二人の邪魔に入る。

◇鳴門秘帖 2（吉川英治歴史時代文庫 3）吉川英治著　講談社　1989.9　443p　15cm　600円　①4-06-196503-4　Ⓝ913.6
内容 冷厳な隠密の掟ゆえに、お千絵と弥之丞の恋は許されようもない。といって、お千絵に執拗につきまとう旅川周馬の邪恋は迷惑至極。弦之丞も家を捨て恋を捨て、一管の竹に漂泊の旅を重ねるが、お千絵への思いはきっぱり絶っているだろうか。その弦之丞に隠密の命令が下る。阿波二十五万石の存立にかかわる大仕事が！　無論、阿波藩士が手を拱いて待っている訳がない。弦之丞を取巻く蜘蛛手の網。

◇鳴門秘帖 3（吉川英治歴史時代文庫 4）吉川英治著　講談社　1989.10　427p　15cm　600円　①4-06-196504-2　Ⓝ913.6
内容 弦之丞を恋するお綱、お綱を追うお十夜。弦之丞はお千絵を想い、お千絵は旅川周馬に迫られる。恋と剣のまんじ巴は、木曽から鳴門の汐路へとつづく。阿波藩を動かす勤王の大立て者竹屋三位卿は、弦之丞の前に立ちはだかる強敵であり、剣山の間諜牢に年久しくつながれる甲賀世阿弥の死命をあずかる非情の人でもあった。いま、山頂の牢を前にして、幕府方、勤王派の最後の死闘が展開される。

「ナルニア国物語」　なるにあこくものがたり
The Chronicle of Narnia　［児童文学］
1950-56刊行　㊕ナルニア国年代記

ルイス, C.S.　Lewis, Clive Staples　1898-1963　イギリスの学者、作家。「ナルニア国物語」（全7巻）で知られ、シリーズ最終巻でカーネギー賞受賞

◇ナルニア国物語─新訳　1～7（角川文庫）C・S・ルイス著、河合祥一郎訳　KADOKAWA　2020.8～2023.7　7冊　15cm　Ⓝ933.7

なんこ

[内容] 両親と離れ、田舎の風変わりな教授の家に預けられた4人の兄妹。ある日末っ子のルーシーが空き部屋で大きな洋服だんすをみつけるが、扉を開くとそこは残酷な魔女が支配する国ナルニアだった!「4人の人間がナルニアを救う王になる」という予言のせいで、子どもたちは魔女に命を狙われることに。4人は聖なるライオン"アスラン"と共に魔女に戦いを挑むが…。全世界1億2千万部突破! 児童文学の金字塔が新訳でよみがえる!

「南国太平記」 なんごくたいへいき [長編小説] ㊁1931 [青空文庫]

直木三十五 なおき・さんじゅうご 1891-1934 昭和期の小説家

◇南国太平記 上(角川文庫)改版 直木三十五著 KADOKAWA 2017.11 562p 15cm〈初版:角川書店 1979年刊〉1200円 ①978-4-04-106347-7 Ⓝ913.6

[内容] 幕末の薩摩藩では、藩主・島津斉興の世子斉彬と、わが子久光を藩主にと願う斉興の愛妾お由羅の方との間に激しい抗争が繰り広げられていた。折しも斉彬の子、寛之助が原因不明の熱にうかされ…。「お由羅騒動」の顛末を描く。

◇南国太平記 下(角川文庫)改版 直木三十五著 KADOKAWA 2017.11 627p 15cm〈初版:角川書店 1979年刊〉1280円 ①978-4-04-106348-4 Ⓝ913.6

[内容] 斉彬の子供のあいつぐ変死。斉彬派とお由羅の方一党との対立は益々深刻化していった。お由羅派の牧仲太郎は、斉彬を呪殺しようとするが、軽輩の益満休之助らはその陰謀を打ち砕くべく対決し…。「お由羅騒動」の顛末を描く。

「南総里見八犬伝」 なんそうさとみはっけんでん [戯作(読本)] ㊁1814-42 ㊁里見八犬伝, 八犬伝

曲亭馬琴 きょくてい・ばきん 1767-1848 江戸時代中期・後期の読本・合巻作者。滝沢馬琴

◇南総里見八犬伝 1 結城合戦始末 曲亭馬琴原作, 松尾清貴文 静山社 2018.3 293p 20cm 1500円 ①978-4-86389-418-1 Ⓝ913.6

[内容] 時は室町時代。安房国の領主・里見義実の娘の伏姫の身に禍がふりかかる。伏姫の数奇な運命と、八犬士たちの物語がはじまる…。歴史ファンタジーの傑作「南総里見八犬伝」を原作として、現代の読者にわかりやすい言葉で小説化。

◇南総里見八犬伝 2 犬士と非犬士 曲亭馬琴原作, 松尾清貴文 静山社 2019.4 293p 20cm 1500円 ①978-4-86389-513-3 Ⓝ913.6

[内容] 芳流閣の屋上から墜落した犬塚信乃と犬飼現八は、行徳村に流れ着いた。そこで力自慢の大男・犬田小文吾と運命的に出会い…。

◇南総里見八犬伝 3 美女と悪女 曲亭馬琴原作, 松尾清貴文 静山社 2020.2 334p 20cm 1600円 ①978-4-86389-553-9 Ⓝ913.6

[内容] 散り散りになった五犬士たち。犬田小文吾はひとりの道中、あらぬ嫌疑をかけられ、幽囚の身に。そこに美しい女田楽師が現れ…。

◇南総里見八犬伝 4 南総騒乱 曲亭馬琴原作, 松尾清貴文 静山社 2020.10 329p 20cm 1600円 ①978-4-86389-580-5 Ⓝ913.6

[内容] 目が見えなくなった犬田小文吾、仇討の好機がめぐってきた犬阪毛野と犬山道節…。犬士たちの波乱に満ちた冒険はつづく!

◇南総里見八犬伝 5 八犬具足 曲亭馬琴原作, 松尾清貴文 静山社 2021.3 330p 20cm 1600円 ①978-4-86389-608-6 Ⓝ913.6

[内容] 犬江親兵衛がついに姿を現した! 囚われていた里見義通を救出するが、妖術をあやつる謎の比丘尼妙椿が巻き返しをはかり…。

「何でも見てやろう」 なんでもみてやろう [紀行] ㊁1961

小田実 おだ・まこと 1932-2007 昭和・平成期の小説家、評論家

◇小田実全集 評論第1巻 何でも見てやろう 小田実著 講談社, 復刊ドットコム(発売) 2010.6 457p 21cm 4500円 ①978-4-8354-4452-9 Ⓝ918.68

[内容] 26歳のフルブライト留学生が、欧米・アジア22ヵ国を貧乏旅行したこの旅行記は、ユニークな「世界現代思想講座」である。著者が欧米のスマートな知識人と媚びること

にしゅ

なく対等につき合い、垢だらけの凄惨なインドの貧困にも目をそむけることなく向き合う姿は、爽快で頼もしい。アメリカの豊かさとその病根、人種差別を直視する痛烈で優しい眼は、ヨーロッパやアジアにも向けられる。若者らしい痛快な笑いとセンチメンタルな涙、本物の、上等な知性と勇気のベスト&ロングセラー。

「なんとなく、クリスタル」 なんとなくくりすたる ［中編小説］ ㊗1981

田中康夫 たなか・やすお 1956- 小説家、政治家。1980年「なんとなく、クリスタル」で文藝賞受賞

◇なんとなく、クリスタル（河出文庫）新装版 田中康夫著 河出書房新社 2013.11 241p 15cm 760円 ①978-4-309-41259-7 Ⓝ913.6

内容 大学生でモデルの主人公・由利。バブル経済に沸く直前、1980年の東京を「皮膚感覚」で生きる若い女性たちを描き、80年代以降の日本人の精神風土、そして「豊かさ」の終焉までを予見。膨大な「注」に彩られ、精緻で批評的な企みに満ちた、文藝賞受賞作。

【 に 】

「肉体の悪魔」 にくたいのあくま Le Diable au corps ［長編小説］ ㊗1923

ラディゲ, レイモン Radiguet, Raymond 1903-1923 フランスの小説家、詩人

◇肉体の悪魔（光文社古典新訳文庫）ラディゲ著, 中条省平訳 光文社 2008.1 230p 16cm〈年譜あり〉476円 ①978-4-334-75148-7 Ⓝ953.7

内容 第一次大戦下のフランス。パリの学校に通う15歳の「僕」は、ある日、19歳の美しい人妻マルトと出会う。二人は年齢の差を超えて愛し合い、マルトの新居でともに過ごすようになる。やがてマルトの妊娠が判明したことから、二人の愛は破滅に向かって進んでいく…。

「肉体の門」 にくたいのもん ［長編小説］ ㊗1947発表

田村泰次郎 たむら・たいじろう 1911-1983 昭和期の小説家

◇肉体の悪魔 失われた男（講談社文芸文庫）田村泰次郎著 講談社 2006.8 319p 16cm〈年譜あり 著作目録あり〉1400円 ①4-06-198451-9 Ⓝ913.6

内容 1940年から敗戦までの、一兵卒としての中国従軍体験は、皇軍、聖戦という理念の虚妄を教え、兵士たちの犯す様々な罪業、あらゆる惨苦を嘗める現地の人々の姿を透徹した眼差しでとらえることを強いた。人間の持つ深い闇に錘鉛を下ろす戦争文学の数々は厭戦的であり、また戦後の一時代を画した肉体文学は、敗戦後の混乱する社会をも戦場の延長とみなすことで誕生した。田村泰次郎の戦争をめぐる名作を精選。

「にごりえ」 ［短編小説］ ㊗1895発表 （青空文庫）

樋口一葉 ひぐち・いちよう 1872-1896 明治期の小説家、歌人

◇にごりえ（河出文庫―現代語訳・樋口一葉）新装版 樋口一葉著 河出書房新社 2022.4 260p 15cm 780円 ①978-4-309-41886-5 Ⓝ913.6

目次 にごりえ（訳・伊藤比呂美）ほか

内容 樋口一葉の不朽の名作を、豪華作家陣による現代語訳で味わいつくす！ 一枚看板の酌婦・お力と、彼女に入れあげ落ちぶれた客・源七の悲劇を描く表題作ほか、全七編を収録。

「二十四の瞳」 にじゅうしのひとみ ［長編小説］ ㊗1952 （青空文庫）

壷井栄 つぼい・さかえ 1899-1967 明治～昭和期の小説家

◇二十四の瞳（岩波文庫）壷井栄作 岩波書店 2018.5 282p 15cm〈「壷井栄全集 5」（文泉堂出版 1997年刊）の抜粋〉700円 ①978-4-00-312121-4 Ⓝ913.6

内容 子供たちを育み守ろうとする先生と、時代の引き起こすきびしさと貧しさに翻弄されながら懸命に生きる子供たち…。瀬戸内の一寒村に赴任した若い女性教師と12人の生徒のふれあいを通して、戦争への怒り

にせか

と悲しみを訴える名作。

「**贋金つくり**」 にせがねつくり Les Faux-Monnayeurs ［長編小説］ ㊵1925発表 ㊵贋金つかい

ジッド，アンドレ　Gide, André Paul Guillaume　1869-1951　フランスの小説家、評論家。1947年ノーベル文学賞受賞

◇アンドレ・ジッド集成　4　アンドレ・ジッド著、二宮正之訳　筑摩書房　2017.9　532p　22cm　7700円　①978-4-480-79104-7　Ⓝ953.7

内容　いかなる物語へも収束されない "純粋小説" を問い、未来に開かれた野心作『贋金つくり』、このメタフィクションを別光源から照らす創作ノート『『贋金つくり』の日記』、ギリシア王に生涯を生ききった者の感慨を託す『テーセウス』。ジッド円熟期の傑作三篇を収める。

「**偐紫田舎源氏**」 にせむらさきいなかげんじ ［戯作（草双紙 長編合巻）］ 1829-42刊行

柳亭種彦　りゅうてい・たねひこ　1783-1842　江戸時代後期の戯作者

◇新日本古典文学大系　88・89　偐紫田舎源氏　上・下　柳亭種彦著、鈴木重三校注、佐竹昭広ほか編　岩波書店　1995.2, 1995.12　2冊　22cm　4800円, 4900円　Ⓝ918

内容　足利将軍の一子、光源氏ならぬ光氏が、謀反を未然に防がんと、色好みの浮き名に隠れて繰り広げる敵対勢力との暗闘。恋あり陰謀あり、室町は花の御所を舞台に艶麗な浮世絵が映し出す、歌舞伎仕立ての「源氏物語」。

「**二銭銅貨**」 にせんどうか ［短編小説］ ㊵1923発表　青空文庫

江戸川乱歩　えどがわ・らんぽ　1894-1965　大正・昭和期の推理作家。日本推理作家協会初代理事長

◇D坂の殺人事件（角川文庫）江戸川乱歩著　KADOKAWA　2016.3　349p　15cm　600円　①978-4-04-103713-3　Ⓝ913.6

目次　二銭銅貨 ほか

内容　国民的名探偵が初めて登場する記念すべき表題作を始め、推理・探偵小説を中心に全5作を収録。

「**日輪**」 にちりん ［中編小説］ ㊵1924　青空文庫

横光利一　よこみつ・りいち　1898-1947　大正・昭和期の小説家。新感覚派として活躍

◇日輪・春は馬車に乗って 他八篇（岩波文庫）横光利一作　岩波書店　1981.8　300p　15cm　400円　Ⓝ913.6

内容　新感覚派の驍将として登場した横光は、つぎつぎと新しい小説形式に挑戦したが、戦争によって不幸にも挫折した。だが現在の文学状況の中で、横光の試みは今もなお課題たりうる多くのものを含んでいる。（解説　保昌正夫）

「**日本永代蔵**」 にっぽんえいたいぐら ［浮世草子］ ㊵1688

井原西鶴　いはら・さいかく　1642-1693　江戸時代前期の浮世草子作者、俳人

◇日本永代蔵―全訳注（講談社学術文庫）井原西鶴著、矢野公和, 有働裕, 染谷智幸訳注　講談社　2018.9　446p　15cm〈文献あり〉1440円　①978-4-06-292475-7　Ⓝ913.52

内容　生真面目すぎる商人、ドラ息子、度を越した吝嗇たち。越後屋は「現金掛け値なし」で大当たりして…。元禄前夜、富を築き、また守らんとあがく庶民の姿を活写した、井原西鶴による町人物浮世草子の傑作を新訳。

「**二都物語**」 にとものがたり A Tale of Two Cities ［長編小説］ ㊵1859　青空文庫

ディケンズ，チャールズ　Dickens, Charles John Huffam　1812-1870　イギリスの小説家

◇二都物語　上（光文社古典新訳文庫）ディケンズ著、池央耿訳　光文社　2016.3　346p　16cm　900円　①978-4-334-75326-9　Ⓝ933.6

内容　スパイ容疑で逮捕されたフランス亡命貴族のロンドンでの裁判。とある医師の娘が証人となり、弁護士の奇策もあって被告は罪を免れる。一方パリの居酒屋では血腥

にほん

い計画が着々と練られ…。二つの首都の間で絡み合った因縁の糸が解けていくなか、革命の足音が近づいてくる。

◇二都物語 下（光文社古典新訳文庫）ディケンズ著, 池央耿訳 光文社 2016.3 349p 16cm〈年譜あり〉900円 ①978-4-334-75327-6 Ⓝ933.6

[内容] ルーシーと結ばれロンドンで幸せな家庭を築いたダーネイだが、元の使用人を救うべくパリに舞い戻るや、血に飢えた革命勢力に逮捕されてしまう。彼の窮地を救うため、弁護士カートンは恐るべき決断を下す…。時代のうねりの中で愛と信念を貫く男女を描いた、ディケンズ文学の真骨頂。

「ニーベルンゲンの歌」 Nibelungenlied
[叙事詩] 13世紀初頭成立

◇ニーベルンゲンの歌 岡﨑忠弘訳 鳥影社 2017.5 1042p 22cm〈文献あり〉5800円 ①978-4-86265-602-5 Ⓝ941.4

[内容] ドイツ語文化圏に今も息づく壮絶な闘いの記憶。『ファウスト』とともにドイツ文学の双璧をなす英雄叙事詩『ニーベルンゲンの歌』を、原文の一語・一文・一詩節を考量しながらの綿密な翻訳。詳細な訳注と解説を付す。待望の完全新訳。

「日本アルプス」 にほんあるぷす ［紀行文集］ ㊅1910（『日本アルプス 第1巻』前川文栄閣） 青空文庫 (一部の作品)

小島烏水 こじま・うすい 1873-1948 明治～昭和期の登山家、随筆家、銀行家

◇日本アルプス―山岳紀行文集（岩波文庫）小島烏水著, 近藤信行編 岩波書店 2009.6 444p 15cm 900円 ①4-00-311351-9 Ⓝ291.52

[内容] 小島烏水が本格的に登山を始めた明治30年代、日本アルプスは、まだ正確な地図もなく地元の熟練の猟師だけが踏み込むことのできる"秘境"だった。「鎗ヶ嶽探険記」など、後進登山家の血をわかせた先駆者烏水の代表的な山岳紀行文を収録。

「日本国現報善悪霊異記」 ⇒日本霊異記（にほんりょういき）を見よ

「日本三文オペラ」 にほんさんもんおぺら
[長編小説] ㊅1959

開高健 かいこう・たけし 1930-1989 昭和期の小説家

◇日本三文オペラ（新潮文庫）改版 開高健著 新潮社 2011.3 346p 15cm 514円 ①978-4-10-112802-3 Ⓝ913.6

[内容] 大阪の旧陸軍工廠の広大な敷地にころがっている大砲、戦車、起重機、鉄骨などの残骸。この莫大な鉄材に目をつけた泥棒集団"アパッチ族"はさっそく緻密な作戦計画をたて、一糸乱れぬ組織力を動員、警察陣を尻目に、めざす獲物に突進する。一見徒労なエネルギーの発散のなかに宿命的な人間存在の悲しい性を発見し、ギラギラと脂ぎった描写のなかに哀愁をただよわせた快作。

「日本書紀」 にほんしょき ［歴史書, 神話］ 720完成 ㊅日本紀

◇日本書紀―全現代語訳+解説 1 神代―世界の始まり 寺田惠子訳・著 グッドブックス 2024.6 239p 19cm〈文献あり〉1700円 ①978-4-907461-42-3 Ⓝ210.3

[内容] 「日本」の原点、その扉を開く―。神々の時代と第一代神武天皇から第四十一代持統天皇に至る歴史が漢文で記された歴史書「日本書紀」。1は、「日本書紀」巻第一、第二の本文を現代語訳し、脚注と解説を施す。全8巻予定。

◇日本書紀―全現代語訳+解説 2 建国と神々の祭り 寺田惠子訳・著 グッドブックス 2024.12 278p 19cm〈文献あり〉1700円 ①978-4-907461-42-3 Ⓝ210.3

[内容] 「日本」の原点、その扉を開く―。神々の時代と第一代神武天皇から第四十一代持統天皇に至る歴史が漢文で記された歴史書「日本書紀」。2は、「日本書紀」巻第三～第六の本文を現代語訳し、脚注と解説を施す。

「日本沈没」 にほんちんぼつ ［長編小説］ ㊅1973

小松左京 こまつ・さきょう 1931-2011

にほん

昭和・平成期のSF作家

◇日本沈没 上(ハルキ文庫) 小松左京著 角川春樹事務所 2020.12 391p 16cm 〈底本:「小松左京全集完全版5」(城西国際大学出版会 2011年刊)〉 600円 Ⓘ978-4-7584-4377-7 Ⓝ913.6

[内容] 鳥島南東の無人島が消失し、調査に向かった小野寺は日本海溝に沿って地殻の活動が活発化していることに気付く。地球物理学者の田所博士も異変を感じ取り…。日本の危機を悟った科学者たちはどうするのか? 日本SFの金字塔。

◇日本沈没 下(ハルキ文庫) 小松左京著 角川春樹事務所 2020.12 373p 16cm 〈底本:「小松左京全集完全版5」(城西国際大学出版会 2011年刊)〉 600円 Ⓘ978-4-7584-4378-4 Ⓝ913.6

[内容] 日本各地を襲う巨大地震と大地の沈降。政府は秘密裏に脱出計画を開始し、田所博士たちは「日本沈没」のXデーを探る。導き出された破滅へのカウントダウンはあまりに短く…。日本の未来はどうなるのか? 日本SFの金字塔。

「日本之下層社会」 にほんのかそうしゃかい
[記録文学(ルポルタージュ)] 初1899

横山源之助 よこやま・げんのすけ 1871-1915 明治・大正期のジャーナリスト

◇日本の下層社会(岩波文庫) 改版 横山源之助著 岩波書店 1985.4 407p 15cm 600円 Ⓘ4-00-331091-8 Ⓝ368.2

[内容] 日本資本主義が一人だちする明治30年前後。横山源之助は労働者・貧民に深い同情をよせ、実態調査にもとづくルポルタージュの数々を世に問うた。本書はその集成であり、工場労働者をはじめ職人・都市の極貧者・小作人等の生活が生々しく詳細に記録されている。明治期ルポルタージュの白眉。(解説 立花雄一)

「日本の橋」 にほんのはし [評論集]
初1936

保田與重郎 やすだ・よじゅうろう 1910-1981 昭和期の評論家。1936年「日本の橋」で第1回池谷信三郎賞受賞

◇全集 現代文学の発見 新装版 第11巻 日本的なるものをめぐって 大岡昇平ほか責任編集 學藝林 2004.6 608p 20cm 4500円 Ⓘ4-87517-069-6 Ⓝ918.6

[目次] 日本の橋(保田與重郎)ほか

「日本文化私観」 にほんぶんかしかん [随筆, 評論] 初1943 青空文庫

坂口安吾 さかぐち・あんご 1906-1955 昭和期の小説家。無頼派作家、新戯作派と呼ばれる

◇「新しい戦前」の時代、やっぱり安吾でしょ―坂口安吾傑作選 坂口安吾著 本の泉社 2023.3 222p 18cm 〈底本:坂口安吾全集1~18(ちくま文庫 1989~1991年刊)〉 1091円 Ⓘ978-4-7807-2236-9 Ⓝ913.6

[目次] 日本文化私観 ほか

[内容] 安吾の残した作品はじゅうぶんに、現代に放つ痛烈な一矢なのだ。「白痴」「日本文化私観」「堕落論」「風と光と二十の私と」「桜の森の満開の下」「オモチャ箱」の6編を収録。

「日本霊異記」 にほんりょういき/れいいき
[仏教説話集] 822頃成立 別日本国現報善悪霊異記, 霊異記

景戒 けいかい(きょうかい) 奈良時代後期~平安時代初期の奈良薬師寺の僧

◇日本霊異記 発心集(河出文庫―古典新訳コレクション22) 景戒編, 鴨長明著, 伊藤比呂美訳 河出書房新社 2024.3 227p 15cm 〈底本:日本文学全集08(2015年刊) 文献あり〉 800円 Ⓘ978-4-309-42086-8 Ⓝ913.37

[内容] 平安時代初期、薬師寺の僧景戒編著の日本最古の仏教説話集『日本霊異記』は、雄略天皇から嵯峨天皇までの因果応報の説話、善悪、霊験、奇蹟、怪異、性愛などが描かれている。詩人・伊藤比呂美が厳選、渾身の新訳で現代に甦る。

「ニューロマンサー」 Neuromancer
[長編小説] 初1984

ギブスン, ウィリアム Gibson, William Ford 1948- アメリカのSF小説家、映画脚本家

◇ニューロマンサー(ハヤカワ文庫SF) ウィリアム・ギブスン著, 黒丸尚訳 早川書房 1986.7 451p 16cm 560円 Ⓘ4-15-

010672-X　Ⓝ933

[内容]ケイスは、コンピュータ・カウボーイ能力を奪われた飢えた狼。だが、その能力を再生させる代償に、ヤバイ仕事をやらないかという話が舞いこんできた。きな臭さをかぎとりながらも、仕事を引き受けたケイスは、テクノロジーとバイオレンスの支配する世界へと否応なく引きずりこまれてゆく。話題のサイバーパンクSF登場！

「ニルスのふしぎな旅」　Nils Holgerssons underbara resa genom Sverige　[児童文学]　Ⓢ1906（第1部）
Ⓑニルスのふしぎな旅　(青空文庫)（ニルスのふしぎな旅）

ラーゲルレーヴ, セルマ　Lagerlöf, Selma Ottiliana Lovisa　1858-1940　スウェーデンの小説家。1909年女性初のノーベル文学賞受賞

◇ニルスのふしぎな旅　1〜5（M+C）セルマ・ラーゲルレーフ原作, 吉田順翻案　学研プラス　2021.3〜12　5冊　20cm　各1000円　Ⓝ949.83

[内容]冒険、仲間、そして──…主人公とともに読者も成長する、世代を超えた不朽の名作。

「楡家の人びと」　にれけのひとびと　[長編小説]　Ⓢ1964

北杜夫　きた・もりお　1927-2011　昭和・平成期の小説家、随筆家、医師

◇楡家の人びと　北杜夫著　新潮社　1993.8　581p　22cm　3000円　①4-10-306230-4　Ⓝ913.6

[内容]平和な時代の市民生活の哀歓、第二次世界大戦の昂揚と荒廃と虚脱…。近代日本の歴史とともに生きた楡脳病院一族三代の悲喜劇を描き、近代日本の市民生活の転変と心の遍歴をうつす。

「楡の木陰の欲望」　にれのこかげのよくぼう　Desire Under the Elms　[戯曲]　1924初演　Ⓑ楡の木蔭の欲情

オニール, ユージン　O'Neill, Eugene Gladstone　1888-1953　アメリカの劇作家。1936年ノーベル文学賞受賞

◇楡の木陰の欲望─改訳（岩波文庫）オニール作, 井上宗次訳　岩波書店　1974　157p（図共）15cm〈初版の書名：楡の木蔭の慾情〉140円　①978-4-00-323251-4　Ⓝ932

[内容]十九世紀半ばのニュー・イングランド。ある農家の上におおいかぶさっている不吉な楡の木の下で、偏狭な老父を中心に、先妻の息子と淫蕩な後妻とが展開する愛欲絵巻は、さながらトルストイの『闇の力』を思わせるほどの傑作で、従来のアメリカ戯曲には見られない深刻さをもっている。オニールの最も円熟した時代に書かれたもの。

「人形の家」　にんぎょうのいえ　Et dukkehjem　[戯曲]　1879初演
(青空文庫)

イプセン, ヘンリック　Ibsen, Henrik Johan　1828-1906　ノルウェーの劇作家

◇人形の家（近代古典劇翻訳〈注釈付〉シリーズ 001）ヘンリック・イプセン著, 毛利三彌訳　論創社　2020.4　193p　19cm〈年表あり〉1500円　①978-4-8460-1922-8　Ⓝ949.62

[内容]シェイクスピアに続き、世界でもっとも上演される近代劇の父、ヘンリック・イプセン。女性解放を促した不朽の名作に詳細な注釈を付す。

「人間ぎらい」　にんげんぎらい　Le misanthrope　[戯曲]　1666初演

モリエール　Molière　1622-1673　フランスの劇作家、俳優

◇人間ぎらい（新潮文庫）モリエール著, 内藤濯訳　新潮社　1952　108p　16cm　Ⓝ952

[内容]主人公のアルセストは世間知らずの純真な青年貴族であり、虚偽に満ちた社交界に激しい憤りさえいだいているが、皮肉にも彼は社交界の悪風に染まったコケットな未亡人、セリメーヌを恋してしまう一。誠実であろうとするがゆえに俗世間との調和を失い、恋にも破れて人間ぎらいになってゆくアルセストの悲劇を、涙と笑いの中に描いた、作者の性格喜劇の随一とされる傑作。

「人間失格」　にんげんしっかく　[中編小説]　Ⓢ1948　(青空文庫)

太宰治　だざい・おさむ　1909-1948　昭和

期の小説家

◇人間失格―小説　太宰治原作　文響社　2021.6　213p　19cm　1250円　Ⓘ978-4-86651-386-7　Ⓝ913.6

内容　美しいイラスト。豊富な振り仮名。用語解説付きでとにかく読みやすい！累計670万部―映像化作品多数、作者は入水自殺。日本文学史上最大の問題作。

「人間の壁」　にんげんのかべ　［長編小説］　㊉1958-59

石川達三　いしかわ・たつぞう　1905-1985　昭和期の小説家

◇人間の壁　上・中・下（岩波現代文庫 文芸）石川達三著　岩波書店　2001.8, 2001.9　3冊　15cm　各1100円　Ⓝ913.6

内容　封建意識の根強い地方都市で夫との不和に心を砕きながらも児童の学習と生活の向上に取組む小学校教師志野田ふみ子は突如退職を迫られる…。昭和30年代、民主教育の定着をめざす教師たちは教育の国家統制を目論む政府との闘いに立ち上がった。転換期を生きる群像を活写し、教育の原点と人間の生きがいを問う問題の長編小説。

「人間の絆」　にんげんのきずな　Of Human Bondage　［長編小説］　㊉1915

モーム，ウィリアム・サマセット　Maugham, William Somerset　1874-1965　イギリスの小説家、劇作家

◇人間の絆　上巻（新潮文庫）サマセット・モーム著，金原瑞人訳　新潮社　2021.11　632p　16cm　950円　Ⓘ978-4-10-213030-8　Ⓝ933.7

内容　両親を失い牧師の伯父に育てられたフィリップは、信仰心を失い、パリに渡る。しかし、若き芸術家仲間と交流する中で、自らの才能の限界を知った彼は、医学を志すことになり…。誠実な魂の遍歴を描いたモームの代表作を新訳。

◇人間の絆　下巻（新潮文庫）サマセット・モーム著，金原瑞人訳　新潮社　2021.11　636p　16cm　950円　Ⓘ978-4-10-213031-5　Ⓝ933.7

内容　イギリスに戻ったフィリップは、傲慢な美女ミルドレッドに翻弄される。追い打ちをかけられるように、戦争と投機の失敗で全財産を失い、食べるものにも事欠くことになった時、フィリップの心に去来したのは絶望か、希望か…。

「人間の條件」　にんげんのじょうけん　［長編小説］　㊉1956

五味川純平　ごみかわ・じゅんぺい　1916-1995　昭和・平成期の小説家

◇人間の條件　上（岩波現代文庫 文芸）五味川純平著　岩波書店　2005.1　583p　15cm　1200円　Ⓘ4-00-602087-2　Ⓝ913.6

内容　珍しく棉のような雪が静かに舞い降りる宵闇、一九四三年の満洲で梶と美千子の愛の物語がはじまる。植民地に生きる日本知識人の苦悶、良心と恐怖の葛藤、軍隊での暴力と屈辱、すべての愛と希望を濁流のように押し流す戦争…「魂の底揺れする迫力」と評された戦後文学の記念碑的傑作。

◇人間の條件　中（岩波現代文庫 文芸）五味川純平著　岩波書店　2005.2　641p　15cm　1300円　Ⓘ4-00-602088-0　Ⓝ913.6

内容　中国人労務者斬首に抵抗した梶は憲兵隊に捕られ、召集免除の特典を取り消された。軍隊内の過酷な秩序、初年兵に対する一方的な暴力、短い病院生活を経て梶はソ連国境に転戦。蛸壺に立てこもる日本兵にソ連戦車隊の轟音が迫る…消耗品として最前線に棄てられてなお人間であることの意味を問う戦後文学の巨編愈々佳境へ。

◇人間の條件　下（岩波現代文庫 文芸）五味川純平著　岩波書店　2005.3　598p　15cm　1200円　Ⓘ4-00-602089-9　Ⓝ913.6

内容　ソ連戦車隊が国境線を超えた。迎え撃つ日本軍部隊は壊滅。梶は辛うじて戦場を離脱、満洲の曠野を美千子をめざして逃避行を続ける。捕虜になるが脱走、彷徨する梶の上に雪は無心に舞い降りる。美千子よ、あとのなん百キロかを守ってくれ、祈ってくれ…非人間的世界を人間的に生きようと苦悩し、闘った男と女の波乱万丈の物語、三千枚ここに完結。

「人間の条件」　にんげんのじょうけん　La Condition humaine　［長編小説］　㊉1933

マルロー，アンドレ　Malraux, André　1901-1976　フランスの小説家、政治家。1933年「人間の条件」でゴルクー

ル賞受賞

◇世界文学全集　19　マルロー, サン・テグジュペリ　五木寛之ほか編集　学習研究社　1978.7　478p　20cm　Ⓝ908

[目次]マルロー　マルロー文学アルバム、マルローと私　村松剛著、人間の条件　新庄嘉章・小松清訳、解説　新庄嘉章著、年譜　村松剛編〔ほか〕

「人間の土地」　にんげんのとち　Terre des hommes　［随筆集］　㊇1939　㊖人間の大地

サン＝テグジュペリ, アントワーヌ・ド　Saint-Exupéry, Antoine Marie Roger de　1900-1944　フランスの小説家、飛行士

◇人間の大地（光文社古典新訳文庫）サン＝テグジュペリ著、渋谷豊訳　光文社　2015.8　349p　16cm〈年譜あり〉980円　Ⓘ978-4-334-75314-6　Ⓝ954.7

[内容]郵便機のパイロットとして長いキャリアを持つ著者が、駆け出しの日々、勇敢な僚友たちのこと、アフリカや南米での人々との交流、自ら体験した極限状態などについて、時に臨場感豊かに、時に哲学的に語る。人間にとって大切なものは何かを鋭く問うたサン＝テグジュペリ文学の大傑作。

「にんじん」　Poil de carotte　［長編小説］　㊇1894　青空文庫

ルナール, ジュール　Renard, Jules　1864-1910　フランスの小説家、劇作家

◇にんじん（光文社古典新訳文庫）ルナール著、中条省平訳　光文社　2017.4　312p　16cm〈年譜あり〉760円　Ⓘ978-4-334-75351-1　Ⓝ953.6

[内容]赤茶けた髪とそばかすだらけの肌で「にんじん」と呼ばれる少年は、母親や兄姉から心ない仕打ちを受けている。それにもめげず、自分と向き合ったりユーモアを発揮したりしながら日々をやり過ごすうち、少年は成長していく。著者が自身の子供時代を冷徹に見つめて綴った自伝的小説。

【ね】

「ネイティヴ・サン」　⇒アメリカの息子を見よ

「寝覚」　⇒夜半の寝覚（よわのねざめ）を見よ

「ねじの回転」　ねじのかいてん　The Turn of the Screw　［長編小説］　㊇1898

ジェイムズ, ヘンリー　James, Henry, Jr.　1843-1916　アメリカの小説家、批評家

◇ねじの回転（新潮文庫）ヘンリー・ジェイムズ著、小川高義訳　新潮社　2017.9　251p　16cm　490円　Ⓘ978-4-10-204103-1　Ⓝ933.6

[内容]イギリス郊外の古い貴族屋敷に、両親と死別し身を寄せている兄妹。物語の語り手である若い女「私」は家庭教師として雇われた。私は兄妹を悪の世界に引きずりこもうとする幽霊を目撃するが…。精緻で耽美なホラー小説の名著。

「眠狂四郎無頼控」　ねむりきょうしろうぶらいひかえ　［小説］　1956-58連載　㊖眠狂四郎

柴田錬三郎　しばた・れんざぶろう　1917-1978　昭和期の小説家

◇眠狂四郎無頼控―百話　柴田錬三郎著　新潮社　1993.11　1043p　22cm　5200円　Ⓘ4-10-310010-9　Ⓝ913.6

[内容]転びバテレンと大目付の娘の間に生まれた異端の剣士・眠狂四郎。幕閣をも巻き込んだ怪事件を発端に次々と起こる奇怪な事件の中、円月殺法が冴えわたる。戦後時代小説最高のヒーローの初登場読切百話、愛蔵版で登場。

「眠れる美女」　ねむれるびじょ　［中編小説］　㊇1961

川端康成　かわばた・やすなり　1899-1972　大正・昭和期の小説家。1968年、日本人初のノーベル文学賞受賞

◇眠れる美女（新潮文庫）新版　川端康成著

新潮社　2024.8　258p　16cm　590円　Ⓘ978-4-10-100250-7　Ⓝ913.6
内容　老いを感じ始めた江口が通された部屋には、若く美しい娘が裸のまま眠っていた。江口が娘に触れ、布団に入ろうとすると…。三島由紀夫が「デカダンス文学の逸品」と激賞した表題作に、「片腕」「散りぬるを」を併録。

【 の 】

「野菊の墓」　のぎくのはか　［中編小説］
㊚1906　青空文庫

伊藤左千夫　いとう・さちお　1864-1913
明治期の歌人、小説家

◇野菊の墓（新潮文庫）改版　伊藤左千夫著　新潮社　2018.3　156p　16cm　340円　Ⓘ978-4-10-104801-7　Ⓝ913.6
内容　15歳の政夫とふたつ年上の従姉民子の清純な恋。ふたりは世間体を気にする大人たちに隔てられ…。江戸川の矢切の渡し付近の静かな田園を舞台にした恋物語「野菊の墓」、その原形とも考えられる「守の家」など全4編を収録。

「ノストローモ」　Nostromo　［長編小説］　㊚1904　㊙ノストロモ

コンラッド, ジョゼフ　Conrad, Joseph　1857-1924　イギリスの小説家

◇筑摩世界文学大系　50　コンラッド　筑摩書房　1975　441p　23cm　2000円　Ⓝ908
目次　ノストローモ（上田勤、日高八郎、鈴木建三訳）ほか

「野火」　のび　［長編小説］　㊚1952

大岡昇平　おおおか・しょうへい　1909-1988
昭和期の小説家、フランス文学者

◇野火（新潮文庫）改版　大岡昇平著　新潮社　2014.7　216p　16cm　400円　Ⓘ978-4-10-106503-8　Ⓝ913.6
内容　敗北が決定的となったフィリピン戦線で結核に冒され、わずか数本の芋を渡されて本隊を追放された田村一等兵。野火の燃えひろがる原野を彷徨う田村は、極度の飢えに襲われ、自分の血を吸った蛭まで食べ

たあげく、友軍の屍体に目を向ける…。平凡な一人の中年男の異常な戦争体験をもとにして、彼がなぜ人肉嗜食に踏み切れなかったかをたどる戦争文学の代表的作品である。

「伸子」　のぶこ　［長編小説］　㊚1927
青空文庫

宮本百合子　みやもと・ゆりこ　1899-1951
大正・昭和期の小説家、評論家

◇文豪と感染症―100年前のスペイン風邪はどう書かれたのか（朝日文庫）永江朗編　朝日新聞出版　2021.8　266p　15cm　680円　Ⓘ978-4-02-265000-9　Ⓝ913.68
目次　伸子（宮本百合子著）ほか

「乗合馬車」　のりあいばしゃ　［短編小説］
㊚1939

中里恒子　なかざと・つねこ　1909-1987
昭和期の小説家

◇網野菊・芝木好子・中里恒子（女性作家シリーズ 5）河野多惠子ほか監修　角川書店　1999.5　477p　20cm〈年譜あり〉2800円　Ⓘ4-04-574205-0　Ⓝ913.68
目次　乗合馬車（中里恒子）ほか

「ノルウェイの森」　［長編小説］　㊚1987

村上春樹　むらかみ・はるき　1949–　小説家、翻訳家

◇ノルウェイの森　上（講談社文庫）村上春樹著　講談社　2004.9　302p　15cm　514円　Ⓘ4-06-274868-1　Ⓝ913.6
内容　暗く重たい雨雲をくぐり抜け、飛行機がハンブルク空港に着陸すると、天井のスピーカーから小さな音でビートルズの『ノルウェイの森』が流れ出した。僕は一九六九年、もうすぐ二十歳になろうとする秋のできごとを思い出し、激しく混乱し、動揺していた。限りない喪失と再生を描き新境地を拓いた長編小説。

◇ノルウェイの森　下（講談社文庫）村上春樹著　講談社　2004.9　293p　15cm　514円　Ⓘ4-06-274869-X　Ⓝ913.6
内容　あらゆる物事を深刻に考えすぎないようにすること、あらゆる物事と自分の間にしかるべき距離を置くこと―。あたらしい僕の大学生活はこうしてはじまった。自殺した親友キズキ、その恋人の直子、同じ学

部の緑。等身大の人物を登場させ、心の震えや感動、そして哀しみを淡々とせつないまでに描いた作品。

「**ノンちゃん雲に乗る**」　［児童文学］
㊂1947

石井桃子　いしい・ももこ　1907-2008　昭和・平成期の児童文学作家、翻訳家。1951年「ノンちゃん雲に乗る」で第1回芸術選奨文部大臣賞受賞

◇ノンちゃん雲に乗る　石井桃子著　光文社　2005.12　257p　19cm〈昭和26年刊の複製〉1500円　Ⓘ4-334-95013-2　Ⓝ913.6

[内容] ある朝小学校二年生のノンちゃんが目をさますと、お母さんがお兄ちゃんをつれて出かけてしまった後。大泣きして神社の境内にある大きなモミジの木に登ったノンちゃんは、池に落ちたと思ったら空に落ちて、雲に乗ったおじいさんに拾われて…。光文社より出版されると同時に多くの読者に感銘を与えた名作。第一回文部大臣賞受賞。

【 は 】

「**俳諧七部集**」　はいかいしちぶしゅう　［俳諧撰集］　1732頃成立　㊙芭蕉七部集

佐久間柳居〔編〕　さくま・りゅうきょ　1686-1748　江戸時代中期の俳人、幕臣。名は長利。蕉門の代表的撰集7部12冊を撰定した「俳諧七部集(芭蕉七部集)」を編集

◇芭蕉七部集(岩波セミナーブックス―古典講読シリーズ)　上野洋三著　岩波書店　1992.7　204p　19cm　1500円　Ⓘ4-00-004251-3　Ⓝ911.32

[内容] 俳諧とは何か。雅俗にわたるあらゆることばの追求に心を砕いた芭蕉。その代表的連句作品「冬の日」「春の日」の綿密な読みを通し、伝統と拮抗しつつ、抗い、ついには新しい表現方式を確立した営為のあとをたどる。

「**ハイジ**」　⇒アルプスの少女ハイジを見よ

「**背徳のメス**」　はいとくのめす　［長編小説］　㊂1960

黒岩重吾　くろいわ・じゅうご　1924-2003　昭和・平成期の小説家。1960年「背徳のメス」で直木賞受賞

◇背徳のメス(角川文庫)　改版　黒岩重吾著　角川書店　1997.1　281p　15cm　494円　Ⓘ4-04-126801-X　Ⓝ913.6

[内容] 夜の非人間的な女誑しと昼間の正義の医師、植秀人。大阪の阿倍野を舞台に、デカダンス、ニヒリズム、無気力、情欲、犯罪が百鬼夜行する異常空間を描いた、ハードボイルド的長編推理の傑作。第44回直木賞受賞作品。

「**灰とダイヤモンド**」　はいとだいやもんど　Popiół i diament　［長編小説］　㊂1948

アンジェイェフスキ, イェジ　Andrzejewski, Jerzy　1909-1983　ポーランドの作家

◇灰とダイヤモンド　上(岩波文庫)　アンジェイェフスキ作, 川上洸訳　岩波書店　1998.7　302p　15cm〈肖像あり〉560円　Ⓘ4-00-327781-3　Ⓝ989.83

[内容] 焦土と化した戦後ポーランドの混沌とした状況を四日間の出来事に凝縮して描く長篇小説。ヨーロッパ戦線が実質上終結していた1945年5月5日、ワルシャワ南部の地方都市で党幹部と誤認された労働者が反革命テロ団により射殺される事件がおこった。

◇灰とダイヤモンド　下(岩波文庫)　アンジェイェフスキ作, 川上洸訳　岩波書店　1998.7　319p　15cm　600円　Ⓘ4-00-327782-1　Ⓝ989.83

[内容] その三日後の5月8日、テロ団の一員マーチェクは、党の大物シチューカの暗殺を決行するが、街頭で保安隊のパトロールに出会い、射殺された。この日は、ドイツ軍司令部代表が無条件降伏の正式文書に調印した日であった…。ワイダの同名の映画の原作。

はいふ

「誹風柳多留」 はいふうやなぎだる ［川柳集］ 1765（初編）～1840（167編）刊
㊿俳風柳樽、柳多留

呉陵軒可有〔ほか編〕 ごりょうけんあるべし ？-1788 江戸時代中期の川柳評前句付作者。俳号・木綿。「誹風柳多留」初編から22編までを編集

◇誹風柳多留（新潮日本古典集成）新装版 呉陵軒可有編、宮田正信校注 新潮社 2019.9 338p 20cm〈索引あり〉2200円 ①978-4-10-620879-9 Ⓝ911.45

内容 呉陵軒可有が江戸の前句付の勝句の刷物から佳句を精選し、川柳狂句の流行を誘い出した「誹風柳多留 全」を注解。その成り立ちや歴史的背景、成立に関与した人々についても解説する。

「蠅の王」 はえのおう Lord of the Flies ［長編小説］ ㊵1954

ゴールディング, ウィリアム Golding, William Gerald 1911-1993 イギリスの作家。1983年ノーベル文学賞受賞

◇蠅の王―新訳版（ハヤカワepi文庫）ウィリアム・ゴールディング著、黒原敏行訳 早川書房 2017.4 367p 16cm 1000円 ①978-4-15-120090-8 Ⓝ933.7

内容 飛行機が墜落し、無人島にたどりついた少年たち。協力して生き抜こうとするが、次第に緊張が高まり、暗闇に潜むという"獣"に対する恐怖が募り…。ノーベル賞作家の代表作を新訳で紹介する。

「破戒」 はかい ［長編小説］ ㊵1906
[青空文庫]

島崎藤村 しまざき・とうそん 1872-1943 明治～昭和期の詩人、小説家

◇破戒（ワイド版 岩波文庫）島崎藤村作 岩波書店 2006.6 440p 19cm〈年譜あり〉1400円 ①4-00-007270-6 Ⓝ918.6

内容 新しい思想を持ち、人間主義の教育によって不合理な社会を変えて行こうとする被差別部落出身の小学校教師瀬川丑松は、ついに父の戒めを破って自らの出自を告白する。

「白鯨」 はくげい Moby-Dick; or, The Whale ［長編小説］ ㊵1851

メルヴィル, ハーマン Melville, Herman 1819-1891 アメリカの小説家

◇白鯨 上（角川文庫）改版 メルヴィル著、富田彬訳 KADOKAWA 2015.6 481p 15cm 720円 ①978-4-04-103195-7 Ⓝ933.6

内容 船乗りのイシュメールは、宿屋で意気投合した銛手クィークェグと共に捕鯨船ピークォド号に乗り組んだ。そこにいたのは用心深いスターバック、楽天家のスタッブ、好戦的なフラスクらの運転士や、銛手のタシテゴーとダッグー。そして、自分の片脚を奪った巨大なマッコウクジラ"モービィ・ディック"への復讐に燃える船長のエイハブ―。様々な人種で構成された乗組員たちの壮絶な航海を、規格外のスケールで描いた海洋冒険巨編！

◇白鯨 下（角川文庫）改版 メルヴィル著、富田彬訳 KADOKAWA 2015.6 550p 15cm 720円 ①978-4-04-103196-4 Ⓝ933.6

内容 船長・エイハブの片脚を奪った、巨大で獰猛な白いマッコウクジラ"モービィ・ディック"に復讐を果たすため、過酷な航海を続ける捕鯨船ピークォド号。「雪の丘のような瘤！ モービィ・ディック！」―様々な国の捕鯨船との出会いで情報を得た末、ついに一行は赤道付近で目標を発見する。乗組員たちと、常識を超えた巨大な海獣との、熾烈な戦いの結末は？ 多様な象徴にあふれた叙事詩的海洋冒険巨編、ついに完結！

「白痴」 はくち ［短編小説］ ㊵1947
[青空文庫]

坂口安吾 さかぐち・あんご 1906-1955 昭和期の小説家。無頼派作家、新戯作派と呼ばれる

◇「新しい戦前」の時代、やっぱり安吾でしょ―坂口安吾傑作選 坂口安吾著 本の泉社 2023.3 222p 18cm〈底本：坂口安吾全集1～18（ちくま文庫 1989～1991年刊）〉1091円 ①978-4-7807-2236-9 Ⓝ913.6

内容 安吾の残した作品はじゅうぶんに、現代に放つ痛烈な一矢なのだ―。「白痴」「日本文化私観」「堕落論」「風と光と二十の私と」「桜の森の満開の下」「オモチャ箱」の6編を収録。

「白痴」 はくち Idiot ［長編小説］
㊜1868

ドストエフスキー，フョードル
Dostoevskii, Fëdor Mikhailovich　1821-1881　ロシアの作家

◇白痴　1（光文社古典新訳文庫）ドストエフスキー著，亀山郁夫訳　光文社　2015.11　466p　16cm　860円　①978-4-334-75320-7　Ⓝ983
内容 人々は彼を、愛情をこめて「白痴」と呼ぶ…。この最高の「恋愛小説」はペテルブルグへ向かう鉄道列車の中から始まる。スイスからロシアに帰る途中のムイシキン公爵と父親の莫大な遺産を相続したばかりのロゴージン。2人の青年が出会った絶世の美女、ナスターシャをめぐる熱き友情と闘い。

◇白痴　2（光文社古典新訳文庫）ドストエフスキー著，亀山郁夫訳　光文社　2017.2　403p　16cm　860円　①978-4-334-75348-1　Ⓝ983
内容 白夜の季節の到来とともに、相続の手続きを終えたムイシキン公爵がモスクワに戻ってくる。炎の友ロゴージンと再会したとき、愛のトライアングルが形を変えはじめ…。ドストエフスキーが書いた最高の恋愛小説。

◇白痴　3（光文社古典新訳文庫）ドストエフスキー著，亀山郁夫訳　光文社　2018.1　389p　16cm　880円　①978-4-334-75368-9　Ⓝ983
内容 聖なる愚者ムイシキン公爵と友人ロゴージン、美女ナスターシャ、美少女アグラーヤ。はたして誰が誰を本当に愛しているのか？　謎に満ちた複雑な恋模様は形を変えはじめ…。ドストエフスキーが書いた最高の恋愛小説。

◇白痴　4（光文社古典新訳文庫）ドストエフスキー著，亀山郁夫訳　光文社　2018.9　475p　16cm〈文献あり　年譜あり〉1040円　①978-4-334-75387-0　Ⓝ983
内容 悲劇的なるものとコミカルなものが融合した「世界一美しい恋愛小説」は、4人の運命を、ある渦巻きの中心に向かって引きずり込んでいき…。ドストエフスキーが書いた最高の恋愛小説、完結。

「白羊宮」 はくようきゅう ［詩集］
㊜1906　青空文庫

薄田泣菫　すすきだ・きゅうきん　1877-1945　明治・大正期の詩人、随筆家

◇日本現代詩大系　第3巻　浪漫期　下　日夏耿之介編　河出書房新社　1974　541p　図　20cm〈河出書房昭和25-26年刊の復刊〉2300円　Ⓝ911.56
目次 白羊宮（薄田泣菫）ほか

「歯車」 はぐるま ［短編小説］ ㊜1927
青空文庫

芥川龍之介　あくたがわ・りゅうのすけ　1892-1927　大正期の小説家。短編の名作を数多く発表

◇文豪死す　芥川龍之介ほか著　新紀元社　2024.4　303p　19cm　1300円　①978-4-7753-2136-2　Ⓝ913.68
目次 歯車（芥川龍之介著）ほか
内容 芥川龍之介「歯車」、太宰治「グッド・バイ」など、6人の文豪たちの最後の傑作を収めたアンソロジー。それぞれの生涯を読み解く年表、代表作紹介、人物相関図、ゆかりの地なども掲載。『文豪誕生』の姉妹書。

「箱男」 はこおとこ ［長編小説］ ㊜1973

安部公房　あべ・こうぼう　1924-1993　昭和・平成期の小説家、劇作家

◇箱男（新潮文庫）44刷改版　安部公房著　新潮社　2005.5　248p　16cm　630円　①4-10-112116-8　Ⓝ913.6
内容 ダンボール箱を頭からすっぽりとかぶり、都市を彷徨する箱男は、覗き窓から何を見つめるのだろう。一切の帰属を捨て去り、存在証明を放棄することで彼が求め、そして得たものは？　贋箱男との錯綜した関係、看護婦との絶望的な愛。輝かしいイメージの連鎖と目まぐるしく転換する場面（シーン）。読者を幻惑する幾つものトリックを仕掛けながら記述されてゆく、実験的精神溢れる書下ろし長編。

「橋のない川」 はしのないかわ ［長編小説］ ㊜1961-92

住井すゑ　すみい・すえ　1902-1997　昭

和・平成期の小説家、児童文学作家
◇橋のない川　第1～7部（新潮文庫）改版　住井すゑ著　新潮社　2002.6～2004.12　7冊　16cm　Ⓝ913.6
[内容]級友が私だけを避け、仲間はずれにする。差別—その深い罪について人はどれだけ考えただろうか。故なき差別の鉄の輪に苦しみ、しかもなお愛を失わず、光をかかげて真摯に生きようとする人々がここにいる。大和盆地の小村、小森。日露戦争で父を失った誠太郎と孝二は、貧しい暮しながら温かな祖母と母の手に守られて小学校に通い始める。だがそこに思いもかけぬ日々が待っていた。

「芭蕉七部集」　⇒俳諧七部集（はいかいしちぶしゅう）を見よ

「走れウサギ」　はしれうさぎ　Rabbit, Run　[長編小説]　㊵1960

アップダイク, ジョン　Updike, John Hoyer　1932-2009　アメリカの小説家
◇ラビット・アングストローム　4部作Ⅰ　ジョン・アップダイク著, 井上謙治訳　新潮社　1999.7　694p　22cm　22000円（2冊セット）　①4-10-500117-5 (set)　Ⓝ933.7
[目次]走れウサギ, 帰ってきたウサギ
[内容]主人公は1933年生まれ。その容貌から「ウサギ」と呼ばれる彼、ハロルド・アングストロームは、男の本性に忠実な、典型的な中産階級のアメリカ人だった—。20世紀後半のアメリカの歴史と重ねながら、『走れウサギ』以来30余年にわたって書き継がれた現代文学の金字塔。誰にでも思い当たる平凡な人生が、なぜこれほど面白く身につまされるのか。最初で最後の個人全訳、四部作一括刊行。

「走れメロス」　はしれめろす　[短編小説]　㊵1940　青空文庫

太宰治　だざい・おさむ　1909-1948　昭和期の小説家
◇走れメロス（角川文庫—100分間で楽しむ名作小説）太宰治著　KADOKAWA　2024.3　114p　15cm〈底本：角川書店 2007年刊〉600円　①978-4-04-114813-6　Ⓝ913.6
[内容]誰も信じることのできない孤独な王が、罪なき人々を殺すという。メロスは激怒し、命をかけて抗議をするが…。太宰治の名作「走れメロス」など全3篇を100分間で楽しめるよう、いつもより大きな文字で収録。

「バスカヴィル家の犬」　The Hound of Baskervilles　[長編小説]　㊵1902　㊃バスカーヴィルの犬, バスカービルの魔犬

ドイル, アーサー・コナン　Doyle, sir Arthur Conan　1859-1930　イギリスの小説家
◇シャーロック・ホームズ全集　5　バスカヴィル家の犬　新装版　アーサー・コナン・ドイル著, 小林司, 東山あかね訳　河出書房新社　2023.10　390p　19cm　3700円　①978-4-309-72945-9　Ⓝ933.7
[内容]日本を代表するシャーロッキアンが不朽の名作「シャーロック・ホームズ物語」全作品を全訳。初版原本のイラスト、オックスフォード大学版の注と解説とともに収録する。魔犬伝説にとりつかれた当主の不可解な死。圧倒的人気の長篇大傑作。

「裸の王様」　はだかのおうさま　[短編小説]　㊵1957発表

開高健　かいこう・たけし　1930-1989　昭和期の小説家。1958年「裸の王様」で芥川賞受賞
◇開高健短篇選（岩波文庫）開高健著, 大岡玲編　岩波書店　2019.1　568p　15cm　1060円　①978-4-00-312211-2　Ⓝ913.6
[内容]デビュー作、芥川賞受賞作、ヴェトナムでの戦場体験や阿片吸引をモチーフにした中期の傑作、病と闘いつつ死の直前に書き遺した絶筆—。開高健の創作の原点である珠玉の短篇十一篇を精選。

「裸のランチ」　はだかのらんち　The naked lunch　[長編小説]　㊵1959

バロウズ, ウィリアム　Burroughs, William Seward　1914-1997　アメリカの小説家
◇裸のランチ（河出文庫）W.バロウズ著, 鮎川信夫訳　河出書房新社　2003.8　373p　15cm〈1992年刊の改訂〉1000円　①4-309-46231-6　Ⓝ933.7
[内容]一九五〇年代に始まる文学運動は、ビート・ジェネレーションを生み出した。ケルアック、ギンズバーグら錚々たる作家たち

（ビートニク）の中でも、バロウズはその先鋭さで極立っている。脈絡のない錯綜した超現実的イメージは、驚くべき実験小説である本書に結実し、ビートニクの最高傑作となった。映画化もされた名作の待望の文庫化。

「**八月の光**」 はちがつのひかり Light in August ［長編小説］ ㊵1932

フォークナー, ウィリアム Faulkner, William Cuthbert 1897-1962 アメリカの小説家。1949年ノーベル文学賞受賞

◇八月の光（光文社古典新訳文庫）フォークナー著, 黒原敏行訳 光文社 2018.5 768p 16cm〈年譜あり〉1560円 ①978-4-334-75376-4 Ⓝ933.7

内容 お腹の子の父親を追って旅する女、肌は白いが黒人の血を引いているという労働者…。米国南部の町で、過去に呪われたように生きる人々の生は、一連の壮絶な事件へ収斂していき—。20世紀アメリカ文学の傑作。

「**八十日間世界一周**」 はちじゅうにちかんせかいいっしゅう Le Tour du monde en quatre-vingt jours ［長編小説］ ㊵1873

ヴェルヌ, ジュール Verne, Jules 1828-1905 フランスの小説家

◇八十日間世界一周 上（光文社古典新訳文庫）ヴェルヌ著, 高野優訳 光文社 2009.5 322p 16cm 686円 ①978-4-334-75182-1 Ⓝ953.6

内容 1872年のロンドン、謎の紳士フォッグ氏は、"改革クラブ"の友人と金2万ポンドの賭けをした。それは八十日間あれば世界を一周できるというものだった。成功に絶対の自信をもつフォッグ氏は、フランス人の召使いパスパルトゥーを従えて出発。全財産とプライドを賭けた旅が始まった。

◇八十日間世界一周 下（光文社古典新訳文庫）ヴェルヌ著, 高野優訳 光文社 2009.5 291p 16cm〈年譜あり〉686円 ①978-4-334-75183-8 Ⓝ953.6

内容 汽船、汽車、象と、あらゆる乗り物を駆使して次々巻き起こる障害を乗り越えていくフォッグ氏たち。インドで命を助けたアウダ夫人も仲間に加わり、中国から日本を目指す。しかし、酒とアヘンに酔ったパスパルトゥーはフォッグ氏と離ればなれになってしまい、最大のピンチが訪れる。

「**ハーツォグ**」 Herzog ［長編小説］ ㊵1964

ベロー, ソール Bellow, Saul 1915-2005 ユダヤ系のアメリカの小説家。「ハーツォグ」ほかで全米図書賞を3度受賞。1976年ノーベル文学賞受賞

◇ハーツォグ 上・下（ハヤカワ文庫NV）ソール・ベロウ著, 宇野利泰訳 早川書房 1981.9 2冊 16cm 340円, 420円 Ⓝ933

「**ハツカネズミと人間**」 はつかねずみとにんげん Of Mice and Men ［長編小説］ ㊵1937 ㊙ハツカネズミと人間たち

スタインベック, ジョン Steinbeck, John Ernst 1902-1968 アメリカの小説家。1962年ノーベル文学賞受賞

◇ハツカネズミと人間（講談社文庫）ジョン・スタインベック, 齊藤昇訳 講談社 2023.9 195p 15cm〈年譜あり〉620円 ①978-4-06-532731-9 Ⓝ933.7

内容 しっかり者のジョージと怪力のレニー。カリフォルニアの農場を転々として働く男たちの友情、たくましい生命力、そして苛酷な現実と悲劇を、温かいヒューマニズムの眼差しで描いた名作を新訳。

「**ハックルベリー・フィンの冒険**」 Adventures of Huckleberry Finn ［長編小説, 児童文学］ ㊵1885 ㊙ハックルベリ・フィンの冒険, ハックルベリの冒険

トウェイン, マーク Twain, Mark 1835-1910 アメリカの小説家

◇ハックルベリー・フィンの冒険 上（光文社古典新訳文庫）トウェイン著, 土屋京子訳 光文社 2014.6 420p 16cm 1200円 ①978-4-334-75292-7 Ⓝ933.6

内容 トム・ソーヤーとの冒険で大金を得た後、学校に通い、まっとうな（でも退屈な）生活を送っていたハック。そこに息子を取り返そうと飲んだくれの父親が現れ、ハックはすべてから逃れようと筏で川に漕ぎ出す。身を隠した島で出会ったのは主人の家を逃げ出した奴隷のジムだった…。

はつけ

◇ハックルベリー・フィンの冒険 下（光文社古典新訳文庫）トウェイン著, 土屋京子訳 光文社 2014.6 412p 16cm〈年譜あり〉1200円 Ⓘ978-4-334-75293-4 Ⓝ933.6

内容 ジムとの筏の旅には危険が一杯。さらに途中で道連れとなった詐欺師どもは厄介事ばかり引き起こす。だがハックを本当に悩ませていたのは、おたずね者の逃亡奴隷ジムをどうするかという問題だった。そして彼は重大な決断を下す。アメリカの魂といえる名作、決定訳で登場。

「八犬伝」 ⇒南総里見八犬伝（なんそうさとみはっけんでん）を見よ

「初恋」 はつこい Pervaya lyubov ［短編小説］ Ⓟ1860 青空文庫 （はつ恋）

ツルゲーネフ, イヴァン・セルゲーヴィチ Turgenev, Ivan Sergeevich 1818-1883 ロシアの小説家

◇初恋（光文社古典新訳文庫）トゥルゲーネフ著, 沼野恭子訳 光文社 2006.9 184p 16cm〈年譜あり〉419円 Ⓘ4-334-75102-4 Ⓝ983

内容 16歳の少年ウラジーミルは、年上の公爵令嬢ジナイーダに、一目で魅せられる。初めての恋にとまどいながらも、思いは燃え上がる。しかしある日、彼女が恋に落ちたことを知る。だが、いったい誰に？ 初恋の甘く切ないときめきが、主人公の回想で綴られる。作者自身がもっとも愛した傑作。

「鼻」 はな ［短編小説］ Ⓟ1916発表 青空文庫

芥川龍之介 あくたがわ・りゅうのすけ 1892-1927 大正期の小説家。古典に材を取った短編の名作を数多く発表

◇蜘蛛の糸（角川文庫—100分間で楽しむ名作小説）芥川龍之介著 KADOKAWA 2024.3 117p 15cm〈底本：「蜘蛛の糸・地獄変」（角川書店 1989年刊）と「羅生門・鼻・芋粥」（角川書店 2007年刊）〉600円 Ⓘ978-4-04-114811-2 Ⓝ913.6

内容 芥川龍之介の名作「蜘蛛の糸」など全4篇を100分間で楽しめるよう、いつもより大きな文字で収録。

「鼻」 はな Nos ［短編小説］ Ⓟ1836 青空文庫

ゴーゴリ, ニコライ・ヴァシーリエヴィチ Gogol, Nikolai Vasilievich 1809-1852 ロシアの小説家、劇作家

◇鼻 ニコライ・ゴーゴリ著, 工藤正廣訳 未知谷 2013.9 71p 20cm〈年譜あり〉1600円 Ⓘ978-4-89642-418-8 Ⓝ983

内容 この紳士が自分の鼻だと直観したときの、恐怖と驚愕…。現実世界から狂気＝アブストラクトへ、そして再び現実へと回帰する名作。新作挿絵と新訳で。

「華岡青洲の妻」 はなおかせいしゅうのつま ［長編小説］ Ⓟ1967

有吉佐和子 ありよし・さわこ 1931-1984 昭和期の小説家、劇作家。1967年「華岡青洲の妻」で女流文学賞受賞

◇華岡青洲の妻（新潮文庫）改版 有吉佐和子著 新潮社 2010.6 255p 16cm 520円 Ⓘ978-4-10-113206-8 Ⓝ913.6

内容 世界で初めて全身麻酔に挑み、乳がんの摘出手術に成功した江戸後期、紀州の名医、華岡青洲。その成功に不可欠だった麻酔薬の人体実験に、妻と母は進んで身を捧げた。だが、美しい献体の裏には、青洲の愛を争う二人の女の敵意と嫉妬とが渦巻いていた…。

「花の生涯」 はなのしょうがい ［長編小説］ Ⓟ1953

舟橋聖一 ふなはし・せいいち 1904-1976 昭和期の小説家、劇作家。日本芸術院会員、文化功労者

◇花の生涯—長編歴史小説 上（祥伝社文庫）新装版 舟橋聖一著 祥伝社 2007.4 441p 16cm 743円 Ⓘ978-4-396-33351-5 Ⓝ913.6

内容 三十五万石彦根藩主の子ではあるが、十四番目の末子だった井伊直弼は、わが身を埋木に擬し、住まいも「埋木舎」と称していた。「政治嫌い」を標榜しつつも、一代の才子長野主膳との親交を通して、曇りのない目で時代を見据えていた。しかし、絶世の美女たか女との出会い、それに思いがけず井伊家を継ぎ、幕府の要職に就くや、直弼の運命は急転していった…。

◇花の生涯―長編歴史小説　下（祥伝社文庫）新装版　舟橋聖一著　祥伝社　2007.4　448p　16cm　743円　①978-4-396-33352-2　Ⓝ913.6

[内容]　なぜ、広い世界に目を向けようとしないのか？―米国総領事ハリスの嘆きは、同時に井伊直弼の嘆きでもあった。もはや世界の趨勢を止めることはできない。徒らに攘夷を叫ぶことは、日本国自体を滅亡させることだった…。腹心長野主膳、それに直弼の密偵として、また生涯を賭して愛を捧げたたか女を配し、維新前夜に生きた直弼の波瀾の生涯を描く、不朽の名作。

「パニック」　［短編小説］㊄1957発表

開高健　かいこう・たけし　1930-1989　昭和期の小説家

◇裸の王様　流亡記（角川文庫）改版　開高健著　角川書店、角川グループパブリッシング（発売）2009.2　286p　15cm　552円　①978-4-04-124222-3　Ⓝ913.6

[目次]　パニック　ほか

[内容]　世間を真摯なまなざしで切り取った、行動する作家・開高健の初期傑作集。

「浜松中納言物語」　はままつちゅうなごんものがたり　［物語］　平安時代後期成立

◇新編日本古典文学全集　27　浜松中納言物語　池田利夫校注・訳　小学館　2001.4　494p　22cm〈文献あり〉4267円　①4-09-658027-9　Ⓝ918

[内容]　輪廻転生がつむぐファンタジー。主人公中納言は、亡父が唐土の皇子に転生したとの夢告げを得て渡唐する。かの地で出逢った唐后との恋と別れ。数奇な宿命に彩られた物語が始まる。

「パミラ」　Pamela, or Virtue Rewarded　［書簡体小説］㊄1740　㊄パミラ、あるいは淑徳の報い，パメラ

リチャードソン, サミュエル　Richardson, Samuel　1689-1761　イギリスの小説家

◇パミラ、あるいは淑徳の報い（英国十八世紀文学叢書 第1巻）サミュエル・リチャードソン著，原田範行訳　研究社　2011.12　793p　20cm　4800円　①978-4-327-18051-5　Ⓝ933.6

[内容]　情欲に満ちた若主人に誘惑され監禁されてしまった美しく無垢なメイド、パミラ。孤立無援のなかで貞操を守るための必死の駆け引きが始まる…。英国の古典として、そして世界の小説史のなかでも不動の位置を占める書簡体小説の新訳。

「ハムレット」　The Tragedy of Hamlet, Prince of Denmark　［戯曲］　1602頃初演

シェイクスピア, ウィリアム　Shakespeare, William　1564-1616　イギリスの劇作家、詩人。「ハムレット」はシェイクスピアの四大悲劇の一つ

◇新訳 ハムレット（角川文庫―Shakespeare Collection）増補改訂版　シェイクスピア著，河合祥一郎訳　KADOKAWA　2024.9　255p　15cm〈初版：角川書店 2003年刊〉660円　①978-4-04-114992-8　Ⓝ932.5

[内容]　父王を亡くした王子ハムレットは、母を娶って王座を奪った叔父を憎む。ある夜、父の亡霊から、自分は叔父に毒殺されたと聞かされ、復讐の時を待つが…。原文のリズムとライムを全訳した新訳。最新研究を反映した増補改訂版。

「薔薇の名前」　ばらのなまえ Il nome della rosa　［長編小説］㊄1980

エーコ, ウンベルト　Eco, Umberto　1932-2016　イタリアの評論家

◇薔薇の名前　上・下　ウンベルト・エーコ著，河島英昭訳　東京創元社　1990.1　2冊　20cm　各2000円　Ⓝ973

[内容]　迷宮構造をもつ文書館を備えた、中世北イタリアの僧院で「ヨハネの黙示録」に従った連続殺人事件が。バスカヴィルのウィリアム修道士が事件の陰には一冊の書物の存在があることを探り出したが…。精緻な推理小説の中に碩学エーコがしかけた知のたくらみ。

「巴里に死す」　ぱりにしす　［長編小説］㊄1943

芹沢光治良　せりざわ・こうじろう　1897-1993　昭和期の小説家

◇巴里に死す　新装版　芹沢光治良著　勉誠出版　2019.6　250p　19cm〈年譜あり〉

1800円　①978-4-585-29181-7　Ⓝ913.6

内容 1920年代、美しき巴里。夫に伴われた留学先で、子どもを身ごもるも結核に倒れる伸子ー。愛と知の苦悩のうちに成長した女性の魂の記録。現地紙の書評・解説、ダヴッド社版文庫本掲載のあとがき、年譜も収録。

「ハリー・ポッターシリーズ」 Harry Potter　[小説] 1997-2007

ローリング, J.K.　Rowling, Joanne Kathleen　1965–　イギリスの小説家、脚本家

◇ハリー・ポッターと賢者の石　1-1（静山社ペガサス文庫―ハリー・ポッター 1）新装版　J.K.ローリング作, 松岡佑子訳　静山社　2024.4　261p　18cm　720円　①978-4-86389-860-8　Ⓝ933.7

内容 意地悪な親戚の家の物置部屋に住むやせた男の子、ハリー・ポッター。おじとおば、いとこにいじめられる日々をおくっていたが、11歳の誕生日の夜、見知らぬ大男がハリーを迎えにきて…。

◇ハリー・ポッターと賢者の石　1-2（静山社ペガサス文庫―ハリー・ポッター 2）新装版　J.K.ローリング作, 松岡佑子訳　静山社　2024.4　244p　18cm　700円　①978-4-86389-861-5　Ⓝ933.7

内容 キングズ・クロス駅の9と3/4番線から紅の汽車に乗ると、たどり着いたのはホグワーツ魔法魔術学校。4階右側の廊下に隠された「何か」、それを狙う悪の手の謎を追うハリー、ロン、ハーマイオニーの前に現れたのは…。

「春」 はる　[長編小説] Ⓟ1908

島崎藤村　しまざき・とうそん　1872-1943　明治～昭和期の詩人、小説家

◇春（新潮文庫）80刷改版　島崎藤村著　新潮社　2007.3　386p　16cm　552円　①978-4-10-105503-9　Ⓝ913.6

内容 岸本捨吉の教え子勝子に対する愛は実を結ぶことなく、彼の友人であり先輩である青木は理想と現実の矛盾のために自ら命を絶つ。一青春の季節に身を置く岸本たちは、人生のさまざまな問題に直面し、悩み、思索する。新しい時代によって解放された若い魂が、破壊に破壊をかさねながら自己

を新たにし、生きるべき道を求めようとする姿を描く、藤村の最初の自伝小説。

「春雨物語」 はるさめものがたり　[読本] 1808成立

上田秋成　うえだ・あきなり　1734-1809　江戸時代中期・後期の歌人、国学者、読本作者

◇春雨物語 書初機嫌海（新潮日本古典集成）新装版　上田秋成著, 美山靖校注　新潮社　2014.10　260p　20cm〈年譜あり 年表あり〉2000円　①978-4-10-620876-8　Ⓝ913.56

内容 事実とフィクションの絶妙なる交錯。上田秋成が死に到るまで十年以上推敲しつづけた傑作短篇集。『書初機嫌海』を併録。

「パルタイ」　[短編小説] Ⓟ1960発表

倉橋由美子　くらはし・ゆみこ　1935-2005　昭和・平成期の小説家。1960年「パルタイ」で女流文学者賞受賞

◇〈新編〉日本女性文学全集　10　岩淵宏子, 長谷川啓監修, 水田宗子編集　六花出版　2019.9　503p　22cm　5000円　①978-4-86617-052-7　Ⓝ913.68

目次 倉橋由美子（パルタイ）ほか

「春と修羅」 はるとしゅら　[口語詩, 詩集] Ⓟ1924　青空文庫

宮沢賢治　みやざわ・けんじ　1896-1933　大正・昭和期の詩人、童話作家

◇宮沢賢治詩集（にほんの詩集）宮沢賢治著　角川春樹事務所　2022.7　159p　20cm　1800円　①978-4-7584-1411-1　Ⓝ911.56

目次 心象スケッチ『春と修羅』第一集より（序, 屈折率 ほか）,「春と修羅」第二集より（早春独白, 休息 ほか）,「春と修羅」第三集より（春, 煙 ほか）〔ほか〕

「春のめざめ」 はるのめざめ Frühlings Erwachen　[戯曲] 1906初演（1891発表）

ヴェデキント, フランク　Wedekind, Frank　1864-1918　ドイツの劇作家、俳優

◇春のめざめ（岩波文庫）F.ヴェデキント作, 酒寄進一訳　岩波書店　2017.4　189p

15cm 580円 ①978-4-00-324292-6 Ⓝ942.6

[内容] ドイツのギムナジウムで学ぶ10代半ばの少年少女。性にめざめ、友達同士の会話はもっぱらそのこと。しかし、大人は一方的に抑圧し、やがて事態は悲劇へと転じていく…。ドイツの劇作家ヴェデキントの出世作。

「パルムの僧院」 ぱるむのそういん La chartreuse de Parme ［長編小説］ ㊋1839

スタンダール Stendhal 1783-1842 フランスの小説家

◇パルムの僧院 上（岩波文庫）改版 スタンダール著, 生島遼一訳 新潮社 2009.4 426p 15cm 760円 ①4-00-325265-9 Ⓝ953.6

[内容] 美青年ファブリスは陰謀渦巻くパルムの宮廷において美貌の叔母の庇護のもと、破瀾の生涯を送る。恋、政争、冒険、生と死。スタンダール独特の雰囲気によって読者をひきつける一方、作者が晩年に到達した人生観が作中人物の心理や行動を通じて随所にうかがわれる。『赤と黒』とともにスタンダールの代表作とされる。

◇パルムの僧院 下（岩波文庫）改版 スタンダール著, 生島遼一訳 岩波書店 2009.4 461p 15cm 760円 ①4-00-325266-7 Ⓝ953.6

[内容] 城の牢に幽閉されたファブリスをめぐってパルム宮廷の政争はさらに激しく展開する。才気と美に輝く叔母サンセヴェリナの情熱、モスカ伯爵の精妙な政治学、政敵コンチ将軍の娘クレリアの可憐な恋。個性的な多くの副人物を配し、19世紀前半、動乱期イタリアの小公国パルムを描いて「広範な社会的真実」を見事に浮かび上がらせた傑作。

「ハワーズ・エンド」 Howards End ［長編小説］ ㊋1910

フォースター, エドワード・モーガン Forster, Edward Morgan 1879-1970 イギリスの小説家、批評家

◇世界文学全集 1-7 ハワーズ・エンド E.M.フォースター著,吉田健一訳,池澤夏樹個人編集 河出書房新社 2008.5 499,6p

20cm〈著作目録あり 年譜あり〉2600円 ①978-4-309-70947-5 Ⓝ908.3

[内容] 進歩的な家庭で育った2人の姉妹は、保守的なブルジョワ一家と出会う。やがて2つの家族は意外な形で交流を深めていく―。人と人とが結びつき、お互いに理解しあうことはいかにして可能になるのか。愛と寛容をめぐる名作。

「晩夏」 ばんか Der Nachsommer ［長編小説］ ㊋1857 Ⓔ晩夏 ある物語

シュティフター, アーダルベルト Stifter, Adalbert 1805-1868 オーストリアの作家

◇晩夏 上（ちくま文庫）アーダルベルト・シュティフター著, 藤村宏訳 筑摩書房 2004.3 508p 15cm 1300円 ①4-480-03944-9 Ⓝ943.6

[内容] 遠く緑の葉陰に教会の塔が見える。めざすロールベルクの村までは、あともう少し一だが、先ほどから急速に黒い雲が拡がり始め、今にも雷雨の来そうな空模様になった。旅の青年は、街道を離れ、雨宿りを求めて、丘の上の屋敷へ続く道を登り始める。青年の運命は、この時から、大きく変わって行くのも知らずに…。オーストリア・アルプス山麓に美しく建つ「薔薇の家」を舞台に、物語は、ゆっくりと、急ぐことなく、静かに進んで行く。やがて押し寄せてくる激しく深い感動…。

◇晩夏 下（ちくま文庫）アーダルベルト・シュティフター著, 藤村宏訳 筑摩書房 2004.4 492p 15cm〈年譜あり〉1300円 ①4-480-03945-7 Ⓝ943.6

[内容] 「薔薇の家」から庭を越えて農場へ。時には遠く赤い十字架の建つライト丘まで。夏の光が溢れる中、独り散策を繰返すナターリエ。そんな姿を知りながら、青年もまた近郊の野や山を独り黙然と彷徨する。ある日の夕暮れ。二人の道は丘の上のベンチの木陰で交錯する。交わされる、穏やかで、慎ましやかで、僅かな会話…描かれる自然、森や川、野原や丘の何という味わい深さ。物語は、祝祭の時へ向かって静かに高まって行く。一人また一人と明かされる登場人物たちの名前。青年の名もまた高らかに宣言される時が…。

はんか

「挽歌」 ばんか ［長編小説］ ㊂1956

原田康子 はらだ・やすこ 1928-2009 昭和・平成期の小説家。ベストセラーとなった「挽歌」で1956年女流文学者賞受賞

◇挽歌（新潮文庫）改版 原田康子著 新潮社 2013.11 476p 16cm 670円
①978-4-10-111401-9 Ⓝ913.6

[内容] 北海道の霧の街に生いたち、ロマンにあこがれる兵藤怜子は、知り合った中年建築家桂木の落着きと、かすかな陰影に好奇心を抱く。美貌の桂木夫人と未知の青年との密会を、偶然目撃した彼女は、急速に夫妻の心の深みにふみこんでゆく。阿寒の温泉で二夜を過し、出張した彼を追って札幌に会いにゆく怜子、そして悲劇的な破局―若さのもつ脆さ、奔放さ、残酷さを見事に描いた傑作。

「晩菊」 ばんぎく ［短編小説］ 1948発表
（青空文庫）

林芙美子 はやし・ふみこ 1903-1951 昭和期の小説家。1948年「晩菊」で女流文学者賞受賞

◇晩菊―女体についての八篇（中公文庫）安野モヨコ選・画 中央公論新社 2016.4 245p 16cm 580円 ①978-4-12-206243-6
Ⓝ913.68

[目次] 晩菊（林芙美子）ほか

[内容] 五十を越えてなお美貌をたたえる女と元愛人が互いの思惑を秘めつつ駆け引きをする「晩菊」ほか、8人の文豪が書いた女体をめぐる短篇世界を、安野モヨコが挿し絵で結晶化させた豪華絢爛な美の競演、第1弾。

「半七捕物帳」 はんしちとりものちょう
［小説］ 1917-36発表 （青空文庫）

岡本綺堂 おかもと・きどう 1872-1939 明治〜昭和期の劇作家、演劇評論家。「半七捕物帳」は捕物帳連作の先駆

◇半鐘の怪―半七捕物帳ミステリ傑作選（創元推理文庫）岡本綺堂著、末國善己編 東京創元社 2022.2 603p 15cm 1400円
①978-4-488-45221-6 Ⓝ913.6

[内容] 明治中期の東京。元・岡っ引きの半七老人が若き日に遭遇した事件を新聞記者に語って聞かせる時、江戸の捕物が鮮やかに蘇る！ 人々を不安がらせる悪戯を続ける犯人を突きとめる表題作など全18編を収録。

「播州平野」 ばんしゅうへいや ［中編小説］
㊂1947 （青空文庫）

宮本百合子 みやもと・ゆりこ 1899-1951 大正・昭和期の小説家。1947年「播州平野」で第1回毎日出版文化賞受賞

◇宮本百合子全集 第6巻 宮本百合子著 新日本出版社 2001.12 527p 22cm〈肖像あり〉6000円 ①4-406-02898-6 Ⓝ918.68

[目次] 播州平野, 風知草, 二つの庭

「パンセ」 Pensées ［哲学書］ ㊂1670
㊤瞑想録

パスカル, ブレーズ Pascal, Blaise 1623-1662 フランスの科学者、思想家

◇パンセ 新装復刊 パスカル著, 由木康訳 白水社 2024.5 385, 15p 20cm〈索引あり〉3600円 ①978-4-560-09327-6 Ⓝ135.25

[内容] パスカルが生前に執筆を企てていた著作の草稿を、死後取りまとめた「パンセ」。「パンセ」の諸断章の論理的連続性を呈示し、世界中で支持され続けるブランシュヴィック版を翻訳。解説、解題付き。

「晩年」 ばんねん ［短編集］ ㊂1936
（青空文庫）

太宰治 だざい・おさむ 1909-1948 昭和期の小説家

◇晩年（岩波文庫）太宰治作 岩波書店 2024.6 445p 15cm〈底本：太宰治全集 2 決定版（筑摩書房 1998年刊）〉1030円
①978-4-00-310908-3 Ⓝ913.6

[内容] 「私はこの本一冊を創るためにのみ生まれた」―"太宰治"という作家の誕生を告げる小説集であると同時に、その最高傑作とも言われる『晩年』。まるで散文詩のような冒頭の「葉」、"自意識過剰の饒舌体"の嚆矢たる「道化の華」他、日本近代文学の一つの到達点を、丁寧な注と共に深く読み、味わう。

【 ひ 】

「**緋色の研究**」 ひいろのけんきゅう A Study in Scarlet ［長編小説］ ㊋1887 ㊓緋色の習作, 緋のエチュード ［青空文庫］ （緋のエチュード）

ドイル, アーサー・コナン Doyle, Sir Arthur Conan 1859-1930 イギリスの小説家。「緋色の研究」は、シャーロック・ホームズシリーズの第1作

◇シャーロック・ホームズ全集 1 緋色の習作 新装版 アーサー・コナン・ドイル著, 小林司, 東山あかね訳 河出書房新社 2023.9 364p 19cm〈年譜あり〉3700円 Ⓘ978-4-309-72941-1 Ⓝ933.7

［内容］日本を代表するシャーロッキアンが不朽の名作「シャーロック・ホームズ物語」全作品を全訳。1は、「緋色の習作」を、初版原本のイラスト、オックスフォード大学版の注と解説とともに収録する。

「**ひかりごけ**」 ［短編小説］ ㊋1954

武田泰淳 たけだ・たいじゅん 1912-1976 昭和期の小説家、中国文学研究家

◇コレクション戦争と文学 12 戦争の深淵―闇 浅田次郎, 奥泉光, 川村湊, 高橋敏夫, 成田龍一編集委員 集英社 2013.1 729p 20cm 3600円 Ⓘ978-4-08-157012-6 Ⓝ918.6

［目次］ひかりごけ（武田泰淳）ほか

「**彼岸過迄**」 ひがんすぎまで ［長編小説］ ㊋1912 ［青空文庫］

夏目漱石 なつめ・そうせき 1867-1916 明治・大正期の小説家、英文学者、評論家

◇彼岸過迄（集英社文庫）夏目漱石著 集英社 2014.2 421p 16cm〈底本：「漱石文学全集」 年譜あり〉540円 Ⓘ978-4-08-752057-6 Ⓝ913.6

［内容］大学を出たが職のあてのない敬太郎は友人須永の叔父、田口を頼る。「探偵」の仕事を請け負った彼はある人物の尾行を命じられる。その男、松本は田口の義弟で、須永と同様、高等遊民の暮らしをほしいままにしていた。都会の知識階級の自我をめぐる苦悩を、漱石自身に重ね合わせながら丹念に描き出す。

「**碾臼**」 ひきうす The Millstone ［長編小説］ ㊋1965

ドラブル, マーガレット Drabble, Margaret 1939- イギリスの作家、英文学者

◇碾臼（河出文庫）M.ドラブル著, 小野寺健訳 河出書房新社 1980.10 270p 15cm 380円 Ⓝ933

［内容］たった一度のふれあいで思いがけなく妊娠してしまった未婚の女性ロザマンド。狼狽しながらも彼女は、ひとりで子供を産み、育てる決心をする。愛と生への目覚めを爽やかに描くイギリスの大ベストセラー。

「**ピグマリオン**」 Pygmalion ［戯曲］ 1913初演

ショー, ジョージ・バーナード Shaw, George Bernard 1856-1950 イギリスの劇作家。1925年ノーベル文学賞受賞

◇ピグマリオン（光文社古典新訳文庫）バーナード・ショー著, 小田島恒志訳 光文社 2013.11 297p 16cm〈年譜あり〉920円 Ⓘ978-4-334-75281-1 Ⓝ932.7

［内容］強烈なロンドン訛りを持つ花売り娘イライザに、たった6カ月で上流階級のお嬢様のような話し方を身につけさせることは可能なのだろうか。言語学者のヒギンズと盟友ピカリング大佐の試みは成功を収めるものの…。英国随一の劇作家ショーのユーモアと辛辣な皮肉がきいた傑作喜劇。

「**ピーター・パン**」 Peter Pan ［童話劇, 小説］ 1904初演, 1911小説発表 ㊓ピーターとウェンディ（小説）

バリー, ジェームズ・マシュー Barrie, Sir James Matthew 1860-1937 イギリスの劇作家、小説家

◇ピーター・パンとウェンディ（新潮文庫）ジェームズ・M・バリー作, 大久保寛訳 新潮社 2015.4 323p 16cm 550円 Ⓘ978-4-10-210402-6 Ⓝ933.6

［内容］星がきれいなある夜、突然ウェンディ

の部屋に現れたピーター・パン。彼らは妖精ティンカー・ベルの魔法の粉を身体にふりかけ、ネバーランドへと飛び立ちます。行き方は、二つ目を右に曲がったら、そのまま朝までまっすぐ！　さあ、海賊のフック船長、人魚、人食いワニが待つ大冒険の始まりです。永遠に年を取らない少年と、やがて大人になってしまう少女の、切なくも楽しい物語。

「羊をめぐる冒険」　ひつじをめぐるぼうけん

[長編小説]　㊅1982

村上春樹　むらかみ・はるき　1949–　小説家、翻訳家。1982年「羊をめぐる冒険」で野間文芸新人賞受賞

◇羊をめぐる冒険　上（講談社文庫）村上春樹著　講談社　2004.11　268p　15cm　476円　①4-06-274912-2　⑪913.6

[内容]あなたのことは今でも好きよ、という言葉を残して妻が出て行った。その後広告コピーの仕事を通して、耳専門のモデルをしている21歳の女性が新しいガール・フレンドとなった。北海道に渡ったらしい"鼠"の手紙から、ある日羊をめぐる冒険行が始まる。新しい文学の扉をひらいた村上春樹の代表作長編。

◇羊をめぐる冒険　下（講談社文庫）村上春樹著　講談社　2004.11　257p　15cm　476円　①4-06-274913-0　⑪913.6

[内容]美しい耳の彼女と共に、星形の斑紋を背中に持っているという1頭の羊と"鼠"の行方を追って、北海道奥地の牧場にたどりついた僕を、恐ろしい事実が待ち受けていた。1982年秋、僕たちの旅は終わる。すべてを失った僕の、ラスト・アドベンチャー。

「秀吉と利休」　ひでよしとりきゅう　[長編小説]　㊅1964

野上弥生子　のがみ・やえこ　1885-1985　明治〜昭和期の小説家。1964年「秀吉と利休」で女流文学賞受賞

◇秀吉と利休（中公文庫）改版　野上彌生子著　中央公論新社　2022.1　505p　16cm〈中央公論社 1996年刊の新装版〉1200円　①978-4-12-207169-8　⑪913.6

[内容]勢威並ぶものなき天下の覇王・秀吉と、自在な境地を閑寂な茶事のなかに現出した美の創始者・利休。愛憎半ばする深い交わりの果てに宿命的破局を迎え…。美と現実の対立が生む静止的な悲劇を描いた絢爛たる巨編。

「一房の葡萄」　ひとふさのぶどう　[児童文学]　㊅1922　青空文庫

有島武郎　ありしま・たけお　1878-1923　大正期の小説家、評論家

◇一房の葡萄（ハルキ文庫—280円文庫）有島武郎著　角川春樹事務所　2011.4　111p　16cm〈年譜あり〉267円　①978-4-7584-3541-3　⑪913.6

「悲の器」　ひのうつわ　[長編小説]

㊅1962

高橋和巳　たかはし・かずみ　1931-1971　昭和期の小説家、評論家。1962年「悲の器」で第1回文藝賞受賞

◇悲の器（河出文庫）高橋和巳著　河出書房新社　2016.9　549p　15cm　1300円　①978-4-309-41480-5　⑪913.6

[内容]神経を病んだ妻がいる法学部教授・正木は、家政婦と関係を持つ。妻の死後、知人の令嬢と婚約した彼は、家政婦から婚約不履行で告訴され…。孤高の一法学者がたどる転落の道を描く。39歳で早逝した天才作家のデビュー作。

「ピノキオの冒険」　Le avventure di Pinocchio　[児童文学]　㊅1883　別ピノッキオの冒険

コッローディ，カルロ　Collodi, Carlo　1826-1890　イタリアの児童文学者

◇ピノキオの冒険（光文社古典新訳文庫）カルロ・コッローディ著, 大岡玲訳　光文社　2016.11　387p　16cm〈「新訳ピノキオの冒険」（角川文庫 2003年刊）の改題、大幅加筆・修正　年譜あり〉840円　①978-4-334-75343-6　⑪973

[内容]一本の棒きれから作られた少年ピノキオは、誘惑に屈して騒動を巻き起こす。周囲の大人たちを裏切り続ける悪たれ小僧の運命は？　19世紀後半イタリア国家統一の時代、子どもに対する切なる願いを込めて書かれた児童文学。

「火の鳥」　ひのとり　[長編小説]　㊅1953

伊藤整　いとう・せい　1905-1969　昭和期

の小説家、評論家
◇生物祭・火の鳥（日本の文学 58）伊藤整著　ほるぷ出版　1985.2　520p　20cm　Ⓝ913.6
　目次　生物祭, 馬喰の果, 火の鳥, 解説 小説家伊藤整氏 佐々木基一著

「日の名残り」　ひのなごり　The Remains of the Day　［長編小説］　㊥1989

イシグロ, カズオ　Ishiguro, Kazuo　1954–　日本生まれのイギリスの小説家。2017年ノーベル文学賞受賞
◇日の名残り（ハヤカワepi文庫）カズオ・イシグロ著, 土屋政雄訳　早川書房　2001.5　365p　16cm　720円　Ⓘ4-15-120003-7　Ⓝ933.7
　内容　品格ある執事の道を追求し続けてきたスティーブンスは、短い旅に出た。美しい田園風景の道すがら様々な思い出がよぎる。長年仕えたダーリントン卿への敬慕、執事の鑑だった父、女中頭への淡い想い、二つの大戦の間に邸内で催された重要な外交会議の数々一過ぎ去りし思い出は、輝きを増して胸のなかで生き続ける。失われつつある伝統的な英国を描いて世界中で大きな感動を呼んだ英国最高の文学賞、ブッカー賞受賞作。

「火の柱」　ひのはしら　［長編小説］
　㊥1904発表　青空文庫

木下尚江　きのした・なおえ　1869-1937　明治～昭和期のジャーナリスト、小説家
◇火の柱（岩波文庫）木下尚江作　岩波書店　1993.9　219p　15cm〈第8刷（第1刷：54.2.5）〉520円　Ⓘ4-00-310181-2　Ⓝ913.6
　内容　明治の社会運動家、木下尚江が日露戦争直前に発表した反戦小説。社会悪に対する憤り、筆致の激しさ、描かれた事件の生々しさで大きな反響をよんだ。

「響きと怒り」　ひびきといかり　The Sound and the Fury　［長編小説］　㊥1929

フォークナー, ウィリアム　Faulkner, William Cuthbert　1897-1962　アメリカの小説家。1949年ノーベル文学賞受賞
◇響きと怒り　ウィリアム・フォークナー著,

桐山大介訳　河出書房新社　2024.9　347p　20cm〈著作目録あり〉3600円　Ⓘ978-4-309-20913-5　Ⓝ933.7
　内容　家を去った放縦な長女への三兄弟の激しい想いを軸に破滅の宿命を負うアメリカ南部の名家の悲劇を描く、痛ましくも美しい愛と喪失の物語。

「日々の泡」　ひびのあわ　L'Écume des jours　［長編小説］　㊥1947　㊥うたかたの日々

ヴィアン, ボリス　Vian, Boris　1920-1959　フランスの小説家、劇作家、ジャズ演奏家
◇うたかたの日々（光文社古典新訳文庫）ヴィアン著, 野崎歓訳　光文社　2011.9　388p　16cm〈年譜あり〉914円　Ⓘ978-4-334-75220-0　Ⓝ953.7
　内容　青年コランは美しいクロエと恋に落ち、結婚する。しかしクロエは肺の中に睡蓮が生長する奇妙な病気にかかってしまう…。愉快な青春の季節の果てに訪れる、荒廃と喪失の光景を前にして立ち尽くす者の姿を、このうえなく悲痛に、美しく描き切ったラブストーリー。決定訳ついに登場。

「緋文字」　ひもんじ　The Scarlet Letter　［長編小説］　㊥1850　㊥緋の文字

ホーソーン, ナサニエル　Hawthorne, Nathaniel　1804-1864　アメリカの小説家
◇緋文字（光文社古典新訳文庫）ホーソーン著, 小川高義訳　光文社　2013.2　460p　16cm〈年譜あり〉1200円　Ⓘ978-4-334-75267-5　Ⓝ933.6
　内容　17世紀ニューイングランド、幼子をかき抱いて刑台に立った女の胸に付けられた「A」の文字。子供の父親の名を明かさないヘスター・プリンを、若き教区牧師と謎の医師が見守っていた。各々の罪を抱えた三つの魂が交わるとき、緋文字の秘密が明らかに。アメリカ文学屈指の名作登場。不倫の罪を背負いながらも毅然と生きる女、罪悪感に苛まれ衰弱していく牧師、復讐心に燃えて二人に執着する医師一宗教色に隠れがちだった登場人物たちの心理に、深みと真実味を吹き込んだ新訳。

「百人一首」 ⇒小倉百人一首（おぐらひゃくにんいっしゅ）を見よ

「百年の孤独」 ひゃくねんのこどく Cien años de soledad ［長編小説］ [初]1967

ガルシア＝マルケス, ガブリエル García Márquez, Gabriel 1928-2014 コロンビアの小説家。1982年ノーベル文学賞受賞

◇百年の孤独（新潮文庫） G. ガルシア＝マルケス, 鼓直訳 新潮社 2024.7 661p 16cm 1250円 Ⓘ978-4-10-205212-9 Ⓝ963

[内容] 蜃気楼の村マコンドを開墾しながら、愛なき世界を生きる孤独な一族の百年の物語。目も眩むような不思議議な出来事が続き、予言者が書き残した謎が解読された時、一族の波乱の歴史は劇的な最後を迎え…。20世紀文学の傑作。

「ヒュペーリオン」 Hyperion, oder Der Eremit im Griechenland ［書簡体小説］ [初]1797（第1部） [別]ヒュペリオン, ヒューペリオン

ヘルダーリン, フリードリヒ Hölderlin, Johann Christian Friedrich 1770-1843 ドイツの詩人

◇ヒュペーリオン―ギリシアの隠者（ちくま文庫） ヘルダーリン著, 青木誠之訳 筑摩書房 2010.7 387p 15cm〈年譜あり〉 1300円 Ⓘ978-4-480-42721-2 Ⓝ943.6

[内容] ギリシアの多感な青年ヒュペーリオンは、オスマン・トルコの桎梏下にある祖国の窮迫に目覚め、いっぽうで古代世界の美を体現する女性ディオティーマと運命的な出会いを遂げて、至高の恋に落ちる。いったんは解放戦争に身を投じるが志なかばで挫折し、恋人のもとへ帰ろうとすると、彼女はすでに絶望からこの世を去っていた…。近代ドイツの苦悩を、実体験を背景に抒情味豊かな60通余の書簡に溶かしこんで綴る若き日の傑作。

「病牀六尺」 びょうしょうろくしゃく ［随筆集］ [初]1902 [青空文庫]

正岡子規 まさおか・しき 1867-1902 明治期の俳人、歌人

◇病牀六尺（岩波文庫） 改版 正岡子規著 岩波書店 2022.2 237p 15cm 600円 Ⓘ978-4-00-360039-9 Ⓝ914.6

[内容] 正岡子規は、病臥生活にあってなお俳句を詠み、病状報告と共に時評・絵画論などを著し続けた。子規が「墨汁一滴」に続いて、新聞『日本』に連載し、死の2日前まで綴った日記的随筆。

「氷点」 ひょうてん ［長編小説］ [初]1965

三浦綾子 みうら・あやこ 1922-1999 昭和・平成期の小説家。「氷点」でデビュー、大ベストセラーとなる

◇氷点 〔正〕上（角川文庫） 改版 三浦綾子著 角川書店, 角川グループパブリッシング（発売） 2012.6 380p 15cm 629円 Ⓘ978-4-04-100340-4 Ⓝ913.6

[内容] 辻口病院長夫人・夏枝が青年医師・村井と逢い引きしている間に、3歳の娘ルリ子は殺害された。「汝の敵を愛せよ」という聖書の教えと妻への復讐心から、辻口は極秘に犯人の娘・陽子を養子に迎える。何も知らない夏枝と長男・徹に愛され、すくすくと育つ陽子。やがて、辻口の行いに気づくことになった夏枝は、激しい憎しみと苦しさから、陽子の喉に手をかけた―。愛と罪と赦しをテーマにした著者の代表作であるロングセラー。

◇氷点 〔正〕下（角川文庫） 改版 三浦綾子著 角川書店, 角川グループパブリッシング（発売） 2012.6 385p 15cm 629円 Ⓘ978-4-04-100339-8 Ⓝ913.6

[内容] 海難事故で出会った宣教師の行為に心打たれた辻口は、キリスト教に惹かれていく。しかし夏枝を許せず、陽子への愛情も生まれない。夏枝は陽子に気づかれないように冷たい仕打ちを続けている。兄・徹は陽子に愛情をそそぐが、思いを自制するために友人・北原に陽子を紹介した。北原と陽子は心通わせるが、夏枝は複雑な嫉妬心から、2人に陽子の出生の秘密をぶちまけてしまう。人間の愛と罪と赦しに真正面から向き合う不朽の名作。

「氷壁」 ひょうへき ［長編小説］ [初]1957

井上靖 いのうえ・やすし 1907-1991 昭和・平成期の小説家

◇氷壁 井上靖著 新潮社 2005.12 517p

20cm〈1957年刊の新装版〉2300円　Ⓘ4-10-302512-3　Ⓝ913.6

内容 滑落事故はなぜ起こったのか？人妻との恋に悩む男はなぜ死んだのか？甦る名作長篇。

「ビラヴド」　Beloved　［長編小説］
初1987　別ビラヴィド

モリスン, トニ　Morrison, Toni　1931-2019　アメリカの作家、編集者。1988年「ビラヴド」でピュリッツァー賞。1993年ノーベル文学賞受賞

◇ビラヴド（ハヤカワepi文庫—トニ・モリスン・セレクション）トニ・モリスン著, 吉田廸子訳　早川書房　2009.12　569p　16cm〈年譜あり〉1100円　Ⓘ978-4-15-120057-1　Ⓝ933.7

内容 元奴隷のセサとその娘は幽霊屋敷に暮らしていた。長年怒れる霊に蹂躙されてきたが、セサはそれが彼女の死んだ赤ん坊の復讐と信じ耐え続けた。やがて、旧知の仲間が幽霊を追い払い、屋敷に平穏が訪れるかに思えた。しかし、謎の若い女「ビラヴド」の到来が、再び母娘を狂気の日々に追い込む。死んだ赤ん坊の墓碑銘と同じ名のこの女は、一体何者なのか？

「ビルマの竪琴」　びるまのたてごと　［児童文学］初1948

竹山道雄　たけやま・みちお　1903-1984　昭和期の小説家、ドイツ文学者、評論家

◇21世紀版少年少女日本文学館　14　ビルマの竪琴　竹山道雄著　講談社　2009.3　253p　20cm〈年譜あり〉1400円　Ⓘ978-4-06-282664-8　Ⓝ913.68

内容 戦争で命を落とした同志たちのため、水島は一人、ビルマに残った。戦死者をとむらうことに、人生を捧げた彼の思いは、そのまま、戦争の悲惨を問う著者の思いでもあった。

「広場の孤独」　ひろばのこどく　［短編小説］初1951

堀田善衛　ほった・よしえ　1918-1998　昭和・平成期の作家、文芸評論家

◇コレクション戦争と文学　3　冷戦の時代一謀　浅田次郎, 奥泉光, 川村湊, 高橋敏夫, 成田龍一編集委員　集英社　2012.10　683p　20cm〈年表あり〉3600円　Ⓘ978-4-08-157003-4　Ⓝ918.6

目次 広場の孤独（堀田善衛）ほか

「日はまた昇る」　ひはまたのぼる　The Sun Also Rises　［長編小説］初1926　別日は昇る

ヘミングウェイ, アーネスト　Hemingway, Ernest Miller　1899-1961　アメリカの小説家。1954年ノーベル文学賞受賞

◇日はまた昇る（ハヤカワepi文庫）新訳版　アーネスト・ヘミングウェイ著, 土屋政雄訳　早川書房　2012.3　383p　16cm　660円　Ⓘ978-4-15-120069-4　Ⓝ933.7

内容 第一次世界大戦後のパリ。芸術家が享楽的な日々を送るこの街で、アメリカ人ジェイク・バーンズは特派員として働いていた。彼は魅惑的な女性ブレットと親しくしていたが、彼女は離婚手続き中で別の男との再婚を控えている。そして夏、ブレットや友人らと赴いたスペイン、パンプローナの牛追い祭り。七日間つづく祭りの狂乱のなかで様々な思いが交錯する—ヘミングウェイの第一長篇にして初期の代表作。

【ふ】

「ファウスト」　Faust　［戯曲］初1808（第1部）, 1832（第2部）　青空文庫

ゲーテ, ヨハン・ヴォルフガング・フォン　Goethe, Johann Wolfgang von　1749-1832　ドイツ最大の詩人。ドイツ古典主義文学を確立

◇ファウスト　ヨハン・ヴォルフガング・フォン・ゲーテ著, 粂川麻里生訳　作品社　2022.11　525p　22cm〈文献あり〉5400円　Ⓘ978-4-86182-935-2　Ⓝ942.6

内容 ほぼ全てのセリフが詩であり、韻律を持った言葉として書かれた歌劇の魅力を最大限に引き出した、声に出して読む『ファウスト』！マルチヴァース"多層宇宙"の世界観が舞台上に展開される稀有な演劇作品の最新訳。

「ファーブル昆虫記」 ふぁーぶるこんちゅうき Souvenirs entomologiques ［自然観察記, 記録文学］ ㊼1879-1910 ㊙昆虫記, ファーブルの昆虫記

ファーブル, ジャン・アンリ Fabre, Jean Henri 1823-1915 フランスの昆虫学者、博物学者、詩人

◇ファーブル昆虫記―完訳 第1上〜第10下 ジャン=アンリ・ファーブル著, 奥本大三郎訳 集英社 2005.11〜2017.5 全20冊 22cm Ⓝ486

内容 フランス文学者であり日本昆虫協会の会長でもある奥本大三郎が、難解とされてきたファーブルの世界を完訳。

「V.」 ぶい ［長編小説］ ㊼1963

ピンチョン, トマス Pynchon, Thomas 1937– アメリカの小説家

◇V. 上 (Thomas Pynchon Complete Collection) トマス・ピンチョン著, 小山太一, 佐藤良明訳 新潮社 2011.3 382p 20cm 3000円 ①978-4-10-537207-1 Ⓝ933.7

内容 闇の現代史の随所に痕跡を残す謎の女V.。その謎に取り憑かれた「新世紀の子」と、海軍暮らしに別れを告げて街路で漂泊する「木偶の坊」。1955年のクリスマス・イブ。軍港町ノーフォークに響く歌声で物語は幕を開け…。

◇V. 下 (Thomas Pynchon Complete Collection) トマス・ピンチョン著, 小山太一, 佐藤良明訳 新潮社 2011.3 398p 20cm 3000円 ①978-4-10-537208-8 Ⓝ933.7

内容 謎の女V.とはいったい誰なのか？ そもそも何なのか？ 次々と現れる手がかりが空前の謎を編み上げてゆく。そして「新世紀の子」ステンシルと「木偶の坊」プロフェインは、マルタ島へと吸い寄せられて…。

「フィガロの結婚」 ふぃがろのけっこん Le Mariage de Figaro ［戯曲］ 1784初演

ボーマルシェ Beaumarchais, Pierre Augustin Caron de 1732-1799 フランスの劇作家

◇「新訳」フィガロの結婚 ボーマルシェ作, 鈴木康司訳・解説 大修館書店 2012.3 293p 20cm〈付「フィガロ三部作」について 文献あり〉2000円 ①978-4-469-25080-0 Ⓝ952.6

内容 モーツァルトのオペラで知られるボーマルシェの傑作戯曲『フィガロの結婚』待望の新訳。結婚式目前のフィガロとシュザンヌ。彼女に横恋慕するアルマビーバ伯爵をはねのけて、晴れて夫婦になれるかどうか―快男児フィガロの活躍がテンポよい現代語でいきいきと蘇る。フランス古典演劇の神髄。

「風車小屋だより」 ふうしゃごやだより Lettres de mon moulin ［短編集］ ㊼1869 ㊙風車小屋からの便り

ドーデ, アルフォンス Daudet, Alphonse 1840-1897 フランスの小説家、劇作家

◇風車小屋だより（岩波文庫）改版 ドーデー作, 桜田佐訳 岩波書店 2021.7 295, 6p 15cm〈年譜あり〉780円 ①978-4-00-325429-5 Ⓝ953.6

内容 南フランス独特の自然と風物、洗練されたユーモアと詩情―。故郷プロヴァンスを舞台にした「スガンさんの山羊」「星」「法王の騾馬」など、24の掌篇から成るドーデーの出世作。

「風流仏」 ふうりゅうぶつ ［短編小説］ ㊼1889 （青空文庫）

幸田露伴 こうだ・ろはん 1867-1947 明治〜昭和期の小説家

◇風流仏（リプリント日本近代文学）幸田露伴著 立川 人間文化研究機構国文学研究資料館, 平凡社（発売）2015.1 144p 19cm〈原本：吉岡書籍店 明治22年刊〉2100円 ①978-4-256-90277-6 Ⓝ913.6

「フェードル」 Phèdre ［戯曲］ 1677初演

ラシーヌ, ジャン Racine, Jean-Baptist 1639-1699 フランスの劇作家

◇フェードル―ラシーヌより（笹部博司の演劇コレクション フランス古典劇編1）ラシーヌ原作, 笹部博司著 メジャーリーグ, 星雲社（発売）2008.9 114p 15cm 400円 ①978-4-434-12286-6 Ⓝ912.6

|内容| 夫であるアテネ王の前妻の息子に一目惚れした王妃フェードル。恋する女となったフェードルは、自分一人で盛り上がり、何の罪もない人間を巻き込み、すべてを破滅させる―。フランス古典劇「フェードル」の上演台本を収録。

「フォーサイト家物語」 The Forsyte Saga ［長編小説］ 初1922 別フォーサイト・サガ,フォーサイト家年代記,フォーサイト物語

ゴールズワージー,ジョン Galsworthy, John 1867-1933 イギリスの劇作家、小説家。国際ペンクラブ初代会長。1932年ノーベル文学賞受賞

◇フォーサイト家物語 第1～3巻〈角川文庫〉ゴールズワージー著,臼田昭,石田英二,井上宗次訳 角川書店 1961～1962 3冊 15cm Ⓝ933

「フォースタス博士」 ふぉーすたすはかせ The Tragical History of Dr Faustus ［戯曲］ 1588頃初演 別フォースタス博士の悲劇

マーロウ,クリストファー Marlowe, Christopher 1564-1593 イギリスの劇作家、詩人

◇マルタ島のユダヤ人・フォースタス博士〈エリザベス朝演劇集 1〉クリストファー・マーロー著,小田島雄志訳 白水社 1995.12 263p 20cm 3000円 ①4-560-03511-3 Ⓝ932

|内容| 表題二作は、限りない「金銭欲」と「知識欲」を追い求めた人間を描き、名を一躍高めた代表作。

「富嶽百景」 ふがくひゃっけい ［短編小説、随筆］ 初1939 青空文庫

太宰治 だざい・おさむ 1909-1948 昭和期の小説家

◇富嶽百景・女生徒―他六篇〈岩波文庫〉太宰治作,安藤宏編 岩波書店 2024.9 301p 15cm〈底本:太宰治全集 2～3（筑摩書房 1998年刊）〉850円 ①978-4-00-310909-0 Ⓝ913.6

|内容| 「富士には、月見草がよく似合う」の一文で知られる「富嶽百景」ほか、昭和12-15年発表の8篇。

「武器よさらば」 ぶきよさらば A farewell to arms ［長編小説］ 初1929

ヘミングウェイ,アーネスト Hemingway, Ernest Miller 1899-1961 アメリカの小説家。1954年ノーベル文学賞受賞

◇武器よさらば 上〈光文社古典新訳文庫〉ヘミングウェイ著,金原瑞人訳 光文社 2007.8 273p 16cm 533円 ①978-4-334-75134-0 Ⓝ933.7

|内容| 第一次世界大戦の北イタリア戦線。負傷兵運搬の任務に志願したアメリカの青年フレデリック・ヘンリーは、看護婦のキャサリン・バークリと出会う。初めは遊びのつもりだったフレデリック。しかし負傷して送られた病院で彼女と再会、二人は次第に深く愛し合っていくのだった…。

◇武器よさらば 下〈光文社古典新訳文庫〉ヘミングウェイ著,金原瑞人訳 光文社 2007.8 308p 16cm〈年譜あり〉571円 ①978-4-334-75135-7 Ⓝ933.7

|内容| 傷が癒え、再び前線へと戻るフレデリック。しかし戦況は厳しく、イタリア軍は敗走を余儀なくされる。フレデリックは戦線を離脱し、命がけでキャサリンのもとへ帰り着く。結婚を誓い、スイスへ脱出する二人。だが、戦場の中で燃え上がった愛の結末は、あまりにも悲劇的なものだった。

「福翁自伝」 ふくおうじでん ［自叙伝］ 初1899 青空文庫

福澤諭吉 ふくざわ・ゆきち 1834-1901 江戸時代末期・明治時代の啓蒙思想家、教育者。豊前中津藩士

◇福翁自伝―現代語訳〈ちくま新書〉福澤諭吉著,齋藤孝編訳 筑摩書房 2011.7 254p 18cm〈年譜あり〉780円 ①978-4-480-06620-6 Ⓝ121.6

|内容| 近代日本最大の啓蒙思想家・福澤諭吉。その自伝のエッセンスが詰まった箇所を選出し現代語訳。激動の時代を痛快に、さわやかに生きた著者の破天荒なエピソードが満載。

ふくろ

「梟の城」 ふくろうのしろ ［長編小説］
㊼1959

司馬遼太郎 しば・りょうたろう 1923-1996 昭和・平成期の小説家。1960年「梟の城」で直木賞受賞

◇梟の城（新潮文庫）95刷改版 司馬遼太郎著 新潮社 2002.11 659p 16cm 819円 ⓘ4-10-115201-2 Ⓝ913.6

内容 織田信長によって父母と妹、そして一族を惨殺された怨念と、忍者としての生きがいをかけて豊臣秀吉暗殺をねらう伊賀者、葛籠重蔵。相弟子で、忍びの道を捨て仕官をし、伊賀を売って、重蔵を捕えることに出世の方途を求める風間五平。権力者たちの陰で、凄絶な死闘を展開する二人の忍者の生きざまを通して、かげろうの如き彼らの実像を活写した長編。

「不思議の国のアリス」 ふしぎのくにのありす Alice's Adventures in Wonderland
［童話］ ㊼1865 ㊅アリス物語 ほか
青空文庫（アリスはふしぎの国で）

キャロル, ルイス Carroll, Lewis 1832-1898 イギリスの文学者、数学者

◇不思議の国のアリス 鏡の国のアリス ルイス・キャロル作, 高杉一郎訳, 北澤平祐絵 講談社 2022.11 444p 19cm〈「ふしぎの国のアリス」新装版（2008年刊）と「鏡の国のアリス」新装版（2010年刊）の改題、訳文を見直し、改訂、合本〉1900円 ⓘ978-4-06-528679-1 Ⓝ933.6

内容 チョッキを着たウサギのあとを追って穴に飛び込むと、そこはふしぎなふしぎな国でした―。「不思議の国のアリス」「鏡の国のアリス」の物語に北澤平祐の挿絵を添える。もっと物語をたのしむための訳注も掲載。

「富士に立つ影」 ふじにたつかげ ［長編小説］ ㊼1924-27発表

白井喬二 しらい・きょうじ 1889-1980 大正・昭和期の小説家

◇富士に立つ影 1～10（ちくま文庫） 白井喬二著 筑摩書房 1998.6～1999.4 10冊 15cm Ⓝ913.6

内容 文化2年、富士の裾野愛鷹山麓で城の設計をめぐり、二大築城家、赤針流熊木伯典、賛四流佐藤菊太郎が迫真の築城問答を展開する。菊太郎有利の情勢は、奸智にたけた伯典の策略で意外な結果に…以後三代にわたる両家の対立を江戸～明治にわたる時代とともに壮大なスケールで描く大長編小説。

「附子」 ぶす ［狂言］ 室町時代

◇野村太一郎の狂言入門 野村太一郎, 杉山和也著 勉誠社 2023.7 217p 21cm 2800円 ⓘ978-4-585-37005-5 Ⓝ773.9

目次 狂言「附子」 ほか

内容 初心者でも親しみやすい「柿山伏」・「附子」の台本に現代語訳、舞台写真・豆知識をそえてわかりやすく紹介！

「蕪村句集」 ぶそんくしゅう ［俳諧句集］ 1784刊

与謝蕪村 よさ・ぶそん 1716-1783 江戸時代中期の俳人、画家。「蕪村句集」は蕪村一周忌に際し、高弟・高井几董が編んだもの

◇蕪村句集―現代語訳付き（角川ソフィア文庫） 与謝蕪村著, 玉城司訳注 角川学芸出版, 角川グループパブリッシング（発売） 2011.2 585p 15cm〈文献あり 年譜あり 索引あり〉1238円 ⓘ978-4-04-401006-5 Ⓝ911.34

内容 漢詩や酒を愛し、都鄙に遊びオリジナルな句を詠む。そうして生涯に残した発句は2850余句。本書では発句から蕪村の生涯をたどり、変幻自在な作風、現代からみても魅力的な、四季それぞれの楽しみを味わえる、という基準で新たに1000句を選び年代順に配列。

「復活」 ふっかつ Voskresenie ［長編小説］ ㊼1899

トルストイ, レフ・ニコラエヴィチ Tolstoi, Lev Nikolaevich 1828-1910 ロシアの小説家、思想家

◇復活 上（岩波文庫） トルストイ作, 藤沼貴訳 岩波書店 2014.7 475p 15cm 1020円 ⓘ978-4-00-357005-0 Ⓝ983

内容 愛の理念のもと、人間の復活とは何かを問う後期の大作。老トルストイは世の中にはびこる虚偽と悪に鋭く厳しい眼差しを向ける。殺人事件の陪審員として法廷に出

たネフリュードフは、容疑者の娼婦が、かつて自分が誘惑して捨て去った叔母の家の小間使いカチューシャであることに気づき、良心の呵責にさいなまれる。

◇復活 下（岩波文庫）トルストイ作、藤沼貴訳 岩波書店 2014.8 502p 15cm 1080円 Ⓘ978-4-00-357006-7 Ⓝ983

[内容] 人はなぜ変わってしまうのか？ 罪と罰とは？ 人は堕落し、何かがきっかけとなって立ち直る。老作家は、痛みと苦しみを経て愛によみがえる人間の内面の復活をひたむきに問う。問いは問いを生み、容易に答えは出ない…。19世紀の終焉を目前にし、リアリズムを徹底した果てに、トルストイはついにそれを突き抜けた。

「ブッデンブローク家の人々」
Buddenbrooks ［長編小説］ Ⓗ1901
Ⓑブデンブローク家の人々

マン，トーマス Mann, Thomas 1875-1955 ドイツの小説家、評論家。1929年ノーベル文学賞受賞

◇ブッデンブローク家の人びと 上（岩波文庫）トーマス・マン作、望月市恵訳 岩波書店 2013.6 357p 15cm〈第34刷（第1刷1969年）〉840円 Ⓘ978-4-00-324331-2 Ⓝ943

[内容]「ある家族の没落」という副題が示すようにドイツの一ブルジョア家庭の変遷を四代にわたって描く。初代当主は一八世紀啓蒙思想に鍛えられた実業家である。代を追うにつれこの家庭を、精神的・芸術的なものが支配し、次第に生活力が失なわれてゆく。

◇ブッデンブローク家の人びと 中（岩波文庫）トーマス・マン作、望月市恵訳 岩波書店 2013.6 373p 15cm〈第34刷（第1刷1969年）〉900円 Ⓘ978-4-00-324332-9 Ⓝ943

[内容] 父の死後、トーマスは新社主として商会を引き継いだ。離婚する妹、身をもち崩す弟らを抱えながらトーマスは父祖の築いた一家の名声と体面を保ち、事業にも腕を揮ってやがて市の参事会員に選ばれた。一家の血は彼によって次代に伝えられてゆくかのようであった。

◇ブッデンブローク家の人びと 下（岩波文庫）トーマス・マン作、望月市恵訳 岩波書店 2013.6 367p 15cm〈第30刷（第1刷1969年）〉900円 Ⓘ978-4-00-324333-6 Ⓝ943

[内容] 一家の、かつての明るい健康な気風は徐々に頽廃的なものに変ってゆく。トーマスにとってとりわけ息子の繊細な心と弱々しい肉体は気がかりであった。少年はわが家の系図を見つけ、その末尾にある己れの名の下に線を引く、他愛ない悪戯心からだったのだが。

「蒲団」 ふとん ［中編小説］ Ⓗ1908
[青空文庫]

田山花袋 たやま・かたい 1871-1930 明治～昭和期の小説家

◇この小説がすごい！―BS・i「恋する日曜日・文学の歌」原作集 シーエイチシー、コアラブックス（発売）2005.11 222p 19cm 1300円 Ⓘ4-86097-145-0 Ⓝ913.68

[目次] 蒲団（田山花袋）ほか

[内容]「古くて新しい本」の発見。今の作品にはない力強さを感じる近代文学の名作の宝庫。田山花袋「蒲団」など、BS・i「恋する日曜日・文学の歌」の原作となった5作を収録。

「ブライズヘッドふたたび」 Brideshead Revisited ［長編小説］ Ⓗ1945 Ⓑブライズヘッド再訪，回想のブライズヘッド

ウォー，イヴリン Waugh, Evelyn Arthur St.John 1903-1966 イギリスの小説家、評論家

◇回想のブライズヘッド 上（岩波文庫）イーヴリン・ウォー作、小野寺健訳 岩波書店 2009.1 303p 15cm 700円 Ⓘ978-4-00-322772-5 Ⓝ933.7

[内容] 第二次大戦中、物語の語り手ライダーの連隊はブライズヘッドという広大な邸宅の敷地に駐屯する。「ここは前に来たことがある」。この侯爵邸の次男で大学時代の友セバスチアンをめぐる、華麗で、しかし精神的苦悩に満ちた青春の回想のドラマが始まる。

◇回想のブライズヘッド 下（岩波文庫）イーヴリン・ウォー作、小野寺健訳 岩波書店 2009.2 387p 15cm 760円 Ⓘ978-4-00-322773-2 Ⓝ933.7

[内容]「古昔は人のみちみちたりしこの都邑

いまは凄しき様にて坐し」。ひさしぶりに再会したセバスチアンは、別人のように面変わりしていた。崩壊してゆくブライズヘッド邸とその一族―華麗な文化への甘美なノスタルジア。英国の作家ウォーの代表作。

「ブラウン神父シリーズ」 Father Brown ［小説］ [初]1911（ブラウン神父の童心） [青空文庫]（ブラウン神父の醜聞ほか）

チェスタトン, ギルバート・ケイス Chesterton, Gilbert Keith 1874-1936 イギリスの作家、詩人、批評家

◇ブラウン神父の童心（創元推理文庫） 新版 G.K.チエスタトン著, 中村保男訳 東京創元社 2017.1 381p 15cm〈文献あり 著作目録あり〉740円 Ⓘ978-4-488-11013-0 Ⓝ933.7

[内容] 奇想天外なトリック、痛烈な諷刺とユーモアで、ミステリ史上に燦然と輝くシリーズの第一集。小柄で不器用、団子のように丸く間の抜けた顔。とても頭が切れるとは思われない風貌のブラウン神父が真相を口にすると、世界の風景は一変する！ ブラウン神父初登場の「青い十字架」のほか、大胆なトリックの「見えない男」、あまりに有名な警句で知られる「折れた剣」等12編を収める。

「フラニーとゾーイー」 Franny and Zooey ［長編小説］ [初]1961 [別]フラニー, フラニーとズーイ

サリンジャー, J.D. Salinger, Jerome David 1919-2010 アメリカの小説家

◇フラニーとズーイ（新潮文庫） サリンジャー著, 村上春樹訳 新潮社 2014.3 292p 16cm〈付属資料：1枚〉630円 Ⓘ978-4-10-205704-9 Ⓝ933.7

[内容] 名門の大学に通うグラス家の美しい末娘フラニーと俳優で五歳年上の兄ズーイ。物語は登場人物たちの都会的な会話に溢れ、深い隠喩に満ちている。エゴだらけの世界に欺瞞を覚え、小さな宗教書に魂の救済を求めるフラニー。ズーイは才気とユーモアに富む渾身の言葉で自分の殻に閉じこもる妹を救い出す。ナイーヴで優しい魂を持ったサリンジャー文学の傑作。―村上春樹による新訳！

「プラハへの旅路のモーツァルト」 ⇒ 旅の日のモーツァルト（たびのひのもーつぁると）を見よ

「フランケンシュタイン」 Frankenstein ［長編小説］ [初]1818 [青空文庫]

シェリー, メアリー Shelley, Mary Wollstonecraft 1797-1851 イギリスの小説家

◇フランケンシュタイン―新訳（角川文庫） メアリー・シェリー著, 田内志文訳 KADOKAWA 2015.2 393p 15cm 680円 Ⓘ978-4-04-101240-6 Ⓝ933.6

[内容] 自然科学の世界に魅了され、将来を嘱望される、若き科学者ヴィクトル・フランケンシュタイン。創出と生命の原因を突き止めた彼は、生命を持たぬものに魂を吹き込むことに成功する。しかし、想像を絶する怪物の姿を目にした途端、恐怖におののきその場から逃げ出してしまう。絶望の淵に突き落とされ、故郷へ戻ったヴィクトルを待ち受けていたものは、自分が創造した怪物の復讐だった。産業革命最盛期に執筆された傑作が甦る。

「ふらんす物語」 ふらんすものがたり ［短編集］ [初]1909（発禁） [別]フランス物語

永井荷風 ながい・かふう 1879-1959 明治～昭和期の小説家、随筆家

◇荷風全集 第5巻 ふらんす物語 永井荷風著 岩波書店 2009.11 454p 21cm 5000円 Ⓘ978-4-00-091725-4 Ⓝ918.68

「ブリキの太鼓」 ぶりきのたいこ Die Blechtrommel ［長編小説］ [初]1959

グラス, ギュンター Grass, Günter Wilhelm 1927-2015 ドイツの小説家。1999年ノーベル文学賞受賞

◇世界文学全集 2-12 ブリキの太鼓 ギュンター・グラス著, 池内紀訳, 池澤夏樹編 河出書房新社 2010.5 619, 9p 20cm〈著作目録あり 年譜あり〉3000円 Ⓘ978-4-309-70964-2 Ⓝ908.3

[内容] 3歳で成長をやめ、今は精神病院の住人であるオスカルが、ブリキの太鼓の連打にのせて語る、猥雑で奇怪、寓意と象徴に溢れた物語。ノーベル賞作家ギュンター・グ

ラスの大長編の新訳。

「俘虜記」　ふりょき　［長編小説］　㊄1948
大岡昇平　おおおか・しょうへい　1909-1988　昭和期の小説家、フランス文学者
◇全集 現代文学の発見 新装版　第10巻　証言としての文学　大岡昇平ほか責任編集　學藝書林　2004.4　621p　20cm　4500円　①4-87517-068-8　Ⓝ918.6
目次 俘虜記（大岡昇平）ほか

「プールサイド小景」　ぷーるさいどしょうけい　［短編小説］　㊄1955
庄野潤三　しょうの・じゅんぞう　1921-2009　昭和・平成期の小説家。1954年「プールサイド小景」で芥川賞受賞
◇群像短篇名作選―1946～1969（講談社文芸文庫）　群像編集部編　講談社　2018.3　477p　16cm　2300円　①978-4-06-290372-1　Ⓝ913.68
目次 プールサイド小景（庄野潤三）ほか
内容 文芸誌『群像』創刊からの70年を彩った名作短篇を精選。復興から高度成長に至る時期の18篇を収録。

「糞尿譚」　ふんにょうたん　［短編小説］
㊄1937発表　青空文庫
火野葦平　ひの・あしへい　1907-1960　昭和期の小説家。1937年「糞尿譚」で芥川賞受賞
◇糞尿譚　河童曼陀羅（抄）（講談社文芸文庫）　火野葦平著　講談社　2007.6　265p　16cm　1300円　①978-4-06-198481-3　Ⓝ913.6
内容 出征前日まで書き継がれ、前線の玉井（火野）伍長に芥川賞の栄誉をもたらすと共に、国家の命による従軍報道、戦後の追放という、苛酷な道を強いた運命の一冊「糞尿譚」。激動の昭和を生き抜く庶民的現実と芸術の至高性への憧憬―聖俗併せもつ火野文学の独自の魅力に迫る。

【 へ 】

「平家物語」　へいけものがたり　［軍記物語］
鎌倉時代　青空文庫（尾崎士郎訳）
◇平家物語　1（河出文庫―古典新訳コレクション 11）古川日出男訳　河出書房新社　2023.10　350p　15cm〈底本：日本文学全集 09（2016年刊）〉800円　①978-4-309-41998-5　Ⓝ913.434
内容 平安末期、武士初の太政大臣となった平清盛を中心に栄耀栄華を極める平家一門。後白河法皇の謀略を背景に、平家討伐の機運が高まり…。時代の変革期の動乱・源平合戦の幕が開く！
◇平家物語　2（河出文庫―古典新訳コレクション 12）古川日出男訳　河出書房新社　2023.11　374p　15cm〈底本：日本文学全集 09（2016年刊）〉800円　①978-4-309-42018-9　Ⓝ913.434
内容 わが世の春を謳歌する平家一門。しかし、頼朝、義仲を筆頭に、諸国の源氏の一族郎党が立ちあがる。次第に平家の旗色に翳りが見えはじめ、清盛が凄絶な最期を迎え…。書き下ろし「後白河抄・二」も収録。
◇平家物語　3（河出文庫―古典新訳コレクション 13）古川日出男訳　河出書房新社　2023.12　347p　15cm〈底本：日本文学全集 09（2016年刊）〉800円　①978-4-309-42068-4　Ⓝ913.434
内容 東に頼朝、京に義仲、西に平家、天下は三分され、源氏の白旗が京都を埋め尽くす。後白河法皇から征夷将軍の院宣が頼朝に下り、義経が京を目指す。一方、義仲は追い詰められ…。書き下ろし「後白河抄・三」も収録。
◇平家物語　4（河出文庫―古典新訳コレクション 14）古川日出男訳　河出書房新社　2024.1　299p　15cm〈底本：日本文学全集 09（2016年刊）〉800円　①978-4-309-42074-5　Ⓝ913.434
内容 破竹の勢いで平家を追討する義経。海上を赤く染める壇之浦。安徳天皇と三種の神器の行方やいかに。一方、都は大地震に見舞われ、頼朝の不興をかった義経は都を落ちていく…。書き下ろし「後白河抄・四」、解題も収録。

へいし

「兵士シュヴェイクの冒険」 へいししゅゔぇいくのぼうけん Osudy dobrého vojáka Švejka za světové války ［長編小説］ ㊝1923（未完） ㊙善良な兵士シュヴェイク

ハシェク, ヤロスラフ Hašek, Jaroslav 1883-1923 チェコの小説家、ジャーナリスト

◇兵士シュヴェイクの冒険 1～4（岩波文庫）ハシェク作, 栗栖継訳 岩波書店 1996.6 4冊 15cm Ⓝ989.53

［内容］馬鹿なのかみせかけるのか、おだやかな目をした一見愚直そのものの一人の男。チェコ民衆の抵抗精神が生んだこの一人の男にはオーストリー・ハンガリー帝国の権力も権威も遂に歯が立たなかった。年移り社会は変わっても、この権力に対する抵抗精神のシンボルは民衆の心に生き続けている。

「平治物語」 へいじものがたり ［軍記物語］鎌倉時代前期 ㊙平治記

◇保元物語・平治物語―日本の古典（角川ソフィア文庫―ビギナーズ・クラシックス）日下力編 KADOKAWA 2021.3 366p 15cm〈年表あり 索引あり〉1100円 Ⓘ978-4-04-400493-4 Ⓝ913.432

［内容］「平家物語」とともに琵琶法師によって語り継がれた軍記物語の名作「保元物語」「平治物語」を、総ふりがなつきの原文、現代語訳、やさしい解説とコラムで丁寧に読み解く入門書。武家の時代の幕開けをダイジェストでたどる。

「平中物語」 へいちゅうものがたり ［歌物語］ 平安時代中期 ㊙平仲物語, 平中日記, 貞文日記

◇新編日本古典文学全集 12 竹取物語 伊勢物語 大和物語 平中物語 小学館 1994.12 590p 23cm〈各章末：参考文献〉4600円 Ⓘ4-09-658012-0 Ⓝ918

［目次］平中物語（清水好子校注・訳）ほか

「ベーオウルフ」 Beowulf ［叙事詩］ 8世紀前半成立 ㊙ベオウルフ

◇ベーオウルフ―中世英雄叙事詩：韻文訳 枡矢好弘訳 開拓社 2015.11 296p 20cm〈文献あり〉2800円 Ⓘ978-4-7589-2219-7 Ⓝ931.4

［内容］『ベーオウルフ』という英雄叙事詩。すべてはここから始まる。かつて西欧で語られ描かれたその姿、そこに今日の私たちが楽しむファンタジー物語の原点があるのだ。それが特殊効果を用いて描かれるような、いかなる特別な能力を備えた主人公であれ、その原点は英雄「ベーオウルフ」の姿に求められる。そして、私たちのファンタジーの原点であるその物語の結末に、私たちは胸を打たれる。

「ペスト」 La Peste ［長編小説］㊝1947

カミュ, アルベール Camus, Albert 1913-1960 フランスの小説家、評論家。1957年ノーベル文学賞受賞

◇ペスト（光文社古典新訳文庫）カミュ著, 中条省平訳 光文社 2021.9 493p 16cm〈年譜あり〉1060円 Ⓘ978-4-334-75449-5 Ⓝ953.7

［内容］突如発生した死の伝染病ペスト。病床や埋葬地は不足、市境は封鎖され、人々は恋人や家族と離れた生活を強いられる。一方、リュー医師らは保健隊を結成し、事態の収拾に奔走するが…。読みやすい新訳で贈るカミュの代表作。

「ペーター・シュレミールの不思議な物語」 ⇒影をなくした男（かげをなくしたおとこ）を見よ

「別離」 べつり ［歌集］ ㊝1910

若山牧水 わかやま・ぼくすい 1885-1928 明治～昭和期の歌人

◇若山牧水歌集（岩波文庫）若山牧水著, 伊藤一彦編 岩波書店 2004.12 361p 15cm〈年譜あり〉760円 Ⓘ4-00-310521-4 Ⓝ911.168

［内容］「幾山河越えさり行かば」「白鳥は哀しからずや」若山牧水は23歳で、今日でも多くの人々に愛誦される名歌を詠んだ。以後20年、旅の歌人牧水は、平易で親しみやすい、しかも人間と人生の根幹にふれて共感を呼ぶ、数かずの秀歌をのこした。彼の全短歌の中から新たに約1700首を選んだ新編集版。

「ペテルブルグ」 Petersburg ［長編小説］㊚1916刊（1913-14連載）

ベールイ，アンドレイ Belyi, Andrei 1880-1934 ロシアの詩人、小説家、評論家

◇ペテルブルグ 上（講談社文芸文庫）アンドレイ・ベールイ著, 川端香男里訳 講談社 1999.12 383p 16cm 1400円 ①4-06-197691-5 Ⓝ983

内容 1880年モスクワに生まれたベールイはモスクワ大学理学部に入学するが、象徴主義や神秘主義に傾倒して世紀末から革命に至る時代をひたすら文学に没頭する。1916年に刊行されたこの『ペテルブルグ』は、幻影の都市ペテルブルグで繰り広げられる緊迫したテロを描き、ナボコフも『ユリシーズ』『変身』『失われた時を求めて』と共に、二十世紀初期を代表する傑作と絶賛する。

◇ペテルブルグ 下（講談社文芸文庫）アンドレイ・ベールイ著, 川端香男里訳 講談社 2000.1 317p 16cm〈年譜あり〉 1300円 ①4-06-197696-6 Ⓝ983

内容 政府高官の息子ニコライ・アポローノヴィチはテロリストから託されたいわしの缶詰の時限爆弾にスイッチを入れてしまう—。爆弾がいつ爆発するかという緊迫感につつまれて、物語はスリリングに展開する。20世紀ロシア象徴主義の鬼才ベールイが、豊かな想像力を駆使して、混迷する現実の完全な抽出とその変革をめざした言語革命的実験小説。

「ベニスに死す」 ⇒ヴェニスに死すを見よ

「ベニスの商人」 ⇒ヴェニスの商人を見よ

「ベル・ジャー」 The Bell Jar ［長編小説］㊚1963 ㊫自殺志願

プラス，シルヴィア Plath, Sylvia 1932-1963 アメリカの詩人

◇ベル・ジャー（I am I am I am）シルヴィア・プラス著, 小澤身和子訳 晶文社 2024.7 383p 19cm 2500円 ①978-4-7949-7435-8 Ⓝ933.7

内容 わたしはぜんぶ覚えている。あの痛みも、暗闇も。世の中は欺瞞だらけだと感じる人、かつてそう思ったことがある人たちに刺さりつづける、ピュリツァー賞受賞の天才詩人が書き残した唯一の長編小説、20年ぶりの新訳！

「変身」 へんしん Die Verwandlung ［短編小説］㊚1915 青空文庫

カフカ，フランツ Kafka, Franz 1883-1924 ユダヤ系ドイツ人の作家

◇変身（角川文庫）フランツ・カフカ著, 川島隆訳 KADOKAWA 2022.2 174p 15cm 500円 ①978-4-04-109236-1 Ⓝ943.7

内容 「おれはどうなったんだ？」平凡なサラリーマンのグレゴールはベッドの中で巨大な虫けらに姿を変えていた。変身の意味と理由が明かされることはなく、不条理な物語が展開していく―。最新のカフカ研究を踏まえた新訳。

「変身物語」 へんしんものがたり Metamorphoses ［叙事詩，神話］㊫メタモルポセス，変形譚，転身物語

オウィディウス Ovidius Naso, Publius 紀元前43-後18 古代ローマの詩人

◇変身物語 上・下（講談社学術文庫）オウィディウス著, 大西英文訳 講談社 2023.9 2冊 15cm〈文献あり 索引あり〉 Ⓝ992.1

内容 古代ローマ黄金時代を代表する詩人の代表作にしてラテン文学の最高峰。原初の混沌から世界の創造、トロイア戦争を経て初期の王の時代に至る歴史を描く。上は、第1巻から第8巻までを収録。

「変身物語〔アプレイウス著〕」 ⇒黄金のろば（おうごんのろば）を見よ

「ヘンリー・ライクロフトの私記」 へんりー・らいくろふとのしき The Private Papers of Henry Ryecroft ［随筆集］㊚1903 ㊫ヘンリ・ライクロフトの手記, ヘンリー・ライクロフトの手記

ギッシング，ジョージ Gissing, George Robert 1857-1903 イギリスの小説

家、随筆家

◇ヘンリー・ライクロフトの私記（光文社古典新訳文庫）ギッシング著, 池央耿訳　光文社　2013.9　331p　16cm〈年譜あり〉1048円　Ⓘ978-4-334-75278-1　Ⓝ933.7

内容　どん底の境遇のなかで謹厳実直に物を書き続けて三十余年。不意に多少の財産を手にしたライクロフトは、都会を離れて閑居する。四季折々の自然の美しさに息を呑み、好きな古典文学を読み耽りながら、自らの来し方を振り返る日々一味わい深い随想の世界を心に染みる新訳で。

【ほ】

「ボヴァリー夫人」　Madame Bovary
［長編小説］Ⓟ1857　Ⓡボヴァリィ夫人, マダム・ボワリー

フローベール, ギュスターヴ　Flaubert, Gustave　1821-1880　フランスの小説家

◇ボヴァリー夫人（新潮文庫）フローベール著, 芳川泰久訳　新潮社　2015.6　660p　16cm　890円　Ⓘ978-4-10-208502-8　Ⓝ953.6

内容　娘時代に恋愛小説を読み耽った美しいエンマは、田舎医者シャルルとの退屈な新婚生活に倦んでいた。やがてエンマは夫の目を盗んで、色男のロドルフや青年書記レオンとの情事にのめりこみ莫大な借金を残して服毒自殺を遂げる。一地方のありふれた姦通事件を、芸術に昇華させたフランス近代小説の金字塔を、徹底した推敲を施した原文の息づかいそのままに日本語に再現した決定版新訳。

「奉教人の死」　ほうきょうにんのし　［短編小説］Ⓟ1918発表　青空文庫

芥川龍之介　あくたがわ・りゅうのすけ　1892-1927　大正期の小説家。短編の名作を数多く発表

◇羅生門・蜜柑ほか（ちくま文庫―教科書で読む名作）芥川龍之介著　筑摩書房　2016.12　279p　15cm　680円　Ⓘ978-4-480-43411-1　Ⓝ913.6

目次　奉教人の死　ほか

「保元物語」　ほうげんものがたり　［軍記物語］　鎌倉時代前期　Ⓡ保元記, 保元合戦記

◇保元物語・平治物語―日本の古典（角川ソフィア文庫―ビギナーズ・クラシックス）日下力編　KADOKAWA　2021.3　366p　15cm〈年表あり　索引あり〉1100円　Ⓘ978-4-04-400493-4　Ⓝ913.432

内容　「平家物語」とともに琵琶法師によって語り継がれた軍記物語の名作「保元物語」「平治物語」を、総ふりがなつきの原文、現代語訳、やさしい解説とコラムで丁寧に読み解く入門書。武家の時代の幕開けをダイジェストでたどる。

「方丈記」　ほうじょうき　［随筆］　1212成立　青空文庫

鴨長明　かも・ちょうめい　1155-1216　平安時代後期・鎌倉時代前期の歌人、随筆家、文学者

◇方丈記（光文社古典新訳文庫）鴨長明著, 蜂飼耳訳　光文社　2018.9　152p　16cm〈年譜あり〉640円　Ⓘ978-4-334-75386-3　Ⓝ914.42

内容　災厄の数々、生のはかなさ…。人間と、人間が暮らす建物を一つの軸として綴られた、日本中世を代表する随筆の新訳。原典、和歌10首、訳者のエッセイも収録する。

「豊饒の海」　ほうじょうのうみ　［長編小説］　Ⓟ1969-71

三島由紀夫　みしま・ゆきお　1925-1970　昭和期の小説家

◇豊饒の海　第1巻（春の雪）～第4巻（天人五衰）（新潮文庫）三島由紀夫著　新潮社　2020.11（第1巻 新版）4冊　16cm　Ⓝ913.6

内容　ともに華族に生まれた松枝清顕と綾倉聡子。互いに惹かれ合うが、自尊心の強さから清顕が聡子を遠ざけると、聡子は皇族との婚約を受け入れる。若い二人の前に禁忌の道が拓かれ、度重なる密会の果て、ついに恐れていた事態が…。(第1巻)

「北条政子」　ほうじょうまさこ　［長編小説］　Ⓟ1969

永井路子　ながい・みちこ　1925-2023　昭

和～令和期の小説家
◇北条政子（文春文庫 な2-55）新装版 永井路子著 中央公論社 2021.1 595p 16cm 970円 ①978-4-16-791625-1 Ⓝ913.6

内容 伊豆の豪族北条時政の娘に生まれ、流人源頼朝に恋をした政子。やがて夫は平家への叛旗をあげる。源平の合戦、鎌倉幕府成立―御台所になった政子は、実子・頼家や実朝、北条一族、有力御家人達の間で自らの愛憎の深さに思い悩む。歴史の激流にもまれつつ生きた女を描き、大河ドラマ原作にもなった傑作歴史長編。

「抱擁家族」 ほうようかぞく ［長編小説］
㋒1965

小島信夫 こじま・のぶお 1915-2006 昭和・平成期の小説家。1965年「抱擁家族」で第1回谷崎潤一郎賞受賞
◇抱擁家族（講談社文芸文庫Wide）小島信夫著 講談社 2016.12 294p 17cm〈講談社文芸文庫 1988年刊の再刊 著作目録あり〉1300円 ①978-4-06-295510-2 Ⓝ913.6

内容 妻の情事をきっかけに、家庭の崩壊は始まった。たて直しを計る健気な夫は、なす術もなく悲劇を繰り返し、次第に自己を喪失する。不気味に音もなく解けていく家族の絆。現実に潜む危うさの暗示。時代を超え現代に迫る問題作、「抱擁家族」とは何か。

「放浪記」 ほうろうき ［長編小説］
㋒1928 青空文庫

林芙美子 はやし・ふみこ 1903-1951 昭和期の小説家。「放浪記」で作家としての地位を確立
◇放浪記（岩波文庫）林芙美子作 岩波書店 2014.3 572p 15cm〈底本：林芙美子全集（文泉堂出版 1977年刊）年譜あり〉900円 ①978-4-00-311693-7 Ⓝ913.6

内容 第一次大戦後の東京。地方出身者の「私」は、震災を経て変わりゆく都市の底辺で、貧窮にあえぎ、職を転々としながらも、逆境におしつぶされることなくひたすらに文学に向かってまっすぐに生きる。全3部を収録。

「放浪者メルモス」 ほうろうしゃめるもす
Melmoth, The Wanderer ［長編小説］
㋒1820

マチューリン, チャールズ・ロバート
Maturin, Charles Robert 1782-1824 アイルランドの小説家、劇作家
◇放浪者メルモス 新装版 C・R・マチューリン著, 富山太佳夫訳 国書刊行会 2012.8 988p 20cm〈初版のタイトル：世界幻想文学大系 5-A・5-B 年譜あり〉5800円 ①978-4-336-05524-8 Ⓝ933.6

内容 「メロドラマに登場する悪党のすべては、牧師マチューリンのかの偉大なる悪魔的創造、メルモスなる有名な放浪者の末裔であると言ってさしつかえない」（ボードレール）。ロセッティやワイルド、ポー、そしてバルザックらによって熱烈に讃美された不朽の巨篇。

「北越雪譜」 ほくえつせっぷ ［随筆, 地誌］
㋒1837-42 青空文庫

鈴木牧之 すずき・ぼくし 1770-1842 江戸時代後期の随筆家、文人
◇校註 北越雪譜 第21版 鈴木牧之著, 京山人百樹刪定, 宮栄二監修, 井上慶隆, 高橋実校註 三条 野島出版 2014.4 357, 30p 18cm〈文献あり 年譜あり 索引あり〉1500円 ①978-4-8221-0234-0 Ⓝ914.5

「濹東綺譚」 ぼくとうきたん ［長編小説］
㋒1937 青空文庫

永井荷風 ながい・かふう 1879-1959 明治～昭和期の小説家、随筆家
◇私の濹東綺譚（中公文庫）増補新版 安岡章太郎著 中央公論新社 2019.11 267p 16cm〈初版：新潮文庫 2003年刊〉900円 ①978-4-12-206802-5 Ⓝ913.6

目次 濹東綺譚（永井荷風）ほか

内容 若き日に荷風の文学世界に引き込まれた著者が、戦争へと向かう昭和初期の時代と名作の舞台とを合わせて読み解く。評論「水の流れ―永井荷風文学紀行」、永井荷風「濹東綺譚」全編も収載する。

ほしの

「星の王子さま」 ほしのおうじさま Le Petit Prince ［小説, 童話］ ㊄1943
㊄星の王子, あのときの王子くん
青空文庫 (あのときの王子くん)

サン=テグジュペリ, アントワーヌ・ド
Saint-Exupéry, Antoine Marie Roger de
1900-1944 フランスの小説家、飛行士

◇星の王子さま(文春文庫) サン=テグジュペリ著, 倉橋由美子訳 文藝春秋 2019.5 171p 16cm〈宝島社文庫 2006年刊の再刊〉470円 Ⓘ978-4-16-791288-8 Ⓝ953.7

内容 別の星からやってきた王子さまとやりとりを重ねるうちに、私の胸に去来したものとは一。子ども向けの童話ではなく「大人が読む小説」という斬新な視点で訳された名作が、美しいカラーイラストと共によみがえる。

「火垂るの墓」 ほたるのはか ［短編小説］
㊄1967発表

野坂昭如 のさか・あきゆき 1930-2015 昭和・平成期の小説家、政治家

◇セレクション戦争と文学 7 戦時下の青春(集英社文庫ヘリテージシリーズ) 集英社 2020.1 688p 16cm〈底本:「コレクション戦争と文学 15」(2012年刊)〉1700円 Ⓘ978-4-08-761053-6 Ⓝ918.6

目次 火垂るの墓(野坂昭如)ほか

内容 新時代の戦争文学アンソロジー。7は、野坂昭如「火垂るの墓」など、閉ざされた未来に鬱屈しながらも生きようともがく、戦時下の若者たちを描いた作品を収録する。

「発心集」 ほっしんしゅう ［仏教説話集］
鎌倉時代前期

鴨長明〔編〕 かも・ちょうめい 1155-1216 平安時代後期・鎌倉時代前期の歌人、随筆家、文学者

◇方丈記 発心集(新潮日本古典集成) 新装版 鴨長明著, 三木紀人校注 新潮社 2016.1 437p 20cm〈年譜あり〉2800円 Ⓘ978-4-10-620842-3 Ⓝ914.42

内容 一丈四方の庵に隠棲した鴨長明が世の無常を綴る『方丈記』。発心、遁世、往生の様々な例を収集、自らの範とした仏教説話集『発心集』。不安な時代に生きた長明が晩年に至った境地。

「坊っちゃん」 ぼっちゃん ［中編小説］
㊄1907 ㊄坊つちやん, 坊ちゃん
青空文庫

夏目漱石 なつめ・そうせき 1867-1916 明治・大正期の小説家、英文学者、評論家

◇坊っちゃん(小学館文庫) 夏目漱石著 小学館 2013.1 218p 16cm 438円 Ⓘ978-4-09-408787-1 Ⓝ913.6

内容 親譲りの無鉄砲で小供のころから損ばかりして居る―。曲がったことが大嫌いな坊っちゃんは、幼いころから喧嘩やいたずらを繰り返し、家族にずっとうとまれてきた。心配してくれるのは下女の清だけだ。物理学校を卒業し、四国の中学に数学教師の職を得るが、性格の変わるわけにもいかない。偉かろうが強かろうが、長いものに巻かれて生きてゆくわけにはいかないのだ。読みやすい新注釈付きでリニューアル。

「鉄道員(ぽっぽや)」 ［短編小説］
㊄1997

浅田次郎 あさだ・じろう 1951- 小説家。1997年「鉄道員」で直木賞受賞

◇北のおくりもの―北海道アンソロジー(集英社文庫) 集英社文庫編集部編 集英社 2023.5 304p 16cm 680円 Ⓘ978-4-08-744531-2 Ⓝ913.68

目次 小説 鉄道員(浅田次郎)ほか

内容 北海道を舞台にした5つの短編小説と4つのエッセイを収録。雄大な土地、厳しい冬、豊かな農畜産物や海産物、開拓の歴史など、さまざまな角度から北海道に宿る魅力を切り取ったアンソロジー。

「歩道橋の魔術師」 ほどうきょうのまじゅつし 原題:天橋上的魔術師 ［短編集］
㊄2011

呉明益 ご・めいえき(う・みんい) 1971- 台湾の作家、エッセイスト

◇歩道橋の魔術師(河出文庫) 呉明益著, 天野健太郎訳 河出書房新社 2021.11 289p 15cm〈白水社 2015年刊に短篇を追加〉980円 Ⓘ978-4-309-46742-9 Ⓝ923.7

内容 懐かしい記憶には魔法がかかっている。

1980年前後の台北・中華商場を舞台に、少年少女が繰り広げる不思議な物語。踊りだす黒い小人、女子トイレの99階のエレベーターボタン、死にゆく小鳥に起きた出来事、若者たちの恋…。ジャンプブーツを履いた魔術師が生みだすさまざまな奇跡。単行本未収録短編を収録。

「不如帰」　ほととぎす　［長編小説］
　㋑1900　青空文庫

徳冨蘆花　とくとみ・ろか　1868-1927　明治・大正期の小説家

◇不如帰（岩波文庫）改版　徳冨蘆花作　岩波書店　2012.7　333p　15cm〈年譜あり〉700円　Ⓘ978-4-00-310151-3　Ⓝ913.6

内容　「ああ辛い！辛い！もう一一もう婦人なんぞに一生れはしませんよ。」日清戦争の時代、互いを想いながらも家族制度のしがらみに引き裂かれてゆく浪子と武男。空前の反響をよび、数多くの演劇・映画の原作ともなった蘆花の出世作。

「本陣殺人事件」　ほんじんさつじんじけん
　［長編小説］　㋑1947

横溝正史　よこみぞ・せいし　1902-1981　昭和期の小説家

◇本陣殺人事件　蝶々殺人事件（横溝正史自選集 1）横溝正史著　出版芸術社　2006.12　382p　20cm〈肖像あり〉2000円　Ⓘ4-88293-308-X　Ⓝ913.6

内容　旧本陣・一柳家の長男・賢蔵と克子の結婚式が執り行われた夜、夫婦は無残な惨殺死体となって発見された。不気味な琴の音、血みどろの日本刀、三本指の男の手形が示すものとは？　金田一耕助が初登場する記念碑的作品（「本陣殺人事件」）。

「本町通り」　ほんちょうどおり　Main Street
　［長編小説］　㋑1920　㋰メイン・ストリート

ルイス, シンクレア　Lewis, Harry Sinclair　1885-1951　アメリカの小説家。1930年アメリカ人初のノーベル文学賞受賞

◇本町通り　上・中・下（岩波文庫）シンクレア・ルイス作, 斎藤忠利訳　岩波書店　1970～1973　3冊　15cm　Ⓝ933

内容　都会の女性キャロルは中西部の田舎町ゴーファー・プレアリィの医者の妻として町の改革にのりだすが、待ちうけていたのは因習と人々の根強い反感だった。――市民社会の成熟期をむかえつつあったアメリカを痛烈に風刺したこの作品は、1920年、発表されるやかつて前例を見ないほどの大反響をよんだ。

「本朝文粋」　ほんちょうもんずい　［漢詩文集］　平安時代・康平年間（1058-65）成立か　㋰本朝文粋

藤原明衡〔撰〕　ふじわら・あきひら　989-1066　平安時代中期の学者、漢詩人

◇新日本古典文学大系　27　本朝文粋　大曽根章介ほか校注, 佐竹昭広ほか編　岩波書店　1992.5　462p　22cm　3800円　Ⓘ4-00-240027-1　Ⓝ918

内容　本邦初の文章編纂書。王朝の人々に広く賞翫・朗詠された雕琢の美文の一大集成。篁、道真、保胤ら当代一流の学者・詩人が集う。

【ま】

「マイ・アントニーア」　⇒私のアントニーア（わたしのあんとにーあ）を見よ

「舞姫」　まいひめ　［短編小説］　㋑1892
　青空文庫

森鷗外　もり・おうがい　1862-1922　明治・大正期の陸軍軍医、小説家、評論家

◇舞姫・うたかたの記（角川文庫）改版　森鷗外著　角川書店, 角川グループホールディングス（発売）2013.6　217p　15cm〈年譜あり〉400円　Ⓘ978-4-04-100843-0　Ⓝ913.6

内容　幼いころから優秀で、勤める省庁から洋行を命じられた太田豊太郎は、数年後、孤独感にさいなまれ、ふとしたきっかけで美貌の舞姫エリスと激しい恋に落ちた。すべてを投げだし恋に生きようとする豊太郎に、友人の相澤は、手を尽くして帰国をすすめるが、一。19世紀末のベルリンを舞台に繰り広げられる、激しくも哀しい青春を描いた「舞姫」ほかを収録。

まくす

「マークスの山」　[長編小説] ㊄1993

髙村薫　たかむら・かおる　1953-　小説家。1993年「マークスの山」で直木賞受賞

◇マークスの山　上巻（新潮文庫）髙村薫著　新潮社　2011.8　418p　16cm　590円　①978-4-10-134719-6　Ⓝ913.6

内容「マークスさ。先生たちの大事なマ、ア、ク、ス！」。あの日、彼の心に一粒の種が播かれた。それは運命の名を得、枝を茂らせてゆく。南アルプスで発見された白骨死体。三年後に東京で発生した、アウトローと検事の連続殺人。"殺せ、殺せ"。都会の片隅で恋人と暮らす青年の裡には、もうひとりの男が潜んでいた。警視庁捜査一課・合田雄一郎警部補の眼前に立ちふさがる、黒一色の山。

◇マークスの山　下巻（新潮文庫）髙村薫著　新潮社　2011.8　392p　16cm　552円　①978-4-10-134720-2　Ⓝ913.6

内容　勤務先の病院を出た高木真知子が拳銃で撃たれた！やがて明らかになってゆく、水沢裕之の孤独な半生。合田はかつて、強盗致傷事件を起こした彼と対面していたのだった。獣のように捜査網をすり抜ける水沢に、刑事たちは焦燥感を募らせる…。アイゼンの音。荒い息づかい。山岳サークルで五人の大学生によって結ばれた、グロテスクな盟約。山とは何か―マークス、お前は誰だ？―。

「マクベス」　Macbeth　[戯曲] 1606頃初演

シェイクスピア, ウィリアム
Shakespeare, William　1564-1616　イギリスの劇作家、詩人。「マクベス」はシェイクスピアの四大悲劇の一つ

◇真訳 シェイクスピア四大悲劇―ハムレット・オセロー・リア王・マクベス　ウィリアム・シェイクスピア著, 石井美樹子訳, 横山千晶監訳　河出書房新社　2021.5　439p　20cm　4600円　①978-4-309-20829-9　Ⓝ932.5

内容　シェイクスピアの四大悲劇作品の背景にある事件や世相、風俗、体制批判を読み解き、オックスフォード英語辞典による原文の正しい意味を徹底的に検証。シェイクスピアが生きた時代と、戯曲に込められた「真実」を解き明かす。

「枕草子」　まくらのそうし　[随筆]　平安時代中期

清少納言　せいしょうなごん　966頃-1020頃　平安時代中期の女性。歌人、随筆家

◇枕草子　上（河出文庫―古典新訳コレクション 24）清少納言著, 酒井順子訳　河出書房新社　2024.5　276p　15cm〈底本：日本文学全集 07（2016年刊）文献あり〉800円　①978-4-309-42104-9　Ⓝ914.3

内容　平安中期、清少納言が宮中での日々を綴った日本を代表する随筆文学「枕草子」が、エスプリの効いた現代語訳で甦る。上は、1段から142段までを収録する。藤本宗利による書き下ろしの解題を加えて文庫化。

◇枕草子　下（河出文庫―古典新訳コレクション 25）清少納言著, 酒井順子訳　河出書房新社　2024.5　240p　15cm〈底本：日本文学全集 07（2016年刊）文献あり〉800円　①978-4-309-42105-6　Ⓝ914.3

内容　平安中期、清少納言が宮中での日々を綴った日本を代表する随筆文学「枕草子」が、エスプリの効いた現代語訳で甦る。下は、143段から319段までを収録する。木村朗子による書き下ろしの解説を加えて文庫化。

「将門記」　⇒将門記（しょうもんき）を見よ

「麻雀放浪記」　まーじゃんほうろうき　[長編小説]　㊄1969-72

阿佐田哲也　あさだ・てつや　1929-1989　昭和期の小説家。阿佐田哲也は色川武大の筆名。阿佐田名義で『麻雀放浪記』など麻雀小説を手掛けた

◇麻雀放浪記　1　青春編（双葉文庫）阿佐田哲也著　双葉社　2021.8　414p　15cm〈1969年刊の再刊〉750円　①978-4-575-52490-1　Ⓝ913.6

内容　焦土と化した東京で全てを失った"坊や哲"は、戦中の勤労動員で知り合った"上州虎"と再会し、博打の世界へ入り込み…。麻雀に生きる男たちの激闘と生きざまを描く。1969年に『週刊大衆』で連載された麻雀小説の金字塔。

◇麻雀放浪記　2　風雲編（双葉文庫）阿佐田哲也著　双葉社　2021.11　412p　15cm〈1970年刊の再刊〉750円　①978-4-575-

52516-8　Ⓝ913.6

|内容| 坊や哲は薬欲しさに引き受けた代打ち麻雀でイカサマを見破られ、東京を出ることになる。旅の途中で知り合った坊主のクソ丸と少女ドテ子とバクチ列車で大阪へ向かい…。関西を舞台に麻雀の鬼たちと鎬を削るピカレスクロマン。

◇麻雀放浪記　3　激闘編〈双葉文庫〉阿佐田哲也著　双葉社　2022.2　394p　15cm〈1971年刊の再刊〉780円　Ⓘ978-4-575-52543-4　Ⓝ913.6

|内容| 麻雀の打ち過ぎからか右肘に故障が出て、いかさまができなくなってしまった坊や哲。そんなある日、太いカモの話を聞き、地下組織のTS会から1日1割の烏金を借りて勝負に挑むが…。麻雀打ちたちと戦うピカレスクロマン。

◇麻雀放浪記　4　番外編〈双葉文庫〉阿佐田哲也著　双葉社　2022.6　413p　15cm　790円　Ⓘ978-4-575-52578-6　Ⓝ913.6

|内容| 博打稼業から足を洗った坊や哲。だがある日、会社の同僚がひとりの男を連れてくる。男の名は、かつての盟友であり敵でもあったドサ健。そして坊や哲は、再び麻雀による博打地獄の深淵へ…。現代ピカレスクロマン。

「増鏡」　ますかがみ　〔歴史物語〕　南北朝時代　㋫益鏡、真寸鏡

◇増鏡全注釈　河北騰著　笠間書院　2015.6　648p　22cm〈布装〉12000円　Ⓘ978-4-305-70774-1　Ⓝ913.426

|内容| 後鳥羽帝の即位から、後醍醐帝の隠岐よりの還京まで、十五代、約一五二年間を記した編年体の歴史物語の全注釈。中世院政期の歴史や文化を克明に記録しながら、平安王朝的優美典雅への憧憬が極めて強く存在し、洗練された文体や表現の工夫、人の世の栄枯盛衰や無常観が強く感じられる、文学性も極めて強く、豊かな歴史物語―。

「貧しき人びと」　まずしきひとびと　Bednïelyudi　〔中編小説〕　㋝1846発表　㋫貧しい人々

ドストエフスキー, フョードル・ミハイロヴィチ　Dostoevskii, Fëdor Mikhailovich　1821-1881　ロシアの作家

◇貧しき人びと〈新潮文庫〉改版　ドストエフスキー著, 木村浩訳　新潮社　2013.3　295p　16cm　490円　Ⓘ978-4-10-201006-8　Ⓝ983

|内容| 世間から侮蔑の目で見られている小心で善良な小役人マカール・ジェーヴシキンと薄幸の乙女ワーレンカの不幸な恋の物語。往復書簡という体裁をとったこの小説は、ドストエフスキーの処女作であり、都会の吹きだまりに住む人々の孤独と屈辱を訴え、彼らの人間的自負と社会的卑屈さの心理的葛藤を描いて、「写実的ヒューマニズム」の傑作と絶賛され、文豪の名を一時に高めた作品である。

「マダム・ボワリー」　⇒ボヴァリー夫人を見よ

「真知子」　まちこ　〔長編小説〕　㋫1931

野上弥生子　のがみ・やえこ　1885-1985　明治～昭和期の小説家

◇「新編」日本女性文学全集　第5巻　野上弥生子著者代表, 岩淵宏子, 長谷川啓監修, 岩淵宏子責任編集　六花出版　2018.6　534p　22cm〈年譜あり　文献あり〉5000円　Ⓘ978-4-86617-047-3　Ⓝ913.68

|目次| 真知子（野上弥生子著）ほか

|内容| 近代日本文学史における女性文学の確立期に焦点を当てる。野上弥生子、長谷川時雨、吉屋信子など、日本の女性解放運動の原点となった女性誌『青鞜』に参加、あるいは影響下にあった女性文学者6人の作品を収録。

「窓ぎわのトットちゃん」　まどぎわのトットちゃん　〔自伝的物語〕　㋫1981

黒柳徹子　くろやなぎ・てつこ　1933-　女優、タレント、司会者。ユニセフ親善大使。文化功労者

◇窓ぎわのトットちゃん〈講談社文庫〉新組版　黒柳徹子著　講談社　2015.8　377p　15cm　760円　Ⓘ978-4-06-293212-7　Ⓝ916

|内容| 「きみは、本当は、いい子なんだよ！」小林宗作先生は、トットちゃんを見かけると、いつもそういった。「そうです、私は、いい子です！」―トモエ学園の個性を伸ばすユニークな教育と、そこに学ぶ子供たちをいきいきと描いた感動の名作。字が大き

くて読みやすく、絵も鮮明に美しくなった新組版が登場！

「真夏の夜の夢」 まなつのよのゆめ A Midsummer Night's Dream ［戯曲］ 1598以前初演 [別]夏の夜の夢

シェイクスピア, ウィリアム Shakespeare, William 1564-1616 イギリスの劇作家、詩人

◇新訳 夏の夜の夢（角川文庫―Shakespeare Collection）シェイクスピア著, 河合祥一郎訳 KADOKAWA 2013.10 130p 15cm 400円 ①978-4-04-101049-5 Ⓝ932.5

[内容] アテネ近くの森の中、妖精の王オーベロンと王妃ティターニアは喧嘩の真っ最中。そんな折、運悪く森を訪れた2組の男女はそそっかしい妖精パックに、惚れ薬を塗られてしまう。薬のせいで関係がこじれ、決闘をはじめかけた2人の男を止めようと、必死に駆け回るパックだが…。幻想的な月夜の晩を舞台に妖精と人間が織りなす、シェイクスピアの代表的喜劇。英語の押韻をすべて日本語で表現した、画期的な新訳で。

「魔の山」 まのやま Der Zauberberg ［長編小説］ [初]1924

マン, トーマス Mann, Thomas 1875-1955 ドイツの小説家、評論家。1929年ノーベル文学賞受賞

◇魔の山 上・下（新潮文庫）改版 トーマス・マン著, 高橋義孝訳 新潮社 2005.6 2冊 16cm Ⓝ943.7

[内容] 第一次大戦前、ハンブルク生れの青年ハンス・カストルプはスイス高原ダヴォスのサナトリウムで療養生活を送る。無垢な青年が、ロシア婦人ショーシャを愛し、理性と道徳に絶対の信頼を置く民主主義者セテムブリーニ、独裁によって神の国をうち樹てようとする虚無主義者ナフタ等と知り合い自己を形成してゆく過程を描き、“人間”と“人生”の真相を追究したドイツ教養小説の大作。

「マノン・レスコー」 Histoire du Chevalier des Grieux et de Manon Lescaut ［長編小説］ [初]1731 [別]マノン・レスコオ

アベ・プレヴォー Abbé Prévost 1697-1763 フランスの作家。本名アントワーヌ・フランソワ・プレヴォー

◇マノン・レスコー（光文社古典新訳文庫）プレヴォ著, 野崎歓訳 光文社 2017.12 348p 16cm〈年譜あり〉840円 ①978-4-334-75366-5 Ⓝ953.6

[内容] 将来を嘱望された良家の子弟デ・グリュは、街で出会った美少女マノンに心奪われ、駆け落ちを決意する。夫婦同然の生活は愛に満ちていたが、マノンが他の男と通じていると知り…。300年近く読み継がれる恋愛悲劇の新訳。

「マハーバーラタ」 Mahābhārata ［叙事詩］ 前4世紀–後4世紀成立

ヴィヤーサ Vyāsa 古代インドの神話的聖者

◇インド神話物語 マハーバーラタ 上・下 デーヴァダッタ・パトナーヤク文・画, 沖田瑞穂監訳, 村上彩訳 原書房 2019.5 2冊 20cm 各1900円 Ⓝ929.88

[内容] 世界最大級の叙事詩「マハーバーラタ」。クリシュナ、アルジュナ、ドラウパディー…。神々と英雄が織りなす壮大なインド神話をサンスクリット語原典の流れに即し、読みやすく胸躍る物語に再話。理解を深めるコラムも収録。

「瞼の母」 まぶたのはは ［戯曲］ [初]1930発表 [青空文庫]

長谷川伸 はせがわ・しん 1884-1963 大正・昭和期の小説家、劇作家

◇瞼の母（長谷川伸傑作選）長谷川伸著 国書刊行会 2008.5 344p 19cm 1900円 ①978-4-336-05023-6 Ⓝ912.6

[内容] 「こう上下の瞼を合せ、じいッと考えてりゃあ、逢わねえ昔のおッかさんの俤が出てくるんだ」番場の忠太郎は五つの時に生き別れた母親をたずねる旅をつづけていた―不朽の名作「瞼の母」ほか「沓掛時次郎」「一本刀土俵入」「雪の渡り鳥」など傑作戯曲を全七篇収録。

「真夜中の子供たち」 まよなかのこどもたち Midnight's Children ［長編小説］ [初]1981

ラシュディ, サルマン Rushdie, (Ahmed)

Salman　1947–　インド生まれ、イギリス国籍の小説家

◇真夜中の子供たち　上（岩波文庫）サルマン・ラシュディ作, 寺門泰彦訳　岩波書店　2020.5　537p　15cm〈底本：早川書房 1989年刊〉1200円　Ⓘ978-4-00-372514-6　Ⓝ933.7

[内容] 1947年8月15日、インド独立の日の真夜中に、不思議な能力とともに生まれた子供たち。なかでも0時ちょうどに生まれたサリームの運命は、革命、戦争、そして祖国の歴史と分かちがたく結びつき―。

◇真夜中の子供たち　下（岩波文庫）サルマン・ラシュディ作, 寺門泰彦訳　岩波書店　2020.6　549p　15cm〈底本：早川書房 1989年刊〉1200円　Ⓘ978-4-00-372515-3　Ⓝ933.7

[内容] ついに露顕した出生の秘密。禁断の愛を抱えつつ、"清浄"の国との境をさまよう"真夜中の子供"サリームは…。稀代のストーリーテラーが紡ぎだす、あまりに魅惑的な物語。

「マルコ・ポーロの見えない都市」

⇒見えない都市（みえないとし）を見よ

「マルコ・ポーロ旅行記」

⇒東方見聞録（とうほうけんぶんろく）を見よ

「マルタの鷹」

まるたのたか　The Maltese Falcon　［長編小説］　[初]1930

ハメット, ダシール　Hammett, Dashiell　1894-1961　アメリカの推理小説作家

◇マルタの鷹（ハヤカワ・ミステリ文庫）改訳決定版　ダシール・ハメット著, 小鷹信光訳　早川書房　2012.9　380p　16cm〈文献あり〉740円　Ⓘ978-4-15-077307-6　Ⓝ933.7

[内容] 私立探偵サム・スペードの事務所を若い女が訪れた。悪い男にひっかかり、駆け落ちした妹を連れ戻して欲しいとの依頼だった。スペードの相棒が相手の男を尾行するが、相棒も男も何者かに射殺されてしまう。女の依頼には何か裏があったのか…。やがて、スペードは黄金の鷹像をめぐる金と欲にまみれた醜い争いに巻き込まれていく―ハンフリー・ボガート主演映画で知られる、ハードボイルド小説の不朽の名作。改訳決定版。

「マルテの手記」

まるてのしゅき　Die Aufzeichnungen des Malte Laurids Brigge　［長編小説］　[初]1910　[別]マルテ・ラウリス・ブリッゲの手記 ほか

[青空文庫]（「マルテ・ロオリッツ・ブリッゲの手記」から）

リルケ, ライナー・マリア　Rilke, Rainer Maria　1875-1926　プラハ生まれのドイツの詩人

◇マルテの手記（光文社古典新訳文庫）リルケ著, 松永美穂訳　光文社　2014.6　394p　16cm〈年譜あり〉1180円　Ⓘ978-4-334-75262-0　Ⓝ943.7

[内容] 大都会パリをあてどなくさまようマルテ。「見る」ことを学ぼうと、街路の風景やそこに暮らす人々を観察するうち、その思考は故郷での奇妙な出来事や、歴史的人物の人生の中を飛び回り…短い断章を積み重ねて描き出される詩人の苦悩と再生の物語。ドイツ文学の傑作。

「マルドロールの歌」

Les Chants de Maldoror　［長編散文詩］　[初]1874

ロートレアモン　Lautréamont, Comte de　1846-1870　フランスの詩人

◇ロートレアモン全集―イジドール・デュカス（ちくま文庫）ロートレアモン著, 石井洋二郎訳　筑摩書房　2005.2　503p　15cm〈年譜あり 肖像あり〉1300円　Ⓘ4-480-42046-0　Ⓝ951.6

[内容] 残虐な暴力が炸裂する悪夢さながらの光景、静かにたちのぼる祈りにも似た慰藉の響き―いまなお強烈な毒を孕んだ麻薬的魅力で人を惹きつけて放さない『マルドロールの歌』、深い謎を秘めた『ポエジー』など、モンテビデオに生まれ、パリでその短い生涯を終えた詩人の極限に紡がれたテクストを、清新な訳でおくる。最新の研究をふまえたコンパクトな註解を付す。

「万延元年のフットボール」

まんえんがんねんのふっとぼーる　［長編小説］　[初]1967

大江健三郎　おおえ・けんざぶろう　1935-2023　昭和～令和期の作家。1994年

ノーベル文学賞受賞

◇大江健三郎全小説　7　万延元年のフットボール　洪水はわが魂に及び　大江健三郎著　講談社　2018.7　587p　22cm　5000円　①978-4-06-509001-5　Ⓝ913.6

内容　ノーベル文学賞作家・大江健三郎の小説群を、詳しい解説を付して編集した全集決定版。7は、日本文学の概念を変えた「万延元年のフットボール」、精神の自由、自然との共生、贖罪を謳い上げる「洪水はわが魂に及び」を収録。

「万葉集」　まんようしゅう　［和歌集］　奈良時代　別萬葉集

◇親子で読み継ぐ万葉集―ベストセレクション50　小柳左門,白駒妃登美著　致知出版社　2020.11　137p　20cm〈文献あり　年表あり〉1600円　①978-4-8009-1244-2　Ⓝ911.124

内容　人の心をまっすぐに、美しい調べにのせて語りかけ、昔から多くの人々に愛されてきた日本人の心のふるさと「万葉集」。約4500首の中から特に親しみやすい50首をセレクトし、解説とともに収録する。

【み】

「木乃伊の口紅」　みいらのくちべに　［中編小説］　初1914　青空文庫

田村俊子　たむら・としこ　1884-1945　明治・大正期の小説家

◇「新編」日本女性文学全集　第4巻　復刻版　尾形明子責任編集, 岩淵宏子, 長谷川啓監修　六花出版　2018.2　540p　22cm〈原本：菁柿堂　2012年刊　年譜あり　文献あり〉5000円　①978-4-86617-046-6　Ⓝ913.68

目次　木乃伊の口紅（田村俊子著）ほか

内容　近代日本文学史における女性文学の確立期に焦点を当てる。雑誌『青鞜』を舞台として活躍した作家を中心に、女性文学者10人の作品を収録。

「見えない都市」　みえないとし　Le città invisibili　［長編小説］　初1972　別マルコ・ポーロの見えない都市

カルヴィーノ, イタロ　Calvino, Italo　1923-1985　イタリアの作家

◇世界文学全集　2-06　庭、灰　見えない都市　池澤夏樹編　河出書房新社　2009.9　370, 11p　20cm〈著作目録あり　年譜あり〉2400円　①978-4-309-70958-1　Ⓝ908.3

目次　見えない都市（イタロ・カルヴィーノ著, 米川良夫訳）ほか

内容　ヴェネツィア生まれのマルコ・ポーロが皇帝フビライ汗に報告する諸都市の情景。女性の名を有する55の都市を、記憶、欲望、精緻、眼差というテーマで分類し、見えない秩序を探る驚異の物語（『見えない都市』）。

「見えない人間」　みえないにんげん　Invisible Man　［長編小説］　初1952

エリスン, ラルフ　Ellison, Ralph Waldo　1914-1994　アメリカの黒人小説家、評論家、教師。長篇「見えない人間」で全米図書賞を受賞

◇見えない人間　上（白水Uブックス―海外小説永遠の本棚）ラルフ・エリスン著, 松本昇訳　白水社　2020.12　417p　18cm〈南雲堂フェニックス　2004年刊の再刊〉2400円　①978-4-560-07231-8　Ⓝ933.7

内容　黒人大学の奨学金を貰った"僕"は、北部出身の白人理事を旧奴隷地区へ案内するという失敗を犯して大学を追放。ようやく採用されたペンキ工場ではさらなる災難が…。社会の周縁に追いやられた黒人たちの状況を描いた名作。

◇見えない人間　下（白水Uブックス―海外小説永遠の本棚）ラルフ・エリスン著, 松本昇訳　白水社　2020.12　399p　18cm〈南雲堂フェニックス　2004年刊の再刊〉2300円　①978-4-560-07232-5　Ⓝ933.7

内容　演説で注目を集めた"僕"は、やがてハーレム地区の代表に任命されるが…。社会の周縁に追いやられ、"見えない人間"となった黒人たちが置かれた状況を描いた20世紀アメリカ文学を代表する名作。

「岬」　みさき　［中編小説］　初1976

中上健次　なかがみ・けんじ　1946-1992

昭和・平成期の小説家
◇中上健次集　1　岬、十九歳の地図、他十三篇　中上健次著　インスクリプト　2014.4　627p　20cm　3900円　①978-4-900997-41-7　Ⓝ918.68

「みずうみ」　Immensee　［短編小説］
㊎1849　㊖インメン湖

シュトルム, テオドール　Storm, Theodor Woldsen　1817-1888　ドイツの詩人、小説家

◇みずうみ／三色すみれ／人形使いのポーレ（光文社古典新訳文庫）シュトルム著、松永美穂訳　光文社　2020.5　245p　16cm〈年譜あり〉840円　①978-4-334-75424-2　Ⓝ943.6

内容　将来結婚するものと考えていた幼なじみとの初恋とその後日を回想する「みずうみ」ほか、若き日の甘く切ない経験を繊細な心理描写で綴った傑作3篇。

「水鏡」　みずかがみ　［歴史物語］　平安時代後期／鎌倉時代初期

中山忠親　なかやま・ただちか　1131-1195　平安時代後期・鎌倉時代前期の公卿（内大臣）

◇水鏡　全評釈　河北騰著　笠間書院　2011.10　401p　22cm　9000円　①978-4-305-70559-4　Ⓝ913.425

内容　鎌倉時代初頭に成立したと考えらる『水鏡』は、第一代神武天皇から、第五五代仁明天皇まで約七百年間にわたる古代神話や説話史実を左右し、歴代天皇順に編年体で記した作品である。本書は高田専修寺本を底本とし、本文、語釈、通釈、評釈を掲載。人名、仏教・神道・陰明語、一般語句・事項索引付。

「魅せられた旅人」　みせられたたびびと
Ocharovannyi strannik　［長編小説］
㊎1873

レスコフ, ニコライ・セミョーノヴィチ　Leskov, Nikolai Semyonovich　1831-1895　ロシアの小説家

◇魅せられた旅人　ニコライ・レスコフ著、東海晃久訳　河出書房新社　2019.12　374p　20cm　2900円　①978-4-309-20789-6　Ⓝ983

内容　馬のことならなんでもわかる男が語る奇想天外の放浪と遍歴―ロシア民衆に深く根ざした言葉の魔術師レスコフがその魅力を全開させた不滅の名作が、新訳で復活。鋼の蚤をめぐる奇譚「ぎっちょ」を併載。

「みだれ髪」　みだれがみ　［歌集］　㊎1901

与謝野晶子　よさの・あきこ　1878-1942　明治～昭和期の歌人、詩人、評論家

◇俵万智訳みだれ髪　俵万智, 与謝野晶子著　河出書房新社　2018.5　195p　20cm〈「みだれ髪」（河出文庫2002年刊）の改題、新装〉1600円　①978-4-309-02688-6　Ⓝ911.168

内容　燃える肌を抱くこともなく人生を語り続けて寂しくないの一。与謝野晶子の「みだれ髪」を、俵万智が思いを重ねて大胆かつ官能的に甦らせる。「蓮の花船」「はたち妻」「舞姫」「春思」など6作品を収める。

「道草」　みちくさ　［長編小説］　㊎1915
青空文庫

夏目漱石　なつめ・そうせき　1867-1916　明治・大正期の小説家、英文学者、評論家

◇道草（角川文庫）改版　夏目漱石著　KADOKAWA　2018.10　344p　15cm〈初版：角川書店1954年刊　文献あり　年譜あり〉440円　①978-4-04-107588-3　Ⓝ913.6

内容　仕事に忙殺され、妻子を思いやる余裕もなく日々を過ごす健三のもとへ、絶縁したはずの養父が金の無心にやって来る。頼みを断れない彼に身重の妻は嫌気がさし…。互いへの理解を諦めきれない夫婦を克明に描いた漱石後期の名作。

「緑のハインリヒ」　みどりのはいんりひ
Der grüne Heinrich　［長編小説］
㊎1854-55　㊖緑のハインリッヒ

ケラー, ゴットフリート　Keller, Gottfried　1819-1890　ドイツ系スイスの小説家

◇緑のハインリヒ　1～4（岩波文庫）ケラー作, 伊藤武雄訳　岩波書店　1969～1970　4冊　15cm　①978-4-00-324253-7　Ⓝ943

内容　死んだ父の緑色の服を仕立直して着ている少年「緑のハインリヒ」は、自分の画

才を堅く信じ故郷と母を捨てて修業に出る。見知らぬ都会での数々の経験を通じ、人間の完成へ一歩一歩近づいてゆくハインリヒの姿は、そのまま若き日の作者自身の姿でもあった。スイスのゲーテといわれたケラーの自伝的長編小説。

「ミドルマーチ」 Middlemarch ［長編小説］ ㊼1871-72

エリオット，ジョージ Eliot, George
1819-1880 イギリスの作家

◇ジョージ・エリオット全集 7［上］ ミドルマーチ 上 ジョージ・エリオット著, 福永信哲訳 彩流社 2024.3 599p 22cm 8000円 ①978-4-7791-1747-3 Ⓝ933.6

内容 19世紀後半、イギリス地方都市を舞台に展開する人間模様、キリスト教と科学がせめぎあう時代相を凝視する女流作家の魂の軌跡。

◇ジョージ・エリオット全集 7［下］ ミドルマーチ 下 ジョージ・エリオット著, 福永信哲訳 彩流社 2024.3 572p 22cm 8000円 ①978-4-7791-1748-0 Ⓝ933.6

内容 町のある実力者が自らの後ろ暗い過去を知り抜く昔の相棒と再会し、ゆすり・たかりに遭い、心の牢獄を味わう物語。人はいかにして心の自由を獲得し得るのか？

「南回帰線」 みなみかいきせん Tropic of Capricorn ［長編小説］ ㊼1939

ミラー，ヘンリー Miller, Henry 1891-1980 アメリカの小説家

◇南回帰線（ヘンリー・ミラー・コレクション 2）ヘンリー・ミラー著, 松田憲次郎訳, 飛田茂雄, 本田康典, 松田憲次郎編 水声社 2004.3 388p 20cm〈年譜あり〉3800円 ①4-89176-510-0 Ⓝ933.7

内容 「これらの出来事はすべて、実際に起こったことなのだ。」フィクションと自伝の境界線を無化する、早すぎた "ポストモダン" 小説、復活。

「宮本武蔵」 みやもとむさし ［長編小説］ ㊼1936-39 青空文庫

吉川英治 よしかわ・えいじ 1892-1962 大正・昭和期の小説家

◇宮本武蔵 1～8（新潮文庫）吉川英治著 新潮社 2013.2～9 8冊 16cm Ⓝ913.6

内容 屍ひしめく関ケ原で命からがら落ち延びた武蔵と又八。お甲・朱実母娘の世話になり一年後、武蔵はひとり故郷に戻るが、その身を追われ…。憎しみに任せ、次から次へと敵を打ち殺す野獣武蔵に対峙する、沢庵。殺めるためではなく護るための剣とは？ 一介の武弁が二天一流の開祖宮本武蔵に至るまで志を磨く道、ここに始まる！ 日本人なら一度は読みたい、超骨太なエンタテイメント。

「未来のイヴ」 みらいのいう L'Ève future ［長編小説］ ㊼1886 ㊼未来のイブ

ヴィリエ・ド・リラダン Villiers de L'Isle-Adam, Jean Mathias Philippe Auguste 1838-1889 フランスの小説家, 劇作家

◇未来のイヴ（光文社古典新訳文庫）ヴィリエ・ド・リラダン著, 高野優訳 光文社 2018.9 827p 16cm〈年譜あり〉1800円 ①978-4-334-75384-9 Ⓝ953.6

内容 魅惑的な美貌と肉体を持つアリシアを運命の恋人としたエウォルド卿は、やがて彼女のあまりの軽薄さに幻滅する。そんな彼のために、発明家エジソンは、アリシアを完璧に模した肉体に高貴な魂をそなえた機械人間を生み出すが…。

【 む 】

「無関心な人びと」 むかんしんなひとびと Gli indifferenti ［長編小説］ ㊼1929

モラヴィア，アルベルト Moravia, Alberto 1907-1990 イタリアの小説家, 評論家

◇無関心な人びと 上（岩波文庫）モラーヴィア作, 河島英昭訳 岩波書店 1991.10 316p 15cm 570円 ①4-00-327131-9 Ⓝ973

内容 20世紀を代表する作家モラーヴィアの処女作。主人公の青年ミケーレは、自分をとりまく現実と自分とのずれを意識している。が、あらゆる行為に情熱が持てず、周囲に対して徹底した無関心におちこんでゆく。ローマの中産階級の退廃と、苦悩する若者を描いたこの作品は、当時のファッショ政権から発禁処分をうけた。

◇無関心な人びと 下（岩波文庫）モラー

ヴィア作, 河島英昭訳　岩波書店　1991.12　256p　15cm　520円　①4-00-327132-7　Ⓝ973

内容　リーザやマリーアグラツィアが発散する中年女性の倦怠の気配。彼女らとレーオとの爛れた関係。レーオは母親から娘カルラに関心を移し、しかもアルデンゴ家の財産一切をわがものにしようと企んでいる。そのすべてが分りながら、何もできない青年ミケーレの絶望。

「麦と兵隊」　むぎとへいたい　［長編小説］
　㊊1938
　火野葦平　ひの・あしへい　1907-1960　昭和期の小説家
　◇麦と兵隊・土と兵隊（角川文庫）改版　火野葦平著　KADOKAWA　2021.2　318p　15cm〈初版：角川書店 1960年刊　年譜あり〉640円　①978-4-04-111161-1　Ⓝ913.6
　内容　麦畑を進軍し、九死に一生を得た徐州作戦の経験を日記形式で綴る「麦と兵隊」と、杭州湾敵前上陸作戦に臨み、死と隣り合わせの日々を生きる兵隊の心情を弟への手紙形式で綴る「土と兵隊」。火野葦平の名作2編を収録する。

「無垢の時代」　⇒エイジ・オブ・イノセンスを見よ

「無限抱擁」　むげんほうよう　［長編小説］
　㊊1927
　瀧井孝作　たきい・こうさく　1894-1984　大正・昭和期の小説家、俳人。日本芸術院会員、文化功労者
　◇無限抱擁（講談社文芸文庫）瀧井孝作著　講談社　2005.8　261p　16cm〈年譜あり　著作目録あり〉1300円　①4-06-198413-6　Ⓝ913.6
　内容　男と女が出会ったのは吉原。春に出会い晩秋に別れた。それから三年目の春、二人は再会する。そしてその年の冬、男は求婚し結婚した。…出会ってから六年目、一月に雪、二月の或る朝、女は息を引き取った。血を吐き死んだ。―著者のストイックな実体験を、切ない純粋な恋愛小説に昇華させ、「稀有の恋愛小説」と川端康成に激賞された不朽の名作。日本近代文学史上屈指の作品。

「武蔵野」　むさしの　［短編小説, 随筆］
　㊊1901　㊋今の武蔵野（旧題）　青空文庫
　国木田独歩　くにきだ・どっぽ　1871-1908　明治期の詩人、小説家
　◇武蔵野（角川文庫）改版　国木田独歩著　KADOKAWA　2016.3　264p　15cm〈初版：角川書店 1979年刊〉520円　①978-4-04-103721-8　Ⓝ913.6
　内容　当てもなく雑木林を歩き、道に迷えばそこに暮らす名も無き人々に尋ねる。独歩はこれに無上の幸福を感じた。人間の生活と自然の調和の美を詩情溢れる文体で描き出した随筆「武蔵野」。自然を愛し、同時にその厳しさと対峙し続けた作家の繊細な魅力を味わうことができる初期短編集。

「武蔵野夫人」　むさしのふじん　［長編小説］　㊊1950
　大岡昇平　おおおか・しょうへい　1909-1988　昭和期の小説家、フランス文学者
　◇日本文学全集　18　大岡昇平　大岡昇平著, 池澤夏樹個人編集　河出書房新社　2016.7　446p　20cm〈年譜あり〉2600円　①978-4-309-72888-9　Ⓝ918
　内容　対照的な二組の夫婦と復員兵の愛をめぐる心理小説の傑作『武蔵野夫人』とその創作過程に関する「『武蔵野夫人』ノート」など、戦争と人間の真実を、理性と知性に基づいて希求した戦後文学最高峰の多面的な魅力を示す。

「虫のいろいろ」　むしのいろいろ　［短編小説］　㊊1948発表
　尾崎一雄　おざき・かずお　1899-1983　昭和期の小説家
　◇日本近代短篇小説選　昭和篇2（岩波文庫）紅野敏郎、紅野謙介、千葉俊二、宗像和重、山田俊治編　岩波書店　2012.9　382p　15cm　800円　①978-4-00-311915-0　Ⓝ913.68
　目次　虫のいろいろ（尾崎一雄著）ほか

「**無邪気な時代**」 ⇒エイジ・オブ・イノセンスを見よ

「**息子と恋人**」 むすことこいびと Sons and Lovers ［長編小説］ ㊄1913 ㊑息子と恋人たち，息子たちと恋人たち

ロレンス, D.H. Lawrence, David Herbert 1885-1930 イギリスの小説家、詩人

◇息子と恋人（ちくま文庫）D.H.ロレンス著，小野寺健，武藤浩史訳 筑摩書房 2016.2 798p 15cm 1800円 ①978-4-480-42766-3 ⓃN933.7

[内容] 作家ロレンスの自伝的小説。19世紀後半から20世紀初頭にかけてのイギリスを舞台に、ポールの生い立ちと成長を、親子、仕事、恋愛、生死など、人生の重要な要素と局面を中心に力強く描く。完全復元版の新訳。

「**無名抄**」 むみょうしょう ［歌論書］ 鎌倉時代初期

鴨長明 かも・ちょうめい 1155-1216 平安時代後期・鎌倉時代前期の歌人、随筆家、文学者

◇無名抄―現代語訳付き（角川ソフィア文庫）鴨長明著，久保田淳訳注 角川学芸出版、角川グループパブリッシング（発売）2013.3 312p 15cm〈文献あり 索引あり〉1143円 ①978-4-04-400111-7 Ⓝ911.14

[内容]『方丈記』の作者、鴨長明の歌論書。和歌に関する知識を網羅したり秀歌論を展開するそれまでの歌論とは違い、歌人たちの逸話や世評、宮廷歌人だった頃の楽しい思い出なども楽しめる肩のこらない説話的な内容をあわせもつ。一流の歌人としても知られた長明の人間像を知る上でも貴重な書をはじめて文庫化。中世和歌研究の第一人者による、詳細な注と分かりやすい現代語訳ですっきり読める、最高峰の古典注釈。重要語句・和歌索引付き。

「**無名草子**」 むみょうぞうし ［物語評論］ 1196-1202頃成立

◇無名草子（新潮日本古典集成）新装版 桑原博史校注 新潮社 2017.6 165p 20cm〈索引あり〉1600円 ①978-4-10-620838-6 Ⓝ914.4

[内容]『源氏物語』に登場する架空の女性を論じ、小野小町や清少納言など実在の女性を語る。女性の理想的な生き方を求める中世初期の異色評論。

「**紫式部日記**」 むらさきしきぶにっき ［日記］ 平安時代中期 ㊑むらさきのにき

紫式部 むらさきしきぶ 平安時代中期の女性。物語作者、歌人

◇紫式部日記―全訳注（講談社学術文庫）新版 紫式部著，宮崎荘平訳注 講談社 2023.6 419p 15cm〈「紫式部日記 上・下」（2002年刊）の合本 年譜あり〉1450円 ①978-4-06-529470-3 Ⓝ915.35

[内容] 絢爛たる宮廷生活、吐露される人生の憂愁…。平安王朝の実像を伝える紫式部の宮仕え日記「紫式部日記」。宮内庁書陵部蔵・黒川家旧蔵本「紫式部日記」を底本に本文を活字化し、平明な現代語訳と語釈を付す。解説も収録。

「**村の家**」 むらのいえ ［短編小説］ ㊄1935発表

中野重治 なかの・しげはる 1902-1979 昭和期の詩人、小説家

◇歌のわかれ・五勺の酒（中公文庫）中野重治著 中央公論新社 2021.12 356p 16cm 1000円 ①978-4-12-207157-5 Ⓝ913.6

[目次] 村の家 ほか

[内容] 表題作のほか、「村の家」「萩のもんかきや」など著者の代表的な短篇七篇を収める。詩篇「歌」、自作をめぐる随筆を併録。文庫オリジナル。巻末エッセイ・石井桃子・安岡章太郎・北杜夫・野坂昭如。

【**め**】

「**明暗**」 めいあん ［長編小説］ ㊄1917 （青空文庫）

夏目漱石 なつめ・そうせき 1867-1916 明治・大正期の小説家、英文学者、評論家

◇明暗（角川文庫）改版 夏目漱石著 KADOKAWA 2017.10 654p 15cm〈年譜あり〉760円 ①978-4-04-106177-0 Ⓝ913.6

内容 津田には半年余り前に結婚したばかりの妻・お延がいる。しかし津田は、自分を裏切って友人と結婚した元婚約者・清子のことがいまだに忘れられなかった。清子が流産し、温泉に逗留中だと知った津田は…。漱石の未完の傑作。

「明月記」　めいげつき　［日記］　鎌倉時代前期

藤原定家　ふじわら・さだいえ　1162-1241　平安時代後期・鎌倉時代前期の歌人・公卿

◇明月記抄　藤原定家著, 今川文雄編訳　河出書房新社　1986.9　422p　22cm　5800円　Ⓒ4-309-00424-5　Ⓝ210.42

内容 中世動乱期の克明な歴史記録として、和歌史の貴重な文献として、定家自身の内面を記した文学的作品として高い価値を持つ漢文日記「明月記」。その厖大な記事の中から重要部分を選出し、難解な漢文を訓読して懇切な頭注を付した、読みやすい「明月記」のエッセンス！

「冥途」　めいど　［短編小説］　Ⓒ1922

内田百閒　うちだ・ひゃっけん　1889-1971　大正・昭和期の小説家、随筆家

◇冥途　内田百閒作, 金井田英津子画　平凡社　2021.5　91p　22cm〈パロル舎 2002年刊の新装復刊〉2600円　Ⓒ978-4-582-83869-5　Ⓝ913.6

内容 いざ、百閒のめくるめく夢幻世界へ。版画家・金井田英津子の美しい挿絵で味わう「文学画本」待望の新装復刊！

「冥途の飛脚」　めいどのひきゃく　［浄瑠璃］　1711初演

近松門左衛門　ちかまつ・もんざえもん　1653-1724　江戸時代中期の京都・大坂の歌舞伎作者、浄瑠璃作者

◇曾根崎心中―現代語訳（河出文庫）近松門左衛門著, 高野正巳, 宇野信夫, 田中澄江, 飯沢匡訳　河出書房新社　2008.1　467p　15cm　860円　Ⓒ978-4-309-40886-6　Ⓝ912.4

目次 冥途の飛脚 ほか

内容 「冥途の飛脚」など、優れた洞察力と美しい日本語で、当時から「作者の氏神」との呼び声高い近松門左衛門の傑作六篇を収録。舞台を知る役者たちが近松の詞を現代に甦らせる。

「迷路」　めいろ　［長編小説］　Ⓒ1936-37, 49-56発表

野上弥生子　のがみ・やえこ　1885-1985　明治〜昭和期の小説家

◇迷路　上（ワイド版 岩波文庫）野上弥生子作　岩波書店　2006.11　649p　19cm　1800円　Ⓒ4-00-007276-5　Ⓝ913.6

内容 左翼運動に身を投じて転向した良家の息子菅野省三を主人公に、出身の異なる友人たちを配して、日本ファシズムの時代を苦渋にみちて生きた青年像を描きつつ、時代を動かした支配層の生活と思想をも作者の筆は精緻にとらえる。昭和10年から敗戦直前までの社会を重層的に描くことに成功した骨太い大長篇小説。

◇迷路　下（ワイド版 岩波文庫）野上弥生子作　岩波書店　2006.11　650p　19cm　1800円　Ⓒ4-00-007277-3　Ⓝ913.6

内容 菅野省三とともに、印象深い人物江島宗通。藩主の後裔で能狂いのこの老人は、その地位によって華族はむろん、政・財界、軍部までの事情に通じ、貴族的高慢と正直さから彼らを忌憚なく批判する。—やがて軍から脱走して延安へと向う省三には日本軍の弾が、宗通の上には焼夷弾の雨が…。戦争で中断しながら20年をかけ、昭和31年完結。

「メイン・ストリート」　⇒本町通り（ほんちょうどおり）を見よ

「夫婦善哉」　めおとぜんざい　［短編小説］　Ⓒ1940　青空文庫

織田作之助　おだ・さくのすけ　1913-1947　昭和期の小説家

◇天衣無縫（角川文庫）織田作之助著　KADOKAWA　2016.10　292p　15cm　640円　Ⓒ978-4-04-104913-6　Ⓝ913.6

内容 太宰治らとともに無頼派として活躍し、大阪という土地の空気とそこに生きる人々の人生の機微を巧みに描き出した織田作之助の代表的作品を収めた短編傑作選。表題作ほか「夫婦善哉」「俗臭」「船場の娘」など全9編を収録。

めたも

「メタモルポセス」　⇒変身物語(へんしんものがたり)を見よ

「眩暈」　めまい　Die Blendung　[長編小説]　㊚1935　㊙めまい

カネッティ, エリアス　Canetti, Elias　1905-1994　オーストリアの作家。スペイン系ユダヤ人。1981年、ノーベル文学賞受賞

◇眩暈　新装版　エリアス・カネッティ著, 池内紀訳　法政大学出版局　2004.12　510p　20cm　4500円　①4-588-12016-6　㊛943.7

内容　ノーベル賞作家カネッティの長編小説。万巻の書に埋もれた一東洋学者が非人間的な群衆世界の渦に巻き込まれ、発狂して自己と書庫とを破壊するにいたる異常の物語。「群衆と権力」をテーマに錯綜する狂気と錯乱の風景を描き、解し難く浅薄な「現代」を深く烈しく抉り、トーマス・マンにその氾濫する想像力と構想筆致を驚嘆させた二十世紀ドイツ文学を代表する傑作。

「芽むしり仔撃ち」　めむしりこうち　[長編小説]　㊚1958

大江健三郎　おおえ・けんざぶろう　1935-2023　昭和〜令和期の作家。1994年ノーベル文学賞受賞

◇芽むしり仔撃ち(新潮文庫)　改版　大江健三郎著　新潮社　2014.4　231p　16cm　430円　①978-4-10-112603-6　㊛913.6

内容　大戦末期、山中に集団疎開した感化院の少年たちは、疾病の流行とともに、谷間にかかる唯一の交通路を遮断され、山村に閉じ込められる。この強制された監禁状況下で、社会的疎外者たちは、けなげにも愛と連帯と友情に満ちたヒューマンなドラマを展開するが、村人の帰村によってもろくも潰え去る。綿密な設定と新鮮なイメージで描かれた傑作。

【も】

「もう一つの国」　もうひとつのくに　Another Country　[長編小説]　㊚1962

ボールドウィン, ジェイムズ　Baldwin, James Arthur　1924-1987　アメリカの小説家。黒人文学の新境地を開いた

◇世界文学全集　83　ボールドウィン　集英社　1980.7　431p　20cm〈編集：綜合社〉　980円　㊝908

目次　もう一つの国(野崎孝訳)

「燃えよ剣」　もえよけん　[長編小説]　㊚1964

司馬遼太郎　しば・りょうたろう　1923-1996　昭和・平成期の小説家

◇燃えよ剣　新装版　司馬遼太郎著　文藝春秋　2020.4　671p　18cm　1400円　①978-4-16-391194-6　㊛913.6

内容　幕末の激動期、武州多摩のバラガキだった土方歳三は、近藤勇、沖田総司らとともに、京へ上る。京都守護職御預の名のもと、「新選組」を結成、池田屋事件などで、世にその名を轟かせていく。しかし薩長同盟成立で、時流は一気に倒幕へ。最後まで夢と信念を貫き、土方は江戸、会津、函館へ向かう。剣ひとすじに生きた男の苛烈な生涯を描く、国民的ベストセラー！

「木曜の男」　もくようのおとこ　The man who was Thursday　[長編小説]　㊚1908　㊙木曜日の男, 木曜日だった男

チェスタトン, ギルバード・ケイス　Chesterton, Gilbert Keith　1874-1936　イギリスのジャーナリスト、著作家

◇木曜日だった男――一つの悪夢(光文社古典新訳文庫)　チェスタトン著, 南條竹則訳　光文社　2008.5　345p　16cm〈年譜あり〉　648円　①978-4-334-75157-9　㊛933.7

内容　この世の終わりが来たようなある奇妙な夕焼けの晩、十九世紀ロンドンの一画サフラン・パークに、一人の詩人が姿をあらわした。それは、幾重にも張りめぐらされた陰謀、壮大な冒険活劇の始まりだった。日曜日から土曜日まで、七曜を名乗る男たちが巣くう秘密結社とは。

「モーヌの大将」　⇒グラン・モーヌを見よ

「物くさ太郎」　ものくさたろう　［御伽草子］
室町時代　㊋物臭太郎，ものくさ太郎

◇日本童話寶玉集　上巻　新訂版　楠山正雄編　富山房企畫，富山房インターナショナル（発売）2023.2　657p 図版20p　22cm〈初版：富山房 1938年刊〉5500円　①978-4-86600-110-4　Ⓝ913.68

目次　物臭太郎　ほか

内容　日本の情味豊かな説話を神話、伝説、童話の諸方面から選び出した珠玉の名編。

「もの真似鳥を殺すには」　⇒アラバマ物語を見よ

「モヒカン族の最後」　もひかんぞくのさいご　The Last of the Mohicans　［長編小説］　㊋1826　㊋モヒカン族の最期

クーパー，ジェイムズ・フェニモア
Cooper, James Fenimore　1789-1851　アメリカの小説家

◇モヒカン族の最後（痛快世界の冒険文学22）戸田十月文，J.F.クーパー原作，中村銀子絵　講談社　1999.7　274p　20cm　1500円　①4-06-268022-X　Ⓝ933

内容　18世紀中ごろの、独立前のアメリカ。イギリスとフランスがくりひろげる植民地戦争は、先住民族であるインディアンたちも巻きこみ、さまざまな悲劇を生みだした。復讐を誓うヒューロン族の男につれ去られたイギリス軍指揮官の娘たちを、モヒカン族の若き族長は救えるか？―美しい原野を舞台に描かれる、アメリカとインディアンの悲惨な歴史。

「樅ノ木は残った」　もみのきはのこった
［長編小説］　㊋1958　㊋樅の木は残った
青空文庫

山本周五郎　やまもと・しゅうごろう　1903-1967　昭和期の小説家

◇山本周五郎長篇小説全集　第1巻　樅ノ木は残った　上　山本周五郎著　新潮社　2013.6　549p　20cm　1700円　①978-4-10-644041-0　Ⓝ913.6

内容　「本当の強さとは、何なのか…」空前の洞察力で、「伊達騒動」と人間原田甲斐を描ききる感動巨篇！　脚注で読む、新しい山本周五郎。

◇山本周五郎長篇小説全集　第2巻　樅ノ木は残った　下　山本周五郎著　新潮社　2013.6　631p　20cm　1800円　①978-4-10-644042-7　Ⓝ913.6

内容　「侍の本分は、辛抱の中にある」名を捨て、一身を賭して仙台藩六十二万石を守った男の沈着壮絶な闘い！　脚注で読む、新しい山本周五郎。

「モモ」　Momo　［児童文学］　㊋1973

エンデ，ミヒャエル　Ende, Michael　1929-1995　ドイツの作家、俳優

◇モモ（岩波少年文庫）ミヒャエル・エンデ作，大島かおり訳　岩波書店　2005.6　409p　18cm　800円　①4-00-114127-2　Ⓝ943.7

内容　町はずれの円形劇場あとにまよいこんだ不思議な少女モモ。町の人たちはモモに話を聞いてもらうと、幸福な気もちになるのでした。そこへ、「時間どろぼう」の男たちの魔の手が忍び寄ります…。「時間」とは何かを問う、エンデの名作。小学5・6年以上。

「森と湖のまつり」　もりとみずうみのまつり
［長編小説］　㊋1955-58連載

武田泰淳　たけだ・たいじゅん　1912-1976　昭和期の小説家、中国文学研究家

◇森と湖のまつり（講談社文芸文庫）武田泰淳著　講談社　1995.4　740p　16cm　1800円　①4-06-196318-X　Ⓝ913.6

内容　北海道の広大な自然を舞台に滅びゆく民族の苦悩と解放を主題に展開する一大ロマン。アイヌの風俗を画く画家佐伯雪子、アイヌ統一委員会会長農学者池博士、その弟子風森一太郎、キリスト者の姉ミツ、カバフト軒マダム鶴子など多彩な登場人物を配し、委員会と反対派の抗争の中で混沌とした人々の生々しい美醜を、周密な取材と透徹した視点で鮮烈に描く長篇大作。

もりの

「森の生活 ウォールデン」 ⇒ウォールデン 森の生活を見よ

「森は生きている」 もりはいきている
Dvenadtsat mesyatsev ［児童劇］ ㊀1943

マルシャーク, サムイル Marshak, Samuil Yakovlevich 1887-1964 ソ連の詩人

◇森は生きている（岩波少年文庫）新版 サムイル・マルシャーク作, 湯浅芳子訳 岩波書店 2000.11 233p 18cm 640円 ①4-00-114072-1 Ⓝ982

内容 気まぐれな女王が、真冬に4月の花マツユキソウをほしいといいだし、国じゅう大さわぎ。継母の言いつけで吹雪の森に分け入った少女は、12の月の妖精たちに出会います。スラブの民話をもとにつくられた楽しい児童劇。小学5・6年以上。

「モルグ街の殺人」 もるぐがいのさつじん
The Murders in the Rue Morgue ［短編小説］ ㊀1841 ㊲モルグ街の殺人事件
青空文庫 （モルグ街の殺人事件）

ポー, エドガー・アラン Poe, Edgar Allan 1809-1849 アメリカの詩人、評論家、小説家

◇モルグ街の殺人（角川文庫―ポー傑作選2 怪奇ミステリー編）エドガー・アラン・ポー著, 河合祥一郎訳 KADOKAWA 2022.3 349p 15cm 760円 ①978-4-04-109244-6 Ⓝ933.6

内容 名探偵デュパンが、パリで起きた密室母娘惨殺事件の鍵を華麗に解き明かし…。世界初の推理小説である表題作や、史上初の暗号解読小説「黄金虫」など、ポーの全11編のミステリー＋詩を収録した新訳・傑作選。

「門」 もん ［長編小説］ ㊀1910発表
青空文庫

夏目漱石 なつめ・そうせき 1867-1916 明治・大正期の小説家、英文学者、評論家

◇定本漱石全集 第6巻 それから・門 夏目金之助著 岩波書店 2017.5 797p 20cm 4600円 ①978-4-00-092826-7 Ⓝ918.68

内容 原稿等の自筆資料やもっとも早く発表された資料を底本に、できるだけ忠実に翻刻（活字化）した漱石全集。第6巻は、季節の移ろいとともに揺れ動く心を描いた「それから」「門」を収録。注解も掲載。

「モンテ・クリスト伯」 もんて・くりすとはく Le Comte de Monte-Cristo ［長編小説］ ㊀1844-45（46）発表 ㊲巌窟王

デュマ・ペール, アレクサンドル Dumaspère, Alexandre 1802-1870 フランスの小説家、劇作家

◇〈新訳〉モンテ・クリスト伯 1～5（平凡社ライブラリー）アレクサンドル・デュマ著, 西永良成訳 平凡社 2024.7～11 5冊 16cm Ⓝ953.6

内容 漆黒の髪に黒い瞳の船乗り、エドモン・ダンテス。船長への昇進が決まり、美しいメルセデスとの婚約も果たし、目の前には明るい未来が広がっているはずだった。だが、その幸せを妬む者たちの姦計により、無実の罪を着せられた彼は、島の牢獄へ送られ、幸福の絶頂から一転、地獄に突き落とされる。ああ哀れ、エドモン・ダンテスの運命やいかに―暗く孤独な牢獄の一室から長い長い復讐の物語が始まる。

【や】

「夜間飛行」 やかんひこう Vol de nuit ［小説］ ㊀1931

サン＝テグジュペリ, アントワーヌ・ド Saint-Exupéry, Antoine Marie Roger de 1900-1944 フランスの小説家、飛行士

◇夜間飛行（新潮文庫）改版 サン＝テグジュペリ著, 堀口大學訳 新潮社 2012.12 334p 15cm 552円 ①978-4-10-212201-3 Ⓝ953.7

内容 第二次大戦末期、ナチス戦闘機に撃墜され、地中海上空に散った天才サン＝テグジュペリ。彼の代表作である『夜間飛行』は、郵便飛行業がまだ危険視されていた草創期に、事業の死活を賭けた夜間飛行に従事する人々の、人間の尊厳を確認する高邁な勇気にみちた行動を描く。実録的価値と文学性を合わせもつ名作としてジッドの推賞する作品である。他に処女作『南方郵便機』を併録。

「**山羊の歌**」 やぎのうた ［詩集］ 初1934
(青空文庫)

中原中也 なかはら・ちゅうや 1907-1937 大正・昭和期の詩人

◇詩集『山羊の歌』より（乙女の本棚）中原中也著, まくらくらま絵 立東舎, リットーミュージック（発売） 2022.7 49p 17×19cm 1800円 Ⓘ978-4-8456-3763-8 Ⓝ911.56

[内容] 30歳でこの世を去った詩人による生前に刊行された唯一の詩集。中原中也の名作が, アンティークのような不思議な魅力を放つイラストで話題の大人気イラストレーター・まくらくらまによって, 鮮やかに現代リミックス。

「**柳生武芸帳**」 やぎゅうぶげいちょう ［長編小説］ 初1956-58連載

五味康祐 ごみ・こうすけ 1921-1980 昭和期の小説家

◇柳生武芸帳 上（文春文庫） 五味康祐著 文藝春秋 2006.4 688p 16cm 943円 Ⓘ4-16-733513-1 Ⓝ913.6

[内容] 三巻からなる「柳生武芸帳」。この行方を追い求める大目付の柳生但馬守宗矩を筆頭とする江戸柳生の門弟たち。そして柳生とは長年対立していた陰流・山田浮月斎一派が同じく武芸帳を追う。佐賀の竜造寺家再興を企てる夕姫たちも複雑に絡んでいく。一体, 武芸帳に記されている秘密とは？ 五味康祐の最高傑作が遂に文春文庫に登場。

◇柳生武芸帳 下（文春文庫） 五味康祐著 文藝春秋 2006.4 692p 16cm 943円 Ⓘ4-16-733514-X Ⓝ913.6

[内容] 武芸帳に隠された秘密とは, どうやら, 宮中に於ける某重大事件に係わるものらしい。事が公になれば柳生宗矩の破滅はむろんのこと, 徳川幕府も無傷ではない。次々と仆れる柳生の高弟たち。大久保彦左衛門や松平伊豆守信綱も加わり, 複雑怪奇の様相を帯びてくる。そして遂に宗矩と浮月斎の直接対決を迎える…。

「**焼跡のイエス**」 やけあとのいえす ［短編小説］ 初1946

石川淳 いしかわ・じゅん 1899-1987 昭和期の小説家

◇新編・日本幻想文学集成 9 中島敦, 神西清, 石川淳, 芥川龍之介, 森鷗外著, 矢川澄子, 池内紀, 橋本治, 須永朝彦編 国書刊行会 2018.3 828p 22cm〈年譜あり〉 6200円 Ⓘ978-4-336-06034-1 Ⓝ918.6

[目次] 焼跡のイエス（石川淳著, 池内紀編）ほか

[内容] 明治以降現代までの物故作家の中から, 幻想文学の小説家として重要な作家を選出し, その作品を集成。9は, 中島敦, 神西清, 石川淳, 芥川龍之介, 森鷗外の作品全64編を収録する。

「**野獣死すべし**」 やじゅうしすべし ［中編小説］ 初1958

大藪春彦 おおやぶ・はるひこ 1935-1996 昭和・平成期の小説家

◇日本ハードボイルド全集 2 野獣死すべし／無法街の死（創元推理文庫） 大藪春彦著, 北上次郎, 日下三蔵, 杉江松恋編 東京創元社 2021.10 662p 15cm 1500円 Ⓘ978-4-488-40022-4 Ⓝ913.68

[内容] 大藪春彦の登場は, 戦後ミステリ史上の事件であった。デビュー作『野獣死すべし』とその主人公・伊達邦彦が与えた衝撃は大きい。"日本ハードボイルド全集"第二巻の本書では, その『野獣死すべし』を巻頭に据え, さらに長編『無法街の死』と八つの短編を収録。暴力と怒りが渦巻く, 大藪独自の小説世界を確立させた初期の傑作を集成する。巻末エッセイ＝馳星周。

「**野生の呼び声**」 やせいのよびごえ The Call of the Wild ［長編小説］ 初1903
別 荒野の叫び声, 荒野の呼び声, 野生の叫声
(青空文庫)（荒野の呼び声）

ロンドン, ジャック London, Jack 1876-1916 アメリカの小説家

◇野生の呼び声（名作再発見シリーズ） ジャック・ロンドン著, フィリップ・ミュンシュ画, 吉田秀樹訳 あすなろ書房 1999.9 127p 24cm 2500円 Ⓘ4-7515-2071-7 Ⓝ933

[内容] セントバーナードを父に, シェパードを母にもつバックは, カリフォルニアの屋敷で何不自由なく暮らしていたが, 北の地で「金」が発見されたことから, 運命は思いも

やなか

かけない方向に動きはじめる。小さな裏切りから極寒の地に突然放りこまれたバックは、恵まれた体躯とたぐいまれな頭脳でめきめき頭角をあらわし、ソリ犬のリーダーに立つが…。

「谷中村滅亡史」 やなかむらめつぼうし
[記録文学] ㊂1907

荒畑寒村 あらはた・かんそん 1887-1981
明治～昭和期の社会運動家

◇谷中村滅亡史(岩波文庫) 荒畑寒村著 岩波書店 1999.5 196p 15cm 500円 Ⓘ4-00-331373-9 Ⓝ519.2132

[内容] 田中正造から足尾鉱毒事件を世に訴えるために是非書いてほしいと依頼されていた荒畑寒村が、明治40年、土地収用法によって谷中村が強制的に破壊されるという事態に接して、一気に書き上げたドキュメンタリー。谷中村滅亡の惨状を後世に伝えようとする著者の熱意がひしひしと伝わってくる社会科学の古典。(解説 鎌田慧)

「柳多留」 ⇒誹風柳多留(はいふうやなぎだる)を見よ

「屋根裏の散歩者」 やねうらのさんぽしゃ
[短編小説] ㊂1926 青空文庫

江戸川乱歩 えどがわ・らんぽ 1894-1965
大正・昭和期の推理作家

◇探偵明智小五郎―江戸川乱歩傑作選 江戸川乱歩著 本の泉社 2023.11 398p 18cm〈底本:江戸川乱歩全集(講談社1978年刊)〉 1745円 Ⓘ978-4-7807-2249-9 Ⓝ913.6

[目次] 屋根裏の散歩者 ほか

[内容] 日本が誇る名探偵はどのように誕生したのか。明智小五郎が登場する短編全8話を収録。

「藪柑子集」 やぶこうじしゅう [随筆集]
㊂1923

寺田寅彦 てらだ・とらひこ 1878-1935
明治～昭和期の物理学者、随筆家

◇藪柑子集(岩波文庫) 6版 吉村冬彦著 岩波書店 1949 140p 15cm Ⓘ978-4-00-310376-0 Ⓝ914.6

[内容] 『藪柑子集』は、随筆作家として明治大正の文壇に特異な地位を占める吉村冬彦(寺田寅彦)の代表的作品集である。収むるところ「団栗」「竜舌蘭」「嵐」「森の絵」「枯菊の影」等の12篇、いずれもその新鮮で品位ある独自のスタイルと美しい燻銀の抒情詩の世界のうちに、多感にして憂鬱な青年芸術家の影像を彷彿する一巻である。(解説 小宮豊隆)

「藪の中」 やぶのなか [短編小説]
㊂1922 青空文庫

芥川龍之介 あくたがわ・りゅうのすけ 1892-1927 大正期の小説家。古典に材を取った短編の名作を数多く発表

◇杜子春(スラよみ! 日本文学名作シリーズ1) 芥川龍之介作, 松尾清貴現代語訳 理論社 2024.8 167p 20cm 1500円 Ⓘ978-4-652-20637-9 Ⓝ913.6

[目次] 藪の中 ほか

[内容] 貧しい若者が一夜にして、洛陽一の金持ちになるが…。「杜子春」をはじめ、「トロッコ」「戯作三昧」「開化の殺人」「藪の中」を読みやすい現代語を用いて収録。短編小説の名手、芥川龍之介の傑作集。

「大和物語」 やまとものがたり [歌物語]
平安時代中期

◇大和物語 上(講談社学術文庫) 雨海博洋, 岡山美樹全訳注 講談社 2006.1 464p 15cm 1450円 Ⓘ4-06-159746-9 Ⓝ913.33

[内容] 「あはれ」の情感が色濃く漂う歌物語、『大和物語』は、十世紀後半に成立、一七三の章段からなる佳作である。王朝人の間に流伝した噂話や歌にまつわる逸話を集め、『源氏物語』『枕草子』『大鏡』等にも影響を与えた。失意と不遇、宇多天皇の退位・出家から話は始まり、としこや監の命婦など当時のスター的女性の歌が続き、宮廷を中心に悲しくも美しい魂の交流が語られてゆく。

◇大和物語 下(講談社学術文庫) 雨海博洋, 岡山美樹全訳注 講談社 2006.2 404p 15cm 1350円 Ⓘ4-06-159747-7 Ⓝ913.33

[内容] 歌にまつわる小さな物語の章段からなる『大和物語』は、前篇の宮廷歌語りから、後篇は口碑・伝説が中心となる。生田川伝承、猿沢の池の采女入水譚、安積山伝説など時代の運命に流れゆく人間のはかなさ

だめや憂愁、また、男と女の悲しい巡り合いが哀切に語られてゆく。全篇で実在の人物が百人余登場し、遍照の出家と放浪に終わる、「あはれ」に満ちた説話集の名作の全訳注。

「山にのぼりて告げよ」 やまにのぼりてつげよ Go Tell It on the Mountain ［長編小説］ [初]1953

ボールドウィン, ジェイムズ Baldwin, James Arthur 1924-1987 アメリカの小説家。黒人文学の新境地を開いた

◇黒人文学全集 第3巻 山にのぼりて告げよ ボールドウィン著, 斎藤数衛訳 早川書房 1961 287p 19cm [N]933

「山猫」 やまねこ Il gattopardo ［長編小説］ [初]1958

トマージ・ディ・ランペドゥーサ, ジュゼッペ Tomasi di Lampedusa, Giuseppe 1896-1957 イタリアの作家

◇ランペドゥーザ全小説 ジュゼッペ・トマージ・ディ・ランペドゥーザ著, 脇功, 武谷なおみ訳 作品社 2014.8 565p 20cm〈附・スタンダール論〉5400円 [I]978-4-86182-487-6 [N]973

[目次] 山猫 ほか

[内容] 戦後イタリア文学にセンセーションを巻きおこしたシチリアの貴族作家、初の集大成！ ストレーガ賞受賞長編『山猫』、傑作短編「セイレーン」、回想録「幼年時代の想い出」等に加え、著者が敬愛するスタンダールへのオマージュを収録。

「山の音」 やまのおと ［長編小説］ [初]1954

川端康成 かわばた・やすなり 1899-1972 大正・昭和期の小説家。1968年、日本人初のノーベル文学賞受賞

◇山の音（新潮文庫）新版 川端康成著 新潮社 2022.4 399p 16cm 710円 [I]978-4-10-100242-2 [N]913.6

[内容] 夜中に響く「山の音」。死への予告かのように思い、尾形信吾は恐怖を抱くようになった。複雑な家族の有様に葛藤する信吾は、息子の妻への淡い恋心を生きる支えとするようになるが…。川端康成晩年の傑作。

「闇の奥」 やみのおく Heart of Darkness ［中編小説］ [初]1902

コンラッド, ジョゼフ Conrad, Joseph 1857-1924 イギリスの小説家

◇闇の奥（新潮文庫） ジョゼフ・コンラッド著, 高見浩訳 新潮社 2022.11 248p 16cm〈年譜あり〉550円 [I]978-4-10-240241-2 [N]933.7

[内容] 19世紀末。アフリカ大陸に派遣された船乗りマーロウは、奥地出張所で辣腕をふるう社員、クルツの噂を聞く。河を遡航し、最奥に辿り着き、そこで見出したクルツの戦慄の実像とは—。映画「地獄の黙示録」の原案となった傑作。

「病める薔薇」 ⇒田園の憂鬱（でんえんのゆううつ）を見よ

【 ゆ 】

「友情」 ゆうじょう ［中編小説］ [初]1920

武者小路実篤 むしゃのこうじ・さねあつ 1885-1976 明治〜昭和期の小説家

◇友情（新潮文庫）126刷改版 武者小路実篤著 新潮社 2003.6 185p 16cm〈年譜あり〉362円 [I]4-10-105701-X [N]913.6

[内容] 脚本家野島と、新進作家の大宮は、厚い友情で結ばれている。野島は大宮のいとこの友人の杉子を熱愛し、大宮に助力を願うが、大宮に心惹かれる杉子は野島の愛を拒否し、パリに去った大宮に愛の手紙を送る。野島は失恋の苦しみに耐え、仕事の上で大宮と決闘しようと誓う—青春時代における友情と恋愛との相克をきめこまかく描き、時代を超えて読みつがれる武者小路文学の代表作。

「夕鶴」 ゆうづる ［戯曲］ [初]1950

木下順二 きのした・じゅんじ 1914-2006 昭和・平成期の劇作家、英文学者

◇21世紀版少年少女日本文学館 13 ごんぎつね・夕鶴 新美南吉, 木下順二著 講談社 2009.3 247p 20cm〈年譜あり〉1400円 [I]978-4-06-282663-1 [N]913.68

[内容] 鶴の恩返しの物語を美しい戯曲にした

木下順二の「夕鶴」など11作を収録。

「幽霊たち」 ゆうれいたち Ghosts ［中編小説］ ㊋1986

オースター, ポール Auster, Paul 1947-2024 アメリカの作家、エッセイスト、詩人、映画監督

◇幽霊たち（新潮文庫）改版 ポール・オースター著, 柴田元幸訳 新潮社 2013.12 156p 15cm 430円 ①978-4-10-245101-4 ⓃN933.7

内容 私立探偵ブルーは奇妙な依頼を受けた。変装した男ホワイトから、ブラックを見張るように、と。真向いの部屋から、ブルーは見張り続ける。だが、ブラックの日常に何の変化もない。彼は、ただ毎日何かを書き、読んでいるだけなのだ。ブルーは空想の世界に彷徨う。ブラックの正体やホワイトの目的を推理して。次第に、不安と焦燥と疑惑に駆られるブルー…。'80年代アメリカ文学の代表的作品！

「U.S.A.」 ゆーえすえい 原題：U.S.A. ［長編小説］ ㊋1938 ㊍ユー・エス・エイ

ドス・パソス, ジョン Dos Passos, John Roderigo 1896-1970 アメリカの小説家

◇U.S.A. 1～2（岩波文庫）ジョン・ドス・パソス作, 渡辺利雄ほか訳 岩波書店 1977.1～1978.11 2冊 15cm 各400円 Ⓝ933

内容 この作品は「北緯42度線」「1919年」「ビッグ・マネー」の3部からなる。20世紀初頭の合衆国が直面した宿命的な歴史的現実を、12人の主要人物の生涯を中心にたどり、批判し、画期的な小説技法を用いて、アメリカという怪物の全貌の解明を試みる。「現代アメリカ小説における最初の偉大な国民的叙事詩」と評されるドス・パソスの大作。

「雪国」 ゆきぐに ［長編小説］ ㊋1937

川端康成 かわばた・やすなり 1899-1972 大正・昭和期の小説家。1968年、日本人初のノーベル文学賞受賞

◇雪国（新潮文庫）新版 川端康成著 新潮社 2022.6 223p 16cm〈年譜あり〉360円 ①978-4-10-100244-6 Ⓝ913.6

内容 陶器のように白い肌、なめらかな唇。駒子に再び会うため、汽車へと乗り込んだ島村は、同じ車両にいた葉子という娘が気になる。葉子と駒子の間には、あるつながりが…。徹底した情景描写で日本的な「美」を結晶化させた名作。

「ユートピア」 Utopia ［物語, 啓蒙書］ ㊋1516 ㊍ユトピア

モア, トマス More, Sir Thomas 1478-1535 イングランドの人文主義者、政治家

◇ユートピア（岩波文庫）トマス・モア著, 平井正穂訳 岩波書店 2003.4 210p 15cm〈第70刷〉500円 ①4-00-322021-8 Ⓝ309.2

内容 表題の「ユートピア」とは「どこにも無い」という意味のトマス・モアの造語である。モアが描き出したこの理想国は自由と規律をかねそなえた共和国で、国民は人間の自然な姿を愛し「戦争でえられた名誉ほど不名誉なものはない」と考えている。社会思想史の第一級の古典であるだけでなく、読みものとしても十分に面白い。

「ユートピアだより」 News from Nowhere ［長編小説］ ㊋1890発表 ㊍ユートピア便り

モリス, ウィリアム Morris, William 1834-1896 イギリスの詩人、画家、社会主義者

◇ユートピアだより（岩波文庫）ウィリアム・モリス作, 川端康雄訳 岩波書店 2013.8 485p 15cm〈年譜あり〉1140円 ①978-4-00-359031-7 Ⓝ933.6

内容 目覚めるとそこは二十二世紀のロンドン―緑かがやき、水は澄み、「仕事が喜びで、喜びが仕事になっているくらし」。社会主義者・美術工芸家モリスの実践と批判、理想と希望が紡ぐ物語。ユートピアの風を伝える清新な訳文に充実した訳注を付す。

「指輪物語」 ゆびわものがたり The Lord of the Rings ［長編小説］ ㊋1954-55/56

トールキン, J.R.R. Tolkien, John Ronald Reuel 1892-1973 イギリスの文献学者、小説家

◇指輪物語 1～7（評論社文庫）最新版 J.R.R.トールキン著, 瀬田貞二, 田中明子訳

評論社　2022.10～2023.5　7冊　15cm　Ⓝ933.7

[内容] 遠い昔、魔王サウロンが、悪しき力の限りを注ぎ込んで作った、指輪をめぐる物語。全世界に、一億人を超えるファンを持つ不滅のファンタジーが、ここに幕を開ける。

「ユリシーズ」 Ulysses ［長編小説］
[初]1922　[別]ユリシイズ

ジョイス, ジェイムズ Joyce, James Augustine　1882-1941　アイルランドの小説家

◇ユリシーズ　1-12　ジェイムズ・ジョイス著, 柳瀬尚紀訳　河出書房新社　2016.11　572p　20cm〈付属資料：1枚：ユリシーズ・案内〉4500円　Ⓘ978-4-309-20722-3　Ⓝ933.7

[内容] 最善手の翻訳を模索しつづけた奇跡の翻訳者が挑んだ世界文学の最高峰。小説の技巧のすべてを駆使して甦るダブリン1904年6月16日の「真実」。

【よ】

「夜明け前」 よあけまえ ［長編小説］
[初]1932　[青空文庫]

島崎藤村 しまざき・とうそん　1872-1943　明治～昭和期の詩人、小説家

◇夜明け前　第1部（上）～2部（下）（岩波文庫）改版　島崎藤村作　岩波書店　2003.7～8　4冊　15cm　各580円　Ⓝ913.6

[内容] 木曽馬籠の里を舞台に明治維新の或る側面を描いた歴史小説である。主人公青山半蔵は、代々本陣・庄屋・問屋の三役を兼ねる旧家の跡継ぎ息子。山深い木曽路にも黒船来航の噂が伝わり、旅人の気配ただならぬ頃から物語は始まる。藤村は、維新の下積みとなって働いた人々を描くことを意図してこの大作を書いた。（解説 猪野謙二）

「杳子」 ようこ ［短編小説］ [初]1970発表

古井由吉 ふるい・よしきち　1937-2020　昭和～令和期の小説家、ドイツ文学者。1971年「杳子」で芥川賞受賞

◇古井由吉自撰作品　1　古井由吉著　河出書房新社　2012.3　425p　20cm　3600円　Ⓘ978-4-309-70991-8　Ⓝ913.6

[内容] 著者自身が厳選した待望の著作集。芥川賞受賞の畢生の傑作「杳子」のほか初期の名作「妻隠」「行隠れ」「聖」を収録—。感覚と知覚の揺らぎ、過剰と欠如、重く鋭利な文体、エロティシズムとユーモア、愛の可能と不可能…常に新しい読みを促す、古井文学の原点。

「幼年期の終り」 ようねんきのおわり
Childhood's End ［長編小説］ [初]1953
[別]地球幼年期の終わり, 幼年期の終わり

クラーク, アーサー・C. Clarke, Arthur (Charles)　1917-2008　イギリスのSF作家

◇地球幼年期の終わり（創元SF文庫）新版　アーサー・C・クラーク著, 沼沢洽治訳　東京創元社　2017.5　375p　15cm　800円　Ⓘ978-4-488-61104-0　Ⓝ933.7

[内容] 宇宙に進出しようとした人類の前に、突如として未知の大宇宙船団が主要都市の上空に降下してきた。遠い星系から来た全能者達により、地球に理想社会がもたらされたが…。人類進化の一大ヴィジョンを描くSF史上不朽の傑作。

「遙拝隊長」 ようはいたいちょう ［短編小説］ [初]1950

井伏鱒二 いぶせ・ますじ　1898-1993　昭和期の小説家

◇日本文学100年の名作　第4巻　木の都—1944-1953（新潮文庫）池内紀, 川本三郎, 松田哲夫編　新潮社　2014.12　502p　16cm　750円　Ⓘ978-4-10-127435-5　Ⓝ913.68

[目次] 遙拝隊長—1950（井伏鱒二）ほか

[内容] 第二次世界大戦の敗北、GHQによる支配—。日本に激震が走った10年間の15編。小説の読み巧者三名が議論を重ね厳選した名作のみを収録。

「欲望という名の電車」 よくぼうというなのでんしゃ　A Streetcar Named Desire ［戯曲］ 1947初演

ウィリアムズ, テネシー Williams, Tennessee　1911-1983　アメリカの劇作家

◇欲望という名の電車（新潮文庫）改版　テ

よしつ

ネシー・ウィリアムズ著, 小田島雄志訳　新潮社　2012.10　234p　15cm　520円　Ⓘ978-4-10-210906-9　Ⓝ932.7

内容　「『欲望』という名の電車に乗って」ブランチが降り立ったのは、ニューオリンズの下町フレンチ・クォーター。南部の大農園の娘から身を持ちくずし、妹ステラのアパートに身を寄せた。傷心のまま過去の夢に生きる彼女を迎えたのはしかし、ステラの夫スタンリーらの、粗暴なまでの"新しいアメリカ"の生だった—。1947年初演、ピューリッツァー賞受賞の、近代演劇史上不朽の名作。

「義経記」　⇒義経記（ぎけいき）を見よ

「義経千本桜」　よしつねせんぼんざくら
　[浄瑠璃]　1747初演　別千本桜

竹田出雲(2世)ほか　たけだ・いずも
　1691-1756　江戸時代中期の人形浄瑠璃興行主、作者

◇義経千本桜（河出文庫—古典新訳コレクション 26）竹田出雲, 三好松洛, 並木千柳著, いしいしんじ訳　河出書房新社　2024.6　232p　15cm〈底本：日本文学全集 10（2016年刊）文献あり〉800円　Ⓘ978-4-309-42115-5　Ⓝ912.4

内容　知盛、弁慶、静御前の活躍と、いがみの権太ら市井の庶民の篤き忠義が絡まり合う！ 源平合戦と平家の恩讐を背景に、朝廷からの讒言によって兄・頼朝の不興を買った、源義経主従の受難を壮大に描いた大傑作。

「吉野葛」　よしのくず　[中編小説]
　初1937　青空文庫

谷崎潤一郎　たにざき・じゅんいちろう
　1886-1965　明治〜昭和期の小説家

◇日本文学全集 15　谷崎潤一郎　谷崎潤一郎著, 池澤夏樹個人編集　河出書房新社　2016.2　494p　20cm〈年譜あり〉2900円　Ⓘ978-4-309-72885-8　Ⓝ918

目次　吉野葛 ほか

内容　母恋いを巧みに織り交ぜて綴る吉野探訪記「吉野葛」ほかを収録。巨人が紡いだ豊饒幻妖な物語たち。

「四谷怪談」　⇒東海道四谷怪談（とうかいどうよつやかいだん）を見よ

「夜の果てへの旅」　よのはてへのたび
　Voyage au bout de la nuit　[長編小説]
　初1932　別夜の果ての旅

セリーヌ, ルイ＝フェルディナン　Céline, Louis Ferdinand　1894-1961　フランスの小説家

◇夜の果てへの旅　上（中公文庫）新装版　セリーヌ著, 生田耕作訳　中央公論新社　2021.12　432p　16cm　1300円　Ⓘ978-4-12-207160-5　Ⓝ953.7

内容　第一次世界大戦の前線へ志願兵として送り込まれたフランス人医学生バルダミュは、極限状況で一切の理想と希望を失い、現代社会の暗部を放浪し始めー。中上健次らによる座談会も収録。

◇夜の果てへの旅　下（中公文庫）新装版　セリーヌ著, 生田耕作訳　中央公論新社　2021.12　444p　16cm　1300円　Ⓘ978-4-12-207161-2　Ⓝ953.7

内容　世界大戦の戦場から、アフリカの植民地、アメリカの工業地帯、そして故国フランスへ。遍歴を重ねたバルダミュは、パリの場末で町医者として開業するがー。人間社会の欺瞞を暴露した20世紀文学。四方田犬彦のエッセイも収録。

「夜と霧」　よるときり　Ein Psycholog erlebt das Konzentrationslager　[体験記]　初1947

フランクル, ヴィクトール・E.　Frankl, Viktor Emil　1905-1997　オーストリアの精神分析学者

◇夜と霧　新版　ヴィクトール・E.フランクル著, 池田香代子訳　みすず書房　2002.11　169p　20cm　1500円　Ⓘ4-622-03970-2　Ⓝ946

内容　心理学者、強制収容所を体験する—飾りのないこの原題から、永遠のロングセラーは生まれた。"人間とは何か"を描いた静かな書を、新訳・新編集でおくる。

「夜の宿」 ⇒どん底を見よ

「余は如何にして基督信徒となりし乎」 よはいかにしてきりすとしんととなりしか How I Became a Christian ［自伝］ [初]1895

内村鑑三 うちむら・かんぞう 1861-1930 明治・大正期のキリスト教伝道者、思想家

◇余はいかにしてキリスト信徒となりしか（岩波文庫）内村鑑三著, 鈴木範久訳 岩波書店 2017.2 404, 10p 15cm〈文献あり 年譜あり 索引あり〉1070円 ①978-4-00-381512-0 Ⓝ198.992

[内容]24歳で単身渡米、養護院で働き大学に通うなかで、徐々に天命を悟った内村鑑三。傑出した宗教家は、アメリカと明治日本で何を見、経験し、考えたのか。激動の時代を生きた内村が、自らの魂の変容を記した記録。

「夜半の寝覚」 よわのねざめ ［物語］ 平安時代後期 [別]寝覚, 夜の寝覚

◇夜の寝覚―日本の古典（角川ソフィア文庫―ビギナーズ・クラシックス）乾澄子編 KADOKAWA 2024.2 381p 15cm〈文献あり〉1200円 ①978-4-04-400729-4 Ⓝ913.382

[内容]藤原定家が「源氏物語」に次ぐ作品として高く評価した、平安後期の長編王朝物語「夜の寝覚」。宿命に翻弄される女君の葛藤や、揺れる心の動きを繊細に描写した物語の主要な部分を取り上げ、原文、現代語訳、解説を収録する。

【ら】

「ライ麦畑でつかまえて」 らいむぎばたけでつかまえて The Catcher in the Rye ［長編小説］ [初]1951 [別]キャッチャー・イン・ザ・ライ

サリンジャー, J.D. Salinger, Jerome David 1919-2010 アメリカの小説家

◇キャッチャー・イン・ザ・ライ ペーパーバック・エディション J.D.サリンジャー著, 村上春樹訳 白水社 2006.3 361p 18cm 820円 ①4-560-09000-9 Ⓝ933.7

[内容]さあ、ホールデンの声に耳を澄ましてください…。村上春樹訳、新時代の「ライ麦畑でつかまえて」ペーパーバック版。ホールデンが永遠に16歳でありつづけるのと同じように、読者の中にいつまでも留まる物語。

「落日燃ゆ」 らくじつもゆ ［長編小説］ [初]1974

城山三郎 しろやま・さぶろう 1927-2007 昭和・平成期の小説家。「落日燃ゆ」で毎日出版文化賞ほか受賞

◇落日燃ゆ（新潮文庫）改版 城山三郎著 新潮社 2009.10 462p 15cm 629円 ①978-4-10-113318-8 Ⓝ913.6

[内容]東京裁判で絞首刑を宣告された七人のA級戦犯のうち、ただ一人の文官であった元総理、外相広田弘毅。戦争防止に努めながら、その努力に水をさし続けた軍人たちと共に処刑されるという運命に直面させられた広田。そしてそれを従容として受け入れ一切の弁解をしなかった広田の生涯を、激動の昭和史と重ねながら抑制した筆致で克明にたどる。

「駱駝祥子」 らくだのしゃんず ［長編小説］ [初]1937 [別]らくだのシアンツ, らくだのシャンズ

老舎 ろうしゃ 1899-1966 中国の小説家、劇作家

◇駱駝祥子―らくだのシアンツ（岩波文庫）老舎作, 立間祥介訳 岩波書店 2009.5 407p 15cm 860円 ①4-00-320311-9 Ⓝ923.7

[内容]筋骨たくましい人力車夫、祥子青年は来る日も来る日も北平（北京）中をひた走りに走る。そう、彼には「理想」があったのだ、何としても自前の車を手に入れたいという。こうして3年、刻苦勉励はみごとに報われた。けれども―。きっすいの北京っ子老舎が、その愛してやまぬ裏町の住人たちの悲喜哀歓を心をこめて描いた代表作。

「裸者と死者」 らしゃとししゃ The Naked and the Dead ［長編小説］ [初]1948

メイラー, ノーマン Mailer, Norman (Kingsley) 1923-2007 アメリカの小

説家。ユダヤ系
◇ノーマン・メイラー全集　第1　裸者と死者　第1　山西英一訳　新潮社　1969　386p 図版　20cm〈ノーマン・メイラー年譜：382-386p〉1000円　Ⓝ938

「羅生門」　らしょうもん　[短編小説]
　㊵1915発表　[青空文庫]

芥川龍之介　あくたがわ・りゅうのすけ
　1892-1927　大正期の小説家。古典に材を取った短編の名作を数多く発表
◇蜘蛛の糸（角川文庫―100分間で楽しむ名作小説）芥川龍之介著　KADOKAWA　2024.3　117p　15cm〈底本：「蜘蛛の糸・地獄変」（角川書店1989年刊）と「羅生門・鼻・芋粥」（角川書店2007年刊）〉600円　①978-4-04-114811-2　Ⓝ913.6
　[目次]　蜘蛛の糸、地獄変、羅生門、鼻
　[内容]　芥川龍之介の名作「蜘蛛の糸」など全4篇を100分間で楽しめるよう、いつもより大きな文字で収録。

「ラーマーヤナ」　Rāmāyaṇa　[叙事詩]
　2世紀末～3世紀頃現存の形になる

ヴァールミーキ　Vālmīki　古代インドの伝説上の詩人
◇新訳 ラーマーヤナ　1～7（東洋文庫）ヴァールミーキ編著、中村了昭訳　平凡社　2012.4～2013.8　7冊　18cm〈布装〉Ⓝ929.88
　[内容]　『マハーバーラタ』と共にインド古典文学を代表する一大叙事詩の初めての完訳。第1巻「少年の巻」は、魔王を退治するためにヴィシュヌ神が人間に化身して誕生したラーマ王子がシーターと結婚するまでを語る。

「愛人（ラマン）」　⇒愛人 ラマン（あいじん らまん）を見よ

「ラモーの甥」　らもーのおい　Le neveu de Rameau　[対話小説]　1761-62執筆

ディドロ, ドゥニ　Diderot, Denis　1713-1784　フランスの哲学者、文学者
◇ラモーの甥（岩波文庫）改版　ディドロ作, 本田喜代治, 平岡昇訳　岩波書店　1992.11　224p　15cm〈第18刷（第1刷：1940年）〉520円　①4-00-336243-8　Ⓝ953
　[内容]　百科全書派の巨匠ディドロの最高傑作とされる対話小説。大作曲家ラモーの実在の甥を、体制からはみ出しながら体制に寄食するシニックな偽悪者として登場させ、哲学者である「私」との対話を通して旧体制のフランス社会を痛烈に批判する。生前は発表されずゲーテのドイツ語訳によって、俄然反響を呼んだ。

【り】

「リア王」　King Lear　[戯曲]　1606頃初演　㊶リヤ王

シェイクスピア, ウィリアム
　Shakespeare, William　1564-1616　イギリスの劇作家、詩人。「リア王」はシェイクスピアの四大悲劇の一つ
◇真訳 シェイクスピア四大悲劇―ハムレット・オセロー・リア王・マクベス　ウィリアム・シェイクスピア著, 石井美樹子訳, 横山千晶監訳　河出書房新社　2021.5　439p　20cm　4600円　①978-4-309-20829-9　Ⓝ932.5
　[内容]　シェイクスピアの四大悲劇作品の背景にある事件や世相、風俗、体制批判を読み解き、オックスフォード英語辞典による原文の正しい意味を徹底的に検証。シェイクスピアが生きた時代と、戯曲に込められた「真実」を解き明かす。

「リツ子・その愛」　りつこ・そのあい　[長編小説]　㊵1950

檀一雄　だん・かずお　1912-1976　昭和期の小説家
◇檀一雄全集　第2巻　リツ子・その愛, リツ子・その死　沖積舎　1991.10　339p　22cm〈著者の肖像あり〉7500円　①4-8060-6503-X　Ⓝ918.68
　[内容]　この稀代な、美しい愛妻物語が「リツ子・その愛 その死」の2部作である。ここではもうすべて人の世のモラルや掟は意味がない。

「リツ子・その死」　りつこ・そのし　［長編小説］㊊1950

檀一雄　だん・かずお　1912-1976　昭和期の小説家

◇檀一雄全集　第2巻　リツ子・その愛，リツ子・その死　沖積舎　1991.10　339p　22cm〈著者の肖像あり〉7500円　①4-8060-6503-X　Ⓝ918.68

内容　この稀有な、美しい愛妻物語が「リツ子・その愛 その死」の2部作である。ここではもうすべて人の世のモラルや掟は意味がない。

「リヤ王」　⇒リア王を見よ

「理由」　りゆう　［長編小説］㊊1998

宮部みゆき　みやべ・みゆき　1960-　小説家。1999年「理由」で直木賞受賞

◇理由（新潮文庫）改版　宮部みゆき著　新潮社　2014.8　790p　15cm〈44刷（1刷2004年）〉990円　①978-4-10-136923-5　Ⓝ913.6

内容　事件はなぜ起こったか。殺されたのは「誰」で、いったい「誰」が殺人者であったのか―。東京荒川区の超高層マンションで凄惨な殺人事件が起きた。室内には中年男女と老女の惨殺体。そして、ベランダから転落した若い男。ところが、四人の死者は、そこに住んでいるはずの家族ではなかった…。ドキュメンタリー的手法で現代社会ならではの悲劇を浮き彫りにする、直木賞受賞作。

「霊異記」　⇒日本霊異記（にほんりょういき）を見よ

「聊斎志異」　りょうさいしい　［短編集（怪異小説集）］1679頃成立

蒲松齢　ほ・しょうれい　1640-1715　中国・清代初期の文人

◇聊斎志異（光文社古典新訳文庫）蒲松齢著、黒田真美子訳　光文社　2021.2　654p　16cm〈年譜あり〉1560円　①978-4-334-75439-6　Ⓝ923.6

内容　仙女、女妖、幽霊、精霊…。中国清代の作家・蒲松齢が、科挙に落第しつづける中、古来の民間伝承などをもとに豊かな空想力と古典の教養を駆使し、異能のものた

ちと人間との不思議な交わりを描いた怪異譚。中国怪異小説の傑作。

「梁塵秘抄」　りょうじんひしょう　［歌謡集］平安時代末期

後白河法皇　ごしらかわほうおう　1127-1192　平安時代末期の天皇

◇梁塵秘抄（新潮日本古典集成）新装版　榎克朗校注　新潮社　2018.3　309p　20cm　2200円　①978-4-10-620836-2　Ⓝ911.63

内容　平安末期に流行した新風歌謡・今様。その絶大なる愛好者・後白河院が編纂した今様の集大成。院の自伝ともいうべき「口伝集」も収録。

「竜馬がゆく」　りょうまがゆく　［長編小説］1963-66刊

司馬遼太郎　しば・りょうたろう　1923-1996　昭和・平成期の小説家

◇竜馬がゆく　1〜8（文春文庫）新装版　司馬遼太郎著　文藝春秋　1998.9〜10　8冊　16cm　各552円　Ⓝ913.6

内容　「薩長連合、大政奉還、あれァ、ぜんぶ竜馬一人がやったことさ」と、勝海舟はいった。坂本竜馬は幕末維新史上の奇蹟といわれる。かれは土佐の郷士の次男坊にすぎず、しかも浪人の身でありながらこの大動乱期に卓抜した仕事をなしえた。竜馬の劇的な生涯を中心に、同じ時代をひたむきに生きた若者たちを描く長篇小説。

「旅愁」　りょしゅう　［長編小説］㊊1937-46発表　青空文庫

横光利一　よこみつ・りいち　1898-1947　大正・昭和期の小説家

◇旅愁　上（岩波文庫）横光利一作　岩波書店　2016.8　579p　15cm〈「定本横光利一全集　第8巻・第9巻」（河出書房新社 1982年刊）の改題〉1160円　①978-4-00-310754-6　Ⓝ913.6

内容　日本と西洋―対照的な文化・文明から紡がれる矢代と久慈の相克と懊悩。GHQによって書き換えを余儀なくされた問題作を、検閲前のテキストに拠り、作家の真意に迫る。

◇旅愁　下（岩波文庫）横光利一作　岩波書店　2016.9　656p　15cm〈「定本横光利一全集　第8巻・第9巻」（河出書房新社 1982年

刊)の改題〉1260円　Ⓝ978-4-00-310755-3　Ⓝ913.6

内容 欧洲で愛を育んだ矢代と千鶴子。帰国した二人の結婚には、古神道とカソリックというそれぞれの信仰が障壁として立ちはだかる。さらに家柄の違い、戦況の悪化も重なり…。第二次世界大戦の前後、言論統制下で書いた未完の長篇。

「リリス」　Lilith：A Romance　［長編小説］　㊋1895

マクドナルド，ジョージ　Macdonald, George　1824-1905　スコットランドの小説家、詩人

◇リリス（ちくま文庫）ジョージ・マクドナルド著、荒俣宏訳　筑摩書房　1986.10　523p　15cm　680円　Ⓝ4-480-02091-8　Ⓝ933

内容 時には雌豹に、時には絶世の美女に、時にはまたいたいけな老婆に変身するリリスとははたして何者か？ ルイス・キャロルやトールキンをはじめ、カナダなどにも大きな影響を与えた、イギリスの幻想小説作家ジョージ・マクドナルドの最高傑作。夢見る若者たちの冒険を描いた瞑想的なファンタジー。

「李陵」　りりょう　［短編小説］　㊋1946

青空文庫

中島敦　なかじま・あつし　1909-1942　昭和の小説家

◇文豪死す　芥川龍之介ほか著　新紀元社　2024.4　303p　19cm　1300円　Ⓝ978-4-7753-2136-2　Ⓝ913.68

目次 李陵（中島敦）ほか

【る】

「ル・シッド」　Le Cid　［戯曲］　1637初演

コルネイユ，ピエール　Corneille, Pierre　1606-1684　フランスの劇作家

◇コルネイユ名作集　岩瀬孝等訳　白水社　1975　599, 2p 図　20cm　3300円　Ⓝ952

目次 ル・シッド（岩瀬孝訳）ほか

「ルバイヤート」　Rubā'iyāt　［詩集］ 12世紀成立　㊋ルバーイーヤート

青空文庫

ウマル・ハイヤーム　'Umar Khayyām　？ –1123　ペルシアの詩人、科学者。オマルとも

◇ルバイヤート―トゥーサン版　オマル・ハイヤーム原著, フランツ・トゥーサン仏訳, 高遠弘美訳　国書刊行会　2024.2　235p　20cm〈著作目録あり〉2600円　Ⓝ978-4-336-07597-0　Ⓝ929.931

内容 我らなど灰にすぎない風が来たれば消え去る灰に。生と死と運命の瞑想、薔薇と盃の愉楽―全世界的な古典『ルバイヤート』の待望の新訳版。フランツ・トゥーサンによる大胆で流麗なフランス語散文訳版からの初めての邦訳。全170首を完訳、挿絵多数収録。

【れ】

「冷血」　れいけつ　In Cold Blood　［長編小説］　㊋1966

カポーティ，トルーマン　Capote, Truman　1924-1984　アメリカの作家

◇冷血（新潮文庫）カポーティ著、佐々田雅子訳　新潮社　2006.7　623p　16cm　895円　Ⓝ4-10-209506-3　Ⓝ933.7

内容 カンザス州の片田舎で起きた一家4人惨殺事件。被害者は皆ロープで縛られ、至近距離から散弾銃で射殺されていた。このあまりにも惨い犯行に、著者は5年余りの歳月を費やして綿密な取材を遂行。そして犯人2名が絞首刑に処せられるまでを見届けた。捜査の手法、犯罪者の心理、死刑制度の是非、そして取材者のモラル―。様々な物議をかもした、衝撃のノンフィクション・ノヴェル。

「レイテ戦記」　れいてせんき　［長編小説（戦記文学）］　㊋1971

大岡昇平　おおおか・しょうへい　1909-1988　昭和期の小説家、評論家、フランス文学者。1972年「レイテ戦記」で毎日芸術賞受賞

◇レイテ戦記　1（中公文庫）大岡昇平著　中

央公論新社　2018.4　434p　16cm〈中央公論社 1974年刊の再編集〉1200円　Ⓘ978-4-12-206576-5　Ⓝ913.6

内容 太平洋戦争の天王山・レイテ島での死闘を、厖大な資料を駆使して再現した戦記文学の金字塔。1は、昭和19年4月の第16師団レイテ島進出から、11月の米軍カリガラ進出までを収録。講演「「レイテ戦記」の意図」も掲載。

◇レイテ戦記　2（中公文庫）大岡昇平著　中央公論新社　2018.5　464p　16cm〈中央公論社 1974年刊の再編集〉1200円　Ⓘ978-4-12-206580-2　Ⓝ913.6

内容 昭和19年11月、レイテ島最大の激戦地となるリモン峠での死闘が始まった。苦戦する中、総理大臣小磯国昭の天王山発言により、レイテ戦続行は大本営方針となり…。インタビュー「「レイテ戦記」を語る」も収録。

◇レイテ戦記　3（中公文庫）大岡昇平著　中央公論新社　2018.6　427p　16cm〈中央公論社 1974年刊の再編集〉1200円　Ⓘ978-4-12-206595-6　Ⓝ913.6

内容 米軍のオルモック逆上陸に壊滅状態に陥りながら、自活自戦を続ける日本軍。昭和19年12月26日、マッカーサー大将がレイテ戦終結を宣言するも、司令官山下奉文大将の訓示が届き…。大西巨人との対談も収録。

◇レイテ戦記　4（中公文庫）大岡昇平著　中央公論新社　2018.7　407p　16cm〈中央公論社 1974年刊の再編集　文献あり　年表あり　索引あり〉1200円　Ⓘ978-4-12-206610-6　Ⓝ913.6

内容 8万の兵力を投じながら、生還者は僅かに2500人。太平洋戦争最悪の戦場を鎮魂の祈りを込めて描きつくす。『中央公論』連載後記、エッセイ「「レイテ戦記」を直す」も収録。完結。

「レ・ミゼラブル」 Les Misérables ［長編小説］ 初1862 別ああ無情 青空文庫

ユゴー, ヴィクトル　Hugo, Victor-Marie　1802-1885　フランスの詩人、小説家、劇作家

◇レ・ミゼラブル　1～5（平凡社ライブラリー）ヴィクトール・ユゴー著, 西永良成訳　平凡社　2019.12～2020.4　5冊　16cm　Ⓝ953.6

内容 極貧のさなか、たった1片のパンを盗んだがため、19年ものあいだ獄に繋がれねばならなかったジャン・ヴァルジャン。出獄後の世の厳しさのなか、ある司教に出会い…。現代世界と同期する不朽の傑作の新訳。

「檸檬」 れもん ［短編小説］ 初1925発表 青空文庫

梶井基次郎　かじい・もとじろう　1901-1932　昭和期の小説家

◇檸檬（エコトバ）梶井基次郎著, 三永ワヲイラスト　文研出版　2024.6　63p　20cm〈文献あり〉1800円　Ⓘ978-4-580-82634-2　Ⓝ913.6

内容 えたいの知れない不吉な塊を抱えた私。お気に入りの果物屋に行くと、檸檬が目に留まり、一つだけ檸檬を購入して気を紛らわせたが…。梶井基次郎の名著「檸檬」と絵師・三永ワヲのコラボレーション。語句解説付き。

「恋愛三昧」 れんあいざんまい Liebelei ［戯曲］ 1895初演

シュニッツラー, アルトゥール　Schnitzler, Arthur　1862-1931　オーストリアの劇作家、小説家

◇殉情短篇集（シュニッツラー短篇全集 第3巻）シュニッツラー著　本の友社　2005.7　254p　20cm〈平成15年刊（復刻版）を原本としたオンデマンド版〉Ⓘ4-89439-501-0（set）Ⓝ943.7

目次 戀愛三昧（新關良三譯）ほか

「恋愛対位法」 れんあいたいいほう Point Counter Point ［長編小説］ 初1928 別対位法

ハックスリー, オルダス　Huxley, Aldous Leonard　1894-1963　イギリスの小説家

◇恋愛対位法　上・下（岩波文庫）ハックスリ作, 朱牟田夏雄訳　岩波書店　1962　2冊　15cm　Ⓘ978-4-00-322591-2　Ⓝ933

内容 生きる目標を失った第一次大戦後のイギリス知識人階級の生活と精神状況を描くことで近代の合理主義思想と楽天的な進歩思想にたいする懐疑と絶望を表白した長篇小説。ハックスリを大作家の列にくわえた彼の代表作であるばかりでなく、「絶望の10

年間」とよばれる1920年代イギリスの文学を代表する傑作。

【ろ】

「老妓抄」　ろうぎしょう　［短編小説］
㊚1939　青空文庫

岡本かの子　おかもと・かのこ　1889-1939
大正・昭和期の小説家、歌人
◇越年―岡本かの子恋愛小説集（角川文庫）岡本かの子著　KADOKAWA　2019.8　187p　15cm〈底本：「岡本かの子全集2～6」（ちくま文庫 1993～1994年刊）〉480円　①978-4-04-108561-5　Ⓝ913.6
目次　老妓抄ほか
内容　男女の複雑な心理を繊細に描いた表題作をはじめ、「金魚撩乱」「夏の夜の夢」「過去世」「老妓抄」「家霊」など、恋愛にまつわる傑作8篇を選りすぐって収録。

「老人と海」　ろうじんとうみ　The Old Man and the Sea　［中編小説］　㊚1952
青空文庫

ヘミングウェイ, アーネスト　Hemingway, Ernest Miller　1899-1961　アメリカの小説家。1953年「老人と海」でピューリッツァー賞。1954年ノーベル文学賞受賞
◇老人と海（角川文庫）ヘミングウェイ著、越前敏弥訳　KADOKAWA　2024.1　158p　15cm〈年譜あり〉700円　①978-4-04-113925-7　Ⓝ933.7
内容　84日間も釣果がなかった老漁師サンティアーゴは、ひとりで海に出て巨大カジキと遭遇し、運命をかけた闘いを挑み…。老人に寄り添う相棒マノーリンを、少年ではなく若者とする新解釈により、未知の魅力を引き出した新訳。

「老水夫行」　ろうすいふこう　The Rime of the Ancient Mariner　［物語詩］
㊚1798　㊛老水夫の歌、老水夫の唄、年老いた船乗りの詩、古老の舟乗り

コールリッジ, サミュエル・テイラー　Coleridge, Samuel Taylor　1772-1834　イ

ギリスの詩人、批評家。代表作「老水夫行（老水夫の歌）」は『抒情民謡集』初版の巻頭に収録
◇対訳コウルリッジ詩集（岩波文庫―イギリス詩人選7）コウルリッジ著、上島建吉編　岩波書店　2002.1　342p　15cm〈英文併記〉660円　①4-00-322213-X　Ⓝ931.6
内容　ワーズワスと共にイギリス・ロマン主義を代表する詩人コウルリッジ。「クーブラ・カーン」「古老の舟乗り」「クリスタベル第一部」など、代表作30篇を〈人生詩編〉〈政治詩編〉〈恋愛詩編〉〈田園詩編〉〈幻想詩編〉の5つの柱のもとに配列し、詩人コウルリッジの全体像を余す所なく味わえるように編集した。

「朗読者」　ろうどくしゃ　Der Vorleser
［長編小説］　㊚1995

シュリンク, ベルンハルト　Schlink, Bernhard　1944–　ドイツの作家、弁護士、法学者
◇朗読者（新潮文庫）ベルンハルト・シュリンク著、松永美穂訳　新潮社　2003.6　258p　16cm　514円　①4-10-200711-3　Ⓝ943.7
内容　15歳のぼくは、母親といってもおかしくないほど年上の女性と恋に落ちた。「なにか朗読してよ、坊や！」―ハンナは、なぜかいつも本を朗読して聞かせて欲しいと求める。人知れず逢瀬を重ねる二人。だが、ハンナは突然失踪してしまう。彼女の隠していた秘密とは何か。二人の愛に、終わったはずの戦争が影を落としていた。現代ドイツ文学の旗手による、世界中を感動させた大ベストセラー。

「路上」　⇒オン・ザ・ロードを見よ

「ロード・ジム」　Lord Jim　［長編小説］
㊚1900

コンラッド, ジョゼフ　Conrad, Joseph　1857-1924　イギリスの小説家。ポーランド生まれ
◇ロード・ジム（河出文庫）ジョゼフ・コンラッド著、柴田元幸訳　河出書房新社　2021.3　584p　15cm〈底本：「世界文学全集 3-03」（2011年刊）〉1420円　①978-4-309-46728-3　Ⓝ933.7
内容　東洋のあちこちの港で船長番として厚

い信頼を得ているジム。しかし彼には隠された暗い過去があった。喪失した誇りを取り戻す機会を激しく求める彼は、名誉を回復できるのか？　海洋冒険小説の傑作。

「**ロビンソン・クルーソー**」　Robinson Crusoe　［長編小説］㊝1719　㊵ロビンソン・クルーソーの生涯と冒険, ロビンソン漂流記　ほか

デフォー, ダニエル　Defoe, Daniel　1660-1731　イギリスのジャーナリスト、小説家

◇ロビンソン・クルーソー（新潮文庫）ダニエル・デフォー著, 鈴木恵訳　新潮社　2019.8　485p　16cm　710円　①978-4-10-240131-6　Ⓝ933.6

内容　1632年、英国に生まれた船乗りロビンソンは、難破して絶海の孤島に漂着。以来、28年に及ぶ無人島生活が始まった…。人間の真の強さを描き、世界中に勇気と感動を与えてきた、冒険文学の金字塔を新訳。

「**路傍の石**」　ろほうのいし　［長編小説］　㊝1941

山本有三　やまもと・ゆうぞう　1887-1974　大正・昭和期の劇作家、小説家

◇新現代文学名作選　塩澤寿一, 馳川澄子, 堀内雅人, 横堀利明編著, 中島国彦監修　明治書院　2012.1　256p　21cm　781円　①978-4-625-65415-2　Ⓝ913.68

目次　路傍の石（山本有三）　ほか

「**ロボット**」　R.U.R.（Rossum's Universal Robots）　［戯曲］　1921初演　㊵R・U・R（エルウーエル）　青空文庫　（RUR）

チャペック, カレル　Čapek, Karel　1890-1938　チェコスロバキアの小説家、劇作家

◇ロボット（中公文庫）カレル・チャペック著, 阿部賢一訳　中央公論新社　2020.12　233p　16cm　840円　①978-4-12-207011-0　Ⓝ989.52

内容　無限の労働力「ロボット」によって、人類は苦役と貧困から解放され、真の幸福を得るはずだった―。1920年、中欧の小国

で発表され、今なお多くの問いを投げかける戯曲の名作。著者による作品解説、訳者解説も収録。

「**ロミオとジュリエット**」　Romeo and Juliet　［戯曲］1594/95成立　㊵ロミオとジュリエット　青空文庫　（ロミオとヂュリエット）

シェイクスピア, ウィリアム　Shakespeare, William　1564-1616　イギリスの劇作家、詩人

◇真訳　シェイクスピア傑作選―ロミオとジュリエット・夏の夜の夢・お気に召すまま・十二夜・冬物語・テンペスト　ウィリアム・シェイクスピア著, 石井美樹子訳　河出書房新社　2024.10　465p　20cm　4800円　①978-4-309-20915-9　Ⓝ932.5

内容　すべての語彙を真に理解し、新たな作品世界を開く新訳。オックスフォード英語辞典、聖書、歴史史料を駆使し、原文を徹底的に検証。400年の時を超え、シェイクスピアの言葉探しの旅に伴走する。

「**ローランの歌**」　Chanson de Roland　［叙事詩］　11世紀成立　㊵ロランの歌

◇世界の英雄伝説　5　ローランの歌―フランスのシャルルマーニュ大帝物語　鷲田哲夫著　筑摩書房　1990.3　217p　20cm　1030円　①4-480-21105-5　Ⓝ388

内容　シャルルマーニュ大帝と、その甥といわれる謎の人物ローランが、異教徒を相手に闘い抜く激しい物語。

「**ロリータ**」　Lolita　［長編小説］㊝1955

ナボコフ, ウラジーミル　Nabokov, Vladimir Vladimirovich　1899-1977　アメリカの小説家、詩人、評論家、昆虫学者

◇ロリータ　魅惑者（ナボコフ・コレクション）ウラジーミル・ナボコフ著, 若島正訳, 後藤篤訳　新潮社　2019.10　554, 2p　20cm〈年譜あり〉5300円　①978-4-10-505610-0　Ⓝ983

内容　大学教授のハンバートは、下宿先の未亡人の娘ドロレス（愛称ロリータ）にひと目惚れ、少女を目当てに母親と再婚し…。20世紀文学を代表する最高傑作「ロリータ」と、

その原型となった中篇「魅惑者」を収録。

【わ】

「Yの悲劇」 わいのひげき The Tragedy of Y ［長編小説］ ㊊1932

クイーン, エラリー Queen, Ellery 1905-1982（ダネイ）/1905-1971（リー） アメリカの推理作家。フレデリック・ダネイとマンフレッド・リーの共同筆名

◇Yの悲劇（創元推理文庫）エラリー・クイーン著, 中村有希訳 東京創元社 2022.8 497p 15cm 960円 ①978-4-488-10445-0 Ⓝ933.7

内容 当主の自殺、屋敷での毒物混入事件、そして殺人。ニューヨークの名門ハッター家で相次ぐ惨劇。名優にして名探偵のドルリー・レーンは謎の解明に挑むが…。一連の惨劇が秘める恐るべき真相とは？

「ワインズバーグ・オハイオ」 Winesburg, Ohio ［短編集］㊊1919

アンダーソン, シャーウッド Anderson, Sherwood 1876-1941 アメリカの作家

◇ワインズバーグ、オハイオ（新潮文庫）シャーウッド・アンダーソン著, 上岡伸雄訳 新潮社 2018.7 349p 16cm 590円 ①978-4-10-220151-0 Ⓝ933.7

内容 発展から取り残された町オハイオ州ワインズバーグ。地元紙の若き記者ジョージのもとには、住人の奇妙な噂話が次々と寄せられる。ジョージはこのまま町に居続けることに疑問をもち…。モダニズム文学への道を拓いた先駆的傑作。

「和解」 わかい ［中編小説］ ㊊1918

志賀直哉 しが・なおや 1883-1971 大正・昭和期の小説家

◇志賀直哉全集 第3巻 城の崎にて・和解 志賀直哉著 岩波書店 1999.2 504p 20cm〈肖像あり〉4200円 ①4-00-092213-0 Ⓝ918.68

内容 大正6年から9年までの作品を収録怪我の後養生に出かけた温泉地での光景・心境を描いた「城の崎にて」、父親との葛藤と和解の感激を描いた力作「和解」、霊異譚や幻想的光景を叙した「焚火」など、充実した我孫子時代の成果。

「若い芸術家の肖像」 わかいげいじゅつかのしょうぞう A Portrait of the Artist as a Young Man ［長編小説］ ㊊1916 ㊕若き日の芸術家の肖像

ジョイス, ジェイムズ Joyce, James Augustine 1882-1941 アイルランドの小説家

◇若い藝術家の肖像（集英社文庫—ヘリテージシリーズ）ジェイムズ・ジョイス著, 丸谷才一訳 集英社 2014.7 685p 16cm〈文献あり〉1200円 ①978-4-08-761033-8 Ⓝ933.7

内容 アイルランド中流階級の長男として生まれた主人公スティーヴン・ディーダラス。藝術家に憧れた彼の幼年時代からアイルランドを離れるまでの魂の軌跡を、彼の言語意識に沿って描いたモダニズムの代表的傑作。1、イエズス会系学校での寄宿生活。2、一家の没落、転学、娼婦…。3、犯した罪の意識と懺悔。4、贖罪、聖職を選ぶ葛藤。5、藝術家として飛翔の決意。

「若い詩人の肖像」 わかいしじんのしょうぞう ［長編小説］ ㊊1956

伊藤整 いとう・せい 1905-1969 昭和期の小説家、評論家

◇若い詩人の肖像（P+D BOOKS）伊藤整著 小学館 2021.12 401p 19cm〈底本：新潮文庫 1958年刊〉850円 ①978-4-09-352429-2 Ⓝ913.6

内容 詩人や小説家として活躍し、数々の名作を世に送り出した伊藤整。その青年時代の恋愛、同人誌創刊、詩作、若い作家たちとの交流などを生き生きと描写した自伝小説。

「若い人」 わかいひと ［長編小説］ ㊊1937

石坂洋次郎 いしざか・ようじろう 1900-1986 昭和期の小説家。1936年「若い人」で三田文学賞受賞

◇若い人 上（P+D BOOKS）石坂洋次郎著 小学館 2020.9 385p 18cm〈底本：新潮文庫 1947年刊〉650円 ①978-4-09-

352399-8　Ⓝ913.6

内容 容姿端麗、頭脳明晰だが、たびたび問題を起こす女学生・江波恵子。理知的で美しい女教師・橋本スミヱ。北国のミッション系女子校の国語教師・間崎慎太郎は、橋本に惹かれながらも、危うい魅力を放つ江波からも目を離せず…。

◇若い人　下（P+D BOOKS）石坂洋次郎著　小学館　2020.10　473p　18cm〈底本：新潮文庫 1947年刊〉650円　Ⓘ978-4-09-352401-8　Ⓝ913.6

内容 北国のミッション系女子校の国語教師・間崎慎太郎は、聡明な同僚・橋本スミヱに心を奪われつつも、早熟な女生徒・江波恵子に翻弄されていた。あるとき、江波が間崎の子を妊娠しているという噂が立ち上り…。完結編。

「若きウェルテルの悩み」　わかきうぇるてるのなやみ　Die Leiden des jungen Werthers　［書簡体小説］　㊌1774　㊝若きヴェルテルの悩み, 若きヴェルターの悩み

ゲーテ, ヨハン・ヴォルフガング・フォン　Goethe, Johann Wolfgang von　1749-1832　ドイツ最大の詩人。ドイツ古典主義文学を確立

◇若きウェルテルの悩み（光文社古典新訳文庫）ゲーテ著, 酒寄進一訳　光文社　2024.2　270p　16cm〈年譜あり〉780円　Ⓘ978-4-334-10219-7　Ⓝ943.6

内容 故郷を離れたウェルテルが出会い恋をしたのは、婚約者のいるロッテ。彼女と同じ時間を共有するなかで愛情とともに深まる絶望。自然への憧憬と社会への怒りのあいだで翻弄されもするウェルテルの繊細な心の行き着く先は…。世界文学史に燦然と輝く文豪ゲーテの出世作。

「若き日の芸術家の肖像」　⇒若い芸術家の肖像（わかいげいじゅつかのしょうぞう）を見よ

「若草物語」　わかくさものがたり　Little Women　［長編小説］　㊌1868-69　青空文庫（水谷まさる訳）

オルコット, ルイーザ・メイ　Alcott, Louisa May　1832-1888　アメリカの作家

◇若草物語（新潮文庫）ルイーザ・メイ・オルコット作, 小山太一訳　新潮社　2024.11　538p　16cm　1000円　Ⓘ978-4-10-202904-6　Ⓝ933.6

内容 マーチ家の四姉妹、メグ、ジョー、ベス、エイミーに、出征した父から手紙が届いた。勇気をもっておのれの内なる敵と戦い、美しい心を持ちなさい―。厳しくも優しい母親に見守られ、喧嘩と失敗を繰り返しながら成長していく姉妹。父危篤の報が届くと、父のもとに向かう切符代を用立てるため、次女ジョーは自慢の長い髪を切って売るのだが…。すべての女性を励まし続け、永遠に瑞々しい名作。

「若菜集」　わかなしゅう　［詩集］　㊌1897　青空文庫

島崎藤村　しまざき・とうそん　1872-1943　明治～昭和期の詩人、小説家

◇若菜集　島崎藤村著　日本図書センター　2002.12　274p　20cm〈年譜あり〉2500円　Ⓘ4-8205-9560-1　Ⓝ911.56

内容 明治30年春陽堂刊の初版本を底本に、振り仮名、仮名遣い、文字組を底本通りにし、初版のデザインを模した装丁で再刊。

「吾輩は猫である」　わがはいはねこである　［長編小説］　㊌1905　青空文庫

夏目漱石　なつめ・そうせき　1867-1916　明治・大正期の小説家、英文学者、評論家

◇吾輩は猫である（文春文庫）夏目漱石著　文藝春秋　2011.11　585p　16cm　638円　Ⓘ978-4-16-715805-7　Ⓝ913.6

内容 苦沙弥先生の書斎に今日も集うのは、迷亭、寒月、三平ら、太平の逸民たち。人間どもの珍妙なやりとりを、猫は黙って聞いている。滑稽かつ冗舌な文体と痛烈な文明批評。発表当時から「とにかく変っている」という折り紙がついた、夏目漱石の処女小説。読んで笑うもよし、首をかしげるもよし、深く考えるもよし。

「別れたる妻に送る手紙」　わかれたるつまにおくるてがみ　［中編小説］　㊌1910発表　青空文庫

近松秋江　ちかまつ・しゅうこう　1876-

1944　明治・大正期の小説家、評論家

◇黒髪　別れたる妻に送る手紙（講談社文芸文庫）近松秋江著　講談社　1997.6　281p　16cm〈肖像あり　文献あり　著作目録あり〉950円　①4-06-197572-2　Ⓝ913.6

内容 京都の遊女に惹かれ尽し、年季明けには一緒になろうとの夢が、手酷く裏切られる転末を冷静に書いた「黒髪」。明治9年、岡山に生まれ、男の情痴の世界を大胆に描いて、晩年は両眼ともに失明、昭和19年没した破滅型私小説作家の「栄光と哀しみ」。

「和漢朗詠集」 わかんろうえいしゅう　〔詩歌選集〕　平安時代中期成立

藤原公任〔撰〕　ふじわら・きんとう　966-1041　平安時代中期の歌人・公卿

◇和漢朗詠集（新潮日本古典集成）新装版　藤原公任撰, 大曽根章介, 堀内秀晃校注　新潮社　2018.9　439p　20cm　2600円　①978-4-10-620826-3　Ⓝ919.3

内容 八百余首の典雅な和歌と漢詩文が織りなす妙なる調べ。後世の能や軍記物語にも多大な影響を及ぼした王朝時代の珠玉アンソロジー「和漢朗詠集」の訓み下し文と白文に、頭注と口語訳（色刷り）を付して収録する。解説付き。

「忘れえぬ人々」 わすれえぬひとびと　〔短編小説〕　㊑1898発表

国木田独歩　くにきだ・どっぽ　1871-1908　明治期の詩人、小説家

◇武蔵野（角川文庫）改版　国木田独歩著　KADOKAWA　2016.3　264p　15cm〈初版：角川書店　1979年刊〉520円　①978-4-04-103721-8　Ⓝ913.6

目次 忘れえぬ人々 ほか

内容 全18編を収録した短編集。

「私小説論」　⇒私小説論（ししょうせつろん）を見よ

「わたしを離さないで」 わたしをはなさないで　Never let me go　〔長編小説〕　㊑2005

イシグロ, カズオ　Ishiguro, Kazuo　1954–　日本生まれのイギリスの小説家。2017年ノーベル文学賞受賞

◇わたしを離さないで（ハヤカワepi文庫）カズオ・イシグロ著, 土屋政雄訳　早川書房　2008.7　450p　16cm　800円　①978-4-15-120051-9　Ⓝ933.7

内容 全寮制施設に生まれ育ったキャシーは、今は亡き友人との青春の日々を思い返していた。奇妙な授業内容、教師たちの不思議な態度、キャシーたちがたどった数奇で皮肉な運命。彼女の回想は施設の驚くべき真実を明かしていく…。

「私のアントニーア」 わたしのあんとにーあ　My Antonia　〔長編小説〕　㊑1918　㊙マイ・アントニーア

キャザー, ウィラ　Cather, Willa Sibert　1873-1947　アメリカの小説家

◇マイ・アントニーア　新装版　ウィラ・キャザー著, 佐藤宏子訳　みすず書房　2017.3　319p　20cm　3800円　①978-4-622-08609-3　Ⓝ933.7

内容 19世紀後半のアメリカ中西部。ともに子供時代を過ごした「ぼく」と、ボヘミアから移住してきた少女アントニーア。「ぼく」はやがて大学に進学し、アントニーアは女ひとり、娘を育てながら大地に根差した生き方を選ぶ…。

「ワーニャ伯父さん」 わーにゃおじさん　Djadja Vanja　〔戯曲〕　1899初演　㊙伯父ワーニャ　青空文庫

チェーホフ, アントン・パーヴロヴィチ　Chekhov, Anton Pavlovich　1860-1904　ロシアの小説家、劇作家

◇ワーニャ伯父さん　三人姉妹（光文社古典新訳文庫）チェーホフ著, 浦雅春訳　光文社　2009.7　359p　16cm〈年譜あり〉724円　①978-4-334-75187-6　Ⓝ982

内容 若い姪と二人、都会暮らしの教授に仕送りしてきた生活。だが教授は…。棒に振った人生への後悔の念にさいなまれる「ワーニャ伯父さん」ほか、生きていくことの悲劇を描いたチェーホフの傑作戯曲二編。

「悪い仲間」 わるいなかま　〔短編小説〕　㊑1953発表

安岡章太郎　やすおか・しょうたろう　1920-

2013　昭和・平成期の小説家。1953年「悪い仲間」「陰気な愉しみ」で芥川賞受賞

◇群像短篇名作選―1946～1969（講談社文芸文庫）群像編集部編　講談社　2018.3　477p　16cm　2300円　①978-4-06-290372-1　Ⓝ913.68

目次　悪い仲間（安岡章太郎）ほか

内容　敗戦直後の1946年に創刊された文芸誌『群像』。70年余の歩みは、そのまま「戦後文学」の軌跡であり、日本文学の歴史をたどる貴重な記録とも言える。第一弾は復興から高度成長に至る時期の18篇を収録。

「われら」　My　［長編小説］㊃1924

ザミャーチン, エヴゲーニイ・イヴァーノヴィチ　Zamyatin, Evgenii Ivanovich　1884-1937　ロシアの小説家

◇われら（光文社古典新訳文庫）ザミャーチン著, 松下隆志訳　光文社　2019.9　389p　16cm〈文献あり　年譜あり〉1060円　①978-4-334-75409-9　Ⓝ983

内容　いまから1000年後、地球全土を支配下に収めた"単一国"ででは、各人の行動はすべて合理的に管理されている。その国家的偉業となる宇宙船の建造技師は、古代の風習に傾倒する女に執拗に誘惑され…。ディストピア小説の傑作。

「われらの時代」　われらのじだい　［長編小説］㊃1959

大江健三郎　おおえ・けんざぶろう　1935-2023　昭和～令和期の作家。1994年ノーベル文学賞受賞

◇大江健三郎全小説　1　大江健三郎著　講談社　2018.9　673p　22cm　5800円　①978-4-06-509002-2　Ⓝ913.6

目次　われらの時代　ほか

内容　ノーベル文学賞作家・大江健三郎の小説群を、詳しい解説を付して編集した全集決定版。

作品別ブックガイド一覧

【あ】

あゝ野麦峠[4] 山本茂実 ………………… 1
- 中古典のすすめ (2020)
- 教養のためのブックガイド (2005)
- ベストガイド日本の名著 明治〜平成 (1996)
- 近代日本の百冊を選ぶ (1994)

ああ無情 ⇒レ・ミゼラブルを見よ

アイヴァンホー[8] スコット ……………… 1
- 世界を変えた100の小説 上 (2024)
- 世界の小説大百科 (2013)
- 英仏文学戦記 (2010)
- 世界文学あらすじ大事典 1 (2005)
- 世界文学の名作と主人公・総解説 (2001)
- ポケット世界名作事典 (1997)
- 英米文学の名作を知る本 (1997)
- たのしく読めるイギリス文学 (1994)

愛人 ラマン[8] デュラス ……………… 1
- 文庫で読む100年の文学 (2023)
- 世界の小説大百科 (2013)
- クライマックス名作案内 2 (2011)
- 英仏文学戦記 (2010)
- 世界の名作50選 (2008)
- 名作はこのように始まる 1 (2008)
- 世界の名作文学案内 (2003)
- 一冊で世界の名著100冊を読む (1988)

愛と認識との出発[4] 倉田百三 …………… 1
- 大正の名著 (2009)
- ベストガイド日本の名著 明治〜平成 (1996)
- 日本文芸鑑賞事典 第7巻 (1987)
- 明治・大正・昭和の名著 総解説 (1981)

アイバンホー ⇒アイヴァンホーを見よ

あ・うん[7] 向田邦子 ……………………… 1
- 日本の名作あらすじ300 (2020)
- 名作の書き出し—漱石から春樹まで (2009)
- 日本文学名作案内 (2008)
- 一度は読もうよ！ 日本の名著 (2003)
- 現代文学鑑賞辞典 (2002)
- ポケット日本名作事典 (2000)
- 一冊で愛の話題作100冊を読む (1991)

アエネーイス[6] ウェルギリウス ………… 1
- 世界文学あらすじ大事典 1 (2005)
- 教養のためのブックガイド (2005)
- あらすじで読む世界文学105 (2004)
- 世界を変えた100冊の本 (2003)
- ポケット世界名作事典 (1997)
- 世界の名著 (1976)

青い山脈[9] 石坂洋次郎 …………………… 2
- 1分de教養が身につく「日本の名作」あらすじ200本 (2023)
- 知らないと恥ずかしい「日本の名作」あらすじ 200本 (2008)
- 日本文学名作案内 (2008)
- あらすじダイジェスト 日本の名作70を読む (2005)
- あらすじで味わう昭和のベストセラー (2004)
- 一度は読もうよ！ 日本の名著 (2003)
- ポケット日本名作事典 (2000)
- 一冊で日本の名著100冊を読む (1988)
- 日本文芸鑑賞事典 第14巻 (1987)

青い鳥[7] メーテルリンク ………………… 2
- 百年の誤読 海外文学篇 (2008)
- 世界文学あらすじ大事典 1 (2005)
- あらすじダイジェスト 世界の名作100を読む (2005)
- 図説 5分でわかる世界の名作 (2004)
- 世界の名作文学案内 (2003)
- ポケット世界名作事典 (1997)
- 世界の名著 (1976)

青い花[11] ノヴァーリス ………………… 2
- 世界の小説大百科 (2013)
- 知っておきたいドイツ文学 (2011)
- ドイツ文学 名作と主人公 (2009)
- 名作あらすじ事典 西洋文学編 (2006)
- 世界文学あらすじ大事典 1 (2005)
- あらすじで読む 世界の名著 No.3 (2005)
- あらすじで読む世界文学105 (2004)
- 面白いほどよくわかる 世界の文学 (2004)
- 世界文学の名作と主人公・総解説 (2001)
- ポケット世界名作事典 (1997)
- 世界の名著 (1976)

青い麦[7] コレット ………………………… 2
- 50歳からの読書案内 (2024)
- フランス文学 名作と主人公 (2009)
- 百年の誤読 海外文学篇 (2008)
- 私を変えたこの一冊 (2007)
- 世界文学の名作と主人公・総解説 (2001)
- ポケット世界名作事典 (1997)
- 日本・世界名作「愛の会話」100章 (1985)

蒼ざめた馬を見よ[6] 五木寛之 …………… 2
- 1分de教養が身につく「日本の名作」あらすじ200本 (2023)
- 知らないと恥ずかしい「日本の名作」あらすじ 200本 (2008)
- 日本文学名作案内 (2008)
- 日本文学 これを読まないと文学は語れない!! (2006)
- 一度は読もうよ！ 日本の名著 (2003)
- 一冊で日本の名著100冊を読む (1988)

青べか物語[6] 山本周五郎 ………………… 3
- 来たよ！ なつかしい一冊 (2024)
- 日本文学名作案内 (2008)
- あらすじで味わう日本文学 (2004)
- 一度は読もうよ！ 日本の名著 (2003)
- ポケット日本名作事典 (2000)

あかい　作品別ブックガイド一覧

一冊で日本の名著100冊を読む (1988)

赤い高粱 [4]　莫言 3
グレート・ノベルズ (2024)
文庫で読む100年の文学 (2023)
名著のツボ (2021)
百年の誤読 海外文学篇 (2008)

紅い花 [5]　ガルシン 3
知っておきたいロシア文学 (2012)
ロシア文学 名作と主人公 (2009)
名作あらすじ事典 西洋文学編 (2006)
世界文学の名作と主人公・総解説 (2001)
ポケット世界名作事典 (1997)

赤い蠟燭と人魚 [8]　小川未明 3
百年の誤読 (2004)
ポケット日本名作事典 (2000)
世界の海洋文学・総解説 (1998)
近代日本の百冊を選ぶ (1994)
日本文芸鑑賞事典 第7巻 (1987)
日本文学名作事典 (1984)
日本近代文学名著事典 (1982)
入門 名作の世界 (1971)

赤毛のアン [11]　モンゴメリ 3
いつか君に会ってほしい本 (2023)
あなたのなつかしい一冊 (2022)
齋藤孝の冒頭文de文学案内 (2021)
少女は本を読んで大人になる (2015)
書き出し「世界文学全集」(2013)
3行でわかる名作＆ヒット本250 (2012)
知っておきたいアメリカ文学 (2010)
面白いほどよくわかる あらすじで読む世界の名作 (2008)
名作あらすじ事典 西洋文学編 (2006)
世界・名著のあらすじ一精選38冊 (2005)
ポケット世界名作事典 (1997)

アカシヤの大連 [4]　清岡卓行 3
現代文学鑑賞辞典 (2002)
ポケット日本名作事典 (2000)
日本文芸鑑賞事典 第20巻 (1988)
現代文学名作探訪事典 (1984)

赤頭巾ちゃん気をつけて [5]　庄司薫 4
わたしのなつかしい一冊 (2021)
中古典のすすめ (2020)
日本文学名作案内 (2008)
日本文学 これを読まないと文学は語れない!! (2006)
百年の誤読 (2004)

赤と黒 [36]　スタンダール 4
グレート・ノベルズ (2024)
名著のツボ (2021)
物語の函 世界名作選 1 (2020)
大人のための世界の名著50 (2014)
世界の小説大百科 (2013)

3行でわかる名作＆ヒット本250 (2012)
知っておきたいフランス文学 (2010)
英仏文学戦記 (2010)
世界の名作おさらい (2010)
フランス文学 名作と主人公 (2009)
世界の名作50選 (2008)
面白いほどよくわかる あらすじで読む世界の名作 (2008)
千年紀のベスト100作品を選ぶ (2007)
読んでおきたい世界の名著 (2007)
絵で読むあらすじ世界の名著 (2007)
名作あらすじ事典 西洋文学編 (2006)
世界文学あらすじ大事典 1 (2005)
教養のためのブックガイド (2005)
あらすじダイジェスト 世界の名作100を読む (2005)
あらすじで読む世界文学105 (2004)
あらすじで味わう外国文学 (2004)
図説 5分でわかる世界の名作 (2004)
2時間でわかる世界の名著 (2004)
あらすじで味わう名作文学 (2004)
面白いほどよくわかる 世界の文学 (2004)
世界の名作文学が2時間で分かる本 (2004)
あらすじで読む 世界の名著 No.2 (2004)
要約 世界文学全集 2 (2004)
世界文学のすじ書き (2003)
世界の名作文学案内 (2002)
世界文学の名作と主人公・総解説 (2001)
ポケット世界名作事典 (1997)
一冊で世界の名著100冊を読む (1988)
日本・世界名作「愛の会話」100章 (1985)
世界の名著 (1976)
入門 名作の世界 (1971)

赤ひげ診療譚 [7]　山本周五郎 4
定年後に読む不滅の名著200選 (2024)
面白いほどよくわかる 時代小説名作100 (2010)
日本文学名作案内 (2008)
一度は読もうよ! 日本の名著 (2003)
一冊で日本の名著100冊を読む 続 (1992)
歴史小説・時代小説 総解説 (1986)
日本・世界名作「愛の会話」100章 (1985)

秋夜長物語 [7] 4
あらすじダイジェスト 日本の古典30を読む (2004)
一度は読もうよ! 日本の名著 (2003)
早わかり 日本古典文学あらすじ事典 (2000)
古典文学鑑賞辞典 (1999)
日本の艶本・珍書 総解説 (1998)
一冊で日本の古典100冊を読む (1989)
日本の奇書77冊 (1980)

阿Q正伝 [22]　魯迅 4
文庫で読む100年の文学 (2023)
名著のツボ (2021)
3行でわかる名作＆ヒット本250 (2012)
世界史読書案内 (2010)

世界の名作おさらい（2010）
読んでおきたい世界の名著（2007）
教養のためのブックガイド（2005）
あらすじダイジェスト 世界の名作100を読む（2005）
あらすじで味わう外国文学（2004）
2時間でわかる世界の名著（2004）
面白いほどよくわかる 世界の文学（2004）
あらすじで読む 世界の名著 No.1（2004）
世界の名作文学案内（2003）
名作の読解法―世界名作中編小説二〇選（2003）
必読書150（2002）
世界文学の名作と主人公・総解説（2001）
中国の古典名著・総解説（2001）
20世紀を震撼させた100冊（1998）
ポケット世界名作事典（1997）
一冊で世界の名著100冊を読む（1988）
世界の名作（1976）
入門 名作の世界（1971）

悪童日記[6] クリストフ 4
翻訳者による海外文学ブックガイド BOOK MARK（2019）
人生を狂わす名著50（2017）
現代世界の十大小説（2014）
百年の誤読 海外文学篇（2008）
読書入門―人間の器を大きくする名著（2007）
世界文学の名作と主人公・総解説（2001）

悪徳の栄え[8] サド 5
知っておきたいフランス文学（2010）
フランス文学 名作と主人公（2009）
読んでおきたい世界の名著（2007）
名作あらすじ事典 西洋文学編（2006）
教養のためのブックガイド（2005）
あらすじダイジェスト 世界の名作100を読む（2005）
必読書150（2002）
世界文学の名作と主人公・総解説（2001）

悪の華[14] ボードレール 5
あなたのなつかしい一冊（2022）
方法文学 世界名作選2（2020）
知っておきたいフランス文学（2010）
千年紀のベスト100作品を選ぶ（2007）
名作あらすじ事典 西洋文学編（2006）
教養のためのブックガイド（2005）
あらすじダイジェスト 世界の名作100を読む（2005）
あらすじで読む世界文学105（2004）
必読書150（2002）
20世紀を震撼させた100冊（1998）
ポケット世界名作事典（1997）
世界の書物（1989）
世界の名作（1976）
入門 名作の世界（1971）

悪魔の詩[5] ラシュディ 5
世界を変えた100の小説 下（2024）

歴史を変えた100冊の本（2019）
世界の小説大百科（2013）
二十世紀を騒がせた本（1999）
20世紀を震撼させた100冊（1998）

安愚楽鍋[4] 仮名垣魯文 5
歴史的書物の名場面（2023）
Jブンガク（2010）
日本文芸鑑賞事典 第1巻（1987）
日本近代文学名著事典（1982）

悪霊[10] ドストエフスキー 5
世界の小説大百科（2013）
「あらすじ」だけで人生の意味が全部わかる世界の古典13（2012）
知っておきたいロシア文学（2012）
ロシア文学 名作と主人公（2009）
千年紀のベスト100作品を選ぶ（2007）
世界文学あらすじ大事典 1（2005）
要約 世界文学全集 2（2004）
必読書150（2002）
ポケット世界名作事典（1997）
一冊で世界の名著100冊を読む（1988）

アクロイド殺し[6] クリスティ 6
けんごの小説紹介（2024）
東西ミステリーベスト100（2013）
世界の小説大百科（2013）
百年の誤読 海外文学篇（2008）
たのしく読めるイギリス文学（1994）
世界の推理小説・総解説（1992）

赤穂浪士[6] 大佛次郎 6
日本文学名作案内（2008）
一度は読もうよ！ 日本の名著（2003）
ポケット日本名作事典（2000）
日本文芸鑑賞事典 第9巻（1988）
歴史小説・時代小説 総解説（1986）
日本文学名作事典（1984）

アーサー王の死[7] マロリー 6
世界物語大事典（2019）
知っておきたいイギリス文学（2010）
世界文学あらすじ大事典 1（2005）
あらすじで読む世界文学105（2004）
英米文学の名作を知る本（1997）
たのしく読めるイギリス文学（1994）
西洋をきずいた書物（1977）

アシスタント[5] マラマッド 7
知っておきたいアメリカ文学（2010）
名作あらすじ事典 西洋文学編（2006）
あらすじで読む世界文学105（2004）
英米文学の名作を知る本（1997）
たのしく読めるアメリカ文学（1994）

足摺岬[11] 田宮虎彦 7
一冊に名著一〇〇冊がギュッと詰まった凄い本（2022）

あらすじで味わう日本文学 (2004)
一度は読もうよ！ 日本の名著 (2003)
日本の名著3分間読書100 (2003)
現代文学鑑賞辞典 (2002)
ポケット日本名作事典 (2000)
一冊で100名作の「さわり」を読む (1992)
一冊で日本の名著100冊を読む (1988)
日本文芸鑑賞事典 第15巻 (1988)
日本・世界名作「愛の会話」100章 (1985)
現代文学名作探訪事典 (1984)

あしながおじさん[5]　ウェブスター............ 7
みんなのなつかしい一冊 (2023)
面白いほどよくわかる あらすじで読む世界の名作 (2008)
あらすじダイジェスト 世界の名作100を読む (2005)
世界文学の名作と主人公・総解説 (2001)
英米文学の名作を知る本 (1997)

あすなろ物語[5]　井上靖............ 7
みちのきち私の一冊 (2018)
名作名言——一行で読む日本の名作小説 (2017)
日本文学 これを読まないと文学は語れない!! (2006)
一度は読もうよ！ 日本の名著 (2003)
一冊で日本の名著100冊を読む 続 (1992)

アタラ[5]　シャトーブリアン............ 7
フランス文学 名作と主人公 (2009)
世界文学あらすじ大事典 1 (2005)
世界文学の名作と主人公・総解説 (2001)
ポケット世界名作事典 (1997)
世界の名著 (1976)

アッシャー家の崩壊[14]　ポー............ 7
名著のツボ (2021)
世界の小説大百科 (2013)
アメリカ文学 名作と主人公 (2009)
世界文学必勝法 (2008)
世界文学あらすじ大事典 1 (2005)
あらすじで読む世界文学105 (2004)
面白いほどよくわかる 世界の文学 (2004)
あらすじで読む 世界の名著 No.1 (2004)
世界の名作文学案内 (2003)
世界文学の名作と主人公・総解説 (2001)
ポケット世界名作事典 (1997)
英米文学の名作を知る本 (1997)
たのしく読めるアメリカ文学 (1994)
一冊で世界の名著100冊を読む (1988)

アドルフ[9]　コンスタン............ 7
知っておきたいフランス文学 (2010)
フランス文学 名作と主人公 (2009)
名作あらすじ事典 西洋文学編 (2006)
世界文学あらすじ大事典 1 (2005)
要約 世界文学全集 2 (2004)
名作の読解法——世界名作中編小説二〇選 (2003)
世界文学の名作と主人公・総解説 (2001)

ポケット世界名作事典 (1997)
一冊で世界の名著100冊を読む (1988)

あにいもうと[7]　室生犀星............ 8
1分de教養が身につく「日本の名作」あらすじ200本 (2023)
知らないと恥ずかしい「日本の名作」あらすじ200本 (2008)
あらすじで読む 日本の名著 No.3 (2003)
ポケット日本名作事典 (2000)
日本文芸鑑賞事典 第11巻 (1987)
日本・世界名作「愛の会話」100章 (1985)
日本文学名作事典 (1984)

アブサロム、アブサロム！[11]　フォークナー............ 8
定年後に読む不滅の名著200選 (2024)
文庫で読む100年の文学 (2023)
世界の小説大百科 (2013)
書き出し「世界文学全集」(2013)
アメリカ文学 名作と主人公 (2009)
世界文学必勝法 (2008)
名作はこのように始まる 1 (2008)
千年紀のベスト100作品を選ぶ (2007)
世界文学あらすじ大事典 1 (2005)
必読書150 (2002)
たのしく読めるアメリカ文学 (1994)

阿部一族[15]　森鷗外............ 8
定年後に読む不滅の名著200選 (2024)
50歳からの読書案内 (2024)
知の巨人が選んだ世界の名著200 (2023)
名著のツボ (2021)
名場面で味わう日本文学60選 (2021)
日本人とは何か 「和の心」が見つかる名著 (2008)
日本文学名作案内 (2008)
感動！ 日本の名著 近現代編 (2004)
一度は読もうよ！ 日本の名著 (2003)
現代文学鑑賞辞典 (2002)
ポケット日本名作事典 (2000)
一冊で日本の名著100冊を読む (1988)
日本文芸鑑賞事典 第5巻 (1987)
日本文学名作事典 (1984)
日本の名著 (1976)

阿呆物語[7]　グリンメルスハウゼン............ 8
世界の小説大百科 (2013)
知っておきたいドイツ文学 (2011)
ドイツ文学 名作と主人公 (2009)
世界文学あらすじ大事典 1 (2005)
面白いほどよくわかる 世界の文学 (2004)
世界文学の名作と主人公・総解説 (2001)
ポケット世界名作事典 (1997)

アメリカの悲劇[7]　ドライサー............ 8
アメリカ文学 名作と主人公 (2009)
世界文学あらすじ大事典 1 (2005)
あらすじで読む世界文学105 (2004)

世界文学の名作と主人公・総解説 (2001)
　ポケット世界名作事典 (1997)
　英米文学の名作を知る本 (1997)
　世界の名著 (1976)

アメリカの息子[9]　ライト 9
　世界の小説大百科 (2013)
　知っておきたいアメリカ文学 (2010)
　アメリカ文学 名作と主人公 (2009)
　名作あらすじ事典 西洋文学編 (2006)
　世界文学あらすじ大事典 1 (2005)
　面白いほどよくわかる 世界の文学 (2004)
　世界文学の名作と主人公・総解説 (2001)
　たのしく読めるアメリカ文学 (1994)
　世界の名著 (1976)

アメリカひじき[7]　野坂昭如 9
　Jブンガク (2010)
　大学新入生に薦める101冊の本 (2009)
　日本文学名作案内 (2008)
　一度は読もうよ！ 日本の名著 (2003)
　現代文学鑑賞辞典 (2002)
　ポケット日本名作事典 (2000)
　一冊で日本の名著100冊を読む 続 (1992)

あめりか物語[7]　永井荷風 9
　新潮文庫 20世紀の100冊 (2009)
　日本・名著のあらすじ一精選40冊 (2004)
　図説 5分でわかる日本の名作傑作選 (2004)
　日本の名作文学案内 (2001)
　ポケット日本名作事典 (2000)
　世界の旅行記101 (1999)
　日本文芸鑑賞事典 第3巻 (1987)

あらくれ[16]　徳田秋声 9
　大正の名著 (2009)
　新潮文庫 20世紀の100冊 (2009)
　日本文学名作案内 (2008)
　感動！ 日本の名著 近現代編 (2004)
　一度は読もうよ！ 日本の名著 (2003)
　日本の小説101 (2003)
　日本の名著3分間読書100 (2003)
　必読書150 (2002)
　現代文学鑑賞辞典 (2002)
　ポケット日本名作事典 (2000)
　近代日本の百冊を選ぶ (1994)
　一冊で日本の名著100冊を読む 続 (1992)
　一冊で100名作の「さわり」を読む (1992)
　日本文芸鑑賞事典 第5巻 (1987)
　日本近代文学名著事典 (1982)
　日本の名著 (1976)

あらし　⇒テンペストを見よ

嵐が丘[46]　ブロンテ 9
　名作に学ぶ人生を切り拓く教訓50 (2024)
　世界を変えた100の小説 上 (2024)
　グレート・ノベルズ (2024)
　齋藤孝の名著50 (2022)

　世界文学の名作を「最短」で読む (2021)
　名著のツボ (2021)
　物語の函 世界名作選 1 (2020)
　一行でわかる名著 (2020)
　みちのきち私の一冊 (2018)
　少女は本を読んで大人になる (2015)
　世界の小説大百科 (2013)
　書き出し「世界文学全集」(2013)
　「あらすじ」だけで人生の意味が全部わかる世界の古典13 (2012)
　3行でわかる名作＆ヒット本250 (2012)
　クライマックス名作案内 2 (2011)
　知っておきたいイギリス文学 (2010)
　英仏文学戦記 (2010)
　世界の名作おさらい (2010)
　イギリス文学 名作と主人公 (2009)
　世界の名作50選 (2008)
　面白いほどよくわかる あらすじで読む世界の名作 (2008)
　名作はこのように始まる 1 (2008)
　読んでおきたい世界の名著 (2007)
　絵で読むおもしろ世界の名著 (2007)
　名作あらすじ事典 西洋文学編 (2006)
　世界文学あらすじ大事典 1 (2005)
　あらすじダイジェスト 世界の名作100を読む (2005)
　あらすじで読む世界文学105 (2004)
　あらすじで味わう外国文学 (2004)
　図説 5分でわかる世界の名作 (2004)
　2時間でわかる世界の名著 (2004)
　面白いほどよくわかる 世界の文学 (2004)
　あらすじで読む 世界の名著 No.1 (2004)
　要約 世界文学全集 2 (2004)
　世界文学のすじ書き (2003)
　世界の名作文学案内 (2003)
　必読書150 (2002)
　世界文学の名作と主人公・総解説 (2001)
　ポケット世界名作事典 (1997)
　英米文学の名作を知る本 (1997)
　たのしく読めるイギリス文学 (1994)
　世界の書物 (1989)
　一冊で世界の名著100冊を読む (1988)
　日本・世界名作「愛の会話」100章 (1985)
　世界の名著 (1976)
　入門 名作の世界 (1971)

アラバマ物語[5]　リー 10
　世界を変えた100の小説 下 (2024)
　グレート・ノベルズ (2024)
　歴史を変えた100冊の本 (2019)
　世界の小説大百科 (2013)
　たのしく読めるアメリカ文学 (1994)

アラビアン・ナイト[16] 10
　名著のツボ (2021)
　世界物語大事典 (2019)
　歴史を変えた100冊の本 (2019)
　世界の小説大百科 (2013)

ありあ　作品別ブックガイド一覧

千年紀のベスト100作品を選ぶ（2007）
読んでおきたい世界の名著（2007）
世界文学あらすじ大事典 2（2005）
世界の長編文学（2005）
あらすじダイジェスト 世界の名作100を読む（2005）
世界・名著のあらすじ―精選38冊（2005）
世界文学の名作と主人公・総解説（2001）
世界の海洋文学・総解説（1998）
ポケット世界名作事典（1997）
世界の書物（1989）
東洋の奇書55冊（1980）
世界の名著（1976）

有明集 [4] 蒲原有明 10
感動！ 日本の名著 近現代編（2004）
日本文芸鑑賞事典 第3巻（1987）
日本近代文学名著事典（1982）
日本の名著（1976）

アリス物語　⇒不思議の国のアリス（ふしぎのくにのありす）を見よ

或阿呆の一生 [6] 芥川龍之介 10
1分de教養が身につく「日本の名作」あらすじ200本（2023）
新潮文庫 20世紀の100冊（2009）
日本・名著のあらすじ―精選40冊（2004）
ベストガイド日本の名著 明治〜平成（1996）
日本文芸鑑賞事典 第9巻（1988）
明治・大正・昭和の名著 総解説（1981）

或る女 [31] 有島武郎 10
1分de教養が身につく「日本の名作」あらすじ200本（2023）
日本の名作あらすじ300（2020）
たった5行で読んだ気になる日本の名作（2016）
3行でわかる名作＆ヒット本250（2012）
Jブンガク（2010）
大正の名著（2009）
『こころ』は本当に名作か（2009）
知らないと恥ずかしい「日本の名作」あらすじ200本（2008）
日本文学名作案内（2008）
明治・大正・昭和のベストセラー（2007）
ひと目でわかる日本の名著（2006）
女性のための名作・人生案内（2005）
2時間でわかる日本の名著（2005）
あらすじダイジェスト 日本の名作70を読む（2005）
感動！ 日本の名著 近現代編（2004）
日本・名著のあらすじ―精選40冊（2004）
一度は読もうよ！ 日本の名著（2003）
あらすじで読む 日本の名作 No.3（2003）
日本の名著3分間読書100（2003）
必読書150（2002）
現代文学鑑賞辞典（2002）
ポケット日本名作事典（2000）
ベストガイド日本の名著 明治〜平成（1996）

一冊で日本の名著100冊を読む（1988）
日本文芸鑑賞事典 第4巻（1987）
日本文学名作事典（1984）
日本近代文学名著事典（1982）
明治・大正・昭和の名著 総解説（1981）
日本の名著（1976）
世界名著案内 3（1973）
入門 名作の世界（1971）

或る「小倉日記」伝 [10] 松本清張 10
いつか君に出会ってほしい本（2023）
たった5行で読んだ気になる日本の名作（2016）
日本文学名作案内（2008）
一度は読もうよ！ 日本の名著（2003）
現代文学鑑賞辞典（2002）
ポケット日本名作事典（2000）
一冊で日本の名著100冊を読む（1988）
日本文芸鑑賞事典 第16巻（1987）
日本・世界名作「愛の会話」100章（1985）
現代文学名作探訪事典（1984）

アルジャーノンに花束を [8] キイス 11
けんごの小説紹介（2024）
みんなのなつかしい一冊（2023）
いつか君に出会ってほしい本（2023）
翻訳者による海外文学ブックガイド BOOK MARK（2019）
百年の誤読 海外文学篇（2008）
2時間でわかる 世界の名著（2004）
世界の名作文学案内（2003）
世界のSF文学・総解説（1992）

ある婦人の肖像 [10] ジェイムズ 11
グレート・ノベルズ（2024）
名作英米小説の読み方・楽しみ方（2014）
世界の小説大百科（2013）
知っておきたいアメリカ文学（2010）
イギリス文学 名作と主人公（2009）
名作あらすじ事典 西洋文学編（2006）
世界文学あらすじ大事典 1（2005）
世界文学の名作と主人公・総解説（2001）
英米文学の名作を知る本（1997）
たのしく読めるアメリカ文学（1994）

アルプスの少女ハイジ [8] シュピリ 11
教科書で出会った名作小説一〇〇（2023）
齋藤孝の冒頭de文学案内（2021）
わたしのなつかしい一冊（2021）
知っておきたいドイツ文学（2011）
名作あらすじ事典 西洋文学編（2006）
世界の名作文学案内（2003）
世界文学の名作と主人公・総解説（2001）
ポケット世界名作事典（1997）

アレキサンドリア・カルテット [8] ダレル .. 11
方法文学 世界名作選 2（2020）
知っておきたいイギリス文学（2010）
名作あらすじ事典 西洋文学編（2006）
世界文学あらすじ大事典 1（2005）

世界の幻想文学・総解説（1998）
ポケット世界名作事典（1997）
たのしく読めるイギリス文学（1994）
世界の名著（1976）

荒地 [9]　エリオット 12
エクス・リブリス（2023）
イギリス文学 名作と主人公（2009）
世界の「名著」50（2008）
あらすじで読む世界文学105（2004）
必読書150（2002）
20世紀を震撼させた100冊（1998）
ポケット世界名作事典（1997）
たのしく読めるイギリス文学（1994）
世界の名著（1976）

哀れなハインリヒ [4]　ハルトマン・フォン・アウエ 12
ドイツ文学 名作と主人公（2009）
世界文学あらすじ大事典 1（2005）
世界文学の名作と主人公・総解説（2001）
ポケット世界名作事典（1997）

アンクル・トムの小屋 [16]　ストウ 12
世界を変えた本（2018）
世界の小説大百科（2013）
知っておきたいアメリカ文学（2010）
アメリカ文学 名作と主人公（2009）
面白いほどよくわかる あらすじで読む世界の名作（2008）
名作あらすじ事典 西洋文学編（2006）
世界文学あらすじ大事典 1（2005）
あらすじで読む 世界の名著 No.2（2004）
世界文学の名作と主人公・総解説（2001）
ポケット世界名作事典（1997）
英米文学の名作を知る本（1997）
たのしく読めるアメリカ文学（1994）
世界の書物（1989）
西洋をきずいた書物（1977）
世界を変えた本—16冊の名著（1975）
アメリカを変えた本（1972）

暗室 [5]　吉行淳之介 12
1分de教養が身につく「日本の名作」あらすじ200本（2023）
知らないと恥ずかしい「日本の名作」あらすじ200本（2008）
あらすじダイジェスト 日本の名作70を読む（2005）
一度は読もうよ！ 日本の名著（2003）
一冊で日本の名著100冊を読む（1988）

杏っ子 [8]　室生犀星 12
1分de教養が身につく「日本の名作」あらすじ200本（2023）
知らないと恥ずかしい「日本の名作」あらすじ200本（2008）
あらすじダイジェスト 日本の名作70を読む（2005）

日本の名著3分間読書100（2003）
ポケット日本名作事典（2000）
一冊で100名作の「さわり」を読む（1992）
現代文学名作探訪事典（1984）
入門 名作の世界（1971）

アンドロイドは電気羊の夢を見るか？ [6]　ディック 13
いつかあなたに出会ってほしい本（2024）
世界物語大事典（2019）
翻訳者による海外文学ブックガイド BOOK MARK（2019）
世界の小説大百科（2013）
世界のSF文学・総解説（1992）
映画になった名著（1991）

アンドロマック [4]　ラシーヌ 13
英仏文学戦記（2010）
フランス文学 名作と主人公（2009）
世界文学あらすじ大事典 1（2005）
世界文学の名作と主人公・総解説（2001）

アンナ・カレーニナ [28]　トルストイ 13
グレート・ノベルズ（2024）
齋藤孝の冒頭文de文学案内（2021）
名著のツボ（2021）
物語の函 世界名作選 1（2020）
一行でわかる名著（2020）
世界の小説大百科（2013）
書き出し「世界文学全集」（2013）
3行でわかる名作＆ヒット本250（2012）
知っておきたいロシア文学（2012）
クライマックス名作案内 2（2011）
世界の名作おさらい（2010）
ロシア文学 名作と主人公（2009）
世界文学必勝法（2008）
名作はこのように始まる 2（2008）
千年紀のベスト100作品を選ぶ（2007）
名作あらすじ事典 西洋文学編（2006）
世界文学あらすじ大事典 1（2005）
世界・名著のあらすじ―精選38冊（2005）
あらすじで味わう外国文学（2004）
図説 5分でわかる世界の名作（2004）
面白いほどよくわかる 世界の文学（2004）
あらすじで読む 世界の名著 No.1（2004）
要約 世界文学全集 1（2004）
世界文学の名作と主人公・総解説（2001）
ポケット世界名作事典（1997）
一冊で世界の名著100冊を読む（1988）
日本・世界名作「愛の会話」100章（1985）
世界の名著（1976）

アンネの日記 [16]　フランク 13
社会部記者の本棚（2024）
文庫で読む100年の文学（2023）
いつか君に出会ってほしい本（2023）
齋藤孝の冒頭文de文学案内（2021）
歴史を変えた100冊の本（2019）
世界を変えた本（2018）

あんや　　　　　作品別ブックガイド一覧

「100分de名著」名作セレクション（2016）
少女は本を読んで大人になる（2015）
世界を変えた10冊の本（2014）
3行でわかる名作＆ヒット本250（2012）
あらすじダイジェスト　世界の名作100を読む
　（2005）
百年の誤読（2004）
世界の名作文学案内（2003）
二十世紀を騒がせた本（1999）
20世紀を震撼させた100冊（1998）
ポケット世界名作事典（1997）

暗夜行路[34]　志賀直哉 ‥‥‥‥‥‥‥‥‥ 14
1分de教養が身につく「日本の名作」あらすじ200本（2023）
名作名言――一行で読む日本の名作小説（2017）
図説 教養として知っておきたい日本の名作50選（2016）
たった5行で読んだ気になる日本の名作（2016）
日本人なら知っておきたい あらすじで読む日本の名著（2014）
あらすじで読む 日本の名著（新人物文庫）（2012）
3行でわかる名作＆ヒット本250（2012）
日本の名作おさらい（2010）
この一冊でわかる日本の名作（2010）
大正の名著（2009）
知らないと恥ずかしい「日本の名作」あらすじ200本（2008）
日本文学名作案内（2008）
名作の書き出しを諳んじる（2008）
明治・大正・昭和のベストセラー（2007）
2時間でわかる日本の名著（2005）
感動！ 日本の名著 近現代編（2004）
図説 5分でわかる日本の名作傑作選（2004）
あらすじで味わう日本文学（2004）
あらすじで味わう名作文学（2004）
一度は読もうよ！ 日本の名著（2003）
あらすじで読む 日本の名著（楽書ブックス）（2003）
日本の名著3分間読書100（2003）
現代文学鑑賞辞典（2002）
ポケット日本名作事典（2000）
ベストガイド日本の名著 明治～平成（1996）
一冊で100名作の「さわり」（1992）
一冊で日本の名著100冊を読む（1988）
日本文芸鑑賞事典 第7巻（1987）
現代文学名作探訪事典（1984）
日本文学名作事典（1984）
日本近代文学名著事典（1982）
明治・大正・昭和の名著 総解説（1981）
日本の名著（1976）
世界名著案内 5（1973）

世界文学必勝法（2008）
世界文学あらすじ大事典 1（2005）
教養のためのブックガイド（2005）
面白いほどよくわかる 世界の文学（2004）
世界文学の名作と主人公・総解説（2001）

如何なる星の下に[6]　高見順 ‥‥‥‥‥‥‥‥ 14
たった5行で読んだ気になる日本の名作（2016）
日本文学名作案内（2008）
一度は読もうよ！ 日本の名著（2003）
日本の小説101（2003）
ポケット日本名作事典（2000）
日本近代文学名著事典（1982）

怒りの葡萄[31]　スタインベック ‥‥‥‥‥‥ 15
世界を変えた100の小説 下（2024）
定年後に読む不滅の名著200選（2024）
グレート・ノベルズ（2024）
名作英米小説の読み方・楽しみ方（2014）
世界の小説大百科（2013）
3行でわかる名作＆ヒット本250（2012）
知っておきたいアメリカ文学（2010）
アメリカ文学 名作と主人公（2009）
新潮文庫 20世紀の100冊（2009）
百年の誤読 海外文学篇（2008）
読んでおきたい世界の名著（2007）
名作あらすじ事典 西洋文学編（2006）
世界文学あらすじ大事典 1（2005）
教養のためのブックガイド（2005）
あらすじダイジェスト 世界の名作100を読む（2005）
あらすじで読む世界文学105（2004）
あらすじで味わう外国文学（2004）
2時間でわかる世界の名著（2004）
面白いほどよくわかる 世界の文学（2004）
世界の名作文学が2時間で分かる本（2004）
あらすじで読む 世界の名著 No.1（2004）
世界文学のすじ書き（2003）
世界の名作文学案内（2003）
世界文学の名作と主人公・総解説（2001）
ポケット世界名作事典（1997）
英米文学の名作を知る本（1997）
たのしく読めるアメリカ文学（1994）
一冊で世界の名著100冊を読む（1988）
日本・世界名作「愛の会話」100章（1985）
世界の名著（1976）
入門 名作の世界（1971）

十六夜日記[16]　阿仏尼 ‥‥‥‥‥‥‥‥‥ 15
歴史的書物の名場面（2023）
千年の百冊（2013）
マンガとあらすじでやさしく読める 日本の古典傑作30選（2012）
3行でわかる名作＆ヒット本250（2012）
日本文学名作案内（2008）
2ページでわかる日本の古典傑作選（2007）
日本古典への誘い100選 2（2007）
日本の書物（2006）

【い】

いいなづけ[7]　マンゾーニ ‥‥‥‥‥‥‥‥ 14
グレート・ノベルズ（2024）
世界の小説大百科（2013）

一度は読もうよ！ 日本の名著 (2003)
日本の古典名著・総解説 (2001)
世界の旅行記101 (1999)
古典文学鑑賞辞典 (1999)
一冊で日本の古典100冊を読む (1989)
日本の古典―名著への招待 (1986)
古典の事典 精髄を読む―日本版 (1986)
日本文学名作事典 (1984)

伊豆の踊子 [23] 川端康成 15
名作に学ぶ人生を切り拓く教訓50 (2024)
これだけは知っておきたい日本の名作 (2023)
教科書で出会った名作小説一〇〇 (2023)
ビタミンBOOKS (2022)
図説 教養として知っておきたい日本の名作50選 (2016)
愛と死の日本文学 (2011)
この一冊でわかる日本の名作 (2010)
日本文学名作案内 (2008)
名作はこのように始まる 1 (2008)
名作の書き出しを諳んじる (2008)
私を変えたこの一冊 (2007)
日本・名著のあらすじ―精選40冊 (2004)
あらすじで味わう日本文学 (2004)
図説 5分でわかる日本の名作 (2004)
一度は読もうよ！ 日本の名著 (2003)
日本の名作文学案内 (2001)
ポケット日本名作事典 (2000)
一冊で100名作の「さわり」を読む (1992)
一冊で日本の名著100冊を読む (1988)
日本文芸鑑賞事典 第8巻 (1987)
現代文学名作探訪事典 (1984)
日本文学名作事典 (1984)
日本近代文学名著事典 (1982)

和泉式部日記 [16] 和泉式部 15
歴史的書物の名場面 (2023)
日本の名作あらすじ300 (2020)
マンガとあらすじでやさしく読める 日本の古典 傑作30選 (2012)
3行でわかる名作＆ヒット本250 (2012)
2ページでわかる日本の古典傑作選 (2007)
日本の書物 (2006)
日本古典への誘い100選 1 (2006)
一度は読もうよ！ 日本の名著 (2003)
日本の名著3分間読書100 (2003)
日本の古典名著・総解説 (2001)
早わかり 日本古典文学あらすじ事典 (2000)
古典文学鑑賞辞典 (1999)
一冊で100名作の「さわり」を読む (1992)
一冊で日本の古典100冊を読む (1989)
日本の古典―名著への招待 (1986)
古典の事典 精髄を読む―日本版 (1986)

伊勢物語 [32] 16
これだけは知っておきたい日本の名作 (2023)
歴史的書物の名場面 (2023)
1分de教養が身につく「日本の名作」あらすじ200

本 (2023)
日本文学の古典50選 (2020)
日本の名作あらすじ300 (2020)
この1冊で早わかり！ 日本の古典50冊 (2015)
千年の百冊 (2013)
やさしい古典案内 (2012)
マンガとあらすじでやさしく読める 日本の古典 傑作30選 (2012)
3行でわかる名作＆ヒット本250 (2012)
あらすじで読む日本の古典 (新人物文庫) (2011)
知らないと恥ずかしい「日本の名作」あらすじ 200本 (2008)
日本文学名作案内 (2008)
2ページでわかる日本の古典傑作選 (2007)
日本の書物 (2006)
日本古典への誘い100選 1 (2006)
あらすじダイジェスト 日本の古典30を読む (2004)
あらすじで味わう名作文学 (2004)
あらすじで読む日本の古典 (楽書ブックス) (2004)
図説 5分でわかる日本の名作 (2004)
一度は読もうよ！ 日本の名著 (2003)
日本の名著3分間読書100 (2003)
日本の古典名著・総解説 (2001)
早わかり 日本古典文学あらすじ事典 (2000)
世界の旅行記101 (1999)
古典文学鑑賞辞典 (1999)
一冊で100名作の「さわり」を読む (1992)
一冊で日本の古典100冊を読む (1989)
日本の古典―名著への招待 (1986)
古典の事典 精髄を読む―日本版 (1986)
日本文学名作事典 (1984)
日本の名著 (1976)

イソップ寓話集 [8] イソップ 16
歴史を変えた100冊の本 (2019)
世界を変えた本 (2018)
世界文学あらすじ大事典 1 (2005)
あらすじダイジェスト 世界の名作100を読む (2005)
世界文学の名作と主人公・総解説 (2001)
ポケット世界名作事典 (1997)
世界の書物 (1989)
世界の名著 (1976)

伊曽保物語 [6] 16
歴史的書物の名場面 (2023)
日本の書物 (2006)
日本の古典名著・総解説 (2001)
古典文学鑑賞辞典 (1999)
日本の古典―名著への招待 (1986)
古典の事典 精髄を読む―日本版 (1986)

偉大なギャツビー ⇒グレート・ギャツビーを見よ

ヰタ・セクスアリス [8] 森鷗外 16
1分de教養が身につく「日本の名作」あらすじ200

いちあ

本 (2023)
新潮文庫 20世紀の100冊 (2009)
知らないと恥ずかしい「日本の名作」あらすじ200本 (2008)
女性のための名作・人生案内 (2005)
日本・名著のあらすじ―精選40冊 (2004)
あらすじで読む 日本の名著 No.3 (2003)
日本文芸鑑賞事典 第4巻 (1987)
世界名著案内 3 (1973)

一握の砂 15　石川啄木 16
いつかあなたに出会ってほしい本 (2024)
名著入門―日本近代文学50選 (2022)
日本の名作あらすじ300 (2020)
名作名言――一行で読む日本の名作小説 (2017)
3行でわかる名作＆ヒット本250 (2012)
明治の名著 2 (2009)
新潮文庫 20世紀の100冊 (2009)
感動！日本の名著 近現代編 (2004)
日本の名著3分間読書100 (2003)
ベストガイド日本の名著 明治～平成 (1996)
日本文芸鑑賞事典 第4巻 (1987)
現代文学名作探訪事典 (1984)
日本近代文学名著事典 (1982)
明治・大正・昭和の名著 総解説 (1981)
日本の名著 (1976)

1Q84 7　村上春樹 16
文庫で読む100年の文学 (2023)
1分de教養が身につく「日本の名作」あらすじ200本 (2023)
齋藤孝の冒頭文de文学案内 (2021)
世界物語大事典 (2019)
世界の小説大百科 (2013)
3行でわかる名作＆ヒット本250 (2012)
クライマックス名作案内 2 (2011)

一年有半 6　中江兆民 17
明治の名著 1 (2009)
感動！日本の名著 近現代編 (2004)
ベストガイド日本の名著 明治～平成 (1996)
日本文芸鑑賞事典 第2巻 (1987)
明治・大正・昭和の名著 総解説 (1981)
日本の名著 (1976)

一千一秒物語 4　稲垣足穂 17
日本の小説101 (2003)
現代文学鑑賞辞典 (2002)
日本文芸鑑賞事典 第7巻 (1987)
日本文学名作事典 (1984)

従妹ベット 7　バルザック 17
知っておきたいフランス文学 (2010)
『こころ』は本当に名作か (2009)
名作あらすじ事典 西洋文学編 (2006)
世界文学あらすじ大事典 1 (2005)
ポケット世界名作事典 (1997)
世界の書物 (1989)
入門 名作の世界 (1971)

田舎教師 22　田山花袋 17
教科書で出会った名作小説一〇〇 (2023)
1分de教養が身につく「日本の名作」あらすじ200本 (2023)
図説 教養として知っておきたい日本の名作50選 (2016)
たった5行で読んだ気になる日本の名作 (2016)
明治の名著 2 (2009)
知らないと恥ずかしい「日本の名作」あらすじ200本 (2008)
日本文学名作案内 (2008)
明治・大正・昭和のベストセラー (2007)
2時間でわかる日本の名著 (2005)
感動！日本の名著 近現代編 (2004)
日本・名著のあらすじ―精選40冊 (2004)
図説 5分でわかる日本の名作 (2004)
一度は読もうよ！日本の名著 (2003)
日本の名作文学案内 (2001)
ポケット日本名作事典 (2000)
一冊で日本の名著100冊を読む (1988)
日本文芸鑑賞事典 第4巻 (1987)
日本・世界名作「愛の会話」100章 (1985)
現代文学名作探訪事典 (1984)
日本近代文学名著事典 (1982)
日本の名著 (1976)
入門 名作の世界 (1971)

犬を連れた奥さん 5　チェーホフ 17
知の巨人が選んだ世界の名著200 (2023)
世界の名作を読む―海外文学講義 (2016)
知っておきたいロシア文学 (2012)
世界文学必勝法 (2008)
名作あらすじ事典 西洋文学編 (2006)

犬筑波集　⇒新撰犬筑波集（しんせんいぬつくばしゅう）を見よ

いのちの初夜 11　北条民雄 17
あらすじで読むキリスト教文学 (2024)
定年後に読む不滅の名著200選 (2024)
ひと目でわかる日本の名作 (2006)
女性のための名作・人生案内 (2005)
一度は読もうよ！日本の名著 (2003)
日本の小説101 (2003)
現代文学鑑賞辞典 (2002)
ポケット日本名作事典 (2000)
一冊で日本の名著100冊を読む (1988)
日本文芸鑑賞事典 第11巻 (1987)
日本・世界名作「愛の会話」100章 (1985)

異邦人 31　カミュ 18
世界を変えた100の小説 下 (2024)
グレート・ノベルズ (2024)
いつか君に出会ってほしい本 (2023)
一冊に名著一〇〇冊がギュッと詰まった凄い本 (2022)
名著のツボ (2021)
世界の小説大百科 (2013)
フランス文学 名作と主人公 (2009)

作品別ブックガイド一覧　　いんえ

新潮文庫 20世紀の100冊 (2009)
世界の名作50選 (2008)
世界文学必勝法 (2008)
百年の誤読 海外文学篇 (2008)
名作はこのように始まる 2 (2008)
ベストセラー世界の文学・20世紀 1 (2006)
世界文学あらすじ大事典 1 (2005)
あらすじダイジェスト 世界の名作100を読む (2005)
あらすじで読む世界文学105 (2004)
あらすじで味わう外国文学 (2004)
2時間でわかる世界の名著 (2004)
面白いほどよくわかる 世界の文学 (2004)
世界の名作文学が2時間で分かる本 (2004)
あらすじで読む 世界の名著 No.2 (2004)
世界の名作文学案内 (2003)
名作の読解法―世界名作中編小説二〇選 (2003)
世界文学の名作と主人公・総解説 (2001)
20世紀を震撼させた100冊 (1998)
ポケット世界名作事典 (1997)
ヨーロッパを語る13の書物 (1989)
一冊で世界の名著100冊を読む (1988)
日本・世界名作「愛の会話」100章 (1985)
世界名著案内 2 (1972)
入門 名作の世界 (1971)

今鏡[7]　藤原為経〔作か〕..................18
2ページでわかる日本の古典傑作選 (2007)
一度は読もうよ！ 日本の名著 (2003)
日本の古典名著・総解説 (2001)
古典文学鑑賞辞典 (1999)
日本歴史「古典籍」総覧 (1990)
一冊で日本の古典100冊を読む (1989)
古典の事典 精髄を読む―日本版 (1986)

厭がらせの年齢[10]　丹羽文雄..................18
1分de教養が身につく「日本の名作」あらすじ200本 (2023)
知らないと恥ずかしい「日本の名作」あらすじ200本 (2008)
日本文学名作案内 (2008)
あらすじダイジェスト 日本の名作70を読む (2005)
あらすじで味わう日本文学 (2004)
一度は読もうよ！ 日本の名著 (2003)
現代文学鑑賞辞典 (2002)
ポケット日本名作事典 (2000)
一冊で日本の名著100冊を読む 続 (1992)
日本文芸鑑賞事典 第14巻 (1987)

イリアス[15]　ホメロス..................18
名著のツボ (2021)
歴史を変えた100冊の本 (2019)
大人のための世界の名著50 (2014)
世界の名作おさらい (2010)
『こころ』は本当に名作か (2009)
世界の長編文学 (2005)
世界文学あらすじ大事典 1 (2005)

教養のためのブックガイド (2005)
図説 地図とあらすじで読む歴史の名著 (2004)
世界を変えた100冊の本 (2003)
世界文学の名作と主人公・総解説 (2001)
古典・名著の読み方 (1991)
世界の書物 (1989)
一冊で世界の名著100冊を読む (1988)
世界の名著 (1976)

色ざんげ[5]　宇野千代..................18
日本文学名作案内 (2008)
一度は読もうよ！ 日本の名著 (2003)
ポケット日本名作事典 (2000)
近代日本の百冊を選ぶ (1994)
日本文芸鑑賞事典 第10巻 (1988)

イワン・イリイチの死[7]　トルストイ..................19
定年後に読む不滅の名著200選 (2024)
翻訳者による海外文学ブックガイド BOOK MARK (2019)
世界の小説大百科 (2013)
知っておきたいロシア文学 (2012)
ロシア文学 名作と主人公 (2009)
名作あらすじ事典 西洋文学編 (2006)
世界文学あらすじ大事典 1 (2005)

イワン・デニーソヴィチの一日[22]　ソルジェニーツィン..................19
世界を変えた100の小説 下 (2024)
グレート・ノベルズ (2024)
文庫で読む100年の文学 (2023)
いつか君に出会ってほしい本 (2023)
知の巨人が選んだ世界の名著200 (2023)
歴史を変えた100冊の本 (2019)
世界の小説大百科 (2013)
知っておきたいロシア文学 (2012)
世界史読書案内 (2010)
ロシア文学 名作と主人公 (2009)
世界文学必勝法 (2008)
名作あらすじ事典 西洋文学編 (2006)
世界文学あらすじ大事典 1 (2005)
あらすじダイジェスト 世界の名作100を読む (2005)
あらすじで味わう外国文学 (2004)
面白いほどよくわかる 世界の文学 (2004)
世界の名作文学案内 (2003)
名作の読解法―世界名作中編小説二〇選 (2003)
世界文学の名作と主人公・総解説 (2001)
二十世紀を騒がせた本 (1999)
20世紀を震撼させた100冊 (1998)
世界の名著 (1976)

陰翳礼讃[9]　谷崎潤一郎..................19
齋藤孝の名著50 (2022)
齋藤孝の冒頭文de文学案内 (2021)
わたしのなつかしい一冊 (2021)
世界に愛され、評価される！「日本の名著」 (2016)
日本文化論の名著入門 (2008)

決定版名作案内 ブックガイドにのった文学1000　　205

いんし　　　　　　作品別ブックガイド一覧

21世紀の必読書100選 (2000)
ベストガイド日本の名著 明治～平成 (1996)
日本文芸鑑賞事典 第10巻 (1988)
明治・大正・昭和の名著 総解説 (1981)

陰獣 [9]　江戸川乱歩 19
　1分de教養が身につく「日本の名作」あらすじ200本 (2023)
　日本の名作あらすじ300 (2020)
　名作名言――一行で読む日本の名作小説 (2017)
　たった5行で読んだ気になる日本の名作 (2016)
　東西ミステリーベスト100 (2013)
　日本文学名作案内 (2008)
　一度は読もうよ！ 日本の名著 (2003)
　日本の小説101 (2003)
　世界の推理小説・総解説 (1992)

インドへの道 [12]　フォースター 19
　世界を変えた100の小説 上 (2024)
　方法文学 世界名作選 2 (2020)
　名作英米小説の読み方・楽しみ方 (2014)
　世界の小説大百科 (2013)
　知っておきたいイギリス文学 (2010)
　イギリス文学 名作と主人公 (2009)
　名作あらすじ事典 西洋文学編 (2006)
　世界文学あらすじ大事典 1 (2005)
　世界文学の名作と主人公・総解説 (2001)
　ポケット世界名作事典 (1997)
　英米文学の名作を知る本 (1997)
　たのしく読めるイギリス文学 (1994)

インメン湖　⇒みずうみを見よ

【う】

ヴァージニア・ウルフなんかこわくない [5]
　　オールビー 19
　アメリカ文学 名作と主人公 (2009)
　世界文学あらすじ大事典 1 (2005)
　あらすじダイジェスト 世界の名作100を読む (2005)
　世界文学の名作と主人公・総解説 (2001)
　たのしく読めるアメリカ文学 (1994)

ヴァセック [5]　ベックフォード 20
　世界の小説大百科 (2013)
　世界文学あらすじ大事典 1 (2005)
　世界の幻想文学・総解説 (1998)
　世界の奇書・総解説 (1998)
　たのしく読めるイギリス文学 (1994)

ヴァレンシュタイン [6]　シラー 20
　知っておきたいドイツ文学 (2011)
　名作あらすじ事典 西洋文学編 (2006)
　世界文学あらすじ大事典 1 (2005)
　あらすじで読む世界文学105 (2004)
　ポケット世界名作事典 (1997)
　世界の名著 (1976)

ウィリアム・テル　⇒ヴィルヘルム・テルを見よ

ヴィルヘルム・テル [5]　シラー 20
　知っておきたいドイツ文学 (2011)
　名作あらすじ事典 西洋文学編 (2006)
　世界文学あらすじ大事典 1 (2005)
　一冊で世界の名著100冊を読む (1988)
　入門 名作の世界 (1971)

ヴィルヘルム・マイスターの修業時代 [4]
　　ゲーテ 20
　世界の小説大百科 (2013)
　世界の名作50選 (2008)
　世界文学あらすじ大事典 1 (2005)
　ポケット世界名作事典 (1997)

ヴェニスに死す [11]　マン 21
　わたしのなつかしい一冊 (2021)
　世界の小説大百科 (2013)
　知っておきたいドイツ文学 (2011)
　新潮文庫 20世紀の100冊 (2009)
　面白いほどよくわかる あらすじで読む世界の名作 (2008)
　名作あらすじ事典 西洋文学編 (2006)
　ベストセラー世界の文学・20世紀 1 (2006)
　世界文学あらすじ大事典 1 (2005)
　教養のためのブックガイド (2005)
　あらすじで読む世界文学105 (2004)
　図説 5分でわかる世界の名作 (2004)

ヴェニスの商人 [11]　シェイクスピア 21
　イギリス文学 名作と主人公 (2009)
　世界文学あらすじ大事典 1 (2005)
　あらすじで読む 世界の名著 No.3 (2005)
　あらすじで読む世界文学105 (2004)
　図説 5分でわかる世界の名作 (2004)
　面白いほどよくわかる 世界の文学 (2004)
　世界文学の名作と主人公・総解説 (2001)
　ポケット世界名作事典 (1997)
　英米文学の名作を知る本 (1997)
　たのしく読めるイギリス文学 (1994)
　世界の名著 (1976)

ウェルギリウスの死 [4]　ブロッホ 21
　世界の小説大百科 (2013)
　ドイツ文学 名作と主人公 (2009)
　世界文学あらすじ大事典 1 (2005)
　世界文学の名作と主人公・総解説 (2001)

ウォールデン 森の生活 [19]　ソロー 21
　社会部記者の本棚 (2024)
　齋藤孝の名著50 (2022)
　歴史を変えた100冊の本 (2019)
　大人のための世界の名著50 (2014)
　世界の小説大百科 (2013)
　書き出し「世界文学全集」(2013)
　知っておきたいアメリカ文学 (2010)
　アメリカ文学 名作と主人公 (2009)

名作あらすじ事典 西洋文学編 (2006)
世界文学あらすじ大事典 1 (2005)
面白いほどよくわかる 世界の文学 (2004)
要約 世界文学全集 2 (2004)
世界の名作文学案内 (2003)
世界の古典名著・総解説 (2001)
世界文学の名作と主人公・総解説 (2001)
ポケット世界名作事典 (1997)
たのしく読めるアメリカ文学 (1994)
世界の名著早わかり事典 (1984)
世界の名著 (1976)

浮雲 [9] 林芙美子 22
1分de教養が身につく「日本の名作」あらすじ200本 (2023)
名著入門―日本近代文学50選 (2022)
図説 教養として知っておきたい日本の名作50選 (2016)
知らないと恥ずかしい「日本の名作」あらすじ200本 (2008)
あらすじダイジェスト 日本の名作70を読む (2005)
図説 5分でわかる日本の名作 (2004)
ポケット日本名作事典 (2000)
日本文芸鑑賞事典 第15巻 (1988)
日本・世界名作「愛の会話」100章 (1985)

浮雲 [40] 二葉亭四迷 22
歴史的書物の名場面 (2023)
教科書で出会った名作小説一〇〇 (2023)
1分de教養が身につく「日本の名作」あらすじ200本 (2023)
名著入門―日本近代文学50選 (2022)
齋藤孝の冒頭文de文学案内 (2021)
日本の名作あらすじ300 (2020)
名作名言―一行で読む日本の名作小説 (2017)
図説 教養として知っておきたい日本の名作50選 (2016)
たった5行で読んだ気になる日本の名作 (2016)
3行でわかる名作&ヒット本250 (2012)
日本の名作おさらい (2010)
Jブンガク (2010)
明治の名著 2 (2009)
知らないと恥ずかしい「日本の名作」あらすじ200本 (2008)
日本文学名作案内 (2008)
名作はこのように始まる 1 (2008)
名作の書き出しを諳んじる (2008)
明治・大正・昭和のベストセラー (2007)
絵で読むあらすじ日本の名著 (2007)
ひと目でわかる日本の名作 (2006)
感動! 日本の名著 近現代編 (2004)
日本・名著のあらすじ―精選40冊 (2004)
図説 5分でわかる日本の名作 (2004)
一度は読もうよ! 日本の名著 (2003)
あらすじで読む 日本の名著 (楽書ブックス) (2003)
日本の小説101 (2003)

日本の名著3分間読書100 (2003)
必読書150 (2002)
現代文学鑑賞辞典 (2002)
ポケット日本名作事典 (2000)
ベストガイド日本の名著 明治〜平成 (1996)
一冊で日本の名著100冊を読む 続 (1992)
一冊で100名作の「さわり」を読む (1992)
日本文芸鑑賞事典 第1巻 (1987)
現代日本名作探訪事典 (1984)
日本文学名作事典 (1984)
日本近代文学名著事典 (1982)
明治・大正・昭和の名著 総解説 (1981)
日本の名著 (1976)
入門 名作の世界 (1971)

浮世道中膝栗毛 ⇒東海道中膝栗毛 (とうかいどうちゅうひざくりげ) を見よ

浮世床 [6] 式亭三馬 22
日本文学名作案内 (2008)
一度は読もうよ! 日本の名著 (2003)
日本の古典名著・総解説 (2001)
一冊で100名作の「さわり」を読む (1992)
日本の古典―名著への招待 (1986)
古典の事典 精髄を読む―日本版 (1986)

浮世風呂 [19] 式亭三馬 22
歴史的書物の名場面 (2023)
日本文学の古典50選 (2020)
千年の百冊 (2013)
3行でわかる名作&ヒット本250 (2012)
日本の名作おさらい (2010)
日本文学名作案内 (2008)
2ページでわかる日本の古典傑作選 (2007)
日本の書物 (2006)
日本・名著のあらすじ―精選40冊 (2004)
図説 5分でわかる日本の名作傑作選 (2004)
一度は読もうよ! 日本の名著 (2003)
日本の名著3分間読書100 (2003)
日本の古典名著・総解説 (2001)
古典文学鑑賞辞典 (1999)
一冊で日本の古典100冊を読む (1989)
日本の古典―名著への招待 (1986)
古典の事典 精髄を読む―日本版 (1986)
日本文学名作事典 (1984)
日本の名著 (1976)

雨月物語 [36] 上田秋成 22
これだけは知っておきたい日本の名作 (2023)
歴史的書物の名場面 (2023)
1分de教養が身につく「日本の名作」あらすじ200本 (2023)
知の巨人が選んだ世界の名著200 (2023)
日本文学の古典50選 (2020)
日本の名作あらすじ300 (2020)
世界に愛され、評価される!「日本の名著」 (2016)
たった5行で読んだ気になる日本の名作 (2016)
この1冊で早わかり! 日本の古典50冊 (2015)

うしし　　　　　　　作品別ブックガイド一覧

　大人のための日本の名著50（2014）
　千年の百冊（2013）
　マンガとあらすじでやさしく読める 日本の古典
　　傑作30選（2012）
　3行でわかる名作＆ヒット本250（2012）
　愛と死の日本文学（2011）
　あらすじで読む 日本の古典（新人物文庫）（2011）
　日本の名作おさらい（2010）
　Jブンガク（2010）
　知らないと恥ずかしい「日本の名作」あらすじ
　　200本（2008）
　日本文学名作案内（2008）
　2ページでわかる日本の古典傑作選（2007）
　日本の書物（2006）
　日本古典への誘い100選 1（2006）
　あらすじダイジェスト 日本の古典30を読む
　　（2004）
　あらすじで読む 日本の古典（楽書ブックス）
　　（2004）
　図説 5分でわかる日本の名作（2004）
　一度は読もうよ！ 日本の名著（2003）
　日本の名著3分間読書100（2003）
　日本の古典名著・総解説（2001）
　早わかり 日本古典文学あらすじ事典（2000）
　古典文学鑑賞辞典（1999）
　一冊で100名作の「さわり」を読む（1992）
　一冊で日本の古典100冊を読む（1989）
　日本の古典―名著への招待（1986）
　古典の事典 精髄を読む―日本版（1986）
　日本文学名作事典（1984）
　日本の名著（1976）

宇治拾遺物語[24] 22
　これだけは知っておきたい日本の名作（2023）
　1分de教養が身につく「日本の名作」あらすじ200
　　本（2023）
　日本文学の古典50選（2020）
　日本の名作あらすじ300（2020）
　この1冊で早わかり！ 日本の古典50冊（2015）
　千年の百冊（2013）
　マンガとあらすじでやさしく読める 日本の古典
　　傑作30選（2012）
　愛と死の日本文学（2011）
　あらすじで読む 日本の古典（新人物文庫）（2011）
　知らないと恥ずかしい「日本の名作」あらすじ
　　200本（2008）
　日本文学名作案内（2008）
　2ページでわかる日本の古典傑作選（2007）
　日本古典への誘い100選 2（2007）
　あらすじで読む 日本の古典（楽書ブックス）
　　（2004）
　一度は読もうよ！ 日本の名著（2003）
　日本の古典名著・総解説（2001）
　古典文学鑑賞辞典（1999）
　日本の艶本・珍書 総解説（1998）
　一冊で100名作の「さわり」を読む（1992）
　一冊で日本の古典100冊を読む（1989）
　日本の古典―名著への招待（1986）

　古典の事典 精髄を読む―日本版（1986）
　日本文学名作事典（1984）
　日本の奇書77冊（1980）

失われた足跡[7]　カルペンティエール 22
　世界の小説大百科（2013）
　私の世界文学案内（2012）
　世界文学あらすじ大事典 1（2005）
　面白いほどよくわかる 世界の文学（2004）
　世界の名作文学案内（2003）
　世界の幻想文学・総解説（1998）
　一冊で世界の名著100冊を読む（1988）

失われた時を求めて[40]　プルースト 23
　世界を変えた100の小説 上（2024）
　グレート・ノベルズ（2024）
　文庫で読む100年の文学（2023）
　名著のツボ（2021）
　一行でわかる名著（2020）
　歴史を変えた100冊の本（2019）
　世界の名作を読む―海外文学講義（2016）
　世界の小説大百科（2013）
　知っておきたいフランス文学（2010）
　英仏文学戦記（2010）
　お厚いのがお好き？（2010）
　フランス文学 名作と主人公（2009）
　『こころ』は本当に名作か（2009）
　世界の名作50選（2008）
　百年の誤読 海外文学篇（2008）
　名作はこのように始まる 1（2008）
　世界の「名著」50（2008）
　千年紀のベスト100作品を選ぶ（2007）
　名作あらすじ事典 西洋文学編（2006）
　ベストセラー世界・20世紀 1（2006）
　世界の長編文学（2005）
　世界文学あらすじ大事典 1（2005）
　教養のためのブックガイド（2005）
　あらすじダイジェスト 世界の名作100を読む
　　（2005）
　あらすじで読む世界文学105（2004）
　図説 5分でわかる世界の名作（2004）
　面白いほどよくわかる 世界の文学（2004）
　要約 世界文学全集 1（2004）
　世界文学のすじ書き（2003）
　必読書150（2002）
　世界文学の名作と主人公・総解説（2001）
　二十世紀を騒がせた本（1999）
　20世紀を震撼させた100冊（1998）
　ポケット世界名作事典（1997）
　古典・名著の読み方（1991）
　世界の書物（1989）
　一冊で世界の名著100冊を読む（1988）
　世界の名著（1976）
　世界名著案内 4（1973）
　世界名著案内 2（1972）

歌行灯[6]　泉鏡花 23
　名場面で味わう日本文学60選（2021）

208　決定版名作案内 ブックガイドにのった文学1000

『こころ』は本当に名作か (2009)
女性のための名作・人生案内 (2005)
ポケット日本名作事典 (2000)
近代日本の百冊を選ぶ (1994)
日本文芸鑑賞事典　第4巻 (1987)

うたかたの日々　⇒日々の泡（ひびのあわ）を見よ

歌の本 [4]　ハイネ 23
知っておきたいドイツ文学 (2011)
名作あらすじ事典　西洋文学編 (2006)
ポケット世界名作事典 (1997)
世界の名著 (1976)

歌のわかれ [12]　中野重治 23
日本文学名作案内 (2008)
あらすじダイジェスト　日本の名作70を読む (2005)
感動！　日本の名著　近現代編 (2004)
あらすじで味わう日本文学 (2004)
一度は読もうよ！　日本の名著 (2003)
日本の小説101 (2003)
現代文学鑑賞辞典 (2002)
日本の名作文学案内 (2001)
ポケット日本名作事典 (2000)
一冊で日本の名著100冊を読む　続 (1992)
現代文学名作探訪事典 (1984)
日本の名著 (1976)

宇宙戦争 [4]　ウェルズ 24
世界の小説大百科 (2013)
書き出し「世界文学全集」(2013)
世界文学あらすじ大事典　1 (2005)
世界のSF文学・総解説 (1992)

うつほ物語 [16] 24
1分de教養が身につく「日本の名作」あらすじ200本 (2023)
日本文学の古典50選 (2020)
日本の名作あらすじ300 (2020)
千年の百冊 (2013)
3行でわかる名作＆ヒット本250 (2012)
日本文学名作案内 (2008)
2ページでわかる日本の古典傑選 (2007)
日本古典への誘い100選　1 (2006)
一度は読もうよ！　日本の名著 (2003)
日本の古典名著・総解説 (2001)
早わかり　日本古典文学あらすじ事典 (2000)
古典文学鑑賞辞典 (1999)
一冊で日本の古典100冊を読む (1989)
日本の古典―名著への招待 (1986)
古典の事典　精髄を読む―日本版 (1986)
現代文学名作探訪事典 (1984)

腕くらべ [9]　永井荷風 24
たった5万で読んだ気になる日本の名作 (2016)
感動！　日本の名著　近現代編 (2004)
ポケット日本名作事典 (2000)

近代日本の百冊を選ぶ (1994)
日本文芸鑑賞事典　第5巻 (1987)
日本文学名作事典 (1984)
日本近代文学名著事典 (1982)
日本の名著 (1976)
入門　名作の世界 (1971)

生れ出づる悩み [15]　有島武郎 25
教科書で出会った名作小説一〇〇 (2023)
1分de教養が身につく「日本の名作」あらすじ200本 (2023)
図説　教養として知っておきたい日本の名作50選 (2016)
日本人なら知っておきたい　あらすじで読む日本の名著 (2014)
3行でわかる名作＆ヒット本250 (2012)
この一冊でわかる日本の名作 (2010)
知らないと恥ずかしい「日本の名作」あらすじ200本 (2008)
名作の書き出しを諳んじる (2008)
ひと目でわかる日本の名作 (2006)
図説　5分でわかる日本の名作 (2004)
あらすじで読む　日本の名著 No.2 (2003)
ポケット日本名作事典 (2000)
日本文芸鑑賞事典　第6巻 (1987)
現代文学名作探訪事典 (1984)
日本近代文学名著事典 (1982)

海と毒薬 [8]　遠藤周作 25
文庫で読む100年の文学 (2023)
いつか君に出会ってほしい本 (2023)
日本の名作おさらい (2010)
一度は読もうよ！　日本の名著 (2003)
ポケット日本名作事典 (2000)
一冊で日本の名著100冊を読む　続 (1992)
日本文芸鑑賞事典　第17巻 (1988)
現代文学名作探訪事典 (1984)

海に生くる人々 [13]　葉山嘉樹 25
大正の名著 (2009)
感動！　日本の名著　近現代編 (2004)
一度は読もうよ！　日本の名著 (2003)
現代文学鑑賞辞典 (2002)
ポケット日本名作事典 (2000)
世界の海洋文学・総解説 (1998)
ベストガイド日本の名著　明治～平成 (1996)
一冊で日本の名著100冊を読む　続 (1992)
日本文芸鑑賞事典　第8巻 (1987)
日本近代文学名著事典 (1982)
明治・大正・昭和の名著　総解説 (1981)
日本の名著 (1976)
入門　名作の世界 (1971)

【 え 】

永遠なる序章 [8]　椎名麟三 25
日本文学名作案内 (2008)
日本の小説101 (2003)

現代文学鑑賞辞典 (2002)
日本の名作文学案内 (2001)
ポケット日本名作事典 (2000)
日本文芸鑑賞事典 第14巻 (1987)
日本文学名作事典 (1984)
名著の履歴書 (1971)

栄花物語[13] 25
歴史的書物の名場面 (2023)
千年の百冊 (2013)
3行でわかる名作&ヒット本250 (2012)
日本古典への誘い100選 2 (2007)
一度は読もうよ！ 日本の名著 (2003)
日本の古典名著・総解説 (2001)
古典文学鑑賞辞典 (1999)
一冊で100名作の「さわり」を読む (1992)
日本歴史「古典籍」総覧 (1990)
一冊で日本の古典100冊を読む (1989)
日本の古典一名著への招待 (1986)
古典の事典 精髄を読む―日本版 (1986)
日本の名著 (1976)

エイジ・オブ・イノセンス[9]　ウォートン‥ 25
世界を変えた100の小説 上 (2024)
グレート・ノベルズ (2024)
世界の小説大百科 (2013)
書き出し「世界文学全集」(2013)
知っておきたいアメリカ文学 (2010)
世界文学あらすじ大事典 4 (2007)
名作あらすじ事典 西洋文学編 (2006)
ベストセラー世界の文学・20世紀 1 (2006)
たのしく読めるアメリカ文学 (1994)

エヴゲーニイ・オネーギン[11]　プーシキン・26
世界の小説大百科 (2013)
知っておきたいロシア文学 (2012)
ロシア文学 名作と主人公 (2009)
名作あらすじ事典 西洋文学編 (2006)
世界文学あらすじ大事典 1 (2005)
面白いほどよくわかる 世界の文学 (2004)
世界文学の名作と主人公・総解説 (2001)
ポケット世界名作事典 (1997)
一冊で世界の名著100冊を読む (1988)
世界の名著 (1976)
入門 名作の世界 (1971)

エセー[15]　モンテーニュ 26
大人のための世界の名著50 (2014)
知っておきたいフランス文学 (2010)
千年紀のベスト100作品を選ぶ (2007)
名作あらすじ事典 西洋文学編 (2006)
教養のためのブックガイド (2005)
あらすじで読む世界文学105 (2004)
要約 世界文学全集 2 (2004)
世界を変えた100冊の本 (2003)
世界の古典名著・総解説 (2001)
ポケット世界名作事典 (1997)
ヨーロッパを語る13の書物 (1989)
世界の書物 (1989)

世界の名著早わかり事典 (1984)
西洋をきずいた書物 (1977)
世界の名著 (1976)

エッダ[4] 26
世界文学あらすじ大事典 1 (2005)
世界の幻想文学・総解説 (1998)
世界の奇書・総解説 (1998)
世界の名著 (1976)

江戸生艶気樺焼[5]　山東京伝 26
3行でわかる名作&ヒット本250 (2012)
2ページでわかる日本の古典傑作選 (2007)
日本の古典名著・総解説 (2001)
日本の古典一名著への招待 (1986)
古典の事典 精髄を読む―日本版 (1986)

江分利満氏の優雅な生活[5]　山口瞳 26
中古典のすすめ (2020)
あらすじで味わう昭和のベストセラー (2004)
ポケット日本名作事典 (2000)
あの本にもう一度 (1996)
日本文芸鑑賞事典 第18巻 (1988)

エマ[7]　オースティン 26
名作英米小説の読み方・楽しみ方 (2014)
世界の小説大百科 (2013)
知っておきたいイギリス文学 (2010)
『こころ』は本当に名作か (2009)
名作あらすじ事典 西洋文学編 (2006)
世界文学あらすじ大事典 1 (2005)
英米文学の名作を知る本 (1997)

エミール[5]　ルソー 27
世界の小説大百科 (2013)
図解 世界の名著がわかる本 (2007)
世界の古典名著・総解説 (2001)
古典・名著の読み方 (1991)
世界名著案内 7 (1973)

エーミールと探偵たち[5]　ケストナー 27
知っておきたいドイツ文学 (2011)
名作あらすじ事典 西洋文学編 (2006)
世界の名作文学案内 (2003)
世界文学の名作と主人公・総解説 (2001)
ポケット世界名作事典 (1997)

エリア随筆[5]　ラム 27
世界文学あらすじ大事典 1 (2005)
ポケット世界名作事典 (1997)
たのしく読めるイギリス文学 (1994)
世界の書物 (1989)
世界の名著 (1976)

R・U・R（エルウーエル）　⇒ロボット
を見よ

エレホン[5]　バトラー 27
世界物語大事典 (2019)
世界の小説大百科 (2013)

世界文学あらすじ大事典 1（2005）
たのしく読めるイギリス文学（1994）
世界のSF文学・総解説（1992）

婉という女[5]　大原富枝 ………………… 27
昭和の作家力（2023）
あらすじで味わう日本文学（2004）
現代文学鑑賞辞典（2002）
ポケット日本名作事典（2000）
日本文芸鑑賞事典　第18巻（1988）

園遊会[7]　マンスフィールド ……………… 28
イギリス文学 名作と主人公（2009）
世界文学の名作と主人公・総解説（2001）
ポケット世界名作事典（1997）
英米文学の名作を知る本（1997）
たのしく読めるイギリス文学（1994）
日本・世界名作「愛の会話」100章（1985）
世界の名著（1976）

遠来の客たち[5]　曽野綾子 ……………… 28
あらすじで味わう日本文学（2004）
現代文学鑑賞辞典（2002）
ポケット日本名作事典（2000）
日本文芸鑑賞事典　第16巻（1987）
現代文学名作探訪事典（1984）

【 お 】

オイディプス王[21]　ソフォクレス ………… 28
知の巨人が選んだ世界の名著200（2023）
齋藤孝の名著50（2022）
世界文学の名作を「最短」で読む（2021）
名著のツボ（2021）
物語の函 世界名作選 1（2020）
一行でわかる名著（2020）
「100分de名著」名作セレクション（2016）
クライマックス名作案内 1（2011）
世界史読書案内（2010）
世界文学必勝法（2008）
世界の「名著」50（2008）
世界文学あらすじ大事典 1（2005）
教養のためのブックガイド（2005）
あらすじダイジェスト 世界の名作100を読む（2005）
世界・名著のあらすじ―精選38冊（2005）
あらすじで読む世界文学105（2004）
必読書150（2002）
世界文学の名作と主人公・総解説（2001）
ポケット世界名作事典（1997）
一冊で世界の名著100冊を読む（1988）
世界の名著（1976）

黄金虫[4]　ポー …………………………… 28
世界文学あらすじ大事典 2（2005）
世界の幻想文学・総解説（1998）
ポケット世界名作事典（1997）
英米文学の名作を知る本（1997）

黄金の壺[6]　ホフマン …………………… 28
ドイツ文学 名作と主人公（2009）
世界の名作50選（2008）
世界文学あらすじ大事典 1（2005）
面白いほどよくわかる 世界の文学（2004）
名作の読解法―世界名作中編小説二〇選（2003）
世界文学の名作と主人公・総解説（2001）

黄金のノート[4]　レッシング ……………… 29
世界を変えた100の小説 下（2024）
グレート・ノベルズ（2024）
世界の小説大百科（2013）
たのしく読めるイギリス文学（1994）

黄金のろば[6]　アプレイウス …………… 29
世界の小説大百科（2013）
世界の名作50選（2008）
世界文学あらすじ大事典 1（2005）
教養のためのブックガイド（2005）
世界の幻想文学・総解説（1998）
ポケット世界名作事典（1997）

王子と乞食[4]　トウェイン ……………… 29
『こころ』は本当に名作か（2009）
世界文学あらすじ大事典 1（2005）
世界の名作文学案内（2003）
英米文学の名作を知る本（1997）

嘔吐[22]　サルトル ……………………… 29
名著のツボ（2021）
一行でわかる名著（2020）
世界の小説大百科（2013）
知っておきたいフランス文学（2010）
フランス文学 名作と主人公（2009）
世界の名作50選（2008）
名作あらすじ事典 西洋文学編（2006）
ベストセラー世界の文学・20世紀 1（2006）
世界文学あらすじ大事典 1（2005）
百年の誤読（2004）
あらすじで読む世界文学105（2004）
あらすじで味わう外国文学（2004）
2時間でわかる世界の名著（2004）
面白いほどよくわかる 世界の文学（2004）
必読書150（2002）
世界文学の名作と主人公・総解説（2001）
ポケット世界名作事典（1997）
一冊で世界の名著100冊を読む（1988）
世界名著案内 4（1973）
世界名著案内 1（1972）
世界名著案内 2（1972）
入門 名作の世界（1971）

王道[5]　マルロー ……………………… 29
知っておきたいフランス文学（2010）
名作あらすじ事典 西洋文学編（2006）
あらすじで読む世界文学105（2004）
ポケット世界名作事典（1997）
世界名著案内 4（1973）

おおい

大いなる遺産[10] ディケンズ 30
　グレート・ノベルズ (2024)
　名著のツボ (2021)
　世界の小説大百科 (2013)
　知っておきたいイギリス文学 (2010)
　面白いほどよくわかる あらすじで読む世界の名作 (2008)
　名作あらすじ事典 西洋文学編 (2006)
　世界文学あらすじ大事典 1 (2005)
　教養のためのブックガイド (2005)
　英米文学の名作を知る本 (1997)
　一冊で世界の名著100冊を読む (1988)

大いなる眠り[4] チャンドラー 30
　世界を変えた100の小説 下 (2024)
　世界の小説大百科 (2013)
　たのしく読めるアメリカ文学 (1994)
　世界の推理小説・総解説 (1992)

大鏡[27] 30
　これだけは知っておきたい日本の名作 (2023)
　歴史的書物の名場面 (2023)
　1分de教養が身につく「日本の名作」あらすじ200本 (2023)
　日本文学の古典50選 (2020)
　日本の名作あらすじ300 (2020)
　千年の百冊 (2013)
　マンガとあらすじでやさしく読める 日本の古典傑作30選 (2012)
　3行でわかる名作&ヒット本250 (2012)
　あらすじで読む 日本の古典 (新人物文庫) (2011)
　知らないと恥ずかしい「日本の名作」あらすじ200本 (2008)
　日本文学名作案内 (2008)
　2ページでわかる日本の古典傑作選 (2007)
　日本古典への誘い100選 2 (2007)
　日本の書物 (2006)
　図説 5分でわかる日本の名作傑作選 (2004)
　あらすじで読む 日本の古典 (楽書ブックス) (2004)
　一度は読もうよ！日本の名著 (2003)
　日本の名著3分間読書100 (2003)
　日本の古典名著・総解説 (2001)
　古典文学鑑賞辞典 (1999)
　一冊で100名作の「さわり」を読む (1992)
　日本歴史「古典籍」総覧 (1990)
　一冊で日本の古典100冊を読む (1989)
　日本の古典―名著への招待 (1986)
　古典の事典 精髄を読む―日本版 (1986)
　日本文学名作事典 (1984)
　日本の名著 (1976)

大阪の宿[5] 水上瀧太郎 30
　一度は読もうよ！日本の名著 (2003)
　ポケット日本名作事典 (2000)
　一冊で日本の名著100冊を読む 続 (1992)
　日本文芸鑑賞事典 第7巻 (1987)
　現代文学名作探訪事典 (1984)

おくのほそ道[39] 松尾芭蕉 30
　これだけは知っておきたい日本の名作 (2023)
　1分de教養が身につく「日本の名作」あらすじ200本 (2023)
　齋藤孝の名著50 (2022)
　齋藤孝の冒頭文de文学案内 (2021)
　日本文学の古典50選 (2020)
　日本の名作あらすじ300 (2020)
　世界に愛され、評価される！「日本の名著」(2016)
　この1冊で早わかり！ 日本の古典50冊 (2015)
　大人のための日本の名著50 (2014)
　千年の百冊 (2013)
　マンガとあらすじでやさしく読める 日本の古典傑作30選 (2012)
　3行でわかる名作&ヒット本250 (2012)
　愛と死の日本文学 (2011)
　あらすじで読む 日本の古典 (新人物文庫) (2011)
　Jブンガク (2010)
　知らないと恥ずかしい「日本の名作」あらすじ200本 (2008)
　日本文学名作案内 (2008)
　世界の「名著」50 (2008)
　名作の書き出しを諳んじる (2008)
　千年紀のベスト100作品を選ぶ (2007)
　2ページでわかる日本の古典傑作選 (2007)
　日本の書物 (2006)
　日本古典への誘い100選 1 (2006)
　「日本人の名著」を読む (2004)
　日本・名著のあらすじ―精選40冊 (2004)
　あらすじダイジェスト 日本の古典30を読む (2004)
　あらすじで読む 日本の古典 (楽書ブックス) (2004)
　図説 5分でわかる日本の名作 (2004)
　一度は読もうよ！日本の名著 (2003)
　日本の名著3分間読書100 (2003)
　日本の古典名著・総解説 (2001)
　世界の旅行記101 (1999)
　古典文学鑑賞辞典 (1999)
　一冊で100名作の「さわり」を読む (1992)
　一冊で日本の古典100冊を読む (1989)
　日本の古典―名著への招待 (1986)
　古典の事典 精髄を読む―日本版 (1986)
　日本文学名作事典 (1984)
　日本の名著 (1976)

小倉百人一首[11] 藤原定家〔撰〕.................. 30
　これだけは知っておきたい日本の名作 (2023)
　千年の百冊 (2013)
　愛と死の日本文学 (2011)
　2ページでわかる日本の古典傑作選 (2007)
　日本の書物 (2006)
　日本古典への誘い100選 1 (2006)
　日本の名著3分間読書100 (2003)
　日本の古典名著・総解説 (2001)
　古典文学鑑賞辞典 (1999)
　日本の古典―名著への招待 (1986)

古典の事典 精髄を読む—日本版 (1986)

押絵と旅する男[5] 江戸川乱歩 ················· 31
　百年の誤読 (2004)
　必読書150 (2002)
　日本の名作文学案内 (2001)
　世界の推理小説・総解説 (1992)
　日本文学名作事典 (1984)

伯父ワーニヤ ⇒ワーニャ伯父さんを見よ

オズの魔法使い[8]　ボーム ················· 31
　いつかあなたに出会ってほしい本 (2024)
　世界物語大事典 (2019)
　世界を変えた本 (2018)
　書き出し「世界文学全集」(2013)
　世界の名作文学案内 (2003)
　世界文学の名作と主人公・総解説 (2001)
　英米文学の名作を知る本 (1997)
　たのしく読めるアメリカ文学 (1994)

オセロー[9]　シェイクスピア ················· 31
　世界の名作おさらい (2010)
　イギリス文学 名作と主人公 (2009)
　絵で読むあらすじ世界の名著 (2007)
　世界文学あらすじ大事典 1 (2005)
　教養のためのブックガイド (2005)
　世界文学の名作と主人公・総解説 (2001)
　ポケット世界名作事典 (1997)
　英米文学の名作を知る本 (1997)
　たのしく読めるイギリス文学 (1994)

恐るべき子供たち[12]　コクトー ················ 31
　世界の小説大百科 (2013)
　3行でわかる名作&ヒット本250 (2012)
　知っておきたいフランス文学 (2010)
　フランス文学 名作と主人公 (2009)
　百年の誤読 海外文学篇 (2008)
　名作あらすじ事典 西洋文学編 (2006)
　世界文学あらすじ大事典 1 (2005)
　あらすじダイジェスト 世界の名作100を読む (2005)
　世界の名作文学案内 (2003)
　世界文学の名作と主人公・総解説 (2001)
　ポケット世界名作事典 (1997)
　一冊で世界の名著100冊を読む (1988)

落窪物語[20] ···································· 31
　1分de教養が身につく「日本の名作」あらすじ200本 (2023)
　日本文学の古典50選 (2020)
　日本の名作あらすじ300 (2020)
　千年の百冊 (2013)
　知らないと恥ずかしい「日本の名作」あらすじ200本 (2008)
　日本文学名作案内 (2008)
　2ページでわかる日本の古典傑作選 (2007)
　日本古典への誘い100選 1 (2006)

日本・名著のあらすじ一精選40本 (2004)
　あらすじで読む 日本の古典 (楽書ブックス) (2004)
　一度は読もうよ！ 日本の名著 (2003)
　日本の古典名著・総解説 (2001)
　早わかり 日本古典文学あらすじ事典 (2000)
　古典文学鑑賞辞典 (1999)
　一冊で100名作の「さわり」を読む (1992)
　一冊で日本の古典100冊への招待 (1989)
　日本の古典—名著への招待 (1986)
　古典の事典 精髄を読む—日本版 (1986)
　日本文学名作事典 (1984)
　日本の名著 (1976)

オデュッセイア[25]　ホメロス ··············· 32
　エクス・リブリス (2023)
　世界文学の名作を「最短」で読む (2021)
　名著のツボ (2021)
　物語の函 世界名作選 1 (2020)
　世界物語大事典 (2019)
　歴史を変えた100冊の本 (2019)
　書き出し「世界文学全集」(2013)
　世界の名作おさらい (2010)
　『こころ』は本当に名作か (2009)
　世界文学必勝法 (2008)
　世界の長編文学 (2005)
　世界文学あらすじ大事典 1 (2005)
　教養のためのブックガイド (2005)
　あらすじダイジェスト 世界の名作100を読む (2005)
　あらすじで読む世界文学105 (2004)
　図説 地図とあらすじで読む歴史の名著 (2004)
　要約 世界文学全集 2 (2004)
　世界を変えた100冊の本 (2003)
　必読書150 (2002)
　世界文学の名作と主人公・総解説 (2001)
　世界の海洋文学・総解説 (1998)
　ポケット世界名作事典 (1997)
　世界の書物 (1989)
　一冊で世界の名著100冊を読む (1988)
　世界の名著 (1976)

御伽草子[11] ···································· 32
　歴史的書物の名場面 (2023)
　知の巨人が選んだ世界の名著200 (2023)
　日本の名作あらすじ300 (2020)
　2ページでわかる日本の古典傑作選 (2007)
　日本古典への誘い100選 2 (2007)
　日本の書物 (2006)
　一度は読もうよ！ 日本の名著 (2003)
　日本の名著3分間読書100 (2003)
　日本の古典名著・総解説 (2001)
　一冊で日本の古典100冊への招待 (1989)
　古典の事典 精髄を読む—日本版 (1986)

お伽草紙[4]　太宰治 ························· 32
　一冊に名著一〇〇冊がギュッと詰まった凄い本 (2022)

おとき

現代文学鑑賞辞典（2002）
近代日本の百冊を選ぶ（1994）
日本文学名作事典（1984）

伽婢子[4]　浅井了意 …………… 32
千年の百冊（2013）
Jブンガク（2010）
日本の古典名著・総解説（2001）
日本の古典―名著への招待（1986）

オトラント城[10]　ウォルポール …… 32
世界を変えた100の小説 上（2024）
歴史を変えた100冊の本（2019）
世界の小説大百科（2013）
書き出し「世界文学全集」（2013）
イギリス文学 名作と主人公（2009）
世界文学あらすじ大事典 1（2005）
世界の幻想文学・総解説（1998）
世界の奇書・総解説（1998）
たのしく読めるイギリス文学（1994）
西洋をきずいた書物（1977）

鬼平犯科帳[6]　池波正太郎 ………… 32
日本の名作あらすじ300（2020）
面白いほどよくわかる 時代小説名作100（2010）
日本文学名作案内（2008）
ポケット日本名作事典（2000）
日本文芸鑑賞事典 第20巻（1988）
歴史小説・時代小説 総解説（1986）

オネーギン　⇒エヴゲーニイ・オネーギンを見よ

おはん[14]　宇野千代 …………… 33
50歳からの読書案内（2024）
みんなのなつかしい一冊（2023）
1分de教養が身につく「日本の名作」あらすじ200本（2023）
たった5行で読んだ気になる日本の名作（2016）
知らないと恥ずかしい「日本の名作」あらすじ200本（2008）
日本文学名作案内（2008）
名作の書き出しを諳んじる（2008）
あらすじダイジェスト 日本の名作70を読む（2005）
一度は読もうよ！ 日本の名作（2003）
日本の名作3分間読書100（2003）
現代文学鑑賞辞典（2002）
ポケット日本名作事典（2000）
一冊で愛の話題作100冊を読む（1991）
日本文芸鑑賞事典 第17巻（1988）

オブローモフ[10]　ゴンチャローフ …… 33
世界の小説大百科（2013）
知っておきたいロシア文学（2012）
ロシア文学 名作と主人公（2009）
『こころ』は本当に名作か（2009）
名作あらすじ事典 西洋文学編（2006）
世界文学あらすじ大事典 1（2005）

世界文学の名作と主人公・総解説（2001）
ポケット世界名作事典（1997）
日本・世界名作「愛の会話」100章（1985）
世界の名著（1976）

お目出たき人[12]　武者小路実篤 …… 33
日本の名作あらすじ300（2020）
図説 教養として知っておきたい日本の名作50選（2016）
日本の名作おさらい（2010）
新潮文庫 20世紀の100冊（2009）
日本文学名作案内（2008）
図説 5分でわかる日本の名作（2004）
一度は読もうよ！ 日本の名作（2003）
日本の小説101（2003）
現代文学鑑賞辞典（2002）
一冊で日本の名作100冊を読む 続（1992）
日本文芸鑑賞事典 第4巻（1987）
日本近代文学名著事典（1982）

思ひ出[7]　北原白秋 …………… 33
明治の名著 2（2009）
感動！ 日本の名作 近現代編（2004）
日本の名作3分間読書100（2003）
日本文芸鑑賞事典 第4巻（1987）
日本近代文学名著事典（1982）
明治・大正・昭和の名著 総解説（1981）
日本の名著（1976）

思出の記[6]　徳冨蘆花 …………… 33
あらすじで読むキリスト教文学（2024）
Jブンガク（2010）
明治の名著 2（2009）
日本の名作文学案内（2001）
ポケット日本名作事典（2000）
明治・大正・昭和の名著 総解説（1981）

おもろさうし[4] ………………… 33
知の巨人が選んだ世界の名著200（2023）
日本古典への誘い100選 2（2007）
日本の古典―名著への招待（1986）
古典の事典 精髄を読む―日本版（1986）

おらが春[13]　小林一茶 …………… 33
歴史的書物の名場面（2023）
齋藤孝の冒頭文de文学案内（2021）
この1冊で早わかり！ 日本の古典50冊（2015）
千年の百冊（2013）
マンガとあらすじでやさしく読める 日本の古典傑作30選（2012）
3行でわかる名作&ヒット本250（2012）
2ページでわかる日本の古典傑作選（2007）
日本の書物（2006）
日本の名作3分間読書100（2003）
日本の古典名著・総解説（2001）
古典の事典 精髄を読む―日本版（1986）
日本文学名作事典（1984）
日本の名著（1976）

おんな

オーランドー[6]　ウルフ 34
　世界を変えた100の小説 上（2024）
　世界文学の名作を「最短」で読む（2021）
　世界の小説大百科（2013）
　世界文学あらすじ大事典 1（2005）
　世界の幻想文学・総解説（1998）
　世界の奇書・総解説（1998）

折たく柴の記[12]　新井白石 34
　歴史的書物の名場面（2023）
　齋藤孝の冒頭文de文学案内（2021）
　3行でわかる名作＆ヒット本250（2012）
　日本文学名作案内（2008）
　日本古典への誘い100選 2（2007）
　日本の書物（2006）
　「日本人の名著」を読む（2004）
　一度は読もうよ！ 日本の名著（2003）
　日本の古典名著・総解説（2001）
　日本の古典—名著への招待（1986）
　古典の事典 精髄を読む—日本版（1986）
　日本の名著（1976）

オリバー・ツイスト[5]　ディケンズ 34
　世界の小説大百科（2013）
　世界の名作おさらい（2010）
　世界文学あらすじ大事典 1（2005）
　ポケット世界名作事典（1997）
　英米文学の名作を知る本（1997）

オリンポスの果実[8]　田中英光 34
　名場面で味わう日本文学60選（2021）
　たった5行で読んだ気になる日本の名作（2016）
　現代文学鑑賞辞典（2002）
　ポケット日本名作事典（2000）
　一冊で100名作の「さわり」を読む（1992）
　日本文芸鑑賞事典 第13巻（1988）
　現代文学名作探訪事典（1984）
　日本文学名作事典（1984）

オン・ザ・ロード[9]　ケルアック 34
　世界を変えた100の小説 下（2024）
　グレート・ノベルズ（2024）
　翻訳者による海外文学ブックガイド BOOK MARK（2019）
　歴史を変えた100冊の本（2019）
　世界の小説大百科（2013）
　知っておきたいアメリカ文学（2010）
　百年の誤読 海外文学篇（2008）
　名作あらすじ事典 西洋文学編（2006）
　たのしく読めるアメリカ文学（1994）

恩讐の彼方に[22]　菊池寛 35
　名作に学ぶ人生を切り拓く教訓50（2024）
　いつかあなたに出会ってほしい本（2024）
　教科書で出会った名作小説一〇〇（2023）
　1分de教養が身につく「日本の名作」あらすじ200本（2023）
　たった5行で読んだ気になる日本の名作（2016）
　日本人なら知っておきたい あらすじで読む日本の名著（2014）
　日本の名作おさらい（2010）
　知らないと恥ずかしい「日本の名作」あらすじ200本（2008）
　日本文学名作案内（2008）
　ひと目でわかる日本の名作（2006）
　2時間でわかる日本の名著（2005）
　百年の誤読（2004）
　一度は読もうよ！ 日本の名著（2003）
　あらすじで読む 日本の名著（楽書ブックス）（2003）
　日本の名著3分間読書100（2003）
　日本の名作文学案内（2001）
　ポケット日本名作事典（2000）
　一冊で100名作の「さわり」を読む（1992）
　一冊で日本の名著100冊を読む（1988）
　日本文芸鑑賞事典 第6巻（1987）
　歴史小説・時代小説 総解説（1986）
　世界名著案内 5（1973）

婦系図[12]　泉鏡花 35
　1分de教養が身につく「日本の名作」あらすじ200本（2023）
　図説 教養として知っておきたい日本の名作50選（2016）
　この一冊でわかる日本の名作（2010）
　新潮文庫 20世紀の100冊（2009）
　知らないと恥ずかしい「日本の名作」あらすじ200本（2008）
　あらすじダイジェスト 日本の名作70を読む（2005）
　図説 5分でわかる日本の名作（2004）
　あらすじで読む 日本の名著 No.3（2003）
　ポケット日本名作事典（2000）
　日本文芸鑑賞事典 第3巻（1987）
　世界名著案内 3（1973）
　入門 名作の世界（1971）

女殺油地獄[8]　近松門左衛門 35
　たった5行で読んだ気になる日本の名作（2016）
　愛と死の日本文学（2011）
　日本・名著のあらすじ—精選40冊（2004）
　一度は読もうよ！ 日本の名著（2003）
　日本の古典名著・総解説（2001）
　古典文学鑑賞辞典（1999）
　一冊で日本の古典100冊を読む（1989）
　古典の事典 精髄を読む—日本版（1986）

女坂[9]　円地文子 35
　日本文学名作案内（2008）
　女性のための名作・人生案内（2005）
　あらすじダイジェスト 日本の名作70を読む（2005）
　一度は読もうよ！ 日本の名著（2003）
　現代文学鑑賞辞典（2002）
　日本の名作文学案内（2001）
　ポケット日本名作事典（2000）
　一冊で日本の名著100冊を読む（1988）
　日本文芸鑑賞事典 第17巻（1988）

おんな　　　　　　　作品別ブックガイド一覧

女の一生[25]　モーパッサン 35
　名著のツボ (2021)
　物語の函 世界名作選 1 (2020)
　世界の小説大百科 (2013)
　3行でわかる名作&ヒット本250 (2012)
　知っておきたいフランス文学 (2010)
　世界の名作おさらい (2010)
　フランス文学 名作と主人公 (2009)
　面白いほどよくわかる あらすじで読む世界の名作 (2008)
　読んでおきたい世界の名著 (2007)
　名作あらすじ事典 西洋文学編 (2006)
　世界文学あらすじ大事典 1 (2005)
　教養のためのブックガイド (2005)
　あらすじダイジェスト 世界の名作100を読む (2005)
　あらすじで味わう外国文学 (2004)
　図説 5分でわかる世界の名作 (2004)
　2時間でわかる世界の名著 (2004)
　あらすじで読む 世界の名著 No.1 (2004)
　要約 世界文学全集 1 (2004)
　世界文学の名作と主人公・総解説 (2001)
　ポケット世界名作事典 (1997)
　世界の書物 (1989)
　一冊で世界の名著100冊を読む (1988)
　日本・世界名作「愛の会話」100章 (1985)
　世界の名著 (1976)
　入門 名作の世界 (1971)

女の一生[5]　山本有三 35
　1分de教養が身につく「日本の名作」あらすじ200本 (2023)
　知らないと恥ずかしい「日本の名作」あらすじ200本 (2008)
　女性のための名作・人生案内 (2005)
　あらすじで読む 日本の名著（楽書ブックス）(2003)
　日本文芸鑑賞事典 第10巻 (1988)

女の平和[7]　アリストファネス 36
　世界文学必勝法 (2008)
　世界文学あらすじ大事典 1 (2005)
　あらすじダイジェスト 世界の名作100を読む (2005)
　世界文学の名作と主人公・総解説 (2001)
　世界の奇書・総解説 (1998)
　ポケット世界名作事典 (1997)
　日本・世界名作「愛の会話」100章 (1985)

御宿かわせみ[5]　平岩弓枝 36
　わたしのなつかしい一冊 (2021)
　面白いほどよくわかる 時代小説名作100 (2010)
　現代文学鑑賞辞典 (2002)
　ポケット日本名作事典 (2000)
　歴史小説・時代小説 総解説 (1986)

【か】

怪人二十面相[4]　江戸川乱歩 36
　名著入門―日本近代文学50選 (2022)
　3行でわかる名作&ヒット本250 (2012)
　日本文学 これを読まないと文学は語れない!! (2006)
　日本の名作文学案内 (2001)

海神丸[10]　野上弥生子 36
　1分de教養が身につく「日本の名作」あらすじ200本 (2023)
　大正の名著 (2009)
　知らないと恥ずかしい「日本の名作」あらすじ200本 (2008)
　あらすじダイジェスト 日本の名作70を読む (2005)
　ポケット日本名作事典 (2000)
　世界の海洋文学・総解説 (1998)
　一冊で100名作の「さわり」を読む (1992)
　日本文芸鑑賞事典 第7巻 (1987)
　現代文学名作探訪事典 (1984)
　日本近代文学名著事典 (1982)

凱旋門[5]　レマルク 36
　ドイツ文学 名作と主人公 (2009)
　あらすじダイジェスト 世界の名作100を読む (2005)
　2時間でわかる世界の名著 (2004)
　世界文学の名作と主人公・総解説 (2001)
　ポケット世界名作事典 (1997)

回想のブライズヘッド　⇒ブライズヘッドふたたびを見よ

怪談[12]　小泉八雲 36
　いつかあなたに出会ってほしい本 (2024)
　一冊に名作一〇〇冊がギュッと詰まった凄い本 (2022)
　世界に愛され、評価される！「日本の名著」(2016)
　たった5行で読んだ気になる日本の名作 (2016)
　愛と死の日本文学 (2011)
　日本文学名作案内 (2008)
　私を変えたこの一冊 (2007)
　図説 5分でわかる日本の名作傑作選 (2004)
　一度は読もうよ！ 日本の名著 (2003)
　20世紀を震撼させた100冊 (1998)
　世界の幻想文学・総解説 (1998)
　日本文芸鑑賞事典 第3巻 (1987)

怪談牡丹灯籠[5]　三遊亭圓朝 37
　日本文学名作案内 (2008)
　一度は読もうよ！ 日本の名著 (2003)
　近代日本の百冊を選ぶ (1994)
　日本文芸鑑賞事典 第1巻 (1987)
　日本近代文学名著事典 (1982)

海潮音 [8]　上田敏 37
　あなたのなつかしい一冊（2022）
　3行でわかる名作＆ヒット本250（2012）
　明治の名著 2（2009）
　感動！ 日本の名著 近現代編（2004）
　日本文芸鑑賞事典 第3巻（1987）
　日本近代文学名著事典（1982）
　明治・大正・昭和の名著 総解説（1981）
　日本の名著（1976）

海底二万里 [8]　ヴェルヌ 37
　知の巨人が選んだ世界の名著200（2023）
　世界物語大事典（2019）
　世界文学あらすじ大事典 1（2005）
　2時間でわかる世界の名著（2004）
　世界の名作文学案内（2003）
　世界文学の名作と主人公・総解説（2001）
　世界の海洋文学・総解説（1998）
　世界のSF文学・総解説（1992）

外套 [16]　ゴーゴリ 37
　いつかあなたに出会ってほしい本（2024）
　世界文学の名作を「最短」で読む（2021）
　わたしのなつかしい一冊（2021）
　物語の函 世界名作選 1（2020）
　知っておきたいロシア文学（2012）
　ロシア文学 名作と主人公（2009）
　面白いほどよくわかる あらすじで読む世界の名作（2008）
　名作あらすじ事典 西洋文学編（2006）
　世界文学あらすじ大事典 1（2005）
　世界・名著のあらすじ―精選38冊（2005）
　あらすじで味わう外国文学（2004）
　面白いほどよくわかる 世界の文学（2004）
　世界の名作文学案内（2003）
　必読書150（2002）
　ポケット世界名作事典（1997）
　入門 名作の世界（1971）

海道記 [6] 37
　一度は読もうよ！ 日本の名著（2003）
　日本の古典名著・総解説（2001）
　古典文学鑑賞辞典（1999）
　一冊で日本の古典100冊を読む（1989）
　日本の古典―名著への招待（1986）
　古典の事典 精髄を読む―日本版（1986）

海南小記 [5]　柳田國男 37
　大正の名著（2009）
　世界の旅行記101（1999）
　世界の海洋文学・総解説（1998）
　日本文芸鑑賞事典 第8巻（1987）
　明治・大正・昭和の名著 総解説（1981）

懐風藻 [8] 38
　歴史的書物の名場面（2023）
　日本の名作あらすじ300（2020）
　3行でわかる名作＆ヒット本250（2012）
　2ページでわかる日本の古典傑作選（2007）
　日本の古典名著・総解説（2001）
　日本の古典―名著への招待（1986）
　古典の事典 精髄を読む―日本版（1986）
　日本の名著（1976）

海辺の光景 [8]　安岡章太郎 38
　新潮文庫 20世紀の100冊（2009）
　日本文学名作案内（2008）
　一度は読もうよ！ 日本の名著（2003）
　現代文学鑑賞辞典（2002）
　ポケット日本名作事典（2000）
　一冊で日本の名著100冊を読む（1988）
　現代日本名作探訪事典（1984）
　日本文学名作事典（1984）

カインの末裔 [14]　有島武郎 38
　1分de教養が身につく「日本の名作」あらすじ200本（2023）
　図説 教養として知っておきたい日本の名作50選（2016）
　知らないと恥ずかしい「日本の名作」あらすじ200本（2008）
　日本文学名作案内（2008）
　2時間でわかる日本の名著（2005）
　図説 5分でわかる日本の名作傑作選（2004）
　一度は読もうよ！ 日本の名著（2003）
　現代文学鑑賞辞典（2002）
　ポケット日本名作事典（2000）
　一冊で日本の名著100冊を読む 続（1992）
　一冊で100名作の「さわり」を読む（1992）
　日本文芸鑑賞事典 第6巻（1987）
　現代日本名作探訪事典（1984）
　日本文学名作事典（1984）

顧みれば [6]　ベラミー 38
　世界物語大事典（2019）
　書き出し「世界文学全集」（2013）
　世界文学あらすじ大事典 1（2005）
　たのしく読めるアメリカ文学（1994）
　世界のSF文学・総解説（1992）
　アメリカを変えた本（1972）

輝ける闇 [4]　開高健 38
　新潮文庫 20世紀の100冊（2009）
　「本の定番」ブックガイド（2004）
　現代文学鑑賞辞典（2002）
　ポケット日本名作事典（2000）

鍵 [4]　谷崎潤一郎 38
　50歳からの読書案内（2024）
　教養のためのブックガイド（2005）
　ポケット日本名作事典（2000）
　日本文学名作事典（1984）

限りなく透明に近いブルー [11]　村上龍 38
　1分de教養が身につく「日本の名作」あらすじ200本（2023）
　日本の名作あらすじ300（2020）
　世界の小説大百科（2013）

名作の書き出し―漱石から春樹まで(2009)
知らないと恥ずかしい「日本の名作」あらすじ200本(2008)
日本文学名作案内(2008)
百年の誤読(2004)
一度は読もうよ！ 日本の名著(2003)
現代文学鑑賞辞典(2002)
ベストガイド日本の名著 明治～平成(1996)
一冊で日本の名著100冊を読む(1988)

影をなくした男 [9] シャミッソー 39
知っておきたいドイツ文学(2011)
ドイツ文学 名作と主人公(2009)
名作あらすじ事典 西洋文学編(2006)
世界文学あらすじ大事典 1(2005)
要約 世界文学全集 2(2004)
世界文学の名作と主人公・総解説(2001)
世界の幻想文学・総解説(1998)
ポケット世界名作事典(1997)
ヨーロッパを語る13の書物(1989)

花月草紙 [6] 松平定信 39
日本古典への誘い100選 2(2007)
教養のためのブックガイド(2005)
日本の古典名著・総解説(2001)
古典文学鑑賞辞典(1999)
日本の古典―名著への招待(1986)
古典の事典 精髄を読む―日本版(1986)

蜻蛉日記 [23] 藤原道綱母 39
歴史的書物の名場面(2023)
日本文学の古典50選(2020)
日本の名作あらすじ300(2020)
千年の百冊(2013)
やさしい古典案内(2012)
マンガとあらすじでやさしく読める 日本の古典傑作30選(2012)
3行でわかる名作＆ヒット本250(2012)
日本文学名作案内(2008)
名作の書き出しを諳んじる(2008)
2ページでわかる日本の古典傑作選(2007)
日本古典への誘い100選 2(2007)
日本・名著のあらすじ・精選40冊(2004)
あらすじダイジェスト 日本の古典30を読む(2004)
一度は読もうよ！ 日本の名著(2003)
日本の古典名著・総解説(2001)
早わかり 日本古典文学あらすじ事典(2000)
古典文学鑑賞辞典(1999)
一冊で100名作の「さわり」を読む(1992)
一冊で日本の古典100冊を読む(1989)
日本の古典―名著への招待(1986)
古典の事典 精髄を読む―日本版(1986)
日本文学名作事典(1984)
日本の名著(1976)

火山の下 [4] ラウリー 39
世界の小説大百科(2013)
英仏文学戦記(2010)

世界文学あらすじ大事典 1(2005)
たのしく読めるイギリス文学(1994)

賢い血 [5] オコナー 39
世界の小説大百科(2013)
知っておきたいアメリカ文学(2010)
名作はこのように始まる 2(2008)
名作あらすじ事典 西洋文学編(2006)
世界文学あらすじ大事典 1(2005)

火車 [10] 宮部みゆき 39
けんごの小説紹介(2024)
1分de教養が身につく「日本の名作」あらすじ200本(2023)
いつか君に出会ってほしい本(2023)
日本の名作あらすじ300(2020)
東西ミステリーベスト100(2013)
3行でわかる名作＆ヒット本250(2012)
新潮文庫 20世紀の100冊(2009)
知らないと恥ずかしい「日本の名作」あらすじ200本(2008)
現代文学鑑賞辞典(2002)
ベストガイド日本の名著 明治～平成(1996)

華氏451度 [7] ブラッドベリ 40
いつかあなたに出会ってほしい本(2024)
はじめて読む！ 海外文学ブックガイド(2022)
世界物語大事典(2019)
アメリカ文学 名作と主人公(2009)
百年の誤読 海外文学篇(2008)
教養のためのブックガイド(2005)
世界のSF文学・総解説(1992)

風立ちぬ [37] 堀辰雄 40
来たよ！ なつかしい一冊(2024)
あらすじで読むキリスト教文学(2024)
文庫で読む100年の文学(2023)
1分de教養が身につく「日本の名作」あらすじ200本(2023)
名著入門―日本近代文学50選(2022)
日本の名作あらすじ300(2020)
名作名言一行で読む日本の名作小説(2017)
世界に愛され、評価される！「日本の名著」(2016)
たった5行で読んだ気になる日本の名作(2016)
日本人なら知っておきたい あらすじで読む日本の名著(2014)
あらすじで読む 日本の名著(新人物文庫)(2012)
3行でわかる名作＆ヒット本250(2012)
愛と死の日本文学(2011)
日本の名作おさらい(2010)
知らないと恥ずかしい「日本の名作」あらすじ200本(2008)
日本文学名作案内(2008)
私を変えたこの一冊(2007)
絵で読むあらすじ日本の名著(2007)
ひと目でわかる日本の名作(2006)
2時間でわかる日本の名著(2005)
百年の誤読(2004)

あらすじで味わう日本文学（2004）
あらすじで味わう名作文学（2004）
一度は読もうよ！ 日本の名著（2003）
あらすじで読む 日本の名著（楽書ブックス）（2003）
日本の小説101（2003）
日本の名著3分間読書100（2003）
現代文学鑑賞辞典（2002）
日本の名作文学案内（2001）
ポケット日本名作事典（2000）
一冊で100名作の「さわり」を読む（1992）
一冊で日本の名著100冊を読む（1988）
日本文芸鑑賞事典 第11巻（1987）
日本・世界名作「愛の会話」100章（1985）
日本文学名作事典（1984）
日本近代文学名著事典（1982）
世界名著案内 5（1973）

風と共に去りぬ [28] ミッチェル 40
一冊に名著一〇〇冊がギュッと詰まった凄い本（2022）
あなたのなつかしい一冊（2022）
世界の小説大百科（2013）
3行でわかる名作＆ヒット本250（2012）
知っておきたいアメリカ文学（2010）
アメリカ文学 名作と主人公（2009）
『こころ』は本当に名作か（2009）
新潮文庫 20世紀の100冊（2009）
読んでおきたい世界の名著（2007）
名作あらすじ事典 西洋文学編（2006）
ベストセラー世界の文学・20世紀 1（2006）
超ベスト文学あらすじ大事典 1（2005）
あらすじダイジェスト 世界の名作100を読む（2005）
百年の誤読（2004）
あらすじで読む世界文学105（2004）
あらすじで味わう外国文学（2004）
図説 5分でわかる世界の名作（2004）
あらすじで読む 世界の名著 No.1（2004）
世界文学のすじ書き（2003）
世界の名作文学案内（2003）
世界文学の名作と主人公・総解説（2001）
二十世紀を騒がせた本（1999）
ポケット世界名作事典（1997）
英米文学の名作を知る本（1997）
たのしく読めるアメリカ文学（1994）
世界の書物（1989）
世界の名著（1976）
入門 名作の世界（1971）

風の又三郎 [19] 宮沢賢治 41
1分de教養が身につく「日本の名作」あらすじ200本（2023）
図説 教養として知っておきたい日本の名作50選（2016）
日本人なら知っておきたい あらすじで読む日本の名著（2014）
知らないと恥ずかしい「日本の名作」あらすじ200本（2008）
日本文学名作案内（2008）
名作の書き出しを諳んじる（2008）
2時間でわかる日本の名著（2005）
感動！ 日本の名著 近現代編（2004）
図説 5分でわかる日本の名作傑作選（2004）
一度は読もうよ！ 日本の名著（2003）
あらすじで読む 日本の名著 No.3（2003）
日本の名著3分間読書100（2003）
日本の名作文学案内（2001）
ポケット日本名作事典（2000）
一冊で100名作の「さわり」を読む（1992）
一冊で日本の名著100冊を読む（1988）
日本文芸鑑賞事典 第10巻（1988）
日本の名著（1976）
入門 名作の世界（1971）

火宅の人 [8] 檀一雄 41
名著入門―日本近代文学50選（2022）
新潮文庫 20世紀の100冊（2009）
日本文学名作案内（2008）
一度は読もうよ！ 日本の名著（2003）
現代文学鑑賞辞典（2002）
ポケット日本名作事典（2000）
日本文芸鑑賞事典 第20巻（1988）
一冊で日本の名著100冊を読む（1988）

カッコーの巣の上で [4] キージー 41
世界の小説大百科（2013）
百年の誤読 海外文学篇（2008）
たのしく読めるアメリカ文学（1994）
映画になった名著（1991）

月山 [6] 森敦 41
日本文学名作案内（2008）
あらすじで味わう日本文学（2004）
一度は読もうよ！ 日本の名著（2003）
現代文学鑑賞辞典（2002）
ポケット日本名作事典（2000）
日本文芸鑑賞事典 第20巻（1988）

河童 [14] 芥川龍之介 41
名著入門―日本近代文学50選（2022）
3行でわかる名作＆ヒット本250（2012）
日本の名作おさらい（2010）
新潮文庫 20世紀の100冊（2009）
日本文学名作案内（2008）
私を変えたこの一冊（2007）
一度は読もうよ！ 日本の名著（2003）
現代文学鑑賞辞典（2002）
ポケット日本名作事典（2000）
一冊で日本の名著100冊を読む 続（1992）
日本文芸鑑賞事典 第9巻（1988）
生きがいの再発見 名著22選（1985）
日本文学名作事典（1984）
世界名著案内 5（1973）

悲しき玩具 [8] 石川啄木 42
いつかあなたに出会ってほしい本（2024）

かなし　　　　　　　作品別ブックガイド一覧

- 明治の名著 2 (2009)
- 新潮文庫 20世紀の100冊 (2009)
- ベストガイド日本の名著 明治～平成 (1996)
- 日本文芸鑑賞事典 第4巻 (1987)
- 日本近代文学名著事典 (1982)
- 明治・大正・昭和の名著 総解説 (1981)
- 入門 名作の世界 (1971)

悲しき熱帯[6]　レヴィ＝ストロース ……… 42
- 知の巨人が選んだ世界の名著200 (2023)
- 齋藤孝の名著50 (2022)
- 一行でわかる名著 (2020)
- 英仏文学戦記 (2010)
- 「本の定番」ブックガイド (2004)
- 世界の旅行記101 (1999)

悲しみよこんにちは[16]　サガン ……… 42
- いつか君に出会ってほしい本 (2023)
- 一冊に名著一〇〇冊がギュッと詰まった凄い本 (2022)
- 少女は本を読んで大人になる (2015)
- 世界の小説大百科 (2013)
- フランス文学 名作と主人公 (2009)
- 世界の名作50選 (2008)
- 百年の誤読 海外文学篇 (2008)
- 名作はこのように始まる 2 (2008)
- あらすじダイジェスト 世界の名作100を読む (2005)
- あらすじで味わう外国文学 (2004)
- 2時間でわかる世界の名著 (2004)
- 面白いほどよくわかる 世界の文学 (2004)
- 世界の名作文学案内 (2003)
- 世界文学の名作と主人公・総解説 (2001)
- ポケット世界名作事典 (1997)
- 一冊で世界の名著100冊を読む (1988)

仮名手本忠臣蔵[20]　竹田出雲 (2世) ほか …… 42
- これだけは知っておきたい日本の名作 (2023)
- 日本文学の古典50選 (2020)
- 日本の名作あらすじ300 (2020)
- この1冊で早わかり！ 日本の古典50冊 (2015)
- 千年の百冊 (2013)
- 日本文学名作案内 (2008)
- 千年紀のベスト100作品を選ぶ (2007)
- 2ページでわかる日本の古典傑作選 (2007)
- 日本の書物 (2006)
- 日本古典への誘い100選 1 (2006)
- 日本・名著のあらすじ―精選40冊 (2004)
- あらすじダイジェスト 日本の古典30を読む (2004)
- 一度は読もうよ！ 日本の名著 (2003)
- 日本の名著3分間読書100 (2003)
- 日本の古典名著・総解説 (2001)
- 早わかり 日本古典文学あらすじ事典 (2000)
- 古典文学鑑賞辞典 (1999)
- 一冊で日本の古典100冊を読む (1989)
- 古典の事典 精髄を読む―日本版 (1986)
- 日本の名著 (1976)

蟹工船[44]　小林多喜二 ……… 43
- 名作に学ぶ人生を切り拓く教訓50 (2024)
- あらすじで読むキリスト教文学 (2024)
- 文庫で読む100年の文学 (2023)
- 1分de教養が身につく「日本の名作」あらすじ200 (2023)
- 知の巨人が選んだ世界の名著200 (2023)
- 名著入門―日本近代文学50選 (2022)
- 日本の名作あらすじ300 (2020)
- 名作名言一一行で読む日本の名作小説 (2017)
- 図説 教養として知っておきたい日本の名作50選 (2016)
- 世界に愛され、評価される！「日本の名著」
- たった5行で読んだ気になる日本の名作 (2016)
- 日本人なら知っておきたい あらすじで読む日本の名著 (2014)
- あらすじで読む 日本の名著 (新人物文庫) (2012)
- 3行でわかる名作＆ヒット本250 (2012)
- 日本の名作おさらい (2010)
- Jブンガク (2010)
- この一冊でわかる日本の名作 (2010)
- 知らないと恥ずかしい「日本の名作」あらすじ200本 (2008)
- 日本文学名作案内 (2008)
- 名作の書き出しを諳んじる (2008)
- 明治・大正・昭和のベストセラー (2007)
- ひと目でわかる日本の名作 (2005)
- 2時間でわかる日本の名著 (2005)
- 感動！ 日本の名著 近現代編 (2004)
- 百年の誤読 (2004)
- 日本・名著のあらすじ―精選40冊 (2004)
- あらすじで味わう日本文学 (2004)
- 図説 5分でわかる日本の名作 (2004)
- 一度は読もうよ！ 日本の名著 (2003)
- あらすじで読む 日本の名著 (楽書ブックス) (2003)
- 日本の小説101 (2003)
- 日本の名著3分間読書100 (2003)
- 現代文学鑑賞辞典 (2002)
- ポケット日本名作事典 (2000)
- 世界の海洋文学・総解説 (1998)
- 一冊で100名作の「さわり」を読む (1992)
- 一冊で日本の名著100冊を読む (1988)
- 日本文芸鑑賞事典 第9巻 (1988)
- 日本・世界名著「愛の会話」100章 (1985)
- 日本文学名作事典 (1984)
- 日本近代文学名著事典 (1982)
- 日本の名著 (1976)
- 世界名著案内 5 (1973)
- 入門 名作の世界 (1971)

鐘[6]　マードック ……… 43
- 世界の小説大百科 (2013)
- 知っておきたいイギリス文学 (2010)
- 世界文学必勝法 (2008)
- 名作あらすじ事典 西洋文学編 (2006)
- 世界文学あらすじ大事典 1 (2005)

たのしく読めるイギリス文学(1994)

黴 [4] 徳田秋声 43
  明治の名著 2(2009)
  日本文芸鑑賞事典 第4巻(1987)
  日本近代文学名著事典(1982)
  明治・大正・昭和の名著 総解説(1981)

ガープの世界 [7] アーヴィング 43
  知っておきたいアメリカ文学(2010)
  アメリカ文学 名作と主人公(2009)
  新潮文庫 20世紀の100冊(2009)
  百年の誤読 海外文学篇(2008)
  名作あらすじ事典 西洋文学編(2006)
  世界の名作文学案内(2003)
  たのしく読めるアメリカ文学(1994)

蒲田行進曲 [6] つかこうへい 43
  1分de教養が身につく「日本の名作」あらすじ200本(2023)
  日本の名作あらすじ300(2020)
  知らないと恥ずかしい「日本の名作」あらすじ200本(2008)
  日本文学名作案内(2008)
  一度は読もうよ！ 日本の名著(2003)
  現代文学鑑賞辞典(2002)

神々は渇く [7] フランス 43
  知っておきたいフランス文学(2010)
  フランス文学 名作と主人公(2009)
  百年の誤読 海外文学篇(2008)
  名作あらすじ事典 西洋文学編(2006)
  世界文学あらすじ大事典 1(2005)
  要約 世界文学全集 1(2004)
  世界文学の名作と主人公・総解説(2001)

仮面の告白 [14] 三島由紀夫 43
  1分de教養が身につく「日本の名作」あらすじ200本(2023)
  名著のツボ(2021)
  知らないと恥ずかしい「日本の名作」あらすじ200本(2008)
  日本文学名作案内(2008)
  名作の書き出しを諳んじる(2008)
  2時間でわかる日本の名著(2005)
  あらすじで読む 日本の名著 No.3(2003)
  必読書150(2002)
  現代文学鑑賞辞典(2002)
  ポケット日本名作事典(2000)
  ベストガイド日本の名著 明治～平成(1996)
  日本文芸鑑賞事典 第15巻(1988)
  日本文学名作事典(1984)
  明治・大正・昭和の名著 総解説(1981)

かもめ [6] チェーホフ 44
  知っておきたいロシア文学(2012)
  ロシア文学 名作と主人公(2009)
  面白いほどよくわかる あらすじで読む世界の名作(2008)

名作あらすじ事典 西洋文学編(2006)
世界文学あらすじ大事典 1(2005)
ポケット世界名作事典(1997)

かもめのジョナサン [4] バック 44
  百年の誤読(2004)
  世界の名作文学が2時間で分かる本(2004)
  世界文学の名作と主人公・総解説(2001)
  英米文学の名作を知る本(1997)

ガラスの靴 [4] 安岡章太郎 44
  文庫で読む100年の文学(2023)
  名場面で味わう日本文学60選(2021)
  一度は読もうよ！ 日本の名著(2003)
  一冊で愛の話題作100冊を読む(1991)

ガラスの動物園 [5] ウィリアムズ 44
  50歳からの読書案内(2024)
  百年の誤読 海外文学篇(2008)
  世界文学あらすじ大事典 1(2005)
  あらすじダイジェスト 世界の名作100を読む(2005)
  たのしく読めるアメリカ文学(1994)

カラーパープル [10] ウォーカー 44
  世界を変えた100の小説 下(2024)
  あなたのなつかしい一冊(2022)
  世界の小説大百科(2013)
  知っておきたいアメリカ文学(2010)
  名作あらすじ事典 西洋文学編(2006)
  あらすじで読む世界文学105(2004)
  世界の名作文学案内(2003)
  世界文学の名作と主人公・総解説(2001)
  英米文学の名作を知る本(1997)
  たのしく読めるアメリカ文学(1994)

カラマーゾフの兄弟 [28] ドストエフスキー 45
  名作に学ぶ人生を切り拓く教訓50(2024)
  みんなのなつかしい一冊(2022)
  知の巨人が選んだ世界の名著200(2023)
  齋藤孝の名著50(2022)
  齋藤孝の冒頭文de文学案内(2021)
  名著のツボ(2021)
  物語の函 世界名作選 1(2020)
  一行でわかる名著(2020)
  みちのきち私の一冊(2018)
  書き出し「世界文学全集」(2013)
  3行でわかる名作＆ヒット本250(2012)
  知っておきたいロシア文学(2012)
  クライマックス名作案内 1(2011)
  世界の名作おさらい(2010)
  ロシア文学 名作と主人公(2009)
  名作あらすじ事典 西洋文学編(2006)
  世界の長編文学(2005)
  世界文学あらすじ大事典 1(2005)
  教養のためのブックガイド(2005)
  世界・名著のあらすじ一精選38冊(2005)
  あらすじで味わう外国文学(2004)

かりあ　　　　　　　　作品別ブックガイド一覧

- 図説 5分でわかる世界の名作 (2004)
- 面白いほどよくわかる 世界の文学 (2004)
- 世界文学の名作と主人公・総解説 (2001)
- ポケット世界名作事典 (1997)
- 世界の書物 (1989)
- 一冊で世界の名著100冊を読む (1988)
- 世界の名著 (1976)

ガリア戦記[7]　カエサル............... 45
- 名著のツボ (2021)
- 図説 地図とあらすじで読む歴史の名著 (2004)
- あらすじで読む 世界の名著 No.1 (2004)
- 世界の古典名著・総解説 (2001)
- 世界の旅行記101 (1999)
- 古典・名著の読み方 (1991)
- 世界の名著早わかり事典 (1984)

ガリバー旅行記[42]　スウィフト............ 45
- 名作に学ぶ人生を切り拓く教訓50 (2024)
- 世界を変えた100の小説 上 (2024)
- いつかあなたに出会ってほしい本 (2024)
- 齋藤孝の冒頭文de文学案内 (2021)
- 物語の函 世界名作選 1 (2020)
- 世界物語大事典 (2019)
- 歴史を変えた100冊の本 (2019)
- 世界の小説大百科 (2013)
- 書き出し「世界文学全集」(2013)
- 3行でわかる名作&ヒット本250 (2012)
- 知っておきたいイギリス文学 (2010)
- 世界の名作おさらい (2010)
- イギリス文学 名作と主人公 (2009)
- 『こころ』は本当に名作か (2009)
- 世界の名作50選 (2008)
- 世界文学必勝法 (2008)
- 世界の「名著」50 (2008)
- 千年紀のベスト100作品を選ぶ (2007)
- 名作あらすじ事典 西洋文学編 (2006)
- 世界文学あらすじ大事典 1 (2005)
- あらすじダイジェスト 世界の名作100を読む (2005)
- あらすじで読む 世界の名著 No.3 (2005)
- あらすじで読む世界文学105 (2004)
- あらすじで味わう外国文学 (2004)
- 図説 5分でわかる世界の名作 (2004)
- 2時間でわかる世界の名著 (2004)
- 面白いほどよくわかる 世界の文学 (2004)
- 要約 世界文学全集 2 (2004)
- 世界の名作文学案内 (2003)
- 必読書150 (2002)
- 世界文学の名作と主人公・総解説 (2001)
- 世界の幻想文学・総解説 (1998)
- ポケット世界名作事典 (1997)
- 英米文学の名作を知る本 (1997)
- たのしく読めるイギリス文学 (1994)
- 世界のSF文学・総解説 (1992)
- ヨーロッパを語る13の書物 (1989)
- 世界の書物 (1989)
- 一冊で世界の名著100冊を読む (1988)

- 西洋をきずいた書物 (1977)
- 世界の名著 (1976)
- 入門 名作の世界 (1971)

ガルガンチュアとパンタグリュエルの物語[21]　ラブレー............ 45
- 物語の函 世界名作選 1 (2020)
- 世界の小説大百科 (2013)
- 「あらすじ」だけで人生の意味が全部わかる世界の古典13 (2012)
- 知っておきたいフランス文学 (2010)
- 英仏文学戦記 (2010)
- フランス文学 名作と主人公 (2009)
- 『こころ』は本当に名作か (2009)
- 名作あらすじ事典 西洋文学編 (2006)
- 世界の長編文学 (2005)
- 世界文学あらすじ大事典 1 (2005)
- 教養のためのブックガイド (2005)
- あらすじで読む世界文学105 (2004)
- 面白いほどよくわかる 世界の文学 (2004)
- 世界を変えた100冊の本 (2003)
- 必読書150 (2002)
- 世界文学の名作と主人公・総解説 (2001)
- 世界の幻想文学・総解説 (1998)
- 世界の奇書・総解説 (1998)
- ポケット世界名作事典 (1997)
- 世界の書物 (1989)
- 世界の名著 (1976)

カルメン[16]　メリメ............... 46
- 物語の函 世界名作選 1 (2020)
- 知っておきたいフランス文学 (2010)
- 世界の名作おさらい (2010)
- フランス文学 名作と主人公 (2009)
- 面白いほどよくわかる あらすじで読む世界の名作 (2008)
- 名作あらすじ事典 西洋文学編 (2006)
- 世界文学あらすじ大事典 1 (2005)
- あらすじダイジェスト 世界の名作100を読む (2005)
- 2時間でわかる世界の名著 (2004)
- 要約 世界文学全集 2 (2004)
- 世界文学のすじ書き (2003)
- 世界の名作文学案内 (2003)
- 世界文学の名作と主人公・総解説 (2001)
- ポケット世界名作事典 (1997)
- 日本・世界名作「愛の会話」100章 (1985)
- 世界の名著 (1976)

華麗なるギャツビー　⇒グレート・ギャツビーを見よ

枯木灘[11]　中上健次............ 46
- 文庫で読む100年の文学 (2023)
- 昭和の作家力 (2023)
- 名作の書き出し―漱石から春樹まで (2009)
- 名作はこのように始まる 2 (2008)
- 日本文学 これを読まないと文学は語れない!! (2006)

日本の小説101（2003）
必読書150（2002）
現代文学鑑賞辞典（2002）
ポケット日本名作事典（2000）
ベストガイド日本の名著 明治〜平成（1996）
現代文学名作探訪事典（1984）

彼らの目は神を見ていた[4]　ハーストン……46
グレート・ノベルズ（2024）
世界文学の名作を「最短」で読む（2021）
世界の小説大百科（2013）
たのしく読めるアメリカ文学（1994）

カレワラ[5]　リョンロート………………46
世界文学あらすじ大事典 1（2005）
世界の海洋文学・総解説（1998）
世界の幻想文学・総解説（1998）
世界の奇書・総解説（1998）
ポケット世界名作事典（1997）

雁[21]　森鷗外……………………………47
図説 教養として知っておきたい日本の名作50選（2016）
愛と死の日本文学（2011）
日本の名作おさらい（2010）
明治の名著 2（2009）
日本文学名作案内（2008）
明治・大正・昭和のベストセラー（2007）
感動！ 日本の名著 近現代編（2007）
図説 5分でわかる日本の名作傑作選（2004）
あらすじで味わう日本文学（2004）
あらすじで味わう名作文学（2004）
一度は読もうよ！ 日本の名著（2003）
ポケット日本名作事典（2000）
一冊で日本の名著100冊を読む（1988）
愛ありて—名作のなかの女たち（1988）
日本文芸鑑賞事典 第4巻（1987）
現代文学名作探訪事典（1984）
日本文学名作事典（1984）
日本近代文学名著事典（1982）
明治・大正・昭和の名著 総解説（1981）
日本の名著（1976）
入門 名作の世界（1971）

閑吟集[9]……………………………………47
歴史的書物の名場面（2023）
日本文学の古典50選（2020）
千年の百冊（2013）
日本古典への誘い100選 2（2007）
日本の名著3分間読書100（2003）
日本の古典名著・総解説（2001）
一冊で日本の古典100冊を読む（1989）
日本の古典—名著への招待（1986）
古典の事典 精髄を読む—日本版（1986）

巌窟王　⇒モンテ・クリスト伯を見よ

菅家文草[4]　菅原道真…………………47
千年の百冊（2013）

2ページでわかる日本の古典傑作選（2007）
日本の古典名著・総解説（2001）
古典の事典 精髄を読む—日本版（1986）

感情教育[6]　フローベール……………47
世界の小説大百科（2013）
知っておきたいフランス文学（2010）
『こころ』は本当に名作か（2009）
名作あらすじ事典 西洋文学編（2006）
世界文学あらすじ大事典 1（2005）
ポケット世界名作事典（1997）

勧進帳[5]　並木五瓶（3世）……………47
日本の名作あらすじ300（2020）
千年の百冊（2013）
日本の名著3分間読書100（2003）
日本の古典—名著への招待（1986）
日本文学名作事典（1984）

カンタベリー物語[18]　チョーサー……48
物語の函 世界名作選 1（2020）
歴史を変えた100冊の本（2019）
書き出し「世界文学全集」（2013）
知っておきたいイギリス文学（2010）
イギリス文学 名作と主人公（2009）
世界の名作50選（2008）
名作あらすじ事典 西洋文学編（2006）
世界文学あらすじ大事典 1（2005）
教養のためのブックガイド（2005）
あらすじダイジェスト 世界の名作100を読む（2005）
世界・名著のあらすじ—精選38冊（2005）
あらすじで読む世界文学105（2004）
面白いほどよくわかる 世界の文学（2004）
世界文学の名作と主人公・総解説（2001）
ポケット世界名作事典（1997）
たのしく読めるイギリス文学（1994）
世界の書物（1989）
一冊で世界の名著100冊を読む（1988）

カンディード[10]　ヴォルテール………48
グレート・ノベルズ（2024）
世界の小説大百科（2013）
知っておきたいフランス文学（2010）
名作あらすじ事典 西洋文学編（2006）
世界文学あらすじ大事典 1（2005）
世界を変えた100冊の本（2003）
世界の奇書・総解説（1998）
ポケット世界名作事典（1997）
西洋をきずいた書物（1977）
世界の名著（1976）

雁の寺[10]　水上勉………………………48
1分de教養が身につく「日本の名作」あらすじ200本（2023）
知らないと恥ずかしい「日本の名作」あらすじ200本（2008）
日本文学名作案内（2008）
あらすじダイジェスト 日本の名作70を読む

(2005)
　あらすじで味わう日本文学 (2004)
　一度は読もうよ！ 日本の名著 (2003)
　日本の小説101 (2003)
　ポケット日本名作事典 (2000)
　一冊で日本の名著100冊を読む (1988)
　日本文芸鑑賞事典　第18巻 (1988)

ガン病棟[5] 　ソルジェニーツィン............... 48
　世界の小説大百科 (2013)
　知っておきたいロシア文学 (2012)
　ロシア文学 名作と主人公 (2009)
　世界文学の名作と主人公・総解説 (2001)
　一冊で世界の名著100冊を読む (1988)

【 き 】

機械[14] 　横光利一 48
　1分de教養が身につく「日本の名作」あらすじ200本 (2023)
　名場面で味わう日本文学60選 (2021)
　林修の「今読みたい」日本文学講座 (2015)
　3行でわかる名作＆ヒット本250 (2012)
　知らないと恥ずかしい「日本の名作」あらすじ200本 (2008)
　図説 5分でわかる日本の名作傑作選 (2004)
　あらすじで読む 日本の名著（楽書ブックス）(2003)
　日本の小説101 (2003)
　必読書150 (2002)
　日本の名作文学案内 (2001)
　一冊で100名作の「さわり」を読む (1992)
　日本文芸鑑賞事典　第10巻 (1988)
　日本文学名作事典 (1984)
　日本近代文学名著事典 (1982)

飢餓海峡[6] 　水上勉 48
　東西ミステリーベスト100 (2013)
　新潮文庫 20世紀の100冊 (2009)
　あらすじで味わう昭和のベストセラー (2004)
　ポケット日本名作事典 (2000)
　世界の推理小説・総解説 (1992)
　日本・世界名作「愛の会話」100章 (1985)

奇巌城[6] 　ルブラン 48
　東西ミステリーベスト100 (2013)
　私を変えたこの一冊 (2007)
　世界文学あらすじ大事典 1 (2005)
　世界の名作文学案内 (2003)
　世界の推理小説・総解説 (1992)
　世界の書物 (1989)

帰郷[7] 　大佛次郎 49
　教科書で出会った名作小説一〇〇 (2023)
　一度は読もうよ！ 日本の名著 (2003)
　現代文学鑑賞辞典 (2002)
　ポケット日本名作事典 (2000)
　一冊で日本の名著100冊を読む (1988)
　日本文芸鑑賞事典　第14巻 (1987)

　日本・世界名作「愛の会話」100章 (1985)

義経記[18] 49
　1分de教養が身につく「日本の名作」あらすじ200本 (2023)
　日本文学の古典50選 (2020)
　日本の名作あらすじ300 (2020)
　千年の百冊 (2013)
　3行でわかる名作＆ヒット本250 (2012)
　2ページでわかる日本の古典傑作選 (2007)
　日本の書物 (2006)
　日本古典への誘い100選 1 (2006)
　あらすじダイジェスト 日本の古典30を読む (2004)
　一度は読もうよ！ 日本の名著 (2003)
　日本の古典名著・総解説 (2001)
　早わかり 日本古典文学あらすじ事典 (2000)
　古典文学鑑賞辞典 (1999)
　一冊で100名作の「さわり」を読む (1992)
　一冊で日本の古典100冊を読む (1989)
　日本の古典一名著への招待 (1986)
　古典の事典 精髄を読む―日本版― (1986)
　日本文学名作事典 (1984)

危険な関係[12] 　ラクロ 49
　グレート・ノベルズ (2024)
　世界の小説大百科 (2013)
　知っておきたいフランス文学 (2010)
　フランス文学 名作と主人公 (2009)
　『こころ』は本当に名作か (2009)
　名作あらすじ事典 西洋文学編 (2006)
　世界文学あらすじ大事典 1 (2005)
　教養のためのブックガイド (2005)
　世界・名著のあらすじ―精選38冊 (2005)
　世界文学の名作と主人公・総解説 (2001)
　ポケット世界名作事典 (1997)
　一冊で世界の名著100冊を読む (1988)

儀式[4] 　シルコウ 49
　世界の小説大百科 (2013)
　知っておきたいアメリカ文学 (2010)
　名作あらすじ事典 西洋文学編 (2006)
　たのしく読めるアメリカ文学 (1994)

北回帰線[12] 　ミラー 49
　方法文学 世界名作選 2 (2020)
　世界の小説大百科 (2013)
　『こころ』は本当に名作か (2009)
　百年の誤読 海外文学篇 (2008)
　教養のためのブックガイド (2005)
　面白いほどよくわかる 世界の文学 (2004)
　世界の名作文学が2時間で分かる本 (2004)
　要約 世界文学全集 1 (2004)
　世界文学のすじ書き (2003)
　名作の読解法―世界名作中編小説二〇選 (2003)
　ポケット世界名作事典 (1997)
　たのしく読めるアメリカ文学 (1994)

キッチン[11]　吉本ばなな 50
  文庫で読む100年の文学 (2023)
  1分de教養が身につく「日本の名作」あらすじ200本 (2023)
  いつか君に出会ってほしい本 (2023)
  中古典のすすめ (2020)
  日本の名作あらすじ300 (2020)
  世界の小説大百科 (2013)
  名作の書き出し—漱石から春樹まで (2009)
  知らないと恥ずかしい「日本の名作」あらすじ200本 (2008)
  名作はこのように始まる 1 (2008)
  日本文学 これを読まないと文学は語れない!! (2006)
  現代文学鑑賞辞典 (2002)

紀ノ川[7]　有吉佐和子 50
  日本文学名作案内 (2008)
  あらすじで味わう日本文学 (2004)
  一度は読もうよ！日本の名著 (2003)
  ポケット日本名作事典 (2000)
  一冊で日本の名著100冊を読む 続 (1992)
  日本文芸鑑賞事典 第18巻 (1988)
  現代文学名作探訪事典 (1984)

城の崎にて[22]　志賀直哉 50
  1分de教養が身につく「日本の名作」あらすじ200本 (2023)
  名著入門―日本近代文学50選 (2022)
  名場面で味わう日本文学60選 (2021)
  日本の名作あらすじ300 (2020)
  愛と死の日本文学 (2011)
  日本の名作おさらい (2010)
  この一冊でわかる日本の名作 (2010)
  知らないと恥ずかしい「日本の名作」あらすじ200本 (2008)
  日本文学名作案内 (2008)
  2時間でわかる日本の名著 (2005)
  あらすじダイジェスト 日本の名作70を読む (2005)
  百年の誤読 (2004)
  日本・名著のあらすじ―精選40冊 (2004)
  図説 5分でわかる日本の名作傑作選 (2004)
  一度は読もうよ！日本の名著 (2003)
  あらすじで読む 日本の名著 No.3 (2003)
  現代文学鑑賞辞典 (2002)
  ポケット日本名作事典 (2000)
  一冊で100名作の「さわり」を読む (1992)
  一冊で日本の名著100冊を読む (1988)
  日本文芸鑑賞事典 第6巻 (1987)
  日本文学名作案内 (1984)

君の名は[5]　菊田一夫 50
  日本文学名作案内 (2008)
  日本文学 これを読まないと文学は語れない!! (2006)
  あらすじで味わう昭和のベストセラー (2004)
  一度は読もうよ！日本の名著 (2003)

現代文学鑑賞辞典 (2002)

キム　⇒少年キム（しょうねんきむ）を見よ

キャッチ＝22[7]　ヘラー 50
  世界を変えた100の小説 下 (2024)
  グレート・ノベルズ (2024)
  一冊に名著一〇〇冊がギュッと詰まった凄い本 (2022)
  世界の小説大百科 (2013)
  世界文学あらすじ大事典 1 (2005)
  面白いほどよくわかる 世界の文学 (2004)
  たのしく読めるアメリカ文学 (1994)

キャッチャー・イン・ザ・ライ　⇒ライ麦畑でつかまえてを見よ

キャラメル工場から[5]　佐多稲子 50
  教科書で出会った名作小説一〇〇 (2023)
  日本文学名作案内 (2008)
  日本の名作文学案内 (2001)
  ポケット日本名作事典 (2000)
  一冊で100名作の「さわり」を読む (1992)

吸血鬼ドラキュラ[8]　ストーカー 51
  世界を変えた100の小説 上 (2024)
  世界文学の名作を「最短」で読む (2021)
  世界の小説大百科 (2013)
  書き出し「世界文学全集」 (2013)
  イギリス文学 名作と主人公 (2009)
  世界文学あらすじ大事典 1 (2005)
  世界の幻想文学・総解説 (1998)
  たのしく読めるイギリス文学 (1994)

牛肉と馬鈴薯[12]　国木田独歩 51
  あらすじで読むキリスト教文学 (2024)
  1分de教養が身につく「日本の名作」あらすじ200本 (2023)
  日本の名作おさらい (2010)
  知らないと恥ずかしい「日本の名作」あらすじ200本 (2008)
  日本文学名作案内 (2008)
  ひと目でわかる日本の名作 (2006)
  日本・名著のあらすじ―精選40冊 (2004)
  一度は読もうよ！日本の名著 (2003)
  あらすじで読む 日本の名著（楽書ブックス）(2003)
  ポケット日本名作事典 (2000)
  一冊で日本の名著100冊を読む 続 (1992)
  日本文芸鑑賞事典 第2巻 (1987)

旧約聖書　⇒聖書（せいしょ）を見よ

キューポラのある街[5]　早船ちよ 51
  中古典のすすめ (2020)
  日本文学名作案内 (2008)
  あらすじで味わう昭和のベストセラー (2004)
  一度は読もうよ！日本の名著 (2003)
  日本文芸鑑賞事典 第18巻 (1988)

狂雲集[6]　一休宗純 51
　千年の百冊 (2013)
　日本の書物 (2006)
　日本の名著3分間読書100 (2003)
　日本の艶本・珍書 総解説 (1998)
　古典の事典 精髄を読む―日本版 (1986)
　日本の奇書77冊 (1980)

饗宴[7]　プラトン 51
　齋藤孝の名著50 (2022)
　一行でわかる名著 (2020)
　お厚いのがお好き？ (2010)
　教養のためのブックガイド (2005)
　必読書150 (2002)
　ポケット世界名作事典 (1997)
　世界の名著 (1976)

狂人日記[5]　魯迅 52
　中国古典の名著50冊が1冊でざっと学べる (2023)
　世界史読書案内 (2010)
　百年の誤読 海外文学篇 (2008)
　中国の古典名著・総解説 (2001)
　ポケット世界名作事典 (1997)

享楽主義者マリウス[4]　ペイター 52
　世界の小説大百科 (2013)
　世界文学あらすじ大事典 1 (2005)
　たのしく読めるイギリス文学 (1994)
　世界の名著 (1976)

虚栄の市[10]　サッカレイ 52
　世界を変えた100の小説 上 (2024)
　世界の小説大百科 (2013)
　イギリス文学 名作と主人公 (2009)
　世界の名作50選 (2008)
　世界文学あらすじ大事典 2 (2005)
　世界文学の名作と主人公・総解説 (2001)
　ポケット世界名作事典 (1997)
　英米文学の名作を知る本 (1997)
　たのしく読めるイギリス文学 (1994)
　世界の名著 (1976)

巨匠とマルガリータ[11]　ブルガーコフ 52
　グレート・ノベルズ (2024)
　文庫で読む100年の文学 (2023)
　世界の小説大百科 (2013)
　知っておきたいロシア文学 (2012)
　ロシア文学 名作と主人公 (2009)
　名作あらすじ事典 西洋文学編 (2006)
　面白いほどよくわかる 世界の文学 (2004)
　世界文学のすじ書き (2003)
　世界の名作文学案内 (2003)
　世界文学の名作と主人公・総解説 (2001)
　世界の幻想文学・総解説 (1998)

去来抄[7]　向井去来 53
　日本古典への誘い100選 1 (2006)
　日本の名著3分間読書100 (2003)
　日本の古典名著・総解説 (2001)

　古典文学鑑賞辞典 (1999)
　日本の古典―名著への招待 (1986)
　古典の事典 精髄を読む―日本版 (1986)
　日本の名著 (1976)

きらきらひかる[5]　江國香織 53
　来たよ！ なつかしい一冊 (2024)
　けんごの小説紹介 (2024)
　名作の書き出し―漱石から春樹まで (2009)
　新潮文庫 20世紀の100冊 (2009)
　現代文学鑑賞辞典 (2002)

吉里吉里人[7]　井上ひさし 53
　齋藤孝の冒頭文de文学案内 (2021)
　新潮文庫 20世紀の100冊 (2009)
　日本文学 これを読まないと文学は語れない!! (2006)
　日本の小説101 (2003)
　現代文学鑑賞辞典 (2002)
　ポケット日本名作事典 (2000)
　世界のSF文学・総解説 (1992)

桐の花[5]　北原白秋 53
　Jブンガク (2010)
　明治の名著 2 (2009)
　日本文芸鑑賞事典 第5巻 (1987)
　日本近代文学名著事典 (1982)
　明治・大正・昭和の名著 総解説 (1981)

ギルガメシュ叙事詩[6] 53
　世界物語大事典 (2019)
　歴史を変えた100冊の本 (2019)
　世界文学必勝法 (2008)
　世界文学あらすじ大事典 2 (2005)
　世界の幻想文学・総解説 (1998)
　世界の奇書・総解説 (1998)

金槐和歌集[14]　源実朝 54
　歴史的書物の名場面 (2023)
　日本文学の古典50選 (2020)
　この1冊で早わかり！ 日本の古典50冊 (2015)
　千年の百冊 (2013)
　2ページでわかる日本の古典傑作選 (2007)
　日本古典への誘い100選 2 (2007)
　日本の書物 (2006)
　日本の名著3分間読書100 (2003)
　日本の古典名著・総解説 (2001)
　早わかり 日本古典文学あらすじ事典 (2000)
　古典文学鑑賞辞典 (1999)
　日本の古典―名著への招待 (1986)
　古典の事典 精髄を読む―日本版 (1986)
　日本の名著 (1976)

金閣寺[33]　三島由紀夫 54
　名作に学ぶ人生を切り拓く教訓50 (2024)
　文庫で読む100年の文学 (2023)
　1分de教養が身につく「日本の名作」あらすじ200本 (2023)
　いつか君に出会ってほしい本 (2023)

作品別ブックガイド一覧　　くうか

名著入門—日本近代文学50選 (2022)
齋藤孝の冒頭文de文学案内 (2021)
名著のツボ (2021)
名場面で味わう日本文学60選 (2021)
日本の名作あらすじ300 (2020)
一行でわかる名著 (2020)
名作名言——行で読む日本の名作小説 (2017)
世界に愛され、評価される!「日本の名著」(2016)
たった5行で読んだ気になる日本の名作 (2016)
日本人なら知っておきたい あらすじで読む日本の名著 (2014)
クライマックス名作案内 1 (2011)
日本の名作おさらい (2010)
名作の書き出し—漱石から春樹まで (2009)
知らないと恥ずかしい「日本の名作」あらすじ200本 (2008)
日本文学名作案内 (2008)
2時間でわかる日本の名著 (2005)
日本・名著のあらすじ—精選40冊 (2004)
あらすじで味わう日本文学 (2004)
あらすじで味わう名作文学 (2004)
一度は読もうよ! 日本の名著 (2003)
あらすじで読む 日本の名著(楽書ブックス) (2003)
日本の小説101 (2003)
日本の名著3分間読書100 (2003)
現代文学鑑賞辞典 (2002)
日本の名作文学案内 (2001)
一冊で日本の名著100冊を読む (1988)
日本文芸鑑賞事典 第17巻 (1988)
日本文学名作事典 (1984)
世界名著案内 8 (1973)

銀河鉄道の夜 [29]　宮沢賢治 54
名作に学ぶ人生を切り拓く教訓50 (2024)
いつかあなたに出会ってほしい本 (2024)
1分de教養が身につく「日本の名作」あらすじ200本 (2023)
名著入門—日本近代文学50選 (2022)
齋藤孝の冒頭文de文学案内 (2021)
名場面で味わう日本文学60選 (2021)
日本の名作あらすじ300 (2020)
名作名言——行で読む日本の名作小説 (2017)
図説 教養として知っておきたい日本の名作50選 (2016)
世界に愛され、評価される!「日本の名著」(2016)
たった5行で読んだ気になる日本の名作 (2016)
あらすじで読む 日本の名著(新人物文庫) (2012)
日本の名作おさらい (2010)
この一冊でわかる日本の名作 (2010)
知らないと恥ずかしい「日本の名作」あらすじ200本 (2008)
私を変えたこの一冊 (2007)
ひと目でわかる日本の名作 (2006)
2時間でわかる日本の名著 (2005)
百年の誤読 (2004)

図説 5分でわかる日本の名作 (2004)
あらすじで読む 日本の名著 No.2 (2003)
日本の小説101 (2003)
必読書150 (2002)
現代文学鑑賞辞典 (2002)
日本の名作文学案内 (2001)
近代日本の百冊を選ぶ (1994)
世界のSF文学・総解説 (1992)
日本文芸鑑賞事典 第10巻 (1988)
日本文学名作事典 (1984)

金々先生栄花夢 [8]　恋川春町 54
これだけは知っておきたい日本の名作 (2023)
日本文学の古典50選 (2020)
一度は読もうよ! 日本の名著 (2003)
日本の古典名著・総解説 (2001)
古典文学鑑賞辞典 (1999)
一冊で日本の古典100冊を読む (1989)
日本の古典—名著への招待 (1986)
古典の事典 精髄を読む—日本版 (1986)

銀の匙 [21]　中勘助 54
いつかあなたに出会ってほしい本 (2024)
みんなのなつかしい一冊 (2023)
齋藤孝の冒頭文de文学案内 (2021)
あらすじで読む 日本の名著(新人物文庫) (2012)
愛と死の日本文学 (2011)
日本文学名作案内 (2008)
感動! 日本の名著 近現代編 (2004)
百年の誤読 (2004)
日本・名著のあらすじ—精選40冊 (2004)
あらすじで味わう日本文学 (2004)
一度は読もうよ! 日本の名著 (2003)
あらすじで読む 日本の名著 No.2 (2003)
日本の小説101 (2003)
現代文学鑑賞辞典 (2002)
日本の名作文学案内 (2001)
ポケット日本名作事典 (2000)
一冊で日本の名著100冊を読む 続 (1992)
日本文芸鑑賞事典 第5巻 (1987)
日本文学名作事典 (1984)
日本近代文学名著事典 (1982)
日本の名著 (1976)

金瓶梅 [6]　笑笑生 54
あらすじでわかる中国古典「超」入門 (2006)
世界の長編文学 (2005)
面白いほどよくわかる 世界の文学 (2004)
中国の古典名著・総解説 (2001)
ポケット世界名作事典 (1997)
東洋の奇書55冊 (1980)

【く】

空海の風景 [4]　司馬遼太郎 55
1分de教養が身につく「日本の名作」あらすじ200本 (2023)
わたしのなつかしい一冊 (2021)

日本の小説101（2003）
ポケット日本名作事典（2000）

寓話[7]　ラ・フォンテーヌ..................55
　知っておきたいフランス文学（2010）
　千年紀のベスト100作品を選ぶ（2007）
　名作あらすじ事典 西洋文学編（2006）
　世界文学あらすじ大事典（2005）
　面白いほどよくわかる 世界の文学（2004）
　ポケット世界名作事典（1997）
　ヨーロッパを語る13の書物（1989）

苦役列車[5]　西村賢太..................55
　来たよ！ なつかしい一冊（2024）
　文庫で読む100年の文学（2023）
　1分de教養が身につく「日本の名作」あらすじ200本（2023）
　日本の名作あらすじ300（2020）
　3行でわかる名作＆ヒット本250（2012）

クォ・ヴァディス[9]　シェンキェヴィチ....55
　世界の小説大百科（2013）
　『こころ』は本当に名作か（2009）
　世界文学あらすじ大事典 2（2005）
　世界の長編文学（2005）
　世界文学の名作と主人公・総解説（2001）
　ポケット世界名作事典（1997）
　一冊で世界の名著100冊を読む（1988）
　世界の名著（1976）
　入門 名作の世界（1971）

クオレ[6]　デ・アミーチス..................56
　新潮文庫 20世紀の100冊（2009）
　世界文学あらすじ大事典 2（2005）
　あらすじで読む 世界の名著 No.3（2005）
　世界文学の名作と主人公・総解説（2001）
　ポケット世界名作事典（1997）
　世界の名著（1976）

苦海浄土[12]　石牟礼道子..................56
　文庫で読む100年の文学（2023）
　いつか君に出会ってほしい本（2023）
　名著入門―日本近代文学50選（2022）
　少女は本を読んで大人になる（2015）
　現代世界の十大小説（2014）
　平和を考えるための100冊＋α（2014）
　20世紀を震撼させた100冊（1998）
　あの本にもう一度（1996）
　ベストガイド日本の名著 明治～平成（1996）
　近代日本の百冊を選ぶ（1994）
　現代を読む―100冊のノンフィクション（1992）
　明治・大正・昭和の名著 総解説（1981）

草の葉[8]　ホイットマン..................56
　世界を変えた本（2018）
　書き出し「世界文学全集」（2013）
　あらすじダイジェスト 世界の名作100を読む（2005）
　あらすじで読む世界文学105（2004）

世界の海洋文学・総解説（1998）
ポケット世界名作事典（1997）
西洋をきずいた書物（1977）
世界の名著（1976）

草の花[6]　福永武彦..................56
　あらすじで味わう日本文学（2004）
　一度は読もうよ！ 日本の名著（2003）
　現代文学鑑賞辞典（2002）
　一冊で愛の話題作100冊を読む（1991）
　現代文学名作探訪事典（1984）
　日本文学名作事典（1984）

草枕[15]　夏目漱石..................56
　名作に学ぶ人生を切り拓く教訓50（2024）
　齋藤孝の名著50（2022）
　日本の名作あらすじ300（2020）
　明治の名著 2（2009）
　日本文学名作案内（2008）
　名作の書き出しを諳んじる（2008）
　私を変えたこの一冊（2007）
　図説 5分でわかる日本の名作傑選（2004）
　一度は読もうよ！ 日本の名著（2003）
　日本の名著3分間読書100（2003）
　一冊で100名作の「さわり」を読む（1992）
　愛ありて―名作のなかの女たち（1988）
　日本文芸鑑賞事典 第3巻（1987）
　明治・大正・昭和の名著 総解説（1981）
　世界名著案内 3（1973）

愚神礼讃　⇒痴愚神礼讃（ちぐしんらいさん）を見よ

グスコーブドリの伝記[4]　宮沢賢治..........56
　1分de教養が身につく「日本の名作」あらすじ200本（2023）
　いつか君に出会ってほしい本（2023）
　知らないと恥ずかしい「日本の名作」あらすじ200本（2008）
　現代文学鑑賞辞典（2002）

崩れゆく絆[5]　アチェベ..................57
　世界を変えた100の小説 下（2024）
　グレート・ノベルズ（2024）
　文庫で読む100年の文学（2023）
　歴史を変えた100冊の本（2019）
　世界の小説大百科（2013）

グッバイ、コロンバス　⇒さようならコロンバスを見よ

国盗り物語[4]　司馬遼太郎..................57
　面白いほどよくわかる 時代小説名作100（2010）
　新潮文庫 20世紀の100冊（2009）
　近代日本の百冊を選ぶ（1994）
　歴史小説・時代小説 総解説（1986）

クマのプーさん[5]　ミルン..................57
　50歳からの読書案内（2024）
　書き出し「世界文学全集」（2013）

世界文学の名作と主人公・総解説 (2001)
ポケット世界名作事典 (1997)
たのしく読めるイギリス文学 (1994)

天衣紛上野初花 [4]　河竹黙阿弥 ………………… 57
教養のためのブックガイド (2005)
近代日本の百冊を選ぶ (1994)
日本文芸鑑賞事典　第1巻 (1987)
日本の名著 (1976)

蜘蛛の糸 [6]　芥川龍之介 ………………………… 57
いつかあなたに出会ってほしい本 (2024)
名作名言——一行で読む日本の名作小説 (2017)
名作の書き出しを諳んじる (2008)
図説 5分でわかる日本の名作傑作選 (2004)
一冊で100名作の「さわり」を読む (1992)
日本文芸鑑賞事典　第6巻 (1987)

雲の墓標 [9]　阿川弘之 …………………………… 57
いつか君に出会ってほしい本 (2023)
日本文学名作案内 (2008)
あらすじダイジェスト 日本の名作70を読む (2005)
一度は読もうよ！ 日本の名著 (2003)
現代文学鑑賞辞典 (2002)
ポケット日本名作事典 (2000)
今だから知っておきたい戦争の本70 (1999)
一冊で日本の名著100冊を読む (1988)
日本文芸鑑賞事典　第16巻 (1987)

暗い絵 [13]　野間宏 ………………………………… 58
1分de教養が身につく「日本の名作」あらすじ200本 (2023)
日本の名作おさらい (2010)
知らないと恥ずかしい「日本の名作」あらすじ200本 (2008)
名作はこのように始まる 1 (2008)
あらすじダイジェスト 日本の名作70を読む (2005)
一度は読もうよ！ 日本の名著 (2003)
現代文学鑑賞辞典 (2002)
日本の名作文学案内 (2001)
ポケット日本名作事典 (2000)
一冊で日本の名著100冊を読む 続 (1992)
日本文芸鑑賞事典　第14巻 (1987)
現代文学名作探訪事典 (1984)
日本文学名作事典 (1984)

蔵の中 [4]　宇野浩二 ……………………………… 58
日本の小説101 (2003)
ポケット日本名作事典 (2000)
日本文芸鑑賞事典　第6巻 (1987)
日本近代文学名著事典 (1982)

鞍馬天狗 [7]　大佛次郎 …………………………… 58
たった5行で読んだ気になる日本の名作 (2016)
面白いほどよくわかる 時代小説名作100 (2010)
日本文学名作案内 (2008)
あらすじで味わう昭和のベストセラー (2004)

日本の名著3分間読書100 (2003)
ポケット日本名作事典 (2000)
歴史小説・時代小説 総解説 (1986)

グラン・モーヌ [9]　アラン＝フルニエ ……… 59
知っておきたいフランス文学 (2010)
英仏文学戦記 (2010)
名作あらすじ事典 西洋文学編 (2006)
ベストセラー世界の文学・20世紀 1 (2006)
世界文学あらすじ大事典 2 (2005)
面白いほどよくわかる 世界の文学 (2004)
ポケット世界名作事典 (1997)
一冊で世界の名著100冊を読む (1988)
入門 名作の世界 (1971)

クリスマス・キャロル [12]　ディケンズ …… 59
けんごの小説紹介 (2024)
一冊に名著一〇〇冊がギュッと詰まった凄い本 (2022)
はじめて読む！ 海外文学ブックガイド (2022)
3行でわかる名作＆ヒット本250 (2012)
世界の名作おさらい (2010)
世界文学あらすじ大事典 2 (2005)
あらすじで読む 世界の名著 No.3 (2005)
2時間でわかる世界の名著 (2004)
世界の名作文学案内 (2003)
世界文学の名作と主人公・総解説 (2001)
ポケット世界名作事典 (1997)
たのしく読めるイギリス文学 (1994)

グリム童話集 [4]　グリム兄弟 …………………… 59
歴史を変えた100冊の本 (2019)
世界を変えた本 (2018)
ポケット世界名作事典 (1997)
世界の名著 (1976)

狂えるオルランド [5]　アリオスト …………… 59
世界物語大事典 (2019)
世界文学あらすじ大事典 2 (2005)
教養のためのブックガイド (2005)
世界の幻想文学・総解説 (1998)
ポケット世界名作事典 (1997)

クレーヴの奥方 [9]　ラ・ファイエット夫人 ‥ 60
世界の小説大百科 (2013)
知っておきたいフランス文学 (2010)
英仏文学戦記 (2010)
フランス文学 名作と主人公 (2009)
世界文学必勝法 (2008)
名作あらすじ事典 西洋文学編 (2006)
世界文学あらすじ大事典 2 (2005)
世界文学の名作と主人公・総解説 (2001)
ポケット世界名作事典 (1997)

グレート・ギャツビー [31]　フィッツジェラルド ……………………………………………… 60
世界を変えた100の小説 上 (2024)
グレート・ノベルズ (2024)
エクス・リブリス (2023)

文庫で読む100年の文学 (2023)
名著のツボ (2021)
人生を狂わす名著50 (2017)
名作英米小説の読み方・楽しみ方 (2014)
世界の小説大百科 (2013)
書き出し「世界文学全集」(2013)
3行でわかる名作&ヒット本250 (2012)
知っておきたいアメリカ文学 (2010)
世界の名作おさらい (2010)
アメリカ文学 名作と主人公 (2009)
世界文学必勝法 (2008)
百年の誤読 海外文学篇 (2008)
私を変えたこの一冊 (2007)
名作あらすじ事典 西洋文学編 (2006)
ベストセラー世界の文学・20世紀 1 (2006)
世界文学あらすじ大事典 2 (2005)
あらすじで読む世界文学105 (2004)
あらすじで味わう外国文学 (2004)
図説 5分でわかる世界の名作 (2004)
2時間でわかる世界の名著 (2004)
面白いほどよくわかる 世界の文学 (2004)
要約 世界文学全集 1 (2004)
世界の名作文学案内 (2003)
世界文学の名作と主人公・総解説 (2001)
ポケット世界名作事典 (1997)
英米文学の名作を知る本 (1997)
たのしく読めるアメリカ文学 (1994)
日本・世界名作「愛の会話」100章 (1985)

黒い雨 [21] 井伏鱒二 60
教科書で出会った名作小説一〇〇 (2023)
1分de教養が身につく「日本の名作」あらすじ200本 (2023)
昭和の作家力 (2023)
いつか君に出会ってほしい本 (2023)
図説 教養として知っておきたい日本の名作50選 (2016)
大人のための日本の名著50 (2014)
あらすじで読む 日本の名著 (新人物文庫) (2012)
愛と死の日本文学 (2011)
日本の名作おさらい (2010)
この一冊でわかる日本の名作 (2010)
知らないと恥ずかしい「日本の名作」あらすじ200本 (2008)
2時間でわかる日本の名著 (2005)
図説 5分でわかる日本の名作傑作選 (2004)
あらすじで味わう日本文学 (2004)
一度は読もうよ! 日本の名著 (2003)
あらすじで読む 日本の名著 (楽書ブックス) (2003)
現代文学鑑賞辞典 (2002)
ポケット日本名作事典 (2000)
一冊で日本の名著100冊を読む (1988)
日本文芸鑑賞事典 第19巻 (1987)
日本文学名作事典 (1984)

クロイツェル・ソナタ [7] トルストイ 60
翻訳者による海外文学ブックガイド BOOK

MARK (2019)
世界の小説大百科 (2013)
ロシア文学 名作と主人公 (2009)
『こころ』は本当に名作か (2009)
世界文学あらすじ大事典 2 (2005)
要約 世界文学全集 1 (2004)
ポケット世界名作事典 (1997)

黒髪 [4] 近松秋江 60
『こころ』は本当に名作か (2009)
現代文学鑑賞辞典 (2002)
日本文芸鑑賞事典 第7巻 (1987)
日本近代文学名著事典 (1982)

黒猫 [10] ポー 60
アメリカ文学 名作と主人公 (2009)
世界・名著のあらすじ一精選38冊 (2005)
あらすじで味わう外国文学 (2004)
図説 5分でわかる世界の名作 (2004)
世界の名作文学案内 (2003)
世界文学の名作と主人公・総解説 (2001)
ポケット世界名作事典 (1997)
英米文学の名作を知る本 (1997)
世界の名著 (1976)
入門 名作の世界 (1971)

黒の試走車 [5] 梶山季之 61
日本文学名作案内 (2008)
日本文学 これを読まないと文学は語れない!! (2006)
一度は読もうよ! 日本の名著 (2003)
世界の推理小説・総解説 (1992)
生きがいの再発見 名著22選 (1985)

群盗 [6] シラー 61
知っておきたいドイツ文学 (2011)
ドイツ文学 名作と主人公 (2009)
あらすじダイジェスト 世界の名作100を読む (2005)
面白いほどよくわかる 世界の文学 (2004)
世界文学の名作と主人公・総解説 (2001)
ポケット世界名作事典 (1997)

【け】

結婚式のメンバー [4] マッカラーズ 61
アメリカ文学 名作と主人公 (2009)
世界文学あらすじ大事典 2 (2005)
世界文学の名作と主人公・総解説 (2001)
たのしく読めるアメリカ文学 (1994)

月長石 [6] コリンズ 61
東西ミステリーベスト100 (2013)
世界の小説大百科 (2013)
イギリス文学 名作と主人公 (2009)
世界文学あらすじ大事典 2 (2005)
たのしく読めるイギリス文学 (1994)
世界の推理小説・総解説 (1992)

ゲド戦記 5　ル＝グウィン ………………… 61
　あなたのなつかしい一冊 (2022)
　世界物語大事典 (2019)
　百年の誤読 海外文学篇 (2008)
　世界の幻想文学・総解説 (1998)
　世界のSF文学・総解説 (1992)

蹴りたい背中 5　綿矢りさ ………………… 62
　1分de教養が身につく「日本の名作」あらすじ200本 (2023)
　いつか君に出会ってほしい本 (2023)
　日本の名作あらすじ300 (2020)
　知らないと恥ずかしい「日本の名作」あらすじ200本 (2008)
　日本文学名作案内 (2008)

幻化 5　梅崎春生 …………………………… 62
　たった5行で読んだ気になる日本の名作 (2016)
　ポケット日本名作事典 (2000)
　日本文芸鑑賞事典 第19巻 (1987)
　現代文学名作探訪事典 (1984)
　日本文学名作事典 (1984)

検察官 10　ゴーゴリ ………………………… 62
　知っておきたいロシア文学 (2012)
　ロシア文学 名作と主人公 (2009)
　世界文学必勝法 (2008)
　名作あらすじ事典 西洋文学編 (2006)
　世界文学あらすじ大事典 2 (2005)
　あらすじで読む世界文学105 (2004)
　あらすじで読む 世界の名著 No.2 (2004)
　世界文学の名作と主人公・総解説 (2001)
　ポケット世界名作事典 (1997)
　一冊で世界の名著100冊を読む (1988)

原子爆弾　⇒夏の花 (なつのはな) を見よ

源氏物語 50　紫式部 ………………………… 63
　名作に学ぶ人生を切り拓く教訓50 (2024)
　世界を変えた100の小説 上 (2024)
　グレート・ノベルズ 2024
　これだけは知っておきたい日本の名作 (2023)
　歴史的書物の名場面 (2023)
　1分de教養が身につく「日本の名作」あらすじ200本 (2023)
　齋藤孝の冒頭文de文学案内 (2021)
　名著のツボ (2021)
　日本文学の古典50選 (2020)
　日本の名作あらすじ300 (2020)
　一行でわかる名著 (2020)
　歴史を変えた100冊の本 (2019)
　世界を変えた本 (2018)
　世界に愛され、評価される！「日本の名著」(2016)
　この1冊で早わかり！ 日本の古典50冊 (2015)
　大人のための日本の名著50 (2014)
　世界の小説大百科 (2013)
　書き出し「世界文学全集」(2013)
　千年の百冊 (2013)
　やさしい古典案内 (2012)
　マンガとあらすじでやさしく読める 日本の古典傑作30選 (2012)
　3行でわかる名作＆ヒット本250 (2012)
　愛と死の日本文学 (2011)
　あらすじで読む 日本の古典 (新人物文庫) (2011)
　『こころ』は本当に名作か (2009)
　知らないと恥ずかしい「日本の名作」あらすじ200本 (2008)
　日本文学名作案内 (2008)
　世界の「名著」50 (2008)
　名作の書き出しを諳んじる (2008)
　千年紀のベスト100作品を選ぶ (2007)
　2ページでわかる日本の古典傑作選 (2007)
　日本古典への誘い100選 2 (2007)
　日本の書物 (2006)
　教養のためのブックガイド (2005)
　あらすじダイジェスト 日本の古典30を読む (2004)
　あらすじで味わう名作文学 (2004)
　あらすじで読む 日本の古典 (楽書ブックス) (2004)
　図説 5分でわかる日本の名作 (2004)
　一度は読もうよ！ 日本の名著 (2003)
　日本の名著3分間読書100 (2003)
　日本の古典名著・総解説 (2001)
　早わかり 日本古典文学あらすじ事典 (2000)
　古典文学鑑賞辞典 (1999)
　一冊で100名作の「さわり」を読む (1992)
　一冊で日本の古典100冊を読む (1989)
　日本の古典―名著への招待 (1986)
　古典の事典 精髄を読む―日本版 (1986)
　生きがいの再発見 名著22選 (1985)
　日本文学名作事典 (1984)
　日本の名著 (1976)

賢者ナータン 7　レッシング ……………… 63
　知っておきたいドイツ文学 (2011)
　ドイツ文学 名作と主人公 (2009)
　名作あらすじ事典 西洋文学編 (2006)
　世界文学あらすじ大事典 2 (2005)
　世界文学の名作と主人公・総解説 (2001)
　ポケット世界名作事典 (1997)
　世界の名著 (1976)

賢者の贈り物 5　オー・ヘンリー ………… 63
　あらすじで味わう外国文学 (2004)
　図説 5分でわかる世界の名作 (2004)
　ポケット世界名作事典 (1997)
　英米文学の名作を知る本 (1997)
　日本・世界名作「愛の会話」100章 (1985)

原色の街 6　吉行淳之介 …………………… 63
　文庫で読む100年の文学 (2023)
　名場面で味わう日本文学60選 (2021)
　一度は読もうよ！ 日本の名著 (2003)
　現代文学鑑賞辞典 (2002)
　一冊で愛の話題作100冊を読む (1991)

日本文芸鑑賞事典 第16巻 (1987)

現代の英雄[10]　レールモントフ 63
　世界の小説大百科 (2013)
　知っておきたいロシア文学 (2012)
　ロシア文学 名作と主人公 (2009)
　名作あらすじ事典 西洋文学編 (2006)
　世界文学あらすじ大事典 2 (2005)
　要約 世界文学全集 2 (2004)
　世界文学の名作と主人公・総解説 (2001)
　ポケット世界名作事典 (1997)
　一冊で世界の名著100冊を読む (1988)
　世界の名著 (1976)

権力と栄光[5]　グリーン 63
　世界の小説大百科 (2013)
　ベストセラー世界の文学・20世紀 1 (2006)
　世界文学あらすじ大事典 2 (2005)
　世界の名著 (1976)
　入門 名作の世界 (1971)

建礼門院右京大夫集[9]　建礼門院右京大夫 .. 64
　日本文学の古典50選 (2020)
　千年の百冊 (2013)
　日本古典への誘い100選 2 (2007)
　一度は読もうよ！ 日本の名著 (2003)
　日本の古典名著・総解説 (2001)
　古典文学鑑賞辞典 (1999)
　一冊で日本の名著100冊を読む (1989)
　日本の古典―名著への招待 (1986)
　古典の事典 精髄を読む―日本版 (1986)

【 こ 】

恋する女たち[4]　ロレンス 64
　世界の小説大百科 (2013)
　イギリス文学 名作と主人公 (2009)
　世界文学あらすじ大事典 2 (2005)
　世界文学の名作と主人公・総解説 (2001)

コインロッカー・ベイビーズ[4]　村上龍 64
　いつか君に出会ってほしい本 (2023)
　日本の小説101 (2003)
　ポケット日本名作事典 (2000)
　世界のSF文学・総解説 (1992)

恍惚の人[15]　有吉佐和子 64
　1分de教養が身につく「日本の名作」あらすじ200本 (2023)
　中古典のすすめ (2020)
　世界の小説大百科 (2013)
　新潮文庫 20世紀の100冊 (2009)
　知らないと恥ずかしい「日本の名作」あらすじ200本 (2008)
　日本文学名作案内 (2008)
　あらすじダイジェスト 日本の名作70を読む (2005)
　百年の誤読 (2004)
　あらすじで味わう昭和のベストセラー (2004)
　一度は読もうよ！ 日本の名著 (2003)
　日本の小説101 (2003)
　現代文学鑑賞辞典 (2002)
　ポケット日本名作事典 (2000)
　日本文芸鑑賞事典 第20巻 (1988)
　一冊で日本の名著100冊を読む (1988)

好色一代男[31]　井原西鶴 64
　これだけは知っておきたい日本の名作 (2023)
　1分de教養が身につく「日本の名作」あらすじ200本 (2023)
　齋藤孝の冒頭文de文学案内 (2021)
　日本の名作あらすじ300 (2020)
　たった5行で読んだ気になる日本の名作 (2016)
　この1冊で早わかり！ 日本の古典50冊 (2015)
　大人のための日本の名著50 (2014)
　千年の百冊 (2013)
　3行でわかる名作＆ヒット本250 (2012)
　愛と死の日本文学 (2011)
　あらすじで読む 日本の古典 (新人物文庫) (2011)
　日本の名作おさらい (2010)
　Jブンガク (2010)
　知らないと恥ずかしい「日本の名作」あらすじ200本 (2008)
　日本文学名作案内 (2008)
　千年紀のベスト100作品を選ぶ (2007)
　2ページでわかる日本の古典傑作選 (2007)
　日本の書物 (2006)
　あらすじダイジェスト 日本の古典30を読む (2004)
　あらすじで読む 日本の古典 (楽書ブックス) (2004)
　図説 5分でわかる日本の名作 (2004)
　一度は読もうよ！ 日本の名著 (2003)
　日本の名著名著・総解説 (2001)
　早わかり 日本古典文学あらすじ事典 (2000)
　古典文学鑑賞辞典 (1999)
　日本の艶本・珍書 総解説 (1998)
　一冊で日本の古典100冊を読む (1989)
　日本の古典―名著への招待 (1986)
　古典の事典 精髄を読む―日本版 (1986)
　日本文学名作事典 (1984)
　日本の名著 (1976)

好色一代女[7]　井原西鶴 65
　日本文学名作案内 (2008)
　あらすじで味わう名作文学 (2004)
　一度は読もうよ！ 日本の名著 (2003)
　日本の古典名著・総解説 (2001)
　一冊で日本の古典100冊を読む (1989)
　日本の古典―名著への招待 (1986)
　古典の事典 精髄を読む―日本版 (1986)

好色五人女[10]　井原西鶴 65
　日本文学の古典50選 (2020)
　千年の百冊 (2013)
　あらすじダイジェスト 日本の古典30を読む (2004)
　一度は読もうよ！ 日本の名著 (2003)

日本の名著3分間読書100（2003）
古典文学鑑賞辞典（1999）
一冊で100名作の「さわり」を読む（1992）
一冊で日本の古典100冊を読む（1989）
日本の古典―名著への招待（1986）
古典の事典 精髄を読む―日本版（1986）

幸福な王子 [6] ワイルド............... 65
大人もときめく国語教科書の名作ガイド（2023）
みんなのなつかしい一冊（2023）
あらすじで読む 世界の名著 No.3（2005）
世界の名作文学案内（2003）
ポケット世界名作事典（1997）
英米文学の名作を知る本（1997）

高慢と偏見 [28] オースティン............ 65
世界を変えた100の小説 上（2024）
グレート・ノベルズ（2024）
世界文学の名作を「最短」で読む（2021）
歴史を変えた100冊の本（2019）
人生を狂わす名著50（2017）
世界の小説大百科（2013）
書き出し「世界文学全集」（2013）
3行でわかる名作＆ヒット本250（2012）
私の世界文学案内（2012）
英仏文学戦記（2010）
イギリス文学 名作と主人公（2009）
『こころ』は本当に名作か（2009）
世界の名作50選（2008）
世界文学必勝法（2008）
名作はこのように始まる 2（2008）
世界文学あらすじ大事典 2（2005）
教養のためのブックガイド（2005）
あらすじダイジェスト 世界の名作100を読む（2005）
世界・名著のあらすじ―精選38冊（2005）
あらすじで読む世界文学105（2004）
あらすじで味わう外国文学（2004）
面白いほどよくわかる 世界の文学（2004）
世界文学の名作と主人公・総解説（2001）
ポケット世界名作事典（1997）
英米文学の名作を知る本（1997）
たのしく読めるイギリス文学（1994）
一冊で世界の名著100冊を読む（1988）
入門 名作の世界（1971）

荒野の呼び声 ⇒野生の呼び声（やせいのよびごえ）を見よ

高野聖 [30] 泉鏡花................... 65
教科書で出会った名作小説一〇〇（2023）
1分de教養が身につく「日本の名作」あらすじ200本（2023）
名著入門―日本近代文学50選（2022）
名著のツボ（2021）
日本の名作あらすじ300（2020）
名作名言―一行で読む日本の名作小説（2017）
世界に愛され、評価される！「日本の名著」（2016）

たった5行で読んだ気になる日本の名作（2016）
日本人なら知っておきたい あらすじで読む日本の名著（2014）
3行でわかる名作＆ヒット本250（2012）
愛と死の日本文学（2011）
日本の名作おさらい（2010）
知らないと恥ずかしい「日本の名作」あらすじ200本（2008）
日本文学名作案内（2008）
ひと目でわかる日本の名作（2006）
感動！ 日本の名著 近現代編（2004）
一度は読もうよ！ 日本の名著（2003）
あらすじで読む 日本の名著（楽書ブックス）（2003）
日本の小説101（2003）
日本の名著3分間読書100（2003）
必読書150（2002）
現代文学鑑賞辞典（2002）
日本の名作文学案内（2001）
ポケット日本名作事典（2000）
一冊で日本の名著100冊を読む 続（1992）
一冊で100名作の「さわり」を読む（1992）
日本文芸鑑賞事典 第2巻（1987）
日本文学名作事典（1984）
日本近代文学名事典（1982）
日本の名著（1976）

荒涼館 [5] ディケンズ................ 65
名著のツボ（2021）
世界の小説大百科（2013）
『こころ』は本当に名作か（2009）
名作はこのように始まる 1（2008）
世界文学あらすじ大事典 2（2005）

紅楼夢 [13] 曹雪芹................... 66
中国古典の名著50冊が1冊でざっと学べる（2023）
世界の小説大百科（2013）
世界の名作50選（2008）
あらすじでわかる中国古典「超」入門（2006）
世界文学あらすじ大事典 2（2005）
世界の長編文学（2005）
教養のためのブックガイド（2005）
あらすじダイジェスト 世界の名作100を読む（2005）
世界・名著のあらすじ―精選38冊（2005）
面白いほどよくわかる 世界の文学（2004）
中国の古典名著・総解説（2001）
ポケット世界名作事典（1997）
世界の名著（1976）

子を貸し屋 [4] 宇野浩二............... 66
女性のための名作・人生案内（2005）
現代文学鑑賞辞典（2002）
ポケット日本名作事典（2000）
日本文芸鑑賞事典 第7巻（1987）

子をつれて [7] 葛西善蔵............... 66
あらすじで読む 日本の名著 No.3（2003）
現代文学鑑賞辞典（2002）

日本の名作文学案内（2001）
ポケット日本名作事典（2000）
日本文芸鑑賞事典 第6巻（1987）
日本文学名作事典（1984）
日本近代文学名著事典（1982）

黄金虫　⇒黄金虫（おうごんちゅう）を見よ

木枯し紋次郎[4]　笹沢左保 ･････････････････ 66
面白いほどよくわかる 時代小説名作100（2010）
日本文学名作案内（2008）
あの本にもう一度（1996）
歴史小説・時代小説 総解説（1986）

故旧忘れ得べき[9]　高見順 ･･･････････････････ 67
あらすじダイジェスト 日本の名作70を読む
　（2005）
感動！ 日本の名著 近現代編（2004）
現代文学鑑賞辞典（2002）
ポケット日本名作事典（2000）
日本文芸鑑賞事典 第11巻（1987）
日本文学名作事典（1984）
日本近代文学名著事典（1982）
日本の名著（1976）
入門 名作の世界（1971）

古今和歌集[24] ････････････････････････････････ 67
これだけは知っておきたい日本の名作（2023）
歴史的書物の名場面（2023）
日本文学の古典50選（2020）
日本の名作あらすじ300（2020）
この1冊で早わかり！ 日本の古典50冊（2015）
千年の百冊（2013）
マンガとあらすじでやさしく読める 日本の古典
　傑作30選（2012）
3行でわかる名作＆ヒット本250（2012）
あらすじで読む 日本の古典（新人物文庫）（2011）
日本文学名作案内（2008）
2ページでわかる日本の古典傑作選（2007）
日本古典への誘い100選 2（2007）
日本の書物（2006）
教養のためのブックガイド（2005）
あらすじで読む 日本の古典（楽書ブックス）
　（2004）
一度は読もうよ！ 日本の名著（2003）
日本の名著3分間読書100（2003）
日本の古典名著・総解説（2001）
早わかり 日本古典文学あらすじ事典（2000）
古典文学鑑賞辞典（1999）
一冊で日本の古典100冊を読む（1989）
日本の古典―名著への招待（1986）
古典の事典 精髄を読む―日本版（1986）
日本の名著（1976）

国性爺合戦[12]　近松門左衛門 ･･････････････ 67
千年の百冊（2013）
3行でわかる名作＆ヒット本250（2012）
日本文学名作案内（2008）
2ページでわかる日本の古典傑作選（2007）

日本古典への誘い100選 2（2007）
図説 5分でわかる日本の名作傑作選（2004）
一度は読もうよ！ 日本の名著（2003）
日本の古典名著・総解説（2001）
古典文学鑑賞辞典（1999）
一冊で日本の古典100冊を読む（1989）
古典の事典 精髄を読む―日本版（1986）
日本の名著（1976）

告白[11]　ルソー ･･･････････････････････････････ 67
世界の小説大百科（2013）
知っておきたいフランス文学（2010）
千年紀のベスト100作品を選ぶ（2007）
名作あらすじ事典 西洋文学編（2006）
世界文学あらすじ大事典 2（2005）
あらすじで読む世界文学105（2004）
要約 世界文学全集 2（2004）
世界を変えた100冊の本（2003）
ポケット世界名作事典（1997）
世界の書物（1989）
世界の名著（1976）

極楽とんぼ[4]　里見弴 ･････････････････････････ 67
1分de教養が身につく「日本の名作」あらすじ200
　本（2023）
知らないと恥ずかしい「日本の名作」あらすじ
　200本（2008）
日本文学名作案内（2008）
あらすじダイジェスト 日本の名作70を読む
　（2005）

こころ[42]　夏目漱石 ････････････････････････ 67
来たよ！ なつかしい一冊（2024）
名作に学ぶ人生を切り拓く教訓50（2024）
いつかあなたに出会ってほしい本（2024）
あらすじで読むキリスト教文学（2024）
教科書で出会った名作小説一〇〇（2023）
1分de教養が身につく「日本の名作」あらすじ200
　本（2023）
知の巨人が選んだ世界の名著200（2023）
人生を狂わす名著50（2017）
名作名言――行で読む日本の名作小説（2017）
「100分de名著」名作セレクション（2016）
図説 教養として知っておきたい日本の名作50選
　（2016）
世界に愛され、評価される！「日本の名著」
　（2016）
たった5行で読んだ気になる日本の名作（2016）
大人のための日本の名著50（2014）
世界の小説大百科（2013）
3行でわかる名作＆ヒット本250（2012）
愛と死の日本文学（2011）
日本の名作おさらい（2010）
この一冊でわかる日本の名作（2010）
大正の名著（2009）
知らないと恥ずかしい「日本の名作」あらすじ
　200本（2008）
日本文学名作案内（2008）
名作の書き出しを諳んじる（2008）

明治・大正・昭和のベストセラー(2007)
日本文学 これを読まないと文学は語れない!!(2006)
2時間でわかる日本の名著(2005)
感動! 日本の名著 近現代編(2004)
日本・名著のあらすじ—精選40冊(2004)
あらすじで味わう日本文学(2004)
あらすじで味わう名作文学(2004)
図説 5分でわかる日本の名作(2004)
一度は読もうよ! 日本の名著(2003)
現代文学鑑賞辞典(2002)
ポケット日本名作事典(2000)
ベストガイド日本の名著 明治~平成(1996)
一冊で日本の名著100冊を読む(1988)
日本文芸鑑賞事典 第5巻(1987)
日本文学名作事典(1984)
日本近代文学名著事典(1982)
明治・大正・昭和の名著 総解説(1981)
日本の名著(1976)
入門 名作の世界(1971)

心変わり 6　ビュトール 67
知っておきたいフランス文学(2010)
フランス文学 名作と主人公(2009)
名作あらすじ事典 西洋文学編(2006)
世界文学の名作と主人公・総解説(2001)
ポケット世界名作事典(1997)
世界の名著(1976)

古今著聞集 10　橘成季〔編〕.................. 68
歴史的書物の名場面(2023)
日本文学名作案内(2008)
日本古典への誘い100選 2(2007)
一度は読もうよ! 日本の名著(2003)
日本の古典名著・総解説(2001)
古典文学鑑賞辞典(1999)
一冊で100名作の「さわり」を読む(1992)
一冊で日本の古典100冊を読む(1989)
日本の古典—名著への招待(1986)
古典の事典 精髄を読む—日本版(1986)

古事記 39 68
これだけは知っておきたい日本の名作(2023)
歴史的書物の名場面(2023)
1分de教養が身につく「日本の名作」あらすじ200本(2023)
知の巨人が選んだ世界の名著200(2023)
齋藤孝の名著50(2022)
齋藤孝の冒頭文de文学案内(2021)
世界文学の名作を「最短」で読む(2021)
名著のツボ(2021)
日本文学の古典50選(2020)
日本の名作あらすじ300(2020)
みちのきち私の一冊(2018)
この1冊で早わかり! 日本の古典50冊(2015)
大人のための日本の名著50(2014)
千年の百冊(2013)
マンガとあらすじでやさしく読める 日本の古典

傑作30選(2012)
3行でわかる名作&ヒット本250(2012)
知らないと恥ずかしい「日本の名著」あらすじ200本(2008)
日本文学名作案内(2008)
2ページでわかる日本の古典傑作選(2007)
日本の書物(2006)
日本古典への誘い100選 1(2006)
日本・名著のあらすじ—精選40冊(2004)
図説 5分でわかる日本の名作傑作選(2004)
あらすじダイジェスト 日本の古典30を読む(2004)
図説 地図とあらすじで読む歴史の名著(2004)
あらすじで味わう名作文学(2004)
あらすじで読む 日本の古典(楽書ブックス)(2004)
一度は読もうよ! 日本の名著(2003)
日本の名著3分間読書100(2003)
日本の古典名著・総解説(2001)
古典文学鑑賞辞典(1999)
日本歴史「古典籍」総覧(1990)
一冊で日本の古典100冊を読む(1989)
日本の古典—名著への招待(1986)
古典の事典 精髄を読む—日本版(1986)
生きがいの再発見 名著22選(1985)
世界の名著早わかり事典(1984)
日本文学名作事典(1984)
日本の名著(1976)

古事談 4　源顕兼〔編〕........................ 68
この1冊で早わかり! 日本の古典50冊(2015)
一度は読もうよ! 日本の名著(2003)
一冊で日本の古典100冊を読む(1989)
古典の事典 精髄を読む—日本版(1986)

孤愁の岸 5　杉本苑子 68
面白いほどよくわかる 時代小説名作100(2010)
現代文学鑑賞辞典(2002)
ポケット日本名作事典(2000)
日本文芸鑑賞事典 第18巻(1988)
歴史小説・時代小説 総解説(1986)

五重塔 37　幸田露伴 68
これだけは知っておきたい日本の名作(2023)
歴史的書物の名場面(2023)
教科書で出会った名作小説一〇〇(2023)
1分de教養が身につく「日本の名作」あらすじ200本(2023)
齋藤孝の冒頭文de文学案内(2021)
日本の名作あらすじ300(2020)
一行でわかる名著(2020)
名作名言—一行で読む日本の名作小説(2017)
たった5行で読んだ気になる日本の名作(2016)
日本人なら知っておきたい あらすじで読む日本の名著(2014)
あらすじで読む 日本の名著(新人物文庫)(2012)
3行でわかる名作&ヒット本250(2012)
愛と死の日本文学(2011)
日本の名作おさらい(2010)

こしん　　　作品別ブックガイド一覧

　明治の名著 2(2009)
　知らないと恥ずかしい「日本の名作」あらすじ
　　200本(2008)
　日本文学名作案内(2008)
　名作の書き出しを諳んじる(2008)
　絵で読むあらすじ日本の名著(2007)
　ひと目でわかる日本の名作(2006)
　2時間でわかる日本の名著(2005)
　感動！日本の名著 近現代編(2004)
　あらすじで味わう名作文学(2004)
　一度は読もうよ！日本の名著(2003)
　あらすじで読む 日本の名著(楽書ブックス)
　　(2003)
　日本の名著3分間読書100(2003)
　現代文学鑑賞辞典(2002)
　日本の名作文学案内(2001)
　ポケット日本名作事典(2000)
　ベストガイド日本の名著 明治〜平成(1996)
　一冊で日本の名著100冊を読む 続(1992)
　一冊で100名作の「さわり」を読む(1992)
　日本文芸鑑賞事典 第1巻(1987)
　日本文学名作事典(1984)
　明治・大正・昭和の名著 総解説(1981)
　日本の名著(1976)
　入門 名作の世界(1971)

個人的な体験[7]　大江健三郎・・・・・・・・・・・・・・・ 68
　いつかあなたに出会ってほしい本(2024)
　グレート・ノベルズ(2024)
　文庫で読む100年の文学(2023)
　教養のためのブックガイド(2005)
　現代文学鑑賞辞典(2002)
　ポケット日本名作事典(2000)
　日本文芸鑑賞事典 第19巻(1987)

小僧の神様[7]　志賀直哉・・・・・・・・・・・・・・・・・・ 68
　林修の「今読みたい」日本文学講座(2015)
　私を変えたこの一冊(2007)
　必読書150(2002)
　日本の名作文学案内(2001)
　ポケット日本名作事典(2000)
　日本文芸鑑賞事典 第6巻(1987)
　日本文学名作事典(1984)

古都[5]　川端康成・・・・・・・・・・・・・・・・・・・・・ 69
　1分de教養が身につく「日本の名作」あらすじ200
　　本(2023)
　日本人なら知っておきたい あらすじで読む日本
　　の名著(2014)
　知らないと恥ずかしい「日本の名作」あらすじ
　　200本(2008)
　あらすじで読む 日本の名著 No.2(2003)
　ポケット日本名作事典(2000)

ゴドーを待ちながら[15]　ベケット ・・・・・・・ 69
　文庫で読む100年の文学(2023)
　方法文学 世界名作選 2(2020)
　知っておきたいイギリス文学(2010)
　フランス文学 名作と主人公(2009)

　百年の誤読 海外文学篇(2008)
　世界文学あらすじ大事典 2(2005)
　あらすじダイジェスト 世界の名作100を読む
　　(2005)
　あらすじで読む世界文学105(2004)
　面白いほどよくわかる 世界の文学(2004)
　必読書150(2002)
　世界文学の名作と主人公・総解説(2001)
　20世紀を震撼させた100冊(1998)
　英米文学の名作を知る本(1997)
　たのしく読めるイギリス文学(1994)
　世界の名著(1976)

古本説話集[5]・・・・・・・・・・・・・・・・・・・・・・・・・ 69
　一度は読もうよ！日本の名著(2003)
　日本の古典名著・総解説(2001)
　古典文学鑑賞辞典(1999)
　一冊で日本の古典100冊を読む(1989)
　日本の古典一名著への招待(1986)

ゴリオ爺さん[24]　バルザック ・・・・・・・・・・・ 69
　世界を変えた100の小説 上(2024)
　グレート・ノベルズ(2024)
　名著のツボ(2021)
　世界の小説大百科(2013)
　3行でわかる名作＆ヒット本250(2012)
　知っておきたいフランス文学(2010)
　英仏文学戦記(2010)
　世界の名作おさらい(2010)
　フランス文学 名作と主人公(2009)
　面白いほどよくわかる あらすじで読む世界の名
　　作(2008)
　世界文学必勝法(2008)
　名作あらすじ事典 西洋文学編(2006)
　世界文学あらすじ大事典 2(2005)
　教養のためのブックガイド(2005)
　世界・名著のあらすじ―精選38冊(2005)
　あらすじで読む世界文学105(2004)
　あらすじで味わう外国文学(2004)
　図説 5分でわかる世界の名作(2004)
　面白いほどよくわかる 世界の文学(2004)
　あらすじで読む 世界の名著 No.2(2004)
　要約 世界文学全集 2(2004)
　世界文学の名作と主人公・総解説(2001)
　ポケット世界名作事典(1997)
　一冊で世界の名著100冊を読む(1988)

古老の舟乗り　⇒老水夫行(ろうすいふこ
　　う)を見よ

こわれがめ[5]　クライスト ・・・・・・・・・・・・・・ 69
　知っておきたいドイツ文学(2011)
　ドイツ文学 名作と主人公(2009)
　名作あらすじ事典 西洋文学編(2006)
　世界文学の名作と主人公・総解説(2001)
　ポケット世界名作事典(1997)

金色夜叉[39]　尾崎紅葉・・・・・・・・・・・・・・・・・ 69
　教科書で出会った名作小説一〇〇(2023)

1分de教養が身につく「日本の名作」あらすじ200本（2023）
名著入門―日本近代文学50選（2022）
名場面で味わう日本文学60選（2021）
日本の名作あらすじ300（2020）
名作名言――一行で読む日本の名作小説（2017）
図説 教養として知っておきたい日本の名作50選（2016）
たった5行で読んだ気になる日本の名作（2016）
大人のための日本の名著50（2014）
日本人なら知っておきたい あらすじで読む日本の名著（2014）
あらすじで読む 日本の名著（新人物文庫）（2012）
3行でわかる 名作＆ヒット本250（2012）
愛と死の日本文学（2011）
日本の名作おさらい（2010）
Jブンガク（2010）
この一冊でわかる日本の名作（2010）
明治の名著 2（2009）
知らないと恥ずかしい「日本の名作」あらすじ200本（2008）
日本文学名作案内（2008）
絵で読むあらすじ日本の名著（2007）
ひと目でわかる日本の名作（2006）
2時間でわかる日本の名著（2005）
感動！ 日本の名作 近現代編（2004）
百年の誤読（2004）
図説 5分でわかる日本の名作（2004）
一度は読もうよ！ 日本の名著（2003）
あらすじで読む 日本の名著（楽書ブックス）（2003）
現代文学鑑賞辞典（2002）
日本の名作文学案内（2001）
ポケット日本名作事典（2000）
ベストガイド日本の名著 明治～平成（1996）
一冊で日本の名著100冊を読む 続（1992）
一冊で100名作の「さわり」を読む（1992）
日本文芸鑑賞事典 第2巻（1987）
日本文学名作事典（1984）
日本近代文学名著事典（1982）
明治・大正・昭和の名著 総解説（1981）
日本の名著（1976）
世界名著案内 3（1973）

今昔物語集 [30] 70
歴史的書物の名場面（2023）
1分de教養が身につく「日本の名作」あらすじ200本（2023）
知の巨人が選んだ世界の名著200（2023）
一冊に名著一〇〇冊がギュッと詰まった凄い本（2022）
日本文学の古典50選（2020）
日本の名作あらすじ300（2020）
この1冊で早わかり！ 日本の古典50冊（2015）
千年の百冊（2013）
やさしい古典案内（2012）
マンガとあらすじでやさしく読める 日本の古典傑作30選（2012）
あらすじで読む 日本の古典（新人物文庫）（2011）
知らないと恥ずかしい「日本の名作」あらすじ200本（2008）
日本文学名作案内（2008）
日本古典への誘い100選 2（2007）
日本の書物（2006）
日本・名著のあらすじ―精選40冊（2004）
図説でわかる日本の名作傑作選（2004）
あらすじダイジェスト 日本の古典30を読む（2004）
あらすじで読む 日本の古典（楽書ブックス）（2004）
一度は読もうよ！ 日本の名著（2003）
日本の名著3分間読書100（2003）
日本の古典名著・総解説（2001）
古典文学鑑賞辞典（1999）
日本の艶本・珍書 総解説（1998）
一冊で100名作の「さわり」を読む（1992）
一冊で日本の古典100冊を読む（1989）
日本の古典―名著への招待（1986）
古典の事典 精髄を読む―日本版（1986）
日本古典文学名作事典（1984）
日本の名著（1976）

昆虫記 ⇒ファーブル昆虫記を見よ

コン・ティキ号探検記 [4]　ヘイエルダール‥ 70
社会部記者の本棚（2024）
大人のための世界の名著50（2014）
世界の旅行記101（1999）
世界の海洋文学・総解説（1998）

婚約者 ⇒いいなづけを見よ

【さ】

最後の一葉 [8]　オー・ヘンリー................ 70
教科書で出会った名作小説一〇〇（2023）
世界の名作おさらい（2010）
アメリカ文学 名作と主人公（2009）
百年の誤読 海外文学篇（2009）
図説 5分でわかる世界の名作（2004）
世界の名作文学案内（2003）
世界文学の名作と主人公・総解説（2001）
英米文学の名作を知る本（1997）

最後の一句 [6]　森鷗外................ 70
教科書で出会った名作小説一〇〇（2023）
1分de教養が身につく「日本の名作」あらすじ200本（2023）
知らないと恥ずかしい「日本の名作」あらすじ200本（2008）
一度は読もうよ！ 日本の名著（2003）
あらすじで読む 日本の名著 No.2（2003）
一冊で日本の名著100冊を読む 続（1992）

西遊記 [15]　呉承恩................ 70
グレート・ノベルズ（2024）
世界物語大事典（2019）

さいら　　　　　　　　　　作品別ブックガイド一覧

世界の小説大百科 (2013)
あらすじでわかる中国古典「超」入門 (2006)
世界文学あらすじ大事典 2 (2005)
世界の長編文学 (2005)
教養のためのブックガイド (2005)
あらすじダイジェスト 世界の名作100を読む (2005)
世界・名著のあらすじ―精選38冊 (2005)
面白いほどよくわかる 世界の文学 (2004)
中国の古典名著・総解説 (2001)
世界の奇書・総解説 (1998)
ポケット世界名作事典 (1997)
東洋の奇書55冊 (1980)
世界の名著 (1976)

サイラス・マーナ [7] エリオット 70
世界の小説大百科 (2013)
イギリス文学 名作と主人公 (2009)
世界文学あらすじ大事典 2 (2005)
面白いほどよくわかる 世界の文学 (2004)
世界文学の名作と主人公・総解説 (2001)
英米文学の名作を知る本 (1997)
世界の名著 (1976)

坂の上の雲 [11] 司馬遼太郎 71
1分de教養が身につく「日本の名作」あらすじ200本 (2023)
名著入門―日本近代文学50選 (2022)
はじめて読む！ 海外文学ブックガイド (2022)
日本文学名作案内 (2008)
名作の書き出しを諳んじる (2008)
一度は読もうよ！ 日本の名作 (2003)
現代文学鑑賞辞典 (2002)
21世紀の必読書100選 (2000)
ポケット日本名作事典 (2000)
一冊で日本の名著100冊を読む (1988)
歴史小説・時代小説 総解説 (1986)

作者を探す六人の登場人物 [5] ピランデルロ 71
世界文学あらすじ大事典 2 (2005)
世界文学の名作と主人公・総解説 (2001)
世界の幻想文学・総解説 (1998)
ポケット世界名作事典 (1997)
世界の名著 (1976)

桜島 [10] 梅崎春生 71
日本文学名作案内 (2008)
女性のための名作・人生案内 (2005)
あらすじダイジェスト 日本の名作70を読む (2005)
一度は読もうよ！ 日本の名作 (2003)
現代文学鑑賞辞典 (2002)
日本の名作文学案内 (2001)
ポケット日本名作事典 (2000)
一冊で日本の名著100冊を読む 続 (1992)
日本文芸鑑賞事典 第14巻 (1987)
現代文学名作探訪事典 (1984)

桜の園 [22] チェーホフ 71
いつかあなたに出会ってほしい本 (2024)
知っておきたいロシア文学 (2012)
世界の名作おさらい (2010)
ロシア文学 名作と主人公 (2009)
新潮文庫 20世紀の100冊 (2009)
面白いほどよくわかる あらすじで読む世界の名作 (2008)
世界文学必勝法 (2008)
読んでおきたい世界の名著 (2007)
名作あらすじ事典 西洋文学編 (2006)
世界文学あらすじ大事典 2 (2005)
あらすじダイジェスト 世界の名作100を読む (2005)
あらすじで読む世界文学105 (2004)
あらすじで味わう外国文学 (2004)
図説 5分でわかる世界の名作 (2004)
2時間でわかる世界の名著 (2004)
面白いほどよくわかる 世界の文学 (2004)
あらすじで読む 世界の名著 No.1 (2004)
必読書150 (2002)
世界文学の名作と主人公・総解説 (2001)
ポケット世界名作事典 (1997)
一冊で世界の名著100冊を読む (1988)
世界の名著 (1976)

桜の森の満開の下 [10] 坂口安吾 71
1分de教養が身につく「日本の名作」あらすじ200本 (2023)
日本人なら知っておきたい あらすじで読む日本の名著 (2014)
クライマックス名作案内 2 (2011)
日本の名作おさらい (2010)
知らないと恥ずかしい「日本の名作」あらすじ200本 (2008)
あらすじダイジェスト 日本の名作70を読む (2005)
あらすじで読む 日本の名著 No.3 (2003)
日本の小説101 (2003)
日本の名作文学案内 (2001)
日本・世界名作「愛の会話」100章 (1985)

狭衣物語 [8] 72
千年の百冊 (2013)
一度は読もうよ！ 日本の名作 (2003)
日本の古典名著・総解説 (2001)
早わかり 日本古典文学あらすじ事典 (2000)
古典文学鑑賞辞典 (1999)
一冊で日本の古典100冊を読む (1989)
日本の古典―名著への招待 (1986)
古典の事典 精髄を読む―日本版 (1986)

細雪 [34] 谷崎潤一郎 72
1分de教養が身につく「日本の名作」あらすじ200本 (2023)
名著入門―日本近代文学50選 (2022)
みちのきち私の一冊 (2018)
図説 教養として知っておきたい日本の名作50選

(2016)
あらすじで読む 日本の名著（新人物文庫）(2012)
愛と死の日本文学 (2011)
日本の名作おさらい (2010)
Jブンガク (2010)
この一冊でわかる日本の名作 (2010)
『こころ』は本当に名作か (2009)
知らないと恥ずかしい「日本の名作」あらすじ200本 (2008)
日本文学名作案内 (2008)
名作はこのように始まる 2 (2008)
千年紀のベスト100作品を選ぶ (2007)
2時間でわかる日本の名著 (2005)
教養のためのブックガイド (2005)
あらすじダイジェスト 日本の名作70を読む (2005)
感動！日本の名著 近現代編 (2004)
百年の誤読 (2004)
あらすじで味わう日本文学 (2004)
あらすじで味わう名作文学 (2004)
図説 5分でわかる日本の名作 (2004)
一度は読もうよ！日本の名著 (2003)
あらすじで読む 日本の名著 No.3 (2003)
日本の名作文学案内 (2001)
ポケット日本名作事典 (2000)
20世紀を震撼させた100冊 (1998)
一冊で日本の名著100冊を読む (1988)
日本文芸鑑賞事典 第13巻 (1988)
愛ありて―名作のなかの女たち (1988)
日本文学名作事典 (1984)
日本の名著 (1976)
世界名著案内 5 (1973)
入門 名作の世界 (1971)

貞文日記 ⇒平中物語（へいちゅうものがたり）を見よ

里見八犬伝 ⇒南総里見八犬伝（なんそうさとみはっけんでん）を見よ

讃岐典侍日記[7] 藤原長子 72
千年の百冊 (2013)
一度は読もうよ！日本の名著 (2003)
日本の古典名著・総解説 (2001)
古典文学鑑賞辞典 (1999)
一冊で日本の古典100冊を読む (1989)
日本の古典―名著への招待 (1986)
古典の事典 精髄を読む―日本版 (1986)

さぶ[6] 山本周五郎 72
いつか君に出会ってほしい本 (2023)
齋藤孝の冒頭文de文学案内 (2021)
日本の名作おさらい (2010)
現代文学鑑賞辞典 (2002)
日本の名作文学案内 (2001)
歴史小説・時代小説 総解説 (1986)

サミュエル・ジョンソン伝[4] ボズウェル .. 72
定年後に読む不滅の名著200選 (2024)

ポケット世界名作事典 (1997)
たのしく読めるイギリス文学 (1994)
世界の書物 (1989)

寒い国から帰ってきたスパイ[4] ル・カレ .. 72
世界を変えた100の小説 下 (2024)
世界の小説大百科 (2013)
百年の誤読 海外文学篇 (2008)
世界の推理小説・総解説 (1992)

さようならコロンバス[5] ロス 73
アメリカ文学 名作と主人公 (2009)
世界の名作文学案内 (2003)
世界文学の名作と主人公・総解説 (2001)
ポケット世界名作事典 (1997)
たのしく読めるアメリカ文学 (1994)

更級日記[24] 菅原孝標女 73
これだけは知っておきたい日本の名作 (2023)
歴史的書物の名場面 (2023)
齋藤孝の冒頭文de文学案内 (2021)
日本文学の古典50選 (2020)
日本の名作あらすじ300 (2020)
千年の百冊 (2013)
やさしい古典案内 (2012)
3行でわかる名作＆ヒット本250 (2012)
日本文学名作案内 (2008)
2ページでわかる日本の古典傑作選 (2007)
日本の書物 (2006)
日本古典への誘い100選 1 (2006)
図説 5分でわかる日本の名作傑作選 (2004)
あらすじダイジェスト 日本の古典30を読む (2004)
一度は読もうよ！日本の名著 (2003)
日本の古典名著・総解説 (2001)
早わかり 日本古典文学あらすじ事典 (2000)
古典文学鑑賞辞典 (1999)
一冊で100名作の「さわり」を読む (1992)
一冊で日本の古典100冊を読む (1989)
日本の古典―名著への招待 (1986)
古典の事典 精髄を読む―日本版 (1986)
日本文学名作事典 (1984)
日本の名著 (1976)

猿の惑星[4] ブール 73
世界物語大事典 (2019)
世界のSF文学・総解説 (1992)
映画になった名著 (1991)
日本・世界名作「愛の会話」100章 (1985)

されどわれらが日々―[12] 柴田翔 73
中古典のすすめ (2020)
みちのきち私の一冊 (2018)
日本文学名作案内 (2008)
日本文学 これを読まないと文学は語れない!! (2006)
あらすじで味わう昭和のベストセラー (2004)
一度は読もうよ！日本の名著 (2003)
日本の小説101 (2003)

現代文学鑑賞辞典（2002）
ポケット日本名作事典（2000）
あの本にもう一度（1996）
一冊で日本の名著100冊を読む（1988）
日本文芸鑑賞事典　第19巻（1987）

サロメ[6]　ワイルド............................... 73
あらすじダイジェスト 世界の名作100を読む（2005）
あらすじで読む世界文学105（2004）
図説 5分でわかる世界の名作（2004）
面白いほどよくわかる 世界の文学（2004）
英米文学の名作を知る本（1997）
たのしく読めるイギリス文学（1994）

山家集[10]　西行.................................. 74
日本文学の古典50選（2020）
千年の百冊（2013）
マンガとあらすじでやさしく読める 日本の古典傑作30選（2012）
3行でわかる名作＆ヒット本250（2012）
日本の書物（2006）
日本の名著3分間読書100（2003）
日本の古典名著・総解説（2001）
日本の古典—名著への招待（1986）
古典の事典 精髄を読む—日本版（1986）
日本の名著（1976）

サンクチュアリ[6]　フォークナー............. 74
方法文学 世界名作選 2（2020）
世界の名作50選（2008）
世界文学あらすじ大事典 2（2005）
教養のためのブックガイド（2005）
名作の読解法—世界名作中編小説二〇選（2003）
ポケット世界名作事典（1997）

山月記[28]　中島敦............................... 74
いつかあなたに出会ってほしい本（2024）
教科書で出会った名作小説一〇〇（2023）
1分de教養が身につく「日本の名作」あらすじ200本（2023）
名著入門—日本近代文学50選（2022）
一冊に名著一〇〇冊がギュッと詰まった凄い本（2022）
齋藤孝の冒頭文de文学案内（2021）
名場面で味わう日本文学60選（2021）
日本の名作あらすじ300（2020）
みちのきち私の一冊（2018）
名作名言—一行で読む日本の名作小説（2017）
林修の「今読みたい」日本文学講座（2015）
日本人なら知っておきたい あらすじで読む日本の名著（2014）
「あらすじ」だけで人生の意味が全部わかる世界の古典13（2012）
3行でわかる名作＆ヒット本250（2012）
日本の名作おさらい（2010）
世界史読書案内（2010）
新潮文庫 20世紀の100冊（2009）
知らないと恥ずかしい「日本の名作」あらすじ200本（2008）
名作の書き出しを諳んじる（2008）
あらすじダイジェスト 日本の名作70を読む（2005）
百年の誤読（2004）
日本・名著のあらすじ—精選40冊（2004）
図説 5分でわかる日本の名作（2004）
あらすじで読む 日本の名著 No.3（2003）
日本の小説101（2003）
日本の名作文学案内（2001）
日本文芸鑑賞事典　第13巻（1988）
日本文学名作事典（1984）

三教指帰[5]　空海................................. 74
歴史的書物の名場面（2023）
日本古典への誘い100選 1（2006）
日本の古典名著・総解説（2001）
古典の事典 精髄を読む—日本版（1986）
世界の名著早わかり事典（1984）

三国志演義[18]　羅貫中.......................... 74
中国古典の名著50冊が1冊でざっと学べる（2023）
名著のツボ（2021）
大人のための世界の名著50（2014）
世界の小説大百科（2013）
お厚いのがお好き？（2010）
読んでおきたい世界の名著（2007）
あらすじでわかる中国古典「超」入門（2006）
世界文学あらすじ大事典 2（2005）
世界の長編文学（2005）
教養のためのブックガイド（2005）
あらすじダイジェスト 世界の名作100を読む（2005）
あらすじで味わう名作文学（2004）
面白いほどよくわかる 世界の文学（2004）
あらすじで読む 世界の名著 No.2（2004）
世界文学のすじ書き（2003）
中国の古典名著・総解説（2001）
ポケット世界名作事典（1997）
世界の書物（1989）

三十三年の夢[5]　宮崎滔天..................... 75
日本の名著—近代の思想（2012）
明治の名著 1（2009）
ベストガイド日本の名著 明治〜平成（1996）
日本文芸鑑賞事典　第2巻（1987）
明治・大正・昭和の名著 総解説（1981）

三銃士[10]　デュマ・ペール.................... 75
世界の小説大百科（2013）
知っておきたいフランス文学（2010）
名作あらすじ事典 西洋文学編（2006）
世界文学あらすじ大事典 2（2005）
図説 5分でわかる世界の名作（2004）
2時間でわかる世界の名著（2004）
面白いほどよくわかる 世界の文学（2004）
あらすじで読む 世界の名著 No.2（2004）
世界の名作文学案内（2003）
ポケット世界名作事典（1997）

山椒魚 [28] 井伏鱒二 ... 75
- 名作に学ぶ人生を切り拓く教訓50（2024）
- 教科書で出会った名作小説一〇〇（2023）
- 1分de教養が身につく「日本の名作」あらすじ200本（2023）
- 名著入門―日本近代文学50選（2022）
- あなたのなつかしい一冊（2022）
- 齋藤孝の冒頭文de文学案内（2021）
- 名場面で味わう日本文学60選（2021）
- 日本の名作あらすじ300（2020）
- 名作名言―一行で読む日本の名作小説（2017）
- たった5行で読んだ気になる日本の名作（2016）
- 3行でわかる名作＆ヒット本250（2012）
- 愛と死の日本文学（2011）
- 日本の名作おさらい（2010）
- 新潮文庫 20世紀の100冊（2009）
- 知らないと恥ずかしい「日本の名作」あらすじ200本（2008）
- 日本文学名作案内（2008）
- 名作の書き出しを諳んじる（2008）
- 2時間でわかる日本の名著（2005）
- 百年の誤読（2004）
- 一度は読もうよ！ 日本の名著（2003）
- 日本の小説101（2003）
- 日本の名著3分間読書100（2003）
- 日本の名作文学案内（2001）
- ポケット日本名作事典（2000）
- 一冊で100名作の「さわり」を読む（1992）
- 一冊で日本の名著100冊を読む（1988）
- 日本文芸鑑賞事典 第9巻（1988）
- 日本文学名作事典（1984）

さんせう太夫 [4] ... 76
- 日本古典への誘い100選 1（2006）
- 早わかり 日本古典文学あらすじ事典（2000）
- 古典文学鑑賞辞典（1999）
- 古典の事典 精髄を読む―日本版（1986）

山椒大夫 [12] 森鷗外 ... 76
- 教科書で出会った名作小説一〇〇（2023）
- 1分de教養が身につく「日本の名作」あらすじ200本（2023）
- 図説 教養として知っておきたい日本の名作50選（2016）
- たった5行で読んだ気になる日本の名作（2016）
- 千年の百冊（2013）
- 日本の名作おさらい（2010）
- 知らないと恥ずかしい「日本の名作」あらすじ200本（2008）
- 日本文学名作案内（2008）
- あらすじダイジェスト 日本の名作70を読む（2005）
- 図説 5分でわかる日本の名作傑作選（2004）
- 日本の名作文学案内（2001）
- 日本文芸鑑賞事典 第5巻（1987）

三四郎 [26] 夏目漱石 ... 76
- 教科書で出会った名作小説一〇〇（2023）
- 1分de教養が身につく「日本の名作」あらすじ200本（2023）
- たった5行で読んだ気になる日本の名作（2016）
- 日本の名作おさらい（2010）
- Jブンガク（2010）
- 明治の名著 2（2009）
- 知らないと恥ずかしい「日本の名作」あらすじ200本（2008）
- 日本文学名作案内（2008）
- 私を変えたこの一冊（2007）
- ひと目でわかる日本の名作（2006）
- 2時間でわかる日本の名著（2005）
- 教養のためのブックガイド（2005）
- 感動！ 日本の名著 近現代編（2004）
- あらすじで味わう日本文学（2004）
- 一度は読もうよ！ 日本の名著（2003）
- あらすじで読む 日本の名著 No.2（2003）
- 日本の名作文学案内（2001）
- ポケット日本名作事典（2000）
- 一冊で日本の名著100冊を読む（1988）
- 日本文芸鑑賞事典 第3巻（1987）
- 日本・世界名作「愛の会話」100章（1985）
- 生きがいの再発見 名著22選（1985）
- 日本文学名作事典（1984）
- 日本近代文学名著事典（1982）
- 明治・大正・昭和の名著 総解説（1981）
- 日本の名著（1976）

三太郎の日記 [8] 阿部次郎 ... 76
- 大正の名著（2009）
- 感動！ 日本の名著 近現代編（2004）
- 百年の誤読（2004）
- ベストガイド日本の名著 明治～平成（1996）
- 日本文芸鑑賞事典 第5巻（1987）
- 明治・大正・昭和の名著 総解説（1981）
- 日本の名著（1976）
- 入門 名作の世界（1971）

三人姉妹 [10] チェーホフ ... 76
- 名のツボ（2021）
- 知っておきたいロシア文学（2012）
- ロシア文学 名作と主人公（2009）
- 新潮文庫 20世紀の100冊（2009）
- 百年の誤読 海外文学篇（2009）
- 世界文学あらすじ大事典 2（2005）
- 図説 5分でわかる世界の名作（2004）
- 世界の名作文学案内（2003）
- 一冊で世界の名著100冊を読む（1988）
- 入門 名作の世界（1971）

三匹の蟹 [6] 大庭みな子 ... 76
- 日本文学名作案内（2008）
- 一度は読もうよ！ 日本の名著（2003）
- 現代文学鑑賞辞典（2002）
- ポケット日本名作事典（2000）
- 一冊で愛の話題作100冊を読む（1991）
- 日本文芸鑑賞事典 第20巻（1988）

三文オペラ[11]　ブレヒト ……………… 76
　知っておきたいドイツ文学（2011）
　ドイツ文学 名作と主人公（2009）
　名作あらすじ事典 西洋文学編（2006）
　あらすじダイジェスト 世界の名作100を読む
　　（2005）
　あらすじで読む世界文学105（2004）
　面白いほどよくわかる 世界の文学（2004）
　世界の名作文学案内（2003）
　世界文学の名作と主人公・総解説（2001）
　20世紀を震撼させた100冊（1998）
　ポケット世界名作事典（1997）
　一冊で世界の名作100冊を読む（1988）

【し】

飼育[10]　大江健三郎 ……………… 77
　1分de教養が身につく「日本の名作」あらすじ200
　　本（2023）
　新潮文庫 20世紀の100冊（2009）
　知らないと恥ずかしい「日本の名作」あらすじ
　　200本（2008）
　日本文学名作案内（2008）
　あらすじダイジェスト 日本の名作70を読む
　　（2005）
　あらすじで味わう日本文学（2004）
　一度は読もうよ！ 日本の名著（2003）
　ポケット日本名作事典（2000）
　一冊で日本の名著100冊を読む（1988）
　日本文学名作事典（1984）

ジェイン・エア[32]　ブロンテ ……………… 77
　世界を変えた100の小説 上（2024）
　グレート・ノベルズ（2024）
　歴史を変えた100冊の本（2019）
　世界の名作を読む―海外文学講義（2016）
　名作英米小説の読み方・楽しみ方（2014）
　世界の小説大百科（2013）
　書き出し「世界文学全集」（2013）
　3行でわかる名作＆ヒット本250（2012）
　知っておきたいイギリス文学（2010）
　英仏文学戦記（2010）
　世界の名作おさらい（2010）
　イギリス文学 名作と主人公（2009）
　『こころ』は本当に名作か（2009）
　面白いほどよくわかる あらすじで読む世界の名
　　作（2008）
　名作あらすじ事典 西洋文学編（2006）
　世界文学あらすじ大事典 2（2005）
　教養のためのブックガイド（2005）
　あらすじダイジェスト 世界の名作100を読む
　　（2005）
　世界・名著のあらすじ―精選38冊（2005）
　あらすじで味わう外国文学（2004）
　2時間でわかる世界の名著（2004）
　面白いほどよくわかる 世界の文学（2004）
　あらすじで読む 世界の名著 No.2（2004）
　世界文学のすじ書き（2003）

　世界の名作文学案内（2003）
　世界文学の名作と主人公・総解説（2001）
　ポケット世界名作事典（1997）
　英米文学の名作を知る本（1997）
　たのしく読めるイギリス文学（1994）
　日本・世界名作「愛の会話」100章（1985）
　世界の名著（1976）
　入門 名作の世界（1971）

塩狩峠[4]　三浦綾子 ……………………… 77
　いつか君に出会ってほしい本（2023）
　知の巨人が選んだ世界の名著200（2023）
　一度は読もうよ！ 日本の名著（2003）
　一冊で日本の名著100冊を読む（1988）

潮騒[22]　三島由紀夫 ……………………… 77
　1分de教養が身につく「日本の名作」あらすじ200
　　本（2023）
　ビタミンBOOKS（2022）
　たった5行で読んだ気になる日本の名作（2016）
　世界の小説大百科（2013）
　あらすじで読む 日本の名著（新人物文庫）（2012）
　3行でわかる名作＆ヒット本250（2012）
　愛と死の日本文学（2011）
　日本の名作おさらい（2010）
　知らないと恥ずかしい「日本の名作」あらすじ
　　200本（2008）
　日本文学名作案内（2008）
　あらすじダイジェスト 日本の名作70を読む
　　（2005）
　百年の誤読（2004）
　あらすじで味わう日本文学（2004）
　一度は読もうよ！ 日本の名著（2003）
　あらすじで読む 日本の名著 No.2（2003）
　日本の名作文学案内（2001）
　ポケット日本名作事典（2000）
　世界の海洋文学・総解説（1998）
　一冊で日本の名著100冊を読む（1988）
　日本文芸鑑賞事典 第16巻（1987）
　現代文学名作探訪事典（1984）
　日本文学名作事典（1984）

詩経[4]　孔子 ……………………………… 77
　中国古典の名著50冊が1冊でざっと学べる（2023）
　教養のためのブックガイド（2005）
　中国の古典名著・総解説（2001）
　ポケット世界名作事典（1997）

ジキル博士とハイド氏[21]　スティーヴン
ソン ……………………………………… 78
　名作に学ぶ人生を切り拓く教訓50（2024）
　世界を変えた100の小説 上（2024）
　世界の小説大百科（2013）
　書き出し「世界文学全集」（2013）
　3行でわかる名作＆ヒット本250（2012）
　知っておきたいイギリス文学（2010）
　世界の名作おさらい（2010）
　イギリス文学 名作と主人公（2009）
　世界の名作50選（2008）

名作あらすじ事典 西洋文学編(2006)
世界文学あらすじ大事典 2(2005)
あらすじダイジェスト 世界の名作100を読む(2005)
図説 5分でわかる世界の名作(2004)
2時間でわかる世界の名著(2004)
面白いほどよくわかる 世界の文学(2004)
世界の名作文学が2時間で分かる本(2004)
要約 世界文学全集 1(2004)
世界文学の名作と主人公・総解説(2001)
ポケット世界名作事典(1997)
たのしく読めるイギリス文学(1994)
世界のSF文学・総解説(1992)

地獄の季節[6]　ランボー ……………………… 78
　教養のためのブックガイド(2005)
　あらすじダイジェスト 世界の名作100を読む(2005)
　あらすじで読む世界文学105(2004)
　ポケット世界名作事典(1997)
　日本文芸鑑賞事典 第9巻(1988)
　世界の名著(1976)

地獄変[13]　芥川龍之介 ………………………… 78
　これだけは知っておきたい日本の名作(2023)
　1分de教養が身につく「日本の名作」あらすじ200本(2023)
　あらすじで読む 日本の名著(新人物文庫)(2012)
　日本の名作おさらい(2010)
　知らないと恥ずかしい「日本の名作」あらすじ200本(2008)
　私を変えたこの一冊(2007)
　ひと目でわかる日本の名作(2006)
　あらすじダイジェスト 日本の名作70を読む(2005)
　一度は読もうよ！ 日本の名著(2003)
　あらすじで読む 日本の名著 No.3(2003)
　一冊で日本の名著100冊を読む 続(1992)
　日本文芸鑑賞事典 第6巻(1987)
　日本文学名作事典(1984)

自殺志願　⇒ベル・ジャーを見よ

死者の書[8]　折口信夫(釈迢空) ……………… 78
　知の巨人が選んだ世界の名著200(2023)
　齋藤孝の冒頭文de文学案内(2021)
　名著のツボ(2021)
　みちのきち私の一冊(2018)
　必読書150(2002)
　現代文学鑑賞辞典(2002)
　21世紀の必読書100選(2000)
　日本文芸鑑賞事典 第12巻(1988)

私小説論[5]　小林秀雄 ………………………… 78
　日本の名著—近代の思想(2012)
　感動！ 日本の名著 近現代編(2004)
　現代文学鑑賞辞典(2002)
　日本文芸鑑賞事典 第11巻(1987)
　日本の名著(1976)

侍女の物語[10]　アトウッド ………………… 78
　世界を変えた100の小説 下(2024)
　いつかあなたに出会ってほしい本(2024)
　グレート・ノベルズ(2024)
　エクス・リブリス(2023)
　文庫で読む100年の文学(2023)
　世界物語大事典(2019)
　世界の小説大百科(2013)
　百年の誤読 海外文学篇(2008)
　たのしく読めるアメリカ文学(1994)
　世界のSF文学・総解説(1992)

静かなるドン[11]　ショーロホフ …………… 79
　3行でわかる名作&ヒット本250(2012)
　ロシア文学 名作と主人公(2009)
　読んでおきたい世界の名著(2007)
　世界文学あらすじ大事典 2(2005)
　世界の長編文学(2005)
　あらすじダイジェスト 世界の名作100を読む(2005)
　あらすじで味わう外国文学(2004)
　世界文学の名作と主人公・総解説(2001)
　ポケット世界名作事典(1997)
　世界の名著(1976)
　入門 名作の世界(1971)

シスター・キャリー[7]　ドライサー ………… 79
　世界の小説大百科(2013)
　書き出し「世界文学全集」(2013)
　知っておきたいアメリカ文学(2010)
　名作あらすじ事典 西洋文学編(2006)
　世界文学あらすじ大事典 2(2005)
　教養のためのブックガイド(2005)
　たのしく読めるアメリカ文学(1994)

刺青[13]　谷崎潤一郎 …………………………… 79
　名作に学ぶ人生を切り拓く教訓50(2024)
　みんなのなつかしい一冊(2023)
　日本の名作あらすじ300(2020)
　たった5行で読めた気になる日本の名作(2016)
　日本人なら知っておきたい あらすじで読む日本の名著(2014)
　新潮文庫 20世紀の100冊(2009)
　日本文学名作案内(2008)
　名作の書き出しを諳んじる(2008)
　一度は読もうよ！ 日本の名著(2003)
　あらすじで読む 日本の名著 No.2(2003)
　日本文芸鑑賞事典 第4巻(1987)
　日本文学名作事典(1984)
　日本近代文学名著事典(1982)

死せる魂[12]　ゴーゴリ ………………………… 79
　世界の小説大百科(2013)
　知っておきたいロシア文学(2012)
　世界の名作おさらい(2010)
　ロシア文学 名作と主人公(2009)
　世界文学あらすじ大事典 2(2005)
　あらすじダイジェスト 世界の名作100を読む(2005)

図説 5分でわかる 世界の名作(2004)
要約 世界文学全集 2(2004)
世界文学の名作と主人公・総解説(2001)
ポケット世界名作事典(1997)
一冊で世界の名著100冊を読む(1988)
世界の名著(1976)

死線を越えて [5] 賀川豊彦 79
大正の名著(2009)
明治・大正・昭和のベストセラー(2007)
百年の誤読(2004)
日本文芸鑑賞事典 第6巻(1987)
明治・大正・昭和の名著 総解説(1981)

自然と人生 [6] 徳冨蘆花 79
大人のための日本の名著50(2014)
明治の名著 2(2009)
ベストガイド日本の名著 明治～平成(1996)
日本文芸鑑賞事典 第2巻(1987)
日本近代文学名著事典(1982)
明治・大正・昭和の名著 総解説(1981)

時代屋の女房 [6] 村松友視 80
1分de教養が身につく「日本の名作」あらすじ200本(2023)
知らないと恥ずかしい「日本の名作」あらすじ200本(2008)
日本文学名作案内(2008)
一度は読もうよ! 日本の名著(2003)
現代文学鑑賞事典(2002)
一冊で愛の話題作100冊を読む(1991)

悉皆屋康吉 [7] 舟橋聖一 80
昭和の作家力(2023)
1分de教養が身につく「日本の名作」あらすじ200本(2023)
知らないと恥ずかしい「日本の名作」あらすじ200本(2008)
あらすじダイジェスト 日本の名作70を読む(2005)
ポケット日本名作事典(2000)
日本文芸鑑賞事典 第13巻(1988)
現代文学名作探訪事典(1984)

十訓抄 [9] 80
歴史的書物の名場面(2023)
千年の百冊(2013)
日本文学名作案内(2008)
一度は読もうよ! 日本の名著(2003)
日本の古典名著・総解説(2001)
古典文学鑑賞辞典(1999)
一冊で日本の古典100冊を読む(1989)
日本の古典―名著への招待(1986)
古典の事典 精髄を読む―日本版(1986)

嫉妬 [6] ロブ=グリエ 80
方法文学 世界名作選 2(2020)
世界の小説大百科(2013)
フランス文学 名作と主人公(2009)

あらすじダイジェスト 世界の名作100を読む(2005)
必読書150(2002)
世界文学の名作と主人公・総解説(2001)

失楽園 [15] ミルトン 80
歴史を変えた100冊の本(2019)
書き出し「世界文学全集」(2013)
知っておきたいイギリス文学(2010)
イギリス文学 名作と主人公(2009)
名作あらすじ事典 西洋文学編(2006)
世界文学あらすじ大事典 2(2005)
世界の長編文学(2005)
教養のためのブックガイド(2005)
あらすじで読む世界文学105(2004)
あらすじで読む 世界の名著 No.2(2004)
世界文学の名作と主人公・総解説(2001)
世界の幻想文学・総解説(1998)
ポケット世界名作事典(1997)
たのしく読めるイギリス文学(1994)
世界の名著(1976)

失楽園 [7] 渡辺淳一 80
1分de教養が身につく「日本の名作」あらすじ200本(2023)
日本の名作あらすじ300(2020)
知らないと恥ずかしい「日本の名作」あらすじ200本(2008)
日本文学名作案内(2008)
百年の誤読(2004)
一度は読もうよ! 日本の名著(2003)
現代文学鑑賞事典(2002)

死の勝利 [4] ダヌンツィオ 81
世界文学あらすじ大事典 2(2005)
世界文学の名作と主人公・総解説(2001)
ポケット世界名作事典(1997)
世界の名著(1976)

死の棘 [15] 島尾敏雄 81
1分de教養が身につく「日本の名作」あらすじ200本(2023)
人生を狂わす名著50(2017)
たった5行で読んだ気になる日本の名作(2016)
知らないと恥ずかしい「日本の名作」あらすじ200本(2008)
日本文学名作案内(2008)
あらすじダイジェスト 日本の名作70を読む(2005)
あらすじで味わう日本文学(2004)
一度は読もうよ! 日本の名著(2003)
日本の小説101(2003)
必読書150(2002)
現代文学鑑賞辞典(2002)
ポケット日本名作事典(2000)
一冊で日本の名著100冊を読む(1988)
日本文芸鑑賞事典 第18巻(1988)
日本文学名作事典(1984)

忍ぶ川 [16]　三浦哲郎 ………………………… 81
　文庫で読む100年の文学（2023）
　1分de教養が身につく「日本の名作」あらすじ200
　　本（2023）
　日本の名作おさらい（2010）
　新潮文庫 20世紀の100冊（2009）
　知らないと恥ずかしい「日本の名作」あらすじ
　　200本（2008）
　日本文学名作案内（2008）
　あらすじダイジェスト 日本の名作70を読む
　　（2005）
　あらすじで味わう日本文学（2004）
　一度は読もうよ！ 日本の名著（2003）
　現代文学鑑賞辞典（2002）
　ポケット日本名作事典（2000）
　映画になった名著（1991）
　一冊で日本の名著100冊を読む（1988）
　日本文芸鑑賞事典 第18巻（1988）
　日本・世界名作「愛の会話」100章（1985）
　現代文学名作探訪事典（1984）

渋江抽斎 [7]　森鷗外 ……………………………… 81
　50歳からの読書案内（2024）
　名場面で味わう日本文学60選（2021）
　世界の「名著」50（2008）
　百年の誤読（2004）
　ポケット日本名作事典（2000）
　近代日本の百冊を選ぶ（1994）
　日本文芸鑑賞事典 第5巻（1987）

脂肪の塊 [4]　モーパッサン …………………… 81
　世界文学必勝法（2008）
　教養のためのブックガイド（2005）
　面白いほどよくわかる 世界の文学（2004）
　名作の読解法—世界名作中編小説二〇選（2003）

市民の反抗 [4]　ソロー ………………………… 81
　平和を考えるための100冊+α（2014）
　世界を変えた100冊の本（2003）
　世界を変えた本—16冊の名著（1975）
　アメリカを変えた本（1972）

シャイニング [5]　キング ……………………… 82
　世界の小説大百科（2013）
　アメリカ文学 名作と主人公（2009）
　百年の誤読 海外文学篇（2008）
　たのしく読めるアメリカ文学（1994）
　映画になった名著（1991）

邪宗門 [6]　北原白秋 …………………………… 82
　名著入門—日本近代文学50選（2022）
　明治の名著 2（2009）
　日本文芸鑑賞事典 第4巻（1987）
　日本近代文学名著事典（1982）
　明治・大正・昭和の名著 総解説（1981）
　入門 名作の世界（1971）

沙石集 [8]　無住 ………………………………… 82
　日本文学の古典50選（2020）

　千年の百冊（2013）
　一度は読もうよ！ 日本の名著（2003）
　日本の古典名著・総解説（2001）
　古典文学鑑賞辞典（1999）
　一冊で日本の古典100冊を読む（1989）
　日本の古典—名著への招待（1986）
　古典の事典 精髄を読む—日本版（1986）

ジャッカルの日 [4]　フォーサイス …………… 82
　東西ミステリーベスト100（2013）
　世界の推理小説・総解説（1992）
　世界の冒険小説・総解説（1992）
　映画になった名著（1991）

赤光 [12]　斎藤茂吉 ……………………………… 82
　3行でわかる名作＆ヒット本250（2012）
　大正の名著（2009）
　新潮文庫 20世紀の100冊（2009）
　感動！ 日本の名著 近現代編（2004）
　日本の名著3分間読書100（2003）
　必読書150（2002）
　ベストガイド日本の名著 明治〜平成（1996）
　近代日本の百冊を選ぶ（1994）
　日本文芸鑑賞事典 第5巻（1987）
　日本近代文学名著事典（1987）
　明治・大正・昭和の名著 総解説（1981）
　日本の名著（1976）

斜陽 [28]　太宰治 ………………………………… 83
　名作に学ぶ人生を切り拓く教訓50（2024）
　いつかあなたに出会ってほしい本（2024）
　1分de教養が身につく「日本の名作」あらすじ200
　　本（2023）
　一行でわかる名著（2020）
　「100分de名著」名作セレクション（2016）
　図説 教養として知っておきたい日本の名作50選
　　（2016）
　たった5行で読んだ気になる日本の名作（2016）
　あらすじで読む 日本の名著（新人物文庫）（2012）
　日本の名作おさらい（2010）
　この一冊でわかる日本の名作（2010）
　知らないと恥ずかしい「日本の名作」あらすじ
　　200本（2008）
　日本文学名作案内（2008）
　明治・大正・昭和のベストセラー（2007）
　女性のための名作・人生案内（2005）
　2時間でわかる日本の名作（2005）
　百年の誤読（2004）
　図説 5分でわかる日本の名作傑作選（2004）
　一度は読もうよ！ 日本の名著（2003）
　あらすじで読む 日本の名著（楽書ブックス）
　　（2003）
　日本の小説101（2003）
　必読書150（2002）
　現代文学鑑賞辞典（2002）
　ポケット日本名作事典（2000）
　一冊で日本の名著100冊を読む（1988）
　愛ありて—名作のなかの女たち（1988）

しやり　　　作品別ブックガイド一覧

日本文芸鑑賞事典　第14巻（1987）
日本文学名作事典（1984）
名著の履歴書（1971）

車輪の下 [25]　ヘッセ　83

来たよ！ なつかしい一冊（2024）
名作に学ぶ人生を切り拓く教訓50（2024）
3行でわかる名作＆ヒット本250（2012）
知っておきたいドイツ文学（2011）
ドイツ文学 名作と主人公（2009）
新潮文庫 20世紀の100冊（2009）
世界の名作50選（2008）
面白いほどよくわかる あらすじで読む世界の名作（2008）
百年の誤読 海外文学篇（2008）
読んでおきたい世界の名著（2007）
私を変えたこの一冊（2007）
名作あらすじ事典 西洋文学編（2006）
あらすじダイジェスト 世界の名作100を読む（2005）
あらすじで読む世界文学105（2004）
あらすじで味わう外国文学（2004）
図説 5分でわかる世界の名作（2004）
2時間でわかる世界の名著（2004）
あらすじで味わう名作文学（2004）
面白いほどよくわかる 世界の文学（2004）
あらすじで読む 世界の名著 No.1（2004）
要約 世界文学全集 1（2004）
世界の名作文学案内（2003）
世界文学の名作と主人公・総解説（2001）
ポケット世界名作事典（1997）
入門 名作の世界（1971）

シャーロック・ホームズの冒険 [7]　ドイル　83

東西ミステリーベスト100（2013）
世界の小説大百科（2013）
知っておきたいイギリス文学（2010）
イギリス文学 名作と主人公（2009）
名作あらすじ事典 西洋文学編（2006）
世界の推理小説・総解説（1992）
世界の書物（1989）

ジャン・クリストフ [20]　ロラン　83

みんなのなつかしい一冊（2023）
3行でわかる名作＆ヒット本250（2012）
世界の名作おさらい（2010）
フランス文学 名作と主人公（2009）
『こころ』は本当に名作か（2009）
百年の誤読 海外文学篇（2008）
世界文学あらすじ大事典 2（2005）
世界の長編文学（2005）
あらすじダイジェスト 世界の名作100を読む（2005）
世界・名著のあらすじ一精選38冊（2005）
あらすじで味わう外国文学（2004）
あらすじで味わう名作文学（2004）
あらすじで読む 世界の名著 No.1（2004）
世界文学の名作と主人公・総解説（2001）

ポケット世界名作事典（1997）
古典・名著の読み方（1991）
世界の書物（1989）
一冊で世界の名著100冊を読む（1988）
世界の名著（1976）
入門 名作の世界（1971）

ジャングル [5]　シンクレア　83

世界の小説大百科（2013）
世界文学あらすじ大事典 2（2005）
ポケット世界名作事典（1997）
世界の名著（1976）
アメリカを変えた本（1972）

ジャングル・ブック [6]　キップリング　84

翻訳者による海外文学ブックガイド BOOK MARK（2019）
世界文学あらすじ大事典 2（2005）
世界の名作文学案内（2003）
世界文学の名作と主人公・総解説（2001）
ポケット世界名作事典（1997）
たのしく読めるイギリス文学（1994）

上海 [4]　横光利一　84

現代文学鑑賞辞典（2002）
ポケット日本名作事典（2000）
日本文芸鑑賞事典　第9巻（1988）
日本文学名作事典（1984）

十五少年漂流記 [5]　ヴェルヌ　84

いつかあなたに出会ってほしい本（2024）
3行でわかる名作＆ヒット本250（2012）
あらすじで読む 世界の名著 No.3（2005）
世界文学の名作と主人公・総解説（2001）
ポケット世界名作事典（1997）

十二支考 [8]　南方熊楠　84

これだけは知っておきたい日本の名作（2023）
知の巨人が選んだ世界の名著200（2023）
日本の名著―近代の思想（2012）
大正の名著（2009）
21世紀の必読書100選（2000）
ベストガイド日本の名著 明治〜平成（1996）
世界の名著早わかり事典（1984）
明治・大正・昭和の名著 総解説（1981）

縮図 [10]　徳田秋声　84

女性のための名作・人生案内（2005）
あらすじダイジェスト 日本の名作70を読む（2005）
ポケット日本名作事典（2000）
日本文芸鑑賞事典　第13巻（1988）
日本・世界名作「愛の会話」100章（1985）
現代名作探訪事典（1984）
日本文学名作事典（1984）
日本近代文学名著事典（1982）
入門 名作の世界（1971）
名著の履歴書（1971）

修禅寺物語[5]　岡本綺堂……………… 84
　たった5行で読んだ気になる日本の名作(2016)
　3行でわかる名作＆ヒット本250(2012)
　感動！ 日本の名著 近現代編(2004)
　日本文芸鑑賞事典 第4巻(1987)
　日本の名著(1976)

出家とその弟子[13]　倉田百三 ……………… 85
　あらすじで読むキリスト教文学(2024)
　1分de教養が身につく「日本の名作」あらすじ200本(2023)
　世界に愛され、評価される！「日本の名著」(2016)
　日本人なら知っておきたい あらすじで読む日本の名著(2014)
　知らないと恥ずかしい「日本の名作」あらすじ200本(2008)
　名作の書き出しを諳んじる(2008)
　2時間でわかる日本の名著(2005)
　感動！ 日本の名著 近現代編(2004)
　あらすじで読む 日本の名著 No.2(2003)
　日本の名著3分間読書100(2003)
　日本文芸鑑賞事典 第5巻(1987)
　日本の名著(1976)
　入門 名作の世界(1971)

ジュリアス・シーザー[5]　シェイクスピア‥ 85
　世界文学の名作を「最短」で読む(2021)
　世界文学あらすじ大事典 2(2005)
　教養のためのブックガイド(2005)
　あらすじで読む世界文学105(2004)
　英米文学の名作を知る本(1997)

ジュリエット物語あるいは悪徳の栄え
　⇒悪徳の栄え(あくとくのさかえ)を見よ

春琴抄[23]　谷崎潤一郎 ……………… 85
　名著のツボ(2021)
　名場面で味わう日本文学60選(2021)
　名作名言――1行で読む日本の名作小説(2017)
　たった5行で読んだ気になる日本の名作(2016)
　愛と死の日本文学(2011)
　日本文学名作案内(2008)
　名作の書き出しを諳んじる(2008)
　2時間でわかる日本の名著(2005)
　日本・名著のあらすじ―精選40冊(2004)
　一度は読もうよ！ 日本の名著(2003)
　あらすじで読む 日本の名著(楽書ブックス)(2003)
　日本の小説101(2003)
　日本の名著3分間読書100(2003)
　必読書150(2002)
　現代文学鑑賞辞典(2002)
　日本の名作文学案内(2001)
　ポケット日本名作事典(2000)
　一冊で100名作の「さわり」を読む(1992)
　一冊で愛の話題作100冊を読む(1991)
　日本文芸鑑賞事典 第10巻(1988)
　日本・世界名作「愛の会話」100章(1985)

日本文学名作事典(1984)
日本近代文学名著事典(1982)

春色梅児誉美[14]　為永春水 ……………… 85
　千年の百冊(2013)
　3行でわかる名作＆ヒット本250(2012)
　日本文学名作案内(2008)
　日本の書物(2006)
　一度は読もうよ！ 日本の名著(2003)
　日本の名著3分間読書100(2003)
　日本の古典名著・総解説(2001)
　古典文学鑑賞辞典(1999)
　日本の艶本・珍書 総解説(1998)
　一冊で100名作の「さわり」を読む(1992)
　一冊で日本の古典100冊を読む(1989)
　日本の古典―名著への招待(1986)
　古典の事典 精髄を読む―日本版(1986)
　日本の名著(1976)

ジョイ・ラック・クラブ[5]　タン ………… 85
　世界を変えた100の小説 下(2024)
　翻訳者による海外文学ブックガイド BOOK MARK(2019)
　知っておきたいアメリカ文学(2010)
　名作あらすじ事典 西洋文学編(2006)
　たのしく読めるアメリカ文学(1994)

承久記[6] ……………………………………… 85
　歴史的書物の名場面(2023)
　一度は読もうよ！ 日本の名著(2003)
　日本の古典名著・総解説(2001)
　日本歴史「古典籍」総覧(1990)
　一冊で日本の古典100冊を読む(1989)
　古典の事典 精髄を読む―日本版(1986)

小公子[6]　バーネット ……………………… 86
　明治の名著 2(2009)
　世界文学の名作と主人公・総解説(2001)
　ポケット世界名作事典(1997)
　英米文学の名作を知る本(1997)
　たのしく読めるアメリカ文学(1994)
　日本近代文学名著事典(1982)

情事の終り[4]　グリーン …………………… 86
　世界の小説大百科(2013)
　知っておきたいイギリス文学(2010)
　イギリス文学 名作と主人公(2009)
　名作あらすじ事典 西洋文学編(2006)

成尋阿闍梨母集[5]　成尋阿闍梨母 ………… 86
　日本古典への誘い100選 2(2007)
　日本の古典名著・総解説(2001)
　古典文学鑑賞辞典(1999)
　日本の古典―名著への招待(1986)
　古典の事典 精髄を読む―日本版(1986)

小説神髄[13]　坪内逍遙 …………………… 86
　名著入門―日本近代文学50選(2022)
　明治の名著 1(2009)

しよう　　　　　　　　作品別ブックガイド一覧

感動！ 日本の名著 近現代編（2004）
日本の名著3分間読書100（2003）
必読書150（2002）
現代文学鑑賞辞典（2002）
ベストガイド日本の名著 明治〜平成（1996）
一冊で100名作の「さわり」を読む（1992）
日本文芸鑑賞事典 第1巻（1987）
日本文学名作事典（1984）
日本近代文学名著事典（1982）
明治・大正・昭和の名著 総解説（1981）
日本の名著（1976）

小説の方法[4]　伊藤整 86
ベストガイド日本の名著 明治〜平成（1996）
日本文芸鑑賞事典 第15巻（1988）
明治・大正・昭和の名著 総解説（1981）
名著の履歴書（1971）

少年キム[5]　キップリング 86
翻訳者による海外文学ブックガイド BOOK MARK（2019）
世界の小説大百科（2013）
英仏文学戦記（2010）
イギリス文学 名作と主人公（2009）
世界文学あらすじ大事典 2（2005）

将門記[13] 87
歴史的書物の名場面（2023）
1分de教養が身につく「日本の名作」あらすじ200本（2023）
日本の名作あらすじ300（2020）
千年の百冊（2013）
日本文学名作案内（2008）
2ページでわかる日本の古典傑作選（2007）
日本の書物（2006）
一度は読もうよ！ 日本の名著（2003）
日本の古典名著・総解説（2001）
日本歴史「古典籍」総覧（1990）
一冊で日本の古典100冊を読む（1989）
日本の古典一名著への招待（1986）
古典の事典 精髄を読む一日本版（1986）

女王陛下のユリシーズ号[4]　マクリーン 87
東西ミステリーベスト100（2013）
世界の海洋文学・総解説（1998）
世界の推理小説・総解説（1992）
世界の冒険小説・総解説（1992）

女工哀史[4]　細井和喜蔵 87
大人のための日本の名著50（2014）
大正の名著（2009）
ベストガイド日本の名著 明治〜平成（1996）
明治・大正・昭和の名著 総解説（1981）

抒情小曲集[5]　室生犀星 87
感動！ 日本の名著 近現代編（2004）
日本文芸鑑賞事典 第6巻（1987）
現代文学名作探訪事典（1984）
日本近代文学名著事典（1982）

日本の名著（1976）

抒情民謡集[4]　ワーズワースとコールリッジ（共著） 87
ポケット世界名作事典（1997）
たのしく読めるイギリス文学（1994）
西洋をきずいた書物（1977）
世界の名著（1976）

ジョンソン伝　⇒サミュエル・ジョンソン伝を見よ

ジョン万次郎漂流記[8]　井伏鱒二 87
1分de教養が身につく「日本の名作」あらすじ200本（2023）
知らないと恥ずかしい「日本の名作」あらすじ200本（2008）
日本文学名作案内（2008）
一度は読もうよ！ 日本の名著（2003）
あらすじで読む 日本の名著 No.2（2003）
世界の海洋文学・総解説（1998）
一冊で日本の名著100冊を読む 続（1992）
歴史小説・時代小説 総解説（1986）

シラノ・ド・ベルジュラック[9]　ロスタン .. 88
わたしのなつかしい一冊（2021）
知っておきたいフランス文学（2010）
フランス文学 名作と主人公（2009）
千年紀のベスト100作品を選ぶ（2007）
名作あらすじ事典 西洋文学編（2006）
世界文学あらすじ大事典 2（2005）
世界・名著のあらすじ―精選38冊（2005）
世界文学の名作と主人公・総解説（2001）
ポケット世界名作事典（1997）

死霊[14]　埴谷雄高 88
文庫で読む100年の文学（2023）
日本の名作あらすじ300（2020）
日本文学名作案内（2008）
日本文学 これを読まないと文学は語れない!!（2006）
教養のためのブックガイド（2005）
日本の小説101（2003）
必読書150（2002）
現代文学鑑賞辞典（2002）
ポケット日本名作事典（2000）
ベストガイド日本の名著 明治〜平成（1996）
日本文芸鑑賞事典 第14巻（1987）
日本文学名作事典（1984）
明治・大正・昭和の名著 総解説（1981）
世界名著案内 8（1973）

城[11]　カフカ 88
齋藤孝の名著50（2022）
名著のツボ（2021）
方法文学 世界名作選 2（2020）
一行でわかる名著（2020）
世界物語大事典（2019）
世界の小説大百科（2013）

作品別ブックガイド一覧　　　　　　　　　　　しんこ

クライマックス名作案内 1（2011）
お厚いのがお好き？（2010）
世界文学あらすじ大事典 2（2005）
教養のためのブックガイド（2005）
世界の名著（1976）

白い巨塔 [6]　山崎豊子 ………………… 88
　中古典のすすめ（2020）
　日本文学名作案内（2008）
　日本文学 これを読まないと文学は語れない!!
　　（2006）
　一度は読もうよ！ 日本の名著（2003）
　一冊で日本の名著100冊を読む（1988）
　日本文芸鑑賞事典 第19巻（1987）

次郎物語 [9]　下村湖人 ………………… 89
　図説 教養として知っておきたい日本の名作50選
　　（2016）
　日本文学名作案内（2008）
　名作の書き出しを諳んじる（2008）
　あらすじで味わう昭和のベストセラー（2004）
　図説 5分でわかる日本の名作傑作選（2004）
　一度は読もうよ！ 日本の名著（2003）
　日本の名作文学案内（2001）
　ポケット日本名作事典（2000）
　日本文芸鑑賞事典 第11巻（1987）

しろばんば [8]　井上靖 ………………… 89
　いつかあなたに出会ってほしい本（2024）
　図説 教養として知っておきたい日本の名作50選
　　（2016）
　愛と死の日本文学（2011）
　日本の名作おさらい（2010）
　図説 5分でわかる日本の名作傑作選（2004）
　日本文芸鑑賞事典 第18巻（1988）
　現代文学名作探訪事典（1984）
　日本文学名作事典（1984）

神曲 [32]　ダンテ・アリギエーリ ……… 89
　名作に学ぶ人生を切り拓く教訓50（2024）
　50歳からの読書案内（2024）
　世界文学の名作を「最短」で読む（2021）
　名著のツボ（2021）
　物語の函 世界名作選 1（2020）
　世界物語大事典（2019）
　歴史を変えた100冊の本（2019）
　世界を変えた本（2018）
　書き出し「世界文学全集」（2013）
　3行でわかる名作＆ヒット本250（2012）
　なおかつお厚いのがお好き？（2010）
　世界の名作おさらい（2010）
　世界の「名著」50（2008）
　千年紀のベスト100作品を選ぶ（2007）
　世界文学あらすじ大事典 2（2005）
　世界文学の長編文学（2005）
　教養のためのブックガイド（2005）
　あらすじダイジェスト 世界の名作100を読む
　　（2005）
　あらすじで読む世界文学105（2004）

面白いほどよくわかる 世界の文学（2004）
あらすじで読む 世界の名著 No.2（2004）
世界を変えた100冊の本（2003）
必読書150（2002）
世界文学の名作と主人公・総解説（2001）
世界の幻想文学・総解説（1998）
ポケット世界名作事典（1997）
古典・名著の読み方（1991）
世界の書物（1989）
一冊で世界の名著100冊を読む（1988）
世界の名著早わかり事典（1984）
西洋をきずいた書物（1977）
世界の名著（1976）

真空地帯 [17]　野間宏 ………………… 89
　1分de教養が身につく「日本の名作」あらすじ200
　　本（2023）
　日本の名作あらすじ300（2020）
　たった5行で読んだ気になる日本の名作（2016）
　日本の名作おさらい（2010）
　知らないと恥ずかしい「日本の名作」あらすじ
　　200本（2008）
　日本文学名作案内（2008）
　2時間でわかる日本の名著（2005）
　感動！ 日本の名著 近現代編（2004）
　あらすじで味わう日本文学（2004）
　一度は読もうよ！ 日本の名著（2003）
　日本の小説101（2003）
　ポケット日本名作事典（2000）
　ベストガイド日本の名著 明治～平成（1996）
　日本文芸鑑賞事典 第16巻（1987）
　明治・大正・昭和の名著 総解説（1981）
　日本の名著（1976）
　世界名著案内 8（1973）

新古今和歌集 [20] …………………… 89
　これだけは知っておきたい日本の名作（2023）
　歴史的書物の名場面（2023）
　日本の古典50選（2020）
　この1冊で早わかり！ 日本の古典50冊（2015）
　千年の百冊（2013）
　やさしい古典案内（2012）
　マンガとあらすじでやさしく読める 日本の古典
　　傑作30選（2012）
　あらすじで読む 日本の古典（新人物文庫）（2011）
　日本人とは何か 「和の心」が見つかる名著
　　（2008）
　千年紀のベスト100作品を選ぶ（2007）
　2ページでわかる日本の古典傑作選（2007）
　日本古典への誘い100選 1（2006）
　あらすじで読む 日本の古典（楽書ブックス）
　　（2004）
　日本の名著3分間読書100（2003）
　日本の古典名著・総解説（2001）
　早わかり 日本古典文学あらすじ事典（2000）
　古典文学鑑賞辞典（1999）
　日本の古典—名著への招待（1986）
　古典の事典 精髄を読む—日本版（1986）

決定版名作案内 ブックガイドにのった文学1000　　249

しんし

日本の名著（1976）

真実一路[5] 山本有三 89
図説 教養として知っておきたい日本の名作50選（2016）
日本文学名作案内（2008）
図説 5分でわかる日本の名作傑作選（2004）
ポケット日本名作事典（2000）
日本文芸鑑賞事典 第11巻（1987）

紳士トリストラム・シャンディの生涯と意見 ⇒トリストラム・シャンディを見よ

神州纐纈城[4] 国枝史郎 90
面白いほどよくわかる 時代小説名作100（2010）
ポケット日本名作事典（2000）
日本文芸鑑賞事典 第8巻（1987）
歴史小説・時代小説 総解説（1986）

心中天網島[10] 近松門左衛門 90
愛と死の日本文学（2011）
Jブンガク（2010）
千年紀のベスト100作品を選ぶ（2007）
日本古典への誘い100選 1（2006）
日本の名著3分間読書100（2003）
日本の古典名著・総解説（2001）
古典文学鑑賞辞典（1999）
一冊で100名作の「さわり」を読む（1992）
古典の事典 精髄を読む―日本版（1986）
日本の名著（1976）

新宿鮫[4] 大沢在昌 90
1分de教養が身につく「日本の名作」あらすじ200本（2023）
東西ミステリーベスト100（2013）
知らないと恥ずかしい「日本の名作」あらすじ200本（2008）
世界の推理小説・総解説（1992）

真珠夫人[8] 菊池寛 90
日本の名作あらすじ300（2020）
名作名言――一行で読む日本の名作小説（2017）
日本の名作おさらい（2010）
日本文学 これを読まないと文学は語れない!!（2006）
図説 5分でわかる日本の名作傑作選（2004）
日本の小説101（2003）
ポケット日本名作事典（2000）
日本文芸鑑賞事典 第6巻（1987）

神聖喜劇[4] 大西巨人 90
日本の小説101（2003）
必読書150（2002）
現代文学鑑賞辞典（2002）
ポケット日本名作事典（2000）

人生劇場[13] 尾崎士郎 90
たった5行で読んだ気になる日本の名作（2016）
新潮文庫 20世紀の100冊（2009）
日本文学名作案内（2008）

百年の誤読（2004）
一度は読もうよ！ 日本の名著（2003）
日本の名著3分間読書100（2003）
現代文学鑑賞辞典（2002）
ポケット日本名作事典（2000）
一冊で日本の名著100冊を読む 続（1992）
一冊で100名作の「さわり」を読む（1992）
日本文芸鑑賞事典 第10巻（1988）
歴史小説・時代小説 総解説（1986）
現代文学名作探訪事典（1984）

人生論ノート[7] 三木清 91
これだけは知っておきたい日本の名作（2023）
知の巨人が選んだ世界の名著200（2023）
あなたのなつかしい一冊（2022）
新潮文庫 20世紀の100冊（2009）
ベストガイド日本の名著 明治～平成（1996）
日本文芸鑑賞事典 第12巻（1988）
明治・大正・昭和の名著 総解説（1981）

新撰犬筑波集[4] 山崎宗鑑〔編〕 91
歴史的書物の名場面（2023）
日本の古典名著・総解説（2001）
日本の古典一名著への招待（1986）
古典の事典 精髄を読む―日本版（1986）

新選組始末記[4] 子母沢寛 91
知の巨人が選んだ世界の名著200（2023）
ポケット日本名作事典（2000）
日本文芸鑑賞事典 第9巻（1988）
歴史小説・時代小説 総解説（1986）

新撰菟玖波集[4] 一条冬良〔ほか編〕 91
歴史的書物の名場面（2023）
日本の古典名著・総解説（2001）
古典文学鑑賞辞典（1999）
古典の事典 精髄を読む―日本版（1986）

新体詩抄[4] 外山正一〔ほか編〕 91
明治の名著 2（2009）
日本文芸鑑賞事典 第1巻（1987）
日本近代文学名著事典（1982）
明治・大正・昭和の名著 総解説（1981）

審判[12] カフカ 91
グレート・ノベルズ（2024）
歴史を変えた100冊の本（2019）
大人のための世界の名著50（2014）
世界の小説大百科（2013）
ベストセラー世界の文学・20世紀 1（2006）
世界文学あらすじ大事典 2（2005）
教養のためのブックガイド（2005）
要約 世界文学全集 1（2004）
世界を変えた100冊の本（2003）
必読書150（2002）
ポケット世界名作事典（1997）
世界の書物（1989）

新約聖書　⇒聖書(せいしょ)を見よ
親和力[4]　ゲーテ............................ 92
　世界の小説大百科(2013)
　知っておきたいドイツ文学(2011)
　世界文学あらすじ大事典 2(2005)
　教養のためのブックガイド(2005)

【 す 】

水滸伝[18]　施耐庵............................ 92
　一冊に名著一〇〇冊がギュッと詰まった凄い本(2022)
　名著のツボ(2021)
　翻訳者による海外文学ブックガイド BOOK MARK(2019)
　世界の小説大百科(2013)
　3行でわかる名作&ヒット本250(2012)
　『こゝろ』は本当に名作か(2009)
　世界の名作50選(2008)
　あらすじでわかる中国古典「超」入門(2006)
　世界文学あらすじ大事典 2(2005)
　世界の長編文学(2005)
　教養のためのブックガイド(2005)
　面白いほどよくわかる 世界の文学(2004)
　あらすじで読む 世界の名著 No.2(2004)
　世界文学のすじ書き(2003)
　中国の古典名著・総解説(2001)
　ポケット世界名作事典(1997)
　世界の書物(1989)
　世界の名著(1976)

水晶[4]　シュティフター.................. 92
　知っておきたいドイツ文学(2011)
　要約 世界文学全集 2(2004)
　日本・世界名作「愛の会話」100章(1985)
　世界の名著(1976)

随想録　⇒エセーを見よ

姿三四郎[4]　富田常雄...................... 92
　百年の誤読(2004)
　ポケット日本名作事典(2000)
　日本文芸鑑賞事典 第13巻(1988)
　歴史小説・時代小説 総解説(1986)

菅原伝授手習鑑[6]　竹田出雲(2世)ほか...... 93
　千年の百冊(2013)
　日本古典への誘い100選 2(2007)
　日本の古典名著・総解説(2001)
　古典文学鑑賞辞典(1999)
　歴史家の一冊(1998)
　古典の事典 精髄を読む—日本版(1986)

スケッチ・ブック[4]　アーヴィング.......... 93
　アメリカ文学 名作と主人公(2009)
　世界文学の名作と主人公・総解説(2001)
　ポケット世界名作事典(1997)
　世界の名著(1976)

スタンド・バイ・ミー[4]　キング............ 93
　はじめて読む! 海外文学ブックガイド(2022)
　知っておきたいアメリカ文学(2010)
　新潮文庫 20世紀の100冊(2009)
　名作あらすじ事典 西洋文学編(2006)

砂の上の植物群[7]　吉行淳之介.............. 93
　日本文学名作案内(2008)
　日本文学 これを読まないと文学は語れない!!(2006)
　一度は読もうよ! 日本の名著(2003)
　ポケット日本名作事典(2000)
　近代日本の百冊を選ぶ(1994)
　一冊で日本の名著100冊を読む(1988)
　日本文学名作事典(1984)

砂の器[6]　松本清張........................ 93
　昭和の作家力(2023)
　日本の名作あらすじ300(2020)
　東西ミステリーベスト100(2013)
　百年の誤読(2004)
　あらすじで味わう昭和のベストセラー(2004)
　日本の名作文学案内(2001)

砂の女[28]　安部公房........................ 93
　名作に学ぶ人生を切り拓く教訓50(2024)
　昭和の作家力(2023)
　1分de教養が身につく「日本の名作」あらすじ200本(2023)
　名著入門—日本近代文学50選(2022)
　日本の名作あらすじ300(2020)
　たった5行で読んだ気になる日本の名作(2016)
　大人のための名著99(2014)
　クライマックス名作案内 2(2011)
　新潮文庫 20世紀の100冊(2009)
　知らないと恥ずかしい「日本の名作」あらすじ200本(2008)
　日本文学名作案内(2008)
　2時間でわかる日本の名著(2005)
　あらすじダイジェスト 日本の名作70を読む(2005)
　日本・名著のあらすじ―精選40冊(2004)
　あらすじで味わう日本文学(2004)
　一度は読もうよ! 日本の名著(2003)
　日本の小説101(2003)
　必読書150(2002)
　現代文学鑑賞辞典(2002)
　日本の名作文学案内(2001)
　ポケット日本名作事典(2000)
　世界のSF文学・総解説(1992)
　一冊で日本の名著100冊を読む(1988)
　日本文芸鑑賞事典 第18巻(1988)
　日本・世界名作「愛の会話」100章(1985)
　現代文学名作探訪事典(1984)
　日本文学名作事典(1984)
　世界名著案内 8(1973)

すばらしい新世界[9]　ハックスリー.......... 94
　世界を変えた100の小説 上(2024)

すへと　　　　　　　作品別ブックガイド一覧

世界物語大事典（2019）
翻訳者による海外文学ブックガイド BOOK MARK（2019）
世界の小説大百科（2013）
ベストセラー世界の文学・20世紀 1（2006）
世界文学あらすじ大事典 2（2005）
教養のためのブックガイド（2005）
21世紀の必読書100選（2000）
世界のSF文学・総解説（1992）

スペードの女王 [9]　プーシキン ……………… 94
物語の函 世界名作選 1（2020）
知っておきたいロシア文学（2012）
世界の名作おさらい（2010）
ロシア文学 名作と主人公（2009）
名作あらすじ事典 西洋文学編（2006）
世界・名著のあらすじ―精選38冊（2005）
要約 世界文学全集 2（2004）
世界の名作文学案内（2003）
ポケット世界名作事典（1997）

すみだ川 [9]　永井荷風 ……………………… 94
1分de教養が身につく「日本の名作」あらすじ200本（2023）
明治の名著 2（2009）
知らないと恥ずかしい「日本の名作」あらすじ200本（2008）
あらすじで読む 日本の名著 No.2（2003）
ポケット日本名作事典（2000）
ベストガイド日本の名著 明治〜平成（1996）
日本文芸鑑賞事典 第4巻（1987）
日本近代文学名著事典（1982）
明治・大正・昭和の名著 総解説（1981）

隅田川 [7]　観世元雅 ………………………… 94
日本文学の古典50選（2020）
千年の百冊（2013）
あらすじダイジェスト 日本の古典30を読む（2004）
古典文学鑑賞辞典（1999）
日本の古典―名著への招待（1986）
古典の事典 精髄を読む―日本版（1986）
日本文学名作事典（1984）

スローターハウス5 [8]　ヴォネガット ……… 94
世界を変えた100の小説 下（2024）
いつかあなたに出会ってほしい本（2024）
世界物語大事典（2019）
世界の小説大百科（2013）
アメリカ文学 名作と主人公（2009）
百年の誤読 海外文学篇（2008）
たのしく読めるアメリカ文学（1994）
世界のSF文学・総解説（1992）

【せ】

生活の探求 [5]　島木健作 …………………… 95
感動！ 日本の名著 近現代編（2004）
ポケット日本名作事典（2000）

日本文芸鑑賞事典 第11巻（1987）
明治・大正・昭和の名著 総解説（1981）
日本の名著（1976）

青春の蹉跌 [5]　石川達三 …………………… 95
中古典のすすめ（2020）
日本文学名作案内（2008）
あらすじで味わう日本文学（2004）
一度は読もうよ！ 日本の名著（2003）
一冊で日本の名著100冊を読む（1988）

青春の門 [7]　五木寛之 ……………………… 95
いつか君に出会ってほしい本（2023）
ビタミンBOOKS（2022）
日本の名作あらすじ300（2020）
あらすじで味わう昭和のベストセラー（2004）
現代文学鑑賞辞典（2002）
ポケット日本名作事典（2000）
日本文芸鑑賞事典 第20巻（1988）

聖書 [15] ……………………………………… 95
50歳からの読書案内（2024）
知の巨人が選んだ世界の名著200（2023）
齋藤孝の冒頭文de文学案内（2021）
名著のツボ（2021）
一行でわかる名著（2020）
大人のための世界の名著50（2014）
世界を変えた10冊の本（2014）
世界の「名著」50（2008）
図解 世界の名著がわかる本（2007）
教養のためのブックガイド（2005）
世界を変えた100冊の本（2003）
世界の書物（1989）
世界の名著早わかり事典（1984）
西洋をきずいた書物（1977）
世界の名著（1976）

醒睡笑 [10]　安楽庵策伝 …………………… 95
千年の百冊（2013）
日本文学名作案内（2008）
2ページでわかる日本の古典傑作選（2007）
一度は読もうよ！ 日本の名著（2003）
日本の古典名著・総解説（2001）
日本の艶本・珍書 総解説（1998）
一冊で日本の古典100冊を読む（1989）
日本の古典―名著への招待（1986）
古典の事典 精髄を読む―日本版（1986）
日本の奇書77冊（1980）

青銅の基督 [10]　長與善郎 ………………… 95
あらすじで読むキリスト教文学（2024）
日本文学名作案内（2008）
あらすじダイジェスト 日本の名作70を読む（2005）
一度は読もうよ！ 日本の名著（2003）
あらすじで読む 日本の名著 No.2（2003）
現代文学鑑賞辞典（2002）
ポケット日本名作事典（2000）
一冊で日本の名著100冊を読む 続（1992）

一冊で100名作の「さわり」を読む（1992）
日本文芸鑑賞事典　第7巻（1987）

性に眼覚める頃[4]　室生犀星 96
現代文学鑑賞辞典（2002）
ポケット日本名作事典（2000）
日本文芸鑑賞事典　第6巻（1987）
日本近代文学名著事典（1982）

西部戦線異状なし[14]　レマルク 96
名作に学ぶ人生を切り拓く教訓50（2024）
文庫で読む100年の文学（2023）
歴史を変えた100冊の本（2019）
世界の小説大百科（2013）
世界史読書案内（2010）
ベストセラー世界の文学・20世紀 1（2006）
世界文学あらすじ大事典 2（2005）
教養のためのブックガイド（2005）
百年の誤読（2004）
あらすじで味わう外国文学（2004）
世界の名作文学案内（2003）
ポケット世界名作事典（1997）
映画になった名著（1991）
日本・世界名作「愛の会話」100章（1985）

清兵衛と瓢簞[4]　志賀直哉 96
名作の書き出しを諳んじる（2008）
私を変えたこの一冊（2007）
図説 5分でわかる日本の名作傑作選（2004）
日本の名作文学案内（2001）

聖ヨハネ病院にて[6]　上林暁 96
女性のための名作・人生案内（2005）
現代文学鑑賞辞典（2002）
ポケット日本名作事典（2000）
日本文芸鑑賞事典　第14巻（1987）
日本・世界名作「愛の会話」100章（1985）
日本文学名作事典（1984）

世界の終りとハードボイルド・ワンダーランド[5]　村上春樹 96
新潮文庫 20世紀の100冊（2009）
名作はこのように始まる 2（2008）
日本文学 これを読まないと文学は語れない‼（2006）
日本の小説101（2003）
世界のSF文学・総解説（1992）

世界の記述　⇒東方見聞録（とうほうけんぶんろく）を見よ

世界の中心で、愛をさけぶ[4]　片山恭一 97
1分de教養が身につく「日本の名作」あらすじ200本（2023）
日本の名作あらすじ300（2020）
知らないと恥ずかしい「日本の名作」あらすじ200本（2008）
百年の誤読（2004）

世間胸算用[16]　井原西鶴 97
1分de教養が身につく「日本の名作」あらすじ200本（2023）
日本文学の古典50選（2020）
この1冊で早わかり！ 日本の古典50冊（2015）
千年の百冊（2013）
あらすじで読む 日本の古典（新人物文庫）（2011）
知らないと恥ずかしい「日本の名作」あらすじ200本（2008）
日本文学名作案内（2008）
2ページでわかる日本の古典傑作選（2007）
あらすじで読む 日本の古典（楽書ブックス）（2004）
一度は読もうよ！ 日本の名著（2003）
日本の古典名著・総解説（2001）
古典文学鑑賞辞典（1999）
一冊で100名作の「さわり」を読む（1992）
一冊で日本の古典100冊を読む（1989）
日本の古典―名著への招待（1986）
古典の事典 精髄を読む―日本版（1986）

銭形平次捕物控[5]　野村胡堂 97
面白いほどよくわかる 時代小説名作100（2010）
日本文学名作案内（2008）
一度は読もうよ！ 日本の名著（2003）
日本文芸鑑賞事典　第10巻（1988）
歴史小説・時代小説 総解説（1986）

ゼーノの苦悶[5]　ズヴェーヴォ 97
世界の小説大百科（2013）
ベストセラー世界の文学・20世紀 1（2006）
世界文学あらすじ大事典 2（2005）
あらすじで読む世界文学105（2004）
ポケット世界名作事典（1997）

狭き門[23]　ジッド 97
文庫で読む100年の文学（2023）
方法文学 世界名作選 2（2020）
世界の小説大百科（2013）
知っておきたいフランス文学（2010）
フランス文学 名作と主人公（2009）
世界の名作50選（2008）
面白いほどよくわかる あらすじで読む世界の名作（2008）
百年の誤読 海外文学篇（2008）
読んでおきたい世界の名著（2007）
名作あらすじ事典 西洋文学編（2006）
あらすじダイジェスト 世界の名作100を読む（2005）
あらすじで読む世界文学105（2004）
あらすじで味わう外国文学（2004）
2時間でわかる世界の名著（2004）
あらすじで読む 世界の名著 No.2（2004）
世界の名作文学案内（2003）
名作の読解法―世界名作中編小説二〇選（2003）
世界文学の名作と主人公・総解説（2001）
ポケット世界名作事典（1997）
一冊で世界の名著100冊を読む（1988）

せみし

日本・世界名作「愛の会話」100章 (1985)
世界の名著 (1976)
入門 名作の世界 (1971)

蟬しぐれ [6] 藤沢周平 ……………………… 98
いつかあなたに出会ってほしい本 (2024)
齋藤孝の冒頭文de文学案内 (2021)
面白いほどよくわかる 時代小説名作100 (2010)
大学新入生に薦める101冊の本 (2009)
日本文学名作案内 (2008)
一度は読もうよ！ 日本の名著 (2003)

セメント樽の中の手紙 [4] 葉山嘉樹 ………… 98
教科書で出会った名作小説一〇〇 (2023)
知の巨人が選んだ世界の名著200 (2023)
日本文芸鑑賞事典 第8巻 (1987)
日本文学名作事典 (1984)

セールスマンの死 [13] ミラー ……………… 98
大人のための世界の名著50 (2014)
知っておきたいアメリカ文学 (2010)
アメリカ文学 名作と主人公 (2009)
名作あらすじ事典 西洋文学編 (2006)
世界文学あらすじ大事典 2 (2005)
あらすじダイジェスト 世界の名作100を読む (2005)
あらすじで読む世界文学105 (2004)
あらすじで味わう外国文学 (2004)
世界文学の名作と主人公・総解説 (2001)
ポケット世界名作事典 (1997)
英米文学の名作を知る本 (1997)
たのしく読めるアメリカ文学 (1994)
日本・世界名作「愛の会話」100章 (1985)

戦艦武蔵 [6] 吉村昭 …………………………… 98
いつか君に出会ってほしい本 (2023)
齋藤孝の冒頭文de文学案内 (2021)
21世紀の必読書100選 (2000)
ポケット日本名作事典 (2000)
あの本にもう一度 (1996)
日本文芸鑑賞事典 第19巻 (1987)

戦艦大和ノ最期 [4] 吉田満 …………………… 98
齋藤孝の冒頭文de文学案内 (2021)
21世紀の必読書100選 (2000)
世界の海洋文学・総解説 (1998)
日本文芸鑑賞事典 第16巻 (1987)

1984年 [24] オーウェル ……………………… 99
名作に学ぶ人生を切り拓く教訓50 (2024)
世界を変えた100の小説 下 (2024)
いつかあなたに出会ってほしい本 (2024)
グレート・ノベルズ (2024)
エクス・リブリス (2023)
文庫で読む100年の文学 (2023)
世界文学の名作を「最短」で読む (2021)
世界物語大事典 (2019)
翻訳者による海外文学ブックガイド BOOK MARK (2019)

歴史を変えた100冊の本 (2019)
名作英米小説の読み方・楽しみ方 (2014)
世界の小説大百科 (2013)
イギリス文学 名作と主人公 (2009)
大学新入生に薦める101冊の本 (2009)
百年の誤読 海外文学篇 (2008)
世界文学あらすじ大事典 2 (2005)
教養のためのブックガイド (2005)
面白いほどよくわかる 世界の文学 (2004)
世界を変えた100冊の本 (2003)
21世紀の必読書100選 (2000)
二十世紀を騒がせた本 (1999)
20世紀を震撼させた100冊 (1998)
ポケット世界名作事典 (1997)
世界のSF文学・総解説 (1992)

撰集抄 [5] ………………………………………… 99
一度は読もうよ！ 日本の名著 (2003)
日本の古典名著・総解説 (2001)
古典文学鑑賞辞典 (1999)
一冊で日本の古典100冊を読む (1989)
古典の事典 精髄を読む—日本版 (1986)

戦争と平和 [37] トルストイ …………………… 99
世界を変えた100の小説 上 (2024)
教科書で出会った名作小説一〇〇 (2023)
名著のツボ (2021)
歴史を変えた100冊の本 (2019)
大人のための世界の名著50 (2014)
世界の小説大百科 (2013)
「あらすじ」だけで人生の意味が全部わかる世界の古典13 (2012)
3行でわかる名作＆ヒット本250 (2012)
私の世界文学案内 (2012)
知っておきたいロシア文学 (2012)
世界の名作おさらい (2010)
ロシア文学 名作と主人公 (2009)
世界の名作50選 (2008)
読んでおきたい世界の名著 (2007)
名作あらすじ事典 西洋文学編 (2006)
世界文学あらすじ大事典 2 (2005)
世界の長編文学 (2005)
教養のためのブックガイド (2005)
あらすじダイジェスト 世界の名作100を読む (2005)
あらすじで読む世界文学105 (2004)
あらすじで味わう外国文学 (2004)
図説 5分でわかる世界の名作 (2004)
2時間でわかる世界の名著 (2004)
あらすじで味わう名作文学 (2004)
面白いほどよくわかる 世界の文学 (2004)
あらすじで読む 世界の名著 No.2 (2004)
要約 世界文学全集 2 (2004)
世界を変えた100冊の本 (2003)
世界文学のすじ書き (2003)
世界の名作文学案内 (2003)
世界文学の名作と主人公・総解説 (2001)
ポケット世界名作事典 (1997)

古典・名著の読み方（1991）
世界の書物（1989）
一冊で世界の名著100冊を読む（1988）
世界の名著（1976）
入門 名作の世界（1971）

感傷旅行（センチメンタル・ジャーニイ）
5　田辺聖子 99
中古典のすすめ（2020）
日本の名作あらすじ300（2020）
日本文学名作案内（2008）
現代文学鑑賞辞典（2002）
日本文芸鑑賞事典 第19巻（1987）

剪灯新話[4]　瞿佑 99
中国古典の名著50冊が1冊でざっと学べる（2023）
中国の古典名著・総解説（2001）
ポケット世界名作事典（1997）
東洋の奇書55冊（1980）

千羽鶴[7]　川端康成 99
世界の小説大百科（2013）
あらすじダイジェスト 日本の名作70を読む（2005）
一度は読もうよ！ 日本の名著（2003）
あらすじで読む 日本の名著 No.3（2003）
一冊で日本の名著100冊を読む 続（1992）
日本文芸鑑賞事典 第15巻（1988）
日本文学名作事典（1984）

千夜一夜物語　⇒アラビアン・ナイトを見よ

善良な兵士シュヴェイク　⇒兵士シュヴェイクの冒険（へいししゅヴぇいくのぼうけん）を見よ

【　そ　】

蒼氓[13]　石川達三 100
1分de教養が身につく「日本の名作」あらすじ200本（2023）
名作名言一一行で読む日本の名作小説（2017）
3行でわかる名作＆ヒット本250（2012）
知らないと恥ずかしい「日本の名作」あらすじ200本（2008）
日本文学名作案内（2008）
あらすじダイジェスト 日本の名作70を読む（2005）
日本・名著のあらすじ―精選40冊（2004）
一度は読もうよ！ 日本の名著（2003）
あらすじで読む 日本の名著 No.2（2003）
日本の名作文学案内（2001）
ポケット日本名作事典（2000）
一冊で日本の名著100冊を読む（1988）
日本文芸鑑賞事典 第11巻（1987）

曽我物語[23] 100
1分de教養が身につく「日本の名作」あらすじ200本（2023）
日本文学の古典50選（2020）
日本の名作あらすじ300（2020）
千年の百冊（2013）
3行でわかる名作＆ヒット本250（2012）
あらすじで読む 日本の古典（新人物文庫）（2011）
Jブンガク（2010）
知らないと恥ずかしい「日本の名作」あらすじ200本（2008）
日本文学名作案内（2008）
2ページでわかる日本の古典傑作選（2007）
日本古典への誘い100選 2（2007）
日本の書物（2006）
あらすじダイジェスト 日本の古典30を読む（2004）
あらすじで読む 日本の古典（楽書ブックス）（2004）
一度は読もうよ！ 日本の名著（2003）
日本の名著3分間読書100（2003）
日本の古典名著・総解説（2001）
早わかり 日本古典文学あらすじ事典（2000）
古典文学鑑賞辞典（1999）
一冊で100名作の「さわり」を読む（1992）
一冊で日本の古典100冊を読む（1989）
日本の古典―名著への招待（1986）
古典の事典 精髄を読む―日本版（1986）

ソクラテスの弁明[8]　プラトン 100
名著のツボ（2021）
大人のための世界の名著50（2014）
世界の「名著」50（2008）
教養のためのブックガイド（2005）
世界の古典名著・総解説（2001）
古典・名著の読み方（1991）
世界の書物（1989）
世界の名著早わかり事典（1984）

そして誰もいなくなった[6]　クリスティ 100
世界を変えた100冊の小説 上（2024）
けんごの小説紹介（2024）
東西ミステリーベスト100（2013）
イギリス文学 名作と主人公（2009）
2時間でわかる世界の名著（2004）
世界の推理小説・総解説（1992）

曽根崎心中[29]　近松門左衛門 100
これだけは知っておきたい日本の名作（2023）
歴史的書物の名場面（2023）
1分de教養が身につく「日本の名作」あらすじ200本（2023）
齋藤孝の冒頭文de文学案内（2021）
日本の名作あらすじ300（2020）
世界に愛され、評価される！「日本の名著」（2016）
たった5行で読んだ気になる日本の名作（2016）
この1冊で早わかり！ 日本の古典50冊（2015）
千年の百冊（2013）
マンガとあらすじでやさしく読める 日本の古典傑作選30選（2012）

そのお　　　　作品別ブックガイド一覧

- 3行でわかる名作＆ヒット本250 (2012)
- あらすじで読む 日本の古典 (新人物文庫) (2011)
- 日本の名作おさらい (2010)
- 知らないと恥ずかしい「日本の名作」あらすじ200本 (2008)
- 日本文学名作案内 (2008)
- 名作の書き出しを諳んじる (2008)
- 2ページでわかる日本の古典傑作選 (2007)
- 日本の書物 (2006)
- 図説 5分でわかる日本の名作傑作選 (2004)
- あらすじダイジェスト 日本の古典30を読む (2004)
- あらすじで読む 日本の古典 (楽書ブックス) (2004)
- 一度は読もうよ！ 日本の名著 (2003)
- 日本の古典名著・総解説 (2001)
- 早わかり 日本古典文学あらすじ事典 (2000)
- 古典文学鑑賞辞典 (1999)
- 一冊で100名作の「さわり」を読む (1992)
- 一冊で日本の古典100冊を読む (1989)
- 古典の事典 精髄を読む―日本版 (1986)
- 日本文学名作事典 (1984)

其面影[7]　二葉亭四迷 100
- 図説 教養として知っておきたい日本の名作50選 (2016)
- 日本文学名作案内 (2008)
- 図説 5分でわかる日本の名作傑作選 (2004)
- 一度は読もうよ！ 日本の名著 (2003)
- ポケット日本名作事典 (2000)
- 一冊で日本の名著100冊を読む 続 (1992)
- 日本文芸鑑賞事典 第3巻 (1987)

ソフィーの選択[4]　スタイロン 101
- アメリカ文学 名作と主人公 (2009)
- あらすじで味わう外国文学 (2004)
- たのしく読めるアメリカ文学 (1994)
- 映画になった名著 (1991)

ソラリス[6]　レム 101
- 世界物語大事典 (2019)
- 世界の小説大百科 (2013)
- 百年の誤読 海外文学篇 (2008)
- 必読書150 (2002)
- 世界のSF文学・総解説 (1992)
- 一冊で世界の名著100冊を読む (1988)

それから[21]　夏目漱石 101
- 教科書で出会った名作小説一〇〇 (2023)
- 1分de教養が身につく「日本の名作」あらすじ200本 (2023)
- 名作名言―一行で読む日本の名作小説 (2017)
- 日本の名作おさらい (2010)
- この一冊でわかる日本の名作 (2010)
- 明治の名著 2 (2009)
- 名作の書き出し―漱石から春樹まで (2009)
- 知らないと恥ずかしい「日本の名作」あらすじ200本 (2008)
- 日本文学名作案内 (2008)

- 絵で読むあらすじ日本の名著 (2007)
- 女性のための名作・人生案内 (2005)
- 2時間でわかる日本の名著 (2005)
- 教養のためのブックガイド (2005)
- 百年の誤読 (2004)
- 図説 5分でわかる日本の名作 (2004)
- 一度は読もうよ！ 日本の名著 (2003)
- 日本の小説101 (2003)
- 近代日本の百冊を選ぶ (1994)
- 一冊で愛の話題作100冊を読む (1991)
- 日本文芸鑑賞事典 第4巻 (1987)
- 明治・大正・昭和の名著 総解説 (1981)

存在の耐えられない軽さ[13]　クンデラ 101
- 世界を変えた100の小説 下 (2024)
- 文庫で読む100年の文学 (2023)
- 知の巨人が選んだ世界の名著200 (2023)
- 齋藤孝の名著50 (2022)
- 一行でわかる名著 (2020)
- 人生を狂わす名著50 (2017)
- 世界の小説大百科 (2013)
- クライマックス名作案内 2 (2011)
- 世界文学必勝法 (2008)
- 百年の誤読 海外文学篇 (2008)
- 面白いほどよくわかる 世界の文学 (2004)
- 世界の名作文学案内 (2003)
- 世界文学の名作と主人公・総解説 (2001)

【た】

大尉の娘[4]　プーシキン 101
- 「あらすじ」だけで人生の意味が全部わかる世界の古典13 (2012)
- 知っておきたいロシア文学 (2012)
- 世界文学あらすじ大事典 2 (2005)
- あらすじダイジェスト 世界の名作100を読む (2005)

対位法　⇒恋愛対位法 (れんあいたいいほう) を見よ

太閤記[5]　小瀬甫庵 102
- これだけは知っておきたい日本の古典 (2023)
- 日本の古典名著・総解説 (2001)
- 日本歴史「古典籍」総覧 (1990)
- 日本の古典―名著への招待 (1986)
- 古典の事典 精髄を読む―日本版 (1986)

第三の男[6]　グリーン 102
- 知の巨人が選んだ世界の名著200 (2023)
- イギリス文学 名作と主人公 (2009)
- 世界文学の名作と主人公・総解説 (2001)
- 英米文学の名作を知る本 (1997)
- 映画になった名著 (1991)
- 日本・世界名作「愛の会話」100章 (1985)

大聖堂[4]　カーヴァー 102
- 文庫で読む100年の文学 (2023)
- 世界の小説大百科 (2013)

256　決定版名作案内 ブックガイドにのった文学1000

あらすじで味わう外国文学 (2004)
たのしく読めるアメリカ文学 (1994)

大地 [17]　バック 102
来たよ！　なつかしい一冊 (2024)
一冊に名著一〇〇冊がギュッと詰まった凄い本 (2022)
世界史読書案内 (2010)
アメリカ文学 名作と主人公 (2009)
百年の誤読 海外文学篇 (2008)
読んでおきたい世界の名著 (2007)
世界文学あらすじ大事典 (2005)
あらすじダイジェスト 世界の名作100を読む (2005)
あらすじで味わう外国文学 (2004)
世界の名作文学が2時間で分かる本 (2004)
世界の名作文学案内 (2003)
世界文学の名作と主人公・総解説 (2001)
ポケット世界名作事典 (1997)
英米文学の名作を知る本 (1997)
古典・名著の読み方 (1991)
世界の名著 (1976)
入門 名作の世界 (1971)

太平記 [31] 102
歴史的書物の名場面 (2023)
1分de教養が身につく「日本の名作」あらすじ200本 (2023)
知の巨人が選んだ世界の名著200 (2023)
齋藤孝の冒頭文de文学案内 (2021)
日本文学の古典50選 (2020)
日本の名作あらすじ300 (2020)
この1冊で早わかり！　日本の古典50冊 (2015)
千年の百冊 (2013)
やさしい古典案内 (2012)
マンガとあらすじでやさしく読める 日本の古典傑作30選 (2012)
3行でわかる名作＆ヒット本250 (2012)
あらすじで読む 日本の古典（新人物文庫）(2011)
知らないと恥ずかしい「日本の名作」あらすじ200本 (2008)
日本文学名作案内 (2008)
2ページでわかる日本の古典傑作選 (2007)
日本古典への誘い100選 2 (2007)
日本の書物 (2006)
あらすじダイジェスト 日本の古典30を読む (2004)
図説 地図とあらすじで読む歴史の名著 (2004)
あらすじで読む 日本の古典（楽書ブックス）(2004)
一度は読もうよ！　日本の名著 (2003)
日本の古典名著・総解説 (2001)
早わかり 日本古典文学あらすじ事典 (2000)
古典文学鑑賞辞典 (1999)
一冊で100名作の「さわり」を読む (1992)
日本歴史「古典籍」総覧 (1990)
一冊で日本の古典100冊を読む (1989)
日本の古典―名著への招待 (1986)

古典の事典 精髄を読む―日本版 (1986)
日本文学名作事典 (1984)
日本の名著 (1976)

大菩薩峠 [17]　中里介山 102
昭和の作家力 (2023)
日本の名作あらすじ300 (2020)
3行でわかる名作＆ヒット本250 (2012)
面白いほどよくわかる 時代小説名作100 (2010)
Jブンガク (2010)
大正の名著 (2009)
日本文学名作事典 (2008)
日本・名著のあらすじ―精選40冊 (2004)
一度は読もうよ！　日本の名著 (2003)
日本の小説101 (2003)
現代文学鑑賞辞典 (2002)
ポケット日本名作事典 (2000)
一冊で100名作の「さわり」を読む (1992)
日本文芸鑑賞事典 第5巻 (1987)
歴史小説・時代小説 総解説 (1986)
日本文学名作事典 (1984)
明治・大正・昭和の名著 総解説 (1981)

タイム・マシン [12]　ウェルズ 103
世界を変えた100の小説 上 (2024)
世界物語大事典 (2019)
歴史を変えた100冊の本 (2019)
世界の小説大百科 (2013)
イギリス文学 名作と主人公 (2009)
千年紀のベスト100作品を選ぶ (2007)
世界文学あらすじ大事典 2 (2005)
面白いほどよくわかる 世界の文学 (2004)
20世紀を震撼させた100冊 (1998)
たのしく読めるイギリス文学 (1994)
世界のSF文学・総解説 (1992)
世界の書物 (1989)

太陽の季節 [20]　石原慎太郎 103
1分de教養が身につく「日本の名作」あらすじ200本 (2023)
日本の名作あらすじ300 (2020)
たった5行で読んだ気になる日本の名作 (2016)
Jブンガク (2010)
新潮文庫 20世紀の100冊 (2009)
知らないと恥ずかしい「日本の名作」あらすじ200本 (2008)
日本名作案内 (2008)
あらすじダイジェスト 日本の名作70を読む (2005)
百年の誤読 (2004)
あらすじで味わう日本文学 (2004)
一度は読もうよ！　日本の名著 (2003)
日本の小説101 (2003)
現代文学鑑賞辞典 (2002)
ポケット日本名作事典 (2000)
ベストガイド 日本の名著 明治～平成 (1996)
一冊で日本の名著100冊を読む (1988)
日本文芸鑑賞事典 第17巻 (1988)

たいよ

現代文学名作探訪事典（1984）
日本文学名作事典（1984）
明治・大正・昭和の名著 総解説（1981）

太陽のない街 [13] 徳永直 ･･････････ 103

1分de教養が身につく「日本の名作」あらすじ200本（2023）
3行でわかる名作＆ヒット本250（2012）
知らないと恥ずかしい「日本の名作」あらすじ200本（2008）
日本文学名作案内（2008）
あらすじダイジェスト 日本の名作70を読む（2005）
一度は読もうよ！ 日本の名著（2003）
現代文学鑑賞辞典（2002）
ポケット日本名作事典（2000）
ベストガイド日本の名著 明治～平成（1996）
一冊で日本の名著100冊を読む 続（1992）
日本近代文学名著事典（1982）
明治・大正・昭和の名著 総解説（1981）
入門 名作の世界（1971）

高瀬舟 [21] 森鷗外 ･･････････ 103

いつかあなたに出会ってほしい本（2024）
教科書で出会った名作小説一〇〇（2023）
1分de教養が身につく「日本の名作」あらすじ200本（2023）
齋藤孝の冒頭文de文学案内（2021）
名作名言一一行で読む日本の名作小説（2017）
たった5行で読んだ気になる日本の名作（2016）
日本人なら知っておきたい あらすじで読む日本の名著（2014）
あらすじで読む 日本の名著（新人物文庫）（2012）
日本の名作おさらい（2010）
知らないと恥ずかしい「日本の名作」あらすじ200本（2008）
日本文学名作案内（2008）
名作の書き出しを諳んじる（2008）
私を変えたこの一冊（2007）
ひと目でわかる日本の名作（2006）
一度は読もうよ！ 日本の名著（2003）
あらすじで読む 日本の名著（楽書ブックス）（2003）
日本の名作文学案内（2001）
ポケット日本名作事典（2000）
一冊で100名作の「さわり」を読む（1992）
一冊で日本の名著100冊を読む（1988）
日本文芸鑑賞事典 第5巻（1987）

誰がために鐘は鳴る [13] ヘミングウェイ ･･ 103

世界の小説大百科（2013）
3行でわかる名作＆ヒット本250（2012）
アメリカ文学 名作と主人公（2009）
百年の誤読 海外文学篇（2008）
世界文学あらすじ大事典 2（2005）
あらすじで味わう外国文学（2004）
あらすじで読む 世界の名著 No.1（2004）
世界文学のすじ書き（2003）
世界の名作文学案内（2003）
世界文学の名作と主人公・総解説（2001）
ポケット世界名作事典（1997）
英米文学の名作を知る本（1997）
世界の名著（1976）

宝島 [17] スティーヴンソン ･･････････ 103

いつかあなたに出会ってほしい本（2024）
世界物語大事典（2019）
世界の小説大百科（2013）
書き出し「世界文学全集」（2013）
世界の名作おさらい（2010）
イギリス文学 名作と主人公（2009）
世界文学あらすじ大事典 2（2005）
あらすじで読む 世界の名著 No.3（2005）
2時間でわかる世界の名著（2004）
世界文学のすじ書き（2003）
世界の名作文学案内（2003）
世界文学の名作と主人公・総解説（2001）
世界の海洋文学・総解説（1998）
ポケット世界名作事典（1997）
英米文学の名作を知る本（1997）
世界の書物（1989）
世界の名著（1976）

滝口入道 [6] 高山樗牛 ･･････････ 104

日本文学名作案内（2008）
一度は読もうよ！ 日本の名著（2003）
ポケット日本名作事典（2000）
一冊で100名作の「さわり」を読む（1992）
日本文芸鑑賞事典 第1巻（1987）
日本近代文学名著事典（1982）

たけくらべ [45] 樋口一葉 ･･････････ 104

これだけは知っておきたい日本の名作（2023）
教科書で出会った名作小説一〇〇（2023）
1分de教養が身につく「日本の名作」あらすじ200本（2023）
名作入門―日本近代文学50選（2022）
齋藤孝の冒頭文de文学案内（2021）
名場面で味わう日本文学60選（2021）
日本の名作あらすじ300（2020）
名作名言一一行で読む日本の名作小説（2017）
たった5行で読んだ気になる日本の名作（2016）
日本人なら知っておきたい あらすじで読む日本の名著（2014）
あらすじで読む 日本の名著（新人物文庫）（2012）
3行でわかる名作＆ヒット本250（2012）
愛と死の日本文学（2011）
日本の名作おさらい（2010）
明治の名著 2（2009）
知らないと恥ずかしい「日本の名作」あらすじ200本（2008）
日本文学名作案内（2008）
名作はこのように始まる 2（2008）
名作の書き出しを諳んじる（2008）
私を変えたこの一冊（2007）
絵で読むあらすじ日本の名著（2007）
ひと目でわかる日本の名作（2006）

2時間でわかる日本の名著（2005）
　　あらすじダイジェスト 日本の名作70を読む
　　　（2005）
　　感動！ 日本の名著 近現代編（2004）
　　あらすじで味わう日本文学（2004）
　　あらすじで味わう名作文学（2004）
　　一度は読もうよ！ 日本の名著（2003）
　　あらすじで読む 日本の名著（楽書ブックス）
　　　（2003）
　　日本の名著3分間読書100（2003）
　　現代文学鑑賞辞典（2002）
　　日本の名作文学案内（2001）
　　ポケット日本名作事典（2000）
　　ベストガイド日本の名著 明治～平成（1996）
　　近代日本の百冊を選ぶ（1994）
　　一冊で100名作の「さわり」を読む（1992）
　　一冊で愛の話題作100冊を読む（1991）
　　愛ありて―名作のなかの女たち（1988）
　　日本文芸鑑賞事典 第1巻（1987）
　　現代文学名作探訪事典（1984）
　　日本文学名作事典（1984）
　　日本近代文学名著事典（1982）
　　明治・大正・昭和の名著 総解説（1981）
　　日本の名著（1976）
　　入門 名作の世界（1971）

竹沢先生と云ふ人[7] 長與善郎 104
　　日本文学名作案内（2008）
　　感動！ 日本の名著 近現代編（2004）
　　一度は読もうよ！ 日本の名著（2003）
　　ポケット日本名作事典（2000）
　　一冊で日本の名著100冊を読む 続（1992）
　　日本文芸鑑賞事典 第8巻（1987）
　　日本の名著（1976）

竹取物語[32] 104
　　これだけは知っておきたい日本の名作（2023）
　　歴史的書物の名場面（2023）
　　1分de教養が身につく「日本の名作」あらすじ200
　　　本（2023）
　　日本文学の古典50選（2020）
　　日本の名作あらすじ300（2020）
　　この1冊で早わかり！ 日本の古典50冊（2015）
　　世界の小説大百科（2013）
　　千年の百冊（2013）
　　マンガとあらすじでやさしく読める 日本の古典
　　　傑作30選（2012）
　　3行でわかる名作＆ヒット本250（2012）
　　あらすじで読む 日本の古典（新人物文庫）（2011）
　　Jブンガク（2010）
　　知らないと恥ずかしい「日本の名作」あらすじ
　　　200本（2008）
　　日本文学名作案内（2008）
　　名作の書き出しを諳んじる（2008）
　　2ページでわかる日本の古典傑作選（2007）
　　日本古典への誘い100選 2（2007）
　　日本の書物（2006）
　　あらすじダイジェスト 日本の古典30を読む

　　　（2004）
　　あらすじで読む 日本の古典（楽書ブックス）
　　　（2004）
　　図説 5分でわかる日本の名作（2004）
　　一度は読もうよ！ 日本の名著（2003）
　　日本の名著3分間読書100（2003）
　　日本の古典名著・総解説（2001）
　　早わかり 日本古典文学あらすじ事典（2000）
　　古典文学鑑賞辞典（1999）
　　一冊で100名作の「さわり」を読む（1992）
　　一冊で日本の古典100冊を読む（1989）
　　日本の古典―名著への招待（1986）
　　古典の事典 精髄を読む―日本版（1986）
　　日本文学鑑賞事典（1984）
　　日本の名著（1976）

多情多恨[5] 尾崎紅葉 104
　　『こころ』は本当に名作か（2009）
　　女性のための名作・人生案内（2005）
　　日本の小説101（2003）
　　近代日本の百冊を選ぶ（1994）
　　日本文芸鑑賞事典 第2巻（1987）

忠直卿行状記[5] 菊池寛 104
　　大正の名著（2009）
　　一度は読もうよ！ 日本の名著（2003）
　　ポケット日本名作事典（2000）
　　一冊で日本の名著100冊を読む 続（1992）
　　日本文芸鑑賞事典 第6巻（1987）

谷間の百合[10] バルザック 104
　　フランス文学 名作と主人公（2009）
　　世界の名作50選（2008）
　　あらすじダイジェスト 世界の名作100を読む
　　　（2005）
　　2時間でわかる世界の名著（2004）
　　要約 世界文学全集 2（2004）
　　世界文学のすじ書き（2003）
　　世界の名作文学案内（2003）
　　世界文学の名作と主人公・総解説（2001）
　　ポケット世界名作事典（1997）
　　日本・世界名作「愛の会話」100章（1985）

ダーバヴィル家のテス[23] ハーディ 105
　　世界を変えた100の小説 上（2024）
　　グレート・ノベルズ（2024）
　　名作英米小説の読み方・楽しみ方（2014）
　　世界の小説大百科（2013）
　　書き出し「世界文学全集」（2013）
　　知っておきたいイギリス文学（2010）
　　英仏文学戦記（2010）
　　イギリス文学 名作と主人公（2009）
　　世界の名作50選（2008）
　　世界文学必勝法（2008）
　　世界文学あらすじ大事典 3（2006）
　　名作あらすじ事典 西洋文学編（2006）
　　あらすじダイジェスト 世界の名作100を読む
　　　（2005）
　　あらすじで読む世界文学105（2004）

あらすじで味わう外国文学 (2004)
世界文学のすじ書き (2003)
世界文学の名作と主人公・総解説 (2001)
ポケット世界名作事典 (1997)
たのしく読めるイギリス文学 (1994)
一冊で世界の名著100冊を読む (1988)
日本・世界名作「愛の会話」100章 (1985)
世界の名著 (1976)
入門 名作の世界 (1971)

タバコ・ロード[6] コールドウェル 105
世界文学あらすじ大事典 2 (2005)
名作の読解法―世界名作中編小説二〇選 (2003)
ポケット世界名作事典 (1997)
英米文学の名作を知る本 (1997)
たのしく読めるアメリカ文学 (1994)
日本・世界名作「愛の会話」100章 (1985)

旅路の果て[4] バース 105
知っておきたいアメリカ文学 (2010)
アメリカ文学 名作と主人公 (2009)
世界文学あらすじ大事典 2 (2005)
世界文学の名作と主人公・総解説 (2001)

旅の日のモーツァルト[4] メーリケ 105
知っておきたいドイツ文学 (2011)
ドイツ文学 名作と主人公 (2009)
名作あらすじ事典 西洋文学編 (2006)
世界文学の名作と主人公・総解説 (2001)

玉勝間[11] 本居宣長 105
歴史的書物の名場面 (2023)
知の巨人が選んだ世界の名著200 (2023)
マンガとあらすじでやさしく読める 日本の古典傑作30選 (2012)
3行でわかる名作&ヒット本250 (2012)
2ページでわかる日本の古典傑作選 (2007)
必読書150 (2002)
日本の古典名著・総解説 (2001)
古典文学鑑賞辞典 (1999)
日本の古典―名著への招待 (1986)
古典の事典 精髄を読む―日本版 (1986)
日本の名著 (1976)

堕落論[16] 坂口安吾 105
名作に学ぶ人生を切り拓く教訓50 (2024)
昭和の作家力 (2023)
名著入門―日本近代文学50選 (2022)
わたしのなつかしい一冊 (2021)
日本の名作あらすじ300 (2020)
人生を狂わす名著50 (2017)
名作名言――行で読む日本の名作小説 (2017)
3行でわかる名作&ヒット本250 (2012)
新潮文庫 20世紀の100冊 (2009)
私を変えたこの一冊 (2007)
必読書150 (2002)
ベストガイド日本の名著 明治～平成 (1996)
日本文芸鑑賞事典 第14巻 (1987)
日本文学名作事典 (1984)

明治・大正・昭和の名著 総解説 (1981)
名著の履歴書 (1971)

タルチュフ[9] モリエール 106
知っておきたいフランス文学 (2010)
フランス文学 名作と主人公 (2009)
世界文学必勝法 (2008)
名作あらすじ事典 西洋文学編 (2006)
世界文学あらすじ大事典 2 (2005)
教養のためのブックガイド (2005)
世界文学の名作と主人公・総解説 (2001)
ポケット世界名作事典 (1997)
一冊で世界の名著100冊を読む (1988)

ダロウェイ夫人[8] ウルフ 106
方法文学 世界名作選 2 (2020)
世界の小説大百科 (2013)
英仏文学戦記 (2010)
イギリス文学 名作と主人公 (2009)
『こころ』は本当に名作か (2009)
世界文学あらすじ大事典 2 (2005)
世界文学の名作と主人公・総解説 (2001)
たのしく読めるイギリス文学 (1994)

戯れに恋はすまじ[4] ミュッセ 106
フランス文学 名作と主人公 (2009)
世界文学あらすじ大事典 2 (2005)
世界文学の名作と主人公・総解説 (2001)
ポケット世界名作事典 (1997)

断腸亭日乗[4] 永井荷風 106
大人のための日本の名著50 (2014)
ベストガイド日本の名著 明治～平成 (1996)
近代日本の百冊を選ぶ
明治・大正・昭和の名著 総解説 (1981)

耽溺[5] 岩野泡鳴 106
日本・名著のあらすじ―精選40冊 (2004)
現代文学鑑賞辞典 (2002)
ポケット日本名作事典 (2000)
日本文芸鑑賞事典 第4巻 (1987)
日本近代文学名著事典 (1982)

【ち】

智恵子抄[12] 高村光太郎 106
いつかあなたに出会ってほしい本 (2024)
1分de教養が身につく「日本の名作」あらすじ200本 (2023)
名著入門―日本近代文学50選 (2022)
名作名言――行で読む日本の名作小説 (2017)
少女は本を読んで大人になる (2015)
愛と死の日本文学 (2011)
知らないと恥ずかしい「日本の名作」あらすじ200本 (2008)
百年の誤読 (2004)
日本の名著3分間読書100 (2003)
日本文芸鑑賞事典 第13巻 (1988)
現代文学名作探訪事典 (1984)

作品別ブックガイド一覧　　　　　　　　ちてい

入門 名作の世界（1971）

知恵の七柱[5]　ロレンス 107
イギリス文学 名作と主人公（2009）
世界文学あらすじ大事典 2（2005）
教養のためのブックガイド（2005）
歴史家の一冊（1998）
たのしく読めるイギリス文学（1994）

地下室の手記[5]　ドストエフスキー 107
世界の小説大百科（2013）
知っておきたいロシア文学（2012）
ロシア文学 名作と主人公（2009）
世界文学あらすじ大事典 3（2006）
教養のためのブックガイド（2005）

地球の中心への旅 ⇒地底旅行（ちていりょこう）を見よ

地球幼年期の終わり ⇒幼年期の終り（ようねんきのおわり）を見よ

竹斎[6]　富山道冶 107
一度は読もうよ！ 日本の名著（2003）
日本の古典名著・総解説（2001）
古典文学鑑賞辞典（1999）
一冊で日本の古典100冊を読む（1989）
日本の古典―名著への招待（1986）
古典の事典 精髄を読む―日本版（1986）

痴愚神礼讃[7]　エラスムス 107
知の巨人が選んだ世界の名著200（2023）
世界文学あらすじ大事典 3（2006）
世界を変えた100冊の本（2003）
世界の古典名著・総解説（2001）
古典・名著の読み方（1991）
世界の名著早わかり事典（1984）
西洋をきずいた書物（1977）

恥辱[4]　クッツェー 107
グレート・ノベルズ（2024）
文庫で読む100年の文学（2023）
世界の小説大百科（2013）
百年の誤読 海外文学篇（2008）

痴人の愛[21]　谷崎潤一郎 108
1分de教養が身につく「日本の名作」あらすじ200本（2023）
図説 教養として知っておきたい日本の名作50選（2016）
3行でわかる名作＆ヒット本250（2012）
この一冊でわかる日本の名作（2010）
大正の名著（2009）
名作の書き出し―漱石から春樹まで（2009）
知らないと恥ずかしい「日本の名作」あらすじ200本（2008）
日本文学名作案内（2008）
明治・大正・昭和のベストセラー（2007）
2時間でわかる日本の名著（2005）
図説 5分でわかる日本の名作傑作選（2004）

一度は読もうよ！ 日本の名著（2003）
現代文学鑑賞辞典（2002）
ポケット日本名作事典（2000）
ベストガイド日本の名著 明治～平成（1996）
近代日本の百冊を選ぶ（1994）
一冊で100名作の「さわり」を読む（1992）
一冊で愛の話題作100冊を読む（1991）
日本文芸鑑賞事典 第8巻（1987）
日本文学名作事典（1984）
明治・大正・昭和の名著 総解説（1981）

父帰る[15]　菊池寛 108
1分de教養が身につく「日本の名作」あらすじ200本（2023）
図説 教養として知っておきたい日本の名作50選（2016）
3行でわかる名作＆ヒット本250（2012）
大正の名著（2009）
知らないと恥ずかしい「日本の名作」あらすじ200本（2008）
日本文学名作案内（2008）
2時間でわかる日本の名著（2005）
感動！ 日本の名著 近現代編（2004）
図説 5分でわかる日本の名作（2004）
一度は読もうよ！ 日本の名著（2003）
現代文学鑑賞辞典（2002）
一冊で日本の名著100冊を読む（1988）
日本文芸鑑賞事典 第6巻（1987）
明治・大正・昭和の名著 総解説（1981）
日本の名著（1976）

父と子[18]　ツルゲーネフ 108
世界の小説大百科（2013）
知っておきたいロシア文学（2012）
世界の名作おさらい（2010）
ロシア文学 名作と主人公（2009）
面白いほどよくわかる あらすじで読む世界の名作（2008）
世界文学あらすじ大事典 3（2006）
教養のためのブックガイド（2005）
あらすじダイジェスト 世界の名作100を読む（2005）
あらすじで味わう外国文学（2004）
図説 5分でわかる世界の名作（2004）
面白いほどよくわかる 世界の文学（2004）
要約 世界文学全集 2（2004）
世界文学のすじ書き（2003）
世界の名作文学案内（2003）
世界文学の名作と主人公・総解説（2001）
ポケット世界名作事典（1997）
一冊で世界の名著100冊を読む（1988）
入門 名作の世界（1971）

地底旅行[4]　ヴェルヌ 108
世界を変えた100の小説 上（2024）
歴史を変えた100冊の本（2019）
世界の小説大百科（2013）
世界のSF文学・総解説（1992）

地の群れ[4] 井上光晴.................... 108
　日本文学名作案内 (2008)
　現代文学鑑賞辞典 (2002)
　ポケット日本名作事典 (2000)
　現代文学名作探訪事典 (1984)

チベット旅行記[8] 河口慧海............ 109
　日本の名著──近代の思想 (2012)
　山の名著 明治・大正・昭和戦前編 (2009)
　明治の名著 1 (2009)
　世界の旅行記101 (1999)
　ベストガイド日本の名著 明治〜平成 (1996)
　日本文芸鑑賞事典 第3巻 (1987)
　日本の山の名著・総解説 (1985)
　明治・大正・昭和の名著 総解説 (1981)

チボー家の人々[14] マルタン・デュ・
　ガール 109
　フランス文学 名作と主人公 (2009)
　百年の誤読 海外文学篇 (2008)
　世界文学あらすじ大事典 3 (2006)
　世界の長編文学 (2005)
　あらすじダイジェスト 世界の名作100を読む (2005)
　あらすじで味わう外国文学 (2004)
　要約 世界文学全集 1 (2004)
　世界文学の名作と主人公・総解説 (2001)
　ポケット世界名作事典 (1997)
　古典・名著の読み方 (1991)
　世界の書物 (1989)
　一冊で世界の名著100冊を読む (1988)
　世界の名著 (1976)
　入門 名作の世界 (1971)

チャイルド・ハロルドの遍歴[4] バイロン.. 109
　ポケット世界名作事典 (1997)
　たのしく読めるイギリス文学 (1994)
　西洋をきずいた書物 (1977)
　世界の名著 (1976)

チャタレイ夫人の恋人[25] ロレンス 109
　世界を変えた100の小説 上 (2024)
　方法文学 世界名作選 2 (2020)
　歴史を変えた100冊の本 (2019)
　世界の小説大百科 (2013)
　3行でわかる名作&ヒット本250 (2012)
　イギリス文学 名作と主人公 (2009)
　新潮文庫 20世紀の100冊 (2009)
　世界文学必勝法 (2008)
　百年の誤読 海外文学篇 (2008)
　名作はこのように始まる 2 (2008)
　読んでおきたい世界の名著 (2007)
　世界文学あらすじ大事典 3 (2006)
　ベストセラー世界の文学・20世紀 1 (2006)
　あらすじダイジェスト 世界の名作100を読む (2005)
　あらすじで味わう外国文学 (2004)
　図説 5分でわかる世界の名作 (2004)

　世界の名作文学が2時間で分かる本 (2004)
　要約 世界文学全集 1 (2004)
　名作の読解法──世界名作中編小説二〇選 (2003)
　世界文学の名作と主人公・総解説 (2001)
　二十世紀を騒がせた本 (1999)
　20世紀を震撼させた100冊 (1998)
　ポケット世界名作事典 (1997)
　英米文学の名作を知る本 (1997)
　世界の書物 (1989)

注文の多い料理店[10] 宮沢賢治 110
　教科書で出会った名作小説一〇〇 (2023)
　林修の「今読みたい」日本文学講座 (2015)
　3行でわかる名作&ヒット本250 (2012)
　新潮文庫 20世紀の100冊 (2009)
　ひと目でわかる日本の名作 (2006)
　図説 5分でわかる日本の名作傑作選 (2004)
　ポケット日本名作事典 (2000)
　日本文芸鑑賞事典 第8巻 (1987)
　日本文学名作事典 (1984)
　日本近代文学名著事典 (1982)

長距離走者の孤独[12] シリトー 110
　知っておきたいイギリス文学 (2010)
　イギリス文学 名作と主人公 (2009)
　世界文学必勝法 (2008)
　百年の誤読 海外文学篇 (2008)
　名作あらすじ事典 西洋文学編 (2006)
　あらすじで読む世界文学105 (2004)
　あらすじで味わう外国文学 (2004)
　世界の名作文学案内 (2003)
　世界文学の名作と主人公・総解説 (2001)
　ポケット世界名作事典 (1997)
　たのしく読めるイギリス文学 (1994)
　日本・世界名作「愛の会話」100章 (1985)

椿説弓張月[6] 曲亭馬琴 110
　日本文学名作案内 (2008)
　一度は読もうよ！ 日本の名著 (2003)
　日本の古典名著・総解説 (2001)
　一冊で日本の古典100冊を読む (1989)
　日本の古典──名著への招待 (1986)
　古典の事典 精髄を読む──日本版 (1986)

沈黙[22] 遠藤周作 110
　いつかあなたに出会ってほしい本 (2024)
　これだけは知っておきたい日本の名作 (2023)
　教科書で出会った名作小説一〇〇 (2023)
　1分de教養が身につく「日本の名作」あらすじ200本 (2023)
　知の巨人が選んだ世界の名著200 (2023)
　日本の名作あらすじ300 (2020)
　みちのきち私の一冊 (2018)
　世界の小説大百科 (2013)
　新潮文庫 20世紀の100冊 (2009)
　大学新入生に薦める101冊の本 (2009)
　知らないと恥ずかしい「日本の名作」あらすじ200本 (2008)
　日本文学名作案内 (2008)

作品別ブックガイド一覧　　　　　　つち

あらすじダイジェスト 日本の名作70を読む（2005）
あらすじで味わう日本文学（2004）
一度は読もうよ！ 日本の名著（2003）
日本の小説101（2003）
現代文学鑑賞辞典（2002）
日本の名作文学案内（2001）
ポケット日本名作事典（2000）
一冊で日本の名著100冊を読む（1988）
日本文芸鑑賞事典 第19巻（1987）
日本文学名作事典（1984）

【つ】

ツァラトゥストラかく語りき[28]　ニーチェ 110
　50歳からの読書案内（2024）
　齋藤孝の名著50（2022）
　名著のツボ（2021）
　一行でわかる名著（2020）
　「100分de名著」名作セレクション（2016）
　大人のための世界の名著50（2014）
　クライマックス名作案内 1（2011）
　知っておきたいドイツ文学（2011）
　お厚いのがお好き？（2010）
　世界の「名著」50（2008）
　千年紀のベスト100作品を選ぶ（2007）
　図解 世界の名著がわかる本（2007）
　読書入門―人間の器を大きくする名著（2007）
　世界文学あらすじ大事典 3（2006）
　名作あらすじ事典 西洋文学編（2006）
　教養のためのブックガイド（2005）
　世界・名著のあらすじ―精選38冊（2005）
　世界を変えた100冊の本（2003）
　世界の古典名著・総解説（2001）
　20世紀を震撼させた100冊（1998）
　ポケット世界名作事典（1997）
　古典・名著の読み方（1991）
　世界の書物（1989）
　一冊で世界の名著100冊を読む（1988）
　世界の名著早わかり事典（1984）
　西洋をきずいた書物（1977）
　世界の名著（1976）
　世界名著案内 1（1972）

津軽[7]　太宰治 111
　教科書で出会った名作小説一〇〇（2023）
　名著入門―日本近代文学50選（2022）
　新潮文庫 20世紀の100冊（2009）
　図説 5分でわかる日本の名作傑選（2004）
　日本の名作文学案内（2001）
　日本文芸鑑賞事典 第13巻（1988）
　現代文学名作探訪事典（1984）

月と六ペンス[23]　モーム 111
　名作に学ぶ人生を切り拓く教訓50（2024）
　いつかあなたに出会ってほしい本（2024）
　定年後に読む不滅の名著200選（2024）

方法文学 世界名作選 2（2020）
一行でわかる名著（2020）
翻訳者による海外文学ブックガイド BOOK MARK（2019）
人生を狂わす名著50（2017）
イギリス文学 名作と主人公（2009）
新潮文庫 20世紀の100冊（2009）
百年の誤読 海外文学篇（2008）
読んでおきたい世界の名著（2007）
世界の名作あらすじ大事典 3（2006）
あらすじで読む世界文学105（2004）
2時間でわかる世界の名著（2004）
面白いほどよくわかる 世界の文学（2004）
世界の名作文学が2時間で分かる本（2004）
要約 世界文学全集 1（2004）
世界の名作文学案内（2003）
名作の読解法―世界名作中編小説二〇選（2003）
世界文学の名作と主人公・総解説（2001）
ポケット世界名作事典（1997）
英米文学の名作を知る本（1997）
世界の名著（1976）

月に吠える[14]　萩原朔太郎 111
　名著入門―日本近代文学50選（2022）
　日本の名作あらすじ300（2020）
　3行でわかる名作＆ヒット本250（2012）
　大正の名著（2009）
　感動！ 日本の名著 近現代編（2004）
　日本の名著3分間読書100（2003）
　必読書150（2002）
　ベストガイド日本の名著 明治～平成（1996）
　近代日本の百冊を選ぶ（1994）
　日本文芸鑑賞事典 第6巻（1987）
　日本近代文学名著事典（1982）
　明治・大正・昭和の名著 総解説（1981）
　日本の名著（1976）
　入門 名作の世界（1971）

菟玖波集[6]　二条良基〔ほか撰〕 111
　歴史的書物の名場面（2023）
　千年の百冊（2013）
　日本の書物（2006）
　日本の古典名著・総解説（2001）
　古典文学鑑賞辞典（1999）
　古典の事典 精髄を読む―日本版（1986）

土[22]　長塚節 111
　1分de教養が身につく「日本の名作」あらすじ200本（2023）
　明治の名著 2（2009）
　知らないと恥ずかしい「日本の名作」あらすじ200本（2008）
　日本の名作文学案内（2008）
　名作の書き出しを諳んじる（2008）
　ひと目でわかる日本の名作（2006）
　2時間でわかる日本の名著（2005）
　感動！ 日本の名著 近現代編（2004）
　百年の誤読（2004）

決定版名作案内 ブックガイドにのった文学1000　　263

つつみ　作品別ブックガイド一覧

一度は読もうよ！ 日本の名著 (2003)
あらすじで読む 日本の名著（楽書ブックス）(2003)
現代文学鑑賞辞典 (2002)
日本の名作文学案内 (2001)
ポケット日本名作事典 (2000)
一冊で日本の名著100冊を読む (1988)
日本文芸鑑賞事典 第4巻 (1987)
日本・世界名作「愛の会話」100章 (1985)
現代文学名作探訪事典 (1984)
日本近代文学名著事典 (1982)
明治・大正・昭和の名著 総解説 (1981)
日本の名著 (1976)
入門 名作の世界 (1971)

堤中納言物語 [17] 111
この1冊で早わかり！ 日本の古典50冊 (2015)
千年の百冊 (2013)
日本文学名作案内 (2008)
2ページでわかる日本の古典傑作選 (2007)
日本古典への誘い100選 2 (2007)
日本の書物 (2006)
一度は読もうよ！ 日本の名著 (2003)
日本の名著3分間読書100 (2003)
日本の古典名著・総解説 (2001)
早わかり 日本古典文学あらすじ事典 (2000)
古典文学鑑賞辞典 (1999)
一冊で100名作の「さわり」を読む (1992)
一冊で日本の古典100冊を読む (1989)
日本の古典―名著への招待 (1986)
古典の事典 精髄を読む―日本版 (1986)
日本文学名作事典 (1984)
日本の名著 (1976)

椿姫 [10]　デュマ・フィス 112
3行でわかる名作＆ヒット本250 (2012)
フランス文学 名作と主人公 (2009)
読んでおきたい世界の名著 (2007)
絵で読むあらすじ世界の名著 (2007)
世界文学あらすじ大事典 3 (2006)
あらすじダイジェスト 世界の名作100を読む (2005)
世界・名著のあらすじ―精選38冊 (2005)
世界文学の名作と主人公・総解説 (2001)
ポケット世界名作事典 (1997)
日本・世界名作「愛の会話」100章 (1985)

罪と罰 [47]　ドストエフスキー 112
名作に学ぶ人生を切り拓く教訓50 (2024)
世界を変えた100の小説 上 (2024)
いつかあなたに出会ってほしい本 (2024)
グレート・ノベルズ (2024)
知の巨人が選んだ世界の名著200 (2023)
名著のツボ (2021)
一行でわかる名著 (2020)
歴史を変えた100冊の本 (2019)
「100分de名著」名作セレクション (2016)
世界の名作を読む―海外文学講義 (2016)

大人のための世界の名著50 (2014)
世界の小説大百科 (2013)
3行でわかる名作＆ヒット本250 (2012)
私の世界文学案内 (2012)
知っておきたいロシア文学 (2012)
クライマックス名作案内 2 (2011)
お厚いのがお好き？ (2010)
世界の名作おさらい (2010)
ロシア文学 名作と主人公 (2009)
世界の名作50選 (2008)
面白いほどよくわかる あらすじで読む世界の名作 (2008)
世界文学必勝法 (2008)
名作はこのように始まる 1 (2008)
世界の「名著」50 (2008)
読んでおきたい世界の名著 (2007)
絵で読むあらすじ世界の名著 (2007)
世界文学あらすじ大事典 3 (2006)
名作あらすじ事典 西洋文学編 (2006)
教養のためのブックガイド (2005)
あらすじダイジェスト 世界の名作100を読む (2005)
あらすじで読む世界文学105 (2004)
あらすじで味わう外国文学 (2004)
図説 5分でわかる世界の名作 (2004)
2時間でわかる世界の名著 (2004)
あらすじで味わう名作文学 (2004)
面白いほどよくわかる 世界の文学 (2004)
世界の名作文学が2時間で分かる本 (2004)
あらすじで読む 世界の名著 No.1 (2004)
世界文学のすじ書き (2003)
世界の名作文学案内 (2003)
世界文学の名作と主人公・総解説 (2001)
ポケット世界名作事典 (1997)
ヨーロッパを語る13の書物 (1989)
一冊で世界の名著100冊を読む (1988)
日本・世界名作「愛の会話」100章 (1985)
世界の名著 (1976)
入門 名作の世界 (1971)

鶴八鶴次郎 [6]　川口松太郎 112
女性のための名作・人生案内 (2005)
現代文学鑑賞辞典 (2002)
ポケット日本名作事典 (2000)
近代日本の百冊を選ぶ (1994)
日本文芸鑑賞事典 第11巻 (1987)
歴史小説・時代小説 総解説 (1986)

徒然草 [37]　兼好法師 112
これだけは知っておきたい日本の名作 (2023)
歴史的書物の名場面 (2023)
1分de教養が身につく「日本の名作」あらすじ200 (2023)
齋藤孝の名著50 (2022)
齋藤孝の冒頭名著de文学案内 (2021)
日本文学の古典50選 (2020)
日本の名作あらすじ300 (2020)
一行でわかる名著 (2020)

「100分de名著」名作セレクション（2016）
この1冊で早わかり！ 日本の古典50冊（2015）
大人のための日本の名著50（2014）
千年の百冊（2013）
やさしい古典案内（2012）
マンガとあらすじでやさしく読める 日本の古典傑作30選（2012）
3行でわかる名作＆ヒット本250（2012）
愛と死の日本文学（2011）
あらすじで読む 日本の古典（新人物文庫）（2011）
知らないと恥ずかしい「日本の名作」あらすじ200本（2008）
日本文学名作案内（2008）
名作の書き出しを諳んじる（2008）
2ページでわかる日本の古典傑作選（2007）
日本古典への誘い100選 2（2007）
日本の書物（2006）
「日本人の名著」を読む（2004）
あらすじダイジェスト 日本の古典30を読む（2004）
あらすじで読む 日本の古典（楽書ブックス）（2004）
図説 5分でわかる日本の名作（2004）
一度は読もうよ！ 日本の名著（2003）
日本の名著3分間読書100（2003）
日本の古典名著・総解説（2001）
古典文学鑑賞辞典（1999）
一冊で100名作の「さわり」を読む（1992）
一冊で日本の古典100冊を読む（1989）
日本の古典―名著への招待（1986）
古典の事典 精髄を読む―日本版（1986）
日本文学名作事典（1984）
日本の名著（1976）

【 て 】

デイヴィッド・コパフィールド[20]　ディケンズ 112
　世界を変えた100の小説 上（2024）
　歴史を変えた100冊の本（2019）
　名作英米小説の読み方・楽しみ方（2014）
　世界の小説大百科（2013）
　書き出し「世界文学全集」（2013）
　3行でわかる名作＆ヒット本250（2012）
　英仏文学戦記（2010）
　イギリス文学 名作と主人公（2009）
　世界の名作50選（2008）
　世界文学あらすじ大事典 3（2006）
　世界の長編文学（2005）
　あらすじで読む世界文学105（2004）
　あらすじで味わう外国文学（2004）
　面白いほどよくわかる 世界の文学（2004）
　世界文学の名作と主人公・総解説（2001）
　ポケット世界名作事典（1997）
　英米文学の名作を知る本（1997）
　たのしく読めるイギリス文学（1994）
　世界の書物（1989）

世界の名著（1976）

デイジー・ミラー[5]　ジェイムズ 113
　イギリス文学 名作と主人公（2009）
　世界文学あらすじ大事典 3（2006）
　世界文学の名作と主人公・総解説（2001）
　ポケット世界名作事典（1997）
　英米文学の名作を知る本（1997）

停電の夜に[4]　ラヒリ 113
　いつか君に出会ってほしい本（2024）
　大人のための文学「再」入門（2023）
　アメリカ文学 名作と主人公（2009）
　読書入門―人間の器を大きくする名著（2007）

ティファニーで朝食を[10]　カポーティ 113
　人生を狂わす名著50（2017）
　世界の小説大百科（2013）
　3行でわかる名作＆ヒット本250（2012）
　アメリカ文学 名作と主人公（2009）
　あらすじで味わう外国文学（2004）
　2時間でわかる世界の名著（2004）
　世界の名作文学案内（2003）
　世界文学の名作と主人公・総解説（2001）
　英米文学の名作を知る本（1997）
　日本・世界名作「愛の会話」100章（1985）

深い河（ディープ・リバー）[5]　遠藤周作 ... 114
　いつか君に出会ってほしい本（2023）
　名作名言―一行で読む日本の名作小説（2017）
　世界の小説大百科（2013）
　日本の名作おさらい（2010）
　現代文学鑑賞辞典（2002）

ティボー家の人々　⇒チボー家の人々を見よ

デカメロン[14]　ボッカチオ 114
　名作に学ぶ人生を切り拓く教訓50（2024）
　物語の函 世界名作選 1（2020）
　世界の名作50選（2008）
　千年紀のベスト100作品を選ぶ（2007）
　世界文学あらすじ大事典 3（2006）
　教養のためのブックガイド（2005）
　あらすじダイジェスト 世界の名作100を読む（2005）
　あらすじで読む世界文学105（2004）
　面白いほどよくわかる 世界の文学（2004）
　世界文学の名作と主人公・総解説（2001）
　ポケット世界名作事典（1997）
　古典・名著の読み方（1991）
　世界の書物（1989）
　世界の名著（1976）

手鎖心中[8]　井上ひさし 114
　いつかあなたに出会ってほしい本（2024）
　1分de教養が身につく「日本の名作」あらすじ200（2023）
　知らないと恥ずかしい「日本の名作」あらすじ200本（2008）

てす　　　　　　　作品別ブックガイド一覧

日本文学名作案内 (2008)
あらすじダイジェスト 日本の名作70を読む（2005）
一度は読もうよ！ 日本の名著 (2003)
一冊で日本の名著100冊を読む (1988)
歴史小説・時代小説 総解説 (1986)

テス ⇒ダーバヴィル家のテスを見よ

デミアン[5]　ヘッセ 114
あらすじで読む 世界の名著 No.2 (2004)
名作の読解法―世界名作中編小説二〇選 (2003)
世界の幻想文学・総解説 (1998)
ポケット世界名作事典 (1997)
一冊で世界の名著100冊を読む (1988)

テレーズ・デスケルー[11]　モーリヤック ‥ 115
方法文学 世界名作選 2 (2020)
フランス文学 名作と主人公 (2009)
世界文学あらすじ大事典 3 (2006)
あらすじで読む世界文学105 (2004)
あらすじで味わう外国文学 (2004)
要約 世界文学全集 1 (2004)
名作の読解法―世界名作中編小説二〇選 (2003)
世界文学の名作と主人公・総解説 (2001)
ポケット世界名作事典 (1997)
一冊で世界の名著100冊を読む (1988)
入門 名作の世界 (1971)

店員 ⇒アシスタントを見よ

田園の憂鬱[19]　佐藤春夫 115
1分de教養が身につく「日本の名作」あらすじ200本 (2023)
新潮文庫 20世紀の100冊 (2009)
知らないと恥ずかしい「日本の名作」あらすじ200本 (2008)
日本文学名作案内 (2008)
感動！ 日本の名著 近現代編 (2004)
百年の誤読 (2004)
日本・名著のあらすじ―精選40冊 (2004)
一度は読もうよ！ 日本の名著 (2003)
あらすじで読む 日本の名著 No.2 (2003)
日本の名著3分間読書100 (2003)
現代文学鑑賞辞典 (2002)
日本の名作文学案内 (2001)
ポケット日本名作事典 (2000)
一冊で100名作の「さわり」を読む (1992)
一冊で日本の名著100冊を読む (1988)
日本文芸鑑賞事典 第6巻 (1987)
日本文学名作事典 (1984)
日本の名著 (1976)
入門 名作の世界 (1971)

伝奇集[9]　ボルヘス 115
エクス・リブリス (2023)
文庫で読む100年の文学 (2023)
世界文学必勝法
百年の誤読 海外文学篇 (2008)

世界文学あらすじ大事典 3 (2006)
面白いほどよくわかる 世界の文学 (2004)
ポケット世界名作事典 (1997)
世界のSF文学・総解説 (1992)
一冊で世界の名著100冊を読む (1988)

天使よ故郷を見よ[7]　ウルフ 115
世界の小説大百科 (2013)
書き出し「世界文学全集」(2013)
私の世界文学案内 (2012)
アメリカ文学 名作と主人公 (2009)
世界文学あらすじ大事典 3 (2006)
世界文学の名作と主人公・総解説 (2001)
たのしく読めるアメリカ文学 (1994)

転身物語 ⇒変身物語(へんしんものがたり)を見よ

点と線[15]　松本清張 115
1分de教養が身につく「日本の名作」あらすじ200本 (2023)
東西ミステリーベスト100 (2013)
日本の名作おさらい (2010)
新潮文庫 20世紀の100冊 (2009)
知らないと恥ずかしい「日本の名作」あらすじ200本 (2008)
日本文学名作案内 (2008)
あらすじダイジェスト 日本の名作70を読む (2005)
一度は読もうよ！ 日本の名著 (2003)
日本の小説101 (2003)
現代文学鑑賞辞典 (2002)
ポケット日本名作事典 (2000)
世界の推理小説・総解説 (1992)
一冊で日本の名著100冊を読む 続 (1992)
日本文芸鑑賞事典 第17巻 (1988)
明治・大正・昭和の名著 総解説 (1981)

天の夕顔[7]　中河與一 116
あらすじで読むキリスト教文学 (2024)
日本文学名作案内 (2008)
一度は読もうよ！ 日本の名著 (2003)
あらすじで読む 日本の名著 No.2 (2003)
ポケット日本名作事典 (2000)
一冊で愛の話題作100冊を読む (1991)
日本文芸鑑賞事典 第12巻 (1988)

天平の甍[15]　井上靖 116
1分de教養が身につく「日本の名作」あらすじ200本 (2023)
愛と死の日本文学 (2011)
知らないと恥ずかしい「日本の名作」あらすじ200本 (2008)
教養のためのブックガイド (2005)
あらすじダイジェスト 日本の名作70を読む (2005)
感動！ 日本の名著 近現代編 (2004)
あらすじで読む 日本の名著 No.2 (2003)
日本の小説101 (2003)

現代文学鑑賞辞典（2002）
日本の名作文学案内（2001）
ポケット日本名作事典（2000）
日本文芸鑑賞事典 第17巻（1988）
日本・世界名作「愛の会話」100章（1985）
日本文学名作事典（1984）
日本の名著（1976）

テンペスト[7]　シェイクスピア................116
世界物語大事典（2019）
世界文学あらすじ大事典 3（2006）
教養のためのブックガイド（2005）
世界の海洋文学・総解説（1998）
世界の幻想文学・総解説（1998）
英米文学の名作を知る本（1997）
たのしく読めるイギリス文学（1994）

天路歴程[12]　バニヤン................116
イギリス文学 名作と主人公（2009）
世界文学あらすじ大事典 3（2006）
あらすじで読む世界文学105（2004）
世界を変えた100冊の本（2003）
世界文学の名作と主人公・総解説（2001）
世界の幻想文学・総解説（1998）
ポケット世界名作事典（1997）
英米文学の名作を知る本（1997）
たのしく読めるイギリス文学（1994）
世界の書物（1989）
西洋をきずいた書物（1977）
世界の名著（1976）

【と】

東海道中膝栗毛[27]　十返舎一九................116
これだけは知っておきたい日本の名作（2023）
歴史的書物の名場面（2023）
1分de教養が身につく「日本の名作」あらすじ200本（2023）
齋藤孝の冒頭文de文学案内（2021）
日本文学の古典50選（2020）
日本の名作あらすじ300（2020）
たった5行で読んだ気になる日本の名作（2016）
この1冊で早わかり！ 日本の古典50冊（2015）
千年の百冊（2013）
マンガとあらすじでやさしく読める 日本の古典傑作30選（2012）
3行でわかる名作＆ヒット本250（2012）
日本の名作おさらい（2010）
知らないと恥ずかしい「日本の名作」あらすじ200本（2008）
日本文学名作案内（2008）
2ページでわかる日本の古典傑作選（2007）
日本の書物（2006）
図説 5分でわかる日本の名作（2004）
一度は読もうよ！ 日本の名著（2003）
日本の名著3分間読書100（2003）
日本の古典名著・総解説（2001）
古典文学鑑賞辞典（1999）
一冊で100名作の「さわり」を読む（1992）
一冊で日本の古典100冊を読む（1989）
日本の古典―名著への招待（1986）
古典の事典 精髄を読む―日本版（1986）
日本文学名作事典（1984）
日本の名著（1976）

東海道四谷怪談[20]　鶴屋南北（4世）................117
1分de教養が身につく「日本の名作」あらすじ200本（2023）
日本文学の古典50選（2020）
日本の名作あらすじ300（2020）
この1冊で早わかり！ 日本の古典50冊（2015）
千年の百冊（2013）
3行でわかる名作＆ヒット本250（2012）
知らないと恥ずかしい「日本の名作」あらすじ200本（2008）
日本文学名作案内（2008）
2ページでわかる日本の古典傑作選（2007）
日本の書物（2006）
日本古典への誘い100選 1（2006）
図説 5分でわかる日本の名作傑作選（2004）
一度は読もうよ！ 日本の名著（2003）
日本の名著3分間読書100（2003）
日本の古典名著・総解説（2001）
古典文学鑑賞辞典（1999）
一冊で100名作の「さわり」を読む（1992）
一冊で日本の古典100冊を読む（1989）
古典の事典 精髄を読む―日本版（1986）
日本の名著（1976）

東関紀行[6]................117
一度は読もうよ！ 日本の名著（2003）
日本の古典名著・総解説（2001）
古典文学鑑賞辞典（1999）
一冊で日本の古典100冊を読む（1989）
日本の古典―名著への招待（1986）
古典の事典 精髄を読む―日本版（1986）

唐詩選[8]　李攀竜................117
中国古典の名著50冊が1冊でざっと学べる（2023）
世界の「名著」50（2008）
教養のためのブックガイド（2005）
必読書150（2002）
中国の古典名著・総解説（2001）
ポケット世界名作事典（1997）
世界の書物（1989）
世界の名著（1976）

党生活者[7]　小林多喜二................117
知の巨人が選んだ世界の名著200（2023）
一度は読もうよ！ 日本の名著（2003）
現代文学鑑賞辞典（2002）
ポケット日本名作事典（2000）
ベストガイド日本の名著 明治～平成（1996）
一冊で日本の名著100冊を読む 続（1992）
明治・大正・昭和の名著 総解説（1981）

当世書生気質[11]　坪内逍遙 117
　1分de教養が身につく「日本の名作」あらすじ200本 (2023)
　日本の名作あらすじ300 (2020)
　図説 教養として知っておきたい日本の名作50選 (2016)
　明治の名著 2 (2009)
　知らないと恥ずかしい「日本の名作」あらすじ200本 (2008)
　日本文学名作案内 (2008)
　あらすじダイジェスト 日本の名作70を読む (2005)
　図説 5分でわかる日本の名作傑作選 (2004)
　日本文芸鑑賞事典 第1巻 (1987)
　日本文学名作事典 (1984)
　日本近代文学名著事典 (1982)

灯台へ[13]　ウルフ 117
　グレート・ノベルズ (2024)
　文庫で読む100年の文学 (2023)
　名著のツボ (2021)
　世界の小説大百科 (2013)
　書き出し「世界文学全集」(2013)
　知っておきたいイギリス文学 (2010)
　イギリス文学 名作と主人公 (2009)
　百年の誤読 海外文学篇 (2008)
　世界文学あらすじ大事典 3 (2006)
　名作あらすじ事典 西洋文学編 (2006)
　あらすじで読む世界文学105 (2004)
　ポケット世界名作事典 (1997)
　英米文学の名作を知る本 (1997)

道程[9]　高村光太郎 118
　3行でわかる名作＆ヒット本250 (2012)
　大正の名著 (2009)
　感動！ 日本の名著 近現代編 (2004)
　ベストガイド日本の名著 明治〜平成 (1996)
　近代日本の百冊を選ぶ (1994)
　日本文芸鑑賞事典 第5巻 (1987)
　日本近代文学名著事典 (1982)
　明治・大正・昭和の名著 総解説 (1981)
　日本の名著 (1976)

動物農場[11]　オーウェル 118
　名作に学ぶ人生を切り拓く教訓50 (2024)
　けんごの小説紹介 (2024)
　世界の小説大百科 (2013)
　知っておきたいイギリス文学 (2010)
　イギリス文学 名作と主人公 (2009)
　名作あらすじ事典 西洋文学編 (2006)
　あらすじで読む 世界の名著 No.1 (2004)
　世界の名作文学案内 (2003)
　世界文学の名作と主人公・総解説 (2001)
　英米文学の名作を知る本 (1997)
　たのしく読めるイギリス文学 (1994)

東方見聞録[7]　マルコ・ポーロ 118
　知の巨人が選んだ世界の名著200 (2023)
　世界文学あらすじ大事典 3 (2006)

　図説 地図とあらすじで読む歴史の名著 (2004)
　世界の旅行記101 (1999)
　世界の書物 (1989)
　東洋の奇書55冊 (1980)
　西洋をきずいた書物 (1977)

遠い声 遠い部屋[6]　カポーティ 118
　方法文学 世界名作選 2 (2020)
　百年の誤読 海外文学篇 (2008)
　面白いほどよくわかる 世界の文学 (2004)
　要約 世界文学全集 1 (2004)
　世界の幻想文学・総解説 (1998)
　たのしく読めるアメリカ文学 (1994)

遠野物語[15]　柳田國男 118
　定年後に読む不滅の名著200選 (2024)
　齋藤孝の冒頭文de文学案内 (2021)
　名著のツボ (2021)
　明治の名著 1 (2009)
　日本文学名作案内 (2008)
　私を変えたこの一冊 (2007)
　一度は読もうよ！ 日本の名著 (2003)
　現代文学鑑賞辞典 (2002)
　21世紀の必読書100選 (2000)
　ベストガイド日本の名著 明治〜平成 (1996)
　日本文芸鑑賞事典 第4巻 (1987)
　世界の名著早わかり事典 (1984)
　日本文学名作事典 (1984)
　日本近代文学名著事典 (1982)
　明治・大正・昭和の名著 総解説 (1981)

徳川家康[5]　山岡荘八 118
　面白いほどよくわかる 時代小説名作100 (2010)
　百年の誤読 (2004)
　ポケット日本名作事典 (2000)
　日本文芸鑑賞事典 第15巻 (1988)
　歴史小説・時代小説 総解説 (1986)

特性のない男[14]　ムージル 118
　グレート・ノベルズ (2024)
　世界の小説大百科 (2013)
　ドイツ文学 名作と主人公 (2009)
　世界文学あらすじ大事典 3 (2006)
　世界の長編文学 (2005)
　教養のためのブックガイド (2005)
　面白いほどよくわかる 世界の文学 (2004)
　世界文学のすじ書き (2003)
　必読書150 (2002)
　世界文学の名作と主人公・総解説 (2001)
　20世紀を震撼させた100冊 (1998)
　世界の幻想文学・総解説 (1998)
　ポケット世界名作事典 (1997)
　世界の名著 (1976)

ドクトル・ジバゴ[15]　パステルナーク 119
　世界の小説大百科 (2013)
　3行でわかる名作＆ヒット本250 (2012)
　知っておきたいロシア文学 (2012)
　ロシア文学 名作と主人公 (2009)

世界文学あらすじ大事典 3 (2006)
名作あらすじ事典 西洋文学編 (2006)
世界の長編文学 (2005)
あらすじダイジェスト 世界の名作100を読む (2005)
あらすじで味わう外国文学 (2004)
世界文学のすじ書き (2003)
世界の名作文学案内 (2003)
世界文学の名作と主人公・総解説 (2001)
ポケット世界名作事典 (1997)
映画になった名著 (1991)
一冊で世界の名著100冊を読む (1988)

どくとるマンボウ航海記 [4]　北杜夫 119
いつかあなたに出会ってほしい本 (2024)
百年の誤読 (2004)
世界の海洋文学・総解説 (1998)
明治・大正・昭和の名著 総解説 (1981)

ドグラ・マグラ [10]　夢野久作 119
日本の名作あらすじ300 (2020)
東西ミステリーベスト100 (2013)
日本文学 これを読まないと文学は語れない!! (2006)
日本・名著のあらすじ一精選40冊 (2004)
日本の小説101 (2003)
必読書150 (2002)
現代文学鑑賞辞典 (2002)
世界のSF文学・総解説 (1992)
世界の推理小説・総解説 (1992)
日本文芸鑑賞事典 第11巻 (1987)

時計じかけのオレンジ [9]　バージェス 119
世界を変えた100の小説 下 (2024)
けんごの小説紹介 (2024)
世界物語大事典 (2019)
世界の小説大百科 (2013)
知っておきたいイギリス文学 (2010)
名作あらすじ事典 西洋文学編 (2006)
世界の幻想文学・総解説 (1998)
たのしく読めるイギリス文学 (1994)
世界のSF文学・総解説 (1992)

何処へ [10]　正宗白鳥 119
あらすじで読むキリスト教文学 (2024)
日本文学名作案内 (2008)
感動！日本の名作 近現代編 (2004)
一度は読もうよ！日本の名著 (2003)
日本の名作文学案内 (2001)
ポケット日本名作事典 (2000)
一冊で100名作の「さわり」を読む (1992)
日本文芸鑑賞事典 第3巻 (1987)
日本の名著 (1976)
入門 名作の世界 (1971)

土佐日記 [32]　紀貫之 119
これだけは知っておきたい日本の名作 (2023)
歴史的書物の名場面 (2023)
齋藤孝の冒頭文de文学案内 (2021)

日本文学の古典50選 (2020)
日本の名作あらすじ300 (2020)
この1冊で早わかり！ 日本の古典50冊 (2015)
大人のための日本の名著50 (2014)
千年の百冊 (2013)
やさしい古典案内 (2012)
マンガとあらすじでやさしく読める 日本の古典傑作30選 (2012)
3行でわかる名作&ヒット本250 (2012)
Jブンガク (2010)
日本文学名作案内 (2008)
名作の書き出しを諳んじる (2008)
2ページでわかる日本の古典傑作選 (2007)
日本の書物 (2006)
日本古典への誘い100選 1 (2006)
日本・名著のあらすじ一精選40冊 (2004)
図説 5分でわかる日本の名作 (2004)
一度は読もうよ！ 日本の名著 (2003)
日本の名著3分間読書100 (2003)
日本の古典名著・総解説 (2001)
早わかり 日本古典文学あらすじ事典 (2000)
世界の旅行記101 (1999)
古典文学鑑賞辞典 (1999)
世界の海洋文学・総解説 (1998)
一冊で100名作の「さわり」を読む (1992)
一冊で日本の古典100冊を読む (1989)
日本の古典一名著への招待 (1986)
古典の事典 精髄を読む―日本版 (1986)
日本文学名作事典 (1984)
日本の名著 (1976)

年老いた船乗りの詩　⇒老水夫行（ろうすいふこう）を見よ

杜子春 [9]　芥川龍之介 120
いつかあなたに出会ってほしい本 (2024)
大人もときめく国語教科書の名作ガイド (2023)
教科書で出会った名作小説一〇〇 (2023)
日本文学名作案内 (2008)
ひと目でわかる日本の名作 (2006)
図説 5分でわかる日本の名作傑作選 (2004)
一度は読もうよ！ 日本の名著 (2003)
一冊で日本の名著100冊を読む (1988)
日本文芸鑑賞事典 第6巻 (1987)

トニオ・クレーゲル [7]　マン 120
私の世界文学案内 (2012)
知っておきたいドイツ文学 (2011)
ドイツ文学 名作と主人公 (2009)
新潮文庫 20世紀の100冊 (2009)
名作あらすじ事典 西洋文学編 (2006)
面白いほどよくわかる 世界の文学 (2004)
ポケット世界名作事典 (1997)

飛ぶ教室 [4]　ケストナー 120
文庫で読む100年の文学 (2023)
いつか君に出会ってほしい本 (2023)
わたしのなつかしい一冊 (2021)
あらすじで読む 世界の名著 No.3 (2005)

とむし 作品別ブックガイド一覧

トム・ジョウンズ[14]　フィールディング ‥120
　世界を変えた100の小説 上（2024）
　世界の小説大百科（2013）
　書き出し「世界文学全集」（2013）
　知っておきたいイギリス文学（2010）
　イギリス文学 名作と主人公（2009）
　世界の名作50選（2008）
　千年紀のベスト100作品を選ぶ（2007）
　世界文学あらすじ大事典 3（2006）
　名作あらすじ事典 西洋文学編（2006）
　あらすじで読む世界文学105（2004）
　世界文学の名作と主人公・総解説（2001）
　ポケット世界名作事典（1997）
　英米文学の名作を知る本（1997）
　たのしく読めるイギリス文学（1994）

トム・ソーヤーの冒険[11]　トウェイン ‥‥121
　名著のツボ（2021）
　書き出し「世界文学全集」（2013）
　面白いほどよくわかる あらすじで読む世界の名作（2008）
　世界文学あらすじ大事典 3（2006）
　あらすじダイジェスト 世界の名作100を読む（2005）
　あらすじで読む 世界の名著 No.3（2005）
　図説 5分でわかる世界の名作（2004）
　世界文学の名作と主人公・総解説（2001）
　ポケット世界名作事典（1997）
　英米文学の名作を知る本（1997）
　たのしく読めるアメリカ文学（1994）

ドラキュラ　⇒吸血鬼ドラキュラ（きゅうけつきどらきゅら）を見よ

ドリアン・グレイの肖像[19]　ワイルド ‥‥121
　世界を変えた100の小説 上（2024）
　歴史を変えた100冊の本（2019）
　世界の小説大百科（2013）
　書き出し「世界文学全集」（2013）
　知っておきたいイギリス文学（2010）
　イギリス文学 名作と主人公（2009）
　世界文学あらすじ大事典 3（2006）
　名作あらすじ事典 西洋文学編（2006）
　世界・名著のあらすじ―精選38冊（2005）
　あらすじで味わう外国文学（2004）
　あらすじで読む 世界の名著 No.1（2004）
　要約 世界文学全集 1（2004）
　世界文学の名作と主人公・総解説（2001）
　世界の幻想文学・総解説（1998）
　ポケット世界名作事典（1997）
　たのしく読めるイギリス文学（1994）
　一冊で世界の名著100冊を読む（1988）
　日本・世界名作「愛の会話」100章（1985）
　世界の名作（1976）

とりかへばや物語[14] ‥‥‥‥‥‥‥‥121
　1分de教養が身につく「日本の名作」あらすじ200本（2023）
　千年の百冊（2013）

　3行でわかる名作＆ヒット本250（2012）
　あらすじで読む 日本の古典（新人物文庫）（2011）
　知らないと恥ずかしい「日本の名作」あらすじ200本（2008）
　2ページでわかる日本の古典傑作選（2007）
　あらすじダイジェスト 日本の古典30を読む（2004）
　あらすじで読む 日本の古典（楽書ブックス）（2004）
　日本の古典名著・総解説（2001）
　早わかり 日本古典文学あらすじ事典（2000）
　古典文学鑑賞辞典（1999）
　日本の艶本・珍書 総解説（1998）
　日本の古典―名著への招待（1986）
　古典の事典 精髄を読む―日本版（1986）

トリスタンとイゾルデ[4]　ゴットフリート・フォン・シュトラースブルク ‥‥‥‥121
　ドイツ文学 名作と主人公（2009）
　世界文学あらすじ大事典 3（2006）
　教養のためのブックガイド（2005）
　ポケット世界名作事典（1997）

トリストラム・シャンディ[19]　スターン ‥121
　世界を変えた100の小説 上（2024）
　グレート・ノベルズ（2024）
　世界を変えた本（2018）
　名作英米小説の読み方・楽しみ方（2014）
　世界の小説大百科（2013）
　書き出し「世界文学全集」（2013）
　知っておきたいイギリス文学（2010）
　イギリス文学 名作と主人公（2009）
　世界の名作50選（2008）
　世界文学あらすじ大事典 3（2006）
　名作あらすじ事典 西洋文学編（2006）
　世界の長編文学（2005）
　教養のためのブックガイド（2005）
　あらすじで読む世界文学105（2004）
　必読書150（2002）
　世界の幻想文学・総解説（1998）
　世界の奇書・総解説（1998）
　英米文学の名作を知る本（1997）
　たのしく読めるイギリス文学（1994）

ドリトル先生シリーズ[5]　ロフティング ‥‥122
　いつかあなたに出会ってほしい本（2024）
　あなたのなつかしい一冊（2022）
　翻訳者による海外文学ブックガイド BOOK MARK（2019）
　世界文学あらすじ大事典 3（2006）
　世界文学の名作と主人公・総解説（2001）

ドルジェル伯の舞踏会[5]　ラディゲ ‥‥‥‥122
　『こころ』は本当に名作か（2009）
　世界文学あらすじ大事典 3（2006）
　あらすじダイジェスト 世界の名作100を読む（2005）
　あらすじで味わう外国文学（2004）
　ポケット世界名作事典（1997）

トロッコ[4]　芥川龍之介……………………122
　いつかあなたに出会ってほしい本（2024）
　教科書で出会った名作小説一〇〇（2023）
　図説 5分でわかる日本の名作（2004）
　日本の名作文学案内（2001）

泥の河[9]　宮本輝………………………………122
　1分de教養が身につく「日本の名作」あらすじ200本（2023）
　新潮文庫 20世紀の100冊（2009）
　知らないと恥ずかしい「日本の名作」あらすじ200本（2008）
　2時間でわかる日本の名著（2005）
　あらすじで味わう日本文学（2004）
　一度は読もうよ！ 日本の名著（2003）
　日本の小説101（2003）
　現代文学鑑賞辞典（2002）
　一冊で日本の名著100冊を読む（1988）

泥棒日記[8]　ジュネ……………………………122
　フランス文学 名作と主人公（2009）
　百年の誤読 海外文学篇（2008）
　世界文学あらすじ大事典 3（2006）
　あらすじダイジェスト 世界の名作100を読む（2005）
　世界の名作文学案内（2003）
　必読書150（2002）
　世界文学の名作と主人公・総解説（2001）
　ポケット世界名作事典（1997）

とはずがたり[14]　後深草院二条……………122
　千年の百冊（2013）
　やさしい古典案内（2012）
　3行でわかる名作＆ヒット本250（2012）
　『こころ』は本当に名作か（2009）
　日本の書物（2006）
　あらすじダイジェスト 日本の古典30を読む（2004）
　一度は読もうよ！ 日本の名著（2003）
　日本の名著3分間読書100（2003）
　日本の古典名著・総解説（2001）
　早わかり 日本古典文学あらすじ事典（2000）
　古典文学鑑賞辞典（1999）
　一冊で日本の古典100冊を読む（1989）
　日本の古典―名著への招待（1986）
　古典の事典 精髄を読む―日本版（1986）

ドン・キホーテ[45]　セルバンテス…………122
　名作に学ぶ人生を切り拓く教訓50（2024）
　世界を変えた100の小説 上（2024）
　グレート・ノベルズ（2024）
　齋藤孝の名著50（2022）
　齋藤孝の冒頭文de文学案内（2021）
　名著のツボ（2021）
　物語の函 世界名作選 1（2020）
　一行でわかる名著（2020）
　世界物語大事典（2019）
　歴史を変えた100冊の本（2019）
　世界を変えた本（2018）
　世界の名作を読む―海外文学講義（2016）
　世界の小説大百科（2013）
　書き出し「世界文学全集」（2013）
　3行でわかる名作＆ヒット本250（2012）
　私の世界文学案内（2012）
　クライマックス名作案内 1（2011）
　なおかつお厚いのがお好き？（2010）
　世界の名作おさらい（2010）
　『こころ』は本当に名作か（2009）
　世界の名作50選（2008）
　世界文学必勝法（2008）
　世界の「名著」50（2008）
　千年紀のベスト100作品を選ぶ（2007）
　世界文学あらすじ大事典 3（2006）
　世界の長編文学（2005）
　教養のためのブックガイド（2005）
　あらすじダイジェスト 世界の名作100を読む（2005）
　あらすじで読む世界文学105（2004）
　あらすじで味わう外国文学（2004）
　あらすじで味わう名作文学（2004）
　面白いほどよくわかる 世界の文学（2004）
　あらすじで読む 世界の名著 No.1（2004）
　要約 世界文学全集 2（2004）
　世界を変えた100冊の本（2003）
　世界文学のすじ書き（2003）
　必読書150（2002）
　世界文学の名作と主人公・総解説（2001）
　世界の幻想文学・総解説（1998）
　ポケット世界名作事典（1997）
　古典・名著の読み方（1991）
　世界の書物（1989）
　一冊で世界の名著100冊を読む（1988）
　西洋をきずいた書物（1977）
　世界の名著（1976）

敦煌[6]　井上靖………………………………123
　日本の名作あらすじ300（2020）
　世界史読書案内（2010）
　日本・名著のあらすじ―精選40冊（2004）
　あらすじで味わう昭和のベストセラー（2004）
　ポケット日本名作事典（2000）
　日本文芸鑑賞事典 第18巻（1988）

どん底[18]　ゴーリキー………………………123
　知っておきたいロシア文学（2012）
　世界の名作おさらい（2010）
　ロシア文学 名作と主人公（2009）
　百年の誤読 海外文学篇（2008）
　世界文学あらすじ大事典 3（2006）
　あらすじダイジェスト 世界の名作100を読む（2005）
　世界・名著のあらすじ―精選38冊（2005）
　あらすじで読む世界文学105（2004）
　あらすじで味わう外国文学（2004）
　図説 5分でわかる世界の名作（2004）
　面白いほどよくわかる 世界の文学（2004）
　あらすじで読む 世界の名著 No.2（2004）

世界文学の名作と主人公・総解説（2001）
ポケット世界名作事典（1997）
一冊で世界の名著100冊を読む（1988）
日本・世界名作「愛の会話」100章（1985）
世界の名著（1976）
入門 名作の世界（1971）

【 な 】

内部生命論 [7] 北村透谷 123
名著入門―日本近代文学50選（2022）
明治の名著 1（2009）
感動！ 日本の名著 近現代編（2004）
ベストガイド日本の名著 明治～平成（1996）
日本文芸鑑賞事典 第1巻（1987）
明治・大正・昭和の名著 総解説（1981）
日本の名著（1976）

ナイン・テイラーズ [4] セイヤーズ 123
東西ミステリーベスト100（2013）
世界の小説大百科（2013）
イギリス文学 名作と主人公（2009）
世界の推理小説・総解説（1992）

菜穂子 [11] 堀辰雄 123
日本文学名作案内（2008）
感動！ 日本の名著 近現代編（2004）
一度は読もうよ！ 日本の名著（2003）
ポケット日本名作事典（2000）
一冊で日本の名著100冊を読む（1988）
日本文芸鑑賞事典 第13巻（1988）
生きがいの再発見 名著22選（1985）
現代文学名作探訪事典（1984）
日本文学名作事典（1984）
日本の名著（1976）
入門 名作の世界（1971）

長いお別れ [11] チャンドラー 124
知の巨人が選んだ世界の名著200（2023）
あなたのなつかしい一冊（2022）
齋藤孝の冒頭文de文学案内（2021）
東西ミステリーベスト100（2013）
世界の小説大百科（2013）
知っておきたいアメリカ文学（2010）
アメリカ文学 名作と主人公（2009）
名作あらすじ事典 西洋文学編（2006）
2時間でわかる世界の名著（2004）
世界の名作文学案内（2003）
世界の推理小説・総解説（1992）

流れる [5] 幸田文 124
名場面で味わう日本文学60選（2021）
名作名言―一行で読む日本の名作小説（2017）
日本文学名作案内（2008）
ポケット日本名作事典（2000）
日本文芸鑑賞事典 第16巻（1987）

渚にて [4] シュート 124
はじめて読む！ 海外文学ブックガイド（2022）

世界の海洋文学・総解説（1998）
たのしく読めるイギリス文学（1994）
世界のSF文学・総解説（1992）

梨の花 [4] 中野重治 124
現代文学鑑賞辞典（2002）
ポケット日本名作事典（2000）
現代文学名作探訪事典（1984）
日本文学名作事典（1984）

ナジャ [12] ブルトン 124
みんなのなつかしい一冊（2023）
文庫で読む100年の文学（2023）
方法文学 世界名作選 2（2020）
世界の小説大百科（2013）
知っておきたいフランス文学（2010）
英仏文学戦記（2010）
百年の誤読 海外文学篇（2008）
世界文学あらすじ大事典 3（2006）
名作あらすじ事典 西洋文学編（2006）
面白いほどよくわかる 世界の文学（2004）
世界の幻想文学・総解説（1998）
世界名著案内 4（1973）

夏の終り [8] 瀬戸内寂聴 124
文庫で読む100年の文学（2023）
日本文学名作案内（2008）
あらすじで味わう日本文学（2004）
一度は読もうよ！ 日本の名著（2003）
現代文学鑑賞辞典（2002）
ポケット日本名作事典（2000）
一冊で日本の名著100冊を読む（1988）
日本文芸鑑賞事典 第19巻（1987）

夏の花 [20] 原民喜 125
教科書で出会った名作小説一〇〇（2023）
1分de教養が身につく「日本の名作」あらすじ200本（2023）
いつか君に出会ってほしい本（2023）
齋藤孝の冒頭文de文学案内（2021）
たった5行で読んだ気になる日本の名作（2016）
新潮文庫 20世紀の100冊（2009）
大学新入生に薦める101冊の本（2009）
日本文学名作案内（2008）
感動！ 日本の名著 近現代編（2004）
一度は読もうよ！ 日本の名著（2003）
あらすじで読む 日本の名著 No.3（2003）
現代文学鑑賞辞典（2002）
日本の名作文学案内（2001）
ポケット日本名作事典（2000）
ベストガイド日本の名著 明治～平成（1996）
一冊で日本の名著100冊を読む（1988）
日本文芸鑑賞事典 第14巻（1987）
日本文学名作事典（1984）
明治・大正・昭和の名著 総解説（1981）
日本の名著（1976）

夏の夜の夢　⇒真夏の夜の夢（まなつのよのゆめ）を見よ

楢山節考[28]　深沢七郎・・・・・・・・・・・・・・・・・・・・・125
　いつかあなたに出会ってほしい本（2024）
　昭和の作家力（2023）
　1分de教養が身につく「日本の名作」あらすじ200本（2023）
　知の巨人が選んだ世界の名著200（2023）
　名場面で味わう日本文学60選（2021）
　たった5行で読んだ気になる日本の名作（2016）
　大人のための日本の名著50（2014）
　新潮文庫 20世紀の100冊（2009）
　知らないと恥ずかしい「日本の名作」あらすじ200本（2008）
　日本文学名作案内（2008）
　女性のための名作・人生案内（2005）
　2時間でわかる日本の名著（2005）
　あらすじダイジェスト 日本の名作70を読む（2005）
　百年の誤読（2004）
　あらすじで味わう日本文学（2004）
　一度は読もうよ！ 日本の名著（2003）
　日本の小説101（2003）
　日本の名著3分間読書100（2003）
　必読書150（2002）
　現代文学鑑賞辞典（2002）
　日本の名作文学案内（2001）
　ポケット日本名作事典（2000）
　ベストガイド日本の名著 明治〜平成（1996）
　一冊で読む名著100冊の日本（1988）
　日本文芸鑑賞事典 第17巻（1988）
　日本文学名作事典（1984）
　明治・大正・昭和の名著 総解説（1981）
　名著の履歴書（1971）

鳴門秘帖[5]　吉川英治・・・・・・・・・・・・・・・・・・・・・・・125
　面白いほどよくわかる 時代小説名作100（2010）
　日本文学名作案内（2008）
　一度は読もうよ！ 日本の名著（2003）
　近代日本の百冊を選ぶ（1994）
　歴史小説・時代小説 総解説（1986）

ナルニア国物語[12]　ルイス・・・・・・・・・・・・・・・・・125
　世界を変えた100の小説 下（2024）
　文庫で読む100年の文学（2023）
　世界物語大事典（2019）
　翻訳者による海外文学ブックガイド BOOK MARK（2019）
　知っておきたいイギリス文学（2010）
　イギリス文学 名作と主人公（2009）
　百年の誤読 海外文学篇（2008）
　世界文学あらすじ大事典 3（2006）
　名作あらすじ事典 西洋文学編（2006）
　世界文学の名作と主人公・総解説（2001）
　世界の幻想文学・総解説（1998）
　たのしく読めるイギリス文学（1994）

南国太平記[6]　直木三十五・・・・・・・・・・・・・・・・・126
　日本文学名作案内（2008）
　一度は読もうよ！ 日本の名著（2003）
　現代文学鑑賞辞典（2002）
　ポケット日本名作事典（2000）
　日本文芸鑑賞事典 第9巻（1988）
　歴史小説・時代小説 総解説（1986）

南総里見八犬伝[28]　曲亭馬琴・・・・・・・・・・・・・126
　これだけは知っておきたい日本の名作（2023）
　1分de教養が身につく「日本の名作」あらすじ200本（2023）
　日本文学の古典50選（2020）
　日本の名作あらすじ300（2020）
　この1冊で早わかり！ 日本の古典50選（2015）
　大人のための日本の名著50（2014）
　千年の百冊（2013）
　マンガとあらすじでやさしく読める 日本の古典傑作30選（2012）
　3行でわかる名作＆ヒット本250（2012）
　日本の名作おさらい（2010）
　Jブンガク（2010）
　『こころ』は本当に名作か（2009）
　知らないと恥ずかしい「日本の名作」あらすじ200本（2008）
　日本文学名作案内（2008）
　2ページでわかる日本の古典傑作選（2007）
　日本の書物（2006）
　日本古典への誘い100選 1（2006）
　あらすじダイジェスト 日本の古典30を読む（2004）
　図説 5分でわかる日本の名作（2004）
　一度は読もうよ！ 日本の名著（2003）
　日本の名著3分間読書100（2003）
　日本の古典名著・総解説（2001）
　早わかり 日本古典文学あらすじ事典（2000）
　古典文学鑑賞辞典（1999）
　日本の古典―名著への招待（1986）
　古典の事典 精髄を読む―日本版（1986）
　日本文学名作事典（1984）
　日本の名著（1976）

何でも見てやろう[4]　小田実・・・・・・・・・・・・・・・・126
　来たよ！ なつかしい一冊（2024）
　現代文学鑑賞辞典（2002）
　ベストガイド日本の名著 明治〜平成（1996）
　明治・大正・昭和の名著 総解説（1981）

なんとなく、クリスタル[7]　田中康夫・・・・・・・127
　来たよ！ なつかしい一冊（2024）
　1分de教養が身につく「日本の名作」あらすじ200本（2023）
　中古典のすすめ（2020）
　名作の書き出し―漱石から春樹まで（2009）
　知らないと恥ずかしい「日本の名作」あらすじ200本（2008）
　日本文学名作案内（2008）
　百年の誤読（2004）

【に】

肉体の悪魔[8]　ラディゲ......................127
　世界の小説大百科（2013）
　フランス文学 名作と主人公（2009）
　世界・名著のあらすじ―精選38冊（2005）
　面白いほどよくわかる 世界の文学（2004）
　要約 世界文学全集 1（2004）
　世界文学の名作と主人公・総解説（2001）
　一冊で世界の名著100冊を読む（1988）
　日本・世界名作「愛の会話」100章（1985）

肉体の門[9]　田村泰次郎......................127
　日本文学名作案内（2008）
　女性のための名作・人生案内（2005）
　あらすじダイジェスト 日本の名作70を読む（2005）
　あらすじで味わう昭和のベストセラー（2004）
　一度は読もうよ！ 日本の名著（2003）
　現代文学鑑賞辞典（2002）
　ポケット日本名作事典（2000）
　一冊で愛の話題作100冊を読む（1991）
　日本文芸鑑賞事典 第14巻（1987）

にごりえ[21]　樋口一葉......................127
　図説 教養として知っておきたい日本の名作50選（2016）
　日本の名作おさらい（2010）
　この一冊でわかる日本の名作（2010）
　明治の名著 2（2009）
　日本文学名作案内（2008）
　ひと目でわかる日本の名作（2006）
　2時間でわかる日本の名著（2005）
　日本・名著のあらすじ―精選40冊（2004）
　図説 5分でわかる日本の名作（2004）
　一度は読もうよ！ 日本の名著（2003）
　あらすじで読む 日本の名著 No.3（2003）
　日本の小説101（2003）
　必読書150（2002）
　現代文学鑑賞辞典（2002）
　ポケット日本名作事典（2000）
　ベストガイド日本の名著 明治～平成（1996）
　一冊で日本の名著100冊を読む 続（1992）
　日本文芸鑑賞事典 第2巻（1987）
　現代文学名作探訪事典（1984）
　日本文学名作事典（1984）
　明治・大正・昭和の名著 総解説（1981）

二十四の瞳[24]　壺井栄......................127
　1分de教養が身につく「日本の名作」あらすじ200本（2023）
　知の巨人が選んだ世界の名著200（2023）
　齋藤孝の冒頭文de文学案内（2021）
　図説 教養として知っておきたい日本の名作50選（2016）
　たった5行で読んだ気になる日本の名作（2016）
　あらすじで読む 日本の名著（新人物文庫）（2012）
　3行でわかる名作＆ヒット本250（2012）
　新潮文庫 20世紀の100冊（2009）
　知らないと恥ずかしい「日本の名作」あらすじ200本（2008）
　日本文学名作案内（2008）
　あらすじで味わう日本文学（2004）
　図説 5分でわかる日本の名作（2004）
　一度は読もうよ！ 日本の名著（2003）
　あらすじで読む 日本の名著 No.3（2003）
　日本の名著3分間読書100（2003）
　現代文学鑑賞辞典（2002）
　日本の名作文学案内（2001）
　ポケット日本名作事典（2000）
　一冊で100名作の「さわり」を読む（1992）
　一冊で日本の名著100冊を読む（1988）
　日本文芸鑑賞事典 第16巻（1987）
　日本・世界名作「愛の会話」100章（1985）
　現代文学名作探訪事典（1984）
　明治・大正・昭和の名著 総解説（1981）

贋金つくり[4]　ジッド......................128
　世界の小説大百科（2013）
　世界文学あらすじ大事典 3（2006）
　要約 世界文学全集 1（2004）
　ポケット世界名作事典（1997）

修紫田舎源氏[10]　柳亭種彦......................128
　3行でわかる名作＆ヒット本250（2012）
　日本文学名作案内（2008）
　一度は読もうよ！ 日本の名著（2003）
　日本の古典名著・総解説（2001）
　古典文学鑑賞辞典（1999）
　日本の艶本・珍書 総解説（1998）
　一冊で日本の古典100冊を読む（1989）
　日本の古典―名著への招待（1986）
　古典の事典 精髄を読む―日本版（1986）
　日本の名著（1976）

二銭銅貨[4]　江戸川乱歩......................128
　東西ミステリーベスト100（2013）
　日本の名作おさらい（2010）
　世界の推理小説・総解説（1992）
　日本文芸鑑賞事典 第7巻（1987）

日輪[8]　横光利一......................128
　1分de教養が身につく「日本の名作」あらすじ200本（2023）
　日本の名作あらすじ300（2020）
　知らないと恥ずかしい「日本の名作」あらすじ200本（2008）
　ひと目でわかる日本の名作（2006）
　ポケット日本名作事典（2000）
　日本文芸鑑賞事典 第7巻（1987）
　現代文学名作探訪事典（1984）
　日本文学名作事典（1984）

日本永代蔵[20]　井原西鶴......................128
　歴史的書物の名場面（2023）
　齋藤孝の名著50（2022）
　この1冊で早わかり！ 日本の古典50冊（2015）

マンガとあらすじでやさしく読める 日本の古典
傑作30選（2012）
3行でわかる名作＆ヒット本250（2012）
愛と死の日本文学（2011）
日本の名作おさらい（2010）
日本文学名作案内（2008）
名作の書き出しを諳んじる（2008）
2ページでわかる日本の古典傑作選（2007）
日本・名著のあらすじ―精選40冊（2004）
図説 5分でわかる日本の名作傑作選（2004）
一度は読もうよ！ 日本の名著（2003）
日本の古典名著・総解説（2001）
古典文学鑑賞辞典（1999）
一冊で100名作の「さわり」を読む（1992）
一冊で日本の古典100冊を読む（1989）
日本の古典―名著への招待（1986）
古典の事典 精髄を読む―日本版（1986）
日本の名著（1976）

二都物語[13]　ディケンズ 128
3行でわかる名作＆ヒット本250（2012）
イギリス文学 名作と主人公（2009）
世界文学あらすじ大事典 3（2006）
教養のためのブックガイド（2005）
あらすじダイジェスト 世界の名作100を読む
（2005）
世界・名著のあらすじ―精選38冊（2005）
図説 5分でわかる世界の名作（2004）
あらすじで味わう名作文学（2004）
世界文学のすじ書き（2003）
世界文学の名作と主人公・総解説（2001）
ポケット世界名作事典（1997）
英米文学の名作を知る本（1997）
入門 名作の世界（1971）

ニーベルンゲンの歌[7] 129
ドイツ文学 名作と主人公（2009）
世界文学あらすじ大事典 3（2006）
あらすじで読む世界文学105（2004）
ポケット世界名作事典（1997）
世界の書物（1989）
一冊で世界の名著100冊を読む（1988）
世界の名著（1976）

日本アルプス[4]　小島烏水 129
山の名著 明治・大正・昭和戦前編（2009）
世界の旅行記101（1999）
日本文芸鑑賞事典 第4巻（1987）
日本の山の名著・総解説（1985）

日本国現報善悪霊異記 ⇒日本霊異記（に
ほんりょういき）を見よ

日本三文オペラ[4]　開高健 129
日本の名作おさらい（2010）
日本文学 これを読まないと文学は語れない!!
（2006）
近代日本の百冊を選ぶ（1994）
日本文芸鑑賞事典 第18巻（1988）

日本書紀[21] 129
これだけは知っておきたい日本の名作（2023）
歴史的書物の名場面（2023）
知の巨人が選んだ世界の名著200（2023）
名著のツボ（2021）
日本の名作あらすじ300（2020）
この1冊で早わかり！ 日本の古典50冊（2015）
千年の百冊（2013）
マンガとあらすじでやさしく読める 日本の古典
傑作30選（2012）
3行でわかる名作＆ヒット本250（2012）
日本文学名作案内（2008）
2ページでわかる日本の古典傑作選（2007）
日本の書物（2006）
日本古典への誘い100選 1（2006）
図説 地図とあらすじで読む歴史の名著（2004）
一度は読もうよ！ 日本の名著（2003）
日本の古典名著・総解説（2001）
日本歴史「古典籍」総覧（1990）
一冊で日本の古典100冊を読む（1989）
日本の古典―名著への招待（1986）
古典の事典 精髄を読む―日本版（1986）
世界の名著早わかり事典（1984）

日本沈没[11]　小松左京 129
1分de教養が身につく「日本の名作」あらすじ200
本（2023）
中古典のすすめ（2020）
日本の名作あらすじ300（2020）
知らないと恥ずかしい「日本の名作」あらすじ
200本（2009）
日本文学名作案内（2008）
百年の誤読（2004）
あらすじで味わう昭和のベストセラー（2004）
現代文学鑑賞辞典（2002）
あの本にもう一度（1996）
世界のSF文学・総解説（1992）
日本文芸鑑賞事典 第20巻（1988）

日本之下層社会[4]　横山源之助 130
歴史的書物の名場面（2023）
明治の名著 1（2009）
ベストガイド日本の名著 明治～平成（1996）
明治・大正・昭和の名著 総解説（1981）

日本の橋[4]　保田與重郎 130
必読書150（2002）
現代文学鑑賞辞典（2002）
日本文芸鑑賞事典 第11巻（1987）
明治・大正・昭和の名著 総解説（1981）

日本文化私観[5]　坂口安吾 130
齋藤孝の冒頭文de文学案内（2021）
日本の名著―近代の思想（2012）
日本文化論の名著入門（2004）
日本文芸鑑賞事典 第13巻（1988）
日本近代文学名著事典（1982）

日本霊異記 17　景戒 ………………… 130
　歴史的書物の名場面（2023）
　1分de教養が身につく「日本の名作」あらすじ200本（2023）
　日本の名作あらすじ300（2020）
　千年の百冊（2013）
　マンガとあらすじでやさしく読める 日本の古典傑作30選（2012）
　日本文学名作案内（2008）
　日本の書物（2006）
　日本古典への誘い100選 1（2006）
　一度は読もうよ！ 日本の名著（2003）
　日本の古典名著・総解説（2001）
　古典文学鑑賞辞典（1999）
　日本の艶本・珍書 総解説（1998）
　一冊で100名作の「さわり」を読む（1992）
　一冊で日本の古典100冊を読む（1989）
　日本の古典一名著への招待（1986）
　古典の事典 精髄を読む―日本版（1986）
　日本文学名作事典（1984）

ニューロマンサー 5　ギブスン ………… 130
　世界物語大事典（2019）
　世界の小説大百科（2013）
　百年の誤読 海外文学篇（2008）
　たのしく読めるアメリカ文学（1994）
　世界のSF文学・総解説（1992）

ニルスのふしぎな旅 4　ラーゲルレーヴ …. 131
　百年の誤読 海外文学篇
　世界文学あらすじ大事典 3（2006）
　世界文学の名作と主人公・総解説（2001）
　ポケット世界名作事典（1997）

楡家の人びと 12　北杜夫 ……………… 131
　名著入門―日本近代文学50選（2022）
　わたしのなつかしい一冊（2021）
　日本文学名作案内（2008）
　日本文学 これを読まないと文学は語れない！！（2006）
　あらすじで味わう日本文学（2004）
　一度は読もうよ！ 日本の名著（2003）
　現代文学鑑賞辞典（2002）
　ポケット日本名作事典（2000）
　一冊で日本の名著100冊を読む（1988）
　日本文芸鑑賞事典 第18巻（1988）
　日本文学名作事典（1984）
　名著の履歴書（1971）

楡の木陰の欲望 6　オニール …………… 131
　アメリカ文学 名作と主人公（2009）
　世界文学あらすじ大事典 3（2006）
　あらすじで味わう外国文学（2004）
　世界文学の名作と主人公・総解説（2001）
　ポケット世界名作事典（1997）
　たのしく読めるアメリカ文学（1994）

人形の家 17　イプセン ………………… 131
　面白いほどよくわかる あらすじで読む世界の名作（2008）
　世界文学必勝法（2008）
　読んでおきたい世界の名著（2007）
　世界文学あらすじ大事典 3（2006）
　名作あらすじ事典 西洋文学編（2006）
　あらすじダイジェスト 世界の名作100を読む（2005）
　あらすじで読む 世界の名著 No.3（2005）
　あらすじで読む世界文学105（2004）
　あらすじで味わう外国文学（2004）
　2時間でわかる 世界の名著（2004）
　面白いほどよくわかる 世界の文学（2004）
　世界文学の名作と主人公・総解説（2001）
　ポケット世界名作事典（1997）
　世界の書物（1989）
　日本・世界名作「愛の会話」100章（1985）
　世界の名著（1976）
　入門 名作の世界（1971）

人間ぎらい 13　モリエール …………… 131
　一冊に名著一〇〇冊がギュッと詰まった凄い本（2022）
　知っておきたいフランス文学（2010）
　フランス文学 名作と主人公（2009）
　千年紀のベスト100作品を選ぶ（2007）
　世界文学あらすじ大事典 3（2006）
　名作あらすじ事典 西洋文学編（2006）
　あらすじで読む世界文学105（2004）
　図説 5分でわかる世界の名作（2004）
　面白いほどよくわかる 世界の文学（2004）
　世界文学の名作と主人公・総解説（2001）
　ポケット世界名作事典（1997）
　世界の名著（1976）
　入門 名作の世界（1971）

人間失格 41　太宰治 …………………… 131
　名作に学ぶ人生を切り拓く教訓50（2024）
　あらすじで読むキリスト教文学（2024）
　定年後に読む不滅の名著200選（2024）
　文庫で読む100年の文学（2023）
　1分de教養が身につく「日本の名作」あらすじ200本（2023）
　いつか君に出会ってほしい本（2023）
　名著のツボ（2021）
　名場面で味わう日本文学60選（2021）
　日本の名作あらすじ300（2020）
　名作名言―一行で読む日本の名作小説（2017）
　図説 教養として知っておきたい日本の名作50選（2016）
　世界に愛され、評価される！「日本の名著」（2016）
　たった5行で読んだ気になる日本の名作（2016）
　日本人なら知っておきたい あらすじで読む日本の名著（2014）
　3行でわかる名作＆ヒット本250（2012）
　日本の名作おさらい（2010）
　この一冊でわかる日本の名作（2010）
　名作の書き出し―漱石から春樹まで（2009）

知らないと恥ずかしい「日本の名作」あらすじ200本 (2008)
日本文学名作案内 (2008)
名作はこのように始まる 2 (2008)
明治・大正・昭和のベストセラー (2007)
絵で読むあらすじ日本の名著 (2007)
ひと目でわかる日本の名作 (2006)
2時間でわかる日本の名著 (2005)
あらすじダイジェスト 日本の名作70を読む (2005)
感動！ 日本の名著 近現代編 (2004)
日本・名著のあらすじ一精選40冊 (2004)
あらすじで味わう日本文学 (2004)
あらすじで味わう名作文学 (2004)
図説 5分でわかる日本の名作 (2004)
一度は読もうよ！ 日本の名著 (2003)
あらすじで読む 日本の名著 No.2 (2003)
日本の名作文学案内 (2001)
ポケット日本名作事典 (2000)
一冊で日本の名著100冊を読む 続 (1992)
日本文芸鑑賞事典 第15巻 (1988)
現代文学名作探訪事典 (1984)
日本文学名作事典 (1984)
日本の名著 (1976)
入門 名作の世界 (1971)

人間の壁[4]　石川達三 132
女性のための名作・人生案内 (2005)
現代文学鑑賞辞典 (2002)
ポケット日本名作事典 (2000)
明治・大正・昭和の名著 総解説 (1981)

人間の絆[11]　モーム 132
わたしのなつかしい一冊 (2021)
世界の小説大百科 (2013)
イギリス文学 名作と主人公 (2009)
世界文学あらすじ大事典 3 (2006)
あらすじダイジェスト 世界の名作100を読む (2005)
あらすじで味わう外国文学 (2004)
世界文学の名作と主人公・総解説 (2001)
ポケット世界名作事典 (1997)
英米文学の名作を知る本 (1997)
たのしく読めるイギリス文学 (1994)
入門 名作の世界 (1971)

人間の條件[14]　五味川純平 132
来たよ！ なつかしい一冊 (2024)
1分de教養が身につく「日本の名作」あらすじ200本 (2023)
知の巨人が選んだ世界の名著200 (2023)
知らないと恥ずかしい「日本の名作」あらすじ200本 (2008)
日本文学名作案内 (2008)
あらすじダイジェスト 日本の名作70を読む (2005)
あらすじで味わう日本文学 (2004)
一度は読もうよ！ 日本の名著 (2003)
現代文学鑑賞辞典 (2002)

ポケット日本名作事典 (2000)
ベストガイド日本の名著 明治～平成 (1996)
一冊で日本の名著100冊を読む (1988)
日本文芸鑑賞事典 第17巻 (1988)
明治・大正・昭和の名著 総解説 (1981)

人間の条件[11]　マルロー 132
世界の小説大百科 (2013)
フランス文学 名作と主人公 (2009)
世界文学あらすじ大事典 3 (2006)
ベストセラー世界の文学・20世紀 1 (2006)
あらすじで味わう外国文学 (2004)
世界文学の名作と主人公・総解説 (2001)
ポケット世界名作事典 (1997)
一冊で世界の名著100冊を読む (1988)
世界の名著 (1976)
世界名著案内 4 (1973)
入門 名作の世界 (1971)

人間の土地[4]　サン＝テグジュペリ 133
人生を狂わす名著50 (2017)
世界文学あらすじ大事典 3 (2006)
要約 世界文学全集 1 (2004)
世界名著案内 7 (1973)

にんじん[9]　ルナール 133
いつか君に出会ってほしい本 (2023)
フランス文学 名作と主人公 (2009)
あらすじダイジェスト 世界の名作100を読む (2005)
あらすじで読む 世界の名著 No.3 (2005)
図説 5分でわかる世界の名作 (2004)
世界文学の名作と主人公・総解説 (2001)
ポケット世界名作事典 (1997)
世界の名著 (1976)
入門 名作の世界 (1971)

【 ね 】

ネイティヴ・サン　⇒アメリカの息子を見よ

寝覚　⇒夜半の寝覚（よわのねざめ）を見よ

ねじの回転[11]　ジェイムズ 133
方法文学 世界名作選 2 (2020)
書き出し「世界文学全集」(2013)
知っておきたいアメリカ文学 (2010)
世界文学必勝法 (2008)
世界文学あらすじ大事典 3 (2006)
名作あらすじ事典 西洋文学編 (2006)
世界・名著のあらすじ一精選38冊 (2005)
世界の幻想文学・総解説 (1998)
ポケット世界名作事典 (1997)
英米文学の名作を知る本 (1997)
たのしく読めるアメリカ文学 (1994)

眠狂四郎無頼控[5]　柴田錬三郎 133
面白いほどよくわかる 時代小説名作100 (2010)

日本文学名作案内 (2008)
日本文学 これを読まないと文学は語れない!! (2006)
一度は読もうよ！ 日本の名著 (2003)
歴史小説・時代小説 総解説 (1986)

眠れる美女 [6] 川端康成 ……………… 133
文庫で読む100年の文学 (2023)
一冊に名著一〇〇冊がギュッと詰まった凄い本 (2022)
人生を狂わす名著50 (2017)
日本文学 これを読まないと文学は語れない!! (2006)
現代文学鑑賞辞典 (2002)
日本文芸鑑賞事典 第18巻 (1988)

【 の 】

野菊の墓 [30] 伊藤左千夫 ……………… 134
1分de教養が身につく「日本の名作」あらすじ200本 (2023)
日本の名作あらすじ300 (2020)
名作名言――一行で読む日本の名作小説 (2017)
図説 教養として知っておきたい日本の名作50選 (2016)
たった5行で読んだ気になる日本の名作 (2016)
日本人なら知っておきたい あらすじで読む日本の名著 (2014)
あらすじで読む 日本の名著 (新人物文庫) (2012)
3行でわかる名作＆ヒット本250 (2012)
愛と死の日本文学 (2011)
日本の名作おさらい (2010)
この一冊でわかる日本の名作 (2010)
知らないと恥ずかしい「日本の名作」あらすじ200本 (2008)
日本文学名作案内 (2008)
私を変えたこの一冊 (2007)
絵で読むあらすじ日本の名著 (2007)
ひと目でわかる日本の名作 (2006)
女性のための名作・人生案内 (2005)
2時間でわかる日本の名著 (2005)
あらすじで味わう日本文学 (2004)
図説 5分でわかる日本の名作 (2004)
一度は読もうよ！ 日本の名著 (2003)
あらすじで読む 日本の名著 (楽書ブックス) (2003)
日本の小説101 (2003)
日本の名作文学案内 (2001)
ポケット日本名作事典 (2000)
一冊で100名作の「さわり」を読む (1992)
一冊で日本の名著100冊を読む (1988)
日本文芸鑑賞事典 第3巻 (1987)
日本文学名作事典 (1984)
日本近代文学名著事典 (1982)

ノストローモ [5] コンラッド ……………… 134
名作英米小説の読み方・楽しみ方 (2014)
世界の小説大百科 (2013)

イギリス文学 名作と主人公 (2009)
世界文学あらすじ大事典 3 (2006)
世界文学の名作と主人公・総解説 (2001)

野火 [30] 大岡昇平 ……………… 134
あらすじで読むキリスト教文学 (2024)
これだけは知っておきたい日本の名作 (2023)
昭和の作家力 (2023)
教科書で出会った名作小説一〇〇 (2023)
1分de教養が身につく「日本の名作」あらすじ200本 (2023)
いつか君に出会ってほしい本 (2023)
日本の名作あらすじ300 (2020)
名作名言――一行で読む日本の名作小説 (2017)
図説 教養として知っておきたい日本の名作50選 (2016)
たった5行で読んだ気になる日本の名作 (2016)
3行でわかる名作＆ヒット本250 (2012)
日本の名作おさらい (2010)
大学新入生に薦める101冊の本 (2009)
知らないと恥ずかしい「日本の名作」あらすじ200本 (2008)
日本文学名作案内 (2008)
名作の書き出しを諳んじる (2008)
2時間でわかる日本の名著 (2005)
感動！ 日本の名著 近現代編 (2004)
図説 5分でわかる日本の名作傑作選 (2004)
あらすじで味わう日本文学 (2004)
一度は読もうよ！ 日本の名著 (2003)
あらすじで読む 日本の名著 (楽書ブックス) (2003)
日本の小説101 (2003)
ポケット日本名作事典 (2000)
近代日本の百冊を選ぶ (1994)
一冊で日本の名著100冊を読む (1988)
日本文芸鑑賞事典 第15巻 (1988)
日本・世界名作「愛の会話」100章 (1985)
日本文学名作事典 (1984)
日本の名著 (1976)

伸子 [19] 宮本百合子 ……………… 134
1分de教養が身につく「日本の名作」あらすじ200本 (2023)
大正の名著 (2009)
『こころ』は本当に名作か (2009)
知らないと恥ずかしい「日本の名作」あらすじ200本 (2008)
日本文学名作案内 (2008)
2時間でわかる日本の名著 (2005)
感動！ 日本の名著 近現代編 (2004)
一度は読もうよ！ 日本の名著 (2003)
日本の小説101 (2003)
ポケット日本名作事典 (2000)
ベストガイド日本の名著 明治〜平成 (1996)
一冊で100名作の「さわり」を読む (1992)
一冊で日本の名著100冊を読む (1988)
日本文芸鑑賞事典 第8巻 (1987)
日本文学名作事典 (1984)

日本近代文学名著事典(1982)
明治・大正・昭和の名著 総解説(1981)
日本の名著(1976)
名著の履歴書(1971)

乗合馬車[4]　中里恒子 134
日本の小説101(2003)
現代文学鑑賞辞典(2002)
ポケット日本名作事典(2000)
日本文芸鑑賞事典 第12巻(1988)

ノルウェイの森[11]　村上春樹 134
1分de教養が身につく「日本の名作」あらすじ200本(2023)
いつか君に出会ってほしい本(2023)
中古典のすすめ(2020)
日本の名作あらすじ300(2020)
たった3行で読んだ気になる日本の名作(2016)
知らないと恥ずかしい「日本の名作」あらすじ200本(2008)
日本文学名作案内(2008)
百年の誤読(2004)
一度は読もうよ！ 日本の名著(2003)
現代文学鑑賞辞典(2002)
ポケット日本名作事典(2000)

ノンちゃん雲に乗る[7]　石井桃子 135
あなたのなつかしい一冊(2022)
日本文学名作案内(2008)
一度は読もうよ！ 日本の名著(2003)
ポケット日本名作事典(2000)
あの本にもう一度(1996)
一冊で日本の名著100冊を読む(1988)
日本文芸鑑賞事典 第14巻(1987)

【は】

俳諧七部集[4]　佐久間柳居〔編〕........... 135
日本の古典名著・総解説(2001)
日本の古典―名著への招待(1986)
古典の事典 精髄を読む―日本版(1986)
日本の名著(1976)

ハイジ　⇒アルプスの少女ハイジを見よ

背徳のメス[5]　黒岩重吾 135
日本文学名作案内(2008)
一度は読もうよ！ 日本の名著(2003)
ポケット日本名作事典(2000)
世界の推理小説・総解説(1992)
日本文芸鑑賞事典 第18巻(1988)

灰とダイヤモンド[4]　アンジェイェフスキ 135
世界の小説大百科(2013)
世界文学あらすじ大事典 3(2006)
映画になった名著(1991)
一冊で世界の名著100冊を読む(1988)

誹風柳多留[10]　呉陵軒可有〔ほか編〕...... 136
歴史的書物の名場面(2023)
日本文学の古典50選(2020)
この1冊で早わかり！ 日本の古典50冊(2015)
千年の百冊(2013)
3行でわかる名作＆ヒット本250(2012)
日本の書物(2006)
日本の古典名著・総解説(2001)
日本の古典―名著への招待(1986)
古典の事典 精髄を読む―日本版(1986)
日本の名著(1976)

蝿の王[17]　ゴールディング 136
世界を変えた100の小説 下(2024)
文庫で読む100年の文学(2023)
翻訳者による海外文学ブックガイド BOOK MARK(2019)
世界の小説大百科(2013)
知っておきたいイギリス文学(2010)
英仏文学戦記(2010)
世界文学必勝法(2008)
世界文学あらすじ大事典 3(2006)
名作あらすじ事典 西洋文学編(2006)
あらすじで読む世界文学105(2004)
面白いほどよくわかる 世界の文学(2004)
世界の名作文学案内(2003)
ポケット世界名作事典(1997)
英米文学の名作を知る本(1997)
たのしく読めるイギリス文学(1994)
世界のSF文学・総解説(1992)
一冊で世界の名著100冊を読む(1988)

破戒[26]　島崎藤村 136
1分de教養が身につく「日本の名作」あらすじ200本(2023)
知の巨人が選んだ世界の名著200(2023)
名著入門―日本近代文学50選(2022)
日本の名作あらすじ300(2020)
名作名言―一行で読む日本の名作小説(2017)
図説 教養として知っておきたい日本の名作50選(2016)
この一冊でわかる日本の名作(2010)
明治の名著 2(2009)
知らないと恥ずかしい「日本の名作」あらすじ200本(2008)
日本文学名作案内(2008)
ひと目でわかる日本の名作(2006)
2時間でわかる日本の名著(2005)
感動！ 日本の名著 近現代編(2004)
図説 5分でわかる日本の名作傑作選(2004)
一度は読もうよ！ 日本の名著(2003)
日本の名著3分間読書100(2003)
必読書150(2002)
現代文学鑑賞辞典(2002)
ポケット日本名作事典(2000)
ベストガイド日本の名著 明治～平成(1996)
一冊で日本の名著100冊を読む(1988)
日本文学名作事典(1984)

はくけ　　　　　　　作品別ブックガイド一覧

　日本近代文学名著事典 (1982)
　明治・大正・昭和の名著 総解説 (1981)
　日本の名著 (1976)
　世界名著案内 3 (1973)

白鯨 42　メルヴィル 136
　世界を変えた100の小説 上 (2024)
　グレート・ノベルズ (2024)
　エクス・リブリス (2023)
　名著のツボ (2021)
　方法文学 世界名作選 2 (2020)
　一行でわかる名著 (2020)
　歴史を変えた100冊の本 (2019)
　名作英米小説の読み方・楽しみ方 (2014)
　世界の小説大百科 (2013)
　書き出し「世界文学全集」(2013)
　3行でわかる名作＆ヒット本250 (2012)
　クライマックス名作案内 1 (2011)
　知っておきたいアメリカ文学 (2010)
　世界の名作おさらい (2010)
　アメリカ文学 名作と主人公 (2009)
　『こころ』は本当に名作か (2009)
　世界の名作50選 (2008)
　面白いほどよくわかる あらすじで読む世界の名作 (2008)
　名作はこのように始まる 2 (2008)
　世界の「名著」50 (2008)
　千年紀のベスト100作品を選ぶ (2007)
　世界文学あらすじ大事典 3 (2006)
　名作あらすじ事典 西洋文学編 (2006)
　世界の長編文学 (2005)
　教養のためのブックガイド (2005)
　あらすじダイジェスト 世界の名作100を読む (2005)
　あらすじで読む 世界の名著 No.3 (2005)
　あらすじで読む世界文学105 (2004)
　あらすじで味わう外国文学 (2004)
　図説 5分でわかる世界の名作 (2004)
　2時間でわかる世界の名著 (2004)
　面白いほどよくわかる 世界の文学 (2004)
　世界の名作文学案内 (2003)
　必読書150 (2002)
　世界文学の名作と主人公・総解説 (2001)
　世界の海洋文学・総解説 (1998)
　ポケット世界名作事典 (1997)
　英米文学の名作を知る本 (1997)
　たのしく読めるアメリカ文学 (1994)
　世界の書物 (1989)
　一冊で世界の名著100冊を読む (1988)
　世界の名著 (1976)

白痴 18　坂口安吾 136
　1分de教養が身につく「日本の名作」あらすじ200本 (2023)
　図説 教養として知っておきたい日本の名作50選 (2016)
　たった5行で読んだ気になる日本の名作 (2016)
　この一冊でわかる日本の名作 (2010)

　知らないと恥ずかしい「日本の名作」あらすじ200本 (2008)
　日本文学名作案内 (2008)
　名作の書き出しを諳んじる (2008)
　日本文学 これを読まないと文学は語れない!! (2006)
　2時間でわかる日本の名著 (2005)
　図説 5分でわかる日本の名作傑作選 (2004)
　あらすじで味わう日本文学 (2004)
　一度は読もうよ！ 日本の名著 (2003)
　現代文学鑑賞辞典 (2002)
　ポケット日本名作事典 (2000)
　一冊で日本の名著100冊を読む 続 (1992)
　日本文芸鑑賞事典 第14巻 (1987)
　日本文学名作事典 (1984)
　入門 名作の世界 (1971)

白痴 8　ドストエフスキー 137
　わたしのなつかしい一冊 (2021)
　世界の小説大百科 (2013)
　知っておきたいロシア文学 (2012)
　ロシア文学 名作と主人公 (2009)
　面白いほどよくわかる あらすじで読む世界の名作 (2008)
　世界文学あらすじ大事典 3 (2006)
　名作あらすじ事典 西洋文学編 (2006)
　古典・名著の読み方 (1991)

白羊宮 4　薄田泣菫 137
　感動！ 日本の名著 近現代編 (2004)
　日本文芸鑑賞事典 第3巻 (1987)
　日本近代文学名著事典 (1982)
　日本の名著 (1976)

歯車 4　芥川龍之介 137
　ポケット日本名作事典 (2000)
　一冊で100名作の「さわり」を読む (1992)
　日本文芸鑑賞事典 第9巻 (1988)
　日本文学名作事典 (1984)

箱男 4　安部公房 137
　いつかあなたに出会ってほしい本 (2024)
　名場面で味わう日本文学60選 (2021)
　名作名言──一行で読む日本の名作小説 (2017)
　日本文学 これを読まないと文学は語れない!! (2006)

橋のない川 4　住井すゑ 137
　中古典のすすめ (2020)
　現代文学鑑賞辞典 (2002)
　ポケット日本名作事典 (2000)
　あの本にもう一度 (1996)

芭蕉七部集　⇒俳諧七部集 (はいかいしちぶしゅう) を見よ

走れウサギ 9　アップダイク 138
　世界の小説大百科 (2013)
　知っておきたいアメリカ文学 (2010)
　アメリカ文学 名作と主人公 (2009)

百年の誤読 海外文学篇（2008）
　世界文学あらすじ大事典 3（2006）
　名作あらすじ事典 西洋文学編（2006）
　世界文学の名作と主人公・総解説（2001）
　英米文学の名作を知る本（1997）
　たのしく読めるアメリカ文学（1994）

走れメロス[11]　太宰治 ……………… 138
　教科書で出会った名作小説一〇〇（2023）
　齋藤孝の冒頭文de文学案内（2021）
　林修の「今読みたい」日本文学講座（2015）
　日本文学名作案内（2008）
　名作の書き出しを諳んじる（2008）
　日本文学 これを読まないと文学は語れない!!（2006）
　図説 5分でわかる日本の名作傑作選（2004）
　一度は読もうよ！ 日本の名著（2003）
　日本の名作文学案内（2001）
　一冊で日本の名著100冊を読む（1988）
　日本文芸鑑賞事典 第12巻（1988）

バスカヴィル家の犬[7]　ドイル ……………… 138
　世界を変えた100の小説 上（2024）
　東西ミステリーベスト100（2013）
　世界の小説大百科（2013）
　書き出し「世界文学全集」（2013）
　面白いほどよくわかる 世界の文学（2004）
　英米文学の名作を知る本（1997）
　世界の推理小説・総解説（1992）

裸の王様[14]　開高健 ……………… 138
　いつかあなたに出会ってほしい本（2024）
　名著入門―日本近代文学50選（2022）
　日本の名作あらすじ300（2020）
　日本の名作おさらい（2010）
　日本文学名作案内（2008）
　女性のための名作・人生案内（2005）
　あらすじで味わう日本文学（2004）
　一度は読もうよ！ 日本の名著（2003）
　現代文学鑑賞辞典（2002）
　日本の名作文学案内（2001）
　ポケット日本名作事典（2000）
　一冊で日本の名著100冊を読む（1988）
　日本文芸鑑賞事典 第17巻（1988）
　日本文学名作事典（1984）

裸のランチ[4]　バロウズ ……………… 138
　世界を変えた100の小説 下（2024）
　方法文学 世界名作選 2（2020）
　世界の小説大百科（2013）
　たのしく読めるアメリカ文学（1994）

八月の光[12]　フォークナー ……………… 139
　名作英米小説の読み方・楽しみ方（2014）
　クライマックス名作案内 1（2011）
　知っておきたいアメリカ文学（2010）
　新潮文庫 20世紀の100冊（2009）
　百年の誤読 海外文学篇（2008）
　世界文学あらすじ大事典 3（2006）
　名作あらすじ事典 西洋文学編（2006）
　あらすじダイジェスト 世界の名作100を読む（2005）
　あらすじで読む世界文学105（2004）
　要約 世界文学全集 1（2004）
　英米文学の名作を知る本（1997）
　入門 名作の世界（1971）

八十日間世界一周[8]　ヴェルヌ ……………… 139
　世界の名作を読む―海外文学講義（2016）
　世界の小説大百科（2013）
　3行でわかる名作&ヒット本250（2012）
　知っておきたいフランス文学（2010）
　世界の名作おさらい（2010）
　世界文学あらすじ大事典 3（2006）
　名作あらすじ事典 西洋文学編（2006）
　世界・名著のあらすじ―精選38冊（2005）

ハーツォグ[5]　ベロー ……………… 139
　エクス・リブリス（2023）
　世界の小説大百科（2013）
　アメリカ文学 名作と主人公（2009）
　あらすじで読む世界文学105（2004）
　世界文学の名作と主人公・総解説（2001）

ハツカネズミと人間[4]　スタインベック ……139
　世界の小説大百科（2013）
　世界文学あらすじ大事典 3（2006）
　ベストセラー世界の文学・20世紀 1（2006）
　ポケット世界名作事典（1997）

ハックルベリー・フィンの冒険[33]　トウェイン ……………… 139
　世界を変えた100の小説 上（2024）
　グレート・ノベルズ（2024）
　いつか君に出会ってほしい本（2023）
　名著のツボ（2021）
　歴史を変えた100冊の本（2019）
　世界の名作を読む―海外文学講義（2016）
　名作英米小説の読み方・楽しみ方（2014）
　世界の小説大百科（2013）
　書き出し「世界文学全集」（2013）
　知っておきたいアメリカ文学（2010）
　世界の名作おさらい（2010）
　アメリカ文学 名作と主人公（2009）
　『こころ』は本当に名作か（2009）
　世界の名作50選（2008）
　世界文学必勝法（2008）
　世界文学あらすじ大事典 3（2006）
　名作あらすじ事典 西洋文学編（2006）
　教養のためのブックガイド（2005）
　世界・名著のあらすじ―精選38冊（2005）
　あらすじで読む世界文学105（2004）
　あらすじで味わう外国文学（2004）
　2時間でわかる世界の名著（2004）
　面白いほどよくわかる 世界の文学（2004）
　要約 世界文学全集 1（2004）
　世界文学のすじ書き（2003）
　世界の名作文学案内（2003）

世界文学の名作と主人公・総解説 (2001)
ポケット世界名作事典 (1997)
英米文学の名作を知る本 (1997)
たのしく読めるアメリカ文学 (1994)
世界の書物 (1989)
世界の名著 (1976)
入門 名作の世界 (1971)

八犬伝 ⇒ 南総里見八犬伝（なんそうさとみはっけんでん）を見よ

初恋[9]　ツルゲーネフ 140
大人もときめく国語教科書の名作ガイド (2023)
世界文学の名作を「最短」で読む (2021)
3行でわかる名作&ヒット本250 (2012)
知っておきたいロシア文学 (2012)
世界の名作おさらい (2010)
ロシア文学 名作と主人公 (2009)
世界の名作50選 (2008)
絵で読むあらすじ世界の名著 (2007)
あらすじで読む 世界の名著 No.1 (2004)

鼻[19]　芥川龍之介 140
名作に学ぶ人生を切り拓く教訓50 (2024)
教科書で出会った名作小説一〇〇 (2023)
1分de教養が身につく「日本の名作」あらすじ200本 (2023)
一冊に名著一〇〇冊がギュッと詰まった凄い本 (2022)
齋藤孝の冒頭文de文学案内 (2021)
たった5行で読んだ気になる日本の名作 (2016)
大人のための日本の名著50 (2014)
知らないと恥ずかしい「日本の名作」あらすじ200本 (2008)
日本文学名作案内 (2008)
名作の書き出しを諳んじる (2008)
絵で読むあらすじ日本の名著 (2007)
2時間でわかる日本の名著 (2005)
図説 5分でわかる日本の名作 (2004)
一度は読もうよ！ 日本の名著 (2003)
日本の名著3分間読書100 (2003)
日本の名作文学案内 (2001)
ポケット日本名作事典 (2000)
一冊で日本の名著100冊を読む (1988)
日本文芸鑑賞事典 第5巻 (1987)

鼻[9]　ゴーゴリ 140
いつかあなたに会ってほしい本 (2024)
わたしのなつかしい一冊 (2021)
世界の小説大百科 (2013)
知っておきたいロシア文学 (2012)
ロシア文学 名作と主人公 (2009)
面白いほどよくわかる あらすじで読む世界の名作 (2008)
世界文学必勝法 (2008)
千年紀のベスト100作品を選ぶ (2007)
名作あらすじ事典 西洋文学編 (2006)

華岡青洲の妻[11]　有吉佐和子 140
いつか君に出会ってほしい本 (2023)
面白いほどよくわかる 時代小説名作100 (2010)
日本文学名作案内 (2008)
一度は読もうよ！ 日本の名著 (2003)
あらすじで読む 日本の名著 No.2 (2003)
現代文学鑑賞辞典 (2002)
日本の名作文学案内 (2001)
ポケット日本名作事典 (2000)
一冊で日本の名著100冊を読む 続 (1992)
日本文芸鑑賞事典 第19巻 (1987)
日本・世界名作「愛の会話」100章 (1985)

花の生涯[4]　舟橋聖一 140
日本文学名作案内 (2008)
ポケット日本名作事典 (2000)
日本文芸鑑賞事典 第16巻 (1987)
歴史小説・時代小説 総解説 (1986)

パニック[7]　開高健 141
いつかあなたに出会ってほしい本 (2024)
教科書で出会った名作小説一〇〇 (2023)
1分de教養が身につく「日本の名作」あらすじ200本 (2023)
名場面で味わう日本文学60選 (2021)
知らないと恥ずかしい「日本の名作」あらすじ200本 (2008)
あらすじダイジェスト 日本の名作70を読む (2005)
日本の小説101 (2003)

浜松中納言物語[5] 141
千年の百冊 (2013)
日本の古典名著・総解説 (2001)
古典文学鑑賞辞典 (1999)
日本の古典一名著への招待 (1986)
古典の事典 精髄を読む一日本版 (1986)

パミラ[9]　リチャードソン 141
グレート・ノベルズ (2024)
世界の小説大百科 (2013)
知っておきたいイギリス文学 (2010)
世界文学あらすじ大事典 3 (2006)
名作あらすじ事典 西洋文学編 (2006)
あらすじで読む世界文学105 (2004)
ポケット世界名作事典 (1997)
英米文学の名作を知る本 (1997)
たのしく読めるイギリス文学 (1994)

ハムレット[30]　シェイクスピア 141
名作に学ぶ人生を切り拓く教訓50 (2024)
名著のツボ (2021)
「100分de名著」名作セレクション〔2016〕
大人のための世界の名著50 (2014)
3行でわかる名作&ヒット本250 (2012)
知っておきたいイギリス文学 (2010)
世界の名作おさらい (2010)
イギリス文学 名作と主人公 (2009)
面白いほどよくわかる あらすじで読む世界の名

作（2008）
世界文学必勝法（2008）
世界の「名著」50（2008）
千年紀のベスト100作品を選ぶ（2007）
読んでおきたい世界の名著（2007）
世界文学あらすじ大事典 3（2006）
名作あらすじ事典 西洋文学編（2006）
教養のためのブックガイド（2005）
あらすじダイジェスト 世界の名作100を読む（2005）
あらすじで味わう外国文学（2004）
図説 5分でわかる世界の名作（2004）
2時間でわかる世界の名著（2004）
あらすじで味わう名作文学（2004）
面白いほどよくわかる 世界の文学（2004）
必読書150（2002）
世界文学の名作と主人公・総解説（2001）
ポケット世界名作事典（1997）
英米文学の名作を知る本（1997）
たのしく読めるイギリス文学（1994）
世界の書物（1989）
一冊で世界の名著100冊を読む（1988）
世界の名著（1976）

薔薇の名前 [11] エーコ 141
東西ミステリーベスト100（2013）
世界の小説大百科（2013）
3行でわかる名作＆ヒット本250（2012）
世界史読書案内（2010）
百年の誤読 海外文学篇（2008）
「本の定番」ブックガイド（2004）
あらすじで味わう外国文学（2004）
面白いほどよくわかる 世界の文学（2004）
二十世紀を騒がせた本（1999）
20世紀を震撼させた100冊（1998）
世界の推理小説・総解説（1992）

巴里に死す [6] 芹沢光治良 141
あらすじで読むキリスト教文学（2024）
1分de教養が身につく「日本の名作」あらすじ200本（2023）
知らないと恥ずかしい「日本の名作」あらすじ200本（2008）
女性のための名作・人生案内（2005）
あらすじダイジェスト 日本の名作70を読む（2005）
日本文芸鑑賞事典 第13巻（1988）

ハリー・ポッターシリーズ [8] ローリング .. 142
来たよ！ なつかしい一冊（2024）
世界を変えた100の小説 下（2024）
エクス・リブリス（2023）
世界物語大事典（2019）
歴史を変えた100冊の本（2019）
知っておきたいイギリス文学（2010）
名作あらすじ事典 西洋文学編（2006）
百年の誤読（2004）

春 [6] 島崎藤村 142
一度は読もうよ！ 日本の名著（2003）
ポケット日本名作事典（2000）
一冊で日本の名著100冊を読む 続（1992）
日本文芸鑑賞事典 第3巻（1987）
日本文学名作事典（1984）
日本近代文学名著事典（1982）

春雨物語 [5] 上田秋成 142
一度は読もうよ！ 日本の名著（2003）
古典文学鑑賞辞典（1999）
一冊で日本の古典100冊を読む（1989）
日本の古典―名著への招待（1986）
古典の事典 精髄を読む―日本版（1986）

パルタイ [5] 倉橋由美子 142
日本文学 これを読まないと文学は語れない!!（2006）
日本の小説101（2003）
現代文学鑑賞辞典（2002）
ポケット日本名作事典（2000）
日本文芸鑑賞事典 第18巻（1988）

春と修羅 [5] 宮沢賢治 142
大正の名著（2009）
ベストガイド日本の名著 明治～平成（1996）
日本文芸鑑賞事典 第8巻（1987）
日本近代文学名著事典（1982）
明治・大正・昭和の名著 総解説（1981）

春のめざめ [5] ヴェデキント 142
知っておきたいドイツ文学（2011）
ドイツ文学 名作と主人公（2009）
世界文学あらすじ大事典 3（2006）
世界文学の名作と主人公・総解説（2001）
ポケット世界名作事典（1997）

パルムの僧院 [11] スタンダール 143
定年後に読む不滅の名著200選（2024）
世界の小説大百科（2013）
私の世界文学案内（2012）
知っておきたいフランス文学（2010）
フランス文学 名作と主人公（2009）
世界文学あらすじ大事典 3（2006）
名作あらすじ事典 西洋文学編（2006）
図説 5分でわかる世界の名作（2004）
必読書150（2002）
世界文学の名作と主人公・総解説（2001）
ポケット世界名作事典（1997）

ハワーズ・エンド [5] フォースター 143
世界の小説大百科（2013）
英仏文学戦記（2010）
イギリス文学 名作と主人公（2009）
『こころ』は本当に名作か（2009）
世界文学あらすじ大事典 3（2006）

晩夏 [4] シュティフター 143
世界の小説大百科（2013）

はんか　　　　　　　作品別ブックガイド一覧

ドイツ文学 名作と主人公（2009）
ポケット世界名作事典（1997）
世界の名著（1976）

挽歌[8]　原田康子 144
日本文学名作案内（2008）
百年の誤読（2004）
あらすじで味わう昭和のベストセラー（2004）
一度は読もうよ！ 日本の名著（2003）
現代文学鑑賞辞典（2002）
ポケット日本名作事典（2000）
一冊で日本の名著100冊を読む（1988）
日本文芸鑑賞事典 第17巻（1988）

晩菊[5]　林芙美子 144
50歳からの読書案内（2024）
女性のための名作・人生案内（2005）
一度は読もうよ！ 日本の名著（2003）
現代文学鑑賞辞典（2002）
一冊で愛の話題作100冊を読む（1991）

半七捕物帳[10]　岡本綺堂 144
一冊に名著一〇〇冊がギュッと詰まった凄い本（2022）
東西ミステリーベスト100（2013）
面白いほどよくわかる 時代小説名作100（2010）
日本文学名作案内（2008）
一度は読もうよ！ 日本の名著（2003）
ポケット日本名作事典（2000）
近代日本の百冊を選ぶ（1994）
世界の推理小説・総解説（1992）
日本文芸鑑賞事典 第6巻（1987）
歴史小説・時代小説 総解説（1986）

播州平野[5]　宮本百合子 144
現代文学鑑賞辞典（2002）
ポケット日本名作事典（2000）
日本文芸鑑賞事典 第14巻（1987）
現代文学名作探訪事典（1984）
入門 名作の世界（1971）

パンセ[16]　パスカル 144
一行でわかる名著（2020）
大人のための世界の名著50（2014）
お厚いのがお好き？（2010）
世界の「名著」50（2008）
図解 世界の名著がわかる本（2007）
教養のためのブックガイド（2005）
あらすじで読む世界文学105（2004）
世界を変えた100冊の本（2003）
必読書150（2002）
世界の古典名著・総解説（2001）
ポケット世界名作事典（1997）
古典・名著の読み方（1991）
世界の書物（1989）
世界の名著早わかり事典（1984）
西洋をきずいた書物（1977）
世界の名著（1976）

晩年[10]　太宰治 144
定年後に読む不滅の名著200選（2024）
知の巨人が選んだ世界の名著200（2023）
ビタミンBOOKS（2022）
たった5行で読んだ気になる日本の名作（2016）
ポケット日本名作事典（2000）
ベストガイド日本の名著 明治〜平成（1996）
日本文芸鑑賞事典 第11巻（1987）
日本文学名作事典（1984）
日本近代文学名著事典（1982）
明治・大正・昭和の名著 総解説（1981）

【ひ】

緋色の研究[5]　ドイル 145
はじめて読む！ 海外文学ブックガイド（2022）
東西ミステリーベスト100（2013）
世界文学あらすじ大事典 3（2006）
世界・名著のあらすじ―精選38冊（2005）
たのしく読めるイギリス文学（1994）

ひかりごけ[15]　武田泰淳 145
定年後に読む不滅の名著200選（2024）
昭和の作家力（2023）
日本文学名作案内（2008）
日本文学 これを読まないと文学は語れない!!（2006）
感動！ 日本の名著 近現代編（2004）
日本・名著のあらすじ―精選40冊（2004）
必読書150（2002）
現代文学鑑賞辞典（2002）
日本の名作文学案内（2001）
ポケット日本名作事典（2000）
日本文芸鑑賞事典 第16巻（1987）
現代文学名作探訪事典（1984）
日本文学名作事典（1984）
日本の名著（1976）
世界名著案内 8（1973）

彼岸過迄[4]　夏目漱石 145
1分de教養が身につく「日本の名作」あらすじ200（2023）
知らないと恥ずかしい「日本の名作」あらすじ200本（2008）
ひと目でわかる日本の名作（2006）
あらすじで読む 日本の名著（楽書ブックス）（2003）

砒臼[4]　ドラブル 145
知っておきたいイギリス文学（2010）
名作あらすじ事典 西洋文学編（2006）
英米文学の名作を知る本（1997）
たのしく読めるイギリス文学（1994）

ピグマリオン[5]　ショー 145
イギリス文学 名作と主人公（2009）
世界文学あらすじ大事典 3（2006）
世界文学の名作と主人公・総解説（2001）

英米文学の名作を知る本（1997）
たのしく読めるイギリス文学（1994）

ピーター・パン[6]　バリー..................145
　来たよ！ なつかしい一冊（2024）
　世界文学あらすじ大事典 3（2006）
　世界の名作文学案内（2003）
　世界の幻想文学・総解説（1998）
　ポケット世界名作事典（1997）
　たのしく読めるイギリス文学（1994）

羊をめぐる冒険[5]　村上春樹..................146
　1分de教養が身につく「日本の名作」あらすじ200本（2023）
　あなたのなつかしい一冊（2022）
　現代文学鑑賞辞典（2002）
　ベストガイド日本の名著 明治〜平成（1996）
　近代日本の百冊を選ぶ（1994）

秀吉と利休[8]　野上弥生子..................146
　昭和の作家力（2023）
　1分de教養が身につく「日本の名作」あらすじ200本（2023）
　知らないと恥ずかしい「日本の名作」あらすじ200本（2008）
　あらすじで読む 日本の名著 No.2（2003）
　日本の名作文学案内（2001）
　ポケット日本名作事典（2000）
　日本文芸鑑賞事典 第18巻（1988）
　明治・大正・昭和の名著 総解説（1981）

一房の葡萄[4]　有島武郎..................146
　大人もときめく国語教科書の名作ガイド（2023）
　教科書で出会った名作小説一〇〇（2023）
　ビタミンBOOKS（2022）
　日本文芸鑑賞事典 第7巻（1987）

悲の器[7]　高橋和巳..................146
　名著入門―日本近代文学50選（2022）
　あらすじダイジェスト 日本の名作70を読む（2005）
　日本の小説101（2003）
　現代文学鑑賞辞典（2002）
　21世紀の必読書100選（2000）
　ポケット日本名作事典（2000）
　日本文芸鑑賞事典 第19巻（1987）

ピノキオの冒険[4]　コッローディ..................146
　世界文学あらすじ大事典 3（2006）
　世界の名作文学案内（2003）
　世界文学の名作と主人公・総解説（2001）
　ポケット世界名作事典（1997）

火の鳥[5]　伊藤整..................146
　日本文学名作案内（2008）
　一度は読もうよ！ 日本の名著（2003）
　ポケット日本名作事典（2000）
　一冊で日本の名著100冊を読む 続（1992）
　世界名著案内 8（1973）

日の名残り[6]　イシグロ..................147
　世界を変えた100の小説 下（2024）
　世界の小説大百科（2013）
　知っておきたいイギリス文学（2010）
　百年の誤読 海外文学篇（2008）
　名作あらすじ事典 西洋文学編（2006）
　たのしく読めるイギリス文学（1994）

火の柱[5]　木下尚江..................147
　明治の名著 2（2009）
　現代文学鑑賞辞典（2002）
　ベストガイド日本の名著 明治〜平成（1996）
　日本文芸鑑賞事典 第3巻（1987）
　明治・大正・昭和の名著 総解説（1981）

響きと怒り[15]　フォークナー..................147
　グレート・ノベルズ（2024）
　私の世界文学案内（2012）
　知っておきたいアメリカ文学（2010）
　アメリカ文学 名作と主人公（2009）
　世界文学あらすじ大事典 3（2006）
　名作あらすじ事典 西洋文学編（2006）
　あらすじで味わう外国文学（2004）
　面白いほどよくわかる 世界の文学（2004）
　世界の名作文学案内（2003）
　世界文学の名作と主人公・総解説（2001）
　ポケット世界名作事典（1997）
　たのしく読めるアメリカ文学（1994）
　一冊で世界の名著100冊を読む（1988）
　世界の名著（1976）
　世界名著案内 2（1972）

日々の泡[5]　ヴィアン..................147
　方法文学 世界名作選 2（2020）
　知っておきたいフランス文学（2010）
　世界文学あらすじ大事典 3（2006）
　世界の幻想文学・総解説（1998）
　世界のSF文学・総解説（1992）

緋文字[21]　ホーソーン..................147
　世界を変えた100の小説 上（2024）
　方法文学 世界名作選 2（2020）
　名作英米小説の読み方・楽しみ方（2014）
　世界の小説大百科（2013）
　書き出し「世界文学全集」（2013）
　知っておきたいアメリカ文学（2010）
　アメリカ文学 名作と主人公（2009）
　世界文学必勝法（2008）
　世界文学あらすじ大事典 3（2006）
　名作あらすじ事典 西洋文学編（2006）
　あらすじダイジェスト 世界の名作100を読む（2005）
　あらすじで読む世界文学105（2004）
　あらすじで味わう外国文学（2004）
　あらすじで読む 世界の名著 No.2（2004）
　要約 世界文学全集 2（2004）
　世界文学の名作と主人公・総解説（2001）
　ポケット世界名作事典（1997）

英米文学の名作を知る本（1997）
たのしく読めるアメリカ文学（1994）
世界の名著（1976）
入門 名作の世界（1971）

百人一首 ⇒小倉百人一首（おぐらひゃくにんいっしゅ）を見よ

百年の孤独[31]　ガルシア＝マルケス ……… 148
世界を変えた100の小説 下（2024）
グレート・ノベルズ（2024）
エクス・リブリス（2023）
齋藤孝の名著50（2022）
齋藤孝の冒頭文de文学案内（2021）
世界文学の名作を「最短」で読む（2021）
名著のツボ（2021）
方法文学 世界名作選 2（2020）
一行でわかる名著（2020）
世界物語大事典（2019）
歴史を変えた100冊の本（2019）
現代世界の十大小説（2014）
世界の小説大百科（2013）
なおかつお厚いのがお好き？（2010）
世界の名作50選（2008）
世界文学必勝法（2008）
百年の誤読 海外文学篇（2008）
名作はこのように始まる 1（2008）
千年紀のベスト100作品を選ぶ（2007）
読書入門―人間の器を大きくする名著（2007）
世界の長編文学（2005）
あらすじで読む世界文学105（2004）
あらすじで味わう外国文学（2004）
面白いほどよくわかる 世界の文学（2004）
世界の名作文学案内（2003）
必読書150（2002）
20世紀を震撼させた100冊（1998）
世界の幻想文学・総解説（1998）
ポケット世界名作事典（1997）
世界のSF文学・総解説（1992）
一冊で世界の名著100冊を読む（1988）

ヒュペーリオン[7]　ヘルダーリン ………… 148
世界の小説大百科（2013）
ドイツ文学 名作と主人公（2009）
世界の名作50選（2008）
世界文学あらすじ大事典 3（2006）
世界文学の名作と主人公・総解説（2001）
ポケット世界名作事典（1997）
世界の名著（1976）

病牀六尺[11]　正岡子規 ……………… 148
1分de教養が身につく「日本の名作」あらすじ200本（2023）
名著入門―日本近代文学50選（2022）
大人のための日本の名著50（2014）
愛と死の名著文学（2011）
明治の名著 2（2009）
知らないと恥ずかしい「日本の名作」あらすじ200本（2008）

あらすじで読む 日本の名著 No.3（2003）
ベストガイド日本の名著 明治〜平成（1996）
近代日本の百冊を選ぶ（1994）
日本文芸鑑賞事典 第2巻（1987）
明治・大正・昭和の名著 総解説（1981）

氷点[13]　三浦綾子 …………………… 148
1分de教養が身につく「日本の名作」あらすじ200本（2023）
あなたのなつかしい一冊（2022）
日本の名作あらすじ300（2020）
人生を狂わす名著50（2017）
知らないと恥ずかしい「日本の名作」あらすじ200本（2008）
日本文学名作案内（2008）
あらすじダイジェスト 日本の名作70を読む（2005）
百年の誤読（2004）
あらすじで味わう昭和のベストセラー（2004）
一度は読もうよ！ 日本の名著（2003）
現代文学鑑賞辞典（2002）
ポケット日本名作事典（2000）
日本文芸鑑賞事典 第19巻（1987）

氷壁[9]　井上靖 ………………………… 148
たった5行で読んだ気になる日本の名作（2016）
日本文学名作案内（2008）
女性のための名作・人生案内（2005）
あらすじで味わう日本文学（2004）
一度は読もうよ！ 日本の名著（2003）
ポケット日本名作事典（2000）
一冊で日本の名著100冊を読む（1988）
日本文芸鑑賞事典 第17巻（1988）
世界名著案内 8（1973）

ビラヴド[8]　モリスン ………………… 149
世界を変えた100の小説 下（2024）
グレート・ノベルズ（2024）
エクス・リブリス（2023）
世界の小説大百科（2013）
知っておきたいアメリカ文学（2010）
アメリカ文学 名作と主人公（2009）
名作あらすじ事典 西洋文学編（2006）
たのしく読めるアメリカ文学（1994）

ビルマの竪琴[14]　竹山道雄 …………… 149
1分de教養が身につく「日本の名作」あらすじ200本（2023）
たった5行で読んだ気になる日本の名作（2016）
新潮文庫 20世紀の100冊（2009）
知らないと恥ずかしい「日本の名作」あらすじ200本（2008）
日本文学名作案内（2008）
一度は読もうよ！ 日本の名著（2003）
あらすじで読む 日本の名著 No.3（2003）
21世紀の必読書100選（2003）
ポケット日本名作事典（2000）
一冊で日本の名著100冊を読む（1988）
日本文芸鑑賞事典 第14巻（1987）

日本・世界名作「愛の会話」100章（1985）
日本文学名作事典（1984）
名著の履歴書（1971）

広場の孤独[7] 堀田善衞 149
現代文学鑑賞辞典（2002）
日本の名作文学案内（2001）
ポケット日本名作事典（2000）
ベストガイド日本の名著 明治～平成（1996）
日本文芸鑑賞事典 第16巻（1987）
明治・大正・昭和の名著 総解説（1981）
名著の履歴書（1971）

日はまた昇る[10] ヘミングウェイ 149
世界を変えた100の小説 上（2024）
グレート・ノベルズ（2024）
名作英米小説の読み方・楽しみ方（2014）
世界の小説大百科（2013）
新潮文庫 20世紀の100冊（2009）
世界文学あらすじ大事典 3（2006）
面白いほどよくわかる 世界の文学（2004）
名作の読解法—世界名作中編小説二〇選（2003）
英米文学の名作を知る本（1997）
入門 名作の世界（1971）

【ふ】

ファウスト[36] ゲーテ 149
知の巨人が選んだ世界の名著200（2023）
世界文学の名作を「最短」で読む（2021）
名著のツボ（2021）
一行でわかる名著（2020）
大人のための世界の名著50（2014）
書き出し「世界文学全集」（2013）
「あらすじ」だけで人生の意味が全部わかる世界の古典13（2012）
3行でわかる名作＆ヒット本250（2012）
知っておきたいドイツ文学（2011）
なおかつお厚いのがお好き？（2010）
世界の名作おさらい（2010）
ドイツ文学 名作と主人公（2009）
世界の「名著」50（2008）
千年紀のベスト100作品を選ぶ（2007）
世界文学あらすじ大事典 3（2006）
名作あらすじ事典 西洋文学編（2006）
世界の長編文学（2005）
教養のためのブックガイド（2005）
あらすじで読む世界文学105（2004）
図説 5分でわかる世界の名作（2004）
面白いほどよくわかる 世界の文学（2004）
世界の名作文学が2時間で分かる本（2004）
あらすじで読む 世界の名著 No.2（2004）
要約 世界文学全集 2（2004）
世界文学のすじ書き（2003）
世界の名作文学案内（2003）
必読書150（2002）
世界文学の名作と主人公・総解説（2001）
世界の幻想文学・総解説（1998）

ポケット世界名作事典（1997）
古典・名著の読み方（1991）
世界の書物（1989）
一冊で世界の名著100冊を読む（1988）
西洋をきずいた書物（1977）
世界の名著（1976）
入門 名作の世界（1971）

ファーブル昆虫記[7] ファーブル 150
「100分de名著」名作セレクション（2016）
大人のための世界の名著50（2014）
「本の定番」ブックガイド（2004）
世界の書物（1989）
世界の名著早わかり事典（1984）
世界の名著（1976）
入門 名作の世界（1971）

V.[6] ピンチョン 150
方法文学 世界名作選 2（2020）
世界の小説大百科（2013）
世界文学あらすじ大事典 1（2005）
世界の幻想文学・総解説（1998）
たのしく読めるアメリカ文学（1994）
世界のSF文学・総解説（1992）

フィガロの結婚[7] ボーマルシェ 150
知っておきたいフランス文学（2010）
フランス文学 名作と主人公（2009）
面白いほどよくわかる あらすじで読む世界の名作（2008）
世界文学あらすじ大事典 3（2006）
名作あらすじ事典 西洋文学編（2006）
世界文学の名作と主人公・総解説（2001）
ポケット世界名作事典（1997）

風車小屋だより[4] ドーデ 150
フランス文学 名作と主人公（2009）
世界文学の名作と主人公・総解説（2001）
ポケット世界名作事典（1997）
世界の名著（1976）

風流仏[4] 幸田露伴 150
Jブンガク（2010）
日本文芸鑑賞事典 第1巻（1987）
日本文学名作事典（1984）
日本近代文学名著事典（1982）

フェードル[10] ラシーヌ 150
知っておきたいフランス文学（2010）
英仏文学戦記（2010）
フランス文学 名作と主人公（2009）
世界文学あらすじ大事典 3（2006）
名作あらすじ事典 西洋文学編（2006）
あらすじで読む世界文学105（2004）
世界文学の名作と主人公・総解説（2001）
ポケット世界名作事典（1997）
一冊で世界の名著100冊を読む（1988）
世界の名著（1976）

ふおさ　　　　　　　　　　作品別ブックガイド一覧

フォーサイト家物語[7]　ゴールズワージー ……………………………… 151
　世界の小説大百科（2013）
　イギリス文学 名作と主人公（2009）
　世界文学あらすじ大事典 3（2006）
　世界文学の名作と主人公・総解説（2001）
　ポケット世界名作事典（1997）
　たのしく読めるイギリス文学（1994）
　世界の名著（1976）

フォースタス博士[6]　マーロウ ……… 151
　イギリス文学 名作と主人公（2009）
　世界文学あらすじ大事典 3（2006）
　あらすじで読む世界文学105（2004）
　世界文学の名作と主人公・総解説（2001）
　世界の幻想文学・総解説（1998）
　たのしく読めるイギリス文学（1994）

富嶽百景[10]　太宰治 ……………… 151
　教科書で出会った名作小説一〇〇（2023）
　名場面で味わう日本文学60選（2021）
　愛と死の日本文学（2011）
　日本の名作おさらい（2010）
　名作の書き出しを諳んじる（2008）
　ひと目でわかる日本の名作（2006）
　あらすじで読む 日本の名著 No.3（2003）
　日本の名著3分間読書100（2003）
　一冊で100名作の「さわり」を読む（1992）
　日本文芸鑑賞事典 第12巻（1988）

武器よさらば[20]　ヘミングウェイ ……… 151
　名著のツボ（2021）
　世界の小説大百科（2013）
　知っておきたいアメリカ文学（2010）
　アメリカ文学 名作と主人公（2009）
　世界の名作50選（2008）
　面白いほどよくわかる あらすじで読む世界の名作（2008）
　世界文学あらすじ大事典 3（2006）
　名作あらすじ事典 西洋文学編（2006）
　あらすじダイジェスト 世界の名作100を読む（2005）
　あらすじで読む世界文学105（2004）
　図説 5分でわかる世界の名作（2004）
　2時間でわかる世界の名著（2004）
　あらすじで味わう名作文学（2004）
　世界の名作文学が2時間で分かる本（2004）
　あらすじで読む 世界の名著 No.2（2004）
　世界文学の名作と主人公・総解説（2001）
　ポケット世界名作事典（1997）
　たのしく読めるアメリカ文学（1994）
　世界の書物（1989）
　一冊で世界の名著100冊を読む（1988）

福翁自伝[10]　福澤諭吉 …………… 151
　齋藤孝の名著50（2022）
　齋藤孝の冒頭文de文学案内（2021）
　大人のための日本の名著50（2014）

　明治の名著 1（2009）
　大学新入生に薦める101冊の本（2009）
　教養のためのブックガイド（2005）
　必読書150（2002）
　ベストガイド日本の名著 明治～平成（1996）
　近代日本の百冊を選ぶ（1994）
　明治・大正・昭和の名著 総解説（1981）

梟の城[4]　司馬遼太郎 ……………… 152
　1分de教養が身につく「日本の名作」あらすじ200本（2023）
　面白いほどよくわかる 時代小説名作100（2010）
　知らないと恥ずかしい「日本の名作」あらすじ200本（2008）
　歴史小説・時代小説 総解説（1986）

不思議の国のアリス[29]　キャロル ……… 152
　世界を変えた100の小説 上（2024）
　いつかあなたに出会ってほしい本（2024）
　世界文学の名作を「最短」で読む（2021）
　世界物語大事典（2019）
　歴史を変えた100冊の本（2019）
　世界を変えた本（2018）
　世界の小説大百科（2013）
　書き出し「世界文学全集」（2013）
　知っておきたいイギリス文学（2010）
　世界の名作おさらい（2010）
　千年紀のベスト100作品を選ぶ（2007）
　私を変えたこの一冊（2007）
　世界文学あらすじ大事典 3（2006）
　名作あらすじ事典 西洋文学編（2006）
　教養のためのブックガイド（2005）
　あらすじで読む 世界の名著 No.3（2005）
　図説 5分でわかる世界の名作（2004）
　2時間でわかる世界の名著（2004）
　面白いほどよくわかる 世界の文学（2004）
　世界の名作文学案内（2003）
　必読書150（2002）
　世界文学の名作と主人公・総解説（2001）
　世界の幻想文学・総解説（1998）
　ポケット世界名作事典（1997）
　英米文学の名作を知る本（1997）
　たのしく読めるイギリス文学（1994）
　世界のSF文学・総解説（1992）
　世界の書物（1989）
　西洋をきずいた書物（1977）

富士に立つ影[6]　白井喬二 ………… 152
　面白いほどよくわかる 時代小説名作100（2010）
　日本文学名作案内（2008）
　一度は読むよう！ 日本の名著（2003）
　ポケット日本名作事典（2000）
　日本文芸鑑賞事典 第8巻（1987）
　歴史小説・時代小説 総解説（1986）

附子[5] ……………………………… 152
　日本の名作あらすじ300（2020）
　古典文学鑑賞辞典（1999）
　一冊で100名作の「さわり」を読む（1992）

蕪村句集[7] 与謝蕪村.................152
　日本文学の古典50選（2020）
　この1冊で早わかり！ 日本の古典50冊（2015）
　日本の書物（2006）
　日本古典への誘い100選 1（2006）
　日本の名著3分間読書100（2003）
　日本の古典名著・総解説（2001）
　古典の事典 精髄を読む―日本版（1986）

復活[9]　トルストイ.................152
　知の巨人が選んだ世界の名著200（2023）
　知っておきたいロシア文学（2012）
　世界の名作おさらい（2010）
　ロシア文学 名作と主人公（2009）
　世界文学あらすじ大事典 3（2006）
　教養のためのブックガイド（2005）
　世界の名作文学が2時間で分かる本（2004）
　世界文学の名作と主人公・総解説（2001）
　ポケット世界名作事典（1997）

ブッデンブローク家の人々[4]　マン.........153
　グレート・ノベルズ（2024）
　世界の小説大百科（2013）
　世界文学あらすじ大事典 3（2006）
　世界名著案内 2（1972）

蒲団[31]　田山花袋.................153
　1分de教養が身につく「日本の名作」あらすじ200本（2023）
　知の巨人が選んだ世界の名著200（2023）
　名著入門―日本近代文学50選（2022）
　名場面で味わう日本文学60選（2021）
　日本の名作あらすじ300（2020）
　名作名言―一行で読む日本の名作小説（2017）
　図説 教養として知っておきたい日本の名作50選（2016）
　3行でわかる名作＆ヒット本250（2012）
　日本の名作おさらい（2010）
　この一冊でわかる日本の名作（2010）
　明治の名著 2（2009）
　『こころ』は本当に名作か（2009）
　知らないと恥ずかしい「日本の名作」あらすじ200本（2008）
　日本文学名作案内（2008）
　絵で読むあらすじ日本の名著（2007）
　ひと目でわかる日本の名作（2006）
　女性のための名作・人生案内（2005）
　2時間でわかる日本の名著（2005）
　百年の誤読（2004）
　図説 5分でわかる日本の名作傑選（2004）
　一度は読もうよ！ 日本の名著（2003）
　あらすじで読む 日本の名著（楽書ブックス）（2003）
　日本の名著3分間読書100（2003）
　必読書150（2002）
　現代文学鑑賞辞典（2002）

　一冊で100名作の「さわり」を読む（1992）
　一冊で日本の名著100冊を読む（1988）
　日本文芸鑑賞事典 第3巻（1987）
　日本文学名作事典（1984）
　明治・大正・昭和の名著 総解説（1981）
　世界名著案内 3（1973）

ブライズヘッドふたたび[7]　ウォー..........153
　世界を変えた100の小説 下（2024）
　文庫で読む100年の文学（2023）
　世界の小説大百科（2013）
　知っておきたいイギリス文学（2010）
　世界文学あらすじ大事典 3（2006）
　名作あらすじ事典 西洋文学編（2006）
　たのしく読めるイギリス文学（1994）

ブラウン神父シリーズ[4]　チェスタトン....154
　東西ミステリーベスト100（2013）
　百年の誤読 海外文学篇（2008）
　必読書150（2002）
　世界の推理小説・総解説（1992）

フラニーとゾーイ[7]　サリンジャー.......154
　みんなのなつかしい一冊（2023）
　人生を狂わす名著50（2017）
　世界の小説大百科（2013）
　クライマックス名作案内 2（2011）
　新潮文庫 20世紀の100冊（2009）
　世界文学あらすじ大事典 3（2006）
　たのしく読めるアメリカ文学（1994）

プラハへの旅路のモーツァルト　⇒旅の日のモーツァルト（たびのひのもーつぁると）を見よ

フランケンシュタイン[19]　シェリー........154
　世界を変えた100の小説 上（2024）
　グレート・ノベルズ（2024）
　エクス・リブリス（2023）
　一冊に名著一〇〇冊がギュッと詰まった凄い本（2022）
　はじめて読む！ 海外文学ブックガイド（2022）
　世界文学の名作を「最短」で読む（2021）
　物語の函 世界名作選 1（2020）
　翻訳者による海外文学ブックガイド BOOK MARK（2019）
　歴史を変えた100冊の本（2019）
　「100分de名著」名作セレクション（2016）
　世界の小説大百科（2013）
　書き出し「世界文学全集」（2013）
　知っておきたいイギリス文学（2010）
　イギリス文学 名作と主人公（2009）
　世界文学あらすじ大事典 3（2006）
　世界の幻想文学・総解説（1998）
　世界の奇書・総解説（1998）
　たのしく読めるイギリス文学（1994）
　世界のSF文学・総解説（1992）

ふらん　　　　　　　　　作品別ブックガイド一覧

ふらんす物語 [4]　永井荷風 ………………… 154
  3行でわかる名作＆ヒット本250（2012）
  日本文芸鑑賞事典　第4巻（1987）
  日本文学名作事典（1984）
  日本近代文学名著事典（1982）

ブリキの太鼓 [17]　グラス ………………… 154
  グレート・ノベルズ（2024）
  文庫で読む100年の文学（2023）
  知の巨人が選んだ世界の名著200（2023）
  世界の小説大百科（2013）
  知っておきたいドイツ文学（2011）
  ドイツ文学　名作と主人公（2009）
  世界の名作50選（2008）
  百年の誤読　海外文学篇（2008）
  世界文学あらすじ大事典 3（2006）
  名作あらすじ事典　西洋文学編（2006）
  あらすじで読む世界文学105（2004）
  面白いほどよくわかる　世界の文学（2004）
  世界文学のすじ書き（2003）
  世界の名作文学案内（2003）
  世界文学の名作と主人公・総解説（2001）
  ポケット世界名作事典（1997）
  一冊で世界の名著100冊を読む（1988）

俘虜記 [15]　大岡昇平 …………………… 155
  教科書で出会った名作小説一〇〇（2023）
  1分de教養が身につく「日本の名作」あらすじ200
    本（2023）
  名著入門―日本近代文学50選（2022）
  新潮文庫 20世紀の100冊（2009）
  知らないと恥ずかしい「日本の名作」あらすじ
    200本（2008）
  日本文学名作案内（2008）
  あらすじダイジェスト　日本の名作70を読む
    （2005）
  一度は読もうよ！　日本の名著（2003）
  必読書150（2002）
  現代文学鑑賞辞典（2002）
  日本の名作文学案内（2001）
  ベストガイド日本の名著　明治～平成（1996）
  一冊で日本の名著100冊を読む（1988）
  日本文芸鑑賞事典　第14巻（1987）
  明治・大正・昭和の名著　総解説（1981）

プールサイド小景 [5]　庄野潤三 ………… 155
  たった5行で読んだ気になる日本の名作（2016）
  日本の小説101（2003）
  現代文学鑑賞辞典（2002）
  ポケット日本名作事典（2000）
  日本文学名作事典（1984）

糞尿譚 [8]　火野葦平 …………………… 155
  日本文学名作案内（2008）
  あらすじダイジェスト　日本の名作70を読む
    （2005）
  一度は読もうよ！　日本の名著（2003）
  日本の小説101（2003）
  ポケット日本名作事典（2000）

  一冊で100名作の「さわり」を読む（1992）
  日本文芸鑑賞事典　第12巻（1988）
  現代文学名作探訪事典（1984）

【へ】

平家物語 [44] ……………………………… 155
  定年後に読む不滅の名著200選（2024）
  これだけは知っておきたい日本の名作（2023）
  歴史的書物の名場面（2023）
  1分de教養が身につく「日本の名作」あらすじ200
    本（2023）
  齋藤孝の名著50（2022）
  齋藤孝の冒頭文de文学案内（2021）
  日本文学の古典50選（2020）
  日本の名作あらすじ300（2020）
  一行でわかる名著（2020）
  この1冊で早わかり！　日本の古典50冊（2015）
  大人のための日本の名著50（2014）
  千年の百冊（2013）
  やさしい古典案内（2012）
  マンガとあらすじでやさしく読める 日本の古典
    傑作30選（2012）
  3行でわかる名作＆ヒット本250（2012）
  愛と死の日本文学（2011）
  あらすじで読む　日本の古典（新人物文庫）（2011）
  Jブンガク（2010）
  知らないと恥ずかしい「日本の名作」あらすじ
    200本（2008）
  日本人とは何か　「和の心」が見つかる名著
    （2008）
  日本文学名作案内（2008）
  世界の「名著」50（2008）
  名作の書き出しを諳んじる（2008）
  千年紀のベスト100作品を選ぶ（2007）
  2ページでわかる日本の古典傑作選（2007）
  日本古典への誘い100選 2（2007）
  日本の書物（2006）
  あらすじダイジェスト　日本の古典30を読む
    （2004）
  図説　地図とあらすじで読む歴史の名著（2004）
  あらすじで味わう名作文学（2004）
  あらすじで読む　日本の古典（楽書ブックス）
    （2004）
  図説 5分でわかる日本の名作（2004）
  一度は読もうよ！　日本の名著（2003）
  日本の名著3分間読書100（2003）
  日本の古典名著・総解説（2001）
  早わかり　日本古典文学あらすじ事典（2000）
  古典文学鑑賞辞典（1999）
  一冊で100名作の「さわり」を読む（1992）
  日本歴史「古典籍」総覧（1990）
  一冊で日本の古典100冊を読む（1989）
  日本の古典―名著への招待（1986）
  古典の事典　精髄を読む―日本版（1986）
  日本文学名作事典（1984）
  日本の名著（1976）

へんし

兵士シュヴェイクの冒険 [6]　ハシェク……… 156
　グレート・ノベルズ（2024）
　世界の小説大百科（2013）
　世界文学あらすじ大事典 4（2007）
　世界文学の名作と主人公・総解説（2001）
　ポケット世界名作事典（1997）
　世界の書物（1989）

平治物語 [12] ……………………………… 156
　日本文学の古典50選（2020）
　千年の百冊（2013）
　日本古典への誘い100選 1（2006）
　一度は読もうよ！ 日本の名著（2003）
　日本の古典名著・総解説（2001）
　早わかり 日本古典文学あらすじ事典（2000）
　古典文学鑑賞辞典（1999）
　日本歴史「古典籍」総覧（1990）
　一冊で日本の古典100冊を読む（1989）
　日本の古典―名著への招待（1986）
　古典の事典 精髄を読む―日本版（1986）
　日本文学名作事典（1984）

平中物語 [6] ……………………………… 156
　1分de教養が身につく「日本の名作」あらすじ200本（2023）
　日本の名作あらすじ300（2020）
　日本の古典名著・総解説（2001）
　古典文学鑑賞辞典（1999）
　日本の古典―名著への招待（1986）
　古典の事典 精髄を読む―日本版（1986）

ベーオウルフ [5] …………………………… 156
　世界物語大事典（2019）
　知っておきたいイギリス文学（2010）
　世界文学あらすじ大事典 4（2007）
　ポケット世界名作事典（1997）
　たのしく読めるイギリス文学（1994）

ペスト [15] 　カミュ ……………………… 156
　エクス・リブリス（2023）
　文庫で読む100年の文学（2023）
　いつか君に出会ってほしい本（2023）
　世界の小説大百科（2013）
　3行でわかる名作＆ヒット本250（2012）
　知っておきたいフランス文学（2010）
　英仏文学戦記（2010）
　面白いほどよくわかる あらすじで読む世界の名作（2008）
　世界文学あらすじ大事典 4（2007）
　名作あらすじ事典 西洋文学編（2006）
　要約 世界文学全集 1（2004）
　世界文学のすじ書き（2003）
　ポケット世界名作事典（1997）
　世界の名著（1976）
　世界名著案内 4（1973）

ペーター・シュレミールの不思議な物語
　⇒影をなくした男（かげをなくしたおとこ）を見よ

別離 [4]　若山牧水 ………………………… 156
　感動！ 日本の名著 近現代編（2004）
　日本文芸鑑賞事典 第4巻（1987）
　日本近代文学名著事典（1982）
　日本の名著（1976）

ペテルブルグ [4]　ベールイ ……………… 157
　知っておきたいロシア文学（2012）
　ロシア文学 名作と主人公（2009）
　世界文学あらすじ大事典 4（2007）
　名作あらすじ事典 西洋文学編（2006）

ベニスに死す　⇒ヴェニスに死すを見よ

ベニスの商人　⇒ヴェニスの商人を見よ

ベル・ジャー [4]　プラス ………………… 157
　世界の小説大百科（2013）
　知っておきたいアメリカ文学（2010）
　名作あらすじ事典 西洋文学編（2006）
　たのしく読めるアメリカ文学（1994）

変身 [37]　カフカ ………………………… 157
　名作に学ぶ人生を切り拓く教訓50（2024）
　世界を変えた100の小説 上（2024）
　いつかあなたに出会ってほしい本（2024）
　文庫で読む100年の文学（2023）
　世界の名作を読む―海外文学講義（2016）
　書き出し「世界文学全集」（2013）
　3行でわかる名作＆ヒット本250（2012）
　私の世界文学案内（2012）
　知っておきたいドイツ文学（2011）
　世界の名作おさらい（2010）
　ドイツ文学 名作と主人公（2009）
　世界の名作50選（2008）
　面白いほどよくわかる あらすじで読む世界の名作（2008）
　世界文学必勝法（2008）
　百年の誤読 海外文学篇（2008）
　名作はこのように始まる 1（2008）
　千年紀のベスト100作品を選ぶ（2007）
　読んでおきたい世界の名著（2007）
　名作あらすじ事典 西洋文学編（2006）
　あらすじダイジェスト 世界の名作100を読む（2005）
　あらすじで読む世界文学105（2004）
　あらすじで味わう外国文学（2004）
　図説 5分でわかる世界の名作（2004）
　2時間でわかる世界の名著（2004）
　面白いほどよくわかる 世界の文学（2004）
　世界の名作文学が2時間で分かる本（2004）
　あらすじで読む 世界の名著 No.2（2004）
　世界の名作文学案内（2003）
　名作の読解法―世界名作中編小説二〇選（2003）
　世界文学の名作と主人公・総解説（2001）

20世紀を震撼させた100冊（1998）
世界の幻想文学・総解説（1998）
ポケット世界名作事典（1997）
世界のSF文学・総解説（1992）
ヨーロッパを語る13の書物（1989）
一冊で世界の名著100冊を読む（1988）
入門 名作の世界（1971）

変身物語 6　オウィディウス 157
世界文学の名作を「最短」で読む（2021）
世界物語大事典（2019）
書き出し「世界文学全集」（2013）
世界文学あらすじ大事典 4（2007）
教養のためのブックガイド（2005）
世界の奇書・総解説（1998）

変身物語〔アプレイウス著〕　⇒黄金のろば（おうごんのろば）を見よ

ヘンリー・ライクロフトの私記 4　ギッシング 157
わたしのなつかしい一冊（2021）
世界文学あらすじ大事典 4（2007）
要約 世界文学全集 1（2004）
世界の名著（1976）

【ほ】

ボヴァリー夫人 34　フローベール 158
世界を変えた100の小説 上（2024）
グレート・ノベルズ（2024）
名著のツボ（2021）
物語の函 世界名作選 1（2020）
歴史を変えた100冊の本（2019）
世界の名作を読む―海外文学講義（2016）
世界の小説大百科（2013）
書き出し「世界文学全集」（2013）
3行でわかる名作＆ヒット本250（2012）
英仏文学戦記（2010）
世界の名作おさらい（2010）
フランス文学 名作と主人公（2009）
世界の名作50選（2008）
面白いほどよくわかる あらすじで読む世界の名作（2008）
世界文学必勝法（2008）
千年紀のベスト100作品を選ぶ（2007）
世界文学あらすじ大事典 4（2007）
教養のためのブックガイド（2005）
あらすじダイジェスト 世界の名作100を読む（2005）
世界・名著のあらすじ―精選38冊（2005）
あらすじで読む世界文学105（2004）
あらすじで味わう外国文学（2004）
面白いほどよくわかる 世界の文学（2004）
要約 世界文学全集 2（2004）
世界文学のすじ書き（2003）
世界の名作文学案内（2003）
必読書150（2002）

世界文学の名作と主人公・総解説（2001）
ポケット世界名作事典（1997）
ヨーロッパを語る13の書物（1989）
世界の書物（1989）
一冊で世界の名著100冊を読む（1988）
世界の名著（1976）
入門 名作の世界（1971）

奉教人の死 4　芥川龍之介 158
あらすじで読むキリスト教文学（2024）
愛と死の日本文学（2011）
あらすじで読む 日本の名著（楽書ブックス）（2003）
現代文学名作探訪事典（1984）

保元物語 14 158
日本文学の古典50選（2020）
日本の名作あらすじ300（2020）
千年の百冊（2013）
日本古典への誘い100選 1（2006）
一度は読もうよ！ 日本の名著（2003）
日本の名著3分間読書100（2003）
日本の古典名著・総解説（2001）
早わかり 日本古典文学あらすじ事典（2000）
古典文学鑑賞辞典（1999）
日本歴史「古典籍」総覧（1990）
一冊で日本の古典100冊を読む（1989）
日本の古典―名著への招待（1986）
古典の事典 精髄を読む―日本版（1986）
日本文学名作事典（1984）

方丈記 35　鴨長明 158
これだけは知っておきたい日本の名作（2023）
歴史的書物の名場面（2023）
1分de教養が身につく「日本の名作」あらすじ200本（2023）
わたしのなつかしい一冊（2021）
日本文学の古典50選（2020）
日本の名作あらすじ300（2020）
世界に愛され、評価される！「日本の名著」（2016）
この1冊で早わかり！ 日本の古典50冊（2015）
大人のための日本の名著50（2014）
千年の百冊（2013）
やさしい古典案内（2012）
マンガとあらすじでやさしく読める 日本の古典傑作30選（2012）
3行でわかる名作＆ヒット本250（2012）
愛と死の日本文学（2011）
あらすじで読む 日本の古典（新人物文庫）（2011）
Jブンガク（2010）
知らないと恥ずかしい「日本の名作」あらすじ200本（2008）
日本文学名作案内（2008）
名作の書き出しを諳んじる（2008）
2ページでわかる日本の古典傑作選（2007）
日本の書物（2006）
日本古典への誘い100選 1（2006）
あらすじダイジェスト 日本の古典30を読む

（2004）
　あらすじで読む 日本の古典（楽書ブックス）
　　（2004）
　図説 5分でわかる 日本の名作（2004）
　一度は読もうよ！ 日本の名著（2003）
　日本の名著3分間読書100（2003）
　日本の古典名著・総解説（2001）
　古典文学鑑賞辞典（1999）
　一冊で100名作の「さわり」を読む（1992）
　一冊で日本の古典100冊を読む（1989）
　日本の古典―名著への招待（1986）
　古典の事典 精髄を読む―日本版（1986）
　日本文学名作事典（1984）
　日本の名著（1976）

豊饒の海[6]　三島由紀夫 158
　世界の小説大百科（2013）
　新潮文庫 20世紀の100冊（2009）
　名作はこのように始まる 2（2008）
　日本文学 これを読まないと文学は語れない!!
　　（2006）
　21世紀の必読書100選（2000）
　日本文芸鑑賞事典 第19巻（1987）

北条政子[4]　永井路子 158
　昭和の作家力（2023）
　面白いほどよくわかる 時代小説名作100（2010）
　ポケット日本名作事典（2000）
　歴史小説・時代小説 総解説（1986）

抱擁家族[9]　小島信夫 159
　日本文学名作案内（2008）
　名作はこのように始まる 1（2008）
　一度は読もうよ！ 日本の名著（2003）
　日本の小説101（2003）
　現代文学鑑賞辞典（2002）
　ポケット日本名作事典（2000）
　一冊で日本の名著100冊を読む（1988）
　日本文芸鑑賞事典 第19巻（1987）
　日本文学名作事典（1984）

放浪記[35]　林芙美子 159
　1分de教養が身につく「日本の名作」あらすじ200
　　本（2023）
　名作名言―一行で読む日本の名作小説（2017）
　図説 教養として知っておきたい日本の名作50選
　　（2016）
　たった5行で読んだ気になる日本の名作（2016）
　少女は本を読んで大人になる（2015）
　日本人なら知っておきたい あらすじで読む日本
　　の名著（2014）
　あらすじで読む 日本の名著（新人物文庫）（2012）
　3行でわかる名作＆ヒット本250（2012）
　愛と死の日本文学（2011）
　Jブンガク（2010）
　この一冊でわかる日本の名作（2010）
　新潮文庫 20世紀の100冊（2009）
　知らないと恥ずかしい「日本の名作」あらすじ
　　200本（2008）

　日本文学名作案内（2008）
　明治・大正・昭和のベストセラー（2007）
　ひと目でわかる日本の名作（2006）
　2時間でわかる日本の名著（2005）
　百年の誤読（2004）
　図説 5分でわかる日本の名作傑作選（2004）
　あらすじで味わう日本文学（2004）
　一度は読もうよ！ 日本の名著（2003）
　あらすじで読む 日本の名著（楽書ブックス）
　　（2003）
　日本の小説101（2003）
　日本の名著3分間読書100（2003）
　現代文学鑑賞辞典（2002）
　日本の名作文学案内（2001）
　ポケット日本名作事典（2000）
　一冊で100名作の「さわり」を読む（1992）
　一冊で日本の名著100冊を読む（1988）
　愛ありて―名作のなかの女たち（1988）
　日本文芸鑑賞事典 第9巻（1988）
　現代文学名作探訪事典（1984）
　日本文学名作事典（1984）
　日本近代文学名著事典（1982）
　入門 名作の世界（1971）

放浪者メルモス[5]　マチューリン 159
　世界の小説大百科（2013）
　書き出し「世界文学全集」（2013）
　世界文学あらすじ大事典 4（2007）
　世界の幻想文学・総解説（1998）
　たのしく読めるイギリス文学（1994）

北越雪譜[8]　鈴木牧之 159
　定年後に読む不滅の名著200選（2024）
　この1冊で早わかり！ 日本の古典50選（2015）
　大人のための日本の名著50（2014）
　日本の書物（2006）
　日本の名著3分間読書100（2003）
　日本の古典名著・総解説（2001）
　日本の古典―名著への招待（1986）
　古典の事典 精髄を読む―日本版（1986）

墨東綺譚[30]　永井荷風 159
　1分de教養が身につく「日本の名作」あらすじ200
　　本（2023）
　名著入門―日本近代文学50選（2022）
　日本の名作あらすじ300（2020）
　図説 教養として知っておきたい日本の名作50選
　　（2016）
　たった5行で読んだ気になる日本の名作（2016）
　日本人なら知っておきたい あらすじで読む日本
　　の名著（2014）
　あらすじで読む 日本の名著（新人物文庫）（2012）
　愛と死の日本文学（2011）
　この一冊でわかる日本の名作（2010）
　知らないと恥ずかしい「日本の名作」あらすじ
　　200本（2008）
　日本文学名作案内（2008）
　名作の書き出しを諳んじる（2008）
　2時間でわかる日本の名著（2005）

ほしの　　作品別ブックガイド一覧

教養のためのブックガイド（2005）
あらすじダイジェスト　日本の名作70を読む（2005）
百年の誤読（2004）
あらすじで味わう日本文学（2004）
図説　5分でわかる日本の名作（2004）
一度は読もうよ！　日本の名著（2003）
あらすじで読む　日本の名著 No.3（2003）
日本の名著3分間読書100（2003）
現代文学鑑賞辞典（2002）
ポケット日本名作事典（2000）
一冊で100名作の「さわり」を読む（1992）
映画になった名著（1991）
一冊で日本の名著100冊を読む（1988）
日本文芸鑑賞事典　第12巻（1988）
愛ありて―名作のなかの女たち（1988）
日本文学名作事典（1984）
日本近代文学名著事典（1982）

星の王子さま [22]　サン＝テグジュペリ 160

名作に学ぶ人生を切り拓く教訓50（2024）
いつかあなたに出会ってほしい本（2024）
文庫で読む100年の文学（2023）
教科書で出会った名作小説一〇〇（2023）
知の巨人が選んだ世界の名著200（2023）
齋藤孝の冒頭文de文学案内（2021）
世界物語大事典（2019）
翻訳者による海外文学ブックガイド BOOK MARK（2019）
世界を変えた本（2018）
「100分de名著」名作セレクション（2016）
世界の小説大百科（2013）
世界の名著50選（2008）
ベストセラー世界の文学・20世紀 1（2006）
世界・名著のあらすじ―精選38冊（2005）
あらすじで味わう外国文学（2004）
面白いほどよくわかる 世界の文学（2004）
名作の読解法―世界名作中編小説二〇選（2003）
世界文学の名作と主人公・総解説（2001）
20世紀を震撼させた100冊（1998）
世界の幻想文学・総解説（1998）
ポケット世界名作事典（1997）
一冊で世界の名著100冊を読む（1988）

火垂るの墓 [11]　野坂昭如 160

教科書で出会った名作小説一〇〇（2023）
いつか君に出会ってほしい本（2023）
齋藤孝の冒頭文de文学案内（2021）
たった5行で読んだ気になる日本の名作（2016）
日本の名作おさらい（2010）
新潮文庫 20世紀の100冊（2009）
大学新入生に薦める101冊の本（2009）
日本文学名作案内（2008）
日本文学 これを読まないと文学は語れない!!（2006）
一度は読もうよ！　日本の名著（2003）
一冊で日本の名著100冊を読む（1988）

発心集 [6]　鴨長明〔編〕 160

日本古典への誘い100選 2（2007）
一度は読もうよ！　日本の名著（2003）
日本の古典名著・総解説（2001）
古典文学鑑賞辞典（1999）
一冊で日本の古典100冊を読む（1989）
古典の事典 精髄を読む―日本版（1986）

坊っちゃん [25]　夏目漱石 160

歴史的書物の名場面（2023）
教科書で出会った名作小説一〇〇（2023）
1分de教養が身につく「日本の名作」あらすじ200本（2023）
名著入門―日本近代文学50選（2022）
齋藤孝の冒頭文de文学案内（2021）
名著のツボ（2021）
名作名言―一行で読む日本の名作小説（2017）
図説 教養として知っておきたい日本の名作50選（2016）
愛と死の日本文学（2011）
知らないと恥ずかしい「日本の名作」あらすじ200本（2008）
日本文学名作案内（2008）
名作はこのように始まる 1（2008）
名作の書き出しを諳んじる（2008）
私を変えたこの一冊（2007）
あらすじダイジェスト　日本の名作70を読む（2005）
図説 5分でわかる日本の名作傑作選（2004）
あらすじで味わう日本文学（2004）
一度は読もうよ！　日本の名著（2003）
日本の名作文学案内（2001）
ポケット日本名作事典（2000）
一冊で100名作の「さわり」を読む（1992）
一冊で日本の名著100冊を読む（1988）
日本文芸鑑賞事典　第3巻（1987）
現代文学名作探訪事典（1984）
日本文学名作事典（1984）

鉄道員（ぽっぽや）[7]　浅田次郎 160

1分de教養が身につく「日本の名作」あらすじ200本（2023）
いつか君に出会ってほしい本（2023）
日本の名作あらすじ300（2020）
知らないと恥ずかしい「日本の名作」あらすじ200本（2008）
日本文学名作案内（2008）
一度は読もうよ！　日本の名著（2003）
現代文学鑑賞辞典（2002）

歩道橋の魔術師 [4]　呉明益 160

50歳からの読書案内（2024）
文庫で読む100年の文学（2023）
はじめて読む！　海外文学ブックガイド（2022）
翻訳者による海外文学ブックガイド BOOK MARK（2019）

不如帰 [27]　徳冨蘆花 161

1分de教養が身につく「日本の名作」あらすじ200

本（2023）
日本の名作あらすじ300（2020）
図説 教養として知っておきたい日本の名作50選（2016）
たった5行で読んだ気になる日本の名作（2016）
日本人なら知っておきたい あらすじで読む日本の名著（2014）
3行でわかる名作＆ヒット本250（2012）
日本の名作おさらい（2010）
知らないと恥ずかしい「日本の名作」あらすじ200本（2008）
日本文学名作案内（2008）
名作の書き出しを諳んじる（2008）
明治・大正・昭和のベストセラー（2007）
女性のための名作・人生案内（2005）
2時間でわかる日本の名著（2005）
感動！ 日本の名著 近現代編（2004）
百年の誤読（2004）
日本・名著のあらすじ—精選40冊（2004）
図説 5分でわかる日本の名作（2004）
一度は読もうよ！ 日本の名著（2003）
あらすじで読む日本の名著（楽書ブックス）（2003）
現代文学鑑賞辞典（2002）
ポケット日本名作事典（2000）
一冊で100名作の「さわり」を読む（1992）
日本文芸鑑賞事典 第2巻（1987）
現代文学名作探訪事典（1984）
日本近代文学名著事典（1982）
日本の名著（1976）
世界名著案内 3（1973）

本陣殺人事件[6] 横溝正史 161
東西ミステリーベスト100（2013）
3行でわかる名作＆ヒット本250（2012）
一度は読もうよ！ 日本の名著（2003）
日本の小説101（2003）
日本の名作文学案内（2001）
世界の推理小説・総解説（1992）

本町通り[6] ルイス 161
世界の小説大百科（2013）
アメリカ文学 名作と主人公（2009）
世界文学あらすじ大事典 4（2007）
世界文学の名作と主人公・総解説（2001）
ポケット世界名作事典（1997）
たのしく読めるアメリカ文学（1994）

本朝文粋[4] 藤原明衡〔撰〕 161
これだけは知っておきたい日本の名作（2023）
千年の百冊（2013）
日本の古典名著・総解説（2001）
古典の事典 精髄を読む—日本版（1986）

【 ま 】

マイ・アントニーア ⇒私のアントニーア（わたしのあんとにーあ）を見よ

舞姫[36] 森鷗外 161
大人もときめく国語教科書の名作ガイド（2023）
教科書で出会った名作小説一〇〇（2023）
1分de教養が身につく「日本の名作」あらすじ200本（2023）
名著入門—日本近代文学50選（2022）
名著のツボ（2021）
日本の名作あらすじ300（2020）
図説 教養として知っておきたい日本の名作50選（2016）
世界に愛され、評価される！「日本の名著」（2016）
たった5行で読んだ気になる日本の名作（2016）
「あらすじ」だけで人生の意味が全部わかる世界の古典13（2012）
3行でわかる名作＆ヒット本250（2012）
愛と死の日本文学（2011）
日本の名作おさらい（2010）
Jブンガク（2010）
この一冊でわかる日本の名作（2010）
明治の名著 2（2009）
知らないと恥ずかしい「日本の名作」あらすじ200本（2008）
日本文学名作案内（2008）
名作はこのように始まる 2（2008）
名作の書き出しを諳んじる（2008）
絵で読むあらすじ日本の名著（2007）
ひと目でわかる日本の名作（2006）
日本文学 これを読まないと文学は語れない!!（2006）
2時間でわかる日本の名著（2005）
図説 5分でわかる日本の名作（2004）
一度は読もうよ！ 日本の名著（2003）
日本の小説101（2003）
日本の名著3分間読書100（2003）
必読書150（2002）
現代文学鑑賞辞典（2002）
日本の名作文学案内（2001）
一冊で100名作の「さわり」を読む（1992）
一冊で愛の話題作100冊を読む（1991）
日本文芸鑑賞事典 第1巻（1987）
生きがいの再発見 名著22選（1985）
日本文学名作事典（1984）

マークスの山[5] 髙村薫 162
1分de教養が身につく「日本の名作」あらすじ200本（2023）
日本の名作あらすじ300（2020）
東西ミステリーベスト100（2013）
知らないと恥ずかしい「日本の名作」あらすじ200本（2008）
現代文学鑑賞辞典（2002）

まくへ　作品別ブックガイド一覧

マクベス[16]　シェイクスピア 162
- みんなのなつかしい一冊（2023）
- 一行でわかる名著（2020）
- 書き出し「世界文学全集」（2013）
- 「あらすじ」だけで人生の意味が全部わかる世界の古典13（2012）
- クライマックス名作案内 1（2011）
- 世界の名作おさらい（2010）
- イギリス文学 名作と主人公（2009）
- 世界文学あらすじ大事典 4（2007）
- あらすじで読む 世界の名著 No.2（2004）
- 要約 世界文学全集 2（2004）
- 世界文学の名作と主人公・総解説（2001）
- 世界の幻想文学・総解説（1998）
- ポケット世界名作事典（1997）
- 英米文学の名作を知る本（1997）
- たのしく読めるイギリス文学（1994）
- 一冊で世界の名著100冊を読む（1988）

枕草子[36]　清少納言 162
- これだけは知っておきたい日本の名作（2023）
- 歴史的書物の名場面（2023）
- みんなのなつかしい一冊（2023）
- 1分de教養が身につく「日本の名作」あらすじ200本（2023）
- 齋藤孝の冒頭文de文学案内（2021）
- 日本文学の古典50選（2020）
- 日本の名作あらすじ300（2020）
- 「100分de名著」名作セレクション（2016）
- 世界に愛され、評価される！「日本の名著」（2016）
- この1冊で早わかり！ 日本の古典50冊（2015）
- 大人のための日本の名著50（2014）
- 千年の百冊（2013）
- やさしい古典案内（2012）
- マンガとあらすじでやさしく読める 日本の古典傑作30選（2012）
- 3行でわかる名作＆ヒット本250（2012）
- あらすじで読む 日本の古典（新人物文庫）（2011）
- Jブンガク（2010）
- 知らないと恥ずかしい「日本の名作」あらすじ200本（2008）
- 日本文学名作案内（2008）
- 名作の書き出しを諳んじる（2008）
- 2ページでわかる日本の古典傑作選（2007）
- 日本の書物（2006）
- 日本古典への誘い100選 1（2006）
- あらすじダイジェスト 日本の古典30を読む（2004）
- あらすじで読む 日本の古典（楽書ブックス）（2004）
- 図説 5分でわかる日本の名作（2004）
- 一度は読もうよ！ 日本の名著（2003）
- 日本の名著3分間読書100（2003）
- 日本の古典名著・総解説（2001）
- 古典文学鑑賞辞典（1999）
- 一冊で100名作の「さわり」を読む（1992）
- 一冊で日本の古典100冊を読む（1989）
- 日本の古典―名著への招待（1986）
- 古典の事典 精髄を読む―日本版（1986）
- 日本文学名作事典（1984）
- 日本の名著（1976）

将門記　⇒将門記（しょうもんき）を見よ

麻雀放浪記[4]　阿佐田哲也 162
- みんなのなつかしい一冊（2023）
- 一冊に名著一〇〇冊がギュッと詰まった凄い本（2022）
- 日本の名作あらすじ300（2020）
- あらすじで味わう昭和のベストセラー（2004）

増鏡[10] 163
- 歴史的書物の名場面（2023）
- 日本文学名作案内（2008）
- 2ページでわかる日本の古典傑作選（2007）
- 一度は読もうよ！ 日本の名著（2003）
- 日本の古典名著・総解説（2001）
- 古典文学鑑賞辞典（1999）
- 日本歴史「古典籍」総覧（1990）
- 一冊で日本の古典100冊を読む（1989）
- 日本の古典―名著への招待（1986）
- 古典の事典 精髄を読む―日本版（1986）

貧しき人びと[4]　ドストエフスキー 163
- 知っておきたいロシア文学（2012）
- 世界文学あらすじ大事典 4（2007）
- 名作あらすじ事典 西洋文学編（2006）
- ポケット世界名作事典（1997）

マダム・ボワリー　⇒ボヴァリー夫人を見よ

真知子[7]　野上弥生子 163
- 日本文学名作案内（2008）
- 女性のための名作・人生案内（2005）
- 一度は読もうよ！ 日本の名著（2003）
- 日本の小説101（2003）
- 一冊で日本の名著100冊を読む（1988）
- 日本文芸鑑賞事典 第9巻（1988）
- 日本文学名作事典（1984）

窓ぎわのトットちゃん[8]　黒柳徹子 163
- いつか君に出会ってほしい本（2023）
- わたしのなつかしい一冊（2021）
- 中古典のすすめ（2020）
- 日本の名作あらすじ300（2020）
- 日本文学名作案内（2008）
- 百年の誤読（2004）
- 一度は読もうよ！ 日本の名著（2003）
- 一冊で日本の名著100冊を読む（1988）

真夏の夜の夢[7]　シェイクスピア 164
- 知っておきたいイギリス文学（2010）
- 世界文学あらすじ大事典 3（2006）
- 名作あらすじ事典 西洋文学編（2006）
- 世界・名著のあらすじ―精選38冊（2005）
- 世界の幻想文学・総解説（1998）

英米文学の名作を知る本（1997）
たのしく読めるイギリス文学（1994）

魔の山 [31]　マン 164
定年後に読む不滅の名著200選（2024）
文庫で読む100年の文学（2023）
知の巨人が選んだ世界の名著200（2023）
名著のツボ（2021）
世界の小説大百科（2013）
3行でわかる名作＆ヒット本250（2012）
クライマックス名作案内 1（2011）
知っておきたいドイツ文学（2011）
ドイツ文学 名作と主人公（2009）
世界の名作50選（2008）
世界文学必勝法（2008）
百年の誤読 海外文学篇（2008）
千年紀のベスト100作品を選ぶ（2007）
世界文学あらすじ大事典 4（2007）
世界の長編文学（2005）
教養のためのブックガイド（2005）
あらすじダイジェスト 世界の名作100を読む（2005）
あらすじで味わう外国文学（2004）
2時間でわかる世界の名著（2004）
あらすじで読む 世界の名著 No.2（2004）
要約 世界文学全集 1（2004）
世界文学のすじ書き（2003）
世界の名作文学案内（2003）
必読書150（2002）
世界文学の名作と主人公・総解説（2001）
ポケット世界名作事典（1997）
古典・名著の読み方（1991）
世界の書物（1989）
一冊で世界の名著100冊を読む（1988）
世界の名著（1976）
入門 名作の世界（1971）

マノン・レスコー [21]　アベ・プレヴォー .. 164
物語の函 世界名作選 1（2020）
知っておきたいフランス文学（2010）
英仏文学戦記（2010）
フランス文学 名作と主人公（2009）
世界文学必勝法（2008）
千年紀のベスト100作品を選ぶ（2007）
世界文学あらすじ大事典 4（2007）
絵で読むあらすじ世界の名著（2007）
名作あらすじ事典 西洋文学編（2006）
あらすじダイジェスト 世界の名作100を読む（2005）
世界・名著のあらすじ―精選38冊（2005）
あらすじで読む世界文学105（2004）
あらすじで味わう外国文学（2004）
図説 5分でわかる世界の名作（2004）
面白いほどよくわかる 世界の文学（2004）
要約 世界文学全集 2（2004）
世界の名作文学案内（2003）
世界文学の名作と主人公・総解説（2001）
ポケット世界名作事典（1997）

一冊で世界の名著100冊を読む（1988）
世界の名著（1976）

マハーバーラタ [8]　ヴィヤーサ 164
名作に学ぶ人生を切り拓く教訓50（2024）
名著のツボ（2021）
世界を変えた本（2018）
図解 世界の名著がわかる本（2007）
世界文学あらすじ大事典 4（2007）
図説 地図とあらすじで読む歴史の名著（2004）
世界の奇書・総解説（1998）
東洋の奇書55冊（1980）

瞼の母 [6]　長谷川伸 164
日本文学名作案内（2008）
あらすじで味わう昭和のベストセラー（2004）
一度は読もうよ！ 日本の名著（2003）
現代文学鑑賞辞典（2002）
日本文芸鑑賞事典 第9巻（1988）
歴史小説・時代小説 総解説（1986）

真夜中の子供たち [10]　ラシュディ 164
グレート・ノベルズ（2024）
エクス・リブリス（2023）
文庫で読む100年の文学（2023）
世界の小説大百科（2013）
知っておきたいイギリス文学（2010）
イギリス文学 名作と主人公（2009）
百年の誤読 海外文学篇（2008）
名作あらすじ事典 西洋文学編（2006）
必読書150（2002）
たのしく読めるイギリス文学（1994）

マルコ・ポーロの見えない都市 ⇒見えない都市（みえないとし）を見よ

マルコ・ポーロ旅行記 ⇒東方見聞録（とうほうけんぶんろく）を見よ

マルタの鷹 [6]　ハメット 165
方法文学 世界名作選 2（2020）
東西ミステリーベスト100（2013）
世界の小説大百科（2013）
百年の誤読 海外文学篇（2008）
世界文学あらすじ大事典 4（2007）
世界の推理小説・総解説（1992）

マルテの手記 [23]　リルケ 165
方法文学 世界名作選 2（2020）
世界の小説大百科（2013）
知っておきたいドイツ文学（2011）
ドイツ文学 名作と主人公（2009）
百年の誤読 海外文学篇（2008）
千年紀のベスト100作品を選ぶ（2007）
読んでおきたい世界の名著（2007）
世界文学あらすじ大事典 4（2007）
名作あらすじ事典 西洋文学編（2006）
あらすじダイジェスト 世界の名作100を読む（2005）

世界・名著のあらすじ―精選38冊(2005)
あらすじで読む世界文学105(2004)
あらすじで味わう外国文学(2004)
図説 5分でわかる世界の名作(2004)
面白いほどよくわかる 世界の文学(2004)
要約 世界文学全集 1(2004)
世界の名作文学案内(2003)
世界文学の名作と主人公・総解説(2001)
ポケット世界名作事典(1997)
世界の書物(1989)
一冊で世界の名著100冊を読む(1988)
世界の名著(1976)
入門 名作の世界(1971)

マルドロールの歌[5]　ロートレアモン……165
世界の小説大百科(2013)
知っておきたいフランス文学(2010)
名作あらすじ事典 西洋文学編(2006)
教養のためのブックガイド(2005)
世界の幻想文学・総解説(1998)

万延元年のフットボール[8]　大江健三郎……165
日本の名作あらすじ300(2020)
名作の書き出し―漱石から春樹まで(2009)
教養のためのブックガイド(2005)
必読書150(2002)
現代文学鑑賞辞典(2002)
ポケット日本名作事典(2000)
日本文芸鑑賞事典 第19巻(1987)
現代文学名作探訪事典(1984)

万葉集[27] ……………………………166
50歳からの読書案内(2024)
歴史的書物の名場面(2023)
みんなのなつかしい一冊(2023)
齋藤孝の冒頭文de文学案内(2021)
日本文学の古典50選(2020)
日本の名作あらすじ300(2020)
この1冊で早わかり！ 日本の古典50冊(2015)
千年の百冊(2013)
やさしい古典案内(2012)
マンガとあらすじでやさしく読める 日本の古典傑作30選(2012)
3行でわかる名作＆ヒット本250(2012)
愛と死の日本文学(2011)
あらすじで読む 日本の古典(新人物文庫)(2011)
日本人とは何か 「和の心」が見つかる名著(2008)
世界の「名著」50(2008)
2ページでわかる日本の古典傑作選(2007)
日本の書物(2006)
日本古典への誘い100選 1(2006)
あらすじで読む 日本の古典(楽書ブックス)(2004)
日本の名著3分間読書100(2003)
日本の古典名著・総解説(2001)
早わかり 日本古典文学あらすじ事典(2000)
古典文学鑑賞辞典(1999)

日本の古典―名著への招待(1986)
古典の事典 精髄を読む―日本版(1986)
生きがいの再発見 名著22選(1985)
日本の名著(1976)

【み】

木乃伊の口紅[4]　田村俊子……………166
大正の名ör(2009)
現代文学鑑賞辞典(2002)
ポケット日本名作事典(2000)
日本文芸鑑賞事典 第5巻(1987)

見えない都市[4]　カルヴィーノ………166
文庫で読む100年の文学(2023)
世界物語大事典(2019)
世界の小説大百科(2013)
世界のSF文学・総解説(1992)

見えない人間[10]　エリスン……………166
グレート・ノベルズ(2024)
エクス・リブリス(2023)
世界の小説大百科(2013)
知っておきたいアメリカ文学(2010)
アメリカ文学 名作と主人公(2009)
世界文学あらすじ大事典 4(2007)
名作あらすじ事典 西洋文学編(2006)
あらすじで読む世界文学105(2004)
世界文学の名作と主人公・総解説(2001)
たのしく読めるアメリカ文学(1994)

岬[7]　中上健次……………………………166
日本の名作あらすじ300(2020)
日本の名作おさらい(2010)
日本文学名作案内(2008)
一度は読もうよ！ 日本の名著(2003)
日本の名作文学案内(2001)
日本文芸鑑賞事典 第20巻(1988)
一冊で日本の名著100冊を読む(1988)

みずうみ[7]　シュトルム…………………167
知っておきたいドイツ文学(2011)
ドイツ文学 名作と主人公(2009)
世界文学あらすじ大事典 4(2007)
名作あらすじ事典 西洋文学編(2006)
あらすじで味わう外国文学(2004)
世界文学の名作と主人公・総解説(2001)
日本・世界名作「愛の会話」100章(1985)

水鏡[4]　中山忠親………………………167
2ページでわかる日本の古典傑作選(2007)
日本の古典名著・総解説(2001)
古典文学鑑賞辞典(1999)
日本歴史「古典籍」総覧(1990)

魅せられた旅人[5]　レスコーフ…………167
世界の小説大百科(2013)
知っておきたいロシア文学(2012)
ロシア文学 名作と主人公(2009)

作品別ブックガイド一覧　　　　　　　　　　　　　　　　　　　　　　　むけん

世界文学の名作と主人公・総解説（2001）
一冊で世界の名著100冊を読む（1988）

みだれ髪[15]　与謝野晶子 167
いつかあなたに出会ってほしい本（2024）
名著入門―日本近代文学50選（2022）
齋藤孝の冒頭文de文学案内（2021）
日本の名作あらすじ300（2020）
3行でわかる名作＆ヒット本250（2012）
明治の名著　2（2009）
新潮文庫　20世紀の100冊（2009）
感動！　日本の名著　近現代編（2004）
百年の誤読（2004）
日本の名著3分間読書100（2003）
ベストガイド日本の名著　明治〜平成（1996）
日本文芸鑑賞事典　第2巻（1987）
日本近代文学名著事典（1982）
明治・大正・昭和の名著　総解説（1981）
日本の名著（1976）

道草[5]　夏目漱石 167
大正の名著（2009）
一度は読もうよ！　日本の名著（2003）
一冊で日本の名著100冊を読む　続（1992）
日本文芸鑑賞事典　第5巻（1987）
日本文学名作事典（1984）

緑のハインリヒ[6]　ケラー 167
世界の小説大百科（2013）
ドイツ文学　名作と主人公（2009）
世界文学あらすじ大事典　4（2007）
世界文学の名作と主人公・総解説（2001）
ポケット世界名作事典（1997）
世界の名著（1976）

ミドルマーチ[11]　エリオット 168
世界を変えた100の小説　上（2024）
グレート・ノベルズ（2024）
世界の小説大百科（2013）
書き出し「世界文学全集」（2013）
知っておきたいイギリス文学（2010）
世界文学あらすじ大事典　4（2007）
名作あらすじ事典　西洋文学編（2006）
教養のためのブックガイド（2005）
あらすじで読む世界文学105（2004）
ポケット世界名作事典（1997）
たのしく読めるイギリス文学（1994）

南回帰線[8]　ミラー 168
アメリカ文学　名作と主人公（2009）
千年紀のベスト100作品を選ぶ（2007）
世界文学あらすじ大事典　4（2007）
あらすじダイジェスト　世界の名作100を読む（2005）
あらすじで読む世界文学105（2004）
世界の名作文学案内（2003）
世界文学の名作と主人公・総解説（2001）
世界名著案内　2（1972）

宮本武蔵[15]　吉川英治 168
日本の名作あらすじ300（2020）
世界に愛され、評価される！「日本の名著」（2016）
3行でわかる名作＆ヒット本250（2012）
面白いほどよくわかる　時代小説名作100（2010）
日本文学名作案内（2008）
百年の誤読（2004）
あらすじで味わう昭和のベストセラー（2004）
あらすじで味わう日本文学（2004）
日本の名著3分間読書100（2003）
現代文学鑑賞辞典（2002）
21世紀の必読書100選（2000）
ポケット日本名作事典（2000）
日本文芸鑑賞事典　第11巻（1987）
歴史小説・時代小説　総解説（1986）
日本文学名作事典（1984）

未来のイヴ[5]　ヴィリエ・ド・リラダン 168
方法文学　世界名選　2（2020）
世界文学あらすじ大事典　4（2007）
世界の幻想文学・総解説（1998）
ポケット世界名作事典（1997）
世界のSF文学・総解説（1992）

【　む　】

無関心な人びと[4]　モラヴィア 168
世界の小説大百科（2013）
面白いほどよくわかる　世界の文学（2004）
世界文学の名作と主人公・総解説（2001）
一冊で世界の名著100冊を読む（1988）

麦と兵隊[11]　火野葦平 169
名著入門―日本近代文学50選（2022）
たった5行で読んだ気になる日本の名著（2016）
新潮文庫　20世紀の100冊（2009）
明治・大正・昭和のベストセラー（2007）
百年の誤読（2004）
あらすじで読む　日本の名著　No.2（2003）
現代文学鑑賞辞典（2002）
ポケット日本名作事典（2000）
ベストガイド日本の名著　明治〜平成（1996）
日本文芸鑑賞事典　第12巻（1988）
明治・大正・昭和の名著　総解説（1981）

無垢の時代　⇒エイジ・オブ・イノセンスを見よ

無限抱擁[9]　瀧井孝作 169
大正の名著（2009）
日本文学名作案内（2008）
一度は読もうよ！　日本の名著（2003）
現代文学鑑賞辞典（2002）
ポケット日本名作事典（2000）
一冊で100名作の「さわり」を読む（1992）
一冊で愛の話題作100冊を読む（1991）
日本文芸鑑賞事典　第7巻（1987）

日本近代文学名著事典 (1982)

武蔵野 [27]　国木田独歩 169
- 教科書で出会った名作小説一〇〇 (2023)
- 1分de教養が身につく「日本の名作」あらすじ200本 (2023)
- 名著入門―日本近代文学50選 (2022)
- 日本の名作あらすじ300 (2020)
- 名作名言―一行で読む日本の名作小説 (2017)
- たった5行で読んだ気になる日本の名作 (2016)
- あらすじで読む 日本の名著 (新人物文庫) (2012)
- 3行でわかる名作＆ヒット本250 (2012)
- 日本の名作おさらい (2010)
- 知らないと恥ずかしい「日本の名作」あらすじ200本 (2008)
- 名作の書き出しを諳んじる (2008)
- ひと目でわかる日本の名作 (2006)
- あらすじダイジェスト 日本の名作70を読む (2005)
- 感動！ 日本の名著 近現代編 (2004)
- 百年の誤読 (2004)
- 図説 5分でわかる日本の名作 (2004)
- あらすじで読む 日本の名著 No.3 (2003)
- 日本の名著3分間読書100 (2003)
- 必読書150 (2002)
- 現代文学鑑賞辞典 (2002)
- ポケット日本名作事典 (2000)
- 一冊で100名作の「さわり」を読む (1992)
- 日本文芸鑑賞事典 第2巻 (1987)
- 日本文学名作事典 (1984)
- 日本近代文学名著事典 (1982)
- 日本の名著 (1976)
- 入門 名作の世界 (1971)

武蔵野夫人 [11]　大岡昇平 169
- 日本文学名作案内 (2008)
- 女性のための名作・人生案内 (2005)
- 百年の誤読 (2004)
- 一度は読もうよ！ 日本の名著 (2003)
- 現代文学鑑賞辞典 (2002)
- ポケット日本名作事典 (2000)
- 一冊で愛の話題作100冊を読む (1991)
- 日本文芸鑑賞事典 第15巻 (1988)
- 愛ありて―名作のなかの女たち (1988)
- 現代文学名作探訪事典 (1984)
- 名著の履歴書 (1971)

虫のいろいろ [9]　尾崎一雄 169
- 日本文学名作案内 (2008)
- 感動！ 日本の名著 近現代編 (2004)
- 一度は読もうよ！ 日本の名著 (2003)
- 現代文学鑑賞辞典 (2002)
- ポケット日本名作事典 (2000)
- 一冊で日本の名著100冊を読む 続 (1992)
- 日本文芸鑑賞事典 第14巻 (1987)
- 日本文学名作事典 (1984)
- 日本の名著 (1976)

無邪気な時代　⇒エイジ・オブ・イノセンスを見よ

息子と恋人 [14]　ロレンス 170
- グレート・ノベルズ (2024)
- 世界の小説大百科 (2013)
- 私の世界文学案内 (2012)
- 知っておきたいイギリス文学 (2010)
- イギリス文学 名作と主人公 (2009)
- 世界文学あらすじ大事典 4 (2007)
- 名作あらすじ事典 西洋文学編 (2006)
- あらすじで読む世界文学105 (2004)
- 世界の名作文学案内 (2002)
- 世界文学の名作と主人公・総解説 (2001)
- たのしく読めるイギリス文学 (1994)
- 一冊で世界の名著100冊を読む (1988)
- 世界の名著 (1976)
- 入門 名作の世界 (1971)

無名抄 [7]　鴨長明 170
- 日本古典への誘い100選 2 (2007)
- 一度は読もうよ！ 日本の名著 (2003)
- 日本の古典名著・総解説 (2001)
- 古典文学鑑賞辞典 (1999)
- 一冊で日本の古典100冊を読む (1989)
- 日本の古典―名著への招待 (1986)
- 古典の事典 精髄を読む―日本版 (1986)

無名草子 [6] 170
- 千年の百冊 (2013)
- 日本古典への誘い100選 1 (2006)
- 日本の古典名著・総解説 (2001)
- 古典文学鑑賞辞典 (1999)
- 日本の古典―名著への招待 (1986)
- 古典の事典 精髄を読む―日本版 (1986)

紫式部日記 [13]　紫式部 170
- 日本文学の古典50選 (2020)
- 千年の百冊 (2013)
- 2ページでわかる日本の古典傑作選 (2007)
- 日本古典への誘い100選 2 (2007)
- 一度は読もうよ！ 日本の名著 (2003)
- 日本の古典名著・総解説 (2001)
- 早わかり 日本古典文学あらすじ事典 (2000)
- 古典文学鑑賞辞典 (1999)
- 一冊で100名作の「さわり」を読む (1992)
- 一冊で日本の古典100冊を読む (1989)
- 日本の古典―名著への招待 (1986)
- 古典の事典 精髄を読む―日本版 (1986)
- 日本文学名作事典 (1984)

村の家 [4]　中野重治 170
- 必読書150 (2002)
- ベストガイド日本の名著 明治〜平成 (1996)
- 日本文芸鑑賞事典 第11巻 (1987)
- 明治・大正・昭和の名著 総解説 (1981)

【め】

明暗 [11] 夏目漱石 ……………………… 170
  名場面で味わう日本文学60選 (2021)
  たった5行で読んだ気になる日本の名作 (2016)
  日本の名作おさらい (2010)
  大正の名著 (2009)
  日本文学名作案内 (2008)
  一度は読もうよ！ 日本の名著 (2003)
  ベストガイド日本の名著 明治〜平成 (1996)
  一冊で日本の名著100冊を読む 続 (1992)
  日本文芸鑑賞事典 第5巻 (1987)
  日本文学名作事典 (1984)
  明治・大正・昭和の名著 総解説 (1981)

明月記 [5] 藤原定家 ……………………… 171
  これだけは知っておきたい日本の名作 (2023)
  千年の百冊 (2013)
  日本の古典名著・総解説 (2001)
  日本の古典—名著への招待 (1986)
  古典の事典 精髄を読む—日本版 (1986)

冥途 [9] 内田百閒 ……………………… 171
  名著のツボ (2021)
  Jブンガク (2010)
  百年の誤読 (2004)
  日本の小説101 (2003)
  日本の名著3分間読書100 (2003)
  必読書150 (2002)
  現代文学鑑賞辞典 (2002)
  日本文芸鑑賞事典 第7巻 (1987)
  日本文学名作事典 (1984)

冥途の飛脚 [9] 近松門左衛門 …………… 171
  日本文学の古典50選 (2020)
  大人のための日本の名著50 (2014)
  千年の百冊 (2013)
  一度は読もうよ！ 日本の名著 (2003)
  日本の古典名著・総解説 (2001)
  古典文学鑑賞辞典 (1999)
  一冊で日本の古典100冊を読む (1989)
  日本の古典—名著への招待 (1986)
  古典の事典 精髄を読む—日本版 (1986)

迷路 [6] 野上弥生子 ……………………… 171
  感動！ 日本の名著 近現代編 (2004)
  現代文学鑑賞辞典 (2002)
  ポケット日本名作事典 (2000)
  日本文芸鑑賞事典 第15巻 (1988)
  現代文学名作探訪事典 (1984)
  日本の名著 (1976)

メイン・ストリート ⇒本町通り（ほんちょうどおり）を見よ

夫婦善哉 [32] 織田作之助 ……………… 171
  昭和の作家力 (2023)
  1分de教養が身につく「日本の名作」あらすじ200本 (2023)
  名著入門—日本近代文学50選 (2022)
  図説 教養として知っておきたい日本の名著50選 (2016)
  たった5行で読んだ気になる日本の名作 (2016)
  日本人なら知っておきたい あらすじで読む日本の名著 (2014)
  あらすじで読む日本の名著（新人物文庫）(2012)
  日本の名作おさらい (2010)
  新潮文庫 20世紀の100冊 (2009)
  知らないと恥ずかしい「日本の名作」あらすじ200本 (2008)
  日本文学名作案内 (2008)
  名作の書き出しを諳んじる (2008)
  ひと目でわかる日本の名作 (2006)
  女性のための名作・人生案内 (2005)
  あらすじダイジェスト 日本の名作70を読む (2005)
  百年の誤読 (2004)
  日本・名著のあらすじ—精選40冊 (2004)
  図説 5分でわかる日本の名作傑作選 (2004)
  あらすじで味わう日本文学 (2004)
  一度は読もうよ！ 日本の名著 (2003)
  あらすじで読む日本の名著 No.2 (2003)
  日本の名著3分間読書100 (2003)
  現代文学鑑賞辞典 (2002)
  日本の名作文学案内 (2001)
  ポケット日本名作事典 (2000)
  一冊で100名作の「さわり」を読む (1992)
  一冊で愛の話題作100冊を読む (1991)
  日本文芸鑑賞事典 第12巻 (1988)
  愛ありて—名作のなかの女たち (1988)
  日本・世界名作「愛の会話」100章 (1985)
  現代文学名作探訪事典 (1984)
  日本文学名作事典 (1984)

メタモルポセス ⇒変身物語（へんしんものがたり）を見よ

眩暈 [5] カネッティ ……………………… 172
  世界の小説大百科 (2013)
  ドイツ文学 名作と主人公 (2009)
  世界文学あらすじ大事典 4 (2007)
  世界の長編文学 (2005)
  世界の幻想文学・総解説 (1998)

芽むしり仔撃ち [6] 大江健三郎 ………… 172
  いつか君に出会ってほしい本 (2023)
  世界の小説大百科 (2013)
  名作はこのように始まる 2 (2008)
  日本文学 これを読まないと文学は語れない!! (2006)
  近代日本の百冊を選ぶ (1994)
  現代文学名作探訪事典 (1984)

【も】

もう一つの国 [4] ボールドウィン ……… 172
  アメリカ文学 名作と主人公 (2009)

もえよ　　　　　　　作品別ブックガイド一覧

世界文学の名作と主人公・総解説 (2001)
ポケット世界名作事典 (1997)
一冊で世界の名著100冊を読む (1988)

燃えよ剣 [4] 司馬遼太郎 172
人生を狂わす名著50 (2017)
面白いほどよくわかる 時代小説名作100 (2010)
日本文学 これを読まないと文学は語れない!!
　(2006)
歴史小説・時代小説 総解説 (1986)

木曜の男 [5] チェスタトン 172
世界文学あらすじ大事典 4 (2007)
世界の幻想文学・総解説 (1998)
たのしく読めるイギリス文学 (1994)
世界のSF文学・総解説 (1992)
世界の推理小説・総解説 (1992)

モーヌの大将　⇒グラン・モーヌを見よ

物くさ太郎 [4] 173
早わかり 日本古典文学あらすじ事典 (2000)
古典文学鑑賞辞典 (1999)
日本の古典—名著への招待 (1986)
日本文学名作事典 (1984)

もの真似鳥を殺すには　⇒アラバマ物語
　を見よ

モヒカン族の最後 [5] クーパー 173
世界の小説大百科 (2013)
アメリカ文学 名作と主人公 (2009)
世界文学あらすじ大事典 4 (2007)
世界文学の名作と主人公・総解説 (2001)
英米文学の名作を知る本 (1997)

樅ノ木は残った [14] 山本周五郎 173
1分de教養が身につく「日本の名作」あらすじ200
　本 (2023)
たった5行で読んだ気になる日本の名作 (2016)
面白いほどよくわかる 時代小説名作100 (2010)
新潮文庫 20世紀の100冊 (2009)
知らないと恥ずかしい「日本の名作」あらすじ
　200本 (2008)
日本文学名作案内 (2008)
あらすじダイジェスト 日本の名作70を読む
　(2005)
あらすじで味わう昭和のベストセラー (2004)
現代文学鑑賞辞典 (2002)
日本の名作文学案内 (2001)
ポケット日本名作事典 (2000)
日本文芸鑑賞事典 第16巻 (1987)
歴史小説・時代小説 総解説 (1986)
現代文学名作探訪事典 (1984)

モモ [13] エンデ 173
みんなのなつかしい一冊 (2023)
知の巨人が選んだ世界の名著200 (2023)
みちのきち私の一冊 (2018)
3行でわかる名作&ヒット本250 (2012)

知っておきたいドイツ文学 (2011)
大学新入生に薦める101冊の本 (2009)
百年の誤読 海外文学篇 (2008)
名作あらすじ事典 西洋文学編 (2006)
あらすじで読む世界文学105 (2004)
あらすじで味わう外国文学 (2004)
面白いほどよくわかる 世界の文学 (2004)
世界の名作文学案内 (2003)
世界の幻想文学・総解説 (1998)

森と湖のまつり [5] 武田泰淳 173
女性のための名作・人生案内 (2005)
あらすじダイジェスト 日本の名作70を読む
　(2005)
ポケット日本名作事典 (2000)
日本文芸鑑賞事典 第17巻 (1988)
現代文学名作探訪事典 (1984)

森の生活 ウォールデン　⇒ウォールデン
　森の生活を見よ

森は生きている [5] マルシャーク 174
知っておきたいロシア文学 (2012)
あらすじで読む 世界の名著 No.3 (2005)
世界の名作文学案内 (2003)
世界文学の名作と主人公・総解説 (2001)
ポケット世界名作事典 (1997)

モルグ街の殺人 [6] ポー 174
東西ミステリーベスト100 (2013)
知っておきたいアメリカ文学 (2010)
世界の名作おさらい (2010)
名作あらすじ事典 西洋文学編 (2006)
2時間でわかる世界の名著 (2004)
世界の推理小説・総解説 (1992)

門 [9] 夏目漱石 174
知の巨人が選んだ世界の名著200 (2023)
明治の名著 2 (2009)
教養のためのブックガイド (2005)
図説 5分でわかる日本の名作 (2004)
一度は読もうよ！ 日本の名著 (2003)
一冊で愛の話題作100冊を読む (1991)
日本文芸鑑賞事典 第4巻 (1987)
日本文学名作事典 (1984)
明治・大正・昭和の名著 総解説 (1981)

モンテ・クリスト伯 [16] デュマ・ペール ‥ 174
名作に学ぶ人生を切り拓く教訓50 (2024)
世界を変えた100の小説 上 (2024)
世界の小説大百科 (2013)
3行でわかる名作&ヒット本250 (2012)
世界の名作おさらい (2010)
フランス文学 名作と主人公 (2009)
『こころ』は本当に名作か (2009)
世界文学あらすじ大事典 4 (2007)
あらすじで読む 世界の名著 No.3 (2005)
2時間でわかる世界の名著 (2004)
あらすじで味わう名作文学 (2004)

世界文学の名作と主人公・総解説 (2001)
ポケット世界名作事典 (1997)
世界の書物 (1989)
世界の名著 (1976)
入門 名作の世界 (1971)

【や】

夜間飛行 [13] サン＝テグジュペリ 174
　3行でわかる名作＆ヒット本250 (2012)
　知っておきたいフランス文学 (2010)
　世界の名作おさらい (2010)
　フランス文学 名作と主人公 (2009)
　新潮文庫 20世紀の100冊 (2009)
　百年の誤読 海外文学篇 (2008)
　世界文学あらすじ大事典 4 (2007)
　名作あらすじ事典 西洋文学編 (2006)
　あらすじダイジェスト 世界の名作100を読む (2005)
　2時間でわかる世界の名著 (2004)
　世界の名作文学案内 (2003)
　世界文学の名作と主人公・総解説 (2001)
　ポケット世界名作事典 (1997)

山羊の歌 [5] 中原中也 175
　昭和の作家力 (2023)
　名作名言──一行で読む日本の名作小説 (2017)
　百年の誤読 (2004)
　日本の名著3分間読書100 (2003)
　日本文芸鑑賞事典 第10巻 (1988)

柳生武芸帳 [5] 五味康祐 175
　面白いほどよくわかる 時代小説名作100 (2010)
　日本文学名作案内 (2008)
　一度は読もうよ！ 日本の名著 (2003)
　ポケット日本名作事典 (2000)
　歴史小説・時代小説 総解説 (1986)

焼跡のイエス [6] 石川淳 175
　日本の名作あらすじ300 (2020)
　日本文学名作案内 (2008)
　あらすじで読む 日本の名著 No.3 (2003)
　日本の名作文学案内 (2001)
　ポケット日本名作事典 (2000)
　日本文芸鑑賞事典 第14巻 (1987)

野獣死すべし [5] 大藪春彦 175
　昭和の作家力 (2023)
　日本文学名作案内 (2008)
　日本文学 これを読まないと文学は語れない!! (2006)
　一度は読もうよ！ 日本の名著 (2003)
　世界の推理小説・総解説 (1992)

野生の呼び声 [9] ロンドン 175
　世界の小説大百科 (2013)
　書き出し「世界文学全集」(2013)
　アメリカ文学 名作と主人公 (2009)
　百年の誤読 海外文学篇 (2008)

世界文学あらすじ大事典 2 (2005)
面白いほどよくわかる 世界の文学 (2004)
世界文学の名作と主人公・総解説 (2001)
英米文学の名作を知る本 (1997)
たのしく読めるアメリカ文学 (1994)

谷中村滅亡史 [4] 荒畑寒村 176
　大人のための日本の名著50 (2014)
　明治の名著 1 (2009)
　ベストガイド日本の名著 明治～平成 (1996)
　明治・大正・昭和の名著 総解説 (1981)

柳多留 ⇒誹風柳多留（はいふうやなぎだる）を見よ

屋根裏の散歩者 [4] 江戸川乱歩 176
　たった5行で読んだ気になる日本の名作 (2016)
　Jブンガク (2010)
　日本・名著のあらすじ―精選40冊 (2004)
　日本の名作文学案内 (2001)

藪柑子集 [5] 寺田寅彦 176
　大正の名著 (2009)
　感動！ 日本の名著 近現代編 (2004)
　日本文芸鑑賞事典 第7巻 (1987)
　明治・大正・昭和の名著 総解説 (1981)
　日本の名著 (1976)

藪の中 [12] 芥川龍之介 176
　1分de教養が身につく「日本の名作」あらすじ200本 (2023)
　図説 教養として知っておきたい日本の名作50選 (2016)
　たった5行で読んだ気になる日本の名作 (2016)
　日本人なら知っておきたい あらすじで読む日本の名著 (2014)
　日本の名作おさらい (2010)
　この一冊でわかる日本の名作 (2010)
　知らないと恥ずかしい「日本の名作」あらすじ200本 (2008)
　女性のための名作・人生案内 (2005)
　図説 5分でわかる日本の名作傑作選 (2004)
　あらすじで読む 日本の名著 No.2 (2003)
　日本の小説101 (2003)
　日本文芸鑑賞事典 第7巻 (1987)

大和物語 [11] 176
　日本文学の古典50選 (2020)
　千年の百冊 (2013)
　日本古典への誘い100選 2 (2007)
　一度は読もうよ！ 日本の名著 (2003)
　日本の古典名著・総解説 (2001)
　古典文学鑑賞辞典 (1999)
　一冊で100名作の「さわり」を読む (1992)
　一冊で日本の古典100冊を読む (1989)
　日本の古典―名著への招待 (1986)
　古典の事典 精髄を読む―日本版 (1986)
　日本文学名作事典 (1984)

山にのぼりて告げよ[4]　ボールドウィン……177
- グレート・ノベルズ（2024）
- 世界の小説大百科（2013）
- 英米文学の名作を知る本（1997）
- たのしく読めるアメリカ文学（1994）

山猫[4]　トマージ・ディ・ランペドゥーサ‥177
- グレート・ノベルズ（2024）
- 世界の小説大百科（2013）
- 世界文学あらすじ大事典 4（2007）
- 映画になった名著（1991）

山の音[4]　川端康成……………177
- 現代文学鑑賞辞典（2002）
- ポケット日本名作事典（2000）
- 日本文芸鑑賞事典 第15巻（1988）
- 日本文学名作事典（1984）

闇の奥[10]　コンラッド……………177
- 世界文学の名作を「最短」で読む（2021）
- 方法文学 世界名作選 2（2020）
- 世界の小説大百科（2013）
- 知っておきたいイギリス文学（2010）
- イギリス文学 名作と主人公（2009）
- 世界文学あらすじ大事典 4（2007）
- 名作あらすじ事典 西洋文学編（2006）
- 教養のためのブックガイド（2005）
- あらすじで読む世界文学105（2004）
- 名作の読解法―世界名作中編小説二〇選（2003）

病める薔薇　⇒田園の憂鬱（でんえんのゆううつ）を見よ

【ゆ】

友情[25]　武者小路実篤……………177
- 1分de教養が身につく「日本の名作」あらすじ200本（2023）
- 名作名言――一行で読む日本の名作小説（2017）
- 図説 教養として知っておきたい日本の名作50選（2016）
- たった5行で読んだ気になる日本の名作（2016）
- あらすじで読む 日本の名著（新人物文庫）（2012）
- 3行でわかる名作＆ヒット本250（2012）
- 日本の名作おさらい（2010）
- この一冊でわかる日本の名作（2010）
- 大正の名著（2009）
- 知らないと恥ずかしい「日本の名作」あらすじ200本（2008）
- 名作の書き出しを諳んじる（2008）
- 百年の誤読（2004）
- 図説 5分でわかる日本の名作傑作選（2004）
- あらすじで味わう日本文学（2004）
- 一度は読もうよ！ 日本の名著（2003）
- あらすじで読む 日本の名著（楽書ブックス）（2003）
- 日本の名著3分間読書100（2003）
- 現代文学鑑賞辞典（2002）

ポケット日本名作事典（2000）
- 一冊で日本の名著100冊を読む（1988）
- 日本文芸鑑賞事典 第6巻（1987）
- 日本・世界名作「愛の会話」100章（1985）
- 日本文学名作事典（1984）
- 明治・大正・昭和の名著 総解説（1981）
- 世界名著案内 5（1973）

夕鶴[8]　木下順二……………177
- 日本の名作あらすじ300（2020）
- 日本文学名作案内（2008）
- 感動！ 日本の名著 近現代編（2004）
- 現代文学鑑賞辞典（2002）
- 日本文芸鑑賞事典 第15巻（1988）
- 明治・大正・昭和の名著 総解説（1981）
- 日本の名著（1976）
- 名著の履歴書（1971）

幽霊たち[6]　オースター……………178
- 文庫で読む100年の文学（2023）
- 知っておきたいアメリカ文学（2010）
- 名作はこのように始まる 1（2008）
- 名作あらすじ事典 西洋文学編（2006）
- あらすじで読む世界文学105（2004）
- たのしく読めるアメリカ文学（1994）

U.S.A.[7]　ドス・パソス……………178
- 世界の小説大百科（2013）
- アメリカ文学 名作と主人公（2009）
- 世界文学あらすじ大事典 4（2007）
- 世界文学の名作と主人公・総解説（2001）
- ポケット世界名作事典（1997）
- 英米文学の名作を知る本（1997）
- 世界の名著（1976）

雪国[44]　川端康成……………178
- 名作に学ぶ人生を切り拓く教訓50（2024）
- グレート・ノベルズ（2024）
- 1分de教養が身につく「日本の名作」あらすじ200本（2023）
- 名著入門―日本近代文学50選（2022）
- 齋藤孝の冒頭文de文学案内（2021）
- 名場面で味わう日本文学60選（2021）
- 日本の名作あらすじ300（2020）
- 名作名言――一行で読む日本の名作小説（2017）
- 図説 教養として知っておきたい日本の名作50選（2016）
- 世界に愛され、評価される！「日本の名著」（2016）
- たった5行で読んだ気になる日本の名作（2016）
- あらすじで読む 日本の名著（新人物文庫）（2012）
- 3行でわかる名作＆ヒット本250（2012）
- 名作の書き出し―漱石から春樹まで（2009）
- 新潮文庫 20世紀の100冊（2009）
- 知らないと恥ずかしい「日本の名作」あらすじ200本（2008）
- 日本文学名作案内（2008）
- 名作の書き出しを諳んじる（2008）
- 2時間でわかる日本の名著（2005）

感動！ 日本の名著 近現代編（2004）
百年の誤読（2004）
あらすじで味わう昭和のベストセラー（2004）
図説 5分でわかる日本の名作傑作選（2004）
あらすじで味わう日本文学（2004）
あらすじで味わう名作文学（2004）
一度は読もうよ！ 日本の名著（2003）
あらすじで読む 日本の名著（楽書ブックス）（2003）
日本の小説101（2003）
日本の名著3分間読書100（2003）
必読書150（2002）
日本の名作文学案内（2001）
ポケット日本名作事典（2000）
ベストガイド日本の名著 明治〜平成（1996）
一冊で100名作の「さわり」を読む（1992）
一冊で日本の名著100冊を読む（1988）
愛ありて一名作のなかの女たち（1988）
日本文芸鑑賞事典 第11巻（1987）
日本・世界名作「愛の会話」100章（1985）
日本文学名作事典（1984）
日本近代文学名著事典（1982）
明治・大正・昭和の名著 総解説（1981）
日本の名著（1976）
世界名著案内 5（1973）
入門 名作の世界（1971）

ユートピア[19] モア 178
　世界物語大事典（2019）
　大人のための世界の名著50（2014）
　知っておきたいイギリス文学（2010）
　図解 世界の名著がわかる本（2007）
　世界文学あらすじ大事典 4（2007）
　名作あらすじ事典 西洋文学編（2006）
　あらすじで読む世界文学105（2004）
　要約 世界文学全集 2（2004）
　必読書150（2002）
　世界の古典名著・総解説（2001）
　ポケット世界名作事典（1997）
　たのしく読めるイギリス文学（1994）
　世界のSF文学・総解説（1992）
　古典・名著の読み方（1991）
　世界の書物（1989）
　世界の名著早わかり事典（1984）
　西洋をきずいた書物（1977）
　世界の名著（1976）
　世界名著案内 7（1973）

ユートピアだより[5] モリス 178
　世界文学の名作を「最短」で読む（2021）
　世界の小説大百科（2013）
　世界文学あらすじ大事典 4（2007）
　必読書150（2002）
　たのしく読めるイギリス文学（1994）

指輪物語[16] トールキン 178
　世界を変えた100の小説 下（2024）
　エクス・リブリス（2023）

名著のツボ（2021）
世界物語大事典（2019）
歴史を変えた100冊の本（2019）
世界の名著大百科（2013）
知っておきたいイギリス文学（2010）
イギリス文学 名作と主人公（2009）
世界文学あらすじ大事典 4（2007）
名作あらすじ事典 西洋文学編（2006）
2時間でわかる世界の名著（2004）
世界文学のすじ書き（2003）
世界の名作文学案内（2003）
世界文学の名作と主人公・総解説（2001）
たのしく読めるイギリス文学（1994）
世界のSF文学・総解説（1992）

ユリシーズ[34] ジョイス 179
　世界を変えた100の小説 上（2024）
　グレート・ノベルズ（2024）
　文庫で読む100年の文学（2023）
　世界文学の名作を「最短」で読む（2021）
　歴史を変えた100冊の本（2019）
　名作英米小説の読み方・楽しみ方（2014）
　世界の小説大百科（2013）
　書き出し「世界文学全集」（2013）
　知っておきたいイギリス文学（2010）
　なおかつお厚いのがお好き？（2010）
　イギリス文学 名作と主人公（2009）
　世界の名作50選（2008）
　百年の誤読 海外文学篇（2008）
　世界の「名著」50（2008）
　千年紀のベスト100作品を選ぶ（2007）
　世界文学あらすじ大事典 4（2007）
　名作あらすじ事典 西洋文学編（2006）
　ベストセラー世界の文学・20世紀 1（2006）
　世界の長編文学（2005）
　教養のためのブックガイド（2005）
　あらすじダイジェスト 世界の名作100を読む（2005）
　あらすじで味わう外国文学（2004）
　面白いほどよくわかる 世界の文学（2004）
　世界の名作文学案内（2003）
　必読書150（2002）
　世界文学の名作と主人公・総解説（2001）
　20世紀を震撼させた100冊（1998）
　ポケット世界名作事典（1997）
　たのしく読めるイギリス文学（1994）
　世界の書物（1989）
　一冊で世界の名著100冊を読む（1988）
　世界の名著（1976）
　世界名著案内 2（1972）
　入門 名作の世界（1971）

【よ】

夜明け前[37] 島崎藤村 179
　教科書で出会った名作小説一〇〇（2023）
　1分de教養が身につく「日本の名作」あらすじ200本（2023）

ようこ

齋藤孝の冒頭文de文学案内（2021）
図説 教養として知っておきたい日本の名作50選（2016）
たった5行で読んだ気になる日本の名作（2016）
大人のための日本の名著50（2014）
日本人なら知っておきたい あらすじで読む日本の名著（2014）
あらすじで読む 日本の名著（新人物文庫）（2012）
3行でわかる名作＆ヒット本250（2012）
日本の名作おさらい（2010）
新潮文庫 20世紀の100冊（2009）
知らないと恥ずかしい「日本の名作」あらすじ200本（2008）
日本文学名作案内（2008）
名作はこのように始まる 1（2008）
名作の書き出しを諳んじる（2008）
ひと目でわかる日本の名作（2006）
2時間でわかる日本の名著（2005）
あらすじダイジェスト 日本の名作70を読む（2005）
感動！ 日本の名著 近現代編（2004）
日本・名著のあらすじ一精選40冊（2004）
あらすじで味わう日本文学（2004）
あらすじで味わう名作文学（2004）
図説 5分でわかる日本の名作（2004）
一度は読もうよ！ 日本の名著（2003）
あらすじで読む 日本の名著 No.2（2003）
現代文学鑑賞辞典（2002）
日本の名作文学案内（2001）
ポケット日本名作事典（2000）
ベストガイド日本の名著 明治〜平成（1996）
一冊で100名作の「さわり」を読む（1992）
一冊で日本の名著100冊を読む（1988）
日本文芸鑑賞事典 第9巻（1988）
現代文学名作探訪事典（1984）
日本文学名作事典（1984）
明治・大正・昭和の名著 総解説（1981）
日本の名著（1976）
入門 名作の世界（1971）

杳子 [8] 古井由吉 ……………… 179
名場面で味わう日本文学60選（2021）
日本文学名作案内（2008）
一度は読もうよ！ 日本の名著（2003）
現代文学鑑賞辞典（2002）
ポケット日本名作事典（2000）
近代日本の百冊を選ぶ（1994）
一冊で愛の話題作100冊を読む（1991）
日本文芸鑑賞事典 第20巻（1988）

幼年期の終り [4] クラーク ……………… 179
定年後に読む不滅の名著200選（2024）
翻訳者による海外文学ブックガイド BOOK MARK（2019）
たのしく読めるイギリス文学（1994）
世界のSF文学・総解説（1992）

遙拝隊長 [4] 井伏鱒二 ……………… 179
1分de教養が身につく「日本の名作」あらすじ200本（2023）
知らないと恥ずかしい「日本の名作」あらすじ200本（2008）
あらすじダイジェスト 日本の名作70を読む（2005）
一冊で日本の名著100冊を読む 続（1992）

欲望という名の電車 [12] ウィリアムズ …… 179
知っておきたいアメリカ文学（2010）
アメリカ文学 名作と主人公（2009）
読書入門―人間の器を大きくする名著（2007）
世界文学あらすじ大事典（2007）
名作あらすじ事典 西洋文学編（2006）
あらすじで読む世界文学105（2004）
あらすじで味わう外国文学（2004）
世界文学の名作と主人公・総解説（2001）
ポケット世界名作事典（1997）
英米文学の名作を知る本（1997）
たのしく読めるアメリカ文学（1994）
日本・世界名作「愛の会話」100章（1985）

義経記 ⇒義経記（ぎけいき）を見よ

義経千本桜 [10] 竹田出雲（2世）ほか ……… 180
日本の名作あらすじ300（2020）
千年の百冊（2013）
日本文学名作案内（2008）
2ページでわかる日本の古典傑作選（2007）
図説 5分でわかる日本の名作傑作選（2004）
一度は読もうよ！ 日本の名著（2003）
日本の古典名著・総解説（2001）
古典文学鑑賞辞典（1999）
一冊で日本の古典100冊を読む（1989）
古典の事典 精髄を読む―日本版（1986）

吉野葛 [5] 谷崎潤一郎 ……………… 180
『こころ』は本当に名作か（2009）
一度は読もうよ！ 日本の名著（2003）
一冊で日本の名著100冊を読む 続（1992）
日本文芸鑑賞事典 第10巻（1988）
現代文学名作探訪事典（1984）

四谷怪談 ⇒東海道四谷怪談（とうかいどうよつやかいだん）を見よ

夜の果てへの旅 [15] セリーヌ ……………… 180
グレート・ノベルズ（2024）
世界の小説大百科（2013）
知っておきたいフランス文学（2010）
英仏文学戦記（2010）
フランス文学 名作と主人公（2009）
百年の誤読 海外文学篇（2008）
世界文学あらすじ大事典 4（2007）
名作あらすじ事典 西洋文学編（2006）
ベストセラー世界の文学・20世紀 1（2006）
教養のためのブックガイド（2005）
面白いほどよくわかる 世界の文学（2004）
必読書150（2002）
世界文学の名作と主人公・総解説（2001）

ポケット世界名作事典 (1997)
世界名著案内 4 (1973)

夜と霧 [14] フランクル 180
 社会部記者の本棚 (2024)
 定年後に読む不滅の名著200選 (2024)
 いつか君に出会ってほしい本 (2023)
 齋藤孝の名著50 (2022)
 あなたのなつかしい一冊 (2022)
 齋藤孝の冒頭文de文学案内 (2021)
 名著のツボ (2021)
 一行でわかる名著 (2020)
 「100分de名著」名作セレクション (2016)
 大人のための世界の名著50 (2014)
 世界史読書案内 (2010)
 大学新入生に薦める101冊の本 (2009)
 読書入門—人間の器を大きくする名著 (2007)
 20世紀を震撼させた100冊 (1998)

夜の宿 ⇒どん底を見よ

余は如何にして基督信徒となりし乎 [10]
 内村鑑三 181
 日本の名著—近代の思想 (2012)
 明治の名著 1 (2009)
 感動！ 日本の名著 近現代編 (2004)
 必読書150 (2002)
 ベストガイド日本の名著 明治～平成 (1996)
 日本文芸鑑賞事典 第1巻 (1987)
 世界の名著早わかり事典 (1984)
 日本近代文学名著事典 (1982)
 明治・大正・昭和の名著 総解説 (1981)
 日本の名著 (1976)

夜半の寝覚 [9] 181
 千年の百冊 (2013)
 2ページでわかる日本の古典傑作選 (2007)
 一度は読もうよ！ 日本の名著 (2003)
 日本の古典名著・総解説 (2001)
 早わかり 日本古典文学あらすじ事典 (2000)
 古典文学鑑賞辞典 (1999)
 一冊で日本の古典100冊を読む (1989)
 日本の古典—名著への招待 (1986)
 古典の事典 精髄を読む—日本版 (1986)

【ら】

ライ麦畑でつかまえて [30] サリンジャー … 181
 名作に学ぶ人生を切り拓く教訓50 (2024)
 世界を変えた100の小説 下 (2024)
 けんごの小説紹介 (2024)
 グレート・ノベルズ (2024)
 文庫で読む100年の文学 (2023)
 いつか君に出会ってほしい本 (2023)
 はじめて読む！ 海外文学ブックガイド (2022)
 齋藤孝の冒頭文de文学案内 (2021)
 方法文学 世界名選集 2 (2020)
 名作英米小説の読み方・楽しみ方 (2014)

世界の小説大百科 (2013)
3行でわかる名作＆ヒット本250 (2012)
知っておきたいアメリカ文学 (2010)
アメリカ文学 名作と主人公 (2009)
世界の名作50選 (2008)
百年の誤読 海外文学篇 (2008)
名作はこのように始まる 2 (2008)
読書入門—人間の器を大きくする名著 (2007)
名作あらすじ事典 西洋文学篇 (2006)
あらすじで読む世界文学105 (2004)
あらすじで味わう外国文学 (2004)
2時間でわかる世界の名著 (2004)
面白いほどよくわかる 世界の文学 (2004)
世界文学のすじ書き (2003)
世界の名作文学案内 (2003)
世界文学の名作と主人公・総解説 (2001)
ポケット世界名作事典 (1997)
英米文学の名作を知る本 (1997)
たのしく読めるアメリカ文学 (1994)
一冊で世界の名著100冊を読む (1988)

落日燃ゆ [4] 城山三郎 181
 日本の名作あらすじ300 (2020)
 現代文学鑑賞辞典 (2002)
 ポケット日本名作事典 (2000)
 今だから知っておきたい戦争の本70 (1999)

駱駝祥子 [7] 老舎 181
 世界の小説大百科 (2013)
 世界名作あらすじ大事典 4 (2007)
 あらすじダイジェスト 世界の名作100を読む (2005)
 あらすじで味わう外国文学 (2004)
 面白いほどよくわかる 世界の文学 (2004)
 中国の古典名著・総解説 (2001)
 ポケット世界名作事典 (1997)

裸者と死者 [6] メイラー 181
 アメリカ文学 名作と主人公 (2009)
 百年の誤読 海外文学篇 (2008)
 あらすじダイジェスト 世界の名作100を読む (2005)
 世界文学の名作と主人公・総解説 (2001)
 ポケット世界名作事典 (1997)
 たのしく読めるアメリカ文学 (1994)

羅生門 [36] 芥川龍之介 182
 名作に学ぶ人生を切り拓く教訓50 (2024)
 文庫で読む100年の文学 (2023)
 教科書で出会った名作小説一〇〇 (2023)
 1分de教養が身につく「日本の名作」あらすじ200本 (2023)
 一冊に名著一〇〇冊がギュッと詰まった凄い本 (2022)
 名著のツボ (2021)
 日本の名作あらすじ300 (2020)
 名作名言—一行で読む日本の名小説 (2017)
 図説 教養として知っておきたい日本の名作50選 (2016)

世界に愛され、評価される！「日本の名著」
　（2016）
世界の小説大百科（2013）
3行でわかる名作＆ヒット本250（2012）
日本の名作おさらい（2010）
この一冊でわかる日本の名作（2010）
大正の名著（2009）
知らないと恥ずかしい「日本の名作」あらすじ
　200本（2008）
日本文学名作案内（2008）
名作の書き出しを諳んじる（2008）
ひと目でわかる日本の名作（2006）
2時間でわかる日本の名著（2005）
感動！　日本の名著　近現代編（2004）
百年の誤読（2004）
あらすじで味わう日本文学（2004）
あらすじで味わう名作文学（2004）
図説　5分でわかる日本の名作（2004）
一度は読もうよ！　日本の名著（2003）
現代文学鑑賞辞典（2002）
日本の名作文学案内（2001）
ポケット日本名作事典（2000）
一冊で日本の名著100冊を読む（1988）
日本文芸鑑賞事典　第5巻（1987）
日本文学名作事典（1984）
日本近代文学名著事典（1982）
明治・大正・昭和の名著　総解説（1981）
日本の名著（1976）
入門　名作の世界（1971）

ラーマーヤナ [6]　ヴァールミーキ............ 182
名作に学ぶ人生を切り拓く教訓50（2024）
図解　世界の名著がわかる本（2007）
世界文学あらすじ大事典　4（2007）
図説　地図とあらすじで読む歴史の名著（2004）
世界文学の名作と主人公・総解説（2001）
東洋の奇書55冊（1980）

愛人（ラマン）　⇒愛人　ラマン（あいじんらまん）を見よ

ラモーの甥 [4]　ディドロ 182
世界の小説大百科（2013）
フランス文学　名作と主人公（2009）
世界文学あらすじ大事典　4（2007）
世界文学の名作と主人公・総解説（2001）

【り】

リア王 [13]　シェイクスピア 182
齋藤孝の名著50（2022）
物語の函　世界名作選　1（2020）
知っておきたいイギリス文学（2010）
イギリス文学　名作と主人公（2009）
面白いほどよくわかる　あらすじで読む世界の名
　作（2007）
世界文学あらすじ大事典　4（2007）
名作あらすじ事典　西洋文学編（2006）

教養のためのブックガイド（2005）
あらすじで読む　世界の名著　No.1（2004）
ポケット世界名作事典（1997）
英米文学の名作を知る本（1997）
たのしく読めるイギリス文学（1994）
一冊で世界の名著100冊を読む（1988）

リツ子・その愛 [9]　檀一雄............ 182
たった5行で読んだ気になる日本の名作（2016）
日本文学名作案内（2008）
あらすじダイジェスト　日本の名作70を読む
　（2005）
あらすじで味わう日本文学（2004）
一度は読もうよ！　日本の名著（2003）
ポケット日本名作事典（2000）
一冊で日本の名著100冊を読む（1988）
日本文芸鑑賞事典　第15巻（1988）
現代文学名作探訪事典（1984）

リツ子・その死 [6]　檀一雄............ 183
たった5行で読んだ気になる日本の名作（2016）
あらすじダイジェスト　日本の名作70を読む
　（2005）
一度は読もうよ！　日本の名著（2003）
一冊で愛の話題作100冊を読む（1991）
日本文芸鑑賞事典　第15巻（1988）
現代文学名作探訪事典（1984）

リヤ王　⇒リア王を見よ

理由 [5]　宮部みゆき............ 183
1分de教養が身につく「日本の名作」あらすじ200
　（2023）
ビタミンBOOKS（2022）
東西ミステリーベスト100（2013）
知らないと恥ずかしい「日本の名作」あらすじ
　200本（2008）
日本文学　これを読まないと文学は語れない!!
　（2006）

霊異記　⇒日本霊異記（にほんりょういき）
を見よ

聊斎志異 [9]　蒲松齢............ 183
中国古典の名著50冊が1冊でざっと学べる（2023）
世界文学あらすじ大事典　4（2007）
あらすじでわかる中国古典「超」入門（2006）
面白いほどよくわかる　世界の文学（2004）
中国の古典名著・総解説（2001）
世界の奇書・総解説（1998）
ポケット世界名作事典（1997）
東洋の奇書55冊（1980）
世界の名著（1976）

梁塵秘抄 [13]　後白河法皇............ 183
歴史的書物の名場面（2023）
日本文学の名作50選（2020）
この1冊で早わかり！　日本の古典50冊（2015）
千年の百冊（2013）
やさしい古典案内（2012）

3行でわかる名作&ヒット本250（2012）
日本古典への誘い100選 2（2007）
日本の書物（2006）
日本の名著3分間読書100（2003）
日本の古典名著・総解説（2001）
日本の古典―名著への招待（1986）
古典の事典 精髄を読む―日本版（1986）
日本の名著（1976）

竜馬がゆく[12] 司馬遼太郎..................183
1分de教養が身につく「日本の名作」あらすじ200本（2023）
日本の名作あらすじ300（2020）
面白いほどよくわかる 時代小説名作100（2010）
知らないと恥ずかしい「日本の名作」あらすじ200本（2008）
名作の書き出しを諳んじる（2008）
あらすじダイジェスト 日本の名作70を読む（2005）
百年の誤読（2004）
日本の名著3分間読書100（2003）
日本の名作文学案内（2001）
ポケット日本名作事典（2000）
日本文芸鑑賞事典 第18巻（1988）
歴史小説・時代小説 総解説（1986）

旅愁[12] 横光利一.....................183
あらすじで読むキリスト教文学（2024）
教科書で出会った名作小説一〇〇（2023）
1分de教養が身につく「日本の名作」あらすじ200本（2023）
知らないと恥ずかしい「日本の名作」あらすじ200本（2008）
あらすじダイジェスト 日本の名作70を読む（2005）
あらすじで味わう日本文学（2004）
日本の名著3分間読書100（2003）
現代文学鑑賞辞典（2002）
ポケット日本名作事典（2000）
日本文芸鑑賞事典 第12巻（1988）
日本文学名作事典（1984）
入門 名作の世界（1971）

リリス[4] マクドナルド....................184
世界文学あらすじ大事典 4（2007）
世界の幻想文学・総解説（2005）
世界の奇書・総解説（1998）
たのしく読めるイギリス文学（1994）

李陵[13] 中島敦.....................184
1分de教養が身につく「日本の名作」あらすじ200本（2023）
一冊に名著一〇〇冊がギュッと詰まった凄い本（2022）
たった5行で読んだ気になる日本の名作（2016）
世界史読書案内（2010）
新潮文庫 20世紀の100冊（2009）
知らないと恥ずかしい「日本の名作」あらすじ200本（2008）

ひと目でわかる日本の名作（2006）
あらすじで読む 日本の名著（楽書ブックス）（2003）
現代文学鑑賞辞典（2002）
ポケット日本名作事典（2000）
日本文芸鑑賞事典 第13巻（1988）
日本文学名作事典（1984）
入門 名作の世界（1971）

【る】

ル・シッド[7] コルネイユ....................184
知っておきたいフランス文学（2010）
フランス文学 名作と主人公（2009）
世界文学あらすじ大事典 4（2007）
名作あらすじ事典 西洋文学編（2006）
あらすじで読む世界文学105（2004）
世界文学の名作と主人公・総解説（2001）
ポケット世界名作事典（1997）

ルバイヤート[5] ウマル・ハイヤーム.......184
世界文学の名作を「最短」で読む（2021）
世界文学必勝法（2008）
必読書150（2002）
ポケット世界名作事典（1997）
世界の名著（1976）

【れ】

冷血[5] カポーティ....................184
世界の小説大百科（2013）
知っておきたいアメリカ文学（2010）
アメリカ文学 名作と主人公（2009）
名作あらすじ事典 西洋文学編（2006）
映画になった名著（1991）

レイテ戦記[8] 大岡昇平....................184
文庫で読む100年の文学（2023）
知の巨人が選んだ世界の名著200（2023）
齋藤孝の冒頭文de文学案内（2021）
平和を考えるための100冊+α（2014）
21世紀の必読書100選（2000）
ポケット日本名作事典（2000）
日本文芸鑑賞事典 第20巻（1988）
日本文学名作事典（1984）

レ・ミゼラブル[37] ユゴー..................185
世界を変えた100の小説 上（2024）
大人もときめく国語教科書の名作ガイド（2023）
教科書で出会った名作小説一〇〇（2023）
物語の函 世界名作選 1（2020）
歴史を変えた100の本（2019）
世界の小説大百科（2013）
3行でわかる名作&ヒット本250（2012）
知っておきたいフランス文学（2010）
世界の名作おさらい（2010）
フランス文学 名作と主人公（2009）
『こころ』は本当に名作か（2009）

れもん　　作品別ブックガイド一覧

世界の名作50選 (2008)
面白いほどよくわかる あらすじで読む世界の名作 (2008)
千年紀のベスト100作品を選ぶ (2007)
読んでおきたい世界の名著 (2007)
世界文学あらすじ大事典 4 (2007)
名作あらすじ事典 西洋文学編 (2006)
世界の長編文学 (2005)
教養のためのブックガイド (2005)
あらすじダイジェスト 世界の名作100を読む (2005)
あらすじで読む世界文学105 (2004)
あらすじで味わう外国文学 (2004)
図説 5分でわかる世界の名作 (2004)
2時間でわかる世界の名著 (2004)
あらすじで味わう名作文学 (2004)
面白いほどよくわかる 世界の文学 (2004)
世界の名作文学が2時間で分かる本 (2004)
あらすじで読む 世界の名著 No.1 (2004)
世界文学のすじ書き (2003)
世界の名作文学案内 (2003)
世界文学の名作と主人公・総解説 (2001)
ポケット世界名作事典 (1997)
古典・名著の読み方 (1991)
世界の書物 (1989)
一冊で世界の名著100冊を読む (1988)
世界の名著 (1976)
入門 名作の世界 (1971)

檸檬 [33]　梶井基次郎 ……………… 185
名作に学ぶ人生を切り拓く教訓50 (2024)
教科書で出会った名作小説一〇〇 (2023)
1分de教養が身につく「日本の名作」あらすじ200本 (2023)
日本の名作あらすじ300 (2020)
名作名言——一行で読む日本の名作小説 (2017)
図説 教養として知っておきたい日本の名作50選 (2016)
たった5行で読んだ気になる日本の名作 (2016)
林修の「今読みたい」日本文学講座 (2015)
日本人なら知っておきたい あらすじで読む日本の名著 (2014)
3行でわかる名作＆ヒット本250 (2012)
日本の名作おさらい (2010)
この一冊でわかる日本の名作 (2010)
大正の名著 (2009)
新潮文庫 20世紀の100冊 (2009)
知らないと恥ずかしい「日本の名作」あらすじ200本 (2008)
日本文学名作案内 (2008)
名作の書き出しを諳んじる (2008)
ひと目でわかる日本の名作 (2006)
2時間でわかる日本の名著 (2005)
あらすじダイジェスト 日本の名作70を読む (2005)
あらすじで味わう日本文学 (2004)
図説 5分でわかる日本の名作 (2004)
一度は読もうよ！ 日本の名著 (2003)

あらすじで読む 日本の名著 No.2 (2003)
日本の名著3分間読書100 (2003)
現代文学鑑賞辞典 (2002)
日本の名作文学案内 (2001)
ポケット日本名作事典 (2000)
一冊で日本の名著100冊を読む 続 (1992)
一冊で100名作の「さわり」を読む (1992)
日本文芸鑑賞事典 第8巻 (1987)
日本文学名作事典 (1984)
日本近代文学名著事典 (1982)

恋愛三昧 [4]　シュニッツラー ……… 185
ドイツ文学 名作と主人公 (2009)
世界文学の名作と主人公・総解説 (2001)
ポケット世界名作事典 (1997)
世界の名著 (1976)

恋愛対位法 [5]　ハックスリー ……… 185
イギリス文学 名作と主人公 (2009)
世界文学あらすじ大事典 4 (2007)
世界文学の名作と主人公・総解説 (2001)
ポケット世界名作事典 (1997)
たのしく読めるイギリス文学 (1994)

【ろ】

老妓抄 [8]　岡本かの子 ……………… 186
たった5行で読んだ気になる日本の名作 (2016)
女性のための名作・人生案内 (2005)
あらすじで味わう日本文学 (2004)
現代文学鑑賞辞典 (2002)
日本の名作文学案内 (2001)
ポケット日本名作事典 (2000)
日本文芸鑑賞事典 第12巻 (1988)
日本・世界名作「愛の会話」100章 (1985)

老人と海 [22]　ヘミングウェイ ……… 186
来たよ！ なつかしい一冊 (2024)
名作に学ぶ人生を切り拓く教訓50 (2024)
けんごの小説紹介 (2024)
いつかあなたに会ってほしい本 (2024)
大人のための文学「再」入門 (2023)
文庫で読む100年の文学 (2023)
世界文学の名作を「最短」で読む (2021)
一行でわかる名著 (2020)
世界の小説大百科 (2013)
3行でわかる名作＆ヒット本250 (2012)
知っておきたいアメリカ文学 (2010)
面白いほどよくわかる あらすじで読む世界の名作 (2008)
世界文学あらすじ大事典 4 (2007)
名作あらすじ事典 西洋文学編 (2006)
あらすじで味わう外国文学 (2004)
2時間でわかる世界の名著 (2004)
要約 世界文学全集 1 (2004)
世界の名作文学案内 (2003)
世界の海洋文学・総解説 (1998)
ポケット世界名作事典 (1997)

作品別ブックガイド一覧　　　ろらん

たのしく読めるアメリカ文学（1994）
日本・世界名作「愛の会話」100章（1985）

老水夫行[5]　コールリッジ..................186
世界文学の名作を「最短」で読む（2021）
世界文学あらすじ大事典 4（2007）
世界の海洋文学・総解説（1998）
世界の幻想文学・総解説（1998）
たのしく読めるイギリス文学（1994）

朗読者[6]　シュリンク..................186
いつか君に出会ってほしい本（2023）
世界の小説大百科（2013）
ドイツ文学 名作と主人公（2009）
新潮文庫 20世紀の100冊（2009）
百年の誤読 海外文学篇（2008）
世界文学の名作と主人公・総解説（2001）

路上　⇒オン・ザ・ロードを見よ

ロード・ジム[4]　コンラッド..................186
書き出し「世界文学全集」（2013）
世界文学あらすじ大事典 4（2007）
英米文学の名作を知る本（1997）
たのしく読めるイギリス文学（1994）

ロビンソン・クルーソー[31]　デフォー......187
名作に学ぶ人生を切り拓く教訓50（2024）
世界を変えた100の小説 上（2024）
グレート・ノベルズ（2024）
齋藤孝の冒頭文de文学案内（2021）
世界の名作を読む—海外文学講義（2016）
大人のための世界の名著50（2014）
世界の小説大百科（2013）
知っておきたいイギリス文学（2010）
世界の名作おさらい（2010）
世界の名作50選（2008）
世界文学必勝法（2008）
千年紀のベスト100作品を選ぶ（2007）
世界文学あらすじ大事典 4（2007）
名作あらすじ事典 西洋文学編（2006）
あらすじダイジェスト 世界の名作100を読む（2005）
世界・名著のあらすじ―精選38冊（2005）
あらすじで読む世界文学105（2004）
あらすじで味わう外国文学
図説 5分でわかる世界の名作（2004）
2時間でわかる世界の名著（2004）
面白いほどよくわかる 世界の文学（2004）
要約 世界文学全集 2（2004）
世界の名作文学案内（2003）
世界文学の名作と主人公・総解説（2001）
世界の海洋文学・総解説（1998）
ポケット世界名作事典（1997）
英米文学の名作を知る本（1997）
たのしく読めるイギリス文学（1994）
世界の書物（1989）
古典の事典 精髄を読む—日本版（1986）
西洋をきずいた書物（1977）

路傍の石[22]　山本有三..................187
1分de教養が身につく「日本の名作」あらすじ200本（2023）
図説 教養として知っておきたい日本の名作50選（2016）
たった5行で読んだ気になる日本の名作（2016）
3行でわかる名作＆ヒット本250（2012）
この一冊でわかる日本の名作（2010）
知らないと恥ずかしい「日本の名作」あらすじ200本（2008）
日本文学名作案内（2008）
名作の書き出しを諳んじる（2008）
2時間でわかる日本の名著（2005）
あらすじダイジェスト 日本の名作70を読む（2005）
あらすじで味わう日本文学（2004）
図説 5分でわかる日本の名作（2004）
一度は読もうよ！ 日本の名作（2003）
あらすじで読む 日本の名著 No.2（2003）
現代文学鑑賞辞典（2002）
日本の名作文学案内（2001）
ポケット日本名作事典（2000）
一冊で日本の名著100冊を読む（1988）
日本文芸鑑賞事典 第11巻（1987）
現代文学名作探訪事典（1984）
日本文学名作事典（1984）
日本近代文学名著事典（1982）

ロボット[5]　チャペック..................187
文庫で読む100年の文学（2023）
百年の誤読 海外文学篇（2008）
世界文学あらすじ大事典 4（2007）
面白いほどよくわかる 世界の文学（2004）
世界のSF文学・総解説（1992）

ロミオとジュリエット[15]　シェイクスピア..................187
名著のツボ（2021）
知っておきたいイギリス文学（2010）
イギリス文学 名作と主人公（2009）
面白いほどよくわかる あらすじで読む世界の名作（2008）
千年紀のベスト100作品を選ぶ（2007）
世界文学あらすじ大事典 4（2007）
名作あらすじ事典 西洋文学編（2006）
2時間でわかる世界の名著（2004）
世界文学の名作と主人公・総解説（2001）
ポケット世界名作事典（1997）
英米文学の名作を知る本（1997）
たのしく読めるイギリス文学（1994）
一冊で世界の名著100冊を読む（1988）
日本・世界名作「愛の会話」100章（1985）
入門 名作の世界（1971）

ローランの歌[4]..................187
世界文学あらすじ大事典 4（2007）
あらすじで読む世界文学105（2004）
ポケット世界名作事典（1997）

決定版名作案内 ブックガイドにのった文学1000　　311

一冊で世界の名著100冊を読む（1988）

ロリータ[19] ナボコフ 187
　世界を変えた100の小説 下（2024）
　文庫で読む100年の文学（2023）
　歴史を変えた100冊の本（2019）
　名作英米小説の読み方・楽しみ方（2014）
　世界の小説大百科（2013）
　知っておきたいアメリカ文学（2010）
　アメリカ文学 名作と主人公（2009）
　世界の名作50選（2008）
　世界文学必勝法（2008）
　百年の誤読 海外文学篇（2008）
　千年紀のベスト100作品を選ぶ（2007）
　世界文学あらすじ大事典 4（2007）
　名作あらすじ事典 西洋文学編（2006）
　面白いほどよくわかる 世界の文学（2004）
　要約 世界文学全集 1（2004）
　ポケット世界名作事典（1997）
　英米文学の名作を知る本（1997）
　たのしく読めるアメリカ文学（1994）
　一冊で世界の名著100冊を読む（1988）

【わ】

Yの悲劇[4] クイーン 188
　東西ミステリーベスト100（2013）
　百年の誤読 海外文学篇（2008）
　2時間でわかる世界の名著（2004）
　世界の推理小説・総解説（1992）

ワインズバーグ・オハイオ[6] アンダーソン 188
　エクス・リブリス（2023）
　百年の誤読 海外文学篇（2008）
　世界文学あらすじ大事典 4（2007）
　あらすじで読む世界文学105（2004）
　英米文学の名作を知る本（1997）
　たのしく読めるアメリカ文学（1994）

和解[7] 志賀直哉 188
　図説 教養として知っておきたい日本の名作50選（2016）
　新潮文庫 20世紀の100冊（2009）
　図説 5分でわかる日本の名作（2004）
　一度は読もうよ！ 日本の名著（2003）
　日本の小説101（2003）
　一冊で日本の名著100冊を読む 続（1992）
　日本文学名作事典（1984）

若い芸術家の肖像[6] ジョイス 188
　世界の小説大百科（2013）
　世界文学必勝法（2008）
　世界文学あらすじ大事典 4（2007）
　あらすじで読む世界文学105（2004）
　英米文学の名作を知る本（1997）
　ヨーロッパを語る13の書物（1989）

若い詩人の肖像[5] 伊藤整 188
　感動！ 日本の名著 近現代編（2004）
　現代文学鑑賞辞典（2002）
　現代文学名作探訪事典（1984）
　日本文学名作事典（1984）
　日本の名著（1976）

若い人[10] 石坂洋次郎 188
　新潮文庫 20世紀の100冊（2009）
　あらすじで味わう日本文学（2004）
　一度は読もうよ！ 日本の名著（2003）
　現代文学鑑賞辞典（2002）
　日本の名作文学案内（2001）
　ポケット日本名作事典（2000）
　一冊で日本の名著100冊を読む（1988）
　日本文芸鑑賞事典 第10巻（1988）
　日本文学名作事典（1984）
　明治・大正・昭和の名著 総解説（1981）

若きウェルテルの悩み[28] ゲーテ 189
　名作に学ぶ人生を切り拓く教訓50（2024）
　グレート・ノベルズ（2024）
　世界の小説大百科（2013）
　3行でわかる名作＆ヒット本250（2012）
　知っておきたいドイツ文学（2011）
　世界の名作おさらい（2010）
　ドイツ文学 名作と主人公（2009）
　『こころ』は本当に名作か（2009）
　面白いほどよくわかる あらすじで読む世界の名作（2008）
　世界文学必勝法（2008）
　名作はこのように始まる 1（2008）
　読んでおきたい世界の名著（2007）
　世界文学あらすじ大事典 4（2007）
　絵で読むあらすじ世界の名著（2007）
　名作あらすじ事典 西洋文学編（2006）
　あらすじダイジェスト 世界の名作100を読む（2005）
　世界・名著のあらすじ―精選38冊（2005）
　あらすじで味わう外国文学（2004）
　図説 5分でわかる世界の名作（2004）
　2時間でわかる世界の名著（2004）
　あらすじで味わう名作文学（2004）
　あらすじで読む 世界の名著 No.1（2004）
　要約 世界文学全集 2（2004）
　世界の名作文学案内（2003）
　世界文学の名作と主人公・総解説（2001）
　ポケット世界名作事典（1997）
　一冊で世界の名著100冊を読む（1988）
　世界の名著（1976）

若き日の芸術家の肖像 ⇒若い芸術家の肖像（わかいげいじゅつかのしょうぞう）を見よ

若草物語[17] オルコット 189
　世界を変えた100の小説 上（2024）
　いつかあなたに出会ってほしい本（2024）

世界文学の名作を「最短」で読む (2021)
わたしのなつかしい一冊 (2021)
世界の小説大百科 (2013)
書き出し「世界文学全集」(2013)
3行でわかる名作＆ヒット本250 (2012)
知っておきたいアメリカ文学 (2010)
面白いほどよくわかる あらすじで読む世界の名作 (2008)
世界文学あらすじ大事典 4 (2007)
名作あらすじ事典 西洋文学編 (2006)
あらすじで読む 世界の名著 No.3 (2005)
図説 5分でわかる世界の名作 (2004)
世界文学の名作と主人公・総解説 (2001)
ポケット世界名作事典 (1997)
英米文学の名作を知る本 (1997)
たのしく読めるアメリカ文学 (1994)

若菜集 [5]　島崎藤村 189
　明治の名著 2 (2009)
　近代日本の百冊を選ぶ (1994)
　日本文芸鑑賞事典 第2巻 (1987)
　日本近代文学名著事典 (1982)
　明治・大正・昭和の名著 総解説 (1981)

吾輩は猫である [35]　夏目漱石 189
　これだけは知っておきたい日本の名作 (2023)
　教科書で出会った名作小説一〇〇 (2023)
　1分de教養が身につく「日本の名作」あらすじ200本 (2023)
　名著のツボ (2021)
　名場面で味わう日本文学60選 (2021)
　日本人なら知っておきたい あらすじで読む日本の名著 (2014)
　書き出し「世界文学全集」(2013)
　「あらすじ」だけで人生の意味が全部わかる世界の古典13 (2012)
　あらすじで読む 日本の名著（新人物文庫）(2012)
　3行でわかる名作＆ヒット本250 (2012)
　愛と死の日本文学 (2011)
　日本の名作おさらい (2010)
　明治の名著 2 (2009)
　新潮文庫 20世紀の100冊 (2009)
　知らないと恥ずかしい「日本の名作」あらすじ200本 (2008)
　日本文学名作案内 (2008)
　世界の「名著」50 (2008)
　名作の書き出しを諳んじる (2008)
　千年紀のベスト100作品を選ぶ (2007)
　明治・大正・昭和のベストセラー (2007)
　私を変えたこの一冊 (2007)
　ひと目でわかる日本の名作 (2006)
　教養のためのブックガイド (2005)
　感動！日本の名著 近現代編 (2004)
　一度は読もうよ！日本の名著 (2003)
　あらすじで読む 日本の名著 No.3 (2003)
　必読書150 (2002)
　現代文学鑑賞辞典 (2002)
　日本の名作文学案内 (2001)

ポケット日本名作事典 (2000)
日本文芸鑑賞事典 第3巻 (1987)
日本文学名作事典 (1984)
日本近代文学名著事典 (1982)
明治・大正・昭和の名著 総解説 (1981)
日本の名著 (1976)

別れたる妻に送る手紙 [4]　近松秋江 189
　名場面で味わう日本文学60選 (2021)
　『こころ』は本当に名作か (2009)
　女性のための名作・人生案内 (2005)
　日本文芸鑑賞事典 第4巻 (1987)

和漢朗詠集 [4]　藤原公任〔撰〕 190
　千年の百冊 (2013)
　日本の古典名著・総解説 (2001)
　日本の古典―名著への招待 (1986)
　古典の事典 精髄を読む―日本版 (1986)

忘れえぬ人々 [6]　国木田独歩 190
　教科書で出会った名作小説一〇〇 (2023)
　日本文学名作案内 (2008)
　図説 5分でわかる日本の名作傑作選 (2004)
　一度は読もうよ！日本の名著 (2003)
　一冊で日本の名著100冊を読む 続 (1992)
　日本文芸鑑賞事典 第2巻 (1987)

私小説論　⇒私小説（ししょうせつろん）を見よ

わたしを離さないで [10]　イシグロ 190
　けんごの小説紹介 (2024)
　いつかあなたに出会ってほしい本 (2024)
　グレート・ノベルズ (2024)
　文庫で読む100年の文学 (2023)
　日本の名作あらすじ300 (2020)
　世界物語大事典 (2019)
　翻訳者による海外文学ブックガイド BOOK MARK (2019)
　人生を狂わす名著50 (2017)
　東西ミステリーベスト100 (2013)
　英仏文学戦記 (2010)

私のアントニーア [5]　キャザー 190
　アメリカ文学 名作と主人公 (2009)
　世界文学あらすじ大事典 4 (2007)
　世界文学の名作と主人公・総解説 (2001)
　英米文学の名作を知る本 (1997)
　たのしく読めるアメリカ文学 (1994)

ワーニャ伯父さん [6]　チェーホフ 190
　知っておきたいロシア文学 (2012)
　ロシア文学 名作と主人公 (2009)
　千年紀のベスト100作品を選ぶ (2007)
　世界文学あらすじ大事典 4 (2007)
　ポケット世界名作事典 (1997)
　日本・世界名作「愛の会話」100章 (1985)

悪い仲間 [6]　安岡章太郎 190
　1分de教養が身につく「日本の名作」あらすじ200

われら
　本（2023）
　知らないと恥ずかしい「日本の名作」あらすじ200本（2008）
　あらすじダイジェスト　日本の名作70を読む（2005）
　一度は読もうよ！　日本の名著（2003）
　一冊で日本の名著100冊を読む　続（1992）
　日本文芸鑑賞事典　第16巻（1987）

われら [9]　ザミャーチン 191
　世界物語大事典（2019）
　世界の小説大百科（2013）
　知っておきたいロシア文学（2012）
　ロシア文学　名作と主人公（2009）
　世界文学あらすじ大事典　4（2007）
　面白いほどよくわかる　世界の文学（2004）
　必読書150（2002）
　世界のSF文学・総解説（1992）
　一冊で世界の名著100冊を読む（1988）

われらの時代 [5]　大江健三郎 191
　1分de教養が身につく「日本の名作」あらすじ200本（2023）
　知らないと恥ずかしい「日本の名作」あらすじ200本（2008）
　2時間でわかる日本の名著（2005）
　教養のためのブックガイド（2005）
　日本文芸鑑賞事典　第18巻（1988）

作者名索引

日 本

【あ】

阿川弘之
　雲の墓標 ……………………………… 57
芥川龍之介
　或阿呆の一生 ………………………… 10
　河童 …………………………………… 41
　蜘蛛の糸 ……………………………… 57
　地獄変 ………………………………… 78
　杜子春 ……………………………… 120
　トロッコ …………………………… 122
　歯車 ………………………………… 137
　鼻 …………………………………… 140
　奉教人の死 ………………………… 158
　藪の中 ……………………………… 176
　羅生門 ……………………………… 182
浅井了意
　伽婢子 ………………………………… 32
浅田次郎
　鉄道員（ぽっぽや） ……………… 160
阿佐田哲也
　麻雀放浪記 ………………………… 162
阿仏尼
　十六夜日記 …………………………… 15
安部公房
　砂の女 ………………………………… 93
　箱男 ………………………………… 137
阿部次郎
　三太郎の日記 ………………………… 76
新井白石
　折たく柴の記 ………………………… 34
荒畑寒村
　谷中村滅亡史 ……………………… 176
有島武郎
　或る女 ………………………………… 10
　生れ出づる悩み ……………………… 25
　カインの末裔 ………………………… 38
　一房の葡萄 ………………………… 146
有吉佐和子
　紀ノ川 ………………………………… 50
　恍惚の人 ……………………………… 64
　華岡青洲の妻 ……………………… 140
安楽庵策伝
　醒睡笑 ………………………………… 95

【い】

池波正太郎
　鬼平犯科帳 …………………………… 32
石井桃子
　ノンちゃん雲に乗る ……………… 135
石川淳
　焼跡のイエス ……………………… 175
石川啄木
　一握の砂 ……………………………… 16
　悲しき玩具 …………………………… 42
石川達三
　青春の蹉跌 …………………………… 95
　蒼氓 ………………………………… 100
　人間の壁 …………………………… 132
石坂洋次郎
　青い山脈 ……………………………… 2
　若い人 ……………………………… 188
石原慎太郎
　太陽の季節 ………………………… 103
石牟礼道子
　苦海浄土 ……………………………… 56
泉鏡花
　歌行灯 ………………………………… 23
　婦系図 ………………………………… 35
　高野聖 ………………………………… 65
和泉式部
　和泉式部日記 ………………………… 15
一条冬良
　新撰菟玖波集 ………………………… 91
五木寛之
　蒼ざめた馬を見よ …………………… 2
　青春の門 ……………………………… 95
一休宗純
　狂雲集 ………………………………… 51
伊藤左千夫
　野菊の墓 …………………………… 134
伊藤整
　小説の方法 …………………………… 86
　火の鳥 ……………………………… 146
　若い詩人の肖像 …………………… 188
稲垣足穂
　一千一秒物語 ………………………… 17
井上ひさし
　吉里吉里人 …………………………… 53
　手鎖心中 …………………………… 114

井上光晴
　地の群れ ……………………… 108

井上靖
　あすなろ物語 ………………… 7
　しろばんば …………………… 89
　天平の甍 ……………………… 116
　敦煌 …………………………… 123
　氷壁 …………………………… 148

井原西鶴
　好色一代男 …………………… 64
　好色一代女 …………………… 65
　好色五人女 …………………… 65
　世間胸算用 …………………… 97
　日本永代蔵 …………………… 128

井伏鱒二
　黒い雨 ………………………… 60
　山椒魚 ………………………… 75
　ジョン万次郎漂流記 ………… 87
　遥拝隊長 ……………………… 179

色川武大　⇒阿佐田哲也（あさだ・てつや）を見よ

岩野泡鳴
　耽溺 …………………………… 106

【う】

上田秋成
　雨月物語 ……………………… 22
　春雨物語 ……………………… 142

上田敏
　海潮音 ………………………… 37

右大将道綱母　⇒藤原道綱母（ふじわら・みちつなのはは）を見よ

内田百閒
　冥途 …………………………… 171

内村鑑三
　余は如何にして基督信徒となりし乎 ………………………… 181

宇野浩二
　蔵の中 ………………………… 58
　子を貸し屋 …………………… 66

宇野千代
　色ざんげ ……………………… 18
　おはん ………………………… 33

梅崎春生
　幻化 …………………………… 62
　桜島 …………………………… 71

卜部兼好　⇒兼好法師（けんこうほうし）を見よ

【え】

江國香織
　きらきらひかる ……………… 53

江戸川乱歩
　陰獣 …………………………… 19
　押絵と旅する男 ……………… 31
　怪人二十面相 ………………… 36
　二銭銅貨 ……………………… 128
　屋根裏の散歩者 ……………… 176

円地文子
　女坂 …………………………… 35

遠藤周作
　海と毒薬 ……………………… 25
　沈黙 …………………………… 110
　深い河（ディープ・リバー） … 114

【お】

大江健三郎
　個人的な体験 ………………… 68
　飼育 …………………………… 77
　万延元年のフットボール …… 165
　芽むしり仔撃ち ……………… 172
　われらの時代 ………………… 191

大岡昇平
　野火 …………………………… 134
　俘虜記 ………………………… 155
　武蔵野夫人 …………………… 169
　レイテ戦記 …………………… 184

大沢在昌
　新宿鮫 ………………………… 90

大西巨人
　神聖喜劇 ……………………… 90

大庭みな子
　三匹の蟹 ……………………… 76

大原富枝
　婉という女 …………………… 27

大藪春彦
　野獣死すべし ………………… 175

岡本かの子
　老妓抄 ………………………… 186

岡本綺堂
　修禅寺物語 …………………… 84
　半七捕物帳 …………………… 144

小川未明
　赤い蠟燭と人魚 ……………………… 3
尾崎一雄
　虫のいろいろ ………………………… 169
尾崎紅葉
　金色夜叉 ……………………………… 69
　多情多恨 ……………………………… 104
尾崎士郎
　人生劇場 ……………………………… 90
大佛次郎
　赤穂浪士 ……………………………… 6
　帰郷 …………………………………… 49
　鞍馬天狗 ……………………………… 58
小瀬甫庵
　太閤記 ………………………………… 102
織田作之助
　夫婦善哉 ……………………………… 171
小田実
　何でも見てやろう …………………… 126
折口信夫（釈迢空）
　死者の書 ……………………………… 78

【か】

開高健
　輝ける闇 ……………………………… 38
　日本三文オペラ ……………………… 129
　裸の王様 ……………………………… 138
　パニック ……………………………… 141
賀川豊彦
　死線を越えて ………………………… 79
葛西善蔵
　子をつれて …………………………… 66
梶井基次郎
　檸檬 …………………………………… 185
梶山季之
　黒の試走車 …………………………… 61
片山恭一
　世界の中心で、愛をさけぶ ………… 97
仮名垣魯文
　安愚楽鍋 ……………………………… 5
鴨長明
　方丈記 ………………………………… 158
　発心集 ………………………………… 160
　無名抄 ………………………………… 170

河口慧海
　チベット旅行記 ……………………… 109
川口松太郎
　鶴八鶴次郎 …………………………… 112
河竹黙阿弥
　天衣紛上野初花 ……………………… 57
川端康成
　伊豆の踊子 …………………………… 15
　古都 …………………………………… 69
　千羽鶴 ………………………………… 99
　眠れる美女 …………………………… 133
　山の音 ………………………………… 177
　雪国 …………………………………… 178
観世元雅
　隅田川 ………………………………… 94
上林暁
　聖ヨハネ病院にて …………………… 96
蒲原有明
　有明集 ………………………………… 10

【き】

菊田一夫
　君の名は ……………………………… 50
菊池寛
　恩讐の彼方に ………………………… 35
　真珠夫人 ……………………………… 90
　忠直卿行状記 ………………………… 104
　父帰る ………………………………… 108
北杜夫
　どくとるマンボウ航海記 …………… 119
　楡家の人びと ………………………… 131
北原白秋
　思ひ出 ………………………………… 33
　桐の花 ………………………………… 53
　邪宗門 ………………………………… 82
北村透谷
　内部生命論 …………………………… 123
紀貫之
　土佐日記 ……………………………… 119
木下順二
　夕鶴 …………………………………… 177
木下尚江
　火の柱 ………………………………… 147

景戒　⇒景戒（けいかい）を見よ
清岡卓行
　アカシヤの大連 …………………………… 3
曲亭馬琴
　椿説弓張月 ……………………………… 110
　南総里見八犬伝 ………………………… 126

【く】

空海
　三教指帰 ………………………………… 74
国枝史郎
　神州纐纈城 ……………………………… 90
国木田独歩
　牛肉と馬鈴薯 …………………………… 51
　武蔵野 …………………………………… 169
　忘れえぬ人々 …………………………… 190
倉田百三
　愛と認識との出発 ………………………… 1
　出家とその弟子 ………………………… 85
倉橋由美子
　パルタイ ………………………………… 142
黒岩重吾
　背徳のメス ……………………………… 135
黒柳徹子
　窓ぎわのトットちゃん ………………… 163

【け】

景戒
　日本霊異記 ……………………………… 130
兼好法師
　徒然草 …………………………………… 112
建礼門院右京大夫
　建礼門院右京大夫集 …………………… 64

【こ】

恋川春町
　金々先生栄花夢 ………………………… 54
小泉八雲
　怪談 ……………………………………… 36
幸田文
　流れる …………………………………… 124
幸田露伴
　五重塔 …………………………………… 68
　風流仏 …………………………………… 150

弘法大師　⇒空海（くうかい）を見よ
小島烏水
　日本アルプス …………………………… 129
小島信夫
　抱擁家族 ………………………………… 159
後白河法皇
　梁塵秘抄 ………………………………… 183
小林一茶
　おらが春 ………………………………… 33
小林多喜二
　蟹工船 …………………………………… 43
　党生活者 ………………………………… 117
小林秀雄
　私小説論 ………………………………… 78
後深草院二条
　とはずがたり …………………………… 122
小松左京
　日本沈没 ………………………………… 129
五味康祐
　柳生武芸帳 ……………………………… 175
五味川純平
　人間の條件 ……………………………… 132
呉陵軒可有
　誹風柳多留 ……………………………… 136

【さ】

西行
　山家集 …………………………………… 74
斎藤茂吉
　赤光 ……………………………………… 82
坂口安吾
　桜の森の満開の下 ……………………… 71
　堕落論 …………………………………… 105
　日本文化私観 …………………………… 130
　白痴 ……………………………………… 136
佐久間柳居
　俳諧七部集 ……………………………… 135
笹沢左保
　木枯し紋次郎 …………………………… 66
佐多稲子
　キャラメル工場から …………………… 50
佐藤春夫
　田園の憂鬱 ……………………………… 115
里見弴
　極楽とんぼ ……………………………… 67

讃岐典侍 ⇒藤原長子（ふじわら・ちょうし）を見よ

山東京伝
　江戸生艶気樺焼 ………………………… 26

三遊亭圓朝
　怪談牡丹灯籠 …………………………… 37

【し】

椎名麟三
　永遠なる序章 …………………………… 25

志賀直哉
　暗夜行路 ………………………………… 14
　城の崎にて ……………………………… 50
　小僧の神様 ……………………………… 68
　清兵衛と瓢箪 …………………………… 96
　和解 ……………………………………… 188

式亭三馬
　浮世床 …………………………………… 22
　浮世風呂 ………………………………… 22

十返舎一九
　東海道中膝栗毛 ………………………… 116

司馬遼太郎
　空海の風景 ……………………………… 55
　国盗り物語 ……………………………… 57
　坂の上の雲 ……………………………… 71
　梟の城 …………………………………… 152
　燃えよ剣 ………………………………… 172
　竜馬がゆく ……………………………… 183

柴田翔
　されどわれらが日々― ………………… 73

柴田錬三郎
　眠狂四郎無頼控 ………………………… 133

島尾敏雄
　死の棘 …………………………………… 81

島木健作
　生活の探求 ……………………………… 95

島崎藤村
　破戒 ……………………………………… 136
　春 ………………………………………… 142
　夜明け前 ………………………………… 179
　若菜集 …………………………………… 189

子母沢寛
　新選組始末記 …………………………… 91

下村湖人
　次郎物語 ………………………………… 89

釈迢空 ⇒折口信夫（おりくち・しのぶ）を見よ
寂超 ⇒藤原為経（ふじわら・ためつね）を見よ
俊成卿女 ⇒藤原俊成女（ふじわら・としなりのむすめ）を見よ

庄司薫
　赤頭巾ちゃん気をつけて ……………… 4

成尋阿闍梨母
　成尋阿闍梨母集 ………………………… 86

庄野潤三
　プールサイド小景 ……………………… 155

白井喬二
　富士に立つ影 …………………………… 152

城山三郎
　落日燃ゆ ………………………………… 181

【す】

菅原道真
　菅家文草 ………………………………… 47

菅原孝標女
　更級日記 ………………………………… 73

杉本苑子
　孤愁の岸 ………………………………… 68

鈴木牧之
　北越雪譜 ………………………………… 159

薄田泣菫
　白羊宮 …………………………………… 137

住井すゑ
　橋のない川 ……………………………… 137

【せ】

清少納言
　枕草子 …………………………………… 162

瀬戸内寂聴
　夏の終り ………………………………… 124

芹沢光治良
　巴里に死す ……………………………… 141

【そ】

曽野綾子
　遠来の客たち …………………………… 28

【た】

高橋和巳
　悲の器 …………………………………… 146

高見順
　如何なる星の下に ……………………… 14

故旧忘れ得べき 67
髙村薫
　マークスの山 162
高村光太郎
　智恵子抄 106
　道程 118
高山樗牛
　滝口入道 104
瀧井孝作
　無限抱擁 169
滝沢馬琴　⇒曲亭馬琴(きょくてい・ばきん)を見よ
竹田出雲(2世)
　仮名手本忠臣蔵 42
　菅原伝授手習鑑 93
　義経千本桜 180
武田泰淳
　ひかりごけ 145
　森と湖のまつり 173
竹山道雄
　ビルマの竪琴 149
太宰治
　お伽草紙 32
　斜陽 83
　津軽 111
　人間失格 131
　走れメロス 138
　晩年 144
　富嶽百景 151
橘成季
　古今著聞集 68
田中英光
　オリンポスの果実 34
田中康夫
　なんとなく、クリスタル 127
田辺聖子
　感傷旅行(センチメンタル・ジャーニイ) 99
谷崎潤一郎
　陰翳礼讃 19
　鍵 38
　細雪 72
　刺青 79
　春琴抄 85
　痴人の愛 108
　吉野葛 180

田宮虎彦
　足摺岬 7
田村泰次郎
　肉体の門 127
田村俊子
　木乃伊の口紅 166
為永春水
　春色梅児誉美 85
田山花袋
　田舎教師 17
　蒲団 153
檀一雄
　火宅の人 41
　リツ子・その愛 182
　リツ子・その死 183

【ち】

近松秋江
　黒髪 60
　別れたる妻に送る手紙 189
近松門左衛門
　女殺油地獄 35
　国性爺合戦 67
　心中天網島 90
　曽根崎心中 100
　冥途の飛脚 171

【つ】

つかこうへい
　蒲田行進曲 43
壺井栄
　二十四の瞳 127
坪内逍遙
　小説神髄 86
　当世書生気質 117
鶴屋南北(4世)
　東海道四谷怪談 117

【て】

寺田寅彦
　藪柑子集 176

【と】

徳田秋声
　あらくれ 9
　黴 43
　縮図 84

徳冨蘆花
    思出の記 ……………………… 33
    自然と人生 …………………… 79
    不如帰 ………………………… 161
徳永直
    太陽のない街 ………………… 103
富田常雄
    姿三四郎 ……………………… 92
富山道冶
    竹斎 …………………………… 107
外山正一
    新体詩抄 ……………………… 91

【 な 】

直木三十五
    南国太平記 …………………… 126
中勘助
    銀の匙 ………………………… 54
永井荷風
    あめりか物語 ………………… 9
    腕くらべ ……………………… 24
    すみだ川 ……………………… 94
    断腸亭日乗 …………………… 106
    ふらんす物語 ………………… 154
    濹東綺譚 ……………………… 159
永井路子
    北条政子 ……………………… 158
中江兆民
    一年有半 ……………………… 17
中上健次
    枯木灘 ………………………… 46
    岬 ……………………………… 166
中河與一
    天の夕顔 ……………………… 116
中里介山
    大菩薩峠 ……………………… 102
中里恒子
    乗合馬車 ……………………… 134
中島敦
    山月記 ………………………… 74
    李陵 …………………………… 184
長塚節
    土 ……………………………… 111
中野重治
    歌のわかれ …………………… 23
    梨の花 ………………………… 124
    村の家 ………………………… 170
中原中也
    山羊の歌 ……………………… 175
中山忠親
    水鏡 …………………………… 167
長與善郎
    青銅の基督 …………………… 95
    竹沢先生と云ふ人 …………… 104
夏目漱石
    草枕 …………………………… 56
    こころ ………………………… 67
    三四郎 ………………………… 76
    それから ……………………… 101
    彼岸過迄 ……………………… 145
    坊っちゃん …………………… 160
    道草 …………………………… 167
    明暗 …………………………… 170
    門 ……………………………… 174
    吾輩は猫である ……………… 189
並木五瓶（3世）
    勧進帳 ………………………… 47

【 に 】

西村賢太
    苦役列車 ……………………… 55
二条良基
    菟玖波集 ……………………… 111
丹羽文雄
    厭がらせの年齢 ……………… 18

【 の 】

野上弥生子
    海神丸 ………………………… 36
    秀吉と利休 …………………… 146
    真知子 ………………………… 163
    迷路 …………………………… 171
野坂昭如
    アメリカひじき ……………… 9
    火垂るの墓 …………………… 160
野間宏
    暗い絵 ………………………… 58
    真空地帯 ……………………… 89
野村胡堂
    銭形平次捕物控 ……………… 97

【は】

萩原朔太郎
　月に吠える ………………………… 111
芭蕉　⇒松尾/芭蕉（まつお・ばしょう）を見よ
長谷川伸
　瞼の母 …………………………… 164
埴谷雄高
　死霊 ……………………………… 88
林芙美子
　浮雲 ……………………………… 22
　晩菊 ……………………………… 144
　放浪記 …………………………… 159
早船ちよ
　キューポラのある街 …………… 51
葉山嘉樹
　海に生くる人々 ………………… 25
　セメント樽の中の手紙 ………… 98
原民喜
　夏の花 …………………………… 125
原田康子
　挽歌 ……………………………… 144
ハーン，ラフカディオ　⇒小泉八雲（こいずみ・やくも）を見よ

【ひ】

樋口一葉
　たけくらべ ……………………… 104
　にごりえ ………………………… 127
火野葦平
　糞尿譚 …………………………… 155
　麦と兵隊 ………………………… 169
平岩弓枝
　御宿かわせみ …………………… 36

【ふ】

深沢七郎
　楢山節考 ………………………… 125
福澤諭吉
　福翁自伝 ………………………… 151
福永武彦
　草の花 …………………………… 56
藤沢周平
　蝉しぐれ ………………………… 98
藤原明衡
　本朝文粋 ………………………… 161

藤原公任
　和漢朗詠集 ……………………… 190
藤原定家
　小倉百人一首 …………………… 30
　明月記 …………………………… 171
藤原為経
　今鏡 ……………………………… 18
藤原長子
　讚岐典侍日記 …………………… 72
藤原道綱母
　蜻蛉日記 ………………………… 39
二葉亭四迷
　浮雲 ……………………………… 22
　其面影 …………………………… 100
舟橋聖一
　悉皆屋康吉 ……………………… 80
　花の生涯 ………………………… 140
古井由吉
　杳子 ……………………………… 179

【ほ】

北条民雄
　いのちの初夜 …………………… 17
細井和喜蔵
　女工哀史 ………………………… 87
堀田善衞
　広場の孤独 ……………………… 149
堀辰雄
　菜穂子 …………………………… 123
　風立ちぬ ………………………… 40

【ま】

正岡子規
　病牀六尺 ………………………… 148
正宗白鳥
　何処へ …………………………… 119
松尾芭蕉
　おくのほそ道 …………………… 30
松平定信
　花月草紙 ………………………… 39
松本清張
　或る「小倉日記」伝 …………… 10
　砂の器 …………………………… 93
　点と線 …………………………… 115

【み】

三浦綾子
塩狩峠 …………………………… 77
氷点 ……………………………… 148

三浦哲郎
忍ぶ川 …………………………… 81

三木清
人生論ノート …………………… 91

三島由紀夫
仮面の告白 ……………………… 43
金閣寺 …………………………… 54
潮騒 ……………………………… 77
豊饒の海 ………………………… 158

水上勉
雁の寺 …………………………… 48
飢餓海峡 ………………………… 48

道綱母　⇒藤原道綱母（ふじわら・みちつなのはは）を見よ

南方熊楠
十二支考 ………………………… 84

水上瀧太郎
大阪の宿 ………………………… 30

源顕兼
古事談 …………………………… 68

源実朝
金槐和歌集 ……………………… 54

宮崎滔天
三十三年の夢 …………………… 75

宮沢賢治
風の又三郎 ……………………… 41
銀河鉄道の夜 …………………… 54
注文の多い料理店 ……………… 110
グスコーブドリの伝記 ………… 56
春と修羅 ………………………… 142

宮部みゆき
火車 ……………………………… 39
理由 ……………………………… 183

宮本輝
泥の河 …………………………… 122

宮本百合子
伸子 ……………………………… 134
播州平野 ………………………… 144

【む】

向井去来
去来抄 …………………………… 53

向田邦子
あ・うん ………………………… 1

武者小路実篤
お目出たき人 …………………… 33
友情 ……………………………… 177

無住
沙石集 …………………………… 82

村上春樹
1Q84 ……………………………… 16
世界の終りとハードボイルド・ワンダーランド ……………………… 96
ノルウェイの森 ………………… 134
羊をめぐる冒険 ………………… 146

村上龍
限りなく透明に近いブルー …… 38
コインロッカー・ベイビーズ … 64

紫式部
源氏物語 ………………………… 63
紫式部日記 ……………………… 170

村松友視
時代屋の女房 …………………… 80

室生犀星
あにいもうと …………………… 8
杏っ子 …………………………… 12
抒情小曲集 ……………………… 87
性に眼覚める頃 ………………… 96

【も】

本居宣長
玉勝間 …………………………… 105

森敦
月山 ……………………………… 41

森鷗外
阿部一族 ………………………… 8
ヰタ・セクスアリス …………… 16
雁 ………………………………… 47
最後の一句 ……………………… 70
山椒大夫 ………………………… 76
渋江抽斎 ………………………… 81
高瀬舟 …………………………… 103
舞姫 ……………………………… 161

【や】

安岡章太郎
　海辺の光景 ……………………… 38
　ガラスの靴 ……………………… 44
　悪い仲間 ………………………… 190

保田與重郎
　日本の橋 ………………………… 130

柳田國男
　海南小記 ………………………… 37
　遠野物語 ………………………… 118

山岡荘八
　徳川家康 ………………………… 118

山口瞳
　江分利満氏の優雅な生活 ……… 26

山崎宗鑑
　新撰犬筑波集 …………………… 91

山崎豊子
　白い巨塔 ………………………… 88

山本茂実
　あゝ野麦峠 ……………………… 1

山本周五郎
　青べか物語 ……………………… 3
　赤ひげ診療譚 …………………… 4
　さぶ ……………………………… 72
　樅ノ木は残った ………………… 173

山本有三
　女の一生 ………………………… 35
　真実一路 ………………………… 89
　路傍の石 ………………………… 187

【ゆ】

夢野久作
　ドグラ・マグラ ………………… 119

【よ】

横溝正史
　本陣殺人事件 …………………… 161

横光利一
　機械 ……………………………… 48
　上海 ……………………………… 84
　日輪 ……………………………… 128
　旅愁 ……………………………… 183

横山源之助
　日本之下層社会 ………………… 130

与謝蕪村
　蕪村句集 ………………………… 152

与謝野晶子
　みだれ髪 ………………………… 167

吉川英治
　鳴門秘帖 ………………………… 125
　宮本武蔵 ………………………… 168

吉田兼好　⇒兼好法師（けんこうほうし）を見よ

吉田満
　戦艦大和ノ最期 ………………… 98

吉村昭
　戦艦武蔵 ………………………… 98

吉本ばなな
　キッチン ………………………… 50

吉行淳之介
　暗室 ……………………………… 12
　原色の街 ………………………… 63
　砂の上の植物群 ………………… 93

【り】

柳亭種彦
　偐紫田舎源氏 …………………… 128

【わ】

若山牧水
　別離 ……………………………… 156

渡辺淳一
　失楽園 …………………………… 80

綿矢りさ
　蹴りたい背中 …………………… 62

海　外

【アイルランド】

ジョイス, ジェイムズ
　ユリシーズ ……………………… 179
　若い芸術家の肖像 ……………… 188
ストーカー, ブラム
　吸血鬼ドラキュラ ………………… 51
ベケット, サミュエル
　ゴドーを待ちながら ……………… 69
マチューリン, チャールズ・ロバート
　放浪者メルモス ………………… 159
ワイルド, オスカー
　幸福な王子 ………………………… 65
　サロメ ……………………………… 73
　ドリアン・グレイの肖像 ……… 121

【アメリカ】

アーヴィング, ジョン
　ガープの世界 ……………………… 43
アーヴィング, ワシントン
　スケッチ・ブック ………………… 93
アップダイク, ジョン
　走れウサギ ……………………… 138
アンダーソン, シャーウッド
　ワインズバーグ・オハイオ …… 188
ウィリアムズ, テネシー
　ガラスの動物園 …………………… 44
　欲望という名の電車 …………… 179
ウェブスター, ジーン
　あしながおじさん ………………… 7
ウォーカー, アリス
　カラーパープル …………………… 44
ウォートン, イーディス
　エイジ・オブ・イノセンス ……… 25
ヴォネガット, カート
　スローターハウス5 ……………… 94
ウルフ, トマス
　天使よ故郷を見よ ……………… 115
エリスン, ラルフ
　見えない人間 …………………… 166
オコナー, フラナリー
　賢い血 …………………………… 39

オースター, ポール
　幽霊たち ………………………… 178
オニール, ユージン
　楡の木陰の欲望 ………………… 131
オー・ヘンリー
　賢者の贈り物 ……………………… 63
　最後の一葉 ………………………… 70
オルコット, ルイーザ・メイ
　若草物語 ………………………… 189
オールビー, エドワード
　ヴァージニア・ウルフなんかこわく
　ない ……………………………… 19
カーヴァー, レイモンド
　大聖堂 …………………………… 102
カポーティ, トルーマン
　ティファニーで朝食を ………… 113
　遠い声 遠い部屋 ……………… 118
　冷血 ……………………………… 184
キイス, ダニエル
　アルジャーノンに花束を ………… 11
キージー, ケン
　カッコーの巣の上で ……………… 41
ギブスン, ウィリアム
　ニューロマンサー ……………… 130
キャザー, ウィラ
　私のアントニーア ……………… 190
キング, スティーヴン
　シャイニング ……………………… 82
　スタンド・バイ・ミー …………… 93
クイーン, エラリー
　Yの悲劇 ………………………… 188
クーパー, ジェイムズ・フェニモア
　モヒカン族の最後 ……………… 173
ケルアック, ジャック
　オン・ザ・ロード ………………… 34
コールドウェル, アースキン
　タバコ・ロード ………………… 105
サリンジャー, J.D.
　フラニーとゾーイー …………… 154
　ライ麦畑でつかまえて ………… 181
ジェイムズ, ヘンリー
　ある婦人の肖像 …………………… 11
　デイジー・ミラー ……………… 113
　ねじの回転 ……………………… 133

アメリカ

シルコウ, レスリー・M.
  儀式 ……………………………… 49
シンクレア, アプトン
  ジャングル ……………………… 83
スタイロン, ウィリアム
  ソフィーの選択 ………………… 101
スタインベック, ジョン
  怒りの葡萄 ……………………… 15
  ハツカネズミと人間 …………… 139
ストウ, ハリエット・ビーチャー
  アンクル・トムの小屋 ………… 12
ソロー, ヘンリー・デイヴィッド
  ウォールデン 森の生活 ………… 21
  市民の反抗 ……………………… 81
タン, エイミ
  ジョイ・ラック・クラブ ……… 85
チャンドラー, レイモンド
  大いなる眠り …………………… 30
  長いお別れ ……………………… 124
ディック, フィリップ・K.
  アンドロイドは電気羊の夢を見る
    か？ …………………………… 13
トウェイン, マーク
  王子と乞食 ……………………… 29
  トム・ソーヤーの冒険 ………… 121
  ハックルベリー・フィンの冒険 … 139
ドス・パソス, ジョン
  U.S.A. …………………………… 178
ドライサー, セオドア
  アメリカの悲劇 ………………… 8
  シスター・キャリー …………… 79
ナボコフ, ウラジーミル
  ロリータ ………………………… 187
バース, ジョン
  旅路の果て ……………………… 105
ハーストン, ゾラ・ニール
  彼らの目は神を見ていた ……… 46
バック, パール・S.
  大地 ……………………………… 102
バック, リチャード
  かもめのジョナサン …………… 44
バーネット, フランシス・ホジソン
  小公子 …………………………… 86

ハメット, ダシール
  マルタの鷹 ……………………… 165
バロウズ, ウィリアム
  裸のランチ ……………………… 138
ピンチョン, トマス
  V. ………………………………… 150
フィッツジェラルド, フランシス・スコット
  グレート・ギャツビー ………… 60
フォークナー, ウィリアム
  アブサロム、アブサロム！ …… 8
  サンクチュアリ ………………… 74
  八月の光 ………………………… 139
  響きと怒り ……………………… 147
プラス, シルヴィア
  ベル・ジャー …………………… 157
ブラッドベリ, レイ
  華氏451度 ……………………… 40
ヘミングウェイ, アーネスト
  誰がために鐘は鳴る …………… 103
  日はまた昇る …………………… 149
  武器よさらば …………………… 151
  老人と海 ………………………… 186
ヘラー, ジョーゼフ
  キャッチ＝22 …………………… 50
ベラミー, エドワード
  顧みれば ………………………… 38
ベロー, ソール
  ハーツォグ ……………………… 139
ポー, エドガー・アラン
  アッシャー家の崩壊 …………… 7
  黄金虫 …………………………… 28
  黒猫 ……………………………… 60
  モルグ街の殺人 ………………… 174
ホイットマン, ウォルト
  草の葉 …………………………… 56
ホーソーン, ナサニエル
  緋文字 …………………………… 147
ボーム, ライマン・フランク
  オズの魔法使い ………………… 31
ボールドウィン, ジェイムズ
  もう一つの国 …………………… 172
  山にのぼりて告げよ …………… 177
マッカラーズ, カーソン
  結婚式のメンバー ……………… 61

マラマッド, バーナード
  アシスタント …………………………… 7
ミッチェル, マーガレット
  風と共に去りぬ ………………………… 40
ミラー, アーサー
  セールスマンの死 ……………………… 98
ミラー, ヘンリー
  北回帰線 ………………………………… 49
  南回帰線 ………………………………… 168
メイラー, ノーマン
  裸者と死者 ……………………………… 181
メルヴィル, ハーマン
  白鯨 ……………………………………… 136
モリスン, トニ
  ビラヴド ………………………………… 149
ライト, リチャード
  アメリカの息子 ………………………… 9
ラヒリ, ジュンパ
  停電の夜に ……………………………… 113
リー, ハーパー
  アラバマ物語 …………………………… 10
ルイス, シンクレア
  本町通り ………………………………… 161
ル=グウィン, アーシュラ・K.
  ゲド戦記 ………………………………… 61
ロス, フィリップ
  さようならコロンバス ………………… 73
ロンドン, ジャック
  野生の呼び声 …………………………… 175

【アルゼンチン】
ボルヘス, ホルヘ・ルイス
  伝奇集 …………………………………… 115

【イギリス】
イシグロ, カズオ
  日の名残り ……………………………… 147
  わたしを離さないで …………………… 190
ウェルズ, H.G.
  宇宙戦争 ………………………………… 24
  タイム・マシン ………………………… 103
ウォー, イヴリン
  ブライズヘッドふたたび ……………… 153

ウォルポール, ホレス
  オトラント城 …………………………… 32
ウルフ, ヴァージニア
  オーランドー …………………………… 34
  ダロウェイ夫人 ………………………… 106
  灯台へ …………………………………… 117
エリオット, ジョージ
  サイラス・マーナ ……………………… 70
  ミドルマーチ …………………………… 168
エリオット, T.S.
  荒地 ……………………………………… 12
オーウェル, ジョージ
  1984年 …………………………………… 99
  動物農場 ………………………………… 118
オースティン, ジェイン
  エマ ……………………………………… 26
  高慢と偏見 ……………………………… 65
ギッシング, ジョージ
  ヘンリー・ライクロフトの私記 …… 157
キップリング, ラディヤード
  ジャングル・ブック …………………… 84
  少年キム ………………………………… 86
キャロル, ルイス
  不思議の国のアリス …………………… 152
クラーク, アーサー・C.
  幼年期の終り …………………………… 179
クリスティ, アガサ
  アクロイド殺し ………………………… 6
  そして誰もいなくなった …………… 100
グリーン, グレアム
  権力と栄光 ……………………………… 63
  情事の終り ……………………………… 86
  第三の男 ………………………………… 102
コリンズ, ウィルキー
  月長石 …………………………………… 61
ゴールズワージー, ジョン
  フォーサイト家物語 …………………… 151
ゴールディング, ウィリアム
  蠅の王 …………………………………… 136
コールリッジ, サミュエル・テイラー
  抒情民謡集 ……………………………… 87
  老水夫行 ………………………………… 186
コンラッド, ジョゼフ
  ノストローモ …………………………… 134

イギリス　作者名索引（海外）

闇の奥 …………………………… 177
ロード・ジム …………………… 186
サッカレイ, ウィリアム・マークピース
　虚栄の市 ………………………… 52
シェイクスピア, ウィリアム
　ヴェニスの商人 ………………… 21
　オセロー ………………………… 31
　ジュリアス・シーザー ………… 85
　テンペスト …………………… 116
　ハムレット …………………… 141
　マクベス ……………………… 162
　真夏の夜の夢 ………………… 164
　リア王 ………………………… 182
　ロミオとジュリエット ……… 187
シェリー, メアリー
　フランケンシュタイン ……… 154
シュート, ネヴィル
　渚にて ………………………… 124
ショー, ジョージ・バーナード
　ピグマリオン ………………… 145
シリトー, アラン
　長距離走者の孤独 …………… 110
スウィフト, ジョナサン
　ガリバー旅行記 ………………… 45
スコット, ウォルター
　アイヴァンホー …………………… 1
スターン, ローレンス
　トリストラム・シャンディ … 121
スティーヴンソン, ロバート・ルイス
　ジキル博士とハイド氏 ………… 78
　宝島 …………………………… 103
セイヤーズ, ドロシー・L.
　ナイン・テイラーズ ………… 123
ダレル, ロレンス
　アレキサンドリア・カルテット … 11
チェスタトン, ギルバード・ケイス
　ブラウン神父シリーズ ……… 154
　木曜の男 ……………………… 172
チョーサー, ジェフリー
　カンタベリー物語 ……………… 48
ディケンズ, チャールズ
　大いなる遺産 …………………… 30
　オリバー・ツイスト …………… 34
　クリスマス・キャロル ………… 59

荒涼館 ……………………………… 65
デイヴィッド・コパフィールド … 112
二都物語 ………………………… 128
デフォー, ダニエル
　ロビンソン・クルーソー …… 187
ドイル, アーサー・コナン
　シャーロック・ホームズの冒険 … 83
　バスカヴィル家の犬 ………… 138
　緋色の研究 …………………… 145
ドラブル, マーガレット
　碾臼 …………………………… 145
トールキン, J.R.R.
　指輪物語 ……………………… 178
バイロン, ジョージ・ゴードン
　チャイルド・ハロルドの遍歴 … 109
バージェス, アントニー
　時計じかけのオレンジ ……… 119
ハックスリー, オルダス
　すばらしい新世界 ……………… 94
　恋愛対位法 …………………… 185
ハーディ, トマス
　ダーバヴィル家のテス ……… 105
バトラー, サミュエル
　エレホン ………………………… 27
バニヤン, ジョン
　天路歴程 ……………………… 116
バリー, ジェームズ・マシュー
　ピーター・パン ……………… 145
フィールディング, ヘンリー
　トム・ジョウンズ …………… 120
フォーサイス, フレデリック
　ジャッカルの日 ………………… 82
フォースター, エドワード・モーガン
　インドへの道 …………………… 19
　ハワーズ・エンド …………… 143
ブロンテ, エミリー
　嵐が丘 …………………………… 9
ブロンテ, シャーロット
　ジェイン・エア ………………… 77
ペイター, ウォルター
　享楽主義者マリウス …………… 52
ベックフォード, ウィリアム・トマス
　ヴァセック ……………………… 20

ボズウェル, ジェームズ
　サミュエル・ジョンソン伝 ………… 72
マクドナルド, ジョージ
　リリス ……………………………… 184
マクリーン, アリステア
　女王陛下のユリシーズ号 …………… 87
マードック, アイリス
　鐘 ……………………………………… 43
マーロウ, クリストファー
　フォースタス博士 ………………… 151
マロリー, トマス
　アーサー王の死 ……………………… 6
マンスフィールド, キャサリン
　園遊会 ………………………………… 28
ミルトン, ジョン
　失楽園 ………………………………… 80
ミルン, A.A.
　クマのプーさん ……………………… 57
モア, トマス
　ユートピア ………………………… 178
モーム, ウィリアム・サマセット
　月と六ペンス ……………………… 111
　人間の絆 …………………………… 132
モリス, ウィリアム
　ユートピアだより ………………… 178
ラウリー, マルカム
　火山の下 ……………………………… 39
ラシュディ, サルマン
　悪魔の詩 ……………………………… 5
　真夜中の子供たち ………………… 164
ラム, チャールズ
　エリア随筆 …………………………… 27
リチャードソン, サミュエル
　パミラ ……………………………… 141
ルイス, C.S.
　ナルニア国物語 …………………… 125
ル・カレ, ジョン
　寒い国から帰ってきたスパイ …… 72
レッシング, ドリス
　黄金のノート ………………………… 29
ロフティング, ヒュー
　ドリトル先生シリーズ …………… 122

ローリング, J.K.
　ハリー・ポッターシリーズ ……… 142
ロレンス, D.H.
　恋する女たち ………………………… 64
　チャタレイ夫人の恋人 …………… 109
　息子と恋人 ………………………… 170
ロレンス, T.E.
　知恵の七柱 ………………………… 107
ワイルド, オスカー
　幸福な王子 …………………………… 65
　サロメ ………………………………… 73
　ドリアン・グレイの肖像 ………… 121
ワーズワース, ウィリアム
　抒情民謡集 …………………………… 87

【イタリア】

アプレイウス, ルキウス
　黄金のろば …………………………… 29
アリオスト, ルドヴィコ
　狂えるオルランド …………………… 59
ウェルギリウス
　アエネーイス ………………………… 1
エーコ, ウンベルト
　薔薇の名前 ………………………… 141
オウィディウス
　変身物語 …………………………… 157
カエサル
　ガリア戦記 …………………………… 45
カルヴィーノ, イタロ
　見えない都市 ……………………… 166
コッローディ, カルロ
　ピノキオの冒険 …………………… 146
ズヴェーヴォ, イタロ
　ゼーノの苦悶 ………………………… 97
ダヌンツィオ, ガブリエーレ
　死の勝利 ……………………………… 81
ダンテ・アリギエーリ
　神曲 …………………………………… 89
デ・アミーチス, エドモンド
　クオレ ………………………………… 56
トマージ・ディ・ランペドゥーサ, ジュゼッペ
　山猫 ………………………………… 177

決定版名作案内 ブックガイドにのった文学1000　**331**

ピランデルロ, ルイジ
　作者を探す六人の登場人物 ………… 71
ボッカチオ
　デカメロン ……………………… 114
マルコ・ポーロ
　東方見聞録 ……………………… 118
マンゾーニ, アレッサンドロ
　いいなづけ ……………………… 14
モラヴィア, アルベルト
　無関心な人びと ………………… 168
ランペドゥーサ　⇒トマージ・ディ・ランペドゥーサ, ジュゼッペを見よ

【インド】

ヴァールミーキ
　ラーマーヤナ …………………… 182
ヴィヤーサ
　マハーバーラタ ………………… 164

【オーストリア】

カネッティ, エリアス
　眩暈 ……………………………… 172
シュティフター, アーダルベルト
　水晶 ……………………………… 92
　晩夏 ……………………………… 143
シュニッツラー, アルトゥール
　恋愛三昧 ………………………… 185
フランクル, ヴィクトール・E.
　夜と霧 …………………………… 180
ブロッホ, ヘルマン
　ウェルギリウスの死 …………… 21
ムージル, ローベルト
　特性のない男 …………………… 118
リルケ, ライナー・マリア
　マルテの手記 …………………… 165

【オランダ】

エラスムス, デシデリウス
　痴愚神礼讃 ……………………… 107
フランク, アンネ
　アンネの日記 …………………… 13

【カナダ】

アトウッド, マーガレット
　侍女の物語 ……………………… 78

モンゴメリ, ルーシー・モード
　赤毛のアン ……………………… 3

【キューバ】

カルペンティエール, アレホ
　失われた足跡 …………………… 22

【ギリシャ】

アリストファネス
　女の平和 ………………………… 36
イソップ
　イソップ寓話集 ………………… 16
ソフォクレス
　オイディプス王 ………………… 28
プラトン
　饗宴 ……………………………… 51
　ソクラテスの弁明 ……………… 100
ホメロス
　イリアス ………………………… 18
　オデュッセイア ………………… 32

【コロンビア】

ガルシア＝マルケス, ガブリエル
　百年の孤独 ……………………… 148

【スイス】

クリストフ, アゴタ
　悪童日記 ………………………… 4
ケラー, ゴットフリート
　緑のハインリヒ ………………… 167
シュピリ, ヨハンナ
　アルプスの少女ハイジ ………… 11

【スウェーデン】

ラーゲルレーヴ, セルマ
　ニルスのふしぎな旅 …………… 131

【スコットランド】

スコット, ウォルター
　アイヴァンホー ………………… 1
ボズウェル, ジェームズ
　サミュエル・ジョンソン伝 …… 72
マクドナルド, ジョージ
　リリス …………………………… 184
マクリーン, アリステア
　女王陛下のユリシーズ号 ……… 87

【スペイン】

セルバンテス, ミゲル・デ
　ドン・キホーテ ……………………… 122

【ソビエト連邦】

ゴーリキー, マクシム
　どん底 ……………………………… 123
ショーロホフ, ミハイル
　静かなるドン ………………………… 79
ソルジェニーツィン, アレクサンドル・イサーエヴィチ
　イワン・デニーソヴィチの一日 ……… 19
　ガン病棟 ……………………………… 48
パステルナーク, ボリス・レオニードヴィチ
　ドクトル・ジバゴ ……………………… 119
ブルガーコフ, ミハイル・アファナーシエヴィチ
　巨匠とマルガリータ ………………… 52
マルシャーク, サムイル
　森は生きている ……………………… 174

【台湾】

呉明益
　歩道橋の魔術師 ……………………… 160

【チェコ】

チャペック, カレル
　ロボット ……………………………… 187
クンデラ, ミラン
　存在の耐えられない軽さ …………… 101
ハシェク, ヤロスラフ
　兵士シュヴェイクの冒険 …………… 156

【中国】

瞿佑
　剪灯新話 ……………………………… 99
呉承恩
　西遊記 ………………………………… 70
孔子
　詩経 …………………………………… 77
施耐庵
　水滸伝 ………………………………… 92
笑笑生
　金瓶梅 ………………………………… 54
曹雪芹
　紅楼夢 ………………………………… 66
莫言
　赤い高粱 ……………………………… 3
蒲松齢
　聊斎志異 ……………………………… 183
羅貫中
　三国志演義 …………………………… 74
李攀竜
　唐詩選 ………………………………… 117
魯迅
　阿Q正伝 ……………………………… 4
　狂人日記 ……………………………… 52
老舎
　駱駝祥子 ……………………………… 181

【ドイツ】

ヴェデキント, フランク
　春のめざめ …………………………… 142
エンデ, ミヒャエル
　モモ …………………………………… 173
カフカ, フランツ
　城 ……………………………………… 88
　審判 …………………………………… 91
　変身 …………………………………… 157
クライスト, ハインリッヒ・フォン
　こわれがめ …………………………… 69
グラス, ギュンター
　ブリキの太鼓 ………………………… 154
グリム兄弟
　グリム童話集 ………………………… 59
グリンメルスハウゼン
　阿呆物語 ……………………………… 8
ケストナー, エーリヒ
　エーミールと探偵たち ……………… 27
　飛ぶ教室 ……………………………… 120
ゲーテ, ヨハン・ヴォルフガング・フォン
　ヴィルヘルム・マイスターの修業時代 ……………………………………… 20
　親和力 ………………………………… 92
　ファウスト …………………………… 149
　若きウェルテルの悩み ……………… 189
ケラー, ゴットフリート
　緑のハインリヒ ……………………… 167

ゴットフリート・フォン・シュトラースブルク
　トリスタンとイズルデ 121
シャミッソー、アーデルベルト・フォン
　影をなくした男 39
シュトルム、テオドール
　みずうみ 167
シュリンク、ベルンハルト
　朗読者 186
シラー、フリードリッヒ・フォン
　ヴァレンシュタイン 20
　ヴィルヘルム・テル 20
　群盗 61
ニーチェ、フリードリヒ
　ツァラトゥストラかく語りき 110
ノヴァーリス
　青い花 2
ハイネ、ハインリッヒ
　歌の本 23
ハルトマン・フォン・アウエ
　哀れなハインリヒ 12
ブレヒト、ベルトルト
　三文オペラ 76
ヘッセ、ヘルマン
　車輪の下 83
　デミアン 114
ヘルダーリン、フリードリヒ
　ヒュペーリオン 148
ホフマン、エルンスト・テオドール・アマデウス
　黄金の壺 28
マン、トーマス
　ヴェニスに死す 21
　トニオ・クレーゲル 120
　ブッデンブローク家の人々 153
　魔の山 164
メーリケ、エードゥアルト
　旅の日のモーツァルト 105
リルケ、ライナー・マリア
　マルテの手記 165
レッシング、ゴットホールド・エフライム
　賢者ナータン 63
レマルク、エーリヒ・マリア
　凱旋門 36
　西部戦線異状なし 96

【ナイジェリア】
アチェベ、チヌア
　崩れゆく絆 57

【ニュージーランド】
マンスフィールド、キャサリン
　園遊会 28

【ノルウェー】
イプセン、ヘンリック
　人形の家 131
ヘイエルダール、トール
　コン・ティキ号探検記 70

【ハンガリー】
クリストフ、アゴタ
　悪童日記 4

【フィンランド】
リョンロート、エリアス
　カレワラ 46

【フランス】
アベ・プレヴォー
　マノン・レスコー 164
アラン=フルニエ
　グラン・モーヌ 59
ヴィアン、ボリス
　日々の泡 147
ヴィリエ・ド・リラダン
　未来のイヴ 168
ヴェルヌ、ジュール
　海底二万里 37
　十五少年漂流記 84
　地底旅行 108
　八十日間世界一周 139
ヴォルテール
　カンディード 48
カミュ、アルベール
　異邦人 18
　ペスト 156
コクトー、ジャン
　恐るべき子供たち 31

フランス

コルネイユ, ピエール
　ル・シッド ……………………… 184
コレット, シドニー・ガブリエル
　青い麦 …………………………… 2
コンスタン, バンジャマン
　アドルフ ………………………… 7
サガン, フランソワーズ
　悲しみよこんにちは …………… 42
サド, マルキ・ド
　悪徳の栄え ……………………… 5
サルトル, ジャン=ポール
　嘔吐 ……………………………… 29
サン=テグジュペリ, アントワーヌ・ド
　人間の土地 ……………………… 133
　星の王子さま …………………… 160
　夜間飛行 ………………………… 174
ジッド, アンドレ
　狭き門 …………………………… 97
　贋金つくり ……………………… 128
シャトーブリアン, フランソワ=ルネ・ド
　アタラ …………………………… 7
ジュネ, ジャン
　泥棒日記 ………………………… 122
スタンダール
　赤と黒 …………………………… 4
　パルムの僧院 …………………… 143
セリーヌ, ルイ=フェルディナン
　夜の果てへの旅 ………………… 180
ディドロ, ドゥニ
　ラモーの甥 ……………………… 182
デュマ・フィス, アレクサンドル
　椿姫 ……………………………… 112
デュマ・ペール, アレクサンドル
　三銃士 …………………………… 75
　モンテ・クリスト伯 …………… 174
デュラス, マルグリット
　愛人 ラマン ……………………… 1
ドーデ, アルフォンス
　風車小屋だより ………………… 150
パスカル, ブレーズ
　パンセ …………………………… 144
バルザック, オノレ・ド
　従妹ベット ……………………… 17
　ゴリオ爺さん …………………… 69
　谷間の百合 ……………………… 104
ビュトール, ミシェル
　心変わり ………………………… 67
ファーブル, ジャン・アンリ
　ファーブル昆虫記 ……………… 150
フランス, アナトール
　神々は渇く ……………………… 43
ブール, ピエール
　猿の惑星 ………………………… 73
プルースト, マルセル
　失われた時を求めて …………… 23
ブルトン, アンドレ
　ナジャ …………………………… 124
フローベール, ギュスターヴ
　感情教育 ………………………… 47
　ボヴァリー夫人 ………………… 158
ベケット, サミュエル
　ゴドーを待ちながら …………… 69
ベルヌ, ジュール　⇒ヴェルヌ, ジュールを見よ
ボードレール, シャルル
　悪の華 …………………………… 5
ボーマルシェ
　フィガロの結婚 ………………… 150
ボルテール　⇒ヴォルテールを見よ
マルタン・デュ・ガール, ロジェ
　チボー家の人々 ………………… 109
マルロー, アンドレ
　王道 ……………………………… 29
　人間の条件 ……………………… 132
ミュッセ, アルフレッド・ド
　戯れに恋はすまじ ……………… 106
メリメ, プロスペル
　カルメン ………………………… 46
モーパッサン, ギイ・ド
　女の一生 ………………………… 35
　脂肪の塊 ………………………… 81
モリエール
　タルチュフ ……………………… 106
　人間ぎらい ……………………… 131
モーリヤック, フランソワ
　テレーズ・デスケルー ………… 115

モンテーニュ, ミシェル・ド
　エセー ………………………… 26
ユゴー, ヴィクトル
　レ・ミゼラブル ……………… 185
ラクロ, ピエール＝アンブロワーズ＝フランソワ・ショデロ・ド
　危険な関係 …………………… 49
ラシーヌ, ジャン
　アンドロマック ……………… 13
　フェードル …………………… 150
ラディゲ, レイモン
　ドルジェル伯の舞踏会 ……… 122
　肉体の悪魔 …………………… 127
ラ・ファイエット夫人
　クレーヴの奥方 ……………… 60
ラ・フォンテーヌ
　寓話 …………………………… 55
ラブレー, フランソワ
　ガルガンチュアとパンタグリュエルの物語 …………………………… 45
ランボー, アルチュール
　地獄の季節 …………………… 78
リラダン　⇒ヴィリエ・ド・リラダンを見よ
ルソー, ジャン＝ジャック
　エミール ……………………… 27
　告白 …………………………… 67
ルナール, ジュール
　にんじん ……………………… 133
ルブラン, モーリス
　奇巌城 ………………………… 48
レヴィ＝ストロース, クロード
　悲しき熱帯 …………………… 42
ロスタン, エドモン
　シラノ・ド・ベルジュラック … 88
ロートレアモン
　マルドロールの歌 …………… 165
ロブ＝グリエ, アラン
　嫉妬 …………………………… 80
ロラン, ロマン
　ジャン・クリストフ ………… 83

【ベルギー】
メーテルリンク, モーリス
　青い鳥 ………………………… 2

【ペルシア】
ウマル・ハイヤーム
　ルバイヤート ………………… 184

【ポーランド】
アンジェイェフスキ, イェジ
　灰とダイヤモンド …………… 135
シェンキェヴィチ, ヘンリク
　クォ・ヴァディス …………… 55
レム, スタニスワフ
　ソラリス ……………………… 101

【南アフリカ】
クッツェー, ジョン・マックスウェル
　恥辱 …………………………… 107

【ロシア】
ガルシン, フセヴォロド
　紅い花 ………………………… 3
ゴーゴリ, ニコライ・ヴァシーリエヴィチ
　外套 …………………………… 37
　検察官 ………………………… 62
　死せる魂 ……………………… 79
　鼻 ……………………………… 140
ゴーリキー, マクシム
　どん底 ………………………… 123
ゴンチャローフ, イヴァン・アレクサンドロヴィチ
　オブローモフ ………………… 33
ザミャーチン, エヴゲーニイ・イヴァーノヴィチ
　われら ………………………… 191
ショーロホフ, ミハイル
　静かなるドン ………………… 79
ソルジェニーツィン, アレクサンドル・イサーエヴィチ
　イワン・デニーソヴィチの一日 … 19
　ガン病棟 ……………………… 48
チェーホフ, アントン・パーヴロヴィチ
　犬を連れた奥さん …………… 17
　かもめ ………………………… 44
　桜の園 ………………………… 71
　三人姉妹 ……………………… 76
　ワーニャ伯父さん …………… 190
ツルゲーネフ, イヴァン・セルゲーヴィチ
　父と子 ………………………… 108

初恋 ……………………………… 140
ドストエフスキー, フョードル・ミハイロヴィチ
　　悪霊 ………………………………… 5
　　カラマーゾフの兄弟 ……………… 45
　　地下室の手記 …………………… 107
　　罪と罰 …………………………… 112
　　白痴 ……………………………… 137
　　貧しき人びと …………………… 163
トルストイ, レフ・ニコラエヴィチ
　　アンナ・カレーニナ ……………… 13
　　イワン・イリイチの死 …………… 19
　　クロイツェル・ソナタ …………… 60
　　戦争と平和 ………………………… 99
　　復活 ……………………………… 152
パステルナーク, ボリス・レオニードヴィチ
　　ドクトル・ジバゴ ……………… 119
プーシキン, アレクサンドル・セルゲーヴィチ
　　エヴゲーニイ・オネーギン ……… 26
　　スペードの女王 …………………… 94
　　大尉の娘 ………………………… 101
ブルガーコフ, ミハイル・アファナーシエヴィチ
　　巨匠とマルガリータ ……………… 52
ベールイ, アンドレイ
　　ペテルブルグ …………………… 157
マルシャーク, サムイル
　　森は生きている ………………… 174
レスコーフ, ニコライ・セミョーノヴィチ
　　魅せられた旅人 ………………… 167
レールモントフ, ミハイル・ユーリエヴィチ
　　現代の英雄 ………………………… 63

分野別索引

見出し一覧

小説（日本）………………… 341
小説／短編（日本）………… 343
小説（海外）………………… 344
小説／短編（海外）………… 348
物語（日本）………………… 348
物語（海外）………………… 348
神話…………………………… 348
説話集………………………… 348
御伽草子……………………… 349
戯作…………………………… 349
仮名草子……………………… 349
浮世草子……………………… 349
読本…………………………… 349
児童文学・童話（日本）…… 349
児童文学・童話（海外）…… 349

随筆（日本）………………… 349
随筆（海外）………………… 350
日記…………………………… 350
伝記…………………………… 350
紀行（日本）………………… 350
紀行（海外）………………… 350
記録文学・体験記（日本）… 350
記録文学・体験記（海外）… 350
評論…………………………… 350

和歌…………………………… 350
短歌…………………………… 350
連歌…………………………… 351
俳諧・俳句…………………… 351
川柳…………………………… 351
詩（日本）…………………… 351
詩（海外）…………………… 351
叙事詩………………………… 351
歌謡…………………………… 351
漢詩…………………………… 351

戯曲（日本）………………… 351
戯曲（海外）………………… 351
童話劇・児童劇……………… 352
謡曲・狂言…………………… 352
浄瑠璃………………………… 352
歌舞伎………………………… 352
落語…………………………… 352
説教節………………………… 352

その他（日本）……………… 352
その他（海外）……………… 352

小説（日本）

- あ・うん（向田邦子） ………………… 1
- 青い山脈（石坂洋次郎） ……………… 2
- 青べか物語（山本周五郎） …………… 3
- 赤頭巾ちゃん気をつけて（庄司薫） … 4
- 赤穂浪士（大佛次郎） ………………… 6
- あすなろ物語（井上靖） ……………… 7
- あらくれ（徳田秋声） ………………… 9
- 或る女（有島武郎） …………………… 10
- 暗室（吉行淳之介） …………………… 12
- 杏っ子（室生犀星） …………………… 12
- 暗夜行路（志賀直哉） ………………… 14
- 如何なる星の下に（高見順） ………… 14
- 1Q84（村上春樹） ……………………… 16
- 田舎教師（田山花袋） ………………… 17
- 色ざんげ（宇野千代） ………………… 18
- 陰獣（江戸川乱歩） …………………… 19
- 浮雲（林芙美子） ……………………… 22
- 浮雲（二葉亭四迷） …………………… 22
- 歌のわかれ（中野重治） ……………… 23
- 腕くらべ（永井荷風） ………………… 24
- 海と毒薬（遠藤周作） ………………… 25
- 海に生くる人々（葉山嘉樹） ………… 25
- 永遠なる序章（椎名麟三） …………… 25
- 江分利満氏の優雅な生活（山口瞳） … 26
- 婉という女（大原富枝） ……………… 27
- 大阪の宿（水上瀧太郎） ……………… 30
- 鬼平犯科帳（池波正太郎） …………… 32
- おはん（宇野千代） …………………… 33
- お目出たき人（武者小路実篤） ……… 33
- 思出の記（徳冨蘆花） ………………… 33
- オリンポスの果実（田中英光） ……… 34
- 婦系図（泉鏡花） ……………………… 35
- 女坂（円地文子） ……………………… 35
- 女の一生（山本有三） ………………… 35
- 御宿かわせみ（平岩弓枝） …………… 36
- 怪人二十面相（江戸川乱歩） ………… 36
- 海辺の光景（安岡章太郎） …………… 38
- 輝ける闇（開高健） …………………… 38
- 鍵（谷崎潤一郎） ……………………… 38
- 限りなく透明に近いブルー（村上龍） … 38
- 火車（宮部みゆき） …………………… 39
- 風立ちぬ（堀辰雄） …………………… 40
- 火宅の人（檀一雄） …………………… 41
- 月山（森敦） …………………………… 41
- 蟹工船（小林多喜二） ………………… 43
- 黴（徳田秋声） ………………………… 43
- 仮面の告白（三島由紀夫） …………… 43
- 枯木灘（中上健次） …………………… 46
- 雁（森鷗外） …………………………… 47
- 雁の寺（水上勉） ……………………… 48
- 飢餓海峡（水上勉） …………………… 48
- 帰郷（大佛次郎） ……………………… 49
- 紀ノ川（有吉佐和子） ………………… 50
- 君の名は（菊田一夫） ………………… 50
- きらきらひかる（江國香織） ………… 53
- 吉里吉里人（井上ひさし） …………… 53
- 金閣寺（三島由紀夫） ………………… 54
- 銀の匙（中勘助） ……………………… 54
- 空海の風景（司馬遼太郎） …………… 55
- 苦役列車（西村賢太） ………………… 55
- 苦海浄土（石牟礼道子） ……………… 56
- 草の花（福永武彦） …………………… 56
- 草枕（夏目漱石） ……………………… 56
- 国盗り物語（司馬遼太郎） …………… 57
- 雲の墓標（阿川弘之） ………………… 57
- 鞍馬天狗（大佛次郎） ………………… 58
- 黒い雨（井伏鱒二） …………………… 60
- 黒髪（近松秋江） ……………………… 60
- 黒の試走車（梶山季之） ……………… 61
- 蹴りたい背中（綿矢りさ） …………… 62
- コインロッカー・ベイビーズ（村上龍） … 64
- 恍惚の人（有吉佐和子） ……………… 64
- 子を貸し屋（宇野浩二） ……………… 66
- 木枯し紋次郎（笹沢左保） …………… 66
- 故旧忘れ得べき（高見順） …………… 67
- 極楽とんぼ（里見弴） ………………… 67
- こころ（夏目漱石） …………………… 67
- 孤愁の岸（杉本苑子） ………………… 68
- 五重塔（幸田露伴） …………………… 68
- 個人的な体験（大江健三郎） ………… 68
- 古都（川端康成） ……………………… 69
- 金色夜叉（尾崎紅葉） ………………… 69
- 坂の上の雲（司馬遼太郎） …………… 71
- 桜島（梅崎春生） ……………………… 71
- 細雪（谷崎潤一郎） …………………… 72
- さぶ（山本周五郎） …………………… 72
- されどわれらが日々―（柴田翔） …… 73
- 三四郎（夏目漱石） …………………… 76
- 塩狩峠（三浦綾子） …………………… 77
- 潮騒（三島由紀夫） …………………… 77
- 死者の書（折口信夫（釈迢空）） …… 78
- 死線を越えて（賀川豊彦） …………… 79
- 時代屋の女房（村松友視） …………… 80
- 悉皆屋康吉（舟橋聖一） ……………… 80
- 失楽園（渡辺淳一） …………………… 80
- 死の棘（島尾敏雄） …………………… 81

分野別索引

渋江抽斎（森鷗外）……………… 81
斜陽（太宰治）…………………… 83
上海（横光利一）………………… 84
縮図（徳田秋声）………………… 84
春琴抄（谷崎潤一郎）…………… 85
死霊（埴谷雄高）………………… 88
白い巨塔（山崎豊子）…………… 88
次郎物語（下村湖人）…………… 89
しろばんば（井上靖）…………… 89
真空地帯（野間宏）……………… 89
真実一路（山本有三）…………… 89
神州纐纈城（国枝史郎）………… 90
新宿鮫（大沢在昌）……………… 90
真珠夫人（菊池寛）……………… 90
神聖喜劇（大西巨人）…………… 90
人生劇場（尾崎士郎）…………… 90
新選組始末記（子母沢寛）……… 91
姿三四郎（富田常雄）…………… 92
砂の上の植物群（吉行淳之介）… 93
砂の器（松本清張）……………… 93
砂の女（安部公房）……………… 93
すみだ川（永井荷風）…………… 94
生活の探究（島木健作）………… 95
青春の蹉跌（石川達三）………… 95
青春の門（五木寛之）…………… 95
青銅の基督（長与善郎）………… 95
聖ヨハネ病院にて（上林暁）…… 96
世界の終りとハードボイルド・ワンダーランド（村上春樹）……… 96
世界の中心で、愛をさけぶ（片山恭一）……………………………… 97
銭形平次捕物控（野村胡堂）…… 97
蟬しぐれ（藤沢周平）…………… 98
戦艦武蔵（吉村昭）……………… 98
千羽鶴（川端康成）……………… 99
蒼氓（石川達三）………………… 100
其面影（二葉亭四迷）…………… 100
それから（夏目漱石）…………… 101
大菩薩峠（中里介山）…………… 102
太陽のない街（徳永直）………… 103
滝口入道（高山樗牛）…………… 104
竹沢先生と云ふ人（長与善郎）… 104
多情多恨（尾崎紅葉）…………… 104
耽溺（岩野泡鳴）………………… 106
痴人の愛（谷崎潤一郎）………… 108
地の群れ（井上光晴）…………… 108
沈黙（遠藤周作）………………… 110
津軽（太宰治）…………………… 111
土（長塚節）……………………… 111

深い河（ディープ・リバー）（遠藤周作）……………………………… 114
手鎖心中（井上ひさし）………… 114
点と線（松本清張）……………… 115
天の夕顔（中河与一）…………… 116
天平の甍（井上靖）……………… 116
党生活者（小林多喜二）………… 117
当世書生気質（坪内逍遙）……… 117
徳川家康（山岡荘八）…………… 118
ドグラ・マグラ（夢野久作）…… 119
泥の河（宮本輝）………………… 122
敦煌（井上靖）…………………… 123
菜穂子（堀辰雄）………………… 123
流れる（幸田文）………………… 124
梨の花（中野重治）……………… 124
鳴門秘帖（吉川英治）…………… 125
南国太平記（直木三十五）……… 126
なんとなく、クリスタル（田中康夫）… 127
肉体の門（田村泰次郎）………… 127
二十四の瞳（壺井栄）…………… 127
日輪（横光利一）………………… 128
日本三文オペラ（開高健）……… 129
日本沈没（小松左京）…………… 129
楡家の人びと（北杜夫）………… 131
人間失格（太宰治）……………… 131
人間の壁（石川達三）…………… 132
人間の條件（五味川純平）……… 132
眠狂四郎無頼控（柴田錬三郎）… 133
眠れる美女（川端康成）………… 133
野菊の墓（伊藤左千夫）………… 134
野火（大岡昇平）………………… 134
伸子（宮本百合子）……………… 134
ノルウェイの森（村上春樹）…… 134
背徳のメス（黒岩重吾）………… 135
破戒（島崎藤村）………………… 136
箱男（安部公房）………………… 137
橋のない川（住井すゑ）………… 137
華岡青洲の妻（有吉佐和子）…… 140
花の生涯（舟橋聖一）…………… 140
巴里に死す（芹沢光治良）……… 141
春（島崎藤村）…………………… 142
挽歌（原田康子）………………… 144
半七捕物帳（岡本綺堂）………… 144
播州平野（宮本百合子）………… 144
彼岸過迄（夏目漱石）…………… 145
羊をめぐる冒険（村上春樹）…… 146
秀吉と利休（野上弥生子）……… 146
悲の器（高橋和巳）……………… 146
火の鳥（伊藤整）………………… 146

火の柱(木下尚江)……………… 147
氷点(三浦綾子)………………… 148
氷壁(井上靖)…………………… 148
梟の城(司馬遼太郎)…………… 152
富士に立つ影(白井喬二)……… 152
蒲団(田山花袋)………………… 153
俘虜記(大岡昇平)……………… 155
豊饒の海(三島由紀夫)………… 158
北条政子(永井路子)…………… 158
抱擁家族(小島信夫)…………… 159
放浪記(林芙美子)……………… 159
濹東綺譚(永井荷風)…………… 159
坊っちゃん(夏目漱石)………… 160
不如帰(徳冨蘆花)……………… 161
本陣殺人事件(横溝正史)……… 161
マークスの山(髙村薫)………… 162
麻雀放浪記(阿佐田哲也)……… 162
真知子(野上弥生子)…………… 163
万延元年のフットボール(大江健三郎)……………………………… 165
木乃伊の口紅(田村俊子)……… 166
岬(中上健次)…………………… 166
道草(夏目漱石)………………… 167
宮本武蔵(吉川英治)…………… 168
麦と兵隊(火野葦平)…………… 169
無限抱擁(瀧井孝作)…………… 169
武蔵野夫人(大岡昇平)………… 169
明暗(夏目漱石)………………… 170
迷路(野上弥生子)……………… 171
芽むしり仔撃ち(大江健三郎)… 172
燃えよ剣(司馬遼太郎)………… 172
樅ノ木は残った(山本周五郎)… 173
森と湖のまつり(武田泰淳)…… 173
門(夏目漱石)…………………… 174
柳生武芸帳(五味康祐)………… 175
野獣死すべし(大藪春彦)……… 175
山の音(川端康成)……………… 177
友情(武者小路実篤)…………… 177
雪国(川端康成)………………… 178
夜明け前(島崎藤村)…………… 179
吉野葛(谷崎潤一郎)…………… 180
落日燃ゆ(城山三郎)…………… 181
リツ子・その愛(檀一雄)……… 182
リツ子・その死(檀一雄)……… 183
理由(宮部みゆき)……………… 183
竜馬がゆく(司馬遼太郎)……… 183
旅愁(横光利一)………………… 183
レイテ戦記(大岡昇平)………… 184
路傍の石(山本有三)…………… 187

和解(志賀直哉)………………… 188
若い詩人の肖像(伊藤整)……… 188
若い人(石坂洋次郎)…………… 188
吾輩は猫である(夏目漱石)…… 189
別れたる妻に送る手紙(近松秋江)… 189
われらの時代(大江健三郎)…… 191

小説/短編(日本)
蒼ざめた馬を見よ(五木寛之)…… 2
アカシヤの大連(清岡卓行)……… 3
赤ひげ診療譚(山本周五郎)……… 4
足摺岬(田宮虎彦)………………… 7
あにいもうと(室生犀星)………… 8
阿部一族(森鷗外)………………… 8
アメリカひじき(野坂昭如)……… 9
あめりか物語(永井荷風)………… 9
或阿呆の一生(芥川龍之介)……… 10
或る「小倉日記」伝(松本清張)… 10
伊豆の踊子(川端康成)…………… 15
ヰタ・セクスアリス(森鷗外)…… 16
一千一秒物語(稲垣足穂)………… 17
いのちの初夜(北条民雄)………… 17
厭がらせの年齢(丹羽文雄)……… 18
歌行灯(泉鏡花)…………………… 23
生れ出づる悩み(有島武郎)……… 25
遠来の客たち(曽野綾子)………… 28
押絵と旅する男(江戸川乱歩)…… 31
お伽草紙(太宰治)………………… 32
恩讐の彼方に(菊池寛)…………… 35
海神丸(野上弥生子)……………… 36
怪談(小泉八雲)…………………… 36
カインの末裔(有島武郎)………… 38
河童(芥川龍之介)………………… 41
ガラスの靴(安岡章太郎)………… 44
機械(横光利一)…………………… 48
キッチン(吉本ばなな)…………… 50
城の崎にて(志賀直哉)…………… 50
キャラメル工場から(佐多稲子)… 50
牛肉と馬鈴薯(国木田独歩)……… 51
蜘蛛の糸(芥川龍之介)…………… 57
暗い絵(野間宏)…………………… 58
蔵の中(宇野浩二)………………… 58
幻化(梅崎春生)…………………… 62
原色の街(吉行淳之介)…………… 63
高野聖(泉鏡花)…………………… 65
子をつれて(葛西善蔵)…………… 66
小僧の神様(志賀直哉)…………… 68
最後の一句(森鷗外)……………… 70
桜の森の満開の下(坂口安吾)…… 71

山月記(中島敦)・・・・・・・・・・・・・・・・・・ 74
山椒魚(井伏鱒二)・・・・・・・・・・・・・・・・ 75
山椒大夫(森鷗外)・・・・・・・・・・・・・・・・ 76
三匹の蟹(大庭みな子)・・・・・・・・・・・・ 76
飼育(大江健三郎)・・・・・・・・・・・・・・・・ 77
地獄変(芥川龍之介)・・・・・・・・・・・・・・ 78
刺青(谷崎潤一郎)・・・・・・・・・・・・・・・・ 79
忍ぶ川(三浦哲郎)・・・・・・・・・・・・・・・・ 81
ジョン万次郎漂流記(井伏鱒二)・・・・ 87
性に眼覚める頃(室生犀星)・・・・・・・・ 96
清兵衛と瓢箪(志賀直哉)・・・・・・・・・・ 96
セメント樽の中の手紙(葉山嘉樹)・・ 98
感傷旅行(センチメンタル・ジャーニイ)(田辺聖子)・・・・・・・・・・・・・・・・ 99
太陽の季節(石原慎太郎)・・・・・・・・・ 103
高瀬舟(森鷗外)・・・・・・・・・・・・・・・・・ 103
たけくらべ(樋口一葉)・・・・・・・・・・・ 104
忠直卿行状記(菊池寛)・・・・・・・・・・・ 104
鶴八鶴次郎(川口松太郎)・・・・・・・・・ 112
田園の憂鬱(佐藤春夫)・・・・・・・・・・・ 115
何処へ(正宗白鳥)・・・・・・・・・・・・・・・ 119
杜子春(芥川龍之介)・・・・・・・・・・・・・ 120
トロッコ(芥川龍之介)・・・・・・・・・・・ 122
夏の終り(瀬戸内寂聴)・・・・・・・・・・・ 124
夏の花(原民喜)・・・・・・・・・・・・・・・・・ 125
楢山節考(深沢七郎)・・・・・・・・・・・・・ 125
にごりえ(樋口一葉)・・・・・・・・・・・・・ 127
二銭銅貨(江戸川乱歩)・・・・・・・・・・・ 128
乗合馬車(中里恒子)・・・・・・・・・・・・・ 134
白痴(坂口安吾)・・・・・・・・・・・・・・・・・ 136
歯車(芥川龍之介)・・・・・・・・・・・・・・・ 137
走れメロス(太宰治)・・・・・・・・・・・・・ 138
裸の王様(開高健)・・・・・・・・・・・・・・・ 138
鼻(芥川龍之介)・・・・・・・・・・・・・・・・・ 140
パニック(開高健)・・・・・・・・・・・・・・・ 141
パルタイ(倉橋由美子)・・・・・・・・・・・ 142
晩菊(林芙美子)・・・・・・・・・・・・・・・・・ 144
晩年(太宰治)・・・・・・・・・・・・・・・・・・・ 144
ひかりごけ(武田泰淳)・・・・・・・・・・・ 145
広場の孤独(堀田善衞)・・・・・・・・・・・ 149
風流仏(幸田露伴)・・・・・・・・・・・・・・・ 150
富嶽百景(太宰治)・・・・・・・・・・・・・・・ 151
ふらんす物語(永井荷風)・・・・・・・・・ 154
プールサイド小景(庄野潤三)・・・・・ 155
糞尿譚(火野葦平)・・・・・・・・・・・・・・・ 155
奉教人の死(芥川龍之介)・・・・・・・・・ 158
火垂るの墓(野坂昭如)・・・・・・・・・・・ 160
鉄道員(ぽっぽや)(浅田次郎)・・・・・ 160
舞姫(森鷗外)・・・・・・・・・・・・・・・・・・・ 161

武蔵野(国木田独歩)・・・・・・・・・・・・・ 169
虫のいろいろ(尾崎一雄)・・・・・・・・・ 169
村の家(中野重治)・・・・・・・・・・・・・・・ 170
冥途(内田百閒)・・・・・・・・・・・・・・・・・ 171
夫婦善哉(織田作之助)・・・・・・・・・・・ 171
焼跡のイエス(石川淳)・・・・・・・・・・・ 175
屋根裏の散歩者(江戸川乱歩)・・・・・ 176
藪の中(芥川龍之介)・・・・・・・・・・・・・ 176
杳子(古井由吉)・・・・・・・・・・・・・・・・・ 179
遙拝隊長(井伏鱒二)・・・・・・・・・・・・・ 179
羅生門(芥川龍之介)・・・・・・・・・・・・・ 182
李陵(中島敦)・・・・・・・・・・・・・・・・・・・ 184
檸檬(梶井基次郎)・・・・・・・・・・・・・・・ 185
老妓抄(岡本かの子)・・・・・・・・・・・・・ 186
忘れえぬ人々(国木田独歩)・・・・・・・ 190
悪い仲間(安岡章太郎)・・・・・・・・・・・ 190

小説(海外)

アイヴァンホー(スコット)・・・・・・・・・ 1
愛人 ラマン(デュラス)・・・・・・・・・・・ 1
青い花(ノヴァーリス)・・・・・・・・・・・・ 2
青い麦(コレット)・・・・・・・・・・・・・・・・ 2
赤い高粱(莫言)・・・・・・・・・・・・・・・・・・ 3
赤毛のアン(モンゴメリ)・・・・・・・・・・ 3
赤と黒(スタンダール)・・・・・・・・・・・・ 4
阿Q正伝(魯迅)・・・・・・・・・・・・・・・・・・ 4
悪童日記(クリストフ)・・・・・・・・・・・・ 4
悪徳の栄え(サド)・・・・・・・・・・・・・・・・ 5
悪魔の詩(ラシュディ)・・・・・・・・・・・・ 5
悪霊(ドストエフスキー)・・・・・・・・・・ 5
アクロイド殺し(クリスティ)・・・・・・ 6
アシスタント(マラマッド)・・・・・・・・ 7
あしながおじさん(ウェブスター)・・ 7
アタラ(シャトーブリアン)・・・・・・・・ 7
アドルフ(コンスタン)・・・・・・・・・・・・ 7
アブサロム、アブサロム!(フォークナー)・・・・・・・・・・・・・・・・・・・・・・・・・・ 8
阿呆物語(グリンメルスハウゼン)・・ 8
アメリカの悲劇(ドライサー)・・・・・・ 8
アメリカの息子(ライト)・・・・・・・・・・ 9
嵐が丘(ブロンテ)・・・・・・・・・・・・・・・・ 9
アラバマ物語(リー)・・・・・・・・・・・・・ 10
アルジャーノンに花束を(キイス)・ 11
ある婦人の肖像(ジェイムズ)・・・・・ 11
アルプスの少女ハイジ(シュピリ)・ 11
アレキサンドリア・カルテット(ダレル)・・・・・・・・・・・・・・・・・・・・・・・・・・・ 11
アンクル・トムの小屋(ストウ)・・・ 12

分野別索引

アンドロイドは電気羊の夢を見るか？(ディック)……13
アンナ・カレーニナ(トルストイ)……13
いいなづけ(マンゾーニ)……14
怒りの葡萄(スタインベック)……15
従妹ベット(バルザック)……17
異邦人(カミュ)……18
イワン・イリイチの死(トルストイ)……19
イワン・デニーソヴィチの一日(ソルジェニーツィン)……19
インドへの道(フォースター)……19
ヴァセック(ベックフォード)……20
ヴィルヘルム・マイスターの修業時代(ゲーテ)……20
ヴェニスに死す(マン)……21
ウェルギリウスの死(ブロッホ)……21
失われた足跡(カルペンティエール)……22
失われた時を求めて(プルースト)……23
宇宙戦争(ウェルズ)……24
エイジ・オブ・イノセンス(ウォートン)……25
エヴゲーニイ・オネーギン(プーシキン)……26
エマ(オースティン)……26
エミール(ルソー)……27
エレホン(バトラー)……27
黄金の壺(ホフマン)……28
黄金のノート(レッシング)……29
黄金のろば(アプレイウス)……29
嘔吐(サルトル)……29
王道(マルロー)……29
大いなる遺産(ディケンズ)……30
大いなる眠り(チャンドラー)……30
恐るべき子供たち(コクトー)……31
オブローモフ(ゴンチャローフ)……33
オーランドー(ウルフ)……34
オリバー・ツイスト(ディケンズ)……34
オン・ザ・ロード(ケルアック)……34
女の一生(モーパッサン)……35
凱旋門(レマルク)……36
海底二万里(ヴェルヌ)……37
顧みれば(ベラミー)……38
影をなくした男(シャミッソー)……39
火山の下(ラウリー)……39
賢い血(オコナー)……39
華氏451度(ブラッドベリ)……40
風と共に去りぬ(ミッチェル)……40
カッコーの巣の上で(キージー)……41
悲しみよこんにちは(サガン)……42

鐘(マードック)……43
ガープの世界(アーヴィング)……43
神々は渇く(フランス)……43
かもめのジョナサン(バック)……44
カラーパープル(ウォーカー)……44
カラマーゾフの兄弟(ドストエフスキー)……45
ガリバー旅行記(スウィフト)……45
ガルガンチュアとパンタグリュエルの物語(ラブレー)……45
カルメン(メリメ)……46
彼らの目は神を見ていた(ハーストン)……46
感情教育(フローベール)……47
カンディード(ヴォルテール)……48
ガン病棟(ソルジェニーツィン)……48
奇巌城(ルブラン)……48
危険な関係(ラクロ)……49
儀式(シルコウ)……49
北回帰線(ミラー)……49
キャッチ＝22(ヘラー)……50
吸血鬼ドラキュラ(ストーカー)……51
享楽主義者マリウス(ペイター)……52
虚栄の市(サッカレイ)……52
巨匠とマルガリータ(ブルガーコフ)……52
金瓶梅(笑笑生)……54
クォ・ヴァディス(シェンキェヴィチ)……55
クオレ(デ・アミーチス)……56
崩れゆく絆(アチェベ)……57
クマのプーさん(ミルン)……57
グラン・モーヌ(アラン＝フルニエ)……59
クリスマス・キャロル(ディケンズ)……59
クレーヴの奥方(ラ・ファイエット夫人)……60
グレート・ギャツビー(フィッツジェラルド)……60
クロイツェル・ソナタ(トルストイ)……60
結婚式のメンバー(マッカラーズ)……61
月長石(コリンズ)……61
ゲド戦記(ル＝グウィン)……61
現代の英雄(レールモントフ)……63
権力と栄光(グリーン)……63
恋する女たち(ロレンス)……64
高慢と偏見(オースティン)……65
荒涼館(ディケンズ)……65
紅楼夢(曹雪芹)……66
心変わり(ビュトール)……67
ゴリオ爺さん(バルザック)……69
西遊記(呉承恩)……70

サイラス・マーナ（エリオット）……… 70
寒い国から帰ってきたスパイ（ル・カレ）……………………………………… 72
猿の惑星（ブール）……………………… 73
サンクチュアリ（フォークナー）……… 74
三国志演義（羅貫中）…………………… 74
三銃士（デュマ・ペール）……………… 75
ジェイン・エア（ブロンテ）…………… 77
ジキル博士とハイド氏（スティーヴンソン）……………………………………… 78
侍女の物語（アトウッド）……………… 78
静かなるドン（ショーロホフ）………… 79
シスター・キャリー（ドライサー）…… 79
死せる魂（ゴーゴリ）…………………… 79
嫉妬（ロブ＝グリエ）…………………… 80
死の勝利（ダヌンツィオ）……………… 81
脂肪の塊（モーパッサン）……………… 81
シャイニング（キング）………………… 82
ジャッカルの日（フォーサイス）……… 82
車輪の下（ヘッセ）……………………… 83
ジャン・クリストフ（ロラン）………… 83
ジャングル（シンクレア）……………… 83
十五少年漂流記（ヴェルヌ）…………… 84
ジョイ・ラック・クラブ（タン）……… 85
小公子（バーネット）…………………… 86
情事の終り（グリーン）………………… 86
少年キム（キップリング）……………… 86
女王陛下のユリシーズ号（マクリーン）………………………………………… 87
城（カフカ）……………………………… 88
審判（カフカ）…………………………… 91
親和力（ゲーテ）………………………… 92
水滸伝（施耐庵）………………………… 92
スタンド・バイ・ミー（キング）……… 93
すばらしい新世界（ハックスリー）…… 94
スペードの女王（プーシキン）………… 94
スローターハウス5（ヴォネガット）… 94
西部戦線異状なし（レマルク）………… 96
ゼーノの苦悶（ズヴェーヴォ）………… 97
狭き門（ジッド）………………………… 97
1984年（オーウェル）…………………… 99
戦争と平和（トルストイ）……………… 99
そして誰もいなくなった（クリスティ）……………………………………… 100
ソフィーの選択（スタイロン）……… 101
ソラリス（レム）……………………… 101
存在の耐えられない軽さ（クンデラ）… 101
大尉の娘（プーシキン）……………… 101
第三の男（グリーン）………………… 102

大地（バック）………………………… 102
タイム・マシン（ウェルズ）………… 103
誰がために鐘は鳴る（ヘミングウェイ）……………………………………… 103
宝島（スティーヴンソン）…………… 103
谷間の百合（バルザック）…………… 104
ダーバヴィル家のテス（ハーディ）… 105
タバコ・ロード（コールドウェル）… 105
旅路の果て（バース）………………… 105
ダロウェイ夫人（ウルフ）…………… 106
地下室の手記（ドストエフスキー）… 107
恥辱（クッツェー）…………………… 107
父と子（ツルゲーネフ）……………… 108
地底旅行（ヴェルヌ）………………… 108
チボー家の人々（マルタン・デュ・ガール）……………………………… 109
チャタレイ夫人の恋人（ロレンス）… 109
月と六ペンス（モーム）……………… 111
椿姫（デュマ・フィス）……………… 112
罪と罰（ドストエフスキー）………… 112
デイヴィッド・コパフィールド（ディケンズ）……………………………… 112
デイジー・ミラー（ジェイムズ）…… 113
ティファニーで朝食を（カポーティ）… 113
デミアン（ヘッセ）…………………… 114
テレーズ・デスケルー（モーリヤック）……………………………………… 115
天使よ故郷を見よ（ウルフ）………… 115
灯台へ（ウルフ）……………………… 117
動物農場（オーウェル）……………… 118
遠い声 遠い部屋（カポーティ）…… 118
特性のない男（ムージル）…………… 118
ドクトル・ジバゴ（パステルナーク）… 119
時計じかけのオレンジ（バージェス）… 119
トム・ジョウンズ（フィールディング）……………………………………… 120
トム・ソーヤーの冒険（トウェイン）… 121
ドリアン・グレイの肖像（ワイルド）… 121
トリストラム・シャンディ（スターン）……………………………………… 121
ドルジェル伯の舞踏会（ラディゲ）… 122
泥棒日記（ジュネ）…………………… 122
ドン・キホーテ（セルバンテス）…… 122
ナイン・テイラーズ（セイヤーズ）… 123
長いお別れ（チャンドラー）………… 124
渚にて（シュート）…………………… 124
ナジャ（ブルトン）…………………… 124
肉体の悪魔（ラディゲ）……………… 127
贋金つくり（ジッド）………………… 128

二都物語(ディケンズ) ……………… 128
ニューロマンサー(ギブスン) ………… 130
人間の絆(モーム) ………………… 132
人間の条件(マルロー) …………… 132
にんじん(ルナール) ………………… 133
ねじの回転(ジェイムズ) …………… 133
ノストローモ(コンラッド) …………… 134
灰とダイヤモンド(アンジェイェフスキ) …………………………… 135
蠅の王(ゴールディング) …………… 136
白鯨(メルヴィル) …………………… 136
白痴(ドストエフスキー) …………… 137
走れウサギ(アップダイク) ………… 138
バスカヴィル家の犬(ドイル) ……… 138
裸のランチ(バロウズ) ……………… 138
八月の光(フォークナー) …………… 139
八十日間世界一周(ヴェルヌ) …… 139
ハーツォグ(ベロー) ………………… 139
ハツカネズミと人間(スタインベック) ………………………… 139
ハックルベリー・フィンの冒険(トウェイン) ……………………… 139
パミラ(リチャードソン) ……………… 141
薔薇の名前(エーコ) ………………… 141
ハリー・ポッターシリーズ(ローリング) ……………………………… 142
パルムの僧院(スタンダール) ……… 143
ハワーズ・エンド(フォースター) …… 143
晩夏(シュティフター) ……………… 143
緋色の研究(ドイル) ………………… 145
碾臼(ドラブル) ……………………… 145
ピーター・パン(バリー) …………… 145
日の名残り(イシグロ) ……………… 147
響きと怒り(フォークナー) ………… 147
日々の泡(ヴィアン) ………………… 147
緋文字(ホーソーン) ………………… 147
百年の孤独(ガルシア=マルケス) … 148
ヒュペーリオン(ヘルダーリン) …… 148
ビラヴド(モリスン) ………………… 149
日はまた昇る(ヘミングウェイ) …… 149
V.(ピンチョン) ……………………… 150
フォーサイト家物語(ゴールズワージー) …………………………… 151
武器よさらば(ヘミングウェイ) …… 151
復活(トルストイ) …………………… 152
ブッデンブローク家の人々(マン) … 153
ブライズヘッドふたたび(ウォー) … 153
ブラウン神父シリーズ(チェスタトン) …………………………… 154
フラニーとゾーイー(サリンジャー) … 154
フランケンシュタイン(シェリー) …… 154
ブリキの太鼓(グラス) ……………… 154
兵士シュヴェイクの冒険(ハシェク) … 156
ペスト(カミュ) ……………………… 156
ペテルブルグ(ベールイ) …………… 157
ベル・ジャー(プラス) ……………… 157
ボヴァリー夫人(フローベール) …… 158
放浪者メルモス(マチューリン) …… 159
星の王子さま(サン=テグジュペリ) … 160
本町通り(ルイス) …………………… 161
貧しき人びと(ドストエフスキー) … 163
魔の山(マン) ……………………… 164
マノン・レスコー(アベ・プレヴォー) ………………………… 164
真夜中の子供たち(ラシュディ) …… 164
マルタの鷹(ハメット) ……………… 165
マルテの手記(リルケ) ……………… 165
見えない都市(カルヴィーノ) ……… 166
見えない人間(エリスン) …………… 166
魅せられた旅人(レスコーフ) …… 167
緑のハインリヒ(ケラー) …………… 167
ミドルマーチ(エリオット) ………… 168
南回帰線(ミラー) …………………… 168
未来のイヴ(ヴィリエ・ド・リラダン) … 168
無関心な人びと(モラヴィア) ……… 168
息子と恋人(ロレンス) ……………… 170
眩暈(カネッティ) …………………… 172
もう一つの国(ボールドウィン) …… 172
木曜の男(チェスタトン) …………… 172
モヒカン族の最後(クーパー) ……… 173
モンテ・クリスト伯(デュマ・ペール) ………………………… 174
夜間飛行(サン=テグジュペリ) …… 174
野生の呼び声(ロンドン) …………… 175
山にのぼりて告げよ(ボールドウィン) ……………………………… 177
山猫(トマージ・ディ・ランペドゥーサ) ……………………………… 177
闇の奥(コンラッド) ………………… 177
幽霊たち(オースター) ……………… 178
U.S.A.(ドス・パソス) ……………… 178
ユートピアだより(モリス) ………… 178
指輪物語(トールキン) ……………… 178
ユリシーズ(ジョイス) ……………… 179
幼年期の終り(クラーク) …………… 179
夜の果てへの旅(セリーヌ) ……… 180
ライ麦畑でつかまえて(サリンジャー) ……………………………… 181

駱駝祥子（老舎）	181
裸者と死者（メイラー）	181
ラモーの甥（ディドロ）	182
リリス（マクドナルド）	184
冷血（カポーティ）	184
レ・ミゼラブル（ユゴー）	185
恋愛対位法（ハックスリー）	185
老人と海（ヘミングウェイ）	186
朗読者（シュリンク）	186
ロード・ジム（コンラッド）	186
ロビンソン・クルーソー（デフォー）	187
ロリータ（ナボコフ）	187
Yの悲劇（クイーン）	188
若い芸術家の肖像（ジョイス）	188
若きウェルテルの悩み（ゲーテ）	189
若草物語（オルコット）	189
わたしを離さないで（イシグロ）	190
私のアントニーア（キャザー）	190
われら（ザミャーチン）	191

小説/短編（海外）

紅い花（ガルシン）	3
アッシャー家の崩壊（ポー）	7
犬を連れた奥さん（チェーホフ）	17
園遊会（マンスフィールド）	28
黄金虫（ポー）	28
オトラント城（ウォルポール）	32
外套（ゴーゴリ）	37
狂人日記（魯迅）	52
黒猫（ポー）	60
賢者の贈り物（オー・ヘンリー）	63
最後の一葉（オー・ヘンリー）	70
さようならコロンバス（ロス）	73
シャーロック・ホームズの冒険（ドイル）	83
水晶（シュティフター）	92
スケッチ・ブック（アーヴィング）	93
剪灯新話（瞿佑）	99
大聖堂（カーヴァー）	102
旅の日のモーツァルト（メーリケ）	105
長距離走者の孤独（シリトー）	110
停電の夜に（ラヒリ）	113
デカメロン（ボッカチオ）	114
伝奇集（ボルヘス）	115
トニオ・クレーゲル（マン）	120
初恋（ツルゲーネフ）	140
鼻（ゴーゴリ）	140
風車小屋だより（ドーデ）	150
変身（カフカ）	157

歩道橋の魔術師（呉明益）	160
みずうみ（シュトルム）	167
モルグ街の殺人（ポー）	174
聊斎志異（蒲松齢）	183
ワインズバーグ・オハイオ（アンダーソン）	188

物語（日本）

秋夜長物語	4
伊勢物語	16
今鏡（藤原為経〔作か〕）	18
うつほ物語	24
栄花物語	25
大鏡	30
落窪物語	31
義経記	49
源氏物語（紫式部）	63
狭衣物語	72
承久記	85
将門記	87
曽我物語	100
太平記	102
竹取物語	104
堤中納言物語	111
とりかへばや物語	121
浜松中納言物語	141
平家物語	155
平治物語	156
平中物語	156
保元物語	158
増鏡	163
水鏡（中山忠親）	167
大和物語	176
夜半の寝覚	181

物語（海外）

アーサー王の死（マロリー）	6
イソップ寓話集（イソップ）	16
カンタベリー物語（チョーサー）	48
寓話（ラ・フォンテーヌ）	55
天路歴程（バニヤン）	116
ユートピア（モア）	178

神話

エッダ	26
古事記	68
日本書紀	129
変身物語（オウィディウス）	157

説話集

アラビアン・ナイト	10
宇治拾遺物語	22

古今著聞集(橘成季〔編〕)……………… 68
古事談(源顕兼〔編〕)…………………… 68
古本説話集………………………………… 69
今昔物語集………………………………… 70
十訓抄……………………………………… 80
沙石集(無住)……………………………… 82
撰集抄……………………………………… 99
遠野物語(柳田國男)……………………… 118
日本霊異記(景戒)………………………… 130
発心集(鴨長明〔編〕)…………………… 160

御伽草子
御伽草子…………………………………… 32
物くさ太郎………………………………… 173

戯作
安愚楽鍋(仮名垣魯文)……………………… 5
浮世床(式亭三馬)………………………… 22
浮世風呂(式亭三馬)……………………… 22
江戸生艶気樺焼(山東京伝)……………… 26
金々先生栄花夢(恋川春町)……………… 54
春色梅児誉美(為永春水)………………… 85
醒睡笑(安楽庵策伝)……………………… 95
椿説弓張月(曲亭馬琴)…………………… 110
東海道中膝栗毛(十返舎一九)…………… 116
南総里見八犬伝(曲亭馬琴)……………… 126
偐紫田舎源氏(柳亭種彦)………………… 128

仮名草子
伊曽保物語………………………………… 16
伽婢子(浅井了意)………………………… 32
竹斎(富山道冶)…………………………… 107

浮世草子
好色一代男(井原西鶴)…………………… 64
好色一代女(井原西鶴)…………………… 65
好色五人女(井原西鶴)…………………… 65
世間胸算用(井原西鶴)…………………… 97
日本永代蔵(井原西鶴)…………………… 128

読本
雨月物語(上田秋成)……………………… 22
春雨物語(上田秋成)……………………… 142

児童文学・童話(日本)
赤い蠟燭と人魚(小川未明)………………… 3
風の又三郎(宮沢賢治)…………………… 41
キューポラのある街(早船ちよ)………… 51
銀河鉄道の夜(宮沢賢治)………………… 54
グスコーブドリの伝記(宮沢賢治)……… 56
蜘蛛の糸(芥川龍之介)…………………… 57
注文の多い料理店(宮沢賢治)…………… 110
杜子春(芥川龍之介)……………………… 120

ノンちゃん雲に乗る(石井桃子)………… 135
一房の葡萄(有島武郎)…………………… 146
ビルマの竪琴(竹山道雄)………………… 149

児童文学・童話(海外)
赤毛のアン(モンゴメリ)…………………… 3
あしながおじさん(ウェブスター)………… 7
アルプスの少女ハイジ(シュピリ)……… 11
エーミールと探偵たち(ケストナー)…… 27
王子と乞食(トウェイン)………………… 29
オズの魔法使い(ボーム)………………… 31
クオレ(デ・アミーチス)………………… 56
クマのプーさん(ミルン)………………… 57
グリム童話集(グリム兄弟)……………… 59
ゲド戦記(ル＝グウィン)………………… 61
幸福な王子(ワイルド)…………………… 65
ジャングル・ブック(キップリング)…… 84
小公子(バーネット)……………………… 86
宝島(スティーヴンソン)………………… 103
飛ぶ教室(ケストナー)…………………… 120
トム・ソーヤーの冒険(トウェイン)…… 121
ドリトル先生シリーズ(ロフティング)………………………………………… 122
ナルニア国物語(ルイス)………………… 125
ニルスのふしぎな旅(ラーゲルレーヴ)………………………………………… 131
ハックルベリー・フィンの冒険(トウェイン)………………………………… 139
ピノキオの冒険(コッローディ)………… 146
不思議の国のアリス(キャロル)………… 152
星の王子さま(サン＝テグジュペリ)…… 160
モモ(エンデ)……………………………… 173

随筆(日本)
一年有半(中江兆民)……………………… 17
陰翳礼讃(谷崎潤一郎)…………………… 19
花月草紙(松平定信)……………………… 39
三太郎の日記(阿部次郎)………………… 76
自然と人生(徳冨蘆花)…………………… 79
十二支考(南方熊楠)……………………… 84
人生論ノート(三木清)…………………… 91
玉勝間(本居宣長)………………………… 105
徒然草(兼好法師)………………………… 112
どくとるマンボウ航海記(北杜夫)……… 119
日本文化私観(坂口安吾)………………… 130
病牀六尺(正岡子規)……………………… 148
富嶽百景(太宰治)………………………… 151
方丈記(鴨長明)…………………………… 158
北越雪譜(鈴木牧之)……………………… 159
枕草子(清少納言)………………………… 162

武蔵野（国木田独歩）……………… 169
藪柑子集（寺田寅彦）……………… 176

随筆（海外）
ウォールデン 森の生活（ソロー）…… 21
エセー（モンテーニュ）…………… 26
エリア随筆（ラム）………………… 27
市民の反抗（ソロー）……………… 81
スケッチ・ブック（アーヴィング）…… 93
人間の土地（サン＝テグジュペリ）…… 133
ヘンリー・ライクロフトの私記（ギッシング）………………………… 157

日記
アンネの日記（フランク）…………… 13
十六夜日記（阿仏尼）……………… 15
和泉式部日記（和泉式部）…………… 15
蜻蛉日記（藤原道綱母）…………… 39
讃岐典侍日記（藤原長子）…………… 72
更級日記（菅原孝標女）……………… 73
成尋阿闍梨母集（成尋阿闍梨母）…… 86
断腸亭日乗（永井荷風）…………… 106
土佐日記（紀貫之）………………… 119
とはずがたり（後深草院二条）…… 122
紫式部日記（紫式部）……………… 170
明月記（藤原定家）………………… 171

伝記
折たく柴の記（新井白石）…………… 34
告白（ルソー）……………………… 67
サミュエル・ジョンソン伝（ボズウェル）………………………………… 72
三十三年の夢（宮崎滔天）…………… 75
太閤記（小瀬甫庵）………………… 102
福翁自伝（福澤諭吉）……………… 151
窓ぎわのトットちゃん（黒柳徹子）…… 163
余は如何にして基督信徒となりし乎（内村鑑三）……………………… 181

紀行（日本）
十六夜日記（阿仏尼）……………… 15
おくのほそ道（松尾芭蕉）…………… 30
海道記…………………………… 37
海南小記（柳田國男）……………… 37
チベット旅行記（河口慧海）………… 109
津軽（太宰治）…………………… 111
東関紀行………………………… 117
土佐日記（紀貫之）……………… 119
何でも見てやろう（小田実）………… 126
日本アルプス（小島烏水）…………… 129

紀行（海外）
悲しき熱帯（レヴィ＝ストロース）…… 42
コン・ティキ号探検記（ヘイエルダール）……………………………… 70
東方見聞録（マルコ・ポーロ）……… 118

記録文学・体験記（日本）
あゝ野麦峠（山本茂実）……………… 1
女工哀史（細井和喜蔵）…………… 87
戦艦武蔵（吉村昭）………………… 98
戦艦大和ノ最期（吉田満）…………… 98
日本之下層社会（横山源之助）…… 130
谷中村滅亡史（荒畑寒村）………… 176

記録文学・体験記（海外）
ウォールデン 森の生活（ソロー）…… 21
ガリア戦記（カエサル）……………… 45
知恵の七柱（ロレンス）…………… 107
ファーブル昆虫記（ファーブル）…… 150
夜と霧（フランクル）……………… 180

評論
愛と認識との出発（倉田百三）……… 1
一年有半（中江兆民）……………… 17
陰翳礼讃（谷崎潤一郎）…………… 19
三太郎の日記（阿部次郎）…………… 76
私小説論（小林秀雄）……………… 78
小説神髄（坪内逍遙）……………… 86
小説の方法（伊藤整）……………… 86
堕落論（坂口安吾）………………… 105
内部生命論（北村透谷）…………… 123
日本の橋（保田與重郎）…………… 130
日本文化私観（坂口安吾）………… 130
無名草子……………………………… 170

和歌
小倉百人一首（藤原定家〔撰〕）…… 30
金槐和歌集（源実朝）……………… 54
建礼門院右京大夫集（建礼門院右京大夫）……………………………… 64
古今和歌集……………………… 67
山家集（西行）…………………… 74
成尋阿闍梨母集（成尋阿闍梨母）…… 86
新古今和歌集……………………… 89
万葉集…………………………… 166
無名抄（鴨長明）………………… 170
和漢朗詠集（藤原公任〔撰〕）……… 190

短歌
一握の砂（石川啄木）……………… 16
悲しき玩具（石川啄木）…………… 42
桐の花（北原白秋）………………… 53

赤光(斎藤茂吉)‥‥‥‥‥‥‥‥ 82
別離(若山牧水)‥‥‥‥‥‥‥‥ 156
みだれ髪(与謝野晶子)‥‥‥‥‥ 167

連歌
新撰犬筑波集(山崎宗鑑〔編〕)‥‥‥‥ 91
新撰菟玖波集(一条冬良〔ほか編〕)‥‥ 91
菟玖波集(二条良基〔ほか撰〕)‥‥‥‥ 111

俳諧・俳句
おくのほそ道(松尾芭蕉)‥‥‥‥ 30
おらが春(小林一茶)‥‥‥‥‥‥ 33
去来抄(向井去来)‥‥‥‥‥‥‥ 53
新撰犬筑波集(山崎宗鑑〔編〕)‥‥‥‥ 91
俳諧七部集(佐久間柳居〔編〕)‥‥‥‥ 135
蕪村句集(与謝蕪村)‥‥‥‥‥‥ 152

川柳
誹風柳多留(呉陵軒可有〔ほか編〕)‥‥ 136

詩(日本)
有明集(蒲原有明)‥‥‥‥‥‥‥ 10
一千一秒物語(稲垣足穂)‥‥‥‥ 17
思ひ出(北原白秋)‥‥‥‥‥‥‥ 33
海潮音(上田敏)‥‥‥‥‥‥‥‥ 37
邪宗門(北原白秋)‥‥‥‥‥‥‥ 82
抒情小曲集(室生犀星)‥‥‥‥‥ 87
新体詩抄(外山正一〔ほか編〕)‥‥‥‥ 91
智恵子抄(高村光太郎)‥‥‥‥‥ 106
月に吠える(萩原朔太郎)‥‥‥‥ 111
道程(高村光太郎)‥‥‥‥‥‥‥ 118
白羊宮(薄田泣菫)‥‥‥‥‥‥‥ 137
春と修羅(宮沢賢治)‥‥‥‥‥‥ 142
山羊の歌(中原中也)‥‥‥‥‥‥ 175
若菜集(島崎藤村)‥‥‥‥‥‥‥ 189

詩(海外)
悪の華(ボードレール)‥‥‥‥‥ 5
荒地(エリオット)‥‥‥‥‥‥‥ 12
アンドロマック(ラシーヌ)‥‥‥ 13
歌の本(ハイネ)‥‥‥‥‥‥‥‥ 23
寓話(ラ・フォンテーヌ)‥‥‥‥ 55
草の葉(ホイットマン)‥‥‥‥‥ 56
賢者ナータン(レッシング)‥‥‥ 63
地獄の季節(ランボー)‥‥‥‥‥ 78
抒情民謡集(ワーズワースとコールリッジ(共著))‥‥‥‥‥‥‥‥ 87
チャイルド・ハロルドの遍歴(バイロン)‥‥‥‥‥‥‥‥‥‥‥‥ 109
ツァラトゥストラかく語りき(ニーチェ)‥‥‥‥‥‥‥‥‥‥‥ 110
マルドロールの歌(ロートレアモン)‥ 165

ルバイヤート(ウマル・ハイヤーム)‥‥ 184
老水夫行(コールリッジ)‥‥‥‥ 186

叙事詩
アエネーイス(ウェルギリウス)‥‥‥‥ 1
哀れなハインリヒ(ハルトマン・フォン・アウエ)‥‥‥‥‥‥‥‥‥ 12
イリアス(ホメロス)‥‥‥‥‥‥ 18
オデュッセイア(ホメロス)‥‥‥ 32
カレワラ(リョンロート)‥‥‥‥ 46
ギルガメシュ叙事詩‥‥‥‥‥‥‥ 53
狂えるオルランド(アリオスト)‥ 59
失楽園(ミルトン)‥‥‥‥‥‥‥ 80
神曲(ダンテ・アリギエーリ)‥‥ 89
トリスタンとイゾルデ(ゴットフリート・フォン・シュトラースブルク)‥ 121
ニーベルンゲンの歌‥‥‥‥‥‥‥ 129
ベーオウルフ‥‥‥‥‥‥‥‥‥‥ 156
変身物語(オウィディウス)‥‥‥ 157
マハーバーラタ(ヴィヤーサ)‥‥ 164
ラーマーヤナ(ヴァールミーキ)‥ 182
ローランの歌‥‥‥‥‥‥‥‥‥‥ 187

歌謡
エッダ‥‥‥‥‥‥‥‥‥‥‥‥‥ 26
おもろさうし‥‥‥‥‥‥‥‥‥‥ 33
閑吟集‥‥‥‥‥‥‥‥‥‥‥‥‥ 47
梁塵秘抄(後白河法皇)‥‥‥‥‥ 183

漢詩
懐風藻‥‥‥‥‥‥‥‥‥‥‥‥‥ 38
菅家文草(菅原道真)‥‥‥‥‥‥ 47
狂雲集(一休宗純)‥‥‥‥‥‥‥ 51
詩経(孔子)‥‥‥‥‥‥‥‥‥‥ 77
唐詩選(李攀竜)‥‥‥‥‥‥‥‥ 117
本朝文粋(藤原明衡〔撰〕)‥‥‥‥‥‥ 161
和漢朗詠集(藤原公任〔撰〕)‥‥‥‥‥ 190

戯曲(日本)
蒲田行進曲(つかこうへい)‥‥‥ 43
君の名は(菊田一夫)‥‥‥‥‥‥ 50
修禅寺物語(岡本綺堂)‥‥‥‥‥ 84
出家とその弟子(倉田百三)‥‥‥ 85
父帰る(菊池寛)‥‥‥‥‥‥‥‥ 108
瞼の母(長谷川伸)‥‥‥‥‥‥‥ 164
夕鶴(木下順二)‥‥‥‥‥‥‥‥ 177

戯曲(海外)
ヴァージニア・ウルフなんかこわくない(オールビー)‥‥‥‥‥‥ 19
ヴァレンシュタイン(シラー)‥‥ 20
ヴィルヘルム・テル(シラー)‥‥ 20

ヴェニスの商人(シェイクスピア) …… 21
オイディプス王(ソフォクレス) …… 28
オセロー(シェイクスピア) …… 31
女の平和(アリストファネス) …… 36
かもめ(チェーホフ) …… 44
ガラスの動物園(ウィリアムズ) …… 44
群盗(シラー) …… 61
検察官(ゴーゴリ) …… 62
ゴドーを待ちながら(ベケット) …… 69
こわれがめ(クライスト) …… 69
作者を探す六人の登場人物(ピランデルロ) …… 71
桜の園(チェーホフ) …… 71
サロメ(ワイルド) …… 73
三人姉妹(チェーホフ) …… 76
三文オペラ(ブレヒト) …… 76
ジュリアス・シーザー(シェイクスピア) …… 85
シラノ・ド・ベルジュラック(ロスタン) …… 88
セールスマンの死(ミラー) …… 98
タルチュフ(モリエール) …… 106
戯れに恋はすまじ(ミュッセ) …… 106
テンペスト(シェイクスピア) …… 116
どん底(ゴーリキー) …… 123
楡の木陰の欲望(オニール) …… 131
人形の家(イプセン) …… 131
人間ぎらい(モリエール) …… 131
ハムレット(シェイクスピア) …… 141
春のめざめ(ヴェデキント) …… 142
ピグマリオン(ショー) …… 145
ファウスト(ゲーテ) …… 149
フィガロの結婚(ボーマルシェ) …… 150
フェードル(ラシーヌ) …… 150
フォースタス博士(マーロウ) …… 151
マクベス(シェイクスピア) …… 162
真夏の夜の夢(シェイクスピア) …… 164
欲望という名の電車(ウィリアムズ) …… 179
リア王(シェイクスピア) …… 182
ル・シッド(コルネイユ) …… 184
恋愛三昧(シュニッツラー) …… 185
ロボット(チャペック) …… 187
ロミオとジュリエット(シェイクスピア) …… 187
ワーニャ伯父さん(チェーホフ) …… 190

童話劇・児童劇
青い鳥(メーテルリンク) …… 2
ピーター・パン(バリー) …… 145
森は生きている(マルシャーク) …… 174

謡曲・狂言
隅田川(観世元雅) …… 94
附子 …… 152

浄瑠璃
女殺油地獄(近松門左衛門) …… 35
仮名手本忠臣蔵(竹田出雲(2世)ほか) …… 42
国性爺合戦(近松門左衛門) …… 67
心中天網島(近松門左衛門) …… 90
菅原伝授手習鑑(竹田出雲(2世)ほか) …… 93
曽根崎心中(近松門左衛門) …… 100
冥途の飛脚(近松門左衛門) …… 171
義経千本桜(竹田出雲(2世)ほか) …… 180

歌舞伎
勧進帳(並木五瓶(3世)) …… 47
天衣紛上野初花(河竹黙阿弥) …… 57
東海道四谷怪談(鶴屋南北(4世)) …… 117

落語
怪談牡丹灯籠(三遊亭圓朝) …… 37

説教節
さんせう太夫 …… 76

その他(日本)
古事記 …… 68
三教指帰(空海) …… 74
人生論ノート(三木清) …… 91
日本書紀 …… 129

その他(海外)
ガリア戦記(カエサル) …… 45
饗宴(プラトン) …… 51
聖書 …… 95
ソクラテスの弁明(プラトン) …… 100
痴愚神礼讃(エラスムス) …… 107
ツァラトゥストラかく語りき(ニーチェ) …… 110
パンセ(パスカル) …… 144
ファーブル昆虫記(ファーブル) …… 150
ユートピア(モア) …… 178

決定版名作案内
ブックガイドにのった文学 1000

2025 年 2 月 25 日　第 1 刷発行

発　行　者／山下浩
編集・発行／日外アソシエーツ株式会社
　　　　　　〒140-0013 東京都品川区南大井 6-16-16 鈴中ビル大森アネックス
　　　　　　電話 (03)3763-5241（代表）FAX(03)3764-0845
　　　　　　URL　https://www.nichigai.co.jp/

電算漢字処理／日外アソシエーツ株式会社
印刷・製本／株式会社平河工業社

© Nichigai Associates, Inc. 2025
不許複製・禁無断転載
〈落丁・乱丁本はお取り替えいたします〉　《中性紙北越淡クリームキンマリ使用》
ISBN978-4-8169-3039-3　　Printed in Japan, 2025

本書はデジタルデータを有償販売しております。
詳細はお問い合わせください。

やさしく読める日本の名作名著2000冊
―現代語訳・抄訳・マンガ

A5・350頁　定価8,800円（本体8,000円＋税10％）　2024.11刊

日本の古代～近代までの名作・名著315作の現代語訳・口語訳、抄訳・要約版、マンガ版などが収録された図書2,300点を紹介するガイド。作品ごとに図書を一覧。目次や内容情報も記載し、目的に沿った図書を見つけやすい。巻末に「原著者名索引」「書名索引」付き。

ヤングアダルトの本　創作活動をささえる4000冊

A5・440頁　定価10,780円（本体9,800円＋税10％）　2024.10刊

中高生を中心とするヤングアダルト世代に薦めたい図書の書誌事項と内容情報がわかる図書目録。「文章を学ぼう」「芸術・美術を学ぼう」など探しやすい分野別構成。主に中高生向けの入門書、概説書、技法書など3,800冊を収録。公共図書館・学校図書館での本の選定・紹介・購入に最適のガイド。最近24年間の本を新しい順に一覧できる。便利な内容紹介、巻末に「書名索引」「事項名索引」付き。

最新文学賞事典2019-2023

A5・610頁　定価15,950円（本体14,500円＋税10％）　2024.5刊

2019年～2023年に国内で実施された文学関係の賞439賞の情報がわかる事典。前版（2019年刊）以降に新設された34賞も収録。既刊と併せることで、明治から令和までの文学賞が把握できる。賞の由来・趣旨、主催者、選考委員、選考方法、選考基準、賞金、連絡先などの概要と、最近5年間の受賞者名・受賞作品名を、主催者への問い合わせにより掲載。「賞名索引」「主催者名索引」「受賞者名索引」付き。

読んでみよう！教科書に出てくる名作500冊
1～3年生／4～6年生

栗原浩美 監修

A5・各240頁　定価各 2,970円（本体2,700円＋税10％）　2024.1刊

2011年版～2024年版の小学校国語教科書に出てくる物語文・詩・説明文から、掲載された図書情報を収録。図書館でのレファレンス業務、読書指導にも役立つ一冊。巻末に「教科書別索引」「書名索引」付き。

データベースカンパニー
日外アソシエーツ

〒140-0013　東京都品川区南大井6-16-16
TEL.(03)3763-5241　FAX.(03)3764-0845　https://www.nichigai.co.jp/